Scherz Krimis
Die mit den Streifen

W0049382

City Crimes

Die besten Morde
aus den Metropolen

Amanda Cross · Colin Dexter · Daphne Du Maurier
Patricia Highsmith · Manuel Vázquez Montalbán
Janwillem van de Wetering u.a.

SCHERZ

Herausgegeben von Gisela Eichhorn

Sonderausgabe 2000
Copyright © 2000 an dieser Auswahl
beim Scherz Verlag, Bern, München, Wien.
Alle Rechte der Verbreitung, auch durch Funk, Fernsehen
und auszugsweisen Nachdruck, sind vorbehalten.
Umschlaggestaltung: Atelier Bachmann & Seidel, Reischach
Umschlagbild: Mauritius/Die Bildagentur, Mittenwald
Gesamtherstellung: Ebner Ulm

Inhalt

Patricia Highsmith

Ein seltsamer Selbstmord

Dr. Stephen McCullough hatte im Schnellzug Paris-Genf ein Erster-Klasse- Abteil für sich allein. Er blätterte in einem der medizinischen Vierteljahreshefte, die er aus Amerika mitgebracht hatte, aber er war nicht bei der Sache. Er spielte mit dem Gedanken an Mord. Das war auch der Grund, warum er den Zug genommen hatte und nicht das Flugzeug: Er wollte Zeit haben zum Nachdenken, oder wenigstens zum Träumen.

Er war ein ernsthafter Mann, fünfundvierzig Jahre alt, etwas korpulent, mit breiter starker Nase, braunem Schnurrbart, braungefaßter Brille, zurückweichendem Haaransatz. Die gerunzelten Brauen verrieten innere Spannungen, die seine Patienten oft für sorgende Teilnahme an ihren Problemen hielten. Tatsächlich war er unglücklich verheiratet, und obwohl er es ablehnte, sich mit Lillian zu streiten, das heißt ihr zu widersprechen, herrschte keine Einigkeit zwischen ihnen. Gestern in Paris hatte er Lillian widersprochen, wegen einer lächerlichen Kleinigkeit: ob er oder sie ein Abendtäschchen, das Lillian schließlich doch nicht hatte behalten wollen, in das Geschäft an der Rue Royale zurückbringen sollte. Er war zornig gewesen – nicht weil er das Täschchen zurückbringen mußte, sondern weil er sich eine Viertelstunde zuvor in einem schwachen Augenblick bereit erklärt hatte, Roger Fane in Genf aufzusuchen.

»Geh doch hin, Steve«, hatte Lillian gestern morgen gesagt. »Warum denn nicht, wo du gerade in der Nähe bist? Denk mal, wie Roger sich freuen würde.«

Freuen – wieso? Aber Dr. McCullough hatte Roger Fane bei der Amerikanischen Botschaft in Genf angerufen, und Roger war sehr liebenswürdig gewesen – viel zu liebenswürdig natürlich; er hatte gesagt, ja, Steve müsse kommen und ein paar Tage bleiben, er könne ihn sehr gut unterbringen. Dr. McCullough hatte erwidert, er werde gern eine Nacht bleiben, dann wolle er nach Rom fliegen, zu Lillian.

Dr. McCullough haßte Roger Fane. Sein Haß war von der Art, die durch die Zeit in nichts gemildert wird. Vor siebzehn Jahren hatte Roger Fane die Frau geheiratet, die Dr. McCullough liebte. Margaret. Sie war vor einem Jahr mit dem Auto auf einer Alpenstraße tödlich verunglückt. Roger Fane war selbstzufrieden, vorsichtig, überaus eingebildet und nicht sehr intelligent. Er hatte vor siebzehn Jahren Margaret erzählt, er, Stephen McCullough, habe eine heimliche Affäre mit einem anderen Mädchen. Kein wahres Wort war daran gewesen, aber bevor Stephen irgend etwas beweisen konnte, hatte Margaret Roger geheiratet. Dr. McCullough hatte geglaubt, die Ehe werde nicht lange halten, das tat sie aber doch, und schließlich hatte Dr. McCullough Lillian geheiratet, deren Gesicht ein wenig Margarets Gesicht glich, aber das war die einzige Ähnlichkeit. In diesen siebzehn Jahren war Dr. McCullough vielleicht dreimal mit Roger und Margaret zusammengetroffen, wenn sie für ein paar Tage nach New York gekommen waren.

Er hatte Roger seit Margarets Tod nicht wiedergesehen.

Der Schnellzug jagte durch die französische Landschaft, und Dr. McCullough sann darüber nach, wie sehr es ihn befriedigen würde, Roger Fane zu ermorden. Er hatte bisher noch nie daran gedacht, jemanden zu ermorden, aber gestern abend, als er nach dem Telefongespräch mit Roger Fane in seinem Pariser Hotel ein Bad nahm, war ihm etwas zum Thema Mord eingefallen: Die meisten Mörder wurden geschnappt, weil sie irgendwelche Spuren hinterließen, obwohl sich natürlich jeder bemühte, alle Spuren zu verwischen. Der Arzt wußte, es gab auch manche Mörder, die gefaßt werden wollten und die unbewußt eine Spur hinterließen, so daß die Polizei dann leichtes Spiel hatte. Im berühmten Fall Leopold/Loeb hatte einer der beiden Täter seine Brille am Tatort zurückgelassen. Wenn nun ein Mörder absichtlich ein Dutzend Spuren hinterließ – praktisch bis zu seiner Visitenkarte? Das müßte dann derartig auffällig wirken, daß es jeden Verdacht ablenken würde; besonders wenn es sich um einen Mann wie ihn handelte, der gut beleumundet war und nicht zu Gewalt neigte. Es gäbe auch gar kein erkennbares Motiv, denn Dr. McCullough hatte Lillian niemals erzählt, daß er einmal die Frau geliebt hatte, die mit Roger Fane verheiratet war. Ein paar alte Freunde wußten natürlich davon, aber Dr. McCullough hatte Margaret oder Roger Fane in den letzten zehn Jahren überhaupt nicht erwähnt.

Er malte sich Rogers Wohnung aus: formell, düster, vielleicht mit einem Dienstmädchen irgendwo im Hintergrund, das in der Wohnung schlief. Ein Dienstmädchen würde die Sache erschweren. Angenommen, es war kein Mädchen in der Wohnung; er und Roger saßen bei einem letzten Glas im Wohnzimmer oder in Rogers Arbeitszimmer, und dann, eben bevor man sich gute Nacht sagte, griff Dr. McCullough nach einem starken Briefbeschwerer oder einer großen Vase und – darauf würde er ruhig die Wohnung verlassen. Das Bett mußte natürlich benutzt sein, er hatte ja dort übernachten wollen, vielleicht wäre also der Morgen geeigneter für die Tat als der Abend. Die Hauptsache war, ruhig und genau zur richtigen Zeit die Wohnung zu verlassen. Aber der Arzt war jetzt doch nicht recht imstande, sich alle Einzelheiten auszudenken.

Die Straße in Genf, in der Roger Fane wohnte, sah tatsächlich so aus, wie sie Dr. McCullough sich vorgestellt hatte – schmal und gewunden, mit Geschäftshäusern und alten Privatwohnungen; und sie war nicht sehr gut beleuchtet, als das Taxi um neun Uhr abends in sie einbog, aber in der braven gesetzestreuen Schweiz hatte man wohl auch in dunklen Straßen nicht viel zu fürchten. Er drückte auf den Klingelknopf, der Schnarrer ertönte, und Dr. McCullough öffnete die Haustür. Sie hatte ein Gewicht wie die Tür eines Banksafes.

»Hallo!« rief Roger fröhlich durchs Treppenhaus. »Komm rauf – ich bin im dritten Stock. Was bei euch der vierte ist.«

»Sofort!« sagte Dr. McCullough. Er hatte Hemmungen, vor den geschlossenen Türen links und rechts in der Eingangshalle die Stimme zu erheben. Vor ein paar Minuten hatte er Roger vom Bahnhof aus angerufen, weil Roger gesagt hatte, er werde ihn abholen. Roger hatte sich entschuldigt und gesagt, er sei durch eine Konferenz im Büro aufgehalten worden, ob Steve wohl ein Taxi nehmen und direkt zu ihm kommen könne. Dr. McCullough hatte den Verdacht, Roger sei gar nicht aufgehalten worden, sondern habe ihm einfach nicht die Höflichkeit erweisen wollen, ihn abzuholen.

»Tag, Steve«, sagte Roger und schüttelte Dr. McCullough kräftig die Hand. »Prima, daß du da bist. Komm rein. Ist der schwer?« Roger machte eine halbe Bewegung auf den Koffer zu, aber der Arzt hatte ihn schon in der Hand.

»Nein, gar nicht. Schön, dich zu sehen, Roger.« Er trat in die Wohnung. orientalische Teppiche, Schmucklampen, die wenig Licht gaben. Es war noch biederer, als Dr. McCullough erwartet hatte. Roger sah etwas dünner aus. Er war kleiner als der Arzt und hatte schütteres blondes Haar. Sein fades Gesicht lächelte beständig.

Da beide schon zu Abend gegessen hatten, tranken sie Whisky im Wohnzimmer.

»Du fährst also morgen zu Lillian nach Rom«, sagte Roger. »Schade, daß du nicht länger bleiben kannst. Ich hatte vor, morgen abend mit dir aufs Land zu fahren. Zu einer Freundin«, setzte er lächelnd hinzu.

»Ach –? Ja, schade. Ich nehme die Maschine um dreizehn Uhr morgen. Ich hab schon in Paris gebucht.«. Dr. McCullough merkte, daß er ganz automatisch sprach. Seltsamerweise war ihm der Whisky zu Kopf gestiegen, obwohl er nur ein paar Schlucke getrunken hatte. Das lag daran, daß die ganze Situation so verlogen war, dachte er. Es war verlogen, daß er überhaupt hier war, daß er sich Roger gegenüber freundschaftlich oder doch freundlich benahm. Rogers Lächeln ging ihm auf die Nerven, so heiter und doch so gezwungen. Er hatte noch kein Wort von Margaret gesagt, obgleich Dr. McCullough ihn seit ihrem Tod nicht gesehen hatte. Aber der Arzt hatte sie auch noch nicht erwähnt, hatte noch nicht mal ein Wort der Teilnahme gesagt. Anscheinend interessierte sich Roger bereits für eine andere Frau. Roger war gerade vierzig, immer noch schlank, mit wachen Augen. Und Margaret, diese Perle der Frauen, war für ihn offenbar bloß etwas, das ihm begegnet, eine Weile bei ihm geblieben und dann gegangen war. Roger sah überhaupt nicht aus wie ein trauernder Ehemann.

Der Arzt haßte Roger noch genausosehr wie während der Fahrt, aber seine konkrete Nähe war irgendwie beklemmend. Wenn er ihn umbrachte, mußte er ihn anfassen, zumindest den Widerstand seines Fleisches fühlen mit dem Gegenstand, mit dem er ihn erschlug. Und wie war nun die Sache mit dem Dienstmädchen. Als ob Roger seine Gedanken gelesen hätte, sagte er:

»Morgens um zehn kommt immer ein Mädchen zum Putzen, sie bleibt bis zwölf. Wenn sie für dich was tun soll, ein Hemd auswaschen oder bügeln, brauchst du's ihr nur zu sagen, sie macht das ganz schnell – jedenfalls kann sie es schnell machen, wenn man sie darum bittet. Yvonne heißt sie.«

Das Telefon klingelte. Roger sprach französisch. Er zog ein Gesicht, als er sich bereit erklärte, etwas zu tun, das sein Gesprächspartner von ihm wollte. Zu Dr. McCullough sagte er:

»Zu dumm – ausgerechnet jetzt. Ich muß morgen früh um sieben das Flugzeug nach Zürich nehmen. Irgendein Feuerwehrmann auf Durchreise wird mit einem Frühstück geehrt. Tut mir leid, alter Junge, aber da werde ich schon fort sein, bevor du aufstehst.«

»Ach –!« Dr. McCullough merkte, wie er leise auflachte. »Du meinst wohl, wir Ärzte kennen das nicht, solche Anrufe? Ich stehe selbstverständlich mit dir auf und sage dir auf Wiedersehen.«

Rogers Lächeln wurde noch etwas breiter. »Na, das sehen wir mal. Aufwecken werde ich dich jedenfalls nicht. Mach es dir nur bequem, ich schreibe Yvonne einen Zettel, daß sie dir Kaffee und Brötchen zurechtstellt. Oder hättest du lieber etwas Handfesteres – Brunch so gegen elf?«

Dr. McCullough hörte gar nicht, was Roger sagte. Er hatte auf dem Schreibtisch neben dem Telefon gerade einen rechteckigen Füllfeder- und Bleistift-Halter aus Marmor entdeckt. Jetzt betrachtete er Rogers hohe schwach rötliche Stirn. »Ach, Brunch«, sagte er abwesend. »Nein, nein, bloß nicht. Im Flugzeug kriegt man reichlich zu essen.« Und jetzt waren seine Gedanken bei Lillian und bei dem Streit von gestern in Paris. Schwelende Feindseligkeit erfüllte ihn. Hatte Roger jemals mit Margaret Streit gehabt? Dr. McCullough konnte sich nicht vorstellen, daß Margaret je kleinlich oder unfair gewesen wäre. Kein Wunder, daß Roger so sorglos und heiter aussah.

»Gedankenlesen müßte man können«, sagte Roger und stand auf, um sein Glas von neuem zu füllen.

Das Glas des Arztes war noch halb voll.

»Ich glaube, ich bin ein bißchen müde«, sagte Dr. McCullough und fuhr sich mit der Hand über die Stirn. Als er den Kopf hob, sah er ein Foto von Margaret, das ihm vorher nicht aufgefallen war. Es stand rechts von ihm auf der Kommode: Margaret Anfang Zwanzig, wie sie ausgesehen hatte, als sie Roger heiratete – wie sie ausgesehen hatte, als der Arzt sie so liebte. Dr. McCullough sah plötzlich Roger an, und der Haß überschwemmte ihn in einer Woge, die ihn fast schwanken ließ. »Ich denke, ich gehe jetzt zu Bett«, sagte er, erhob sich und stellte sein Glas vorsichtig auf das kleine Tischchen, das vor ihm stand. Sein Schlafzimmer hatte ihm Roger bereits gezeigt.

»Möchtest du nicht noch ein Schlückchen Brandy?« fragte Roger. »Du siehst richtig geschafft aus.« Roger lächelte überlegen und stand betont aufrecht da.

Die Haßwoge flutete zurück. Dr. McCullough nahm den Marmorblock in die Hand, und bevor Roger zurücktreten konnte, krachte er ihm die Platte auf die Stirn. Es war ein Schlag, der tödlich sein würde, das wußte der Arzt. Roger fiel um und blieb ohne ein letztes Zucken still und schlaff liegen. Der Arzt stellte den Marmorblock wieder auf seinen Platz, hob den Bleistift und den Federhalter auf, die heruntergefallen waren, und stellte sie in die Halter zurück, dann wischte er beide und auch den Marmorblock mit seinem Taschentuch ab, wo er sie mit den Fingern berührt hatte. Rogers Stirn blutete leicht. Der Arzt befühlte das noch warme Handgelenk und fand keinen Puls. Dann ging er zur Tür hinaus und über den Flur in sein Zimmer.

Nach nicht sehr festem Schlaf erwachte er am nächsten Morgen um Viertel nach acht. Er duschte im Badezimmer, das zwischen seinem und Rogers Schlafzimmer lag, rasierte sich, zog sich an und verließ um Viertel nach neun das Haus. Ein Flur führte von seinem Zimmer an der Küchentür vorbei zur Wohnungstür; er brauchte also nicht durchs Wohnzimmer zu gehen, und selbst wenn er einen Blick hineingeworfen hätte durch die Tür, die er gestern nicht zugemacht hatte, so hätte er Rogers Leiche nicht sehen können. Dr. McCullough hatte keinen Blick hineingeworfen.

Um halb sechs war er in Rom und nahm ein Taxi vom Flughafen ins Hotel Majestic, wo Lillian ihn erwartete. Sie war aber nicht im Hotel. Der Arzt ließ sich Kaffee ins Zimmer hinaufbringen, und jetzt merkte er, daß ihm seine Aktentasche fehlte. Er hatte sich auf dem Bett ausstrecken, Kaffee trinken und in den medizinischen Zeitschriften lesen wollen. Jetzt erinnerte er sich genau: aus irgendeinem Grund hatte er gestern abend die Aktentasche mit ins Wohnzimmer genommen. Sorgen machte er sich deswegen nicht – es war genau das, was er absichtlich getan hätte, wenn er daran gedacht hätte. Sein Name und die New Yorker Adresse standen auf dem Schildchen vorn an der Mappe. Außerdem nahm er an, daß Roger sicher seinen vollen Namen irgendwo auf einem Schreibtischkalender notiert hatte und ebenso die Zeit seiner Ankunft.

Lillian erschien, gut gelaunt; sie hatte in der Via Condotti eine Menge Einkäufe gemacht. Sie aßen zu Abend und fuhren dann mit einer Carozza zur Villa Borghese, zur Piazza di Spagna und zur Piazza del Popolo. Wenn über Roger irgendwas in den Zeitungen stand, so wußte Dr. McCullough nichts davon: er las nur die Pariser Ausgabe der *Herald Tribune*, das war eine Morgenzeitung.

Die Nachricht kam am nächsten Morgen, als er und Lillian bei Donay an der Via Veneto frühstückten. Es stand in der *Herald Tribune*: Auf der Titelseite sah man ein Bild von Roger Fane, ernst und formell mit steifem Kragen.

»Um Gottes willen«, sagte Lillian. »Das war ja an dem Abend, als du dort warst!«

Dr. McCullough blickte ihr über die Schulter und tat überrascht. »». . . muß der Tod zwischen zwanzig Uhr und drei Uhr morgens eingetreten sein‹«, las er laut. »Ich habe ihm gegen elf gute Nacht gesagt, glaube ich, und bin dann in mein Zimmer gegangen.«

»Und du hast nichts gehört?«

»Nein. Mein Zimmer lag am Ende des Korridors. Meine Tür hab ich zugemacht.«

»Und am nächsten Morgen, hast du da nicht –«

»Ich sagte dir doch, Roger wollte um sieben ein Flugzeug nehmen. Ich habe natürlich angenommener sei fort. Kurz nach neun habe ich das Haus verlassen.«

»Und die ganze Zeit lag er da im Wohnzimmer!« sagte Lillian schaudernd. »Das ist ja entsetzlich, Steve!« War es das wirklich? dachte Dr. McCullough. War es so entsetzlich für sie? Ihre Stimme klang nicht wirklich erschreckt. Er sah ihr in die weitgeöffneten Augen. »Ja, es ist entsetzlich, aber ich habe Gott sei Dank nichts damit zu tun. Mach dir keine Sorgen, Lillian.«

Als sie ins Hotel zurückkamen, war die Polizei da und wartete auf Dr. McCullough in der Halle: zwei Schweizer Beamte in Zivil, die beide Englisch sprachen. Sie vernahmen Dr. McCullough an einem Tisch in der Ecke der Hotelhalle. Lillian war, als Dr. McCullough darauf bestand, hinaufgegangen in ihr Zimmer. Dr. McCullough hatte sich schon gefragt, warum sie ihn nicht bereits vor Stunden aufgesucht hatten – es war so einfach, die Passagierlisten der Abflüge von Genf zu prüfen –, aber den Grund stellte er bald fest. Yvonne, das Dienstmädchen, war gestern morgen nicht zum Putzen erschienen, man hatte Roger Fanes Leiche daher erst gegen achtzehn Uhr gefunden, als man sich in seinem Büro Sorge gemacht und jemand in die Wohnung geschickt hatte.

»Dies ist wohl Ihre Aktentasche«, sagte der schlanke blonde Beamte lächelnd und öffnete einen großen Leinenumschlag, den er unter dem Arm getragen hatte.

»O ja, vielen Dank. Ich hab heute gemerkt, daß ich sie vergessen hatte.« Der Arzt nahm die Mappe und legte sie auf seinen Schoß.

Die Beamten sahen ihm ruhig zu.

»Eine ganz schreckliche Sache«, sagte Dr. McCullough. »Ich kann sie noch kaum begreifen.« Ungeduldig wartete er darauf, daß sie endlich mit ihrer Beschuldigung herauskamen – sofern sie das vorhatten – und ihn aufforderten, mit ihnen nach Genf zurückzukehren. Sie schienen ihn beinahe mit Ehrfurcht zu behandeln.

»Wie gut kannten Sie Mr. Fane?« fragte der zweite Beamte.

»Nicht besonders gut. Ich kannte ihn seit vielen Jahren, aber wir waren nie sehr eng befreundet, und ich hatte ihn, glaube ich, jetzt seit fünf Jahren nicht gesehen.« Dr. McCullough sprach mit ruhiger Stimme und in seinem üblichen Tonfall.

»Mr. Fane war vollständig angezogen, er war also noch nicht zu Bett gegangen. Und Sie haben nachts keinerlei Geräusch gehört?«

»Nein, habe ich nicht«, erwiderte der Arzt zum zweitenmal. Schweigen. »Haben Sie irgendwelche Anhaltspunkte, wer es getan haben könnte?«

»O ja, das haben wir«, sagte der blonde Beamte sachlich. »Wir haben den Bruder des Mädchens Yvonne im Verdacht; er war an dem Abend betrunken und hat für die Tatzeit kein Alibi. Er wohnt mit seiner Schwester zusammen, und an dem Abend ist er weggegangen und hat ihren Schlüsselbund mitgenommen, und daran hingen auch die Schlüssel zu Mr. Fanes Wohnung. Er ist erst gestern mittag wiedergekommen. Yvonne war sehr beunruhigt, deshalb ist sie auch gestern morgen nicht zu Mr. Fane gegangen – sie hätte dazu auch gar nicht in die Wohnung gekonnt. Um halb neun hat sie anzurufen versucht, um zu sagen, daß sie nicht käme, aber es hat sich niemand gemeldet. Ihren Bruder Anton haben wir auch vernommen.. Ein Tunichtgut.« Der Beamte zuckte die Achseln.

Dr. McCullough fiel jetzt ein, daß er um halb neun das Telefon hatte klingeln hören. »Ja, aber – was war das Motiv?«

»Ach – ein alter Groll. Vielleicht hätte er auch was gestohlen, wenn er nüchtern gewesen wäre und irgendwas gefunden hätte. Der Mann gehört zum Psychiater oder in eine Entziehungsanstalt für Alkoholiker. Mr. Fane kannte ihn; kann sein, daß er ihn in die Wohnung gelassen hat, oder er ist einfach reingegangen, er hatte ja die Schlüssel. Yvonne sagt, Mr. Fane habe sie schon seit Monaten gedrängt, sich von ihrem Bruder zu trennen und eine eigene Wohnung zu nehmen. Der Bruder schlägt sie und nimmt ihr Geld ab. Mr. Fane hat auch schon ein paarmal mit dem Bruder gesprochen, und laut unseren Akten hat er einmal die Polizei rufen müssen, um Anton aus der Wohnung schaffen zu lassen, als er hinkam und seine Schwester suchte. Das war um neun Uhr abends, und um die Zeit ist die Schwester niemals dort. Daran sehen Sie, daß er nicht ganz richtig ist..«

Dr. McCullough räusperte sich. »Hat denn Anton die Tat gestanden?« fragte er.

»Na ja, so gut wie. Das arme Schwein weiß gar nicht immer, was er tut. Aber in der Schweiz haben wir wenigstens keine Todesstrafe. Im Gefängnis kann er dann austrocknen, da wird er Zeit genug haben.« Er blickte zu seinem Kollegen hinüber, und beide erhoben sich. »Also vielen Dank, Dr. McCullough.«

»Aber bitte sehr«, sagte der Arzt. »Und ich danke Ihnen noch für die Aktentasche.«

Dr. McCullough ging mit der Aktentasche hinauf.

»Was haben sie gesagt?« fragte Lillian, als er eintrat.

»Sie glauben, es war der Bruder des Dienstmädchens«, sagte Dr. McCullough. »Ein Trinker, der eine Wut auf Roger gehabt zu haben scheint. Ein Tunichtgut.« Stirnrunzelnd ging er ins Badezimmer, um sich die Hände zu waschen. Auf einmal haßte er sich, haßte auch Lillians langen Seufzer, ein ›Ah-h‹ der Freude und Erleichterung.

»Gott sei Dank, Gott sei Dank«, sagte Lillian. »Weißt du, was das bedeutet hätte, wenn, sie – wenn sie *dich* verdächtigt hätten?« fragte sie leiser, als ob die Wände Ohren hätten, und trat näher an die Badezimmertür.

»Allerdings«, sagte Dr. McCullough und fühlte, wie Zorn in ihm aufstieg. »Ich hätte mich verdammt anstrengen müssen, um zu beweisen, daß ich unschuldig war. Schließlich war ich zu der Zeit gerade dort.«

»Stimmt. Und du hättest nicht beweisen können, daß du unschuldig bist. Gott sei Dank gibt es diesen Anton, wer immer das ist.« Ihr kleines Gesicht glühte, die Augen funkelten. »Ein Tunichtgut. Ha! Für uns war er jedenfalls nützlich.« Sie lachte schrill auf und wandte sich auf dem Absatz um.

»Ich weiß gar nicht, worüber du dich freust«, sagte er und trocknete sich sorgfältig die Hände ab. »Die Sache ist traurig genug.«

»Trauriger, als wenn sie dich gefaßt hätten? Sei doch nicht so – so altruistisch, Steve. Denk lieber an uns. Ehemann tötet alten Rivalen nach – wie lange war's her? – siebzehn Jahre, nicht wahr? Und nach elfjähriger Ehe mit einer anderen. Die Flamme war nicht erloschen. Meinst du, so was hätte mir gefallen?«

»Wovon redest du eigentlich, Lillian?« fragte er finster, als er aus dem Badezimmer trat.

»Das weißt du sehr genau. Meinst du, ich hätte nicht gewußt, daß du Margaret geliebt hast? Daß du sie immer noch liebst? Meinst du, ich wüßte nicht, daß du Roger umgebracht hast?« Wilde Herausforderung stand in den grauen Augen. Sie hatte den Kopf auf die Seite gelegt, die Hände in die Hüften gestemmt.

Er konnte nicht sprechen, er war wie gelähmt. Etwa fünfzehn Sekunden lang starrten sie einander an, während seine Gedanken über dem Abgrund schwankten, den ihre Worte vor ihm aufgerissen hatten. Er hatte nicht gewußt, daß sie noch an Margaret dachte. Natürlich hatte sie von Margaret gewußt. Aber wer hatte die Geschichte in ihr am Leben erhalten? Vielleicht er selber, durch sein Schweigen, das wurde ihm jetzt klar. Doch jetzt kam es auf die Zukunft an. Sie hatte jetzt etwas gegen ihn in der Hand, etwas, mit dem sie ihn für immer gefügig machen konnte. »Liebling, du irrst dich.«

Lillian warf den Kopf in den Nacken und ging hinaus, und der Arzt wußte, er hatte nicht gewonnen.

Sie sprachen an diesem Tage kein Wort mehr über die Sache. Nach dem Lunch schlenderten sie eine Stunde lang durch das Vatikanische Museum, doch Dr. McCulloughs Gedanken waren nicht bei den Gemälden. Er hatte vor, nach Genf zu fahren und ein Geständnis abzulegen: nicht aus Anstand oder weil ihn sein Gewissen plagte, sondern weil Lillians Haltung unerträglich war. Weniger erträglich als eine Gefängnisstrafe. Es gelang ihm, sich um fünf so lange zu entfernen, daß er telefonieren konnte. Um sieben Uhr zwanzig ging ein Flugzeug nach Genf. Um Viertel nach sechs verließ er das Hotel ohne Gepäck und nahm ein Taxi zum Flughafen Ciampino. Paß und Reiseschecks hatte er bei sich.

Es war noch nicht elf Uhr nachts, als er in Genf ankam und die Polizei anrief. Man war zunächst nicht bereit, ihm den Aufenthaltsort des Mannes mitzuteilen, der des Mordes an Roger Fane beschuldigt wurde; doch als Dr. McCullough seinen Namen nannte und sagte, er habe eine wichtige Meldung zu machen, sagte ihm der Schweizer Beamte, wo Anton Carpeau festgehalten wurde. Dr. McCullough nahm ein Taxi und fuhr hin – irgendwo draußen vor der Stadt, so schien es ihm. Es war ein neues weißes Gebäude, das gar nicht wie ein Gefängnis aussah.

Hier empfing ihn der eine der beiden Beamten, die ihn in Rom aufgesucht hatten, der blonde. »Guten Abend, Dr. McCullough«, sagte er mit schwachem Lächeln. »Sie wollen eine Meldung machen? Ich fürchte, sie kommt etwas spät.«

»Oh? Wieso?«

»Anton Carpeau hat sich gerade umgebracht. Er ist mit dem Kopf gegen die Zellenmauer gerannt, vor zwanzig Minuten.« Der Beamte zuckte resigniert die Achseln.

»Mein Gott«, sagte Dr. McCullough leise.

»Und was – wollten Sie melden?«

Der Arzt zögerte – die Worte wollten nicht kommen.

Und dann erkannte er, daß Feigheit und Scham ihm den Mund verschlossen. Nie im Leben war er sich so nichtswürdig vorgekommen, er fühlte sich unendlich niederträchtig verglichen mit dem Trunkenbold, der sich da umgebracht hatte. »Ich – nein, das möchte ich nicht. Jetzt – ich meine, jetzt ist ja sowieso alles vorbei, nicht wahr? Ich wollte noch etwas gegen Anton vorbringen das hat jetzt keinen Zweck mehr, nicht wahr? Es ist schlimm genug –«, er konnte nicht weiter.

»Ja, da haben Sie wohl recht«, sagte der Schweizer. »Dann – möchte ich mich verabschieden. Guten Abend.«

»Guten Abend, Dr. McCullough.«

Der Arzt ging hinaus in die Nacht, ohne Ziel. Er fühlte eine sonderbare Leere, ein Nichts in sich, ein Gefühl, wie er es nie zuvor gekannt hatte. Der Mord war wie geplant gelungen, doch er hatte schlimmere Tragödien nach sich gezogen. Anton Carpeau. Und *Lillian.* Auf eine seltsame Weise hatte er ebensosehr sich selbst umgebracht wie Roger Fane. Er war jetzt ein toter Mann, ein wandelnder toter Mann.

Eine halbe Stunde später stand er auf einer streng formalen Brücke und blickte hinunter auf das schwarze Wasser des Lac Léman. Er starrte lange Zeit hinunter und malte sich aus, wie sein Körper, sich wieder und wieder überschlagend, aufs Wasser klatschte ohne viel Lärm und versank. Er starrte angestrengt auf die Schwärze, die so fest aussah, aber so nachgiebig sein würde, so bereit, ihn in den Tod zu schlingen. Doch jetzt war er weder mutig noch verzweifelt genug, um sich umzubringen. Eines Tages aber würde es soweit sein, das wußte er. Eines Tages: wenn Feigheit und Mut im richtigen Winkel zusammentrafen. Es würde ganz überraschend kommen, für ihn und für alle, die ihn kannten. Seine Hände, die die steinerne Brüstung gepackt hielten, schoben ihn jetzt zurück, und schweren Schrittes ging der Arzt weiter. Für heute nacht wollte er sich ein Hotelzimmer nehmen und morgen dann zurückfliegen, nach Rom.

Stanley Ellin

Die zwölfte Statue

An einem heiteren Mittsommerabend, in der Umgebung der uralten Stadt Rom, verließ ein Filmproduzent namens Alexander File
sein Büro und verschwand von der Erdoberfläche so ganz und
gar, als ob ihn der Teufel an den Fersen gepackt und in die Hölle
entführt hätte.

Wenn amerikanische Bürger sich auf geheimnisvolle Art und
Weise in Luft auflösen, ist die italienische Polizei jedoch nicht ge-
neigt, den Teufel und seine Machenschaften ernst zu nehmen,
statt dessen suchen die Ordnungshüter woanders nach Anhaltspunkten. Vier Leute befanden sich im Büro, nachdem File die Tür
hinter sich zugeknallt und anscheinend die Schwelle zum Nichts
überschritten hatte. Einer der Zurückgebliebenen war Mel Gordon. Er war also nicht überrascht, als er im Hotel in seinem Fach
einen Briefbogen fand mit der höflichen Bitte, sich im Polizeipräsidium einzufinden, um dort mit Kommissar Odoardo Ucci die
Affäre File zu besprechen. Beim Frühstück überreichte Mel die
Nachricht seiner Frau.

»Sogar ein Kommissar«, sagte Betty düster, während sie den
Zettel überflog. »Was wirst du ihm erzählen?«

»Ich glaube, am besten ist es, wenn ich jede Frage mit einem einfachen Ja oder Nein beantworte und ansonsten meine Gedanken
für mich behalte.« Mels Magen drehte sich beim bloßen Anblick
von Kaffee und Brötchen um. »Vielleicht solltest du mich hinbringen. Ich bin heute nicht in der Verfassung, bei diesem verrückten
römischen Verkehr Auto zu fahren.«

Sein erster Eindruck von Kommissar Uccis Büro trug auch nicht
zur Hebung seiner Stimmung bei. Es war so steril und ungemüt-
lich wie der Operationssaal eines alten verkommenen Kranken-

hauses. Die Wände waren vom Boden bis zur Decke mit schmutzigen weißen Fliesen gekachelt, und in einer Ecke, unter einem Gewirr von Röhren, tropfte Wasser aus einem Hahn zögernd und eintönig in das darunterliegende Waschbecken.

Der Kommissar schien in diese Umgebung zu passen. Er war kahlköpfig und dick, hatte verschlafene Augen, und sein Anzug war verdrückt. Seine lose Krawatte hing schief; er stellte seine Fragen in korrektem, fast monotonem Englisch und notierte die Antworten sorgfältig mit einem angekauten Bleistift. Reine Ersatzhandlung, Verdrängung, dachte Mel. Die Zeugen kann er nicht anknabbern, also beschränkt er sich auf den Bleistift. Aber, mein Lieber, laß dich nicht von diesen verschlafenen Augen täuschen. Hinter ihnen versteckt sich womöglich ein scharfer Verstand. Halte dich also möglichst an die Tatsachen und versuche, die kleinen Notlügen zu vermeiden

»Signor File war ausschließlich Filmproduzent? Er hatte keine anderen Geschäftsinteressen?«

»Ja, richtig.«

Und so war es auch. File mochte nur die allerbilligsten Streifen fabriziert haben, die schmierigste Art von Gladiator-Sklavenmädchen- Schund, aber immerhin – er war Filmproduzent. Seine anderen Interessen hatten nichts mit dem Geschäft zu tun, sondern mit taufrischen Jungfrauen, unreifen Schönheiten. Und gerade diese Unreife wirkte wie ein Magnet auf ihn. Er liebte sie mit einer keuchenden Liebe, die ihm den Mund wäßrig machte und seine Augen zum Glotzen brachte. In der Tat, er liebte sie fast ebensosehr wie sein Geld.

»Sie, Signor Gordon, Ihre Frau und noch zwei weitere Personen haben den Vermißten als letzte gesehen. Einer von Ihnen, Cy Goldsmith, ist doch der Regisseur des Filmes, den Sie gerade drehen?«

»Ja.«

Ein trauriger Fall, armer Goldsmith. Er fing als Double in zweitklassigen Western an, wurde dann Regisseur von DeMilles zweitem Stab – einer von den Typen, die die Regie bei gigantischen Wagenrennen und bei wilden militärischen Reiterrennen und Attacken für den Maestro führen –, und als er selbst erster Regisseur für Filme, in die man nicht viel Geld investierte, wurde, hatte er mehr DeMille zu sich genommen, als gut für ihn war. Was immer man von DeMilles Filmen halten mag, es läßt sich nicht leugnen, daß sie als Spektakel unübertrefflich sind. Sie sind ein Zeugnis von zärtlicher Hingabe an technische Perfektion und von vollendeter handwerklicher Kunst, sichtbar in jedem Detail, egal was es kostet. Billige Streifen andrerseits müssen ohne großen Aufwand durchgezogen werden. Also zog sie Cy schnell und ohne großen Aufwand durch. Aber jedesmal quälte ihn dabei sein hypersensibles Gewissen. Er verriet all jene höheren Maßstäbe, die ein Teil seiner selbst geworden waren. Die Psychologen behaupten, daß ein überzeugter Perfektionist, der gezwungen wird, schlampige Arbeit zu leisten, einem Menschen gleicht, der unter Platzangst leidet und im Lift zwischen zwei Stockwerken eingeklemmt ist. Und so für den Rest seines Lebens eingeschlossen zu sein . . .

Und genau das geschah mit Cy, deshalb griff er immer häufiger zur Flasche, bis er bei allen als unzuverlässig galt, auf dem Abstieg, am Ende, so daß ihm schließlich nur noch der gute alte Alexander File, der ihm so wenig wie möglich für seine Dreigroschenepen bezahlte, Aufträge zukommen ließ. Die traurige Wahrheit ist, Signor File war der einzige Produzent, dem es immer wieder gelang, Cy für einige Wochen hintereinander nüchtern genug zu erhalten, um einen fertigen Film aus ihm herauszuquetschen, obwohl es nicht gerade hübsch war, mit anzusehen, wie er es tat, außer man findet Spaß daran, einen sadistischen Dompteur zu beobachten, wie er einen abgewirtschafteten, zahnlosen Löwen durch einen Feuerreifen springen läßt.

Bei einem Kerl wie File kann eine messerscharfe Zunge ein grausames Werkzeug sein. Dem kleinen und dürren File muß es eine tiefe Befriedigung verschafft haben, ein nutzloses Opfer, das ihn weit überragte, zu mißbrauchen. Vielleicht ging er auch Film für Film das Risiko mit Cy ein, weil dieser immer das Bestmögliche aus seinen Filmen machte, und noch dazu mit dem geringsten Kostenaufwand.

»Was diesen Cy Goldsmith anbelangt, Signor Gordon –?«

»Ja?«

»War sein Verhältnis zu dem Vermißten schlecht?«

»Na ja – nein.«

Kommissar Ucci rieb sich mit seinem dicken Zeigefinger den Nasenrücken. Ungefähr alle fünf Sekunden platschte ein Wassertropfen in das Waschbecken. Sehr bedeutsam, wie er sich die Nase rieb. Oder juckte sie ihn ganz einfach nur?

»Und dieser andere Mann, der mit Ihnen an jenem Abend zusammen war, dieser Henry MacAaron. Welche Aufgabe hat er?«

»Er war der Bildregisseur, der für alle Kameramänner verantwortlich war. Ist, sollte ich eigentlich sagen. Wir beabsichtigen auch jetzt noch, den Film fertigzudrehen.«

»Auch ohne Signor File?«

»Ja.«

»Aha. Und MacAaron und Goldsmith arbeiten schon lange zusammen, nicht wahr?«

»Ja.«

Schon sehr lange – seit der Zeit damals bei DeMille, als Cy MacAaron die erste Chance hinter der Kamera gab. Seit damals gilt, wo Cy ist, ist auch MacAaron zu finden, wie Maria und ihr Lamm, obwohl er ein ziemlich griesgrämiges und hartgesottenes Lamm ist. Und zufällig ein verdammt guter Kameramann. Er hätte bestimmt mehr Erfolg gehabt, wenn er es sich nicht zu seiner Lebensaufgabe gemacht hätte, Cy mit anbetender Bewunderung zu folgen und ihn während seiner Sauftouren zu hegen und zu pflegen.

»Und Sie, Signor Gordon, sind der Autor, der dieses Drehbuch für Signor File geschrieben hat?«

»Ja.«

Es hatte sowieso keinen Sinn, diesem teiggesichtigen Bullen den Unterschied zwischen einem Drehbuchautor und einem Drehbuchbearbeiter zu erklären. Wer weiß schon, wer der Urheber des Skripts ist – der Autor eines albernen Originals oder der langmütige Fachmann, der aus der ameisenhügelgroßen Inspiration einen Berg machen muß?

Wieder rieb sich Kommissar Ucci langsam und nachdenklich den Nasenrücken. »Gab es an dem Abend, als Sie alle zusammen mit Signor File im Büro waren, einen Streit? Eine wilde Auseinandersetzung?«

»Nein.«

»Nein? Ist es dann möglich, daß er unmittelbar nachdem er das Büro verlassen hatte, mit einem anderen Mitarbeiter eine Meinungsverschiedenheit hatte?«

»Nun, was das anbelangt, Kommissar –«

Eine Stunde später gelang es Mel endlich, in die gesegnete Sonne hinaus zu entkommen, in den Hof des Polizeipräsidiums, wo Betty in dem gemieteten Fiat auf ihn wartete.

»Schnell, in die Berge«, befahl er ihr beim Einsteigen. »Sie verfolgen uns!«

»Sehr witzig. Wie war's?«

»Ganz gut, nehm ich an.« Er war schweißnaß, und als er sich eine Zigarette anzündete, zitterten seine Hände. »Er war allerdings nicht sehr freundlich.«

Betty manövrierte den Wagen durch den Verkehr auf eine Tiberbrücke zu. Als sie den Fluß überquert hatten, sagte sie: »Ich kann ganz gut verstehen, daß die Polizei verwirrt ist, denn mich macht die Sache auch ziemlich konfus. Ein Mensch kann doch nicht einfach so sang- und klanglos verschwinden. Das geht nicht, Mel. Es ist unmöglich.«

»Sicher. Und trotzdem ist er verschwunden.«

»Aber wohin? Wo ist er? Was ist mit ihm geschehen?«

»Keine Ahnung. Und das ist die Wahrheit, Liebling. Du kannst mir jedes Wort glauben.«

»Das tue ich auch«, seufzte Betty. »Mein Gott, wenn Alex dir das Skript doch nie geschickt hätte.«

Damit hatte das Ganze angefangen. Damals, als Mel von File das Skript aus Rom bekommen hatte. Mel hielt sich gerade in Los Angeles auf, und er war äußerst überrascht, denn seine Beziehung zu File war schon vor einigen Jahren abgebrochen. Eine Fernsehserie, die Mel bearbeitet hatte, erfreute sich der Einschaltquote nach zu schließen steigender Beliebtheit, und mit einer erfolgreichen Serie in der Tasche malte er sich die Zukunft freundlich und sicher aus. So war es auch. Die Serie kam gut an, und als sie auslief, begannen gleich Wiederholungen; das bedeutete, es gab keinen Grund, jemals wieder für File zu arbeiten.

Es war schwierig zu erraten, warum File ihn nun plötzlich wieder brauchte – offensichtlich würde ein Mel Gordon, der all diese Tantiemen einstrich, ein höheres Honorar fordern, als der alte Mel Gordon, der nehmen mußte, was man ihm bot. File wußte aber, daß Mel eine Schwäche für verpfuschte Skripts hatte und gern an ihnen herumbastelte, und er wußte auch, wenn Mel erst einmal das unglaublich verpfuschte Skript von *Kaiser der Lust* durchgelesen hatte, dann würden ihn die Schwierigkeiten faszinieren und es wäre ein leichtes für File, ihn festzunageln. Schließlich und endlich einigten sie sich, wobei File wie üblich besser abschnitt.

Files Anwalt in Hollywood – ein großer Name, der kein Hehl aus seiner Verachtung für File machte und deshalb der einzige auf der ganzen Welt war, dem File vertraute – kümmerte sich um den Vertragsabschluß, und bevor noch die Tinte trocken war, waren Mel, das Skript von *Kaiser der Lust* unter den Arm geklemmt, und seine Frau Betty unterwegs zu einem Wiedersehen mit File.

Die Wiedervereinigungsfeier fand in einem Café an der Via Veneto statt. An den Nachbartischen saßen dicht gedrängt Figuren aus Fellinis Filmen, und neben ihnen drängten sich Touristen, die diese Fellini-Figuren ungraziös anstarrten.

Außer Mel und Betty waren noch vier Personen an ihrem Tisch. File natürlich, klein, blaß und wild entschlossen wie eh und je; als Mel ihn das letzte Mal gesehen hatte, war sein Haar grau gewesen, nun war es weiß; Cy Goldsmith, hager und kantig, mit blutunterlaufenen Augen, die auf einen Kater schließen ließen; und der mürrische MacAaron mit ewig zusammengekniffenen Augen, als ob er den Kamerawinkel ausmessen würde; und ein Neuankömmling auf der Szene, eine stattliche, großbusige Tourneeausgabe der Loren, Wanda Pericola, die, wie sich herausstellte, eine Hauptrolle in dem Film bekommen sollte. Sie war für die gaffenden Touristen eine Hauptattraktion.

Die Wiedervereinigungsfeier war kurz und bündig. Ungeduldig gestand ihnen File ein paar Minuten zu, um alte Bekanntschaften aufzufrischen und um Wanda vorzustellen, deren Englisch gerade ausreichte, hallo zu zwitschern. Dann wandte er sich abrupt an Mel mit der Frage: »Wie weit bist du mit dem Skript?«

»Mit dem Skript? Alex, wir sind heute morgen erst angekommen!«

»Was hat das damit zu tun? Früher hast du einen Blick auf ein Skript geworfen und hast vor Ideen nur so gesprüht – wie ein Flammenwerfer. Bedeutet das etwa, daß dein Erfolg am Glotzkasten dein herrliches Talent ruiniert hat?«

»Soll ich dir was sagen, Alex?« erwiderte Mel. »Wenn mein herrliches Talent ruiniert ist, dann bedeutet das für dich eine Menge Schwierigkeiten. Das Skript ist nämlich eine Katastrophe.«

»Wenn schon. Es sind nur einige kleine Änderungen nötig.«

»Kleine Änderungen! Das ganze Skript muß neu geschrieben werden, und zwar bevor wir in diesen mistigen Wortschwall Sinn hineinbringen können. Nachdem ich es gelesen hatte, schlug ich in mehreren Geschichtsbüchern unter Kaiser Tiberius nach –«

»Vielen Dank für deine Mühe!«

»– und ich bin überzeugt, daß wir zeigen müssen, wie er von Macht, Mißtrauen und Gier verdorben wird, bis er in seinem Palast auf Capri, wo sie die täglichen Orgien zelebrierten, durchdreht. Die Schlüsselszene ist die, in der er verrückt wird.«

»Na und? Das steht sowieso im Skript, oder?«

»Ja, aber es stimmt nicht – diese plötzliche Jekyll- Hyde-Verwandlung ist Unfug. Die ganze Raserei und die Bisse in den Teppich ergeben einen billigen Klamauk. Aber stell dir mal vor, keiner von Tiberius' Höflingen merkt, daß er verrückt geworden ist – nur die Zuschauer bekommen es mit –«

»Ja?« sagte File zögernd. »Und wie willst du das auf die Leinwand bringen?«

»So: In dem Korridor vor Tiberius' Schlafzimmer im Palast plazieren wir eine Reihe von lebensgroßen Marmorstatuen, ungefähr sechs, alles berühmte Römer, die gelassen und kühl auf den Mann hinunterblicken, der angeblich ihre Tradition aufrechterhält. Wir zeigen deutlich, daß er ihnen gegenüber Respekt empfindet, zum Beispiel, wie er sich zusammenreißt, wenn er an ihnen vorbeigeht. Dann kommt der große Augenblick, in dem sein Wahnsinn durchbricht. Und wie machen wir das dem Publikum klar? Wir verlassen das Schlafzimmer mit ihm, folgen ihm mit der Kamera an den

Statuen vorbei, sehen sie durch seine Augen – und was wir sehen, ist sein Wahnsinn auf ihre Gesichter projiziert! Kapiert, Alex? Die Gesichter dieser Statuen, die Tiberius anstarrt, sind jetzt verzerrte, schreckenerregende Spiegelbilder des Verrückten, der er selbst am Ende geworden ist. So, ganz einfach. Ein paar Meter Film und fertig.«

»Fertig«, echote Cy Goldsmith. Er wandte sich vorsichtig an MacAaron. »Was hältst du davon, Mac?«

»Nicht schlecht.« Und das war höchstes Lob aus dem Mund MacAarons.

Aber Files Reaktion war entscheidend, und Mel war gewappnet.

»Statuen!« äußerte File verächtlich. »Zwölf insgesamt, Alex«, bestätigte Mel. »Sechs normale, sechs geistesgestörte. Sechs für vorher und sechs für nachher.«

»Hast du eine Ahnung, was die schönen Künste kosten, Sonnyboy? Schau dir unser Budget an –«

»Ach, zum Teufel mit dem Budget«, protestierte Cy. »Diese Szene bringt's, Alex. So wie ich die Sache –«

»Du?« Files Stimme übertönte mühelos den Verkehrslärm hinter ihnen. »Du bist so besoffen, daß du nicht mal die Hand vorm Gesicht erkennen kannst, du mieser Trunkenbold! Hau jetzt ab, und versuch bis nächste Woche nüchtern zu werden. Verstanden? Los, auf!« Die anderen am Tisch saßen steif und peinlich berührt da, während Cy sich schwerfällig erhob und wie blind die Straße hinunterstolperte. MacAaron stand sofort auf, um ihm zu folgen, da bellte ihn File an: »Wo willst du hin? Ich hab dir nicht erlaubt zu gehen.«

»Und?« gab MacAaron zurück. Und damit war er auch schon weg.

File ignorierte diese Meuterei. »Ein großartiges Team«, bemerkte er. »Ein Besoffener und sein Kindermädchen. Und mit so was müssen wir zusammenarbeiten.« Er nahm einen Schluck aus seiner Tasse und studierte Mel mit halbgeschlossenen Augen. »Wie auch immer, die Statuen sind gestrichen.«

»Nein, Alex. Sie bleiben. Alle zwölf. Sonst könnte ich mit dem Skript lange, sehr lange brauchen.«

Früher hatte File an diesem Punkt auf den Tisch gehauen, um jede Diskussion zu beenden, dieses Mal nicht. »Okay, okay«, murrte er. »Wenn ich zustimme, dann kannst du mir doch sicher morgen eine Zusammenfassung der ganzen Geschichte liefern, oder?«

Du gibst mir meine Zusammenfassung, und ich gebe dir deine Statuen. Obwohl dies für Mel bedeutete, daß er die ganze Nacht durcharbeiten mußte, antwortete er mit einem Triumphgefühl. »Abgemacht. Sie ist morgen fertig.«

Als Betty und er die Gesellschaft verließen, konnte nicht einmal die Erinnerung an die häßliche Szene mit Cy seine Freude trüben. Er hatte File gezwungen, ein paar tausend Dollar mehr für den Film auszugeben, als sein kostbares Budget vorsah.

Zurück im Hotel, streckte sich Mel auf dem Bett aus und las das Skript von *Kaiser der Lust* durch, während Betty sich schweigend vor die Reiseschreibmaschine setzte und geduldig auf den Strom von kreativen Einfällen ihres Mannes wartete. Plötzlich sagte sie aus heiterem Himmel: »Sie ist es nicht.«

»Was?«

»Wanda. Sie ist nicht Alex' Playgirl des Monats. Mit ihr schläft er nicht.«

»Ich würde annehmen, das sei ihr Problem. Aber warum bist du da so sicher?«

»Sie ist zu alt.«

»Sie ist mindestens zwanzig oder einundzwanzig.«

»Ein Schulmädchen ist sie also nicht mehr. Und sie ist sowieso viel zu fraulich für seinen Geschmack. Ich glaube, Alex hat vor echten Frauen Angst, deshalb sucht er sich immer einen Alice-im-Wunderland-Typ.«

»Und?«

»Und jetzt weißt du, worauf ich hinauswill. Bei ihm ist das nichts Neues. Früher oder später wird er mit einer großäugigen, kleinen Alice auftauchen. Ich finde, ein sechzigjähriger Mann, der mit einem jungen Ding, das zum ersten Mal hohe Absätze trägt, die Via Veneto auf und ab stolziert, wirkt richtig obszön. Und ihr dann zu zeigen, was er für ein toller Hecht ist, indem er jemanden wie Cy abkanzelt –«

»An wen denkst du nun wirklich? An den Alice- Typ oder an Cy?«

»Mir tun beide leid. Mel, das letzte Mal warst du entschlossen, nie mehr für Alex zu arbeiten. Wieso hast du dann diesen Job angenommen?«

»Um ihn zu demütigen, wie zum Beispiel mit den Statuen. Ich brauchte das für mein Selbstbewußtsein, Liebling. Es war schon lange fällig.«

»Kurz und gut –«

»Kurz und gut, jetzt müssen wir uns erst einmal eine Zusammenfassung ausdenken, damit wir morgen nach Cinecittà fahren können, um uns die Kulissen anzuschauen, und danach sind wir so beschäftigt, daß wir keine Zeit haben, uns über die Probleme anderer Leute den Kopf zu zerbrechen.«

»Außer, wenn sie dir aufgezwungen werden«, beharrte Betty. »Armer Cy. Ich möchte dabeisein, wenn er Alex eines Tages umbringt.«

Cinecittà ist das italienische Hollywood, außerhalb Roms, wo die meisten von Files Filmen produziert wurden. Aber als Mel ihn anrief, um dort ein Treffen mit ihm zu vereinbaren, sagte man ihm, *Der Kaiser der Lust* würde in einem Gelände einige Kilometer südlich der Stadt, hinter Forte Appia an der Via Appia Antica, der alten appischen Straße, gedreht werden.

Diese Abmachung war eine von Files typischen Manipulationen. Die Pan-Italia-Produktion hatte ihre Kulissen dort aufgebaut, um mit großem Aufwand das Leben des heiligen Paulus zu verfilmen. Anschließend hatte File das Gebäude, die Kulissen und alles was übrigblieb, spottbillig gemietet, unter der Bedingung, daß er am Schluß abbaute und aufräumte.

Am nächsten Tag mietete Mel einen Wagen, und zusammen mit seiner Frau fuhr er hinaus, um festzustellen, was die Pan-Italia ihm zum Improvisieren zurückgelassen hatte. Sie kamen an der Porta San Sebastiano und den Katakomben vorbei, und dann führte sie der Weg durch eine grüne Landschaft, entlang der alten schmalen römischen Straße bis zu einem Bauwerk, das wie ein Forum zu Cäsars Zeiten aussah und das ungefähr siebenhundert

Meter von der Via Appia entfernt in einer Wiese aufragte. Dahinter lagen die Arbeitsbaracken, eine Ansammlung von Holzschuppen, die einen Block von der Größe eines kleinen Flugzeughangars umstanden, in dem sicher die Studios untergebracht waren.

Ein drei Meter hoher Drahtzaun umgab die ganze Anlage, und der Wächter am Tor, ein harter Bursche mit einer Pistole an der Hüfte, machte ziemliche Umstände, bevor er sie passieren ließ. Nun war es nicht mehr schwierig, Files Hauptquartier zu finden, das Gebäude, das der Einfahrt am nächsten war und vor dem einige Autos, unter ihnen Files riesiger Cadillac, geparkt waren.

File wartete in seinem Büro. Außer ihm waren Cy, MacAaron und zwei italienische Techniker, an die sich Mel noch vom letzten Film erinnerte, ein Zweiter-Stab-Regisseur und ein Beleuchter anwesend. Keiner von ihnen war besonders gut, hatte Cy einmal zu ihm gesagt – bei DeMille hätten sie nicht einmal den Fußboden gekehrt –, aber sie waren billig und verstanden Englisch; mehr verlangte File nicht von ihnen.

Mel wurde klar, daß sich nichts an Files Arbeitsweise geändert hatte.

»Gut, gut. Zeig schon her!« forderte ihn File unvermittelt auf, und nachdem er die Zusammenfassung der Geschichte Wort für Wort durchgelesen hatte, bemerkte er: »Na ja, geht schon! Wie lange brauchst du für ein paar komplette Szenen – wann können wir endlich anfangen?«

»In ungefähr einer Woche.«

»Das glaubst du! Heute ist Freitag. Am Montag morgen beim ersten Hahnenschrei werden Wanda und die anderen Hauptdarsteller, zusammen mit einer Herde von Statisten, für eine Massenszene hier erscheinen. Also Montag spätestens um acht Uhr bist du auch da und lieferst einen Teil ab, damit Goldsmith für einige Tage beschäftigt ist. Und ich will auch zwei oder drei Studioszenen, falls es regnet. Dann sitzt mir keiner sinnlos rum und kassiert Geld für nichts.«

»Moment, Alex, über eines sollten wir uns von Anfang an klar sein –«

»Okay, Sonnyboy! Wir sollten uns klar darüber sein, daß es ganz egal ist, wie groß du im Fernsehen herausgekommen bist.

Wenn du für mich arbeitest, läuft alles ab wie eh und je. Hemingway bist du nicht, kapiert? Und wenn du vorhast, Schwierigkeiten zu machen oder mich mit dem Vertrag sitzenzulassen, dann verwickle ich dich in derartige juristische Spitzfindigkeiten, daß du die nächsten fünfzig Jahre für niemand mehr ein Skript schreibst. Wie gefällt dir das?«

Mel fühlte, wie sein Hemdkragen zunehmend enger wurde und er zu ersticken drohte. Er kochte vor hilfloser Wut. Das Schlimmste für ihn war, jeder schlug peinlich berührt die Augen nieder, genau wie am Tag zuvor, als alle am Tisch versucht hatten, Cys Blick aus dem Weg zu gehen, nachdem ihn File öffentlich angebrüllt hatte. Nur Betty zeigte empört mit ausgestrecktem Arm auf File und sagte: »Hör zu, Alex –!«

»Halt dich raus«, gab File ruhig zurück. »Du bist mit ihm verheiratet, vielleicht gefällt es dir, wenn er das Genie spielt, mir nicht.«

Bevor Betty zurückschießen konnte, schüttelte ihr Mann warnend den Kopf. Der Vertrag war schließlich unterschrieben. Es gab keinen Ausweg. »In Ordnung, Alex«, erwiderte er unwillig. »Also bis Montag!«

»Okay. Jetzt wollen wir das Ganze da draußen besichtigen.«

Sie alle traten hinaus in die sengende Sonne, File voran. Als Schutz gegen Staub und Schlamm hatte die Pan-Italia den Boden in diesem Teil des Geländes mit einer harten Teerdecke überzogen, und obwohl es noch nicht einmal zwölf Uhr war, konnte Mel bereits jetzt fühlen, daß die schwarze Masse in der Hitze unter seinen Füßen nachgab. Die meisten Geschäfte in Rom schlossen während der heißesten Stunden über Mittag, aber bei einer Alexander-File-Produktion gab es keine Siesta.

Cy Goldsmith trottete neben Mel her. Die schwüle Luft schien Cy zu schaffen zu machen; die Röte von gestern war aus seinem Gesicht verschwunden, seine Lippen hatten einen ungesunden blauen Schimmer. Aber die Augen waren hell und scharf, nicht mehr blutunterlaufen, und das bedeutete, daß er wenigstens vorübergehend der Flasche entsagt hatte. »Ach, zum Teufel damit, Mel. Du warst das ideale Opfer für Alex. Er war wütend wegen der Statuen. Das ist ganz logisch, oder?«

»Na ja, wenn's nicht wegen des Vertrages wäre, könnte er sich den Film sonstwo hinstecken. Und wenn er glaubt –«

»Sag so was nicht, Mel! Zum ersten Mal läuft alles so, wie wir es wollen – eine gute Story, hervorragende Kulissen, sogar ein paar Schauspieler, die wissen, um was es geht. Ich hab sie selbst angeheuert.«

»Zum Beispiel Wanda, unsere großartige, wunderschöne Hauptdarstellerin? Wem machst du was vor, Cy? Was für eine Leistung kannst du aus jemand herausholen, dessen Dialoge in phonetischem Englisch geschrieben werden müssen?«

»Ich schaff das schon. Laß dir den Job nicht von Alex vermiesen, Mel. Bis jetzt hast du noch immer das Beste draus gemacht. Also versuch's auch dieses Mal!« Der beschwörende Unterton in seiner Stimme widerte Mel an. Es war schon schlimm genug, daß dieser schwerfällige Kleiderschrank jahrelang Files Unverschämtheiten schweigend hingenommen hatte. Nun schien der arme Kerl Files Hand auch noch dankbar dafür abzulecken.

Die Teerdecke endete hinter dem Gebäude, in dem die Studios untergebracht waren, und ein weiterer hoher Drahtzaun teilte das Grundstück dahinter ab und versperrte den Zugang zu der Nachbildung des Forums. Auch hier trug der Wächter, genau wie sein Kollege am Eingangstor, eine Pistole.

Als Mel und Cy den Wachposten passiert und File eingeholt hatten, deutete er mit dem Daumen auf den Wächter. »Das verschlingt eine Menge Geld«, näselte er. »Man braucht diese Burschen hier draußen rund um die Uhr. Sonst würden diese Spaghettifresser alles abbauen und verschleppen.«

»Vielen Dank«, flötete Betty, deren Mädchenname zufällig Capoletta war. *»Mille grazie, padrone!«*

»Stell dich nicht so an! Ich spreche nicht von den Italienern in San Francisco, ich meine ausschließlich die hiesigen Talente.« Mel bemerkte, daß die beiden italienischen Techniker, die jedes Wort mitbekommen haben mußten, so ausdruckslos höflich aussahen, als ob sie nichts verstanden hätten. Schließlich und endlich hatte ihnen File einen Job gegeben.

Der Rundgang durch die Kulissen bewies Files Nase für ein gutes Geschäft. Pan-Italia hatte nicht nur eine Kopie des Forums für ihren Film über den heiligen Paulus gebaut, sondern auch ein wunderbares, bis in jede Einzelheit maßstabgetreues Modell einer römischen Straße mit Geschäften und Wohnhäusern und einer stattlichen Villa mit Säulengang, die von einem Hügel aus alles überragte.

Diese letztere, entschied File, würde als Tiberius-Palast von Capri dienen, die Innenaufnahmen jedoch würde man im Studio drehen. MacAaron und zwei der Kameramänner waren bereits letzte Woche in Capri gewesen und hatten einige Meter Film von der Landschaft aufgenommen, um sie später als authentischen Hintergrund zu benutzen. »Eine von Cy Goldsmith' grandiosen Ideen«, diese Spritztour nach Capri«, fügte er ärgerlich hinzu. »Das dumme Publikum kennt den Unterschied sowieso nicht –«

Um File zu entgehen, kletterte Mel allein zum Säulengang der Villa hinauf. Von dort oben konnte er hinter dem Forum und den Pinien und Zypressen am Rande der Via Appia die sanften Konturen der albanischen Berge am Horizont sehen. Er hatte das Gefühl, das alte Rom sei wieder zum Leben erwacht.

Dann stand plötzlich Cy neben ihm.

»Wie gefällt es dir?« fragte er.

»Gut.«

»Und alles paßt in die Zeit von Tiberius. Begreifst du jetzt, was ich meinte, als ich sagte, wir könnten dieses Mal einen wirklich vernünftigen Film daraus machen – an dem jedes Detail stimmt?«

»Warum strengst du dich so an, Cy? Für einen guten Film, so wie du ihn dir vorstellst, muß vieles öfter umgeschrieben werden, eine Menge Nachaufnahmen sind erforderlich, jede Szene muß intensiv geprobt werden –«

»Ja schon, aber wir werden uns gegen Alex durchsetzen. Wir werden um jede wichtige Kleinigkeit kämpfen.«

»Natürlich.«

»Mel, das ist mein Ernst. Würdest du mir glauben, wenn ich dir erzählte, daß das mein letzter Film sein wird?«

»Du machst wohl Witze!«

Cy lächelte schief. »Nein, nach dem, was die Ärzte mir prophezeit haben, nicht. Was ich dir jetzt anvertraue, muß unter uns bleiben.« Er klopfte sich auf seinen Hängebauch. »Da drinnen ist alles kaputt. Es grenzt an ein Wunder, wenn meine Innereien diesen Film überstehen.« Das war es also, dachte Mel. Das erklärte alles. Cy Goldsmith war ein todkranker Mann, das Ende war nicht mehr weit, und der *Kaiser der Lust* sollte sein Schwanengesang werden. Ein guter Film, das Beste, dessen er fähig war, ganz gleich, was Alexander File dazu sagte. »Schau, Cy, auch Ärzte können sich irren. Wenn du sofort nach Amerika zurückfahren würdest und einen Spezialisten konsultierst – vielleicht in der Mayo-Klinik –«

»Genau dort habe ich es erfahren, Mel. Die schonungslose Wahrheit. Willst du wissen, wie schonungslos? Nun gut, das erste, was ich getan habe, bevor ich diesen Job hier übernahm, war, nach Los Angeles zu fliegen und alle nötigen Vorbereitungen für meine Beerdigung im *Elysian* Park zu treffen. Ein ansehnliches Mausoleum, einen hübschen Sarg, das ganze Drum und Dran. Komisch war nur, es ging mir plötzlich viel besser, als ich die Papiere unterschrieben hatte. Man muß den Tatsachen ins Auge sehen. Danach kann man mit ihnen leben.«

Wenigstens so lange, bis du diesen Film, wie du ihn dir vorstellst, im Kasten hast, überlegte Mel. So betrachtet, hätte Cy ihm kein größeres Kompliment machen können. Alles hing von dem Drehbuch ab. Und er, Mel Gordon, war auserwählt worden, es zu schreiben.

»Noch eins, Cy. Es war also deine Idee, mich hierherzuholen und mir das Skript zu geben, nicht Alex'?«

»Richtig. Beweist das nicht, daß ich eine Schlacht gegen Alex gewinnen kann, wenn es nötig ist?«

»Ja. Jetzt aber müssen wir nur noch den Krieg gewinnen.«

Und es wurde ein Krieg. Nachdem File den ersten Entwurf des vollständigen Skripts gelesen und einen Drehplan aufgestellt hatte, fielen ihm bald Unbotmäßigkeiten auf. Danach war für jeden, der am *Kaiser der Lust* beteiligt war, der Teufel los.

Auch für ihn – in Mels Stimme schwang ein befriedigter Unterton mit, als er seiner Frau die Sache darlegte. Zum ersten Mal in Files Karriere wurde der Drehplan nicht eingehalten, da Cy stur jede Aufnahme so oft wiederholen ließ, bis sie seiner Meinung nach saß. Er übernahm dazu noch die Aufgaben des Zweiten-Stab-Regisseurs, er drillte römische Legionen und Barbarenhorden auf den Feldern hinter dem Gelände, bis sie fast vor Erschöpfung zu Boden sanken, und er zwang Mel, einzelne Szenen immer wieder umzuschreiben.

Alle übernahmen freiwillig zusätzliche Pflichten. Mitten unter der Arbeit an der Schreibmaschine stand Mel immer wieder auf und führte Regie bei einfachen Szenen, MacAaron übernahm trotz wilder Proteste von seiten entrüsteter Gewerkschaftsvertreter die Beleuchtung und die Tonmischung. Sogar Betty verbrachte Stunden damit, Wanda Pericola die korrekte Aussprache ihrer Rolle beizubringen, bis die beiden sich zu hassen begannen.

Sie alle arbeiteten meistens bis tief in die Nacht hinein, und obwohl sie übermüdet waren, mußten sie sich danach noch im Projektionsraum versammeln, um die an diesem Tag erarbeiteten Szenen zu begutachten. File saß abgesondert von ihnen, er kochte vor Wut und nörgelte andauernd über die Kosten, die ihm entstanden. Für ihn verschwendeten sie absichtlich und böswillig sein Geld, sabotierten ihn, trieben ihn dem Ruin entgegen, und er ließ es sie bei jeder Gelegenheit wissen.

Im Endeffekt jedoch war es gerade sein Geiz, der ihn daran hinderte, etwas gegen sie zu unternehmen. Wie Cy bemerkte, hätte er sie alle feuern können, aber die Verträge galten für beide Parteien. Sie zu feuern, würde bedeuten, sie voll bezahlen zu müssen, obwohl sie nur einen Teil des Films fertig gedreht hatten, und sie zu ersetzen, würde bedeuten, andere voll bezahlen zu müssen, um den Film fertigzustellen, und das war für File undenkbar.

»Trotzdem«, erwiderte Mel, »wünschte ich, er würde uns ab und zu wenigstens fünf Minuten in Ruhe lassen. Wenn er nur eine nette kleine Ablenkung finden würde –«

Und früh am nächsten Morgen erschien die Ablenkung.

Sie kam als Sozius auf einer knatternden Vespa – ein kleines zierliches Mädchen, der eine Arm war um die Taille des bärtigen jungen Fahrers geschlungen, der andere Arm umklammerte ein sperriges, in braunes Papier gewickeltes Paket. Eine Norditalienerin, nahm Mel an, ihrem hellen Teint, dem honigfarbigen Haar, ihrer klargeschnittenen, leicht nach oben gebogenen toskanischen Nase nach zu schließen. Ein dünnes, unterernährtes Kind, aber trotzdem außergewöhnlich hübsch.

Sie standen gerade vor Files Hauptquartier, als die Vespa heranbrauste und vor ihnen zum Halten kam – Mel und Betty, Cy, MacAaron und File. Sie stritten wie üblich über den heutigen Aufnahmeplan. Als das Mädchen, das das Paket nun vorsichtig in beiden Händen hielt, so als ob es aus Kristallglas wäre, abstieg, rutschte ihr Rock nach oben, und Mel sah, wie File auf den entblößten weißen Oberschenkel starrte und dann die Augen zusammenkniff, um das gesamte Bild, das sich ihm bot, zu betrachten.

Was die Sache noch verschlimmerte, überlegte Mel, war die schamlose Unschuld, die Frische, die sie umgab. Er warf einen Blick auf Betty. Aus ihrem Gesichtsausdruck schloß er, daß ihr in diesem Augenblick dasselbe Wort wie ihm durch den Kopf geschossen sein mußte. *Alice.*

Der bärtige Fahrer kam auf sie zu. Das Mädchen folgte ihm, gleichsam in seinem Schatten, wie um sich zu verstecken. Aus der Nähe sah Mel, daß der strähnige rötliche Bart nur ein hoffnungsloser Versuch war, ein argloses, junges Gesicht älter und würdevoll erscheinen zu lassen.

»Signor File, ich bin hier, wie gewünscht.«

»Ja«, grunzte File. Er wandte sich sauer lächelnd an Mel. »Du wolltest Statuen? Hier ist der Kerl, der sie dir liefert.«

»Paolo Varese«, sagte der junge Mann, »und das ist meine Schwester, Claudia.« Er griff nach hinten, um sie näher heranzuziehen. »Wovor hast du Angst, du dummes Ding?« meckerte er sie an. »Sie müssen ihr verzeihen«, erklärte er den anderen. »Sie ist erst seit einem Monat von Campo Friddo weg, und all das ist neu für sie. Sie ist sehr beeindruckt.«

»Wo liegt Campo Friddo?« fragte Betty.

»In der Nähe von Lucca, in den Bergen.« Paolo grinste. »Zwanzig Einwohner, vierzig Ziegen. So ein Ort. Deshalb haben Mama und Papa Claudia erlaubt, zu mir nach Rom zu ziehen, um hier eine gute Schule zu besuchen. Aber Sie wissen doch, wie verrückt Mädchen aufs Kino sind. Als sie hörte, ich sollte hier arbeiten, wo Sie einen Film drehen –«

»Schon gut«, unterbrach Cy ihn ungeduldig, »aber was ist mit den Statuen?«

»Ja, ja natürlich.« Paolo nahm seiner Schwester das Paket ab, riß das Papier auf und hielt ihnen eine in eine Robe gehüllte Figurine entgegen. Sie war wunderschön gemeißelt, und zwar aus einem Material, das wie polierter weißer Marmor glänzte. Aber Mel sah mit gemischten Gefühlen, daß sie nur sechzig Zentimeter hoch war.

»Die Statuen sollten lebensgroß sein«, sagte er und machte sich auf eine weitere Auseinandersetzung mit File gefaßt. »Diese–«

»Aber das ist nur das Muster«, erklärte Paolo. »Sie werden lebensgroß. Insgesamt zwölf Stück, alle lebensgroß.« Mit einem Kopfnicken deutete er auf die Figurine. »Das hier ist Augustus. Sulla, Marius, Cäsar und Tiberius folgen – Kopien der Skulpturen im Kapitolinischen Museum.«

Mel nahm die Figurine in die Hand. Sie war überraschend leicht. »Sie ist nicht aus Marmor?«

»Nein. Es ist ein Trick. Meine eigene Erfindung. Wenn Sie mir meinen Arbeitsplatz zeigen, mache ich es Ihnen vor.«

Seine Schwester zupfte ihn ängstlich am Ärmel. »*Che cosa devo fare, Paolo?*« fragte sie, dann flüsterte sie ihm schnell etwas zu.

»O ja.« Paolo blickte File entschuldigend an. »Claudia würde sich gerne hier etwas umsehen, um zu erfahren, wie ein Film entsteht. Sie wird auch ganz vorsichtig sein.«

»Sich hier umsehen, hm?« File überlegte einen Augenblick stirnrunzelnd, den Blick unverwandt auf das Mädchen gerichtet. »Na gut, warum nicht, Ich werde sie sogar selbst herumführen, und außerdem muß ich in Kürze sowieso in die Stadt«, fuhr File fort. »Da kann ich sie gleich irgendwo absetzen.«

Paolo schien von dieser Großzügigkeit gleichzeitig beunruhigt und entzückt zu sein. »Aber, Signor File, Sie machen sich soviel Mühe –«

»Schon in Ordnung.« File wehrte die gestammelten Worte der Dankbarkeit unwirsch ab. »Sie fangen gleich mit der Arbeit an und tun, wofür Sie bezahlt werden. Goldsmith wird Ihnen die Werkstatt zeigen.« File bedeutete dem Mädchen, ihm zu folgen, und stolzierte dann mit ihr im Kielwasser davon. Man mußte ihn kennen, um zu wissen, was wirklich los war, dachte Mel. Sonst glaubte man, einen kleinen, weißhaarigen, großväterlichen Typ vor sich zu haben, der ein goldenes Herz unter einer rauhen Schale verbarg.

Ein Teil der Zimmermannswerkstatt, in der Nähe des Eingangs zu den Studios, war zu einem Bildhaueratelier umgebaut worden. Der Arbeitsprozeß, den Paolo begeistert in allen Einzelheiten schilderte, war faszinierend. Zuerst wurde ein Gerüst aus Metallröhren in der Größe des Objekts aufgebaut, ein Querstück in Schulterhöhe. Anschließend wurde Maschendraht von oben nach unten herumgewickelt und fest mit dem Gerüst verbunden. So entstand eine zylinderförmige Gestalt, die ungefähr den Umrissen einer menschlichen Figur entsprach. Auf diese wurde eine dünne Tonschicht aufgetragen und zu einer römischen Toga mit fliegenden Falten modelliert. Was den Kopf anbelangte . . .

Paolo nahm die Figurine an sich und entfernte mit einem Messer verschiedene Lagen von Ton.

»Man würde lange brauchen, um den ganzen Kopf in Ton zu formen«, erklärte er, »aber auf diese Weise geht es sehr schnell.«

Er blies die winzigen marmorfarbenen Splitter zur Seite, und unter ihnen erschien eine Art Totenkopf. Er klopfte mit dem Finger darauf. »Hohl, sehen Sie. Papiermaché, das gleiche Material, das für Masken verwendet wird. Es kann schnell zu einem Kopf modelliert werden. Es trocknet fast sofort. Als nächstes kommt dann die Tonschicht darauf für die feine Arbeit. Fertig ist der Römer.«

»Und wieso sieht es wie Marmor aus?« fragte Cy.

»Emailfarbe, weiß und elfenbein gemischt, wird draufgespritzt. Das trocknet auch sehr rasch.«

»Aber der Ton ist doch immer noch naß, oder?«

»O nein. Bevor die Farbe draufkommt, bearbeitet man den Kopf einige Stunden mit der Lötlampe. Aber trotzdem dauert der ganze Prozeß nur einen Tag. *Ecco* – zwölf Statuen in zwölf Tagen, wie ich es Signor File versprochen habe.«

»Haben Sie die Entwürfe für die anderen bei sich?« wollte Cy wissen, und als Paolo sie schmutzig und zerknittert aus der Tasche zog, war es offensichtlich, daß File wieder einmal ein ausgezeichnetes Geschäft gemacht hatte.

Als sie aus der Werkstattür traten, sahen sie, wie File und Claudia hinter einer Baracke auftauchten, in den Cadillac einstiegen und auf das Tor zufuhren.

Plötzlich erinnerte sich Paolo an etwas. »Die Vespa! Die Vespa!« rief er, aber seine Schwester zuckte nur hilflos die Achseln, bevor der Cadillac verschwand.

Paolo schüttelte resigniert den Kopf.

»Wir wollten jeden Morgen mit der Vespa hier rauskommen, und dann sollte Claudia damit in die Schule fahren. Das bedeutet für mich, daß ich normalerweise abends mit dem Bus nach Hause fahren muß, aber heute sieht es so aus, als ob ich mich selbst heimchauffieren könnte.«

»Glück gehabt, Paolo«, bemerkte Betty nachdenklich. »Aber Claudia ist ein sehr hübsches Mädchen . . .«

»Ja, das weiß ich nur zu gut!« Paolo blickte verzweifelt zum Himmel auf. »Deshalb hatte ich auch so große Schwierigkeiten mit Mama und Papa, bevor sie ihr erlaubten, bei mir in Rom zu wohnen. Mama und Papa sind rechtschaffene Leute, aber sie glauben, alles, was die Männer in Rom im Kopf haben, ist, hübsche kleine Mädchen zu fressen. Sie vergessen dabei, Claudia ist bei mir, und ich –«

»Paolo«, hakte Betty ein, »manchmal ist sie nicht bei Ihnen, und wenn ich auch die Männer in Rom nicht kenne, Signor File kenne ich. Signor File frißt gerne hübsche kleine Mädchen.«

Der Junge war entsetzt. »Er? Wirklich, Signora, er scheint nicht jemand zu sein, der –«

»*Faccia attenzione, signore*«, betonte Betty. »*Il padrone e un libertino. Capisce?*«

Paolo nickte ernst. »*Capisco, signora. Grazie.* Ich werde es Claudia sagen. Sie ist schon sechzehn, kein Kind mehr. Sie wird schon verstehen.«

Es fiel Mel auf, daß es jetzt Tage gab, an denen File die Studios mitten am Nachmittag verließ und erst spät am Abend, wenn überhaupt, zurückkam.

Auch Betty fiel es auf.

»Dir ist doch klar, wo er hingeht?« sagte sie zu ihrem Mann.

»Klar ist es mir nicht, aber einen Verdacht habe ich. Das ist etwas anderes.«

»Hör auf, Haare zu spalten. Er ist mit diesem Kind zusammen, und das weißt du genau.«

»Na und? Mit sechzehn, fast schon siebzehn, ist man in diesem Teil der Welt kein Kind mehr. Du hast Paolo vor File gewarnt. Was mich anbelangt –«

»Ja, ja! Was dich anbelangt – und Cy und Mac –, ihr seid froh, daß Alex nicht die ganze Zeit hier herumlungert.«

Das ließ sich nicht leugnen. Es war eine ungeheuere Erleichterung, File nicht ewig im Nacken zu haben, und seine Motive, zu verschwinden, waren ihnen egal. Ihre Nerven waren vor Überarbeitung und Spannung zum Zerreißen gespannt, aber der Film war fast fertig gedreht, und sie brauchten all ihre Kraft, um ihn mit Glanz und Gloria zu Ende zu bringen. Wenn man überlegte, wieviel Energie sie verschwendeten, File – mit seinem ewigen Genörgel, seinen Drohungen, seinen sich widersprechenden Anordnungen – immer wieder zu beruhigen, dann war der Anblick des Cadillacs, der am Nachmittag durch das Tor davonfuhr, wie eine belebende Spritze.

Mel war nicht einmal sicher, ob Paolo, selbst wenn er etwas vermutete, bereit war, File zu stellen. Der Auftrag für die Statuen, so hatte er Mel anvertraut, bedeutete für ihn Geld genug, um schwierige Zeiten überbrücken zu können. Er hatte Glück gehabt. Signor File hatte sich nämlich an die Kunstakademie gewandt mit der Bitte, ihm jemand zu empfehlen, der den Auftrag so billig wie möglich ausführen würde. Man hatte ihn, Paolo, den Preisträger des vorigen Jahres, empfohlen. Und dieser schuftete nun, schwitzend und mit nacktem Oberkörper, glücklich vom frühen Morgen bis spät in die Nacht hinein. Die Statuen wurden eine nach der anderen ins Studio geschafft und dort für die Szene aufgebaut. Die ersten sechs – mit strengen, ruhigen Gesichtszügen – fügten sich ausgezeichnet in den Rahmen ein; die folgenden, mit vom Wahnsinn verzerrten Gesichtern, wirkten sogar noch besser. Die letzte – nach den Skizzen der Entwürfe zu schließen, die eindrucksvollste von allen – würde den geistesgestörten Tiberius darstellen.

Als diese zusammen mit den anderen fünf an ihrem Platz im Korridor des Palastes stand und MacAaron seine Total- und Großaufnahmen gemacht hatte, war der Film fast abgedreht. Fertig. Das heißt, bis auf Cys Redaktionsarbeit – die heikle Aufgabe des Schneidens, des Umstellens, des Findens des richtigen Rhythmus für jede Szene, und schließlich das Zusammenspleißen des Ganzen zu dem, was später auf der Leinwand zu sehen sein würde. Der ganze Erfolg eines Filmes hing von der Redaktionsarbeit ab, und in *Kaiser der Lust* war dafür ausschließlich Cy verantwortlich.

Mit dem Ende in Sicht, wollte keiner Schwierigkeiten machen. Und dann in einer stürmischen Nacht, kam es beinah doch soweit.

Der Sturm, einer jener römischen Wolkenbrüche, die endlos herniedergingen, hatte am Spätnachmittag begonnen. Er verwandelte die Wiesen in Sümpfe, und auf der Teerdecke im Gelände stand das Wasser mehr als drei Zentimeter hoch. Um Mitternacht, als Mel und Betty durch die Wassermassen zum Auto stapften und völlig durchnäßt einstiegen, entdeckten sie Paolo, der an seiner Werkstattür stand und resigniert in die Sintflut blickte.

Sie hielten an.

Er kletterte überaus dankbar auf den Rücksitz. Er wohnte in Trastevere. Der Weg, wie Paolo ihnen erklärte, führte über den Ponte Sublicio zur Piazza Matrai im Herzen eines heruntergekommenen Viertels. Er und seine Schwester wohnten in einem uralten Mietshaus in einer Seitengasse der Piazza. An der Ecke parkte in einsamem Glanz ein großer Cadillac.

Als Mel ihn sah, bremste er unwillkürlich, und der kleine Fiat schlitterte über die halbe Piazza. Gleichzeitig hörte er, wie Paolo etwas zwischen den Zähnen hervorzischte, und fühlte das Gewicht des Jungen, der gegen den Beifahrersitz prallte, als er sich vorbeugte und fassungslos durch die regennasse Windschutzscheibe starrte.

Dann erschien File. Er rannte mit eingezogenem Kopf und hochgeschlagenem Mantelkragen auf seinen Wagen zu. Er hatte den Cadillac fast erreicht, als Paolo hochschreckte.

Er stieß wild gegen Bettys Sitz. »Signora, lassen Sie mich raus!«

Betty blieb stur sitzen. »Warum? Um einen Mord zu begehen und den Rest Ihres Lebens im Gefängnis zu verbringen? Was würde das Claudia jetzt noch helfen?«

»Das ist meine Sache. Lassen Sie mich raus! Ich bestehe darauf!«

Die Rücklichter des Cadillac leuchteten auf, er fuhr an und verschwand die Via della Luce hinunter. Paolo hämmerte sich mit den Fäusten auf die Knie. »Sie hatten kein Recht dazu«, keuchte er. »Warum wollen Sie ihn schützen?«

Mel dachte an den nächsten Morgen, wenn dieser fast hysterische Junge File im Filmgelände begegnen würde. »Hören Sie zu«, sagte er. »Seien Sie vernünftig und sprechen Sie mit Claudia.«

»Ja«, erwiderte Paolo wütend. »Und wenn ich –«

»Aber ich spreche zuerst mit ihr«, verkündete Betty. »Ich weiß, es geht mich nichts an, aber ich werde es trotzdem tun. Sie warten hier bei Signor Gordon, bis ich wiederkomme.«

Die Wartezeit schien endlos und nervenzermürbend. Das unaufhörliche Getrommel des Regens auf dem Autodach wirkte auch nicht gerade beruhigend.

Schließlich kam Betty zurück und sprang in den Wagen.

»Nun«, fragte sie Paolo kalt. »Sie haben mit ihr gesprochen?«

»Ja.«

»Und sie hat Ihnen erzählt, wieviel er ihr bezahlt hat für – für –«

»Ja.«

Das hatte Paolo nicht erwartet. »Das würde sie Ihnen nie sagen«, erwiderte er ungläubig. »Sie würde lügen, versuchen, Sie zu täuschen, so wie sie es mit mir gemacht hat. Sie –«

»Zuerst lassen Sie mich berichten, was ich erfahren habe. Claudia erklärte mir, wie Ihre Abmachung mit Signor File lautete. Sie sollten im voraus eine Anzahlung für die Statuen bekommen und den Rest des Geldes bei ihrer Fertigstellung. Stimmt das?«

»Ja. Aber was hat das damit zu tun?«

»Alles. Weil Signor File ihr gedroht hat, wenn sie nicht nett zu ihm wäre, würden Sie den Rest des Geldes nie sehen. Er würde behaupten, Ihre Arbeit sei nichts wert, und außerdem würde er das überall verbreiten, so daß Sie nie mehr einen derartigen Auftrag erhalten würden. Ihre Schwester hat also gedacht, sie müßte sich opfern, Signore, für das Geld, um das man Sie sonst betrogen hätte, und für den guten Ruf, den Sie sich mit diesem Job erwerben können.«

Paolo schlug sich mit der Hand gegen die Stirn.

»Aber wie kann sie so etwas denken«, stöhnte er. »Sie hat doch den Vertrag gelesen, der in Anwesenheit der Rechtsanwälte unterschrieben wurde. Wie konnte sie derartigen Lügen Glauben schenken?«

»Weil sie nur ein Kind ist. Nun, wenn Sie jetzt nach oben zu ihr gehen, müssen Sie ihr gegenüber Verständnis zeigen. Werden Sie das tun?«

»Ja, Signora, ja! Aber was diesen Mann anbelangt –«

»Paolo, hören Sie mir gut zu! Ich verstehe Ihre Gefühle, aber alles, was Sie gegen ihn unternehmen, wird sich zu einem Skandal, der Claudia schadet, ausweiten. Was auch immer geschieht, es wird durch alle Zeitungen gehen. Und danach, kann das Mädchen dann noch zurück in die Schule? Kann sie dann noch jemals zurück nach Hause, nach Campo Friddo, ohne daß sie alle anstarren und über sie tuscheln? Und wenn Sie ihn vor Gericht bringen –«

»Auch das . . .«, begann Paolo bitter. Er schwieg einen Moment und fuhr dann fort. »Bitte lassen Sie mich jetzt aussteigen. Ich möchte Sie nicht länger aufhalten.« Betty beugte sich widerwillig vor, und er kletterte hinaus. »Sie verstehen diese Dinge nicht, Signora, aber ich werde noch einmal über Ihre Worte nachdenken. *Arrivederci.*«

Mel beobachtete, wie er im Hauseingang verschwand, dann ließ er den Fiat an.

»Klingt nicht sehr vielversprechend«, bemerkte er. »Ich werde Alex wohl morgen früh warnen müssen, obwohl ich ihm das, was er verdient, gönne.«

Seine Frau schüttelte verzweifelt den Kopf. »Mein Gott! Du solltest sehen, wie diese Kinder leben. Ein Zimmer wie ein Rattenloch, mit einem Vorhang in der Mitte, damit jeder von ihnen sich wenigstens manchmal zurückziehen kann. Der Regen sickert durch die Wände. Die Möbel bestehen nur aus Apfelsinenkisten, eine stinkende, undichte Gemeinschaftstoilette ist im Gang. Man möchte nicht glauben, daß heutzutage –«

»Gewiß, gewiß, aber *la vie Bohème* ist kaum jemals so lustig wie

43

la dolce vita. Wie auch immer, ganz gleich, was Alex sich für diesen Auftrag abringt, es bedeutet für sie eine Verbesserung der Lebensumstände.«

»Mel, wieviel bezahlt Alex deiner Meinung nach?«

»Woher soll ich das wissen? Warum? Hat Claudia dir erzählt, wieviel?«

»Ja. Also rate mal!«

»Na ja, da die Statuen von den Entwürfen bis zur fertigen Ausführung Paolos eigene Arbeit sind, sollten sie zwischen fünf- und zehntausend Dollar einbringen. Aber ich wette, der Kleine bekommt nie mehr als zweitausend.«

»Fünfhundert, Mel! Hundert Anzahlung und den Rest am Schluß. Erbärmliche fünfhundert Dollar insgesamt!«

Man konnte File nicht übertreffen, dachte Mel fast ehrfürchtig, als sie die Brücke über den angeschwollenen und trüben Tiber passierten. Lausige fünfhundert Dollar für alle zwölf Statuen. Und Claudia Varese als Zugabe.

Am nächsten Morgen redete Mel mit File und war froh, daß Cy und MacAaron auch dabei waren und hörten, was sich abgespielt hatte.

Bei dem Gedanken daran, was auf ihn zukommen konnte, war File offensichtlich beunruhigt.

»Zum Teufel!« brauste er auf. »Du kennst doch diese hiesigen Mädchen. Wenn ich's nicht gewesen wäre, wäre es jemand anders. Aber wenn dieser besagte Bruder vorhat, mir ein Messer zwischen die Rippen zu quetschen, dann sollte ich ihm vielleicht –«

»Das habe ich nicht gesagt«, betonte Mel. »Alles, was ich dir empfohlen habe, war, ihm aus dem Weg zu gehen. Er ist morgen mit seiner Arbeit fertig. Du hast bestimmt noch einiges in der Stadt zu erledigen, bis er weg ist.«

»Was! Soll ich von meinem Gelände verschwinden, nur weil dieser grüne Spaghettifresser hier ist?«

»Du hast doch die ganze Sache angefangen, oder?«

»Okay, okay! Aber ich komme am Abend zurück, um mir die heutigen Aufnahmen anzuschauen, und anschließend haben wir eine wichtige Konferenz, verstanden? Ihr habt also alle dazusein!«

Das hatte unheilvoll geklungen, stellten sie einstimmig fest, nachdem File das Büro verlassen hatte, aber sie dachten nicht weiter darüber nach. Es waren schließlich nur noch einige Szenen abzudrehen, die Redaktionsarbeit würde noch eine Woche in Anspruch nehmen, und das war's. File hatte das Schlimmste versucht, aber es hatte sie nicht daran gehindert, ihr Bestes zu tun.

File kehrte spät am Abend zurück. Als sie sich in seinem Büro versammelten, ließ File eine Bombe explodieren. »Eine Kleinigkeit möchte ich noch klären«, kündigte er an, »und dann ist für heute Schluß. Nur dies eine noch. Goldsmith, ich nehme an, du bist Ende der Woche mit den Dreharbeiten fertig. Stimmt das?«

»Ja, bis Freitag.«

»Gut, in Ordnung. Am Freitagabend, wenn ihr das Gelände verlaßt, ist Schluß. Kapiert? Wenn ihr erst einmal draußen seid, bleibt ihr auch draußen. Und versucht keine faulen Tricks mit dem Wächter, denn er bekommt von mir besondere Instruktionen, niemand reinzulassen.«

»Du hast nur etwas übersehen, Alex«, sagte Cy. »Der Film muß noch fertiggeschnitten werden. Es dauert noch eine Woche bevor du deinem Wachhund Anweisung geben kannst, auf mich zu schießen.«

»Oh?« erwiderte File mit übertriebenem Interesse. »Noch eine Woche?« Seine Gesichtszüge versteinerten sich. »Nein danke, Goldsmith. Wir haben schon einen Filmredakteur auf der Lohnliste. Du verabschiedest dich also am Freitag von mir und vergißt, daß du mich je gekannt hast.«

»Alex, das ist doch nicht dein Ernst. Soll Gariglia wirklich die Redaktionsarbeit übernehmen? Er ist doch völlig unfähig dazu. Wenn ich nicht da bin, um ihm zu zeigen –«

»Von jetzt an werde ich ihm eben zeigen, was er zu tun hat.«

»Du?«

»Ganz richtig. Ich.« File pochte sich ärgerlich mit der Faust auf die Brust. »Ich. Alexander File, der bereits Filme gedreht hat, als du noch die Flüstertüte für DeMille getragen hast!«

Cys Gesicht war blutleer, er atmete schwer.

»Alex, niemand, auch du nicht, wird diesen Film verstümmeln. Wenn du versuchst, mich daran zu hindern, hier reinzukommen, bevor die Redaktionsarbeit erledigt ist –«

»Wenn ich es versuche?« File schlug mit der Faust auf den Tisch. »Ich versuche es nicht, Goldsmith, ich tue es. Und jetzt ist diese Konferenz beendet. *Finito*. Vorbei!«

Files Verbitterung was echt, wie Mel sah. Der Mann war blind vor Wut. Er zitterte buchstäblich. Die Götter die er anbetete, hießen Budget und Zeitplan, und er hatte erlebt, wie man auf sie spuckte und sie absetzte.

Er blieb einen Moment mit der Hand am Türgriff stehen, als sich Cy noch einmal an ihn wandte.

»Hör zu, Alex, wir kennen uns schon zu lange, um uns so aufzuführen. Wenn wir –«

»Wenn wir was?« File wirbelte herum. »Wenn wir hier die ganze Nacht rumsitzen und uns darüber unterhalten, werde ich vielleicht meine Meinung ändern? Nach allem, was den ganzen Sommer hier vorgegangen ist? Daß wir uns klar verstehen, du lausiger Betrüger, ich werde meine Meinung nicht ändern.«

Die Tür wurde aufgerissen. Zugeknallt. File war verschwunden.

Die vier standen da und starrten sich an. Es war so still im Zimmer, daß Mel das rhythmische Klopfen von Files Absätzen, als dieser auf seinen Wagen zuging, hören konnte.

»Du lieber Gott!« flüsterte Betty. »Das war wirklich sein Ernst. Er wird den Film völlig verderben, und es wird ihm nicht einmal klarwerden, daß er ihn selbst verdirbt.«

»Moment mal«, warf Mel ein. »Wenn Cys Vertrag das Recht auf die Redaktionsarbeit einschließt –«

»Das tut er nicht«, unterbrach ihn MacAaron. Er beobachtete Cy. »Wie fühlst du dich?« fragte er.

Cy schnitt eine Grimasse. »Ausgezeichnet. Es tut nur weh, wenn ich lache.«

»Du siehst schlecht aus. Wenn es nur bei einem kleinen Drink bliebe –«

»Es bleibt bei einem. Laßt uns hier abhauen.«

Sie gingen nach draußen. Der Mond, der tief am Horizont hing, war nur eine schmale Sichel, aber sein milchiger Schein reichte gerade aus, den Weg zu den geparkten Autos zu erhellen.

Files Cadillac war immer noch da, die Scheinwerfer waren nicht eingeschaltet, aber die Tür auf der Fahrerseite stand weit offen. File saß nicht im Wagen.

Mel warf einen Blick über das Gelände. Komisch, dachte er, File war ein Mann mit ausgeprägten Gewohnheiten, der, sobald die Tagesarbeit getan war, in seinen Wagen einstieg und ohne Umschweife auf das Tor zufuhr.

Cy und MacAaron waren ein paar Meter vorgegangen, und Mel sah, wie Cy plötzlich stehenblieb. Er machte kehrt und wandte sich an Mel. »Ich könnte schwören, daß sich die Schritte dieses Giftzwergs in diese Richtung entfernt haben«, bemerkte er. »Er hat doch nicht noch ein Auto hier rumstehen, oder?«

Mel schüttelte den Kopf. »Nur den Cadillac. Der Schlag ist offen. Es sieht also so aus, als ob er gerade einsteigen wollte und dann seine Meinung geändert hat. Wo kann er nur sein?«

»Keine Ahnung«, gab Cy zurück. »Um diese Zeit wird er kaum eine Inspektionstour machen.«

Sie standen alle da und schauten ratlos ins Leere. Über dem Tor baumelte eine trübe Lampe, die das Pförtnerhäuschen, das ungefähr so groß wie eine Telefonzelle war, in einen Halbschatten tauchte.

»Nun, worauf warten wir noch?« MacAaron zuckte die Achseln. »Wenn ihm was passiert ist, können wir immer noch giftigen Efeu zu seiner Beerdigung schicken. Fahren wir nach Haus.«

Dieser Gedanke wäre besser unausgesprochen geblieben, überlegte Mel. Dann hätten sie die Sache auf sich beruhen lassen und sich aus dem Staub machen können. Nun, da der Verdacht, daß etwas nicht stimmen könnte, geäußert worden war, war es mehr oder weniger ihre Pflicht, der Angelegenheit nachzugehen, ungeachtet ihrer Gefühle File gegenüber.

»Mac hat recht«, sagte Cy zu Mel und Betty. »Es hat keinen Zweck, wenn ihr beide auch hierbleibt.«

»Und du?«

»Ich warte noch etwas. Wahrscheinlich taucht er sowieso bald auf.«

»Dann warten wir auch«, beschloß Mel. Die Minuten schienen Ewigkeiten zu dauern. Dann das Geräusch von Schritten. Aber es war nicht File, sondern ein Filmvorführer, und Signor File war ihm nicht begegnet. Er ließ sein Moped an und fuhr davon.

Sie beobachteten, wie der Wachtposten aus seinem Häuschen trat, das Tor für ihn öffnete, wie das Moped verschwand, und dann war alles wieder still, »Zum Teufel!« fluchte Cy. »Wir hätten sofort dran denken sollen. Dieser Wächter hat Alex vielleicht gesehen.« Er trottete davon, um sich mit dem Wachtposten kurz zu unterhalten. Als er zurückkam, schüttelte er den Kopf. »Pech gehabt. Er hat gehört, wie die Bürotür zugeschlagen wurde, aber er las gerade seine Zeitung, und ihm ist nichts aufgefallen. Nach seinem Rapportbuch ist niemand mehr außer Alex und uns im Gebäude – und Paolo Varese.«

Das war die verhängnisvolle Möglichkeit, vor der sie alle versucht hatten, die Augen zu verschließen. Paolo und File. Der Junge im Fond versteckt, File, der die Tür öffnet, das Messer oder der Revolver, die ihn plötzlich bedrohen. Oder ein Schlag mit einer jener eisernen Röhren. Aber es mußte Beweise geben. Blutspritzer. Oder noch Schlimmeres.

Die Versuchung, das Auto zu durchsuchen und die Lederpolster unter die Lupe zu nehmen, stieg gleichzeitig mit einem überwältigenden Ekel in Mel auf. Er deutete schwach auf den Cadillac.

»Sollten wir nicht –?«

»Schon okay«, unterbrach ihn Cy, der offensichtlich Mitleid mit ihm empfand. »Ich mach's.«

Mel beobachtete dankbar, wie er auf den Wagen zuging und sich hineinbeugte. Dann leuchtete das Licht am Armaturenbrett auf und schien durch die Windschutzscheibe.

»Die Schlüssel stecken«, rief Cy mit gedämpfter Stimme. »Aber sonst ist alles normal.«

Das Licht erlosch, und er stieg aus. Mit den Schlüsseln in der Hand umkreiste er das Auto und sperrte schließlich den Kofferraum auf und blickte hinein. Er schloß den Deckel und kam zurück.

»Nichts«, erklärte er. »Alles, was wir wissen, ist, daß Alex einstieg und dann wieder ausstieg.«

»Und nun?« fragte Betty.

»Ich geh jetzt in die Werkstatt und stelle fest, ob Varese dort ist. In der Zwischenzeit kann sich Mac die Studios vornehmen, aber du und Mel –«

»Mach dir darüber keine Sorgen«, beruhigte ihn Betty. »So spät ist es noch nicht.«

»In Ordnung. Dann schnappt ihr euch den Wagen, begebt euch zum Hinterausgang und fühlt dem Wachtposten dort auf den Zahn. Auf dem Rückweg versucht bitte, quer durchs Gelände zu fahren. Laßt euch Zeit, und stellt die Scheinwerfer an!«

Sie befolgten Cys Anweisungen genau, und nach zwanzig Minuten, als sie wieder vor dem Büro eintrafen, sah Mel mit Erleichterung nichts anderes als Verwirrung auf Cy und MacAarons Gesichtern. »Mac hat in den Studios nichts entdeckt«, berichtete Cy. »Der Kleine arbeitet in seiner Werkstatt an seiner letzten Statue, und er schwört beim Leben seiner Mutter, er sei seit dem Abendessen nicht draußen gewesen. Das glaube ich ihm auch, obwohl er kein Geheimnis daraus machte, wie sehr es ihn freuen würde, wenn Alex sich das Genick gebrochen hätte. Er würde sich wahrscheinlich nie hier im Gelände auf Alex stürzen, der Wächter ist schließlich nur zwanzig Meter weg, und wir könnten jede Minute aus dem Büro kommen. File würde sicherlich nicht ganz allein in Paolos Werkstatt rauschen und Schwierigkeiten herausfordern –«

»Nein, unmöglich«, sagte Mel.

»Was wußte der Wachtposten am Hintereingang?«

»Nichts, außer daß er nach Arbeitsschluß alles abgesperrt und seitdem keine Menschenseele mehr gesehen hat. Wir haben das Gelände abgegrast und sind nur auf ein paar streunende Katzen gestoßen. Wie ist also jetzt die Lage?«

Cy schüttelte den Kopf. »Es ist so sicher wie das Amen im Gebet, daß er noch irgendwo hier ist, aber wo? Das einzige, was uns noch zu tun bleibt, ist, jedes Gebäude zu durchkämmen. Mac wird mir dabei helfen. – Und du bringst Betty ins Hotel. Sie ist todmüde.«

Das war sie wirklich, und Mel konnte sich gut vorstellen, was sie dachte. Solange Paolo von jedem Verdacht freiblieb ...

»Na ja, wenn ihr ohne uns zurechtkommt,«

»Wir schaffen's schon.«

Am nächsten Morgen wurde Mel von einem Telefonanruf aus den Studios geweckt. Es war Cy, der ihm erzählte, er und MacAaron – und Paolo Varese, als er die zwölfte Statue fertig hatte – hätten jeden Meter des Geländes durchforscht. Aber keine Spur von File. »Er ist also weg«, bemerkte Cy müde. »Ich habe gerade in seinem Hotel angerufen. Vielleicht hatte er es doch irgendwie geschafft, hier rauszukommen, aber sie haben mich informiert, er sei die ganze Nacht nicht aufgetaucht. Ich hielt es deshalb für das beste, die Polizei zu verständigen. Sie werden bald auftauchen.«

»Ich fahr sofort raus. War das nicht etwas voreilig, Cy? Es sind erst wenige Stunden vergangen.«

»Mir klar, aber möglicherweise stellt uns später einer Fragen, warum wir nicht gleich, als wir Verdacht schöpften, die Bullen alarmiert haben. Unser einziges Problem sind die kleinen Unstimmigkeiten im Büro, kurz bevor er verschwand. Was machen wir? Ehrlich gestanden, Mel, ich halte es für einen Fehler, ihnen etwas über die Geschichte mit der Redaktionsarbeit oder über unsere Verbannung ab Freitag mitzuteilen.«

»Ich nehme an, mit Mac bist du schon einig?«

»Ja.«

»Und wieviel lassen wir über Paolo durchsickern?«

»Alles, was sie uns fragen. Warum nicht?«

»Stell dich nicht dumm, Cy. Wenn die Bullen herausfinden, was neulich passiert ist, als ich den Jungen im Regen nach Hause fuhr –«

»Laß sie doch. Solange er nichts mit Alex' Verschwinden zu tun hat, können sie ihm auch nichts anhängen. Vielleicht hast du's nicht bemerkt, aber Wanda Pericola stand vor dem Bürofenster, als du Alex die Hölle wegen Vareses kleiner Schwester heiß gemacht hast. Was wettest du, daß Wanda sofort bei der erstbesten Gelegenheit auspackt?«

Die Polizei, zwei Männer in Zivil, waren bereits auf dem Gelände, als Mel und Betty dort ankamen, und im Lauf des Tages erkannte Mel, daß sich dieser gemäß der offiziellen Stellungnahme der Polizisten in drei deutlich voneinander getrennte Abschnitte einteilte.

Erstens, die zynische Phase, in der die beiden Beamten in Zivil lächelnd andeuteten, es handle sich zweifellos um einen Reklametrick, arrangiert von Files Produktionsfirma.

Dann, als sie sich vom Gegenteil überzeugt hatten, verwandelten sie sich in nüchtern denkende Detektive, die anordneten, alle hätten sich zu einer Feststellung ihrer Identität und zu einem Verhör im Studio einzufinden.

Schließlich, verzweifelt und mißmutig, forderten sie im Präsidium Hilfe an, und eine Gruppe von Uniformierten durchsuchte sorgfältig das ganze Gelände.

Den Polizisten hatten sich Reporter und eine Bande freiberuflicher Fotografen angeschlossen. Ihr Anblick schien Inspektor Conti, den ranghöheren der beiden Zivilbeamten, genauso zu verärgern wie sein Unfähigkeit, Alexander File aufzustöbern.

»Lästiges Gesindel«, brummte er. »Sie bleiben draußen, wo sie hingehören. Es besteht kein Zweifel, daß Signor File tot oder lebendig sich innerhalb dieses Zaunes aufhalten muß, und bis wir ihn finden, darf niemand das Gelände betreten oder verlassen. Dank Ihrer Umsicht, Signore«, er nickte Cy zu, »wurde dieses Gebiet sofort nach seinem Verschwinden hermetisch abgeriegelt. Soviel ist sicher, Signor File ist hier. Es kann sich nur um Stunden handeln, bis wir ihn haben.«

Der Inspektor war stur. Erst bei Sonnenuntergang, nachdem seine Mannschaft sich vergeblich wie ein Heuschreckenschwarm über das Gelände bewegt hatte, gab er sich vorläufig geschlagen.

»Sie können jetzt nach Hause gehen«, verkündete er den im Studio Versammelten, »aber Sie müssen jederzeit für weitere Fragen zur Verfügung stehen. Niemand hat ohne Erlaubnis meiner Behörde Zutritt zu den Örtlichkeiten.«

Cy war völlig erschöpft, aber diese Bemerkung ließ ihn hochschrecken. »Hören Sie, wir haben einen Film fertigzumachen, und wenn Sie –«

»Alles zu seiner Zeit, Signore.« Die Stimme des Inspektors klang entschlossen. »Diejenigen unter Ihnen, die nicht italienische Staatsbürger sind, übergeben mir jetzt die Pässe. Ich werde sie für Sie im Präsidium aufbewahren.«

Draußen am Parkplatz sagte Cy: »Wir müssen uns versichern, daß jeder, der für die letzten Aufnahmen noch gebraucht wird, zur Verfügung steht.«

»Wozu?« Mel runzelte die Stirn. »Wenn Alex nicht da ist, wer kümmert sich dann um die Gehälter, die Uraufführung, die Werbung und das ganze Drum und Dran? Wir können nicht unterschreiben.«

»Wird auch nicht nötig sein. Schau«, erklärte Cy, »Alex' Rechtsanwalt in Hollywood hat eine Vollmacht, in dessen Abwesenheit zu handeln. Außerdem hat er eine Menge Kies in diesen Film investiert. Wenn ich ihm berichte, was hier los ist, wird er es uns ermöglichen, den Job zu beenden. Das garantiere ich dir.«

»Nur während Alex' Abwesenheit«, gab Mel zurück. »Aber wenn er nun tot ist?«

»Dann sind wir erledigt. Was wir bis jetzt im Kasten haben, gehört dann zu seinem Nachlaß, und bis das Gericht alles geregelt hat, sind wir selbst schon mausetot. Aber wir wissen doch noch nicht bestimmt, ob Alex das Zeitliche gesegnet hat, oder? Alles, was wir zu tun haben, ist, die Zustimmung seines Rechtsanwalts einzuholen und ihm anschließend alle Rechte an dem Film zu überlassen.«

»Und wann glaubt ihr, läßt uns die Polizei wieder ins Gelände? Das kann Wochen dauern.«

»Ich habe das dumpfe Gefühl, das Ganze wird ziemlich schnell über die Bühne gehen«, widersprach Cy.

Er hatte recht. Bereits am nächsten Morgen wurde Mel von Kommissar Odoardo Ucci aufs Polizeirevier bestellt, und es war genauso unangenehm, wie er es sich vorgestellt hatte.

Das Schlimmste war, als der Kommissar, der sich unentwegt die Nase rieb, das Thema Paolo Varese und seine Feindseligkeit gegenüber seinem Arbeitgeber anschnitt; und als Mel ein wenig zögerte, zeigte Ucci eine erstaunliche Kenntnis der Ereignisse an jenem regnerischen Abend auf der Piazza. Das bedeutete, Wanda hatte also tatsächlich bei der erstbesten Gelegenheit die Katze aus dem Sack gelassen.

Unter diesen Umständen hatte es keinen Zweck, Ausflüchte zu machen. Mel beschrieb daher die Szene in Einzelheiten und tröstete sich mit dem Gedanken, daß man Paolo nichts anhängen konnte, weil er nichts mit Files Verschwinden zu tun hatte.

Uccis Reaktion überraschte ihn.

»Wenn Sie Inspektor Conti diese äußerst wichtige Information sofort gegeben hätten –«

»Äußerst wichtig? Hören Sie, Kommissar, wir haben das Büro eine oder zwei Minuten nach Mr. File verlassen. Wenn Varese versucht hätte –«

» Aber, Signore, die Möglichkeit, er könnte versucht haben, etwas zu unternehmen, haben Sie doch auch in Erwägung gezogen?«

»Ja, und ich habe sehr schnell festgestellt, daß ich mich getäuscht habe.«

»Ich glaube, ich werde Ihnen bald das Gegenteil beweisen können. Sie und Signora Gordon bleiben bitte vorläufig in Ihrem Hotel.«

Ucci selbst holte sie dort in einer Limousine am Spätnachmittag ab.

»Wohin fahren wir?« fragte Betty, als sich der Wagen in Bewegung setzte.

»Zum Gelände Ihrer Filmfirma, Signora. Um Ihnen zu beweisen, daß das Geheimnis um das Verschwinden von Signor File niemals ein Geheimnis war.«

»Sie haben ihn gefunden? Wo? Was ist mit ihm passiert?«

»Geduld, Signora«, gab der Kommissar fast spielerisch zurück. »Sie werden die Antwort bald selbst sehen. Wenn Sie es«, fügte er grimmig hinzu, »vertragen können.«

Ein Carabiniere, der eine Maschinenpistole trug, winkte sie durch das Tor. Ein weiterer, der am Eingang der Werkstatt Wache hatte, salutierte, als sie sich näherten. Im Bildhauerstudio hinter der Trennwand wartete eine kleine Versammlung auf sie.

Cy und MacAaron stunden auf einer Seite des Raumes, ihnen gegenüber war Paolo Varese mit zusammengepreßten Lippen und mit vor Haß glühenden Augen, eingerahmt von Inspektor Conti und einem untergeordneten Detektiv. In der Mitte des Studios auf einem Podest eine lebensgroße Statue, die sie alle überragte.

Tiberius als Verrückter, dachte Mel und schrak zurück, als ihm plötzlich die Wahrheit ins Gesicht starrte. Es bestand eine deutliche Ähnlichkeit zwischen dieser Statue auf dem Podest und der von Tiberius im vollen Besitz seiner geistigen Kräfte, die bereits gefilmt und im Requisitenraum verstaut war. Aber die Ähnlichkeit zwischen den verzerrten Zügen und Alexander Files Gesicht während eines Wutanfalls war noch auffallender.

»O nein«, flüsterte Betty gequält. »Sie sieht aus wie –«

»Ja« soufflierte Ucci, und als Betty schweigend den Kopf schüttelte, sagte er: »Tut mir leid, Signora, aber ich wollte, daß Sie selbst erkennen, warum das Geheimnis nie ein echtes Geheimnis war. Sobald ich diese Statue mit Fotos von Signor File verglichen hatte, lag die Lösung auf der Hand. Nasses Papiermaché auf das Gesicht gepreßt, scheint es so deutlich wiederzugeben, daß nicht einmal eine Tonschicht über dieser Maske, so geschickt sie auch angefertigt sein mag, das wahre Gesicht verbergen kann. Vor dem Verschwinden war eine Reihe von Statuen angefertigt worden. Nur diese wurde erst nach dem Verschwinden beendet, und zu was sie verwendet wurde, ist eindeutig und gleichzeitig höchst unangenehm. Wenn Sie, Signora, den Raum verlassen wollen, während wir den Beweis für das Verbrechen enthüllen –?«

Als sie die Tür hinter sich geschlossen hatte, fühlte Mel Gewissensbisse. Eigentlich hätte er sie begleiten sollen, aber er war wie gelähmt beim Anblick des Kommissars, der einen Meißel zur Hand nahm und sich der Statue näherte.

Das löste bei Paolo Varese eine wilde Reaktion aus. Er stürzte sich auf Ucci und versuchte ihm die Werkzeuge zu entwinden. Die beiden Beamten in Zivil packten ihn und hielten ihn fest, obwohl er sich wütend zur Wehr setzte.

»Nein! Das dürfen Sie nicht tun«, brüllte er Ucci an. »Es ist ein Kunstwerk.«

»Und ein raffiniertes dazu«, erwiderte Ucci kalt. »Ein Kunstwerk, das man hier ganz gemütlich raustransportieren und dann an einen beliebigen Ort verschicken könnte, ohne daß auch nur ein Mensch eine Ahnung von seinem Inhalt hätte. Gestehen Sie jetzt endlich den Mord?«

»Nein! Was immer Sie auch in meiner Statue finden, einen Mord gestehe ich nie.«

»Ah? Dann wird vielleicht das Ihre Meinung ändern.«

Der Kommissar plazierte den scharfen Rand des Meißels in eine Falte der Toga, die die Figur umgab, und klopfte vorsichtig mit dem Holzhammer drauf. Dann noch einmal und noch einmal.

Als Splitter von weiß lackiertem Ton zu Boden fielen, schloß Mel die Augen. Aber trotzdem hörte er die erbarmungslosen Schläge.

Dann, ein anderer Ton – Metall auf Metall – und schließlich ein zorniger Aufschrei Uccis.

Mel öffnete die Augen. Was er zuerst sah, war Uccis breitflächiges Gesicht, fast lächerlich in seiner Ungläubigkeit. Cy, MacAaron, die beiden Polizisten, alle hatten den gleichen Gesichtsausdruck; alle starrten mit offenem Mund auf das Innere der Statue – ein Skelett aus Eisenröhren, ein Drahtgewirr und sonst nichts.

»Unmöglich«, murmelte Ucci. »Aber das ist unmöglich.« Er hieb mit dem Holzhammer gegen den Kopf, und dieser fiel zu Boden.

Paolo befreite sich aus dem Griff der Beamten. Er hob den Kopf auf.

»*Barbare!*« schrie er Ucci an. »Vandale! Haben Sie wirklich gedacht, ich sei ein Mörder? Mußten Sie erst mein Werk zerstören, um das herauszufinden?«

Ucci zuckte ratlos die Achseln. »Junger Mann, alle Beweise –«

»Welche Beweise?« Der Junge hielt ihm den Tiberius-Kopf entgegen. »Das war meine Rache – dieses Gesicht so zu gestalten, daß die ganze Welt erfuhr, was für ein Tier dieser Mann war. Ich bin Künstler und nicht Metzger! Ich bin hier fertig.«

»Aber wir kommen doch morgen zurück.« Cy wandte sich an Ucci. »Sie haben doch keine Einwände mehr?«

»Einwände?« Der Kommissar schien immer noch wie betäubt zu sein. »Nein, nein, Signore. Wir haben alles gründlich durchsucht. Kommen und gehen Sie, wie Sie wollen. Aber es ist unmöglich. Ich verstehe das nicht –«

»Sehen Sie?« bemerkte Cy zu Paolo. »Und alles, um was ich Sie bitte, ist ein einziger Tag.«

»Nein, Signore. Ich habe meinen Auftrag ausgeführt.«

Als Mel das Bildhauerstudio verließ, kam ihm Cy mit schleppenden Schritten nach. »Verdammt!« fluchte er. »Wie soll ich bloß diese Szene mit einer fehlenden Statue drehen?«

»Film einfach außen herum. Gott sei Dank ist es so ausgegangen. Dieser Bulle hatte mich fast überzeugt –«

»Dich? Er hatte uns alle fast überzeugt. Als Betty aus der Tür trat, war sie kurz vor dem Zusammenbruch. Soll ich dir einen guten Rat geben, Mel? Buche morgen den ersten Flug nach Hause und schaff sie so schnell wie möglich von hier weg. Um sie mußt du dich kümmern, nicht um Alex.«

Betty wartete draußen auf sie, ihre Augen waren rot und geschwollen.

»Was ist geschehen? Haben sie –?«

»Nein«, gab Mel zurück, »sie haben nicht. Paolo ist aus dem Schneider.« Sie stand da und schüttelte hilflos den Kopf. Mel umarmte sie. »Schon gut, Liebling, wir fliegen morgen nach Hause.«

Cy Goldsmith starb am ersten Wintertag dieses Jahres, einige Wochen nachdem der Film Premiere gehabt hatte; so erfuhr er wenigstens noch vor seinem Tod, daß die Kritiker den Film für gut hielten – glaubhaft, dramatisch und mit ausgezeichneter Regieführung. Kein schlechter Abschied.

Mel und Betty waren gerade in San Francisco und bereiteten sich auf das Weihnachtsfest bei Bettys Familie vor, als sie die Neuigkeiten in der Zeitung lasen – Cyrus Goldsmith starb nach einer langen und schweren Krankheit im *Cedars of Lebanon*-Krankenhaus und würde im *Elysian Park*-Friedhof beigesetzt werden. Der unangenehme Gedanke an Scharen von Reportern und Fotografen, die bei der Beerdigung herumschwirren würden, veranlaßte Mel, nicht hinzugehen und statt dessen einen Kranz zu schicken.

Der Name *Elysian Park* erinnerte ihn an den Augenblick, als Cy und er in der Säulenhalle des Palastes mit Blick auf die Via Appia gestanden hatten und Cy ihm anvertraut hatte, wie tröstlich es gewesen war, das Mausoleum, das er bald beziehen würde, zu kaufen. Cy Goldsmith war davon überzeugt, daß eine geräumige Betonkammer mit einem Namensschild über dem Portal ein glücklicheres Leben im Jenseits bedeutete als ein zwei Meter tiefes Loch im Boden.

Cy hatte keine Familie, die ihn betrauerte; der einzige, der ihm nahestand, war MacAaron, er mußte also mit dem Bestattungsinstitut verhandelt haben. Mac war leider nicht besonders phantasievoll in diesen Angelegenheiten; wahrscheinlich hatte er nicht dafür gesorgt, daß Cy, gleich den Pharaonen, die vollständig ausgerüstet und glücklich im Paradies lebten, seinen Vorstellungen gemäß für ein angenehmes ewiges Leben ausgestattet wurde – ein Vorrat an Scotch, eine Kopie des *Kaisers der Lust,* sogar ein ehrwürdiges, gerahmtes Porträt des vergeblich die Zähne fletschenden Alexander File, um den Genuß des Endsiegs immer vor Augen zu haben.

Ein paar Tage später – am zweiten Weihnachtsfeiertag – fuhren Mel und Betty in die Stadt, um sich den Film zum ersten Mal anzuschauen.

»Schließlich sind wir nicht zur Beerdigung gegangen«, bemerkte Betty mit weiblicher Logik. »Das ist also das mindeste, was wir für Cy tun können.«

»Liebling, dort, wo sich Cy jetzt aufhält, ist es ihm völlig egal, was wir für ihn tun.«

»Dann geh ich eben allein, Mel. Du weißt, dieses Mal ist es etwas Besonderes.«

Und das war es auch. Etwas Besonderes und Schockierendes auf eine Art, die niemand im Publikum ahnen konnte. Sie schauten ihn sich ein zweites Mal an. Dann, während Betty im Foyer auf und ab spazierte, eilte Mel ans Telefon und wählte MacAarons Nummer in Hollywood.

»Mac, hier Mel Gordon.«

»Hallo! Tut mir leid, daß ihr nicht auf der Beerdigung wart, aber die Blumen, die ihr geschickt habt –«

»Schon gut, Mac. Ich habe gerade den Film gesehen, und da ist eine Aufnahme – ich muß so bald wie möglich mit dir darüber sprechen.«

57

Am anderen Ende der Leitung herrschte Schweigen. »Dann weißt du's also«, sagte MacAaron schließlich.

»Ja. Und du auch.«

»Schon lange. Und Betty?«

»Ich bin sicher, ihr ist es nicht aufgefallen.«

»Gut«, seufzte MacAaron offensichtlich erleichtert. »Wo bist du jetzt?«

»Bei meinen Schwiegereltern in San Francisco. Aber ich kann morgen früh bei dir sein.«

»Morgen vormittag muß ich zum *Elysian Park* und Cys Rechnung bezahlen. Hast du das Mausoleum schon besichtigt?«

»Nein.«

»Dann hast du jetzt Gelegenheit dazu. Sei um zehn Uhr dort.«

Als Mel kurz nach zehn eintraf, war Mac bereits da; er saß auf einer Bank neben einem Mausoleum, das aus rohen Betonblöcken ohne Schnörkel und Fenster gemauert war und auf einer mit Gras bewachsenen Anhöhe stand. Über der massiven Bronzetür war der Name Cy Goldsmith eingelassen.

MacAaron rutschte zur Seite, um Mel Platz zu machen.

»Wie oft hast du den Film gesehen?« fragte er.

»Zweimal.«

»Nur zweimal? Der Groschen ist aber schnell gefallen.«

»Man muß nur rechnen können«, erwiderte Mel. »Sechs Statuen waren bereits verwendet und im Requisitenraum verstaut worden. Sechs weitere auf der Aufnahme im Korridor, und die eine im Studio, die die Polizei zertrümmert hat. Dreizehn Statuen. Nicht zwölf. Dreizehn!«

»Ich habe es an dem Tag, als wir die letzten Szenen mit den Statuen drehten, gemerkt. Ich habe sechs gezählt und nicht fünf. Dann habe ich Cy zur Seite genommen und ihn gegen seinen Willen gezwungen, mir alles zu beichten. Danach hielt ich es für vernünftiger, die sechste Statue auszulassen, bevor die Kamera sie erwischte. Aber diese Totalaufnahme der Korridors mit den verdammten sechs Dingern ist mir entgangen. Bis zur Galapremiere, und dann war es zu spät, noch was zu unternehmen. Sie haben nur darauf gewartet, daß du anfängst, sie zu zählen.« Er schüttelte trübselig den Kopf.

Solange die Polizei nicht das Zählen anfängt, überlegte Mel. »Wie auch immer, es beweist nur, Paolo Varese war viel gerissener, als wir gedacht haben. Die Statue in seinem Studio sollte uns nur ablenken. Die ganze Zeit, während wir den Kommissar beobachteten, wie er die Statue zertrümmerte, war Alex in der sechsten versteckt, im Szenenaufbau im Studio, und jeder schlenderte ganz gemütlich an ihm vorbei.«

»Ja, stimmt. Aber glaubst du wirklich, Varese wär intelligent genug, eine derartige Sache auszuhecken? Dieses Kind war so unreif, wie es aussah.«

»Möchtest du damit sagen, Cy hat Alex umgebracht?«

»Nein, natürlich nicht. Ein toter Alex war das Letzte, was sich Cy wünschte, denn dann würde der Film durch die Schwierigkeiten mit dem Nachlaß ewig verzögert werden. Nein, der Kleine war's, aber Cy – vielleicht wäre es das Beste, die Geschichte von Anfang an zu erzählen.«

»Ja, vielleicht.«

»Erinnerst du dich noch, was Cy als erstes tat, nachdem wir den Cadillac mit offenem Schlag entdeckten und Alex nirgends aufzutreiben war?«

»Ja, er bat dich, im Studio nach Alex zu suchen, Betty und ich sollten das Gelände durchkämmen.«

»Weil er uns alle drei eine Zeitlang aus dem Weg haben wollte. Er hatte so eine Ahnung, daß Alex in die Werkstatt gegangen war, um sich mit dem Jungen zu unterhalten und daß irgend etwas geschehen war. Also –«

»Moment mal«, unterbrach ihn Mel. »Wir waren uns doch einig, Alex hatte viel zu viel Angst, dem Jungen gegenüberzutreten.«

»Das hat uns Cy eingeredet, aber in Wirklichkeit überlegte er sich, Alex könnte doch einen wichtigen Grund gehabt haben, mit Varese zu sprechen. Alex war durch und durch feige, oder? Aber er mußte auch jedes Jahr geschäftlich nach Rom, wo der Junge wohnte. Wer weiß, wann sie sich zufällig begegnen würden oder wann der Junge nach ein paar Drinks in Rage geraten und ihn suchen würde.

Was tut also ein Typ wie Alex? Er nähert sich dem Gegner, wedelt mit einer weißen Fahne und versucht, ihn zu kaufen. Billig natürlich, aber wenn man betrachtet, wie es um Varese und seine Schwester stand, dann sollten ein- bis zweihundert Dollar genügen. Ungefähr dreihundert Dollar in diesem Fall. Zwanzigtausend Lire. Cy wußte genau wieviel, denn als er das Studio betrat, lag das Geld am Boden verstreut und Alex mit blauem Gesicht tot dazwischen. Der Junge hatte keine Ahnung, wie es passiert war.

Schließlich gelang es Cy, Varese dazu zu bringen zu berichten, was geschehen war. Alex war mit einem breiten Lächeln auf seinem gemeinen Gesicht ins Studio gekommen, hatte ihm mit den Scheinen vor der Nase rumgefuchtelt und zu verstehen gegeben, ihm sei völlig unklar, wieso er sich so anstelle, das Mädchen sei doch nicht verletzt worden. Aber wie wär's mit einem kleinen Trostpflaster, irgend etwas Hübsches – und das brachte den Jungen erst recht zum Explodieren. Er wußte nicht einmal mehr, was danach passiert war. Alles, an was er sich noch erinnern konnte, war, daß er die Hände um Files mageren Hals gelegt hatte, und als er losließ, war es zu spät.«

»Trotzdem«, gab Mel mit einem unbehaglichen Gefühl zurück, »es ist und bleibt Mord.«

»Ja«, stimmte MacAaron zu. »Aber es bedeutete auch einen langen Gefängnisaufenthalt, die, Zeitungen voll von der kleinen Schwester, die auf Abwege geraten war. Es sah ziemlich hoffnungslos aus. Es war wirklich eigenartig.«

»Was meinst du damit?«

»Das einzige, was Varese wirklich Kummer machte, war die Enttäuschung, die er Mama und Papa bereitet hatte. Daß er wahrscheinlich ins Gefängnis mußte, schien ihn weit weniger zu stören, als daß er seine Eltern überredet hatte, dem Mädchen die Erlaubnis zu geben, nach Rom zu ziehen. Er dachte gar nicht daran, einen Ausweg zu suchen. Es blieb ihm nur noch übrig, die Polizei anzurufen, dachte er, und die Sache hinter sich zu bringen.

Für Cy dagegen war es natürlich wichtig, Files Tod nicht bekannt werden zu lassen, denn dann würde der Film nie zu Ende gedreht werden. Als seine Blicke über die Statue des Tiberius schweiften, schoß ihm die Idee durch den Kopf, man könnte vielleicht doch etwas unternehmen. Das Problem war, Betty, du und ich standen mehr oder weniger vor der Tür der Werkstatt. Aber sobald er euch beide weggeschickt hatte und mich alle Ecken und Winkel des Geländes nach Alex durchstöbern ließ, konnte er sich frei bewegen.

Als erstes brachte er den Jungen dazu, blitzschnell eine neue Statue anzufertigen. Die dreizehnte, in der sie Alex verstauten. Die Arbeit nahm fast die ganze Nacht in Anspruch, und als sie fertig waren, schafften sie sie zu den anderen, die bereits für die Schlußszene aufgebaut waren, und stellten sie dort hin. Die Originalstatue des verrückten Tiberius schleppten sie zurück ins Studio.«

»Aber Cy hat mir doch gesagt, Paolo hätte dir und ihm bis zum Morgengrauen suchen geholfen. Wenn ich dich danach gefragt hätte —«

»Ach, das.« Die Andeutung eines Lächeln zeigte sich auf MacAarons verbissenem Gesicht. »Er riskierte nichts, denn er richtete es so ein, daß mir der Junge mit der Taschenlampe in der Hand ein paar Mal im Gelände begegnete. Als mich Inspektor Conti am nächsten Tag ausfragte, erwähnte ich Varese überhaupt nicht; ich war so sicher, er habe nichts mit Alex' Verschwinden zu tun.«

»Du brauchtest ihn nicht zu erwähnen, Wanda konnte es kaum erwarten.«

»Wanda?« rief MacAaron überrascht aus. »Was weiß sie schon? Es war Cy, der dem Inspektor erzählt hat, was sich auf der Nachhausefahrt in jener Nacht abgespielt hat. Aber er hat es richtig angestellt. Er ließ sich quasi jedes Wort einzeln rausziehen, und er hat den Inspektor praktisch ins Studio gelockt, um ihm, nachdem er Fotos von File intensiv studiert hatte, einen ausführlichen Blick auf die Statue zu verschaffen.

Cy hatte von Anfang bis Ende die Fäden in der Hand. Als er sich versichert hatte, daß der Inspektor und der Kommissar davon überzeugt waren, die anderen Statuen – im Requisitenraum und beim Szenenaufbau – hätten schon vor Alex' Verschwinden dort gestanden, forderte er dieses große Finale im Studio heraus. Alles sollte dem Jungen angehängt werden, und dann ein für allemal aufgeklärt werden. Das einzige Problem war, ob der Junge dem Druck standhalten würde, und du hast selbst gesehen, daß er es schaffte.

Verstehst du jetzt? Alle Verdachtsmomente auf den Jungen konzentrieren und ihn dann mit einem Schlag entlasten. Wenn ich damals auf die Bibel schwören konnte, der Junge habe uns in der fraglichen Nacht geholfen, Alex aufzustöbern, und wenn Alex dann nicht in dieser Statue gefunden wird – was bleibt dann noch?«

»Eine Statue, die eine Leiche enthält«, sagte Mel. »Ein Mord.«

»Jetzt, nachdem du die Wahrheit herausgefunden hast, tut's dir leid, aber mir tut es nicht leid. Was an mir ständig nagt, ist die Tatsache, daß bis jetzt niemand anders auf der Welt erkannt hat, auf welche Art Cy bewies, was für ein Mensch er war.«

»Was bewies?« Mels Stimme klang kalt. »Es war nicht schwierig für ihn, sich so zu verhalten; bei seiner Einstellung zu diesem Film und mit der Gewißheit, daß er nur noch wenig Zeit hatte. Was riskierte er denn eigentlich? Wenn die Sache schiefging, war er tot, bevor man ihn vor Gericht stellen konnte. Und der Junge würde alles auf sich nehmen.«

»Du hast mich immer noch nicht verstanden. Aber wie könntest du auch? Du warst ja, als es zu Ende ging, nicht da. Aber ich!« Mel entdeckte zu seinem Entsetzen, daß MacAaron aussah, als ob er jeden Moment in Tränen ausbrechen würde. »Mel, es dauerte Ewigkeiten in diesem Krankenhaus. Woche für Woche wurde der Schmerz unerträglicher. Aber er lehnte es ab, sich schmerzstillende Spritzen geben zu lassen. Er hat ihnen versichert, es sei schon in Ordnung. Er krümmte sich vor Schmerzen schweißüberströmt im Bett. Aber keine Spritze.«

»Na und – wenn er Angst hatte vor einer Spritze –«

»Aber erkennst du nicht, warum?« stieß MacAaron verzweifelt hervor. »Er hatte Angst, wenn man seinen Körper vollpumpte, könnte er vielleicht über Alex und Paolo reden. Er würde alles verraten und den Jungen schließlich doch noch ins Gefängnis bringen. Dieser Gedanke beherrschte ihn. So ein Mensch war er. Wie sehr du auch versuchst, ihn –«

Er starrte Mel fragend an und war offensichtlich zufrieden mit dem Bild, das sich ihm bot.

»Es wird schwierig werden, es für uns zu behalten«, fuhr MacAaron fort. »Aber wir müssen es tun . Sonst würden wir alles zunichte machen, wofür Cy gelitten hat.«

»Und wie lange wird es dauern, bis jemand es merkt? Die Statue, in der Alex vermodert, wo immer sie auch sein mag, existiert noch. Früher oder später –«

»Nicht früher«, unterbrach ihn MacAaron. »Vielleicht viel später. Einige Menschenalter später.« Er stand auf und steckte einen Schlüssel in das Schloß der Bronzetür des Mausoleums. »Schau«, sagte er. »Das ist der einzige Schüssel, die einzige Gelegenheit.«

Eine unsichtbare Macht trieb Mel voran, auf das offene Portal zu. Er wollte sich nicht bewegen, er wollte nicht sehen, was es zu sehen gab, aber dieser Macht konnte er nicht widerstehen.

Sonnenlicht durchflutete die eisige Grabkammer und fiel auf einen riesigen Sarg am Kopfende des Mausoleums. Und am Fußende, das Gesicht diesem Sarg zugewandt, mit Zügen, die von ewiger ohnmächtiger Wut verzerrt waren, stand die Statue des verrückten Tiberius.

Dashiell Hammett

Das Haus in der Turk Street

Man hatte mir gesagt, daß der Mann, hinter dem ich her war, in einem bestimmten Abschnitt der Turk Street wohne, die Hausnummer hatte mein Informant mir allerdings nicht angeben können. So kam es, daß ich an einem späten regnerischen Nachmittag diesen bestimmten Abschnitt durchprüfte, indem ich auf jede Klingel drückte und meinen Vers aufsagte, der so ging:

»Ich komme vom Anwaltsbüro Wellington & Berkeley. Einer unserer Mandanten – eine ältere Dame – wurde vergangene Woche von der hinteren Plattform einer Straßenbahn gestoßen und schwer verletzt. Unter den Zeugen des Vorfalls war ein junger Mann, dessen Namen wir nicht kennen. Aber man hat uns gesagt, daß er in der Gegend hier wohnt.« Dann beschrieb ich den von mir Gesuchten und kam zum Schluß: »Kennen Sie irgendwen, der so aussieht?

Überall auf der einen Seite des Blocks waren die Antworten: »Nein«, »Nein«, »Nein.«

Ich überquerte die Straße und begann mit der anderen Seite. Das erste Haus: »Nein.« Das zweite: »Nein.« Das dritte. Das vierte. Das fünfte . . .

Auf mein erstes Klingeln rührte sich nichts. Nach einer Weile klingelte ich noch einmal. Ich sagte mir gerade, daß wohl niemand zu Hause sei, als sich langsam der Türgriff drehte und eine kleine alte Frau mir aufmachte. Es war eine sehr zierliche kleine alte Frau mit einem Stück grauem Strickzeug in der Hand und mit schwachgewordenen Augen, die mich hinter einer Goldrandbrille freundlich anblinzelten. Über einem schwarzen Kleid trug sie eine bretthart gestärkte Schürze.

»Guten Abend«, sagte sie liebenswürdig mit dünnem Stimmchen. »Hoffentlich fiel es Ihnen nicht so schwer zu warten. Ich muß immer erst durchs Guckloch gucken, bevor ich aufmache – die Ängstlichkeit einer alten Frau.«

»Es tut mir leid, daß ich Sie störe«, entschuldigte ich mich, »aber . . .«

»Wollen Sie nicht hereinkommen, bitte?«

»Nein – nur eine kleine Auskunft; es dauert nicht lange.«

»Ich finde, Sie sollten doch lieber hereinkommen«, sagte sie und fügte dann mit gespielter Strenge hinzu: »Bestimmt wird mein Tee schon kalt.«

Sie nahm mir den feuchten Hut und Mantel ab, und ich folgte ihr durch einen schmalen Flur zu einem düsteren Zimmer, in dem ein Mann sich erhob, als wir eintraten. Auch er war alt, aber beleibt, und hatte einen schütteren weißen Bart, der über eine weiße Weste fiel, die ebenso hart gestärkt war wie die Schürze der Frau.

»Thomas«, sagte die kleine zierliche Frau zu ihm, »dies ist Mr. –«

»Tracy«, sagte ich, denn das war der Name, mit dem ich mich bei den anderen Bewohnern des Straßenabschnitts vorgestellt hatte; doch als ich ihn nannte, wurde ich fast so rot wie schon fünfzehn Jahre nicht mehr. Diese Leutchen belog man einfach nicht.

Sie selber hießen Quarre, wie ich sogleich erfuhr; und sie waren ein verliebtes altes Pärchen. Jedesmal, wenn sie ihn ansprach, sagte sie »Thomas«, den Namen im Mund herumwälzend, als liebte sie dessen Geschmack. »Mein Lieber« sagte sie ebensooft zu ihm, und er stand zweimal auf, um ihrem gebrechlichen Rücken ein Kissen bequemer zurechtzuschieben.

Ich mußte eine Tasse Tee mit ihnen trinken und ein paar würzige kleine Kekse essen, bevor ich auch nur eine Frage bei ihnen anbringen konnte. Dann, während ich von der alten Dame erzählte, die aus einer Straßenbahn gestoßen worden war, machte Mrs. Quarre kleine mitfühlende Klickgeräusche mit der Zunge und den Zähnen, derweil der alte Herr in seinen Bart brummte, daß es »eine Schande« sei, und mir eine dicke Zigarre reichte.

Endlich konnte ich von dem Vorfall zu der Beschreibung des Mannes übergehen, den ich suchte.

»Thomas«, sagte Mrs. Quarre, »ist das nicht der junge Mann,

der in dem Haus mit dem Geländer wohnt und immer so bekümmert dreinschaut?«

Der alte Mann strich sich den schneeweißen Bart und grübelte ein Weilchen.

»Aber, meine Liebe«, brummte er endlich, »hat der nicht dunkles Haar?«

Strahlend blickte sie auf ihren Mann. »Thomas ist ein so genauer Beobachter«, sagte sie stolz. »Ich vergaß. Ja, der junge Mann, von dem ich sprach, hat tatsächlich dunkles Haar, also kann er nicht derjenige sein.«

Der alte Herr meinte dann, daß einer, der in dem Block nebenan wohne – die Straße weiter hinunter –, mein Mann sein könne. Ausführlich diskutierten sie das, um dann zu dem Schluß zu gelangen, daß der zu groß und zu alt sei. Mrs. Quarre zog einen weiteren in Erwägung. Er wurde diskutiert und einstimmig abgelehnt. Thomas brachte den nächsten Kandidaten in Vorschlag. Er wurde gewogen und für zu leicht befunden. Und so schwatzten sie und schwatzten sie.

Langsam wurde es dunkel. Der alte Herr machte eine Stehlampe an, die einen milden gelben Lichtkreis auf uns warf und das übrige Zimmer im Dämmer ließ. Es war ein großes Zimmer, das durch schwere Vorhänge, dicke Tapeten und gut dreißig Jahre alte massive und roßhaargepolsterte Möbel etwas Lastendes hatte – aber es war gemütlich, und die Zigarre war gut. Ich ließ mir Zeit damit – der Nieselregen draußen lief mir nicht weg.

Ich fühlte etwas Kaltes im Nacken.

»Aufstehn!«

Ich stand nicht auf – ich konnte nicht. Ich war wie gelähmt. Ich saß da und blinzelte die Quarres an.

Und wie ich sie so ansah, wußte ich, daß ich nichts Kaltes im Nacken haben *konnte. Es konnte* mir keine barsche Stimme befohlen haben aufzustehen. Das war nicht möglich!

Mrs. Quarre saß immer noch gerade und korrekt vor den Kissen, die ihr Mann für ihren Rücken zurechtgeschoben hatte. Ihre Augen zwinkerten immer noch vor Freundlichkeit hinter ihrer Brille. Der alte Herr strich sich immer noch den weißen Bart und ließ den Zigarrenrauch gemächlich seiner Nase entströmen.

Gleich würden sie weitersprechen über den jungen Mann in der Nachbarschaft, der womöglich der von mir Gesuchte war. Es war nichts – ich war nur eingedöst.

»Los, auf!« Das kalte Ding in meinem Nacken drückte sich mir tief ins Fleisch.

Ich stand auf. »Durchsuchen!« kam von hinten die barsche Stimme.

Behutsam legte der alte Herr seine Zigarre ab, kam zu mir, und seine Hände strichen über meinen Körper. Zufrieden, daß ich unbewaffnet war, leerte er meine Taschen und warf deren Inhalt auf den Stuhl, von dem ich gerade aufgestanden war. »Das ist alles«, sagte er zu dem Mann hinter mir und kehrte zurück zu seinem Stuhl.

»Sie! Umdrehn!« befahl die barsche Stimme.

Ich drehte mich um und sah mich einem großen, hageren, grobknochigen Mann gegenüber, der etwa so alt war wie ich selber, fünfunddreißig. Er hatte ein häßliches Gesicht – hohlwangig, knochig und von großen, blassen Sommersprossen gesprenkelt. Seine Augen waren wässerig blau, Nase und Kinn sprangen stark hervor. »Du kennst mich?« fragte er.

»Nein.«

»Lügner!«

Ich wollte mich um diesen Punkt nicht streiten – in einer großen sommersprossigen Hand hielt er eine Kanone.

»Du wirst mich schon noch kennenlernen, bevor wir miteinander fertig sind«, drohte mir dieser große häßliche Mann. »Du wirst . . .«

»Haken!« Die Stimme kam durch eine von Portieren verhangene Tür – zweifellos die Tür, durch die der häßliche Mann sich hinter mich geschlichen hatte. »Haken, komm her!« Es war eine weibliche Stimme, jung, klar und melodisch.

»Was willst du?« rief der häßliche Mann über die Schulter zurück.

»Er ist da.«

»Na gut!« Er wandte sich Thomas Quarre zu. »Paß auf den Komiker da auf.«

Irgendwo zwischen Bart, Jacke und seiner gestärkten Weste zog der alte Herr einen großen schwarzen Revolver hervor, der ihm recht vertraut in der Hand zu liegen schien.

Der häßliche Mann schnappte sich die Dinge, die meinen Taschen entnommen worden waren, und nahm sie mit sich durch die Portieren.

Mrs. Quarre sah lächelnd zu mir auf. »Setzen Sie sich doch, Mr. Tracy«, sagte sie.

Ich setzte mich.

Durch die Portieren kam aus dem Nebenzimmer eine neue Stimme – eine schleppende Baritonstimme, deren Akzent eindeutig kultiviert britisch war. »Was ist los, Haken?« fragte die Stimme.

Die barsche Stimme des häßlichen Mannes:

»'ne ganze Menge is los, kann ich Ihnen sagen! Sie haben uns auf'm Kieker. Vor 'ner Weile bin ich rausgegangen, und kaum bin ich auf der Straße, seh ich auf der andern Seite einen Mann, den ich kenne. Vor fünf, sechs Jahren hat mich in Philly jemand auf den aufmerksam gemacht. Wie er heißt, weiß ich nich, aber seine Visage kenn ich noch – er is einer von Continental's, der Detektivagentur. Ich bin sofort wieder zurück und hab ihn mit Elvira aus'm Fenster beobachtet. Jedes Haus auf der andern Seite hat er abgeklappert und Fragen gestellt oder was weiß ich. Dann is er hier rübergewechselt und hat unsere Seite aufs Korn genommen – und nach 'ner Weile klingelt's. Ich sag der Alten und ihrem Mann, sie sollen ihn reinholen und festhalten und hören, was er so zu sagen hat. Er quasselt was von einem Burschen daher, den er sucht und der gesehn haben soll, wie 'ne alte Frau von 'ner Straßenbahn überfahren worden ist – aber das is 'ne Schote! In Wirklichkeit ist er hinter uns her. Ich bin reingegangen und hab ihn eben erst mal die Hände hochheben lassen. Eigentlich wollt ich warten, bis Sie kommen, aber ich hatte Angst, er wird nervös und haut uns noch ab.«

Die britische Stimme: »Du hättest dich ihm nicht zeigen sollen. Die andern hätten sich um ihn kümmern können.«

Haken: »Was macht das schon? Möglich, daß er uns sowieso alle kennt. Und selbst, wenn nicht – was macht das schon?«

Die schleppende britische Stimme: »Das kann eine ganze Menge machen. Es war dumm.«

Haken, aufbrausend: »Dumm, ha? Ewig liegen Sie einem damit in den Ohren, daß andere Leute dumm sind. Sie können mich ma, sag ich! Wer macht denn die ganze Arbeit? Wer dreht denn die ganzen Dinger im Grunde? Ha? Wo . . .«

Die junge weibliche Stimme: »Nu reicht's aber, Haken. Halt um Himmels willen nicht schon wieder diesen Vortrag. Ich kenn ihn jetzt schon bald auswendig!«

Papiergeraschel, dann die britische Stimme: »Also Haken, ich sage dir, du hast recht – er ist tatsächlich ein Detektiv. Hier ist ein Ausweis dabei.«

Die weibliche Stimme aus dem Nebenzimmer: »Also was machen wir jetzt? Wie verhalten wir uns?«

Haken: »Na das is doch kein Problem. Wir legen diesen Schnüffler um!«

Die weibliche Stimme: »Und stecken unsern Hals in die Schlinge?«

Haken, verächtlich: »Als ob er da nicht sowieso schon wäre! Ihr glaubt also nicht, daß dieser Bursche wegen der Sache in L. A. hinter uns her ist, was?«

Die britische Stimme: »Haken, du bist ein Trottel; und zwar ein hoffnungsloser. Angenommen, dieser Knabe interessiert sich für die Geschichte in Los Angeles, was ja wahrscheinlich ist – was dann? Er ist Detektiv bei Continental's. Ist es nicht naheliegend zu vermuten, daß seine Organisation weiß, wo er ist? Meinst du etwa, sie weiß nicht, daß er hierherkommt? Und ist es nicht wahrscheinlich, daß sie genausoviel über uns weiß wie er? Es wäre also sinnlos, ihn zu töten. Das würde unsere Lage nur verschlechtern. Das Beste ist, wir fesseln ihn und lassen ihn hier. Vor morgen früh kommen seine Kollegen ihn bestimmt nicht suchen.«

Meine Dankbarkeit ging hinaus zu der britischen Stimme! Jemand war mir wohlgesonnen, wenigstens bis zu dem Grade, daß er mich leben lassen wollte. Mir war in diesen letzten Minuten nicht sehr wohl gewesen in meiner Haut. Die Tatsache, daß ich diese Leute, die darüber entschieden, ob ich leben oder sterben sollte, nicht sehen konnte, ließ meine ohnehin schon miserable Lage noch verzweifelter erscheinen. Jetzt war mir leichter zumute, obwohl ich noch lange nicht froh war. Aber ich setzte mein Vertrauen auf die schleppende britische Stimme; es war die Stimme eines Mannes, der es gewohnt ist, sein Vorhaben auszuführen.

Haken, brüllend: »Jetzt lassen Sie sich mal was sagen, Bruderherz – der Bursche hier wird umgelegt! Basta! Ich riskier doch nix. Von mir aus können Sie quatschen, was Sie wollen, aber um meinen Hals kümmer ich mich selber, und der is 'ne Menge sicherer, wenn der Bursche hier da is, wo er nich mehr reden kann. Basta!«

Die weibliche Stimme, angewidert: »Och Haken, jetzt nimm aber Vernunft an!«

Die britische Stimme, immer noch gedehnt, aber eiskalt: »Es ist sinnlos, mit dir zu diskutieren, Haken, du hast die Instinkte und den Verstand eines Höhlenbewohners. Es gibt nur eine Sprache, die du verstehst; und in der werde ich jetzt mit dir reden, mein Sohn. Solltest du in Versuchung kommen, in der Zeit von jetzt bis zu unserm Aufbruch irgendeine Dummheit zu machen, dann sag dir im Geist nur dies vor – sag es dreimal: ›Wenn er stirbt, sterbe ich.‹ Sag es, als wäre es aus der Bibel – denn es ist genauso wahr.«

Es folgte ein langes Schweigen, das so gespannt war, daß mein nicht gerade empfindlicher Skalp zu prickeln begann.

Als endlich eine Stimme in das Schweigen schnitt, fuhr ich hoch, als wäre eine Kanone abgefeuert worden; dabei war die Stimme durchaus ruhig und gelassen.

Es war die britische Stimme, siegesgewiß, und ich atmete wieder.

»Zuerst schaffen wir die alten Leute weg«, sagte die Stimme. »Du kümmerst dich um unsern Gast, Haken. Du fesselst ihn, ich hole inzwischen die Wertpapiere, und in knapp einer halben Stunde sind wir weg.«

Die Portieren teilten sich, und Haken kam ins Zimmer – ein grimmiger Haken, dessen Sommersprossen auf dem fahlen Gelb seines Gesichts einen grünlichen Ton hatten. Er richtete seinen Revolver auf mich und sprach zu den Quarres, kurz und barsch:

»Er will euch.« Sie standen auf und gingen in das Nebenzimmer.

Haken war inzwischen an die Tür zurückgetreten, immer noch mit dem Revolver mich bedrohend, und löste die Plüschbänder, die an den schweren Portieren hingen. Dann kam er herum, hinter mich, und band mich fest an den hochlehnigen Stuhl; die Arme an die Stuhlarme, die Beine an die Stuhlbeine, meinen Körper an die Lehne und den Sitz des Stuhls; und er krönte sein Werk damit, daß er mich mit dem Zipfel eines Kissens knebelte, das zu fest gestopft war.

Als er mich kunstgerecht gefesselt hatte und zurücktrat, um mich finster anzufunkeln, hörte ich leise die Haustür zugehen, und dann liefen oben leichte Schritte hin und her.

Haken blickte in die Richtung dieser Schritte, und in seine kleinen wässerig blauen Augen kam ein listiger Ausdruck. »Elvira!« rief er leise.

Die Portieren buchteten sich aus, als ob jemand sie berührte, und dann war dicht hinter ihnen die melodische weibliche Stimme zu hören. »Was?«

»Komm her.«

»Lieber nicht. Er würde das nicht . . .«

»Zum Henker mit ihm!« Haken hatte Wut im Bauch. »Komm her!«

Sie kam ins Zimmer und in den Lichtkreis der Stehlampe; ein Mädchen wenig über zwanzig, schlank und rank, fertig für die Straße gekleidet, nur daß sie ihren Hut noch in der Hand hielt. Ein weißes Gesicht unter einer Masse kurzgehaltener flammend roter Locken. Rauchgraue Augen, die zu weit auseinander standen, um vertrauenerweckend zu sein – ohne jedoch unschön zu wirken –, lachten mich an; und ihr roter Mund lachte mich an, die Schneiden kleiner, scharfer Tierzähne entblößend. Sie war schön wie der Teufel und doppelt so gefährlich.

Sie lachte mich an – einen dicken, rundum mit rotem Plüschband eingewickelten Mann, der den Zipfel eines grünen Kissens zwischen den Zähnen hatte – und wandte sich dem häßlichen Mann zu. »Was willst du?«

Er sprach mit gedämpfter Stimme, verstohlen einen Blick zur Decke hinaufschickend, über der noch immer leise Schritte hin und her tapsten.

»Wie wär's, wenn wir'n abschütteln?«

Ihre rauchgrauen Augen verloren ihre Fröhlichkeit und wurden berechnend.

»Er hat einhunderttausend auf der Hand, mein Lieber – ein Drittel davon gehört mir. Du glaubst doch wohl nicht, daß ich das sausen lasse, oder?«

»'türlich nichl Und was ist, wenn wir die hundert Riesen kassieren?«

»Wie denn?«

»Das laß man meine Sorge sein, Kleines. Wenn ich das dreh, kommst du dann mit mir? Du weißt, daß ich gut sein werde zu dir.«

Ihr Lächeln kam mir verächtlich vor – aber ihm schien es zu gefallen.

»Ich glaub dir ja, daß du gut sein willst zu mir«, sagte sie. »Aber hör zu, Haken – wir würden nicht weit kommen; es sei denn, du machst ihn *fertig*. Ich kenn ihn! Ich laufe nicht mit irgendwas weg, was ihm gehört, solange er nicht so bedient ist, daß er nicht mehr hinterherkommen kann.«

Haken befeuchtete sich die Lippen und blickte im Zimmer umher, ohne etwas Bestimmtes anzusehen. Der Gedanke, mit dem Besitzer der langsamen britischen Stimme in die Wolle zu geraten, behagte ihm offenbar gar nicht. Aber sein Verlangen nach dem Mädchen war stärker als seine Angst.

»Ich mach's!« platzte er heraus. »Ich mach ihn fertig! Is es wirklich dein Ernst, Kleines? Du kommst mit mir, wenn ich ihn fertigmache?«

Sie reichte ihm die Hand. »Du kannst Gift drauf nehmen«, sagte sie, und er glaubte ihr.

Sein häßliches Gesicht wurde warm und rot und selig, und er schöpfte tief Luft und nahm die Schultern zurück. Vielleicht hätte ich ihr an seiner Stelle auch geglaubt – alle sind wir irgendwann schon mal auf so was reingefallen –, da ich aber gefesselt auf dem Abstellgleis saß, wußte ich, daß er besser drangewesen wäre, wenn er mit einer Gallone Nitro gespielt hätte, statt mit diesem Baby. Sie war gefährlich! Harte Zeiten standen Haken bevor!

»Also das machen wir so...«, begann Haken – und verstummte.

Ein Schritt war nebenan zu hören gewesen.

Unmittelbar darauf drang die britische Stimme durch die Portieren, und zu dem schleppenden Tonfall kam jetzt Zorn hinzu:

»Das ist doch einfach nicht zu fassen! Kaum geh ich einen Moment aus dem Zimmer, und schon macht ihr alles falsch. Was ist denn jetzt bloß in dich gefahren, Elvira, daß du da hineingehn und dich unserm Detektiv zeigen mußt?«

Furcht flackerte auf in ihren Augen, war jedoch sofort wieder erloschen, und leichthin sagte sie: »Nun werd mal nicht gleich gelb vor Angst, dein kostbarer Hals wird schon noch 'ne Weile verschont bleiben, auch wenn ich mal nicht so vorsichtig bin.«

Die Portieren teilten sich, und ich drehte den Kopf so weit ich konnte, um zum erstenmal diesen Menschen zu sehen, dem ich verdankte, daß ich noch am Leben war. Ich erblickte einen kleinen, dicken Mann in Hut und Mantel, fertig für die Straße und mit einer hellbraunen Reisetasche in der Hand.

Dann kam sein Gesicht in den gelben Lichtkreis der Lampe, und ich sah, daß es ein chinesisches Gesicht war. Ein kleiner, dicker Chinese, dessen makellose Kleidung ebenso britisch war wie sein Akzent.

»Das ist keine Frage der Farbe«, belehrte er das Mädchen – und erst jetzt sah ich den ganzen Stachel ihres Spotts; »es ist einfach eine Frage ganz normaler Klugheit.«

Sein Gesicht war eine runde gelbe Maske, und seine Stimme war nach wie vor emotionslos und gedehnt, aber ich wußte, daß das Mädchen ihn ebenso fest in ihrer Gewalt hatte wie den häßlichen Mann – sonst hätte ihre spitze Bemerkung ihn nicht ins Zimmer locken können. Aber ich bezweifelte, ob sie diesen anglisierten Orientalen ebenso leicht würde handhaben können wie Haken.

»Es wäre nicht unbedingt nötig gewesen, daß der Knabe da« – es sprach immer noch der Chinese – »einen von uns zu Gesicht bekommt.« Er sah mich jetzt zum erstenmal an, mit kleinen, undurchsichtigen Augen, die wie zwei schwarze Körner waren. »Es ist durchaus möglich, daß er keinen von uns gekannt hat, nicht mal der Beschreibung nach. Daß wir uns ihm so zeigen, ist der kompletteste Unsinn, auf den man verfallen kann.«

»Ach, zum Henker, Tai!« brauste Haken auf. »Lieg einem doch

nich dauernd damit in den Ohren, ja? Ich leg ihn um, was macht das schon? – und damit ist die Sache geregelt!«

Der Chinese stellte seine hellbraune Reisetasche hin und schüttelte den Kopf.

»Hier wird niemand umgebracht«, sagte er langsam, »oder es werden gleich mehrere umgebracht. Du verstehst doch, was ich sagen will, Haken, oder?«

Haken verstand. Sein Adamsapfel ging auf und ab, so angestrengt war er am Schlucken, und hinter dem Kissen, das mich würgte, dankte ich dem gelben Mann noch einmal.

Dann gab diese rothaarige Teufelin ihren Senf dazu.

»Haken bietet sich immer an, Dinge zu tun, die er eigentlich gar nicht tun möchte«, sagte sie zu dem Chinesen.

So daran erinnert zu werden, daß er versprochen hatte, den Chinesen *fertigzumachen*, trieb Haken die Flammen ins Gesicht, und wieder schluckte er und blickte um sich, als wollte er sich am liebsten verkriechen. Aber das Mädchen hatte ihn; ihr Einfluß war stärker als seine Feigheit.

Plötzlich trat er dicht an den Chinesen heran und starrte aus der Höhe seiner überlegenen Größe finster auf ihn herab.

»Tai«, knurrte der häßliche Mann in das runde gelbe Gesicht; »du bist erledigt. Ich hab's satt, mich dauernd von dir gängeln zu lassen, als wärst du'n König oder sonst was. Ich werde . . .« Er stockte und kam nicht weiter. Stille. Tai blickte zu ihm auf mit Augen, die so hart und schwarz und unmenschlich waren wie zwei Stücke Kohle. Hakens Lippen zuckten, und er wich ein wenig zurück.

Ich hörte auf zu schwitzen. Der gelbe Mann hatte erneut gewonnen. Aber ich hatte die rothaarige Teufelin vergessen. Sie lachte jetzt – ein höhnisches Lachen, das für den häßlichen Mann ein Messerstich gewesen sein muß.

Ein Schrei entrang sich seiner Brust, und in dem runden, ausdruckslosen Gesicht des gelben Mannes landete eine große Faust.

Der Punch traf Tai mit solcher Wucht, daß er quer durchs Zimmer flog und auf der Seite in einer Ecke landete.

Aber schon während er durchs Zimmer schoß, hatte er den Körper zu dem häßlichen Mann herumgerissen – eine Kanone war in seiner Hand, bevor er zu Boden ging – und er sprach bereits, als seine Beine noch nicht auf dem Teppich zur Ruhe gekommen waren – und sein Englisch war langsam und kultiviert.

»Wir werden«, sagte er, »diese Sache zwischen uns später bereinigen. Jetzt läßt du erst einmal die Pistole fallen und rührst dich nicht vom Fleck, derweil ich aufstehe.«

Hakens Revolver – erst halb aus der Tasche, als der Orientale ihn bereits in Schach hielt – bumste auf den Teppich. Stockstarr stand er da, während Tai sich aufrappelte, und Hakens Atem ging schnaufend, und jede Sommersprosse hob sich gespenstisch ab vor dem schmutzigen Weiß seines angstverzerrten Gesichts.

Ich sah das Mädchen an. Es lag Verachtung in den Augen, mit denen sie Haken ansah, keine Überraschung oder Enttäuschung.

Dann machte ich eine Entdeckung: *Irgend etwas in ihrer Nähe hatte sich verändert im Zimmer!*

Ich schloß die Augen und versuchte mir vorzustellen, wie dieser Teil des Zimmers ausgesehen hatte, bevor die zwei Männer aneinandergeraten waren. Plötzlich, sie wieder aufreißend, hatte ich die Antwort.

Auf dem Tisch neben dem Mädchen hatten ein paar Zeitschriften und ein Buch gelegen. Beides war jetzt weg. Keinen halben Meter von dem Mädchen entfernt stand die hellbraune Tasche, die Tai mit ins Zimmer gebracht hatte. Angenommen, die Tasche hatte die Wertpapiere von dem in Los Angeles gedrehten Ding enthalten, das sie erwähnt hatten. Gut möglich. Was dann? Dann enthielt sie jetzt wahrscheinlich das Buch und die Zeitschriften, die auf dem Tisch gelegen hatten. Das Mädchen hatte den Krach zwischen den Männern inszeniert, um sie abzulenken, während sie inzwischen einen schnellen Tausch vornahm. Wo aber sollte dann das Beutegut sein? Ich wußte es nicht, vermutete jedoch, daß es wahrscheinlich zu voluminös war, um unauffällig an der schlanken Figur des Mädchens untergebracht werden zu können.

Gleich hinter dem Tisch stand eine Couch mit einer breiten roten Überdecke, die bis auf den Boden hinunterreichte. Ich blickte von der Couch zu dem Mädchen. Sie beobachtete mich gerade, und freudig zwinkernd leuchteten ihre Augen auf, als sie meinem Blick begegneten, der sich von dem Sofa abwandte. Das Sofa war es!

Inzwischen hatte der Chinese Hakens Revolver eingesteckt und sprach zu ihm: »Wenn ich Mord nicht verabscheuen würde und wenn ich nicht der Ansicht wäre, daß du Elvira und mir bei der Flucht vielleicht nützen könntest, würde ich uns jetzt tatsächlich von dem Handicap deiner Dummheit befreien. Aber ich will dir noch eine Chance geben. Trotzdem möchte ich dir nahelegen, deine Gefühlsausbrüche in Zukunft etwas besser unter Kontrolle zu halten.« Er wandte sich an das Mädchen. »Hast du unserm Haken dumme Gedanken in den Kopf gesetzt?«

Sie lachte. »In *den* Kopf kann keiner irgendwelche Gedanken setzen.«

»Da magst du recht haben«, sagte er und kam dann herüber, um die Fesseln an meinen Armen und meinem Körper zu prüfen.

Er war zufrieden mit ihnen, hob die hellbraune Tasche auf und hielt dem häßlichen Mann die Kanone hin, die er ihm vor wenigen Minuten abgenommen hatte.

»Hier ist dein Revolver, Haken, versuch jetzt mal, vernünftig zu sein. Wir können jetzt beruhigt gehn. Der Alte und seine Frau tun, was sie sollen. Sie sind unterwegs zu einer Stadt, die wir vor unserm Freund hier nicht namentlich zu nennen brauchen, und warten da auf uns und ihren Anteil an den Wertpapieren. Daß sie lange warten können, versteht sich von selbst – sie sind jetzt nicht mehr im Spiel. Unter uns dreien darf es aber nun keinen Verrat mehr geben. Wenn wir klarkommen wollen, müssen wir einander helfen.«

Nach strengen Gesetzen der Dramatik hätte dieses Pack mir eigentlich noch sarkastische Reden halten müssen, aber das taten sie nicht. Sie übergingen mich, ohne mir auch nur einen Abschiedsblick zurückzuwerfen, und entschwanden meinen Augen in der Dunkelheit des Flurs.

Plötzlich war der Chinese wieder im Zimmer, auf Zehenspitzen sich bewegend – in der einen Hand ein offenes Messer, in der andern eine Kanone. Das also war der Mann, dem ich für die Rettung meines Lebens gedankt hatte! Er beugte sich über mich.

Das Messer näherte sich meiner rechten Seite, und das Plüschband, das meinen Arm festhielt, lockerte seinen Griff. Ich atmete wieder, und mein Herz schlug wieder weiter.

»Haken wird zurückkommen«, flüsterte Tai – und war weg.

Auf dem Teppich, einen Schritt vor mir, lag ein Revolver.

Die Haustür ging zu, und ich war eine Weile allein.

Man kann mir glauben, daß ich diese Weile damit verbrachte, gegen die roten Plüschbänder zu kämpfen, die mich banden. Tai hatte eine Windung durchgeschnitten, was meinen rechten Arm etwas lockerte und meinem Körper etwas mehr Spiel gab, aber ich war noch lange nicht frei. Und sein geflüstertes »Haken wird zurückkommen« war mir Ansporn genug, um mit aller Kraft gegen meine Fesseln anzugehen.

Ich begriff jetzt, warum der Chinese so fest darauf bestanden hatte, mein Leben zu schonen. *Ich war das Werkzeug, mit dem Haken beseitigt werden sollte!* Der Chinese hatte sich gedacht, daß Haken, sobald sie auf die Straße gekommen wären, ins Haus zurückhuschen, mich umlegen und sich dann wieder zu seinen Verbündeten gesellen würde. Und wenn er nicht von selber darauf gekommen wäre, hätte der Chinese es ihm wahrscheinlich nahegelegt.

Deswegen hatte er mir eine Kanone in Reichweite gelegt und meine Fesseln nur so weit gelöst, daß ich mich nicht befreien konnte, bevor er selber abgehauen war.

Diese Gedanken liefen nebenher. Ich ließ mich durch sie in meinen Anstrengungen freizukommen nicht aufhalten. Das *Warum* war mir in dem Moment nicht wichtig – wichtig war, den Revolver in der Hand zu haben, wenn der häßliche Mann zurückkäme.

Gerade als die Haustür aufging, kriegte ich den rechten Arm restlos frei und riß mir das erstickende Kissen aus dem Mund. Mein übriger Körper wurde immer noch von den Bändern gehalten; locker zwar, aber gehalten.

Ich warf mich, samt Stuhl und allem, nach vorn, den Sturz mit dem freien Arm auffangend. Der Teppich war dick. Ich landete auf der Nase, mit dem schweren Stuhl auf mir, völlig hilflos, aber mein rechter Arm war frei von dem Geschling, und meine rechte Hand packte die Kanone. Das düstere Licht fiel auf einen Mann, der rasch ins Zimmer trat – in der Hand einen metallischen Schimmer.

Ich feuerte.

Er faßte sich mit beiden Händen an den Bauch, knickte zusammen und verendete auf dem Teppich.

Das war vorbei. Aber das war noch lange nicht alles. Ich zerrte an den Plüschbändern, die mich festhielten, und versuchte mir klar darüber zu werden, was weiter zu tun sei.

Das Mädchen hatte die Wertpapiere vertauscht, sie unter dem Sofa versteckt – das stand außer Frage. Sie hatte vorgehabt, sie abzuholen, bevor ich von meinem Stuhl freigekommen wäre. Aber nun war Haken schon dagewesen, und so mußte sie ihren Plan ändern. Was lag jetzt näher für sie, als dem Chinesen zu erzählen, Haken hatte die Vertauschung vorgenommen? Was dann? Es gab nur eine Antwort – Tai würde die Wertpapiere holen kommen; beide würden sie kommen. Tai wußte zwar, daß ich jetzt bewaffnet war, aber sie hatten gesagt, die Wertpapiere bedeuteten einhunderttausend Dollar. Das reichte, um sie zurückzubringen!

Ich strampelte das letzte Band weg und krabbelte zu dem Sofa. Die Wertpapiere lagen darunter – vier dicke Bündel, zusammengehalten von starken Gummibändern. Ich steckte sie unter den Arm und ging hinüber zu dem Mann, der in der Nähe der Tür starb. Seine Kanone lag unter einem seiner Beine. Ich zog sie hervor, trat über ihn hinweg und ging in den dunklen Flur. Dann blieb ich stehen und überlegte.

Das Mädchen und der Chinese würden sich beim Angriff teilen. Einer würde durch die Haustür vorne hereinkommen, der andere durch die Hintertür. Auf diese Weise würden sie am sichersten mit mir fertig werden. Ich hatte also nur hinter einer dieser Türen auf sie zu warten. Es wäre dumm von mir, das Haus zu verlassen – genau das würden sie zuerst erwarten; und mir in einem Hinterhalt auflauern.

Es war ganz klar, ich mußte mich in Sichtweite dieser Vordertür flachmachen und darauf warten, daß einer von ihnen durch sie hereinkäme – und einer würde bestimmt hereinkommen, wenn sie es leid geworden wären, draußen noch länger auf mich zu warten.

Zur Haustür hin war der Flur durch den schwachen Lichtschein erhellt, der von den Straßenlaternen durch das Glas sickerte. Die Treppe, die in die erste Etage führte, warf einen dreieckigen Schatten über einen Teil des Flurs – einen Schatten, der für alle möglichen Vorhaben schwarz genug war. Ich hockte mich in dieses dreieckige Stück Nacht und wartete.

Ich hatte zwei Kanonen – die, die der Chinese mir gegeben hatte, und die, die ich Haken abgenommen hatte. Ich hatte einen Schuß abgefeuert; dann blieben mir noch elf zur Verfügung – es sei denn, eine der Waffen wäre, nachdem sie geladen worden war, von jemand anderem benutzt worden. Ich tastete die Rückseite der Trommel des Revolvers ab, den Tai mir gegeben hatte, und in der Dunkelheit fühlten meine Finger nur *eine Hülse* – unter dem Hahn. Tai war kein Risiko eingegangen; er hatte mir eine einzige Patrone gegeben – die, mit der ich Haken zu Fall gebracht hatte.

Ich legte diese Kanone auf den Boden und untersuchte die andere, die ich Haken abgenommen hatte. Sie war leer. Der Chinese war überhaupt kein Risiko eingegangen! Er hatte Hakens Kanone entladen, bevor er sie ihm nach ihrem Streit zurückgegeben hatte.

Ich saß in der Falle! Alleine, unbewaffnet, in einem fremden Haus, in das gleich zwei Menschen kommen würden, die hinter mir her waren – und daß einer davon eine Frau war, fand ich durchaus nicht beruhigend; sie war dadurch nicht weniger mörderisch.

Einen Moment war ich versucht, einen Ausbruch zu wagen. Der Gedanke, wieder draußen auf der Straße zu sein, war verlockend; aber ich schob ihn beiseite. Das wäre eine Dummheit; und zwar eine große. Dann fielen mir die Wertpapiere unter meinem Arm ein. Sie würden als meine Waffe herhalten müssen.

Wenn sie mir nützen sollten, mußten sie versteckt werden.

Ich glitt aus meinem Schattendreieck und ging die Treppe hinauf. Dank der Straßenlaternen war es in den oberen Räumen hell genug, so daß ich mich bewegen konnte. Und wie ich mich bewegte! Hin und her lief ich durch die Räume, hin und her, auf der Suche nach einem Versteck für die Wertpapiere. Und als dann plötzlich ein Fenster rappelte, wie von Zugluft bewegt, weil irgendwo eine Tür nach außen aufgegangen war, hatte ich das Diebesgut immer noch in den Händen.

Es blieb mir nun nichts mehr übrig, als es aus einem Fenster zu schmeißen und auf mein Glück zu vertrauen. Ich schnappte mir von einem Bett ein Kissen, riß den weißen Bezug herunter und warf die Wertpapiere da hinein. Dann lehnte ich mich aus einem bereits offenen Fenster und sah hinunter in die Nacht, nach einer günstigen Stelle suchend, wo ich meinen Sack würde hinwerfen können – ich wollte nicht, daß die Wertpapiere irgendwo landeten, wo sie einen Auflauf verursachen würden.

Und wie ich so aus dem Fenster sah, fand ich ein besseres Versteck. Das Fenster ging auf einen schmalen Hof, auf dessen anderer Seite ein ebensolches Haus war wie das, in dem ich mich befand. Das Haus war genauso groß und hatte ein leicht zur anderen Seite hin abfallendes Blechdach. Das Dach war nicht weit von mir entfernt – nahe genug, um den Kissenbezug hinüberwerfen zu können. Ich warf. Er verschwand über dem vorderen Dachrand und landete mit leisem Plock auf dem Blech.

Dann machte ich Licht im Zimmer, zündete mir eine Zigarette an (wir alle posieren hin und wieder gern ein bißchen) und setzte mich auf das Bett, um meine Gefangennahme abzuwarten. Ich hätte mich durch das dunkle Haus an meine Feinde heranpirschen und sie vielleicht überwältigen können, aber damit hätte ich höchstwahrscheinlich nur erreicht, erschossen zu werden. Und ich lasse mich nicht gern erschießen.

Das Mädchen fand mich.

Sie kam durch den Flur geschlichen, in jeder Hand eine Automatic, zögerte kurz vor der Tür und war dann mit einem Satz im Zimmer. Als sie mich dann friedlich auf der Bettkante sitzen sah, funkelte sie mich voller Verachtung an, daß man hätte meinen können, ich hätte etwas besonders Niederträchtiges getan. Ich glaube, sie hatte von mir erwartet, ich würde ihr eine Gelegenheit zum Schießen geben.

»Ich hab ihn, Tai«, rief sie, und der Chinese kam zu uns. »Was hat Haken mit den Wertpapieren gemacht?« fragte er, sofort zur Sache kommend und völlig ruhig.

Ich grinste ihm in das runde gelbe Gesicht und spielte meinen Trumpf aus.

»Warum fragen Sie nicht das Mädchen?«

Seine Miene verriet nichts, aber mir war, als versteifte sich sein Körper ein wenig in seiner tadellosen britischen Kleidung. Das ermutigte mich, mit meiner kleinen Lüge fortzufahren, die darauf angelegt war, die Dinge aufzurühren.

»Haben Sie denn nicht mitgekriegt, daß die vorhatten, Sie abzuhängen?«

»Sie dreckiger Lügner!« schrie das Mädchen und machte einen Schritt auf mich zu.

Mit energischer Geste gebot Tai ihr Einhalt. Mit seinen undurchsichtigen schwarzen Augen starrte er durch sie hindurch, und während er so starrte, wich das Blut aus seinem Gesicht. Sie hatte diesen dicken gelben Mann an der Leine, das stand fest, aber ein harmloses Spielzeug war er nicht gerade.

»So also ist das«, sagte er, an niemanden speziell gerichtet. Dann zu mir: »Wo haben die beiden die Wertpapiere hingetan? Das Mädchen trat dicht an ihn heran, und ihre Worte überstürzten sich.

»Hier die Wahrheit, Tai, Gott steh mir bei! Ich hab das Zeug selber ausgetauscht. Haken hatte keine Ahnung davon. Ich wollte euch beiden weglaufen. Ich hab sie unten unter die Couch gesteckt, aber da sind sie jetzt nicht mehr. Das ist bei Gott die Wahrheit!«

Alles in ihm wollte ihr glauben, und ihre Worte klangen ja auch glaubwürdig. Und da ich wußte, daß er ihr – verliebt in sie, wie er war – den Verrat mit den Wertpapieren eher verziehen hätte als ihr Vorhaben, mit Haken davonzulaufen, beeilte ich mich, die Dinge weiter aufzurühren.

»Zum Teil ist das schon wahr«, sagte ich. »Sie hat die Wertpapiere unter der Couch versteckt – aber Haken wußte sehr wohl davon. Sie haben sich das ausgedacht, als Sie hier oben waren. Er sollte Streit mit Ihnen anfangen, und inzwischen wollte sie die Wertpapiere gegen was anderes vertauschen, und genau das haben sie dann auch gemacht.«

Ich hatte ihn! Als sie wie eine Furie zu mir herumfuhr, drückte er ihr die Schnauze seiner Automatic in die Seite – ein scharfer Stoß in ihre Rippen, der ihren wütenden Wortschwall versiegen ließ.

»Ich nehm dir die Kanonen ab, Elvira«, sagte er und tat es. »Wo sind die Wertpapiere jetzt?« fragte er mich.

Ich grinste. »Ich bin nicht für Sie, Tai; ich bin gegen Sie.«

»Gewalttätigkeiten liegen mir nicht«, sagte er langsam, »und ich glaube, Sie sind ein vernünftiger Mensch. Schließen wir einen Handel ab, mein Freund.«

»Machen Sie einen Vorschlag«, sagte ich.

»Aber gern! Gehen wir davon aus, daß Sie die Wertpapiere versteckt haben, wo niemand sonst sie finden kann; und daß ich Sie völlig in meiner Gewalt habe – so wie es in Krimis immer beschrieben wird.«

»Soweit vernünftig«, sagte ich; »machen Sie weiter.«

»Wir haben also eine Situation, die man beim Spiel ein Unentschieden nennt. Keiner von uns beiden hat einen Vorteil. Als Detektiv wollen Sie uns haben, wir aber haben Sie. Als Diebe wollen wir die Wertpapiere haben, die aber haben Sie. Ich biete Ihnen dafür zum Tausch das Mädchen, und das scheint mir ein faires Angebot. Ich hätte dann die Wertpapiere und eine Chance abzuhauen. Und Sie hätten als Detektiv durchaus nicht erfolglos gearbeitet. Haken ist tot, und Sie hätten das Mädchen. Es wäre dann nur noch nötig, mich und die Wertpapiere wieder aufzuspüren – durchaus keine aussichtslose Sache. Sie hätten damit eine Niederlage in einen halben Sieg verwandelt und hätten eine gute Chance, einen ganzen Sieg daraus zu machen.«

»Und woher weiß ich, daß Sie mir das Mädchen auch geben werden?«

Er zuckte die Achseln. »Dafür kann es natürlich keine Garantie geben. Da ich aber weiß, daß sie vorhatte, mich mit diesem Schwein zu verlassen, das jetzt tot da unten liegt, können Sie sich vorstellen, daß meine Gefühle für sie nicht die allerfreundlichsten sind. Im übrigen würde sie, wenn ich sie mitnähme, einen Beuteanteil haben wollen.«

Ich überlegte mir das Angebot.

»Nun, für mich sieht die Sache so aus«, sagte ich schließlich zu ihm. »Sie sind kein Killer. Ich komme lebendig hier raus, egal, was passiert. Warum soll ich mich also auf Tauschgeschäfte einlassen? Sie und das Mädchen werden leichter wiederzufinden sein als die Wertpapiere, und auf die kommt es ja vor allem an bei der Geschichte. Ich werde sie also nicht rausrücken und lieber versuchen, euch wiederzufinden. Ja, das dürfte wohl sicherer sein.«

»Nein, ein Killer bin ich nicht«, sagte er sehr leise; und zum erstenmal sah ich ein Lächeln auf seinem Gesicht. Es war kein freundliches Lächeln – es hatte etwas, was einen schaudern machen konnte. »Aber vielleicht bin ich etwas anderes; etwas, woran Sie noch nicht gedacht haben. Aber dieses Reden führt zu nichts. Elvira!«

Gehorsam trat das Mädchen vor.

»In der Kommode da findest du Bettlaken«, sagte er zu ihr. »Reiß eins oder zwei davon in Streifen, die stark genug sind, unseren Freund hier zu fesseln.«

Das Mädchen ging zu der Kommode. Ich runzelte die Stirn und versuchte, eine nicht zu unangenehme Antwort auf die Frage zu finden, die sich mir stellte. Die Antwort, die zuerst auftauchte, war nicht schön: *Folter.*

Dann ließ ein leises Geräusch uns alle in gespannter Reglosigkeit erstarren.

Das Zimmer, in dem wir uns befanden, hatte zwei Türen – eine führte in den Flur, die andere in ein weiteres Schlafzimmer. Es war die Tür zum Flur, durch die das schwache Geräusch gekommen war – das Geräusch schleichender Füße.

Rasch und leise ging Tai rückwärts zu einer Stelle, von der aus er die Tür zum Flur beobachten konnte, ohne das Mädchen und mich aus den Augen lassen zu müssen – und die in seiner dicken Hand wie etwas Lebendiges aufgerichtete Kanone war uns Warnung genug, keinen Laut von uns zu geben.

Wieder das schwache Geräusch, unmittelbar vor der Tür.

Die Kanone in Tais Hand schien zu beben vor Gier.

Durch die andere Tür – die Tür zum Nebenzimmer – huschte Mrs. Quarre herein, einen riesigen gespannten Revolver in ihren dünnen Händchen.

»Waffe weg, du widerlicher Heide«, kreischte sie.

Noch bevor er sich zu ihr umdrehte, ließ Tai die Pistole fallen und nahm die Hände hoch – und beides war sehr klug von ihm.

In dem Augenblick kam Thomas Quarre vom Flur herein, ebenfalls mit einem gespannten Revolver – dem Gegenstück zu dem seiner Frau – nur daß er vor seinem massigen Körper nicht so riesenhaft wirkte.

Ich blickte wieder zu der alten Frau hinüber und sah nur noch wenig von der freundlichen, zierlichen Dame, die Tee eingegossen und über die Nachbarn geplaudert hatte. Wenn es je eine Hexe gegeben hat, so war dies jetzt eine – eine Hexe der schwärzesten, boshaftesten Sorte. Ihre kleinen schwachen Augen blitzten vor Wildheit, ihre welken Lippen waren wölfisch gebleckt, und ihr dünner Leib zitterte vor Haß.

»Ich hab's gewußt!« keifte sie. »Sobald wir weit genug weg waren, um zu überlegen, hab ich's Tom gesagt. Ich wußte, daß das eine abgekartete Sache war! Ich wußte, daß dieser angebliche Detektiv einer von euch war! Ich wußte, daß das nichts anderes war als ein Plan, um Thomas und mich um unsere Anteile zu bringen! Na, ich werd's dir zeigen, du gelber Affe, du! Wo sind diese Wertpapiere? Wo sind sie?«

Der Chinese hatte seine Fassung wiedergefunden – falls er sie überhaupt verloren gehabt hatte.

»Das kann Ihnen vielleicht unser stämmiger Freund hier sagen«, sagte er. »Ich war gerade dabei, ihm das aus der Nase zu ziehen, als Sie so – ah – dramatisch auftauchten.«

»Thomas, steh doch da um Himmels willen nicht so verträumt herum«, meckerte sie ihren Mann an, der allem Anschein nach noch derselbe sanftmütige alte Herr war, der mir eine ausgezeichnete Zigarre geschenkt hatte. »Fessel den Chinesen da! Ich trau dem alles mögliche zu, und mir ist erst wohl, wenn er gefesselt ist.«

Ich stand von der Bettkante auf und bewegte mich vorsichtig zu einer Stelle, wo ich hoffte, aus der Schußlinie zu sein, wenn das einmal eintreten würde, was ich vermutete.

Tai hatte die Kanone in seiner Hand fallen gelassen, aber er war nicht durchsucht worden. Die Chinesen sind ein gründliches Volk; wenn einer von ihnen schon eine Kanone hat, dann hat er gewöhnlich gleich zwei oder drei oder noch mehr. Eine Kanone war Tai abgenommen worden, aber wenn sie versuchten, ihn zusammenzuschnüren, ohne ihn vorher zu filzen, würde es wahrscheinlich Feuerwerk geben; deswegen ging ich ein wenig beiseite.

Der dicke Thomas Quarre ging phlegmatisch zu dem Chinesen, um den Befehl seiner Frau auszuführen – und vermasselte die Sache gründlich.

Er brachte seine Körpermasse zwischen Tai und die Kanone der Alten.

Tais Hände bewegten sich. Schon hielt jede eine Automatic.

Noch einmal kam Tai in die beste Form seiner Rasse. Wenn ein Chinese schießt, schießt er, bis seine Kanone leer ist.

Als ich Tai an seinem dicken Hals zurückriß und ihn auf den Boden schleuderte, waren seine Kanonen noch immer bellendes Metall; und sie klickten leer, als ich ein Knie auf einen seiner Arme kriegte. Ich wollte kein Risiko eingehen. Ich bearbeitete seinen Hals, bis mir seine Augen und seine Zunge sagten, daß er für eine Weile außer Gefecht gesetzt sein würde. Dann sah ich mich um.

Thomas Quarre lag gegen das Bett gelehnt, eindeutig tot, mit drei runden Löchern in seiner gestärkten weißen Weste.

Auf der anderen Seite des Zimmers lag Mrs. Quarre auf dem Rücken. Ihre Kleidung lag seltsam ordentlich um ihren zierlichen Leib, und noch einmal hatte der Tod ihr das sanfte, freundliche Aussehen verliehen, das sie gehabt hatte, als ich sie zum erstenmal erblickte.

Das rothaarige Mädchen Elvira war weg.

Schon regte Tai sich wieder, und als ich ihm eine weitere Kanone aus der Kleidung gezogen hatte, half ich ihm, sich aufzusetzen. Mit einer Hand rieb er sich die schmerzende Kehle und sah sich dabei kühl im Zimmer um.

»Wo's Elvira?« fragte er.

»Entkommen – erst mal.«

Er zuckte die Achseln. »Tja, das können Sie ja nun wirklich eine erfolgreiche Aktion nennen. Die Quarres tot; die Wertpapiere und ich in Ihren Händen.«

»Ja, nicht übel«, gab ich zu, »aber tun Sie mir mal einen Gefallen?«

»Wenn ich kann, gerne.«

»Dann sagen Sie mir, was zum Teufel das alles soll!«

»Was das *alles* soll?«

»Genau! Nach dem, was ich so mitkriegen konnte, habt ihr in Los Angeles irgendeinen Coup gelandet, der euch hunderttausend Dollar in Wertpapieren eingebracht hat. Aber ich weiß gar nichts davon, daß da unten in letzter Zeit so'n schweres Ding gedreht wurde.«

»Aber das ist doch lächerlich!« sagte er mit einem für seine Begriffe fast irrwitzigen Staunen in den Augen. »Lächerlich! Sie wissen natürlich alles darüber!«

»Das tu ich nicht! Ich war auf der Suche nach einem jungen Burschen namens Fisher, der sein Zuhause in Tacoma im Zorn verlassen hat – vor ein bis zwei Wochen. Sein Vater möchte, daß ich unauffällig rauskriege, wo er sich aufhält, damit er herkommen und mit ihm reden kann. Er will versuchen, ob er ihn dazu bewegen kann, wieder heimzukommen. Man hat mir gesagt, daß ich Fisher eventuell in diesem Abschnitt der Turk Street finden könnte, und das hat mich hierhergeführt.«

Er glaubte mir nicht. Er glaubte mir nie. Als man ihn hängte, hielt er mich noch immer für einen Lügner.

Als ich wieder auf die Straße hinauskam (und die Turk Street war nach meinem Abend in diesem Haus ein herrliches Stückchen Erde!), kaufte ich mir eine Zeitung und entnahm ihr das meiste von dem, was ich wissen wollte.

Ein Zwanzigjähriger – ein Botenjunge für eine Maklerfirma in Los Angeles – war vor zwei Tagen auf dem Weg zur Bank mit einem Packen Wertpapieren verschwunden. Noch in derselben Nacht hatten sich dieser Junge und ein schlankes Mädchen mit kurzem rotem Lockenschopf in einem Hotel in Fresno als *J. M. Riordan und Frau* eingeschrieben. Am nächsten Morgen war der Junge in seinem Zimmer gefunden worden – ermordet. Das Mädchen war weg. Die Wertpapiere waren weg.

So weit hatte es in der Zeitung gestanden. Im Laufe der nächsten paar Tage – hier ein bißchen ausgrabend und da ein bißchen aufschnappend – konnte ich mir die Geschichte in großen Zügen zusammenstückeln.

Der Chinese – mit vollem Namen hieß er Tai Tschun Tau – war der Kopf der Bande gewesen. Ihre Masche war eine Variation des stets funktionierenden Köderspiels gewesen. Tai machte irgendeinen jungen Burschen ausfindig, der für einen Bank- oder Börsenmann Laufjunge war beziehungsweise Botendienste machte – einen, der entweder Bargeld oder einlösbare Börsenpapiere zu transportieren hatte; in großen Mengen, versteht sich.

Dann oblag es Elvira, diesen Jungen *anzumachen*, ihm total den Kopf zu verdrehen – was ihr nicht sehr schwergefallen sein dürfte

– und ihn dann zart dazu rumzukriegen, mit ihr und allem, was er an Scheinchen oder Papierchen seines Brotherrn würde grabschen können, durchzugehen.

Wo immer sie die erste Nacht ihrer Flucht verbrachten, tauchte dann Haken auf – blutrünstig und mit Schaum vorm Mund. Das Mädchen fing darauf an, zu flehen, sich die Haare zu raufen und so weiter, in dem Versuch, Haken – in seiner Rolle als wutschnaubender Ehemann – davon abzuhalten, den Jungen hinzuschlachten; was schließlich Erfolg hatte, und am Schluß stand der Junge dann ohne Mädchen da und ohne die Früchte seiner Dieberei.

Manchmal hatte er sich der Polizei gestellt. Zwei hatten, wie wir ermittelten, Selbstmord begangen. Der Junge aus Los Angeles war aus etwas härterem Holz geschnitzt gewesen. Er hatte den Kampf aufgenommen, und Haken hatte ihn umbringen müssen. Die Geschicklichkeit des Mädchens läßt sich an der Tatsache ermessen, daß, als das Spiel aus war, keiner der sechs reingelegten Jungen auch nur ein Wort sagte, was sie in die Sache hineingezogen hätte; und einige von ihnen hatten sie bewußt raushalten wollen, was ihnen dann großen Ärger einbrachte.

Das Haus in der Turk Street war das Versteck der Bande gewesen, und um es nicht zu gefährden, hatten sie ihr Spiel nicht in San Francisco getrieben. Haken und das Mädchen wurden von den Nachbarn für Sohn und Tochter der Quarres gehalten – und Tai war der chinesische Koch. Das gutmütige und achtbare Erscheinungsbild der Quarres hatten für die Sicherheit der Bande ihr übriges getan.

Der Chinese wurde gehängt. Nach dem rothaarigen Mädchen warfen wir das größte und feinstmaschigste Grundnetz aus; und brachten dutzendweise Mädchen mit kurzem rotem Lockenschopf nach oben. Aber das Mädchen Elvira war nicht dabei.

Ich schwor mir, daß ich eines Tages . . .

Janwillem van de Wetering

Da fliegt Ravelaar

Es war ein frischer Spätsommertag, mit einer blassen Sonne, noch eingehüllt von einem sich gerade lichtenden Nebel. Ein alter VW, rund und dick, schnurrte glücklich über die Biegungen des Amsteldeichs und steuerte auf die Stadtgrenze zu. Der Fahrer, ein großer schlanker Mann mit einem eckigen Gesicht, das von lockigem Haar umrahmt und von einem gewaltigen Schnurrbart geziert wurde, bewunderte einen Schwarm Enten, der dicht über dem Fluß herangeflogen kam. Als der Wagen seine Geschwindigkeit erhöhte, wachte der Beifahrer, ein älterer, gewichtiger Mann auf, wobei seine riesigen Hände wie Flügel schlugen.

»Fahren wir irgendwo hin?«

»Der Funk meldet ein Feuer und eine Leiche.«

»Außerhalb?«

»Ganz in der Nähe.«

Brigadier de Gier, der für das Morddezernat des Amsterdamer Polizeipräsidiums arbeitete, verlangsamte die Geschwindigkeit und deutete auf etwas. Eine Wildgans trieb ruhig zwischen dem Schilfrohr und neigte den Hals schläfrig zur Seite, um ihn zwischen die warmen Flügel zu schieben.

»Sieh mal da, Adjutant, ist das nicht eine schöne Inspiration für dich? Dieser Vogel scheint geradewegs aus einem deiner geliebten Hondecoeter Gemälde herausgeschwommen zu sein.«

»Nicht jetzt«, sagte Adjutant Grijpstra. »Mein Verstand ist im Dienst.«

Der Adjutant starrte nach vorn, konzentrierte sich auf eine große, kugelförmige pechschwarze Wolke, die langsam hinter hohen Bäumen hervorquoll.

»Du meinst, daß sich hinter dieser Umweltverschmutzung dort eine Leiche verbirgt?«

De Gier riß den Wagen abrupt nach rechts. Ein Feuerwehrwagen fuhr mit lautem Gehupe und Geklingel rüde an ihnen vorbei. Der VW manövrierte sich um einen nachlässig geparkten Streifenwagen und hielt an. Ein Wachtmeister hatte sich breitbeinig vor den imposanten gußeisernen Torflügeln postiert. Der Brigadier stieg aus. »Wir sind es, Ihre Ihnen ganz zu Diensten stehenden Kriminalbeamten. Was ist los?«

Der Wachtmeister blickte finster drein.

»Unfall?« fragte der Brigadier freundlich.

»Mord!« brüllte der Wachtmeister.

»Hört, hört«, sagte Grijpstra, während er schwerfällig über den Kies des Zufahrtweges schritt. »Kollege, ich bitte Sie inständig, ruhig zu bleiben.«

Der Adjutant schaute sich die riesigen Flammen mit Ehrfurcht an.

»Eine höchst stattliche Villa.«

»Nicht mehr lange«, sagte der Wachtmeister.

»Sie wird prächtig restauriert werden«, meinte de Gier.« Die Architekten der Stadt verstehen sich heutzutage gut auf diese Arbeiten; altehrwürdige Kaufmannspaläste aus dem 16. Jahrhundert sind jetzt überall *en vogue.*«

»Verschwindet«, dröhnte es aus dem Megafon eines Feuerwehrmannes »da sind noch mehr Feuerwehrwagen im Anmarsch. Haut mit eurem Rostkübel ab, sofort, verstanden?«

»De Gier fuhr den Wagen durch das Tor, das der Wachtmeister jetzt bereitwillig öffnete. Zwei große rote Wagen donnerten auf beiden Seiten an dem VW vorbei. Feuerwehrmänner mit roten Gesichtern unter glänzenden Helmen entrollten Schläuche.

»Warum Mord?« fragte der Adjutant und zog den Wachtmeister zu sich heran.

»*Wumm!*« schrie der Wachtmeister. »Das war's, was wir hörten, ich und mein Kumpel. Da drüben auf dem Deich sind wir ganz in Ruhe Streife gefahren, und ganz plötzlich, *Krachbumm,* flogen alle Fenster raus, stoben Funken auf, Flammen gab's und was sonst nicht alles. Wir sind dann hierher gefahren, um nachzuschauen, ob noch jemand gerettet werden kann, aber die kleine Dame war hinüber – Teile von ihr lagen hier überall verstreut . . .«

»In der Küche?« fragte Grijpstra.

Der Arm des Wachtmeisters deutete vage eine Richtung an. »Überall dort im Haus. Abscheulich, sage ich Ihnen.«

»Der Gasherd«, erklärte der Adjutant. »Hab's oft genug erlebt. Gnädige Frau will den Herd anstellen, aber die Zündflamme brennt nicht. Sie bemerkt es nicht, dann füllt sich die Küche mit Gas, sie macht inzwischen irgend etwas anderes, kommt zurück, zündet sich eine Zigarette an und . . .«

Der Adjutant nickte in Richtung der Flammen, die aus den Fenstern der Villa schlugen und den Wasserstrahlen trotzten, die aus drei Feuerwehrwagen zugleich auf sie gerichtet wurden.

»Nicht funktionierende Zündflammen«, sagte de Gier und schüttelte seinen Kopf. »Ich werd mich auf Elektrisch umstellen.«

»Nein, nein«, rief der Wachtmeister. »Sie hielt sich dort auf, in einem Raum im Vorderteil. Eine Bombe explodierte. Ich habe es selbst genau gehört.«

»Sie haben einen Knall gehört« korrigierte ihn der Adjutant. »Was haben Sie sonst noch bemerkt?«

»Eine Bombe«, beharrte der Wachtmeister. »Die Menschen sind so schlecht.«

»Oh, da stimme ich zu«, sagte Grijpstra. »Aber alles, was wir wissen, ist ein erschütternder Knall und daraufhin eine unschuldige Leiche. Gibt es noch irgend etwas zu berichten?«

»Da war noch ein fetter Kater mit dichtem Pelz und einem kurzen Schwanz«, sagte der Wachtmeister. »Das Feuer wurde immer gefährlicher, aber wir konnten noch heldenhaft sein, also rannten ich und mein Kumpel weiter ein bißchen herum. In dem offenen Kamin steckte oben im Rauchfang ein Kater, wahrscheinlich direkt aus seinem Körbchen dort hineingetrieben. Wir hörten ihn um Hilfe jammern. Ich zerrte an dem Rest seines Schwanzes, aber das Tier war zu tief drin.«

Ein weiterer Wachtmeister wurde sichtbar. Er sprach mit einer Frau.

Sie eilte gleich darauf davon, de Gier hinter ihr her.

»Wer war das?« fragte Grijpstra und hielt den anderen Wachtmeister fest.

»Die Nachbarin«, antwortete der Polizist. »Sie wurde durch den Knall alarmiert. Sie geht jetzt nach Hause, um Mijnheer Ravelaar anzurufen. Die Leiche in der Villa ist nämlich Mijnheer Ravelaars Ehefrau.«

»Eine Bombe«, sagte der erste Wachtmeister. »Schlechte Menschen töten gute. Wieso tun die so etwas, Adjutant? Müssen sie dann nicht immer davon träumen?«

Grijpstra schlenderte von dem Qualm fort in Richtung Park. De Gier kam zurückgerannt. »Etwas schlauer geworden, Brigadier?«

»Der Kater, der in den Rauchfang hochgeschleudert worden ist, heißt Max«, japste de Gier. »Rundlicher kleiner Kerl, mit Grips ausgestattet und Sinn für Humor, philosophisch begabt, wie all die guten Katzentiere. Miinheer Ravelaar, der Kerl, der hier wohnt, ist benachrichtigt und mit seinem Mini-Citroën auf dem Weg hierher. Er ist Anwalt.«

»Wie paßt ein Kleinwagen zu dieser opulenten Eleganz?«

»Nach Aussage der Nachbarin, Adjutant, haben wir es wieder einmal mit ziemlich verrückten Leuten zu tun. Die gnä' Frau bewohnte die Villa, während der getrennt lebende Mann mit dem Gesindehaus vorliebnehmen mußte. Die gnä' Frau wurde als verstört bezeichnet, der Herr als ganz zweifellos recht merkwürdig.«

»Ein gemächlicher Spaziergang«, schlug Grijpstra vor, »schafft einen klaren Verstand.«

Der Wind trieb den meisten Rauch in Richtung des Flusses. De Gier strich über die Rinde eines mächtigen Baumes.

»Diese Pappel muß über hundert Jahre hier stehen, und die Eichen dort drüben dürften noch älter sein. Stell dir vor, inmitten dieser altehrwürdigen Pracht zu wohnen. Was ist dieses anmutige kleine Gebäude da vorne? Die Villa der Dienstboten?«

Grijpstra öffnete die Tür. »Eine Garage – enthält das neueste Mercedes-Benz-Modell.«

De Gier öffnete eine weitere Tür. »Eine steile Treppe mit einem Mahagonigeländer. Führt sie zu einer Wohnung? Vielleicht die Behausung des Herrn?«

Sie setzten ihren Spaziergang fort.

»Ein kunstvolles Fels-Arrangement, überwachsen von verschiedenen Moossorten«, zählte de Gier auf. »Ein Rosengarten. Ein Treibhaus mit einer ganzen Kollektion von Orchideen; noch mehr Wohlstand, noch mehr Schönheit. Da drüben ist ein antiker Gartenpavillon mit einem pilzförmigen Dach, überragt von einem gigantischen Kirschbaum. Unser Paar wird hier den Tee eingenommen haben und dazu Creme- Törtchen.«

»Creme-Törtchen«, meinte Grijpstra, »werden sauer, wenn es an Harmonie fehlt. Wie auch immer« – sein Arm machte eine allumfassende Bewegung – »irgend jemand kümmert sich auf liebevolle Weise um all das hier. Etliche Hektar erstklassiger Rasen. Alle Sorten Kräuter in großartigem Zustand. Griechische Statuen, umgeben von sorgfältig geschnittenen Hecken. Nirgendwo Unkraut.«

»Pah«, sagte de Gier.

»Pah was?«

De Gier runzelte die Stirn. »Unrat voraus. Baah. Ein trüber Teich unter einer zusammengebrochenen Brücke«. Er hielt sich die Nase zu. »Extrem faulig.«

Grijpstra rieb sich das Kinn.

»Denkst du nach?« fragte de Gier.

Grijpstra lächelte. »Das tue ich öfter.«

»Im Auto schläfst du oft.«

»Tiefe Konzentration wird oft als Dahindösen mißverstanden.« Grijpstra schaute sich um. »Warum auf einmal diese so im Kontrast stehende Verwahrlosung? Ein vergessener und sterbender Winkel in einem makellos gepflegten Park? Seit Jahren war wohl niemand mehr in der Nähe dieses Unrats. Aber warum, hä, Brigadier? Teiche fügen sich sehr gut in Parks ein. Wenn der hier meiner wäre, würde ich seltenes Federvieh züchten.«

»Es hat hier einmal Vögel gegeben«, sagte de Gier. »Dort drüben: Verrottete Hühnerställe und Käfige und verfallene kleine Entenhäuser auf Pfählen.« Träumerisch bewegte er eine Hand. »Mongolische Gänse mit scharlachroten Schnäbeln, langbeinige Kraniche, vielfarbige kleinere Vögel, hier und da ein Flamingo.« Er klopfte auf Grijpstras Schulter. »Die Pracht des Goldenen Zeitalters unserer Nation bewahrt im Hier und Jetzt. Hier muß es gewesen sein, wo dein verehrter Hondecoeter seine Seidenstrümpfe mit den mit Silberspangen verzierten Stiefeln hochzog, bevor er ein weiteres seiner unbezahlbaren Gemälde im Eiltempo dahinpinselte. Genau wie du deine Fünfundsechzigprozentig-Polyester-Socken hochziehst, bevor du dich deiner Acrylmalerei zuwendest.«

»Also bitte«, protestierte Grijpstra.

De Gier klopfte seinem Vorgesetzten auf den breiten Rücken. »Ich meine es ernst, Hank. Dein Talent raubt mir den Atem. Erinnere dich an dieses wasserhuhnähnliche Vieh, das du an deinem letzten freien Tag hingepinselt hast.«

Der erste der beiden Wachtmeister kam angelaufen. »Der Chef der Feuerwehr möchte Sie beide sprechen.«

Der Wachtmeister brachte den Gestank dicken Qualms mit und ließ Aschenflocken auffliegen, die sich auf Grijpstras dunkelblauem Anzug festsetzten. Der verrieb sie zu Schmutzflecken.

»Berichten Sie über den Stand der Dinge«, befahl Grijpstra.

»Das Feuer ist unter Kontrolle. Der Schaden ist begrenzt, aber die Frau ist noch immer tot.«

»Wie geht es Max?« fragte de Gier.

Der Wachtmeister schauderte. »Zum Schluß ist er aus dem Rauchfang geplumpst.«

»Ist er in Ordnung?«

»Nicht in Ordnung.« Der Wachtmeister ließ seine halbgerauchte Zigarette fallen und trat sie auf dem Weg aus. »Sie haben ihn total mit Schaum eingesprüht, aber das arme Pelzknäuel war schon völlig gebraten.« Der Wachtmeister knurrte wütend. »Sie sollten lieber den Täter fassen. Die Nachbarin ist wieder gekommen und hat erzählt, was sich hier während all der Jahre zugetragen haben muß.« Der Wachtmeister hob beide Hände und wedelte mit der einen. »Ich weiß jetzt, *was*« – er wedelte mit der anderen Hand – »was ist.«

»Tatsächlich?« fragte Grijpstra. »Das ist nicht Ihre Aufgabe. Informieren Sie lieber die dafür zuständigen Personen. Beschreiben Sie uns beide Seiten Ihrer Gleichung.«

Der Wachtmeister redete. De Gier faßte es zusammen. »Anhaltende häusliche Konflikte auf der einen Seite – vorsätzlicher gewaltsamer Tod auf der anderen.«

»Das kommt davon, wenn sich etwas so lange hinzieht«, sagte Grijpstra. »Ich war selbst einmal verheiratet. Ich kann mir gar nicht vorstellen, was alles passiert wäre, wenn diese Beziehung kein Ende gefunden hätte.« Er wischte sich über die Backen.

»Könnte es Selbstverteidigung gewesen sein?« schlug de Gier vor. »Die gnä' Frau verstößt den Herrn in Armut, in das Dienstbotenhaus. Er hat all die harte Arbeit zu erledigen. Sie spielt die Herrin im Schloß. Er fährt nur den Zweitwagen.«

Der Wachtmeister widmete sich der Betrachtung einer weiteren, halbgerauchten Zigarette. »Ich verstehe« murmelte er.

»Wollen wir uns der anderen Seite zuwenden?« fragte de Gier. »Was ist mit dem Kater?«

Der Wachtmeister trat auf dem Zigarettenstummel herum. »Richtig. Richtig. Wie also wollte der verabscheuungswürdige Dämon von einem Ehemann ihr das Wasser reichen? Mit einer Bombe, deponiert im Haus. Wir haben die Fenster herausfliegen sehen. Was kümmerte ihn das? Er ist bestimmt entsprechend versichert.«

»Eine Bombe mit einer so langen Zündschnur?« fragte Grijpstra. »Bis zu seinem Büro in der Stadt?«

»Ich bitte Sie«, sagte der Wachtmeister. »Wir haben heutzutage doch die technischen Mittel. Vielleicht irgendein Zündmechanismus?«

De Giers Kopf wackelte rhythmisch hin und her. »Tick-tack, ticktack, tick-tack.«

»Oder eine Fernzündung?« fragte der Wachtmeister und imitierte eine Antenne, indem er einen Arm hochreckte. »Blicken Sie nicht durch? *Ich* sehe reinen Vorsatz. Ravelaar muß sich auch den Wetterbericht angehört haben. Heute hat der Wind gedreht. Wochenlang hat er von der anderen Seite geblasen. Wäre der Wind von der falschen Seite gekommen, hätte das Feuer vielleicht ein paar wertvolle Bäume vernichtet und auf seine Wohnung übergegriffen.«

De Gier zeigte auf ein dunkles und schmutziges Überbleibsel auf dem Rasen.

»Ja, Max.« Der Wachtmeister nickte. »Meine Güte, wie hat das Tier gejault.«

De Gier lehnte sich an einen Zaun.

Grijpstra sah in die Ferne.

»Ein Jurist?« fragte er. »Ein Rechtsanwalt? Ein Meister unserer menschenfreundlichen Gesetze? Ein Ehrenmann, der den perversen Verbrecher spielt?«

»Ehrenmänner sind am schlimmsten«, flüsterte der Wachtmeister unüberhörbar. »Die müssen richtig ausgekocht sein, wenn es darum geht, an der Spitze zu stehen. Bei uns ist das anders; wir haben gelernt, es uns unten bequem einzurichten.«

»Nun mal sachte«, konterte Grijpstra. »Als Unteroffizier bin ich selbst ein halber Ehrenmann, und der Brigadier hier ist Autodidakt, mit einem Hang zum Intellektuellen.«

Der Wachtmeister entschuldigte sich. De Gier löste sich von dem Zaun.

Adjutant und Brigadier betraten das verwüstete Haus.

Wo sind Sie abgeblieben«, sagte der Feuerwehrhauptmann. »Mit viel Mühe hab ich etwas Interessantes herausgefunden, und niemand ist hier, um es sich anzusehen. O Mann!«

Grijpstra wich vor etwas Feuchtem zur Seite, das von der hohen Decke des Raumes herabgefallen war.

»Ein Rest der Gnädigen«, bemerkte der Feuerwehrhauptmann. »Der größere Teil ist gerade zusammengekratzt und in einen Krankenwagen geschafft worden.«

De Gier schwankte weg.

»Kann er das nicht ertragen?« fragte der Feuerwehrhauptmann.

»Dem bleibt nichts anderes übrig, als immer mit von der Partie zu sein« antwortete Grijpstra. »Ich bin nicht gern allein.« Der Feuerwehrmann zeigte einen kleinen Gegenstand.

Grijpstra starrte darauf. »Ein grauer Metallsplitter?«

»Kann man auch als Stück eines todbringenden Schrapnells bezeichnen«, erklärte der Hauptmann. »Sie haben keine Vorstellung davon, wie schwierig es ist, bei einem Brand verbrecherische Absichten nachzuweisen. Das ist vielleicht meine erste Möglichkeit.«

»Ein Schrapnell«, sagte Grijpstra. »Was fällt mir dazu ein? Krieg? Granaten?«

De Gier kam, eine Hand vor dem Mund, wieder zurück.

Der Feuerwehrhauptmann nahm einen anderen kleinen Gegenstand auf und gab ihn de Gier. De Gier ließ ihn fallen. Der Feuerwehrhauptmann hob ihn wieder auf: »Zu heiß für Sie? Das Ding ist gerade lauwarm.«

»Was ist das?« fragte de Gier.

»Ein Stück Messing von der Hülse eines Schrapnells. Mit solch einer Messingummantelung war es als Granate für Kanonen gedacht. Messing hat eine gewisse Ähnlichkeit mit Kupfer. Die Gnädige war eine große Kupfersammlerin, denn im Haus lagen überall zerfetzte Tabletts, Krüge und Kübel herum. Sind wohl von all den herausgerissenen Regalen heruntergeflogen.«

»Eine Ummantelung?« fragte de Gier. »Abgefeuert aus einer großen Kanone?«

»Jetzt begreife ich«, sagte Grijpstra. »Jemand hat das Haus mit einer vollautomatischen Kanone in die Luft gejagt.«

»Fast ins Schwarze getroffen«, sagte der Feuerwehrmam, »aber nicht ganz. Die Ummantelung explodierte, das heißt, das Ding krachte auseinander, aber nicht in einem Kanonenrohr, sondern eher auf einem Regalbrett.«

»Aber wie?« wollte de Gier wissen.

»Keine Ahnung«, entgegnete der Feuerwehrmann.

»Ein Unfall?« fragte Grijpstra.

»Natürlich«, sagte der erste Wachtmeister. »Ein Unfall, was sonst? Ich werd Ihnen erklären, wie's passiert ist. Die Gnädige schlug aus Versehen mit einem Hammer auf die Hülse der Granate. Nein, nein, hören Sie zu. Es geschah so: Sie fand zufällig einen Nagel, steckte ihn in die Zündkapsel der Granate und schlug dann mit dem Hammer zu. Alles ein Unfall, vielleicht, weil sie ausprobieren wollte, was passieren würde.«

Grijpstra applaudierte.

»Das ist mein Hobby«, erklärte der Wachtmeister. »Ich mag es ab und zu, ein bißchen an solchen Sachen herumzuknobeln, wenn ich Zeit übrig hab.«

»Und vielleicht weiß jemand von Ihnen, mit was für einer Art Granathülse wir es zu tun haben?« erkundigte sich Grijpstra.

»Ich bin mir natürlich nicht sicher«, sagte der Feuerwehrhauptmann, »weil ich mir einer Sache nie ganz sicher bin, aber ich bin mir fast sicher, daß dies hier ein Teil einer Oerlikon-Granate ist. Ich war nämlich Soldat und hab solche Granaten in Kisten herumgetragen.«

De Gier nickte. »Ich habe einmal solche Granaten in einer Terroristenwohnung gefunden. Diese Länge und Stärke?« Er deutete die Größe an.

Der Wachtmeister nickte ebenfalls. »Ungefähr meine Größe. Logisch, daß sie völlige Verwüstung anrichtete.«

»Aber warum ist dieser phallische Gegenstand explodiert?« fragte Grijpstra. »Hat das Feuer ihn gezündet? Aber was wiederum hat dann das Feuer entzündet? Henne oder Ei? Was war zuerst da? Oder werden wir den Ablauf nie erfahren?«

»Da ist er«, rief der Wachtmeister. »Es muß Ravelaar sein, der Verdächtige. Er schleicht gerade aus seinem 2 CV heran, mit dem er gekommen ist.«

»Sie übernehmen ihn, Chef«, sagte Grijpstra. »Wenn er die Opfer gesehen hat, können Sie ihn zu uns schicken. Wir werden im Gartenpavillon sein.«

»Miinheer Ravelaar«, sagte Grijpstra zwanzig Minuten später, »darf ich Ihnen Brigadier de Gier vorstellen. Ich bin Adjutant Grijpstra.«

»Ha, ha.«

»Wie bitte?« fragte de Gier.

»Ich lachte gerade«, meinte Ravelaar. »Bitte vielmals um Verzeihung. Ich bin hocherfreut, Sie beide zu treffen.« Er lachte lauter. »*Da fliegt Max.*«

»Was meinen Sie?«

Freudentränen liefen über Ravelaars dicke Backen. Er schlug sich auf seinen kahlen, polierten Schädel. Dann lehnte er sich an die Wand des Pavillons und tätschelte seinen runden Bauch. Die Kriminalbeamten warteten ab. Ravelaar gelang es, seine Gefühle in den Griff zu bekommen.« Ich bitte Sie um Verzeihung, aber ich finde das Ganze wirklich komisch. Was halten Sie von einem Drink? Folgen Sie mir in meine bescheidenen Gemächer?«

»Stehen Sie noch unter Schock?« fragte de Gier.

»Ganz und gar nicht«, antwortete Ravelaar, »aber eine kleine Stärkung würde uns allen guttun.«

De Gier saß auf einem wackeligen gotischen Stuhl, Grijpstra schaukelte in den Überresten eines viktorianischen Schaukelstuhls, und Ravelaar brachte mit seinem Gewicht die Federn eines ausgedienten Empire-Sofas zum Quietschen.

»Abfall vom Herrschaftshaus«, erklärte Ravelaar. »Alicia war so freundlich, mir die Sachen zu überlassen. Nun können sie auf die Müllkippe.«

»Grijpstra nahm ein Lemon- Soda, de Gier entschied sich für ein Glas Wasser. Ravelaar goß die Getränke in angeschlagene Senfgläser und füllte dann sein Glas mit billigem Genever. »Auf das Ende«, sagte Ravelaar und erhob seinen Drink, »und auf den Neuanfang.«

»Da fliegt Max?« fragte de Gier.

»Ho, ho«, lachte Ravelaar. »Mein Lieber, nicht schon wieder.«

»Ich glaube nicht, daß wir Ihren Gedankengängen so ganz folgen können«, meinte Grijpstra.

»*O Alice in Wonderland*«, erklärte Ravelaar. »Englische Literatur. Anspielung auf eine wenig bekannte Stelle.«

»Erzählen Sie uns mehr darüber«, forderte Grijpstra ihn auf. Ravelaar lächelte. »Meine Frau Alicia lebte auch in einer sehr andersartigen Welt.«

Die Anwesenden lächelten ebenfalls, dann folgte eine lange Pause. Ravelaar stand auf und zog ein Buch aus einem Regal.

»Lassen Sie mich die entsprechende Stelle suchen.« Er blätterte heftig und erzählte dabei: »Alice wächst schnell heran und steckt in einem Haus fest. Neugierige Tiere kommen vorbei, sind vor dem Haus. Eine Eidechse wird zu deren Kundschafter ausgewählt, und der arme Kerl wird in den Schornstein des Hauses geschickt. Alice schleudert ihn mit einem Tritt wieder hinaus.« Ravelaar wischte sich die Augen mit einem großen Taschentuch. »Ach, du meine Güte. Ha, ha, ha. Da ist die Stelle. Die Tiere draußen sehen Bill wie eine Rakete in den Himmel fliegen und schreien: ›*Da fliegt Bill.*‹« Er ließ das Buch fallen. »Huh, huh.«

Grijpstra hob es auf und stellte es in das Regal zurück.

»Sie mögen diese Stelle?«

»Adjutant«, entgegnete Ravelaar, der allerhöchste Anstrengungen unternahm, sich zu beruhigen. »Adjutant, Sie müssen mir doch zustimmen, daß dies eine komische Situation ist. Für mich ist das die beste Szene in meiner Lieblingserzählung.«

»Nicht besonders lustig«, brummte de Gier, »nicht in diesem Zusammenhang.«

»Nicht einmal dann«, fragte Ravelaar, »wenn ein wirklicher kleiner Teufel in den Himmel fliegt, direkt aus Alicias Horror-Villa?«

»Nein«, antwortete Grijpstra.

Ravelaars dünne Augenbrauen tanzten vor Empörung. »Bitte. Erzählen Sie mir doch nicht, daß Sie nicht zu würdigen wissen, was sich hier ereignet hat. Es paßt doch alles wunderbar zusammen. Alicias quälende Anwesenheit wurde größer und größer, und als erstes hat sie mich mit einem Tritt hinausbefördert. *Da fliegt Ravelaar* und all die Tiere in ihrem Unterbewußtsein. Dann gewann ihre Bösartigkeit in der Gestalt von ›Max dem Mächtigen‹ Oberhand, bis Gerechtigkeit geübt wurde und dann . . . ha, ha . . . entschuldigen Sie . . . *Da fliegt Max?*« Ravelaar kicherte erwartungsvoll. »Nein . . .?«

»Nein«, antwortete de Gier. »Sind Sie verrückt geworden?«

Ravelaar setzte sich. »Nein.« Er griff nach der Flasche und füllte sein Glas auf. Er trank. De Gier sah sich die Bücher auf dem Regal an. Sein Zeigefinger wanderte über eine ordentliche Reihe ledergebundener Bände, die eine vollständige Aufsatzsammlung über die Anwendung der Steuergesetze enthielten. »Ich vermute, das ist Ihr Spezialfach?«

»Ja«, sagte Ravelaar. »Mein Beruf. Ich befasse mich mit der Gerechtigkeit.«

»Sie sind also nicht verrückt?« fragte Grijpstra.

Ravelaar massierte sich das Lachen aus dem Gesicht. »Nein normalerweise nicht, aber die Umstände werden meinen augenblicklichen Geisteszustand entschuldigen. Sie können diesen Gedankengang ruhig vergessen. Wahnsinn erfordert die Beweiserbringung, daß der Beschuldigte für andere und für sich eine Gefahr darstellt. Weitere Umstände spielen eine Rolle. Eine unregelmäßige Lebensweise? Ich bin so regelmäßig wie nur irgendwer. Verantwortungsloses Verhalten? Ich bin dafür bekannt, daß ich meine Rechnungen immer bezahle.«

»Max starb qualvoll«, sagte de Gier.

»Gut.« Ravelaar grinste. »Dieses haarige Monster hat mich jahrelang genervt. Kaum will man die Rosen beschneiden, bereitet schon ein fauchendes, krallendes Ungeheuer hinter einem Busch seinen Angriff vor. Kaum erfreut man sich an dem säuberlich geharkten Kies, macht ›Max, der Elende‹ alle Mühen zuschanden, indem er ein riesiges Katzenklo vorbereitet. Ich aß altes Brot; ›Max, der Bombastische‹, bekam Lachs und geräucherten Aal.« Die Geneverflasche gluckerte ärgerlich.

»Soviel zu Max«, sagte Grijpstra. »Ihre Frau wurde durch eine explodierende Granate in den Tod gesprengt. Teile von ihr hängen immer noch an der Wohnzimmerdecke der Villa. Wie steht es damit, Mijnheer. Haben Sie sich auch da mit Gerechtigkeit befaßt?«

Ravelaars Fingerspitzen kneteten auf seinem Trinkgefäß herum.

»Wir können auch technisch werden«, drängte Grijpstra. »Was hat eine Granate in einer geschmackvollen Villa zu suchen?«

Ravelaar lächelte steif. »Eine gute Frage. Ich habe sie mir auch schon gestellt. Und ich bin zu einer Antwort gekommen. Alicia war neurotisch. Sie sammelte wie eine Elster. Ihre Gier nach glänzenden Dingen kannte kein Ende. Sie durchstreifte ständig die Flohmärkte, und Secondhand-Läden. Ganz besonders liebte sie Messing. Irgendein Halunke verkaufte ihr eine scharfe Granate. Sie stellte sie überglücklich auf den Kaminsims.«

»Wie ist sie explodiert?«, fragte de Gier.

Ravelaar winkte ungeduldig ab. »Warten Sie. Ich bin noch nicht zu Ende. Alicia liebte es, ihre wundervollen Besitztümer zu polieren. Sie kaufte eimerweise Politur. Polieren, polieren, polieren.« Er lachte, während er mit beiden Händen die Luft bearbeitete. Die Kriminalbeamten starrten sich an.

»Ich sehe«, sagte Grijpstra.

»Aber haben Sie auch verstanden, was Sie gesehen haben?«

»Nicht ganz«, meinte Grijpstra. »Vielleicht geht mir später ein

Licht auf. Würden Sie mir zwischenzeitlich sagen, wie alt Sie sind?«

Ravelaar stand auf. »Vierundsechzig Lenze sind an mir vorübergezogen.«

»Würden Sie mir erklären, womit Sie Ihren Lebensunterhalt verdienen?«

Ravelaar verbeugte sich leicht. »Mit Vergnügen. Die Kanzlei, die mich nächste Woche in den Ruhestand versetzen wird, kämpft im Auftrag ihrer Klienten gegen die Steuerbehörden. Ich bin ihr am meisten respektierter und am schlechtesten bezahlter Sklave. Wie auch immer, die Oberinspektoren tendieren dazu, meine Vorschläge zu akzeptieren. Tun sie es nicht, ist ihnen klar, daß sie auf das grausamste bekämpft werden. Ich bereite meine Fälle sorgfältig vor, nähere mich listig, und mein Angriff ist tödlich. Es wird mir fehlen, sie zu Hackfleisch zu machen.«

»Versuchen Sie's mit uns«, forderte Grijpstra ihn heraus.

Ravelaar rieb sich die Hände, blinzelte dann.

»Laß uns gehen«, meinte de Gier.

»Eine kleine Frage noch«, sagte Grijpstra an der Tür.

»Ich wußte, daß Sie so verfahren würden«, entgegnete Ravelaar. »Alle Behörden sind auf ein und dieselbe Art ausgebildet. Sie wickeln den Verdächtigen so lange ein, bis er seine Verteidigungshaltung aufgibt, dann schlagen sie zu.« Er streichelte Grijpstras Arm. »Nur los, Adjutant, versuchen Sie es doch mit Ihrem Überraschungsangriff.«

Grijpstra ging als erster die steile Treppe des kleinen Gebäudes hinunter. Draußen schaute er sich um.

»Sie haben sich selbst um den Park gekümmert?«

Ravelaar verbeugte sich. »Alicia wollte kein Geld für die Pflege ausgeben. Das ist das vollkommene Beispiel eines Gartens aus vergangenen Tagen, von Meistern entworfen, von meiner bescheidenen Wenigkeit erhalten.«

»Aber warum«, fragte Grijpstra, haben Sie kurz vor dem Teich haltgemacht?«

»Dieser schmutzige Sumpf?«

»Ja, jetzt ist er wohl so etwas«, sagte de Gier, »weil Sie ihm keine Aufmerksamkeit geschenkt haben. Hätten Sie das, könnten Sie sich Seetaucher, Kormorane und Schwäne dort halten und Wasserlilien inmitten von wogendem Schilf ziehen.«

Ravelaar sah unglücklich aus. »Wasser interessiert mich nicht.«

Die drei wichen zurück, als der Krankenwagen, der Streifenwagen und die Feuerwehrwagen an ihnen vorbei in Richtung Tor fuhren. »Das Grundstück grenzt an den Fluß«, bemerkte de Gier.

»Der Fluß kann mich nicht erreichen«, erwiderte Ravelaar, »und den Teich werde ich zuschütten. Was sollen diese verteufelten Träume . . .«

»Träume vom Ertrinken?« fragte Grijpstra freundlich.

Ravelaar zitterte.

»Ist Ihnen kalt?« erkundigte sich de Gier. »Gehen Sie lieber hinein. Wir werden uns zweifellos wiedersehen.«

»Da sind Sie ja wieder«, sagte Ravelaar, »Sie zwei Störer sonntäglichen Friedens.« Er hob eine Kristallkaraffe und deutete auf langstielige Kelche.

Die Kriminalbeamten lehnten ab.

»Das gehört jetzt alles Ihnen?« fragte Grijpstra.

»Es gab keine Kinder«, antwortete Ravelaar.

»Alles Ihnen«, sagte de Gier. »Die Villa wird bereits instand gesetzt: dann ist da der Park, der Mercedes, eine Million Gulden, von Ihrer Frau in einem Investmentfonds angelegt.«

»Eine weitere halbe Million«, ergänzte Grijpstra, hat sie in eine Lebensversicherung gesteckt. Ziemlich ungewöhnlich. Der Ehemann kassiert beim Tod seiner toten Frau.«

Ich hatte die Klausel auf Gegenseitigkeit eingesetzt«, sagte Ravelaar, damit die Versicherungspolice der Gerechtigkeit Genüge tut. Nach meiner modernen Eheauffassung haben beide Partner den gleichen emotionalen Wert. Im Falle des Todes kann die überlebende Seite – sie oder er – den Schmerz mit Geld lindern.«

»Sie haben sich in einen Zustand perfekter Freiheit hineinmanipuliert«, sagte Grijpstra und schaute aus dem Fenster. Er lächelte. »Luxus, Schönheit, Abgeschiedenheit, keine Alltagssorgen.«

Ravelaar lächelte ebenfalls. »Ich mag Sie. Sie dürften nicht allzu weit vom Niveau meiner Auffassungsgabe entfernt sein. Da besteht zwar noch eine kleine Kluft, aber ich sehe die Bereitschaft, sie zu überbrücken. Das kann ich von Ihrem unbeholfenen Freund allerdings nicht behaupten.«

»Sie sind mein Hauptverdächtiger«, entgegnete de Gier scharf.

»Sieh an!« rief Ravelaar und grinste Grijpstra höhnisch zu. »Ich bin euch Handlangertypen schon früher in der Steuerbehörde begegnet. Übereifrige Trottel, die es nie versäumen, alles von der falschen Seite aufzuziehen.« Er funkelte de Gier an. »Sehen Sie wirklich die Möglichkeit, mich für dieses Unglück verantwortlich zu machen? Sie können doch nicht im Traum daran denken, mich des Mordes zu bezichtigen. Das Beweismaterial und der Sachverhalt ergeben kein Verbrechen. Ich werde Ihnen Ihren sogenannten Fall ein für allemal darlegen. Meine verstorbene Frau, Alicia, erstand in einem weiteren verzweifelten Versuch, ihre Elster-Kollektion glänzender Dinge zu vervollständigen, unwissentlich eine scharfe Granate. Diese Granate explodierte auf irgendeine Weise. Ganz von allein. Ich selbst war nicht einmal in der Nähe. Meine Besuche im Haupthaus waren sowohl selten wie auch kurz. Wie hätte ich eine scharfe Granate unter all diesem glänzenden Sammelsurium bemerken sollen?«

»Passen Sie auf«, sagte de Gier. Er hielt ein unsichtbares Objekt zwischen den Oberschenkeln und bewegte seine Hand reibend auf und ab.

»Onanieren Sie etwa?« fragte Ravelaar.

»Der Brigadier poliert eine Oerlikon-Granate«, erklärte Grijpstra. »Je schneller und je länger er reibt, desto mehr Wärme wird erzeugt. Die Temperatur in der Granate steigt bis zum gefährlichen Punkt.«

De Gier hörte zu lächeln auf. »Wumm?« fragte er sanft. »Eine neurotische Dame reagiert ihre Frustrationen an einem explosiven phallischen Objekt ab?«

Ravelaar studierte aufmerksam die leuchtende Flüssigkeit in seinem Kelch.

»Polieren, polieren, polieren«, sagte de Gier.

Ravelaar nickte. »Ja, Brigadier, Sie könnten da etwas herausgefunden haben.« Er lächelte versöhnlich. »Alicia war eine ziemlich frustrierte Frau. Diese Tätigkeit, die Sie demonstriert haben, könnte sexuell motiviert gewesen sein. Ja, warum nicht? Sie hatte natürlich keine normalen sexuellen Ventile.« Er gestikulierte. »Sie war nicht gerade attraktiv, verstehen Sie. Klein. Dicklich. Starke Brillengläser, fast keine Nase. Ich fand, daß sie einer Eule ziemlich ähnlich sah.«

Grijpstra zog eine Grimasse. »Sie vermissen sie nicht besonders, nicht wahr?« Er schlug sein Notizbuch auf. »Wir haben unsere Hausaufgaben gemacht. Ihre Rente wird weniger als die Hälfte Ihres Gehalts betragen.« Er blätterte geräuschvoll um. »Ihr Ehevertrag verpflichtet Sie, die Hälfte der Instandhaltungskosten der Besitztümer zu tragen.« Er steckte sein Notizbuch weg. »Zeugen beschreiben Ihren Charakter als extrem eigensinnig und als nicht fähig, ein besseres Abkommen mit Ihrer getrennt lebenden Ehefrau auszuhandeln. Sie waren während des Krieges Soldat, und Sie kannten sich sicherlich mit Granaten aus.«

»Haben Sie eine auf dem Flohmarkt erstanden?«, fragte de Gier.

»Ja«, hakte Grijpstra nach.

Wo ist der Beweis?« fragte Ravelaar.

»Nimm ihn fest, rat ich dir«, sagte de Gier im Auto. Grijpstra brummte nur, während er einen Schwarm Enten bewunderte, die tief von der anderen Seite des Flusses herangeflogen kamen. Eine Wildgans trieb langsam zwischen den Rohrkolben am diesseitigen Ufer hervor. »Sieh mal«, sagte Grijpstra. »Ich denke, daß ich diesen Vogel verwenden kann. Es gutes Modell für mein nächstes Sonntagsbild.«

»Nicht jetzt«, erwiderte de Gier. »Ich arbeite.«

Grijpstra grinste finster. »Arbeite so, daß man's hört, Brigadier.«

»Ich rate dir: Mach den Katzen-Killer mürbe«, sagte de Gier schroff.

»Schau bei ihm von Zeit zu Zeit herein. Schick ihm kleine offizielle Briefe mit einer Vorladung, innerhalb der nächsten Tage ins Polizeipräsidium zu kommen. Ich sage dir, bring sein Hirn auf Touren, rüttel sein Gewissen wach. Ich nehm meine Katze auf Band auf und spiel das Miauen dann hinter einem Busch ab. Laute Siamesen-Schreie? Bei Vollmond? Ich kann 'nen Waschbärschwanz bei einem Pelzhändler besorgen. Ihn an eine Schnur binden? Ihn im Kamin der Villa herunterbaumeln zu lassen? Wär das nicht was?«

»Eigentlich steht Ravelaar unter dem Verdacht, seine Frau ermordet zu haben«, ermahnte ihn Grijpstra.

»Ich bin zu groß«, sagte de Gier. »Du könntest dich wie sie anziehen und auf eine neblige Nacht warten? Im Park herumtanzen? Auf einer der Rasenflächen?«

Grijpstra grübelte. »Nee.«

»Wir müssen aber etwas unternehmen.«

»Ja«, sagte Grijpstra. »Aber du bewegst dich da auf sehr dünnem Eis, laß uns auf ehrbarerem Grund bleiben.«

»Was sollen wir dann tun?«

»Warten«, antwortete Grijpstra und schlug mit den Fingerknöcheln gegen das Dach des Volkswagens. »Auf die schöne Gerechtigkeit warten.«

Der Herbst kam und ging. Der Regen wandelte sich in Graupelschauer; der Graupelschauer wechselte in Schnee über. Die Scheibenwischer des Volkswagens protestierten quietschend.

»Wo«, fragte de Gier.«

»Amsteldeich«, antwortete das Funkgerät. »Noch auf dieser Seite der Stadtgrenze. Ein Auto ist in den Fluß gerutscht und durch das Eis gebrochen. Unser Bergungskran hat es wieder rausgezogen, aber der Fahrer scheint verschwunden. Versucht zu helfen.«

»Machen wir«, erklärte de Gier. Er steckte das Mikrofon in die Halterung zurück und schüttelte Grijpstras Schulter. »Bist du wach, Adjutant?«

»Was gibt's?« fragte Grijpstra einen Wachtmeister, der den Verkehr auf dem Deich regelte.

»Da drüben«, sagte der Wachtmeister. »Ein großer Mercedes ist vor dieser stattlichen Villa in der Kurve ins Schleudern geraten, auf das Eis des Flusses geschlittert und versunken. Aber wir haben's geschafft, ihn wieder herauszufischen. Der Fahrer muß sich selbst befreit haben, auf jeden Fall fehlt von dem Körper bis jetzt jede Spur. Sehen Sie meinen Kumpel dort auf dem Eis? Er könnte etwas Unterstützung gebrauchen.

Grijpstra balancierte vorsichtig voran, besorgt, nicht auszurutschen. De Gier schlurfte mit schleifenden Schritte vorwärts.

»Dünnes Eis, was?« fragte de Gier. »Das letzte Mal hast du das gesagt.«

»Jetzt sind Sie an der Reihe«, sagte der Wachtmeister auf dem Fluß. »Nehmen Sie am besten meinen Besen, und kehren Sie den Schnee beiseite, damit wir durch das Eis schauen können.« De Gier fegte mit ausholenden Bewegungen.

»Da«, stieß Grijpstra hervor.

Ravelaar trieb einen halben Zentimeter unter dem Eis auf dem Rücken, die Arme weit ausgebreitet, die Beine gerade ausgestreckt. Der Mund stand offen, und die Augen quollen hervor.

»Sieht wie gekreuzigt aus«, sagte de Gier sanft. »Laßt ihn uns rausholen.«

Der Wachtmeister hatte sich einen Vorschlaghammer genommmen und schlug damit auf die Eisdecke ein. Jeder Schlag ließ eine ruckartige Bewegung durch die Leiche gehen und beförderte sie so auf ein eisfreies Stück im Fluß zu.

Grijpstra seufzte. »Ich hab dir ja gesagt, daß wir nur warten müssen.«

»De Gier nickte und trat zurück, als der Körper plötzlich auftauchte, fast einen Satz machte und auf der anderen Seite auf die Eisfläche hinaufglitt.

»*Da fliegt Ravelaar*«, sagte Grijpstra.

Colin Dexter

Jede Frau hat ein Geheimnis

Es war weniger Menschenfreundlichkeit als der Zwang des Faktischen, was Chief Inspector Morse von der Thames Valley Police an einem regennassen Abend Anfang Februar 1990, kurz nach 17.00 Uhr, dazu bewog, sich zur Seite zu lehnen und die Beifahrertür des Jaguar aufzumachen. An der Bushaltestelle stand einer seiner Nachbarn aus dem Apartmenthaus in North Oxford, der bereits sehr naß war – und ihn mit scharfem Blick fixierte.

»Sehr liebenswürdig«, sagte Philip Wise und brachte seine krumme Gestalt auf dem Beifahrersitz unter.

Morse knurrte etwas Unverbindliches, während der Wagen in der Schlange der roten Rücklichter ein paar Meter weiter die Banbury Road hinaufrollte und die Scheibenwischer kurzlebige Löcher in den Regenvorhang auf der Windschutzscheibe rissen. Bis zu ihrem Ziel waren es nur noch gute tausend Meter, aber um diese Zeit waren dafür zwanzig Minuten in der zunehmend mit Lähmungserscheinungen geschlagenen Blechlawine normal. Morse, der selbst kein gewandter Unterhalter war, ja, bei dem es sogar gelegentlich vorkam, daß er am Steuer eines Wagens in totale Sprachlosigkeit verfiel, war froh, daß Wise das Gespräch allein bestritt. »Mir ist etwas ganz Erstaunliches passiert«, sagte der Mann in dem triefenden Regenmantel.

Rückblickend begriff Morse, daß er, zumindest zuerst, allenfalls höflich-passiv zugehört hatte, aber immerhin – zugehört hatte er.

Philip Wise war im Oktober 1938 ans Exeter College in Oxford gekommen, und als ein Jahr später der Krieg ausbrach, hatte er dank seiner Fremdsprachenkenntnisse (besonders im Deutschen) einen ruhigen Job in einer Abwehreinheit ergattert, die am Rande von

Bicester stationiert war. Zwei Jahre hatte er dort in einer scheußlichen, zugigen Nissenhütte zugebracht, und als sich die Gelegenheit bot, wieder eine Bude in Oxford zu bekommen, hatte er mit beiden Händen zugegriffen. So kam es, daß er 1941 in die Crozier Road gezogen war, eine triste Durchgangsstraße westlich von St. Giles, und dort hatte er Miss Dodo Whitaker (»Nur mit einem ›t‹, Inspector!«) kennengelernt, die eine winzige Dachstube unmittelbar über seinem Zimmer in dem schmuddeligen viergeschossigen Haus Nummer 14 bewohnte.

Weshalb sie ausgerechnet mit dem Namen »Dodo« geschlagen war, hatte er nie erfahren und auch nie danach gefragt, sie war aber entschieden ein agileres Exemplar als ihre Namensvetterin, die ausgestorbene Dronte *Didus ineptus* aus Mauritius. Ihre körperlichen Reize lohnten zwar kaum einen zweiten Blick, besonders in dem kriegsbedingt schlichten Overall, in dem sie fast ständig herumlief, dafür besaß sie den nicht zu unterschätzenden Vorzug, daß sie eine interessante junge Frau war. Manchmal, wenn sie in dem schlecht beleuchteten Schankraum des *Bird and Baby* ein halbes Glas leichtes Bier getrunken hatte, verlor sich ihre gewohnte Nervosität, und dann verbreitete sie sich mit ihrer ziemlich tiefen, rauhen Stimme kenntnisreich, redegewandt und witzig über Klassenstrukturen, den Kriegsverlauf und über Musik. Ja, besonders über Musik. Sie waren zusammen in einen Schallplattenklub eingetreten, und gelegentlich saßen sie abends bei Kerzenschein in Dodos Zimmer und hörten Platten – von Vivaldi bis Wagner. Einmal hätte Wise ihr beinah gestanden, daß er begann, mehr als platonischen Gefallen an ihrer Gesellschaft zu finden.

Beinah.

Dodo hatte einen Bruder namens Ambrose, der manchmal einen Urlaubsschein fürs Wochenende bekam und dann gewöhnlich (ganz inoffiziell) in ihrem Zimmer auf dem Fußboden übernachtete. Philip Wise und Ambrose Whitaker freundeten sich sehr schnell an, und oft saßen sie (zu Dodos gelindem Ärger) reichlich lange beisammen und tranken Whisky, einen Stoff, der im *Bird and Baby* zwar überteuert, aber reichlich vorhanden war, während er im fernen Bodmin, wo Ambrose als Unteroffizier seine Tage damit verbrachte, Rekruten mit den Geheimnissen antiquierter Artilleriegeschütze vertraut zu machen, Seltenheitswert besaß. Er war ein liebenswürdiger, wenn auch etwas leichtfertiger Typ, dessen Neigung zum Alkohol offenbar seine Liebe zur Musik in den Schatten stellte (laut Dodo war Ambrose unter anderem ein Klaviervirtuose). Wie im Flug vergingen diese Wochenenden, und viel zu früh war es dann wieder soweit, daß Philip mit seinem Freund über das Gloucester Green ging, um ihn am späten Sonntagnachmittag zur Bahn zu bringen.

Bruder und Schwester – ein wahrhaft sympathisches Paar!

Und reich; zumindest ihre Eltern waren es.

Besonders Dodo machte kein Geheimnis daraus, daß ihre Eltern in überaus angenehmen Verhältnissen lebten, wovon Wise sich einmal (und nur dieses eine Mal!) persönlich hatte überzeugen können, nachdem Dodo ihm, als er 1942 auf eine Woche nach Bristol mußte, angeboten hatte, er könne bei ihnen wohnen. Sie hatte ihm sogar einen Schlüssel zu dem elterlichen Haus geliehen für den Fall, daß sie bei seiner Ankunft nicht da waren. Daß Dodos Eltern in Bristol wohnten, wußte Wise schon, er hatte den Stempel auf den Briefmarken (vermutlich von der Mama) bemerkt, die einmal in der Woche auf dem verstaubten Mahagonitisch in der kleinen Diele von Nummer 14 lagen und auf denen vor ihrem Namen stets der Buchstabe (A) stand. Alice? Angela? Anne? Audrey? Wise hatte es nie erfahren und hatte auch nie danach gefragt. Aber gewußt hatte er es schon vorher, er war dabeigewesen, als sie mit geübtem Schwung ihrer schlanken, sehnigen Finger die Mitgliedskarte für den Schallplattenklub unterschrieben hatte. Die Eltern entpuppten sich als ein ebenso sittenstrenges wie sauertöpfisches Duo, das dem Gast gegenüber während seines kurzen Besuchs unverändert frostig- distanziert blieb, Dodo anscheinend alles andere als herzlich zugetan war und Ambrose so auffällig totschwieg, daß es schon peinlich war. Merkwürdigerweise hatte Wise keine einzige liebevolle Erinnerung an ihren begabten Sprößling in der kalten Pracht der Whitaker-Villa entdeckt, und nicht ein einziges Familienfoto zierte den täglich abgestaubten Kaminsims.

Drei Wochen nach seiner Rückkehr von diesem verunglückten Besuch kehrte Dodo Oxford den Rücken, ihr Kriegseinsatz (offenbar irgend etwas streng Geheimes) erforderte den Umzug nach Cheltenham. Es waren nur etwa 60 Kilometer, sie würde in Verbindung bleiben, sagte sie.

Aber daraus war nichts geworden.

»Achtundvierzig Jahre ist das jetzt her, Inspector. Achtundvierzig! Ich war damals dreiundzwanzig, sie muß etwa in meinem Alter gewesen sein. Ein, zwei Jahre älter vielleicht . . . Ich weiß es nicht. Ich habe sie nie gefragt, wie alt sie ist. Ganz schön schlapper Typ, wie?«

In der Dunkelheit nickte Morse eine stumme Bestätigung, und endlich, endlich war der Jaguar auf dem Parkplatz »Nur für Mieter!« – angelangt.

Wise brachte das Kunststück fertig, weiterzureden, während sie durch den Regen zur Eingangshalle sprinteten. »Wenn ich Ihnen einen Tee anbieten darf . . . oder irgend was anderes . . . Im Grunde habe ich Ihnen ja noch gar nichts erzählt.«

Als sie sich im Wohnzimmer gegenübersaßen, reichte ihm Wise ein weißes Heftchen von sechs Seiten. Auf dem Deckblatt stand: *Gedenkgottesdienst für AMBROSE WHITAKER, M. A. (Cantab.) F. R. A. M. 1917–1989*, und Morse überflog den Inhalt: Musikstück. Choral. Bibeltext. Musikstück. Ansprache. Gebet. Choral. Musikstück. Segen. Musikstück. Noch ein Musikstück. Wenn er bei der Ausrichtung seiner eigenen Trauerfeier mitzureden hätte, bemerkte Morse nur, würde er, wie Whitaker, das »In Paradisum« aus dem Requiem von Fauré wählen. Dann gab er das Heft zurück.

»Die Sache ist nun die«, fuhr Wise fort, »daß ich im Dezember die Todesanzeige in der *Times* sah und überzeugt davon war, daß es sich um den Mann handelte, den ich im Krieg gekannt hatte. Ganz abgesehen von dem ziemlich ungewöhnlichen Vornamen und der sehr ungewöhnlichen Schreibweise des Nachnamens, stimmte auch das andere: Geboren in Bristol, Könner am Klavier – einfach alles! Und unwillkürlich dachte ich an damals und überlegte, ob *sie* wohl noch lebte. Dodo, meine ich. Als ich dann vor vierzehn Tagen von dem Gedenkgottesdienst in Holborn las, beschloß ich hinzugehen, um einem alten Freund die letzte Ehre zu erweisen – und vielleicht...«

»– ein älteres Mädchen mit wohlgepolsterter Oberweite zu finden.«

»Ja.«

»Haben Sie Ihre Dodo gefunden?« fragte Morse leise.

Wise schüttelte den Kopf. »Es war jede Menge Prominenz aus der Musikszene da, ich hatte ja keine Ahnung, was sich Ambrose für einen Namen gemacht hatte. Weil ich ziemlich früh dran war, stellte ich mich noch eine ganze Weile vor die Kirchentür und sah zu, wie die Leute hineingingen, unter anderem auch – nicht zu verkennen! – die Frau von Ambrose, sie fuhr in einem Rolls mit Chauffeur vor. Zulassungsnummer AW 1! Aber die Frau, die ich suchte, sah ich nicht, und in der Kirche saß sie auch nicht, da hätte ich sie sofort entdeckt. Sie war ziemlich klein und untersetzt, genau wie ihre Mutter. Und noch etwas. Sie hatte eine häßliche kleine rote Narbe, nein, eigentlich eine *große* rote Narbe, auf der linken Kinnseite. Von einem Fahrradunfall aus der Kindheit, wenn ich mich recht erinnere. Die Narbe war ihr peinlich, und sie puderte sich immer sehr stark, um sie ein bißchen abzudecken. Trotzdem fiel es leider sehr auf. Ja, also um es kurz zu machen oder zumindest kürzer, nach dem Gottesdienst ging ich zu Ambroses Witwe und sagte, ich hätte ihren Mann im Krieg gekannt, es täte mir sehr leid und so weiter. Sie war durchaus liebenswürdig, wenn auch ein bißchen gezwungen, außerdem warteten noch mehr Leute, die mit ihr sprechen wollten. Ich mochte sie deshalb nicht weiter aufhalten und sagte nur noch, ich hätte auch die Schwester ihres Mannes gekannt.« Wise hielt ein, zwei Sekunden inne, dann fuhr er fort:

»Und was soll ich Ihnen sagen, Inspector: Die Witwe von Ambrose deutete auf eine grauhaarige Frau in schwarzem Kleid, die mit dem Rücken zu uns stand und ungefähr die gleiche Größe und die gleiche Figur wie Dodo hatte. ›Dieser Narr hier sagt, daß er dich von früher kennt, Agnes...‹«

»Agnes!«

»Mehr habe ich nicht gehört, ich wußte einfach nicht, was ich machen oder sagen sollte, denn in diesem Moment drehte sich die Frau in Schwarz zu mir um, und *es war nicht Dodo Whitaker.*«

Es war Morse, der das Schweigen brach. »Ambrose hatte nur die eine Schwester?«

Wise nickte wehmütig lächelnd. »Ja – Agnes. Er hatte nie eine Schwester, die Dodo hieß.«

Wieder schwiegen beide.

»Was meinen Sie dazu?« fragte Wise schließlich.

Für Morse war es seit jeher eine unleugbare Tatsache, daß der Zufall im menschlichen Zusammenleben eine weit größere Rolle spielt, als ihm allgemein zugebilligt wird. Dies war wieder ein Beispiel dafür, es konnte gar nicht anders sein. Was Wise erzählt hatte, war hochinteressant, aber doch wohl kein wirkliches Problem – oder? Er leerte ostentativ sein Glas, sah erfreut, daß es wieder aufgefüllt wurde, und verkündete dann sein Urteil. »Es gab zwei Männer, die Ambrose Whitaker hießen, beide waren musikalisch, beide waren aus Bristol, und Ihr Bekannter von damals war nicht der, der jetzt gestorben ist.«

»Glauben Sie?« Wise lächelte ein wenig, und Morse kam die etwas unbehagliche Erkenntnis, daß man von ihm denn doch eine etwas tiefer schürfende Analyse erwartet hatte. »Sie glauben nicht«, sagte er matt, »daß Agnes eine Schönheitsoperation oder so was hinter sich hatte?«

»Nein, nein. So viele Zufälligkeiten *kann* es einfach nicht geben. Alles stimmte, bis in die letzten Einzelheiten. So hatte mir Dodo zum Beispiel erzählt, daß sie und Ambrose sich in einer etwas morbiden Stimmung mal damit befaßt hatten, daß er im Krieg fallen könnte, und daß er sich damals ein paar Stücke für seine Beerdigung ausgesucht hatte. Das ›In Paradisum‹ . . .«

»Vorzügliche Wahl«, warf Morse ein. »Ich habe es in dem Programm für die Trauerfeier gesehen.«

»– und das Adagio aus dem Klarinettenkonzert von Mozart –«

»Ah, ja, das KV 662.«

»Ja, so . . .«

Morse wußte, daß er sich bisher nicht gerade mit Ruhm bedeckt hatte, und gab Wise insgeheim recht, daß die Zufälligkeiten überhandnahmen. Aber er kam nicht dazu, die verblüffende Möglichkeit weiterzuentwickeln, die ihm plötzlich in den Sinn gekommen war, denn Wise brannte offenbar darauf, seine ebenso verblüffenden Schlußfolgerungen vor ihm auszubreiten.

»Was würden Sie sagen, Inspector, wenn ich Ihnen erklärte, daß Dodo gar nicht die Schwester von Ambrose Whitaker war, sondern seine Frau?«

Morse wirkte ehrlich überrascht, aber er ließ Wise weiterreden, ohne ihn zu unterbrechen.

»Das würde vieles erklären, nicht? Zum Beispiel fand ich es immer ein bißchen merkwürdig, daß Ambrose, wenn er Urlaub bekam, die lange Reise von Cornwall bis hierher nach Oxford machte – nur um seine Schwester zu besuchen. Eigentlich sollte man denken, daß er hin und wieder auch mal zu seinen Eltern gefahren wäre, nicht? Zu ihnen hatte er es viel näher als zu Dodo, und schließlich zahlte es sich für ihn später mal aus, wenn er sich gut mit ihnen stellte. Aber daß er jede Gelegenheit wahrnahm, um in Oxford *seine Frau* zu besuchen, leuchtet schließlich ein. Dazu paßt auch, daß er in ihrem Zimmer geschlafen hat. Die Familie war wohlhabend, er hätte sich, wenn er gewollt hätte, eine Suite im *Randolph* leisten können. Nein, er schlief – angeblich! – bei Dodo auf dem *Fußboden*. Damit wäre auch klar, warum sie sich von mir nie hat anfassen lassen, nicht einmal Händchen halten durfte ich. Dabei hatte sie mich wirklich gern, das weiß ich.«

Wise hielt einen Augenblick inne und nickte vor sich hin. »Aus irgendeinem Grund waren offenbar die Whitakers mit der Heirat ihres Sohnes nicht einverstanden und wollten mit seiner Kriegsbraut so wenig wie möglich zu tun haben. Deshalb auch der frostige Empfang, den sie mir bereitet hatten, Inspector! Womöglich war sogar die Rede davon, ihn zu enterben. Das weiß ich natürlich nicht. Ich *weiß* überhaupt nichts. Ich vermute aber, daß sie ein Kind erwartete und deshalb ständig in diesem Overall herumlief, und als es soweit war, mußte sie eben weg von Oxford. Und dann? Da kann ich auch nur raten. Vielleicht ist sie gestorben... bei einem Luftangriff umgekommen... hat sich scheiden lassen..., alles ist möglich. Ambrose hat wieder geheiratet, und die Frau, die ich bei dem Gedenkgottesdienst sah, war seine *zweite Frau*.«

»Hm . . .« Morse zog ein skeptisches Gesicht. »Wenn diese Dodo aber tatsächlich seine Frau war und seine Eltern sie nicht ausstehen konnten, muß die Frage erlaubt sein, warum sie ihr Woche für Woche geschrieben haben. Und warum nahm sich dann Dodo das Recht heraus, Sie nach Bristol einzuladen? Sie hatte einen Schlüssel zum Haus, ja, sie konnte sogar Ihnen einen zur Verfügung stellen.« Morse schüttelte bedächtig den Kopf. »Das sieht doch ganz danach aus, als ob sie ihres Wohlwollens ziemlich sicher war.«

»Sie glauben also, die beiden waren tatsächlich ihre Eltern«, meinte Wise entmutigt.

»Davon bin ich überzeugt.«

Wise schüttelte hilflos den Kopf. »Was, zum Teufel, ist dann des Rätsels Lösung?«

»Das dürfte ziemlich klar sein«, sagte Morse – aber er sagte es nicht laut. Und bald darauf, nachdem die Hoffnung auf ein neuerliches Nachschenken wohl endgültig geschwunden war, verabschiedete er sich mit dem Versprechen, »mal ein bißchen über das Problem nachzudenken«.

Am Montagmorgen stand Morse neben seinem Kollegen vom Verkehrsdezernat im Polizeipräsidium von Kidlington und sah zu, wie die Zulassungsnummer AW 1 in den Computer eingegeben wurde. Gleich darauf erschien auf dem Schirm die Information, daß der Wagen nach wie vor auf den Namen A. Whitaker, 6 West View Crescent, Bournemouth, zugelassen war. Morse notierte sich die Adresse und ging nachdenklich zurück in sein Büro im Erdgeschoß. Von der Auskunft ließ er sich die Nummer in Bournemouth geben und hatte wenig später Mrs. Whitaker selbst am Apparat, die ihrerseits Morse versprach, genau das zu tun, worum er sie gebeten hatte.

Dann rief Morse im Kriegsministerium an.

Zehn Tage später kam Philip Wise von einer Urlaubswoche in Spanien nach Hause zurück, wo er eine längere Mitteilung von Morse vorfand.

P W.

Ich habe noch einige Fakten ermittelt, aber manches von dem hier
Angeführten ist möglicherweise reine Fiktion. Bekanntlich wurden im letzten Krieg jede Menge Unterlagen vernichtet – *die*
Chance für Leute, ihre Spuren zu verwischen, indem sie sich einfach einen anderen Ausweis zulegten oder dergleichen, besonders
in dem Chaos nach einem blutigen Gemetzel, wenn sich in der
Masse Mensch keiner mehr zurechtfand – und in den Leichen erst
recht nicht.

Nach Dünkirchen, zum Beispiel.

Bordschütze Whitaker war von dreißig Mann der einzige, der
wie durch ein Wunder überlebte, als ein deutscher Stuka am
30. Mai 1940 die *Edna* (einen Leichter aus Felixstowe) versenkte. Er
wurde, nur mit einer nassen Unterhose und einer Armbanduhr
bekleidet, von dem Kanonenboot *Artemis* aus dem Kanal gefischt
und landete mit Zehntausenden von Soldaten aus fast allen Regi-
mentern Großbritanniens (hier setzt meine lebhafte Phantasie an)
in Dover. Zu gegebener Zeit schickte man ihn mit dem Zug in ein
provisorisches Auffanglager, zufällig war es das Lager hier in Oxford, auf Headington Hill.

Die Tatsache, daß er einen schweren Schock hatte und nervlich
völlig am Ende war, ist vermutlich eine hinreichende Erklärung
dafür, daß er nach nur einer Nacht im Zelt das Lager verließ und
sich per Anhalter nach Bristol durchschlug. Aber er ging nicht allein. Er nahm einen Freund mit, einen Regimentskameraden, und
sie machten sich beide absichtlich davon, ehe man sie mit neuen
Personalunterlagen hatte versehen und ihnen den nächsten
Marschbefehl hatte aushändigen können. Als nähere Angehörige
hatte dieser zweite Mann nur noch eine Mutter und eine Schwester, die beide bei einem der ersten Luftangriffe auf Plymouth ums
Leben kamen. Und gegen Zahlung einer (zweifellos beträchtli-
chen) Summe, zur Verfügung gestellt von den fürsorglichen Eltern Whitaker, erklärte sich dieser Mann bereit, die beim Kriegsministerium aktenkundige Auskunft über sein Schicksal nach
Dünkirchen – »vermißt, wahrscheinlich gefallen« so stehenzulas-
sen, für den Rest des Krieges den Namen Ambrose Whitaker an-

zunehmen und dessen Rolle zu spielen. Kurzum, ich vermute, daß der Mann, der von Bodmin kam, um Dodo zu besuchen, gar nicht Ambrose Whitaker war.

Ihre eigene Vermutung paßte sehr gut zu etlichen Fakten, aber diese Fakten passen auch in ein ganz anderes Muster. Da gab es zunächst diesen wöchentlichen Brief aus Bristol von Eltern, die scheinbar so wenig von ihrer Tochter hielten und bei ihrem Besuch sämtliche Familienfotos versteckt hatten. Erstaunlich! Dann die Tochter selbst, diese Dodo. Die Kleine war keine Schönheit, und selbst ein normaler junger Mann (halten Sie mich nicht für unfair!) wurde für ihre Reize erst nach ein paar Glas Bier in einem schummrigen Pub oder bei Kerzenlicht im Schlafzimmer empfänglich. Dennoch verbarg sie das, was sie womöglich an Attraktionen zu bieten hatte, unter einem sackartigen Overall. In höchstem Maße erstaunlich! Was haben Sie mir sonst noch von Dodo erzählt?

Sie war nervös. Sie hatte eine ziemlich tiefe Stimme. Sie puderte sich zu stark. Sie wußte sehr viel über den Krieg . . . (Inzwischen haben Sie bestimmt die Wahrheit erraten.) Ihr Vorname begann mit einem A, Sie haben sie beim Schallplattenklub so unterschreiben sehen – mit den sehnigen Fingern eines aktiven Musikers. Aber das war nun eben nicht mehr erstaunlich. Ihr Name fing tatsächlich mit A an, und Ambrose Whitaker war, wie wir wissen, ein hervorragender Pianist. Es ging ihr nicht nur darum, unter der dicken Puderschicht die Narbe an ihrem Kinn zu verdecken, sondern die Bartstoppeln, die jeden Tag nachwuchsen! Denn Dodo Whitaker war ein Mann. Und zwar kein x- beliebiger Mann, sondern *Ambrose Whitaker*.

Zwei Fragen sind noch offen. Erstens: Warum mußte Ambrose Whitaker sich als Frau ausgeben? Zweitens: Welche Beziehung bestand zwischen Ambrose und dem Artillerie-Unteroffizier aus Bodmin? Was den ersten Punkt angeht, konnte Ambrose natürlich, wenn er sich den weiteren Schrecken des Krieges entziehen wollte, nicht in Bristol bleiben, dort war er zu bekannt. Selbst an einem Ort, an dem man ihn nicht kannte, hätte er als Mann nicht gefahrlos leben können. In Kriegszeiten mußte jeder junge Mann mit mißtrauischen Fragen rechnen, der den Eindruck eines Drükkebergers machte. Er sicherte sich also zweifach ab bei dieser Täuschung – die für ihn lebensnotwendig war –, indem er nicht nur nach Oxford zog, sondern sich dort auch wie eine Frau kleidete und wie eine Frau lebte. Was die zweite Frage betrifft, brauchen wir vielleicht nicht allzu genau zu untersuchen, warum der sensible und sehr weiche Ambrose nur zu gern jede Gelegenheit nutzte, seine Nächte mit dem (pardon!) ziemlich primitiven Whiskysäufer zu verbringen, den Sie im Krieg kennengelernt hatten. Derlei Spekulationen sind immer ein wenig degoutant, und mehr möchte ich dazu eigentlich nicht sagen.

Ich habe die Witwe von Ambrose angerufen, sie um ein Foto ihres Mannes aus dem Krieg gebeten und Ihre Adresse angegeben mit der Begründung, Sie seien Archivar und arbeiteten fürs Imperial War Museum. Ich nehme an, daß Sie in Kürze von ihr hören werden, und dann wissen Sie soviel oder sowenig über diesen seltsamen Fall, wie wohl je ein Mensch darüber erfahren wird.

E. M.

Zwei Tage später nahm Wise, noch im Schlafanzug, einen festen weißen Umschlag in Empfang, der neben einem kurzen Begleitbrief das Foto eines jungen Mannes in Uniform enthielt – ein Foto, in dem kein Versuch gemacht worden war, die linke Seite des Porträtierten der unbestechlichen Linse der Kamera zu entziehen oder den Verlauf der bösen Narbe zu retuschieren, die sich quer über das Kinn zog. Und als Philip Wise das Foto genauer betrachtete, sah er in die vertrauten, treulosen Augen von Dodo Whitaker.

William F. Nolan

Dutch

Dutch hatte die Idee, als wir in Beverly Hills waren. Es war spät, fast Mitternacht, und die ganze Stadt war so still wie ein Grab. All die aufgeputzten Läden waren dunkel, und unsere Fußtritte hörten sich auf dem Pflaster wie Händeklatschen an. Ich, Dutch und Rosa. Sie war eine von seinen Flammen. Dutch hatte noch viele andere.

Rosa war siebzehn, eine richtige kleine Puppe, wie man sie im Regal eines Spielwarenladens findet, ganz in Blau und Rosa. Sie zog sich immer wirklich hübsch an, wenn Dutch mit ihr loszog.

Dutch war achtzehn, und er sah aus wie ein Filmstar. Attraktiv und mit dunklen Locken, meine ich. Die Puppen himmelten ihn an. Rosa, zum Beispiel.

Ich bin Eddie Conners, und was das Aussehen angeht, gewinne ich bestimmt keinen Preis. Ein Jahr jünger als Dutch, klein, mit dicker Brille. Dutch sagt immer, daß meine Augen hinter den Gläsern wie zwei Fische aussahen, die wie Verrückte herumschwammen. Die Puppen lassen mich links liegen, und ich schätze, ich kann es ihnen nicht übelnehmen. Manchmal besorgte mir Dutch eine hübsche Puppe, aber wenn wir eine Doppelverabredung hatten, verbrachten sie meistens mehr Zeit damit, ihn anzusehen, als sich mit mir zu beschäftigen.

Wie auch immer, in dieser Nacht kam Dutch jedenfalls die Idee, daß wir uns zwei neue Schlitten unter den Nagel reißen und ein kleines Rennen auf dem Mulholland Drive veranstalten sollten.

» Ich gegen dich, Eddie«, grinste er. »Du bist dabei, Boy?«

»Klar«, sagte ich. »Warum, zur Hölle, auch nicht! Wir müssen nur sichergehen, daß wir zwei gleiche kriegen. Sonst könntest du mir mit einem aufgemotzten davonfahren.«

»Also sehen wir uns um.«

Rosa erhob keine Einwände. Was für Dutch okay war, war auch für sie okay.

Wir fanden zwei neue Fords in der Nähe von Martindales Buchladen. Wenn es um so ein Ding ging, war Dutch wirklich eiskalt. Er sagte uns, daß wir im Schatten der Häuser warten und die Augen aufsperren sollten, während er die Wagen ans Laufen brachte. Dutch brauchte keine Schlüssel, er machte es auf seine Weise. Im Handumdrehen hatte er die beiden Motoren am Schnurren wie ein Paar großer Katzen. Es konnte losgehen.

»Paß auf«, sagte er zu mir. »Du folgst meinem Schlitten über Coldwater nach Mulholland. Dann stellen wir uns nebeneinander für das Rennen auf. Ich wette, daß ich dich nach der dritten Kurve nicht mehr hinter mir sehen kann.«

»Warten wir's ab, Dutch«, sagte ich.

Rosa stieg vorne bei ihm ein, und sie glitten vom Bordstein weg, ich in dem anderen Ford dicht hinter ihnen. Es gefällt mir sehr, wie sich ein neuer Wagen anfühlt – kraftvoll und bereit, alles zu tun, was man von ihm verlangt.

Ich fühlte mich ziemlich großartig, als ich da so flüssig und leicht dahinkutschierte, wie ein hochkarätiger Bankier vielleicht oder wie der Präsident irgendeiner großen Firma, der mit seinem neuen Wagen eine kleine Spazierfahrt machte. Meine Leute sind bettelarm, und alles, was ich im Lagerhaus verdiene, geht an die Familie. Ich konnte mir keinen eigenen Wagen leisten.

Dann machte ich mir vor, daß Rosa statt neben Dutch neben mir saß. Ganz nah, mit dem Kopf auf meiner Schulter. Das war verdammt schön. Fast konnte ich das sexy Parfüm riechen, das sie an sich hatte, und ihr Lächeln sehen, das nur für mich bestimmt war. Ja, Rosa war wirklich eine Klassepuppe, da gab's nichts.

Wir ließen es in der Stadt ganz langsam angehen, denn wir wollten keine Bullen im Schlepptau. Nachts ist es mit den Bullen in Beverly Hills ganz schön lausig. Ich sah an Dutchs Ford den Blinker aufleuchten, als er in eine die ganze Nacht geöffnete Tankstelle einbog. Was, zur Hölle, stimmte bei dem Burschen da im Oberstübchen nicht? Warum das Risiko eingehen, in diesen heißen Kisten festgenagelt zu werden? Ich war schwer sauer, als ich ausstieg.

»Spinnst du?« fragte ich mit gedämpfter Stimme. »Was soll der Blödsinn?«

»Die Reifen«, sagte er. »Was ist, wenn der Luftdruck zu niedrig ist und wir auf diese Klippenstraße kommen? Teufel, Junge, wir würden uns glatt auf den Kopf stellen. Du überprüfst sie, während ich aufs Klo gehe. 1,8 atü hinten und vorne sollten okay sein.«

Ich winkte den Tankwart weg und fing an, den Luftdruck zu überprüfen.

Rosa blieb in Dutchs Wagen, machte sich das Gesicht zurecht und zupfte leicht an ihrem Haar herum. Sie putzte sich immer heraus, wenn sie mit Dutch zusammen war, und versuchte, noch hübscher auszusehen, als sie es schon tat. Das brauchte sie gar nicht. In meinen Augen sah Rosa immer toll aus. Sie hatte naturblondes Haar und eine höllisch gute Figur, und sie wußte wirklich, wie sie sich bewegen mußte.

»Wie waren sie?« fragte mich Dutch.

»Bei mir war hinten links zu wenig drin«, sagte ich. »Gut, daß wir's überprüft haben.«

»Hast verdammt recht. Ich überlasse nicht gerne was dem Zufall.« Wir stiegen wieder in die Fords und fuhren los. Solange wir nicht mehr als vierzig drauf hatten, war alles okay. Wir hatten uns schon mal ein paar heiße Schlitten für eine Spritztour geholt. Nicht für ein Wettrennen. Nur so zum Spazierenfahren. Anschließend hatten wir sie wieder da hingestellt, wo wir sie gefunden hatten, und keiner hatte den Unterschied gemerkt.

Ich schaltete ein bißchen Tanzmusik ein. Rosa war wirklich eine wunderbare Tänzerin. Einmal, in Gardena, als Dutch zu müde gewesen war, hatte mich Rosa aufgefordert, einen Tanz mit ihr hinzulegen. Ich erinnerte mich, wie leicht und schwebend sie sich in meinen Armen angefühlt hatte, wie weich und warm sie gewesen war. *Verdammt!*

Wir hatten den Sunset überquert, den langen Coldwater-Anstieg hinter uns gebracht, und ich bereitete mich auf die scharfe Rechtskurve vor, die auf den Mulholland Drive führte. Leicht zu verpassen, wenn man nicht auf Zack war. Ich folgte Dutch und ließ es dabei langsam angehen. Er winkte mich heran, und ich lenkte meinen Ford neben den seinen.

»Es geht los, Eddie.« Er lächelte auf seine gewinnende, leicht verschlagene Art und Weise. »Wir starten bei drei. Rosa übernimmt das Zählen.«

»Warte einen Augenblick«, sagte ich. »Rosa belastet deinen Schlitten mit mehr als neunzig Pfund.«

»Und?«

»Ich will keinen Vorteil. Entweder wir starten unter gleichen Voraussetzungen, oder wir lassen es.«

Die Straße lag vor uns, schmal, tückisch und voller Nebelschwaden. »Okay, okay.« Dutch streckte die Hand aus und öffnete Rosas Tür.

»Warte hier auf uns, Baby. Das Rennen geht runter bis Laurel Canyon und wieder zurück.«

»In Ordnung, Dutch«, sagte sie und glitt nach draußen. »Aber sei vorsichtig, Honey.«

Ihre Stimme war weich und leicht belegt, und ich vermutete, daß sie es üben mußte, so zu sprechen, weil sie wußte, wie sexy das klang.

»Nervös, Eddie?« fragte Dutch und grinste mich durch das offene Wagenfenster an. Er ließ den Motor des Ford aufheulen, und es klang bösartig. Richtig bösartig.

»Teufel, nein«, schnappte ich und zündete mir einen Sargnagel an. Ich log. Und ob ich nervös war! Wer wäre das bei einer solchen Sache nicht gewesen?

Rosa stand an der Seite, mit erhobenem Arm und bereit, uns loszuwinken. Im grellen Licht unserer Scheinwerfer sah sie aus wie eine rosafarbene kleine Puppe.

Dutch grinste so, wie er es immer tat, wenn er sich einer Sache ganz sicher war. Er war sich sicher, daß er mich auf dieser Strecke schwer einseifen würde. Der Mulholland Drive ist nachts eine echte Schaffe, noch dazu, wenn der Nebel niedrig über diesen Haarnadelkurven hängt und ein steiler Abhang auf einen wartet, wenn man Mist baut. Er hatte eine viel größere Fahrpraxis als ich und kannte die Straße sehr gut. Und er kannte sich mit Schlitten aus. Er konnte durch eine Kurve jagen und dabei einen Powerslide hinlegen wie ein Profi. Klar war ich nervös.

»Macht euch fertig, Jungs«, schrie Rosa.

Ich drückte meine Kippe am Armaturenbrett des Ford aus und versuchte, mich zu entspannen. Ich kitzelte den Motor, um mich zu vergewissern, daß es keine Fehlzündung gab, und machte mich hinter dem Steuer startbereit.

»Eins . . . zwei . . .«

Plötzlich konnte ich den Schweiß an meinen Handflächen spüren. Gott, ich wünschte mir, daß schon alles vorbei wäre. Die ganze Sache war verrückt und unwirklich.

»Drei!«

Wir schossen los wie zwei Düsenjäger, mit aufbrüllenden Motoren und Reifen, die auf dem feuchten Asphalt durchdrehten. Ich trat das Gaspedal des Ford im ersten Gang so weit durch, wie es ging, und blieb auf einer Höhe mit Dutch, aber als ich den zweiten reinknallte, war er an mir vorbei und jagte auf die erste Kurve zu. Diese war ganz schön haarig. Ich nahm ein bißchen Gas weg und beobachtete, wie Dutch seinen Wagen hineinwarf. Er sägte wie verrückt, und sein Ford brauchte die ganze Straßenbreite. Er hängte sich wirklich voll rein.

Ich kam ohne große Schwierigkeiten durch, und wir steuerten die nächste Kurve an. Er zog auf der kurzen Geraden davon, und ich ließ ihn fahren. Zur Hölle damit! Ich sah keinen Sinn darin, auf so einer Straße meinen Hals zu riskieren.

Die zweite Kurve war nicht so schlimm – nicht mehr als ein kleiner Bogen –, aber die danach kam, war ein Hammer. Ich erinnerte mich daran, daß ich im Chevy meines Vetters einmal fast aus ihr rausgeflogen wäre – und da hatte es sich nicht mal um ein Rennen gehandelt.

Dutch fuhr wie ein Wahnsinniger und donnerte mit vollem Stoff durch den Bogen. Ich wußte, daß er die Haarnadel niemals schaffen würde.

Und er schaffte sie nicht.

Der hintere Teil seines Wagens verlor die Bodenhaftung und schleuderte zur Seite. Ich konnte sehen, wie er mit dem Lenkrad kämpfte, aber das half ihm nichts. So ein Schleudern endete nur auf eine Weise.

Dutch ging über die Klippe.

Ich sah, wie sein Ford über die kleine Bodenerhöhung am Straßenrand sprang, vielleicht für den Bruchteil einer Sekunde in der Luft schwebte, so als ob er sich nicht entscheiden könnte, welche Richtung er einschlagen sollte, und dann aus meinem Blickfeld verschwand.

Ich werde niemals das langanhaltende Getöse vergessen, das der Wagen machte, als er über Gestein, Sträucher und Bäume bis ganz nach unten stürzte.

Ich fuhr an den Rand, stellte den Motor ab und stieg aus. Zitternd riß ich eine Zigarette hervor und zündete sie an. Der Rauch tat mir gut. Ich fing an, mich zu entspannen.

Dutch war tot. Das war ganz sicher. Niemand, wirklich *niemand,* konnte so etwas überleben. Außerdem konnte ich ein trockenes, knisterndes Geräusch hören, wie Cellophan, das man zusammenknüllt, und ich wußte, daß der Wagen da unten brannte. Ja, Dutch hatte es wirklich hinter sich.

Was mich wirklich schaffte war, wie dumm er sich angestellt hatte. Als er die erste haarige Kurve genommen und gemerkt hatte, wie der ganze Wagen ausbrach, hätte er wissen müssen, daß etwas faul war. Aber er wollte mitten in einem Rennen nicht aufhören, nicht Dutch. Das Fieber hatte ihn gepackt, und genau darauf hatte ich gebaut. Mich immer zu schlagen. Beim Rennen, beim Billard oder bei den Puppen. Den alten Eddie zu schlagen. Ihn wie einen verdammten Idioten aussehen zu lassen.

Nun, Dutch, diesmal hast du verloren. Denn nicht einmal du konntest voll durch eine Kurve fahren – mit nur 0,8 atü in deinen Hinterreifen.

Ich machte die Zigarette aus und ließ den Ford an. Ich sollte mich beeilen.

Rosa würde sich schon fragen, was passiert war.

Georges Simenon

Madame Maigrets Liebhaber

1

Bei den Maigrets hatten sich, wie bei den meisten Ehepaaren, eine Reihe von Gewohnheiten eingeschliffen, die für sie am Ende dieselbe Bedeutung erlangten wie für andere die Rituale einer Religion.

So begann der Kommissar in all den Jahren, die sie schon an der Place des Vosges wohnten, im Sommer bereits auf den ersten Stufen der Treppe, die vom Hof hinaufführte, den Knoten seiner dunklen Krawatte zu lösen, wofür er meistens bis in den ersten Stock brauchte.

Die Treppe des Hauses, das, wie alle an diesem Platz, einst eine prunkvolle Stadtresidenz gewesen war, schwang sich von da an nicht mehr so majestätisch zwischen einem schmiedeeisernen Geländer und künstlichem Marmor empor; sie wurde schmal und steil, und Maigret, der stets etwas außer Atem geriet, hatte, wenn er im zweiten Stock ankam, seinen falschen Kragen schon aufgeknöpft.

Jetzt mußte er bis zu seiner Tür, der dritten links, nur noch einen spärlich beleuchteten Gang entlanggehen, und sobald er, mit seiner Jacke überm Arm, den Schlüssel ins Schloß steckte, rief er sein gewohntes:

»Ich bin's!«

Dann schnupperte er, erriet am Geruch, was es zum Mittagessen gab, und betrat das Speisezimmer, dessen Fenster offenstand und einen Ausblick auf den lichtflimmernden Platz gewährte, auf dem vier Brunnen plätscherten.

Es war Juni. Es war besonders warm, und bei der Kriminalpolizei unterhielten sich alle nur über die Ferien. Bisweilen konnte man sogar auf den Boulevards Männer entdecken, die ihre Jacken überm Arm trugen, und auf den Terrassen der Cafés und Restaurants floß das Bier in Strömen.

»Hast du deinen Liebhaber wieder gesehen?« fragte der Kommissar, der am Fenster stand und sich den Schweiß von der Stirn wischte.

Niemand wäre in dem Moment auf den Gedanken verfallen, daß er sich in diesem Laboratorium wider das Verbrechen, das die Kriminalpolizei gewissermaßen verkörperte, eben stundenlang mit den düstersten und abschreckendsten Winkeln der menschlichen Seele auseinandergesetzt hatte.

Außerhalb seiner Arbeit amüsierte ihn schon die kleinste Kleinigkeit, vor allem wenn es darum ging, seine ganz und gar arglose Frau zu necken. Seit zwei Wochen hatte er einen diebischen Spaß daran, sich bei Madame Maigret nach ihrem Liebhaber zu erkundigen.

»Hat er wieder seine zwei kleinen Runden um den Platz gedreht? Immer noch so vornehm und geheimnisvoll? Wenn ich mir vorstelle, daß du eine Schwäche für vornehme Männer hast, und daß du dann ausgerechnet mich geheiratet hast!«

Madame Maigret ging in der Wohnung hin und her und deckte selbst den Tisch, weil sie kein Dienstmädchen wollte, sondern sich mit einer Aufwartefrau begnügte, die morgens kam und die grobe Arbeit verrichtete. Sie wehrte sich beharrlich.

»Ich habe nicht behauptet, daß er vornehm ist!«

»Aber du hast ihn mir beschrieben: perlgrauer Hut mit Band, gezwirbelter, wahrscheinlich gefärbter Schnurrbart, Spazierstock mit einem Knauf aus geschnitztem Elfenbein . . .«

»Lach du nur! . . . Über kurz oder lang wirst du schon noch feststellen, daß ich recht habe . . . Ich sage dir, er ist anders als andere Männer, und hinter seinem Benehmen steckt bestimmt irgend etwas . . .«

Vom Fenster aus verfolgten sie unwillkürlich das Treiben auf dem Platz, der morgens noch ziemlich verwaist war, auf dem aber nachmittags die Mütter und die Dienstmädchen aus dem Viertel auf den Bänken saßen und auf ihre spielenden Kinder aufpaßten.

Rund um den Square, die von einem Metallgitter eingefaßte Grünanlage, die für Paris so typisch ist, sehen die Häuser mit ihren Arkaden und ihren steilen Schieferdächern alle ziemlich gleich aus . . .

Am Anfang war der Unbekannte Madame Maigret nur zufällig aufgefallen, wenngleich man ihn kaum übersehen konnte, weil alles an ihm, seine Aufmachung und sein Verhalten, der Zeit um zwanzig oder dreißig Jahre hinterherhinkte und er an einen alten Beau erinnerte, wie man ihn sonst nur noch auf den Zeichnungen in den Witzblättern antraf.

Es war früh am Morgen gewesen, die Tageszeit, zu der die Fenster offenstanden und man in den Wohnungen die Hausgehilfinnen beim Saubermachen beobachten konnte.

»Man möchte meinen, er hält nach irgend etwas Ausschau!« hatte Madame Maigret bemerkt.

Am Nachmittag hatte sie ihre Schwester besucht, und am nächsten Tag, genau zur selben Zeit, da hatte sie ihren Unbekannten wieder entdeckt, der gemessenen Schritts um den Platz herumging, einmal, zweimal, und schließlich Richtung Place de la République entschwand.

»Sicher ein alter Knabe, dem die kleinen Dienstmädchen gefallen und der herkommt, um ihnen zuzuschauen, wie sie Decken und Tischtücher ausschütteln!« hatte Maigret gemeint, als seine Frau beiläufig auf ihren alten Beau zu sprechen kam.

An jenem Nachmittag hatte sie nicht wenig gestaunt, als sie ihn kurz nach drei Uhr genau gegenüber ihrer Wohnung auf einer Bank sitzen sah, reglos und mit beiden Händen auf den Knauf seines Stocks gestützt.

Um vier Uhr war er noch immer da. Um fünf Uhr auch noch. Erst gegen sechs stand er auf und ging durch die Rue des Tournelles davon, ohne daß er mit jemandem gesprochen oder auch nur eine Zeitung aufgeschlagen hätte.

»Hör mal, findest du das nicht komisch, Maigret?«

Denn Madame Maigret hatte ihren Mann stets bei seinem Nachnamen genannt.

»Ich hab's dir ja schon gesagt: es waren sicher hübsche Dienstmädchen um ihn herum . . .«

Am darauffolgenden Tag kam Madame Maigret auf die Sache zurück:

»Ich habe ihn genau beobachtet, denn er hat heute wieder drei Stunden lang auf ein und derselben Bank gesessen, an derselben Stelle . . .«

»Sag bloß! Der hat vielleicht dich bewundert! Von der Bank aus dürfte man in unsere Wohnung hineinschauen können, und der Herr ist eben in dich verliebt . . .«

»Red doch keinen Unsinn!«

»Erst einmal benutzt er einen Spazierstock, und du hast immer etwas übrig gehabt für Männer mit Spazierstock . . . Wetten, daß er einen Zwicker trägt . . .«

»Warum?«

»Weil du eine Schwäche für Männer mit Zwicker hast!«

Nach zwanzig Jahren Ehe plänkelten sie miteinander und genossen dabei das Gefühl der Geborgenheit.

»Hör zu . . . Ich hab aufgepaßt, was um ihn herum vor sich ging . . . Es war wirklich ein Dienstmädchen da, genau ihm gegenüber, auf einem Stuhl . . . Sie ist mir schon beim Gemüsehändler aufgefallen, erst einmal, weil sie sehr hübsch ist, und dann, weil sie so vornehm wirkt . . .«

»Da haben wir's!« triumphierte Maigret. »Dein vornehmes Dienstmädchen saß dem alten Herrn gegenüber. Du hast sicher schon gemerkt, daß sich Frauen manchmal irgendwo hinsetzen, ohne allzusehr darauf zu achten, was sie von ihrem Platz aus sehen können, während dein Liebhaber den Nachmittag damit zugebracht hat, sich an ihrem Anblick zu weiden.«

»Du hast nur das im Kopf.«

»Solange ich deinen geheimnisumwitterten Herrn noch nicht zu Gesicht bekommen habe . . .«

»Kann ich vielleicht etwas dafür, daß er nur dann auftaucht, wenn du nicht da bist?«

Und Maigret, der mit so vielen tragischen Ereignissen zu tun hatte, labte sich an diesen harmlosen Späßen und vergaß nie, sich nach dem Mann zu erkundigen, den sie mittlerweile »Madame Maigrets Liebhaber«, nannten.

»Spotte du nur, soviel du willst! Trotzdem hat er etwas Besonderes an sich, ich weiß nicht, was es ist, aber es fasziniert mich und macht mir zugleich ein wenig angst ... Wie soll ich das erklären ... Wenn man ihn anschaut, kann man einfach die Augen nicht von ihm abwenden ... Er ist imstande, stundenlang dazusitzen, ohne sich zu rühren, und es bewegen sich nicht einmal seine Pupillen hinter dem Zwicker ...«

»Hast du von hier aus seine Pupillen gesehen?«

Madame Maigret errötete beinahe, als wäre sie bei einem Fehltritt ertappt worden.

»Ich habe ihn mir aus der Nähe angesehen ... Ich wollte vor allem herausfinden, ob du recht hast ... Also, das blonde Dienstmädchen, das immer von zwei Kindern begleitet wird, benimmt sich sehr anständig, da kann man nichts sagen ...«

»Bleibt sie auch den ganzen Nachmittag da?«

»Sie kommt so gegen drei Uhr, meistens erst nach dem Mann, und hat immer eine Häkelarbeit dabei. Sie gehen ungefähr zur selben Zeit weg. Stundenlang hantiert sie mit ihrer Häkelnadel und hebt dabei nicht einmal den Kopf, außer wenn sie hin und wieder die Kinder zurückruft, weil sie zu weit fortgelaufen sind ...«

»Meinst du nicht, Liebling, daß es in den Squares von Paris Hunderte von Dienstmädchen gibt, die stundenlang häkeln oder stricken, während sie die Kinder ihrer Herrschaft beaufsichtigen?«

»Schon möglich.«

»Und Unmengen alter Rentner, die keine anderen Sorgen mehr haben, als sich die Sonne auf den Pelz brennen zu lassen und mehr oder minder begehrlich eine anziehende Frau zu betrachten?«

»Der ist nicht alt ...«

»Du hast mir doch selbst erzählt, daß sein Schnurrbart bestimmt gefärbt ist und daß er wahrscheinlich eine Perücke trägt ...«

»Ja, aber er wirkt nicht alt ...«

»So alt wie ich?«

»Manchmal scheint er älter zu sein und manchmal jünger ...«

Da tat Maigret so, als sei er eifersüchtig, und brummelte:

»Eines Tages werde ich wohl herkommen und ihn genau unter die Lupe nehmen müssen, deinen Liebhaber ...«

Doch er dachte, ebensowenig wie Madame Maigret, ernsthaft daran.

Ähnlich hatten sie sich einmal eine Zeitlang einen Spaß daraus gemacht, zwei Verliebte zu beobachten, die sich jeden Abend unter den Arkaden einfanden, manchmal miteinander stritten und sich wieder versöhnten, bis zu dem Tag, an dem sich das junge Mädchen, die Hausgehilfin der Milchhändlerin, genau an derselben Stelle mit einem anderen jungen Mann traf.

»Weißt du, Maigret . . .«

»Was?«

»Ich habe überlegt . . . ich frage mich, ob der Mann nicht jemandem nachspioniert . . .«

Die Tage verstrichen, und die Sonne schien immer wärmer; abends drängten sich jetzt noch mehr Menschen auf dem Platz, und es wimmelte von Handwerkern aus den benachbarten Straßen, die rund um die vier Brunnen frische Luft schöpfen wollten.

»Mir kommt es seltsam vor, daß er sich morgens nie hinsetzt. Und warum läuft er zweimal um den Platz herum, als ob er auf ein Signal wartete?«

»Was macht denn die hübsche Blondine um diese Zeit?«

»Die kann ich da nicht sehen . . . Sie arbeitet in einem Haus rechts von uns, und von hier aus kriegt man nicht mit, was sich dort abspielt . . . Manchmal begegne ich ihr auf dem Markt, da redet sie mit niemandem, außer mit den Händlern, denen sie sagt, was sie möchte . . . Sie feilscht nie um den Preis, so daß sie sich mindestens zwanzig Prozent zuviel aus der Tasche ziehen läßt . . . Sie macht immer den Eindruck, als sei sie mit den Gedanken woanders . . .«

»Also wenn ich das nächste Mal jemanden unauffällig beobachten lassen muß, dann schicke ich dich statt einen meiner Männer hin . . .«

»Mach dich nur lustig! Über kurz oder lang werden wir ja sehen, ob . . .«

Es war acht Uhr. Maigret hatte schon zu Abend gegessen, was um diese Zeit selten vorkam, denn für gewöhnlich wurde er ziemlich lange am Quai des Orfèvres aufgehalten.

Er lag in Hemdsärmeln in seinem Fenster, die Pfeife zwischen den Zähnen, betrachtete gedankenverloren den rötlichen Himmel, den die Dämmerung bald verschlingen würde, und blickte auf die Place des Vosges hinunter, auf der eine Menge vom Frühsommer schlapp gewordene Leute unterwegs waren.

Hinter sich hörte er Geräusche, die ihm verrieten, daß Madame Maigret gerade ihr Geschirr wegräumte und daß es nicht mehr lange dauern würde, bis sie mit irgendeiner Handarbeit zu ihm herüberkam.

Abende wie dieser, an dem keine schmutzige Affäre aufzuklären war, kein Mörder entlarvt und kein Dieb überwacht werden mußte, Abende, an denen Maigret den Gedanken freien Lauf und die Blicke ungestört über den Himmel schweifen lassen konnte, waren selten, und vielleicht hatte ihm seine Pfeife noch nie so gut geschmeckt, als er, ohne sich umzudrehen, plötzlich rief:

»Henriette?«

»Willst du etwas?«

»Schau mal . . .«

Mit dem Mundstück seiner Pfeife zeigte er auf eine Bank genau gegenüber. Auf einer Ecke der Bank hielt ein alter Mann, dem Anschein nach ein Clochard, ein Nickerchen. Auf der anderen Ecke . . .

»Das ist er!« erklärte Madame Maigret. »Na so etwas! . . .«

Sie fand es beinahe anstößig, daß »ihr« Spaziergänger vom Nachmittag seine Gewohnheiten durchbrochen hatte und um diese Zeit auf der Bank saß.

»Man könnte meinen, er sei eingeschlafen«, murmelte Maigret, während er seine Pfeife wieder anzündete. »Wenn ich danach nicht wieder zwei Stockwerke steigen müßte, würde ich ihn mir ja mal aus der Nähe anschauen, deinen Liebhaber, nur um zu wissen, wie er wirklich aussieht . . .«

Madame Maigret kehrte in ihre Küche zurück. Maigret beobachtete drei Buben, die sich zankten und schließlich auf dem staubigen Boden balgten, während ein paar andere, auf Rollschuhen, um sie herumstanden.

Schon die zweite Pfeife war zu Ende geraucht, als Maigret immer noch an seinem Platz war, der Unbekannte ebenfalls, während sich der Clochard mit schweren Schritten Richtung Seineufer getrollt hatte. Madame Maigret hatte sich inzwischen hingesetzt, mit einer Näharbeit auf den Knien, denn sie zählte zu den Hausfrauen, die es nicht eine Stunde lang aushielten, ohne etwas zu tun.

»Ist er noch da?«

»Ja.«

»Werden die Tore denn nicht geschlossen?«

»Doch, in ein paar Minuten . . . Der Wächter fängt gerade an, die Leute zu den Ausgängen zu drängen . . .«

Dabei stellte sich allerdings heraus, daß er den Unbekannten übersehen hatte. Der regte sich noch immer nicht. Drei Türen waren bereits geschlossen, und der Aufseher schickte sich an, den Schlüssel im Schloß der vierten herumzudrehen, als Maigret wortlos seine Jacke nahm und hinunterging.

Von oben aus sah Madame Maigret ihn mit dem Mann in Grün reden, der seine Aufgabe als Hüter des Squares sehr genau nahm. Schließlich ließ er den Kommissar doch eintreten, der geradewegs auf den Unbekannten mit dem Zwicker zuschritt.

Madame Maigret war aufgestanden. Sie spürte, daß etwas passiert war, und die Geste, mit der sie ihrem Mann zuwinkte, hieß:

»Ist es soweit?«

Sie hätte nicht genau sagen können was, aber schon seit Tagen befürchtete sie, daß sich etwas Unangenehmes ereignen würde. Maigret nickte bestätigend, postierte den Wächter der Grünanlage neben dem Tor und stieg wieder in seine Wohnung hinauf.

»Meinen Kragen, meine Krawatte . . .«

»Ist er tot?«

»So tot, wie er nur sein kann! Seit mindestens zwei Stunden, oder ich versteh nichts davon . . .«

»Glaubst du, er hat einen Schlaganfall gehabt?«

Maigret, der immer etwas Mühe hatte, seine Krawatte zu binden, schwieg.

»Was machst du jetzt?«

»Die Untersuchung einleiten, was denn sonst! Die Staatsanwaltschaft verständigen, den Gerichtsarzt und die ganze alte Leier . . .«

Samtenes Dämmerlicht hatte sich über den Platz gesenkt, auf dem die Brunnen jetzt lauter plätscherten und der vierte, immer derselbe, ein wenig heller klang als die anderen.

Augenblicke später betrat Maigret den Tabakladen in der Rue du Pas-de-la-Mule, führte einige Telefongespräche und machte einen Schutzmann ausfindig, den er anstelle des Aufsehers der Grünanlage neben dem Gittertor postierte.

Madame Maigret wollte nicht hinunterlaufen. Sie wußte, daß ihr Mann es verabscheute, wenn sie sich in seine Angelegenheiten einmischte. Ihr war auch klar, daß er ausnahmsweise ungestört vorgehen konnte, weil niemand den Toten mit dem Zwicker bemerkt hatte, und auch das Hin und Her des Kommissars war noch keinem aufgefallen.

Überdies war der Platz nahezu menschenleer. Nur die Inhaber des Blumengeschäfts im Erdgeschoß saßen vor ihrer Tür, und der Autozubehörhändler in seinem langen grauen Kittel hielt ein Schwätzchen mit ihnen.

Sie wunderten sich, als sie das erste Auto vorm Tor stehenbleiben und dann in den Square hineinfahren sahen; schließlich traten sie näher heran, sobald sie ein zweites Auto und einen würdevollen Herrn erblickt hatten, der allem Anschein nach der Staatsanwaltschaft angehörte. Am Ende, als der Krankenwagen eintraf, war die Gruppe der Neugierigen auf etwa fünfzig Personen angewachsen, aber keiner ahnte den Grund für diesen seltsamen Aufmarsch, denn Büsche verdeckten die wichtigste Szene.

Madame Maigret hatte die Lampen nicht eingeschaltet; das tat sie oft, wenn sie allein war. Sie schaute noch immer auf den Platz hinunter und sah, daß einige Fenster aufgingen, doch das blonde und so hübsche Dienstmädchen bekam sie nicht zu Gesicht.

Der Krankenwagen fuhr als erster ab, ins Gerichtsmedizinische Institut.

Danach ein Auto mit mehreren Leuten . . .

Dann unterhielt sich Maigret auf dem Gehsteig noch eine Weile mit einigen Herren, ehe er die Straße überquerte und wieder ins Haus kam.

»Machst du kein Licht?« fragte er knurrig und versuchte, sich in der Dunkelheit zurechtzufinden.

Sie drehte am Schalter.

»Schließ das Fenster . . . Es ist kühl geworden . . .«

Das war nicht mehr der entspannte Maigret von vorhin, sondern der Kommissar der Kriminalpolizei, dessen Wutausbrüche die jungen Inspektoren erzittern ließen.

»Hör doch auf zu nähen! Du gehst einem ja auf die Nerven! Mußt du dauernd eine Arbeit in den Fingern haben?«

Sie hörte zu nähen auf. Er schritt in der kleinen Wohnung auf und ab und warf seiner Frau von Zeit zu Zeit einen sonderbaren Blick zu.

»Warum hast du mir erzählt, daß er mal jung und mal alt aussah?«

»Ich weiß es nicht . . . Es war so ein Eindruck . . . Warum? . . . Wie alt ist er denn?«

»Er war auf jeden Fall noch keine dreißig.«

»Was sagst du da?«

»Ich sage, daß dein alter Mann ganz und gar nicht das war, was er zu sein schien . . . Daß sich unter seiner Perücke blonde Haare verbargen, daß sein Schnurrbart nicht echt war, und daß er eine Art Korsett trug, damit er sich so steif wie ein alter Beau bewegte . . .«

»Aber . . .«

»Da gibt es kein Aber . . . Ich frage mich noch immer, welchem Wunder wir es zu verdanken haben, daß du deine Nase in diese Sache hineingesteckt hast . . .«

Er machte sie beinahe verantwortlich für das, was geschehen war, für den verpatzten Abend, für die Arbeit, die ihm bevorstand.

»Ist dir klar, was passiert ist? Na ja, dein Liebhaber ist ermordet worden, auf dieser Bank . . .«

»Das ist doch nicht möglich! . . . Vor allen Leuten? . . .«

»Vor allen Leuten, ja, und wahrscheinlich sogar genau in dem Moment, in dem die meisten Leute dort waren . . .«

»Glaubst du, daß dieses Dienstmädchen? . . .«

»Ich hab die Kugel einem Experten schicken lassen, der mich in ein paar Minuten anrufen soll . . .«

»Wie konnte jemand einen Schuß abfeuern und . . .«

Maigret zuckte die Schultern und wartete nur auf das Telefon-gespräch, das er tatsächlich bald bekam.

»Hallo! . . . Ja, das hab ich mir auch gedacht . . . Aber ich brauchte Ihre Bestätigung . . .«

Madame Maigret brannte vor Ungeduld; doch er ließ sich ab-sichtlich Zeit und brummte vor sich hin, als ginge sie das alles nichts an:

»Luftgewehr, Spezialausführung, äußerst selten . . .«

»Ich verstehe nicht . . .«

»Das bedeutet, daß der gute Mann aus großer Entfernung er-schossen wurde, von jemandem, der möglicherweise an einem Fenster auf der Lauer lag und alle Zeit der Welt zum Zielen hatte . . . Es war im übrigen ein ausgezeichneter Schütze, denn er hat genau das Herz getroffen, so daß der Tod augenblicklich ein-getreten ist . . .«

Und das am hellichten Tig, während es von Menschen nur so wimmelte. . . .

Madame Maigret brach plötzlich vor Aufregung in Tränen aus und entschuldigte sich umständlich:

»Verzeih mir . . . Ich komm nicht dagegen an . . . Ich hab das Ge-fühl, als könnte ich etwas dafür . . . Das ist unsinnig, aber . . .«

»Wenn du dich wieder gefangen hast, werde ich dich als Zeugin vernehmen . . .«

»Mich? Als Zeugin?«

»Ja, natürlich! Du bist bisher der einzige Mensch, der nützliche Hinweise liefern kann, da dich ja deine Neugierde dazu getrieben hat . . .«

Maigret wollte ihr durchaus noch mehr erzählen, tat dabei aber nach wie vor so, als redete er mit sich selbst.

»Der Mann trug keine Papiere bei sich . . . Fast leere Taschen, bis auf einige Hundert-Franc- Scheine, ein paar Münzen, einen sehr kleinen Schlüssel und eine Nagelfeile . . . Trotzdem werden wir versuchen, ihn zu identifizieren . . .«

»Dreißig Jahre jung!« wiederholte Madame Maigret.

Es war erschütternd! Und jetzt verstand sie auch diese seltsame Faszination, die von dem jungen Mann ausging, der in der Maske des Greises so steif wie eine Wachsfigur schien.

»Bist du bereit, mir zu antworten?«

»Ja.«

»Bitte vergiß nicht, daß ich dich sozusagen in Ausübung meines Amtes vernehme und daß ich morgen ein Protokoll dieser Vernehmung abfassen muß . . .«

Madame Maigret lächelte, doch es war nur ein schwaches Lächeln, weil sie ein wenig Angst hatte.

»Hast du den Mann heute beobachtet?«

»Am Vormittag habe ich ihn nicht gesehen, denn ich war auf dem Markt. Am Nachmittag saß er an seinem Platz . . .«

»Und die blonde Hausgehilfin?«

»Sie war auch da, wie üblich.«

»Hast du jemals gemerkt, daß sie miteinander gesprochen haben?«

»Da hätten sie sehr laut reden müssen, weil sie über acht Meter voneinander entfernt waren . . .«

»Und so saßen sie den ganzen Nachmittag da, ohne sich zu rühren?«

»Abgesehen davon, daß die Frau gehäkelt hat . . .«

»Hat sie immer gehäkelt? Seit zwei Wochen?«

»Ja . . .«

»Hast du herausgefunden, was sie gehäkelt hat, was für ein Muster?«

»Nein . . . Wenn sie gestrickt hätte, davon verstehe ich etwas, aber . . .«

»Um welche Zeit ist die Frau weggegangen?«

»Das weiß ich nicht . . . Ich war damit beschäftigt, die Creme zu rühren . . . Wahrscheinlich so gegen fünf Uhr, wie gewöhnlich . . .«

»Und der Gerichtsarzt meint, daß der Tod etwa um fünf Uhr nachmittags eingetreten ist . . . Da kommt es jetzt auf Minuten an . . . Ist die Frau vor fünf Uhr oder nach fünf Uhr gegangen, bevor er starb oder danach? . . . Ich möchte bloß wissen, warum du ausgerechnet heute eine Creme machen mußtest . . . Wenn man schon die Leute bespitzelt, dann bleibt man dran, gewissenhaft . . .«

»Glaubst du, diese Frau? . . .«

»Ich glaube gar nichts! Ich weiß nur, daß ich als Ansatzpunkt für meine Ermittlungen lediglich deine Auskünfte habe und daß sie nicht gerade überwältigend sind. Weißt du wenigstens, bei wem sie arbeitet, diese blonde Hausgehilfin?«

»Sie geht immer ins Haus Nummer 17a ...«

»Und wer wohnt in 17 a?«

»Das weiß ich auch nicht ... Es sind Leute, die ein großes amerikanisches Auto haben und einen Chauffeur, der wie ein Ausländer aussieht ...«

»Ist das alles, was du mitgekriegt hast? Na, du wärst mir ein feiner Polizist, das kann ich dir laut sagen! ... Ein großes amerikanisches Auto und ein Chauffeur, der ...«

Das war nur eine Komödie, mit der er sich selbst aufheiterte, in einem Augenblick, in dem er nicht recht weiterwußte, und sein gespielter Ärger verebbte in einem breiten Lächeln.

»Ist dir eigentlich klar, meine Liebe, daß ich im Moment schön in der Patsche säße, wenn du dich nicht für das merkwürdige Treiben deines Liebhabers interessiert hättest? Ich behaupte zwar nicht, daß ich mich in einer glänzenden Lage befinde oder daß die Untersuchung wie am Schnürchen läuft, aber es gibt immerhin eine Basis, so hauchdünn sie auch sein mag ...«

»Die hübsche Blondine?«

»Die hübsche Blondine, du sagst es! Da fällt mir ein ...«

Er stürzte ans Telefon und alarmierte einen Inspektor, den er als Wachposten vor das Haus Nummer 17a beorderte und dem er einschärfte, falls ein hübsches blondes Mädchen herauskommen sollte, es um keinen Preis aus den Augen zu verlieren.

»Und jetzt ab ins Bett ... Morgen früh ist Zeit genug ...«

Er war gerade beim Einschlafen, als die schüchterne Stimme seiner Frau zu fragen wagte:

»Meinst du nicht, daß es ratsam wäre ...«

»Nein, nein und noch mal nein!« schimpfte er, während er sich halb im Bett aufsetzte. »Nur weil du beinahe den richtigen Riecher gehabt hast, brauchst du mir noch lange keine guten Ratschläge zu geben! Jetzt ist erst einmal Schlafenszeit ...«

Die Zeit, in der der Mond die Schieferdächer an der Place des Vosges mit silbernem Glanz überzog und die vier Brunnen ihr

Kammerkonzert fortsetzten, bei dem der vierte immer etwas schneller spielte und schlecht gestimmt klang.

2

Als Maigret, während er das Gesicht mit Rasierseife verschmiert und die Hosenträger noch um die Oberschenkel baumeln hatte, einen ersten Blick durchs Fenster auf die Place des Vosges hinunter warf, da hatten sich bereits eine Menge Leute rund um die Bank versammelt, auf der am Abend zuvor ein Toter entdeckt worden war.

Die Blumenhändlerin, die besser unterrichtet war als die anderen, zumal sie ja von weitem die Ankunft des Staatsanwalts mit angesehen hatte, gab redselig Auskunft, und sogar aus der Ferne war an ihren entschiedenen Gebärden zu erkennen, daß sie von ihren Ansichten überzeugt war.

Das ganze Viertel war da, und Passanten, die kurz davor noch in Eile gewesen waren, um pünktlich in die Werkstatt oder ins Büro zu kommen, hatten plötzlich Zeit stehenzubleiben, weil von einem Verbrechen die Rede war.

»Kennst du diese Person?« fragte der Kommissar und zeigte dabei mit der Spitze seines Rasiermessers auf eine ziemlich junge Frau, die durch ihr sehr elegantes und sehr helles englisches Kostüm, das für morgendliche Spaziergänge im Bois de Boulogne geschneidert schien, von ihren Nachbarinnen abstach.

»Die hab ich noch nie gesehen . . . Glaub ich wenigstens . . .«

Das hatte nichts zu bedeuten. Die ersten Stockwerke an der Place des Vosges wurden von Großbürgern und Leuten der gehobenen Gesellschaft bewohnt. Doch eine Frau aus diesen Kreisen ging nur selten morgens um acht spazieren, es sei denn, sie führte ihren Hund ins Freie, und Maigret beobachtete sie mißmutig.

»Paß auf, du gehst heute vormittag ausgiebig einkaufen . . . In alle Läden . . . Du hörst dich um, was man sich erzählt, und versuchst, etwas über deine blonde Hausgehilfin und ihre Herrschaft in Erfahrung zu bringen . . .«

»Diesmal sagst du mir aber nicht nach, ich sei eine Klatschbase!« scherzte Madame Maigret. »Wann kommst du voraussichtlich nach Hause?«

»Als ob ich das wüßte!«

Denn wenn er auch geschlafen hatte, die Untersuchung war trotzdem fortgesetzt worden, und er hoffte, bei seiner Ankunft am Quai des Orfèvres konkrete Anhaltspunkte für seine Ermittlungen vorzufinden.

So war Doktor Hébrard, dem bekannten Gerichtsarzt, der im Frack eine Premiere der Comédie Française besucht hatte, um elf Uhr eine Nachricht zugesteckt worden. Er war bis zum letzten Akt geblieben, hatte danach noch eine Schauspielerin, mit der er befreundet war, in ihrer Garderobe beglückwünscht, und schon eine Viertelstunde später hatte ihm einer seiner Assistenten im Gerichtsmedizinischen Institut, das im Grunde nur ein Leichenschauhaus anderer Art war, seinen Arbeitsmantel gereicht, während ein Laborgehilfe aus einem der vielen Fächer, die sich an den Wänden entlangzogen, den gekühlten Leichnam des Unbekannten von der Place des Vosges herauszog.

Unter dem Dach des Palais de Justice, dort wo der Erkennungsdienst die Karteikarten aller Kriminellen Frankreichs und eines Großteils der Kriminellen auf der ganzen Welt aufbewahrte, verglichen zur selben Zeit zwei Männer in grauen Kitteln geduldig Fingerabdrücke.

Nicht weit von ihnen entfernt, auf der anderen Seite einer Wendeltreppe, begannen die Spezialisten des Labors, die Nachtdienst hatten, ihre Arbeit und untersuchten mit größter Sorgfalt eine Reihe von Gegenständen: einen dunklen, altmodisch geschnittenen Anzug, Knöpfschuhe, einen Spazierstock mit einem Knauf aus geschnitztem Elfenbein, eine Perücke, einen Zwicker und ein Büschel blonder Haare, die man dem Toten abgeschnitten hatte.

Als Maigret, nachdem er seinen Kollegen die Hand gedrückt und eine kurze Unterredung mit seinem Chef gehabt hatte, sein Büro betrat, in dem es trotz des geöffneten Fensters nach kaltem Pfeifenrauch roch, erwarteten ihn drei Berichte, die, in verschiedenfarbigen Hüllen, fein säuberlich auf seinem Schreibtisch lagen.

Zunächst der Bericht von Doktor Hébrard: Das Opfer war beinahe unmittelbar nach dem Eindringen der Kugel verschieden, und diese war aus einer Entfernung von mehr als zwanzig, vielleicht sogar hundert Metern abgeschossen worden, aus einer kleinkalibrigen Waffe, die dem Projektil jedoch hohe Durchschlagskraft verliehen hatte.

Mutmaßliches Alter des Toten: achtundzwanzig Jahre.

Da er keinerlei berufsbedingte Deformationen aufwies, hatte der Mann wahrscheinlich nie über einen längeren Zeitraum körperliche Arbeit geleistet. Dagegen hatte er viel Sport betrieben, insbesondere Rudern und Boxen.

Er war kerngesund gewesen. Bemerkenswert robust. Eine Narbe an der linken Schulter ließ darauf schließen, daß der junge Mann vor etwa drei Jahren von einer Kugel getroffen worden war, die am Schulterblatt abgeprallt war.

Zuletzt gab eine gewisse Abflachung der Fingerkuppen Anlaß zu der Vermutung, daß der Unbekannte ziemlich viel auf einer Schreibmaschine getippt haben dürfte.

Maigret las langsam, rauchte dabei seine Pfeife in kurzen Zügen und hielt von Zeit zu Zeit inne, um die Seine zu betrachten, die im morgendlichen Sonnenschein schimmerte. Bisweilen schrieb er auch ein paar Worte, die nur er verstand, in sein Notizbuch, das für seine Unscheinbarkeit ebenso berühmt war wie dafür, daß es seit all den Jahren, in denen er es schon benutzte, Anmerkungen enthielt, die er kreuz und quer und übereinander hineingeschrieben hatte, so daß man sich fragen mußte, wie sich jemand darin zurechtfinden konnte.

Der Bericht des Laboratoriums war nicht viel aufsehenerregender.

Die Kleidungsstücke waren schon von anderen Leuten getragen worden, ehe sie auf ihren letzten Besitzer übergegangen waren, und alles deutete darauf hin, daß er sie auf dem Kleidermarkt am Square du Temple oder bei irgendeinem Trödler erstanden hatte.

Der Spazierstock und die Schuhe waren gleichen Ursprungs.

Die ziemlich gute Perücke war ein beliebtes Modell, wie man es sich bei allen Perückenmachern beschaffen konnte.

Zu guter Letzt hatte die Untersuchung des Staubs in den Kleidungsstücken eine beachtliche Menge sehr feines Mehl zutage gefördert, kein reines Mehl, sondern Mehl, das noch mit Kleieresten durchsetzt war.

Der Zwicker: aus Fensterglas, ohne jeglichen Nutzen für das Sehvermögen.

Beim Erkennungsdienst, nichts! Keine einzige Karteikarte trug Fingerabdrücke, die mit denen des Opfers übereinstimmten.

Maigret stützte seine Ellenbogen auf den Schreibtisch und hing eine Weile seinen Gedanken nach. Hatte ihn vielleicht eine gewisse Trägheit befallen? Die Sache ließ sich weder gut noch schlecht an, eigentlich eher schlecht, denn der Zufall, der für gewöhnlich recht hilfreich war, arbeitete diesmal nicht im geringsten mit.

Schließlich erhob er sich, setzte seinen Hut auf und trat auf den Bürodiener zu, der auf dem Gang Wache hielt.

»Falls jemand nach mir fragt, ich bin in etwa einer Stunde wieder da . . .«

Er war zu nahe an der Place des Vosges, um ein Taxi zu nehmen, deshalb ging er zu Fuß, die Seine entlang, und im Laden des Obsthändlers in der Rue des Tournelles entdeckte er Madame Maigret, die sich angeregt mit drei oder vier Klatschbasen unterhielt.

Er wandte den Kopf ab, um sein Lächeln zu verbergen, und setzte seinen Weg fort.

Seinerzeit, als Maigret bei der Polizei angefangen hatte, pflegte einer seiner Vorgesetzten, der für die damals brandneuen wissenschaftlichen Methoden schwärmte, ihm immer wieder zu sagen:

»Vorsicht, junger Mann! Nicht soviel Phantasie! Bei der Polizei zählen nicht Vermutungen, sondern Tatsachen!« Was Maigret nicht daran gehindert hatte, auf seine Art fortzufahren und damit ansehnliche Erfolge einzuheimsen.

So machte er sich nun, während er die Place des Vosges erreichte, weniger Gedanken über die technischen Einzelheiten, die in den Berichten dieses Morgens enthalten waren, als über das, was er gern das Umfeld des Verbrechens genannt hätte.

Er versuchte sich das Opfer vorzustellen, nicht tot, wie er es gesehen hatte, sondern lebendig: diesen jungen Mann von achtundzwanzig Jahren, blond, kräftig, muskulös, wahrscheinlich elegant, der sich jeden Morgen als alter Beau verkleidete, der in diesen vielleicht auf dem Flohmarkt gekauften Anzug schlüpfte, unter dem er dennoch erlesene Wäsche trug . . .

Und der zweimal um den Platz herumlief und sich dann durch die Rue de Turenne entfernte.

Wo ging er hin? Was machte er bis drei Uhr nachmittags? Behielt er sein Aussehen eines Helden aus einer Komödie von Labiche bei, oder zog er sich in irgendeinem nahegelegenen Raum um?

Wie konnte er danach drei Stunden lang still auf einer Bank sitzen bleiben, ohne den Mund aufzumachen, ohne sich zu bewegen, und dabei vor sich hin stieren?

Wie lange trieb er dieses Spiel schon?

Und wohin entschwand der Unbekannte nachts? Was für ein Leben führte er? Mit wem traf er sich? Mit wem redete er? Wem gab er das Geheimnis um seine Person preis? Woher stammte das Mehl mit den Kleieresten an seiner Kleidung? Das ließ auf eine Mühle und nicht auf eine Bäckerei schließen. Was machte er in einer Mühle?

Maigret vergaß darüber, vor dem Haus Nummer 17 a stehenzubleiben, mußte umkehren, betrat die Toreinfahrt und wandte sich an die Concierge. Sie zuckte nicht mit der Wimper, als er ihr seine Dienstmarke zeigte.

»Was wollen Sie?«

»Ich möchte gern wissen, welcher Ihrer Mieter ein ziemlich hübsches Dienstmädchen beschäftigt, blond, elegant . . .«

Sie fiel im ins Wort, denn sie wußte schon, wen er meinte:

»Mademoiselle Rita?«

»Mag sein. Sie führt jeden Nachmittag zwei Kinder auf den Platz . . .«

»Die Kinder ihrer Herrschaft, Monsieur und Madame Krofta, die seit über fünfzehn Jahren im ersten Stock wohnen . . . Sie waren sogar schon vor mir im Haus. Monsieur Krofta hat mit Import und Export zu tun . . . Er soll seine Büros in der Rue du 4 Septembre haben . . .«

»Ist er zu Hause?«

»Er ist eben weggegangen, aber Madame dürfte oben sein . . .«

»Und Rita?«

»Das weiß ich nicht . . . Ich habe sie heute morgen noch nicht gesehen . . . Allerdings habe ich die Treppen geputzt . . .«

Kurz danach klingelte Maigret im ersten Stock, und obgleich er drinnen in der Wohnung Geräusche hörte, verstrich eine Weile, ohne daß ihm jemand die Tür aufmachte. Er klingelte erneut. Endlich wurde sie einen Spaltbreit geöffnet. Er erblickte eine noch recht junge Frau, die ihren Körper zu verbergen versuchte, weil sie nur spärlich mit einem hellblauen Morgenmantel bekleidet war.

»Sie wünschen?«

»Ich möchte mit Monsieur oder Madame Krofta sprechen . . . Ich bin Kommissar der Kriminalpolizei . . .«

Sie bequemte sich, die Tür ganz aufzumachen, zog ihren Morgenmantel enger um sich, und Maigret betrat ein prächtiges Appartement mit großen, hohen Räumen, geschmackvollen Möbeln und wertvollen Nippfiguren.

»Entschuldigen Sie, daß ich Sie so empfange, aber ich bin mit den Kindern allein. Wie kommt es, daß Sie schon hier sind? Mein Mann ist doch erst vor kaum einer Viertelstunde weggegangen . . .«

Sie war Ausländerin, wie ein leichter Akzent und ein ausgeprägt mitteleuropäischer Charme erkennen ließen. Maigret hatte sie bereits wiedererkannt: die Frau im hellen Kostüm, die ihm am Morgen aufgefallen war, als sie mitten auf der Place des Vosges den Klatschbasen lauschte.

»Haben Sie mich erwartet?« murmelte er und versuchte, sich seine Verwunderung nicht anmerken zu lassen.

»Sie oder einen anderen . . . Aber ich muß zugeben, ich hätte nicht gedacht, daß die Polizei so schnell ist . . . Mein Mann kommt doch sicher auch gleich zurück, oder?«

»Das weiß ich nicht . . .«

»Haben Sie ihn denn nicht gesehen?«

»Nein . . .«

»Aber warum sind Sie dann . . . ?«

Es lag offensichtlich ein Mißverständnis vor, und Maigret, der darin eine Chance witterte, irgend etwas zu erfahren, unternahm nichts, um es aufzuklären.

Die junge Frau, die vielleicht Zeit zum Nachdenken gewinnen wollte, stammelte indes:

»Entschuldigen Sie mich einen Moment? Die Kinder sind im Badezimmer, und ich frage mich . . . ob sie nicht Unfug machen.«

Sie entfernte sich mit geschmeidigen Schritten; sie sah wirklich sehr gut aus, ihr Körper war ebenso schön wie ihr Gesicht, und sie hatte obendrein Grazie, eine gewisse majestätische Ausstrahlung.

Er hörte sie im Badezimmer leise mit den Kindern reden, dann kehrte sie zurück, mit einem schwachen, liebenswürdigen Lächeln auf den Lippen.

»Entschuldigen Sie, ich habe Ihnen nicht einmal einen Platz angeboten . . . Ich wollte, mein Mann wäre hier, denn er weiß am besten, wieviel der Schmuck wert ist, weil er ihn ja gekauft hat.«

Um welchen Schmuck handelte es sich? Und was steckte hinter dieser neuen Geschichte und hinter der leichten Angst der jungen Frau, die voller Ungeduld auf die Ankunft ihres Mannes wartete?

Man hätte meinen können, sie fürchtete sich davor zu reden und sie versuchte, das Gespräch in die Länge zu ziehen, ohne etwas Verfängliches zu sagen.

Maigret, der das spürte, hütete sich, ihr zu helfen, betrachtete sie mit möglichst ausdrucksloser Miene und trug, wie er es nannte, sein »Gesicht des gutmütigen Dicken« zur Schau.

»Man liest zwar in den Zeitungen dauernd Berichte über Diebstähle, aber seltsamerweise stellt man sich nicht vor, daß es einen selbst treffen könnte. So hatte ich noch gestern abend nicht den leisesten Verdacht . . . Erst heute morgen . . .«

»Als Sie nach Hause kamen . . .?« warf Maigret ein. Sie zuckte zusammen. »Woher wissen Sie, daß ich weg war?«

»Weil ich Sie gesehen habe . . .«

»Waren Sie da schon hier im Viertel?«

»Ich bin das ganze Jahr hier, denn ich bin einer Ihrer Nachbarn.«

Das verwirrte sie. Sie fragte sich offenbar, ob sich hinter der Schlichtheit dieser Worte etwas verbarg.

»Ich war tatsächlich draußen, was ich übrigens oft tue, um ein wenig Luft zu schöpfen, bevor ich mich um die Morgentoilette der Kinder kümmere... Deshalb bin ich auch nicht angezogen... Wenn ich heimkomme schlüpfe ich meistens nur in einen Hausmantel und ...«

Sie konnte einen Seufzer der Erleichterung nicht unterdrücken. Auf dem Treppenabsatz blieb jemand stehen. Ein Schlüssel drehte sich im Schloß.

»Mein Mann ...« murmelte sie.

Dann rief sie:

»Boris! Komm bitte hierher ... Da ist jemand, der auf dich wartet ...«

Weiß Gott, auch der Mann sah sehr gut aus, älter als sie, ungefähr fünfundvierzig, elegant, gepflegt, Ungar oder Tscheche, vermutete Maigret, aber er sprach ein ausgezeichnetes, ja sogar gewähltes Französisch.

»Der Kommissar ist vor dir eingetroffen, und ich habe ihm gesagt, daß du sicher bald zurück sein würdest ...« Boris Krofta musterte Maigret mit höflicher Aufmerksamkeit, die mehr oder minder seinen Argwohn verhehlte.

»Verzeihen Sie bitte ...« murmelte er. »Aber ... Ich verstehe nicht ganz ...«

»Kommissar Maigret von der Kriminalpolizei.«

»Das ist merkwürdig ... Mit mir wollen Sie sprechen?«

»Mit dem Dienstherrn einer gewissen Rita, die jeden Nachmittag zwei Kinder auf die Place des Vosges führt ...«

Ja ... Aber ... Sie wollen mir doch nicht erzählen, daß Sie sie schon gefaßt haben oder daß Sie den Schmuck wiedergefunden haben? ... Ich weiß, daß ich Ihnen sonderbar scheinen muß ... Das ist ein so seltsames Zusammentreffen der Ereignisse, daß ich nach einer Erklärung suche ... Bedenken Sie, daß ich eben vom hiesigen Polizeirevier zurückkehre, wo ich Anklage gegen Rita erhoben habe ... Dann komme ich hier herein, finde Sie vor, und Sie erklären mir ...«

Aus seinen Gesten sprach eine gewisse Nervosität. Seine Frau dachte nicht daran, die beiden Männer allein zu lassen, und sie betrachtete den Kommissar voller Neugierde.

»Weshalb haben Sie Anklage erhoben?«

»Wegen des Schmuckdiebstahls . . . Dieses Mädchen ist gestern abend verschwunden, ohne uns vorher etwas davon zu sagen . . . Ich dachte, sie sei mit einem Liebhaber weggelaufen, und nahm mir vor, heute morgen eine Anzeige in die Zeitung setzen zu lassen . . . Wir waren gestern abend nicht außer Haus . . . Heute früh, während meine Frau spazieren war, kam ich plötzlich auf die Idee, in ihre Schmuckschatulle hineinzuschauen . . . Erst da begriff ich, warum Rita geflohen war, denn die Schatulle war leer . . .«

»Wie spät war es, als Sie diese Entdeckung machten?«

»Kaum neun Uhr. Ich war noch im Morgenrock. Ich kleidete mich sofort an und eilte aufs Revier . . .«

»Unterdessen kam Ihre Frau nach Hause?«

»So ist es . . . Während ich mich ankleidete . . . Allerdings verstehe ich noch immer nicht, was Sie heute morgen hierher geführt hat . . .«

»Reiner Zufall!« murmelte Maigret in treuherzigem Ton.

»Dennoch würde ich gern Bescheid wissen . . . Wußten Sie heute morgen schon, daß der Schmuck gestohlen wurde?«

Maigret machte eine ausweichende Handbewegung, die nichts besagte und Boris' Nervosität nur noch steigerte.

»Sie tun mir doch wenigstens den Gefallen, mir den Grund für Ihren Besuch zu verraten. Ich glaube nicht, daß es den Gepflogenheiten der französischen Polizei entspricht, bei Leuten einzudringen, sich hinzusetzen und . . .«

»Und dem zu lauschen, was man ihnen erzählt!« beendete Maigret den Satz. »Sie müssen zugeben, daß das nicht meine Schuld ist. Seit ich hier bin, erzählen Sie mir von einem Schmuckdiebstahl, der mich nicht interessiert, zumal ich wegen eines Mordes hergekommen bin . . .«

»Ein Mord?« rief die junge Frau aus.

»Ist Ihnen nicht bekannt, daß gestern auf der Place des Vosges ein Mord begangen wurde?«

Er sah deutlich, wie sie überlegte, wie sie sich daran erinnerte, daß Maigret erwähnt hatte, er sei ein Nachbar, und obwohl sie hätte nein sagen können, murmelte sie lächelnd:

»Ich habe so etwas läuten hören, heute früh, als ich durch die

Grünanlage ging ... Ein paar Klatschtanten hatten sich versammelt ...«

»Ich begreife nicht, was das ...« schaltete sich ihr Mann ein.

»... Was diese Angelegenheit mit Ihnen zu tun hat? Das weiß ich bisher auch nicht, aber ich bin überzeugt davon, daß wir es über kurz oder lang erfahren werden. Um welche Zeit ist Rita gestern nachmittag verschwunden?«

»So etwa um fünf Uhr«, antwortete Boris Krofta, ohne auch nur im geringsten zu zögern.

»Nicht wahr, Olga?«

»Das stimmt. Sie brachte um fünf Uhr die Kinder nach Hause. Dann begab sie sich in ihr Zimmer, und ich hörte sie nicht wieder herunterkommen. Gegen sechs Uhr ging ich hinauf, denn ich wunderte mich allmählich, warum sie nicht anfing, das Abendessen vorzubereiten ... Und da war das Zimmer leer ...«

»Würden Sie mich bitte hinführen?«

»Mein Mann wird Sie begleiten. In diesem Aufzug kann ich wohl kaum ...«

Maigret kannte das Haus schon, oder so gut wie, da es genauso angelegt war, wie das, in dem er wohnte. Nach dem zweiten Stock wurde die Treppe noch enger und noch dunkler, und sie erreichten schließlich die Dachzimmer. Krofta machte das dritte auf.

»Da ist es ... Ich habe den Schlüssel steckenlassen ...«

»Ihre Frau hat gerade gesagt, sie sei hinaufgegangen!«

»Das stimmt. Aber danach bin ich ebenfalls noch heraufgekommen ...«

Die offene Tür gab den Blick auf ein Dienstmädchenzimmer frei, das mit seinem Eisenbett, dem Schrank und dem Waschtisch durchaus nichts Besonderes gewesen wäre, wenn man nicht durch die Dachluke auf die Place des Vosges hätte hinunterschauen können.

Neben dem Schrank stand ein gewöhnlicher Koffer aus Kunststoff. Der Schrank enthielt Kleider und Wäsche ...

»Ihr Hausmädchen ist also ohne ihr Gepäck gegangen?«

»Ich nehme an, sie hat es vorgezogen, den Schmuck mitzunehmen, der ungefähr zweihunderttausend Francs wert ist ...«

Maigret betastete mit seinen dicken Fingern einen kleinen grünen Hut, dann nahm er einen anderen, den ein gelbes Band zierte.

»Könnten Sie mir sagen, wie viele Hüte Ihr Hausmädchen besaß?«

»Das weiß ich nicht... Vielleicht kann Ihnen meine Frau darüber Auskunft geben, aber ich bezweifle, daß...«

»Seit wann arbeitete sie bei Ihnen?«

»Seit sechs Monaten...«

»Haben Sie sie durch eine Zeitungsanzeige gefunden?«

»Durch ein Vermittlungsbüro, in dem man sie uns wärmstens empfohlen hatte... An ihrer Arbeit gab es übrigens nichts auszusetzen...«

»Sonst haben Sie keine Hausangestellten?«

»Meine Frau legt Wert darauf, sich selbst um die Kinder zu kümmern, weshalb ein Hausmädchen genügt... Obendrein leben wir einen Großteil des Jahres an der Cote d'Azur, wo wir einen Gärtner haben, dessen Frau ebenfalls im Haushalt hilft...«

Maigret verspürte trotz der warmen Jahreszeit das Bedürfnis, sich die Nase zu putzen, ließ sein Taschentuch fallen und hob es wieder auf.

»Merkwürdig...« brummelte er, während er sich wieder aufrichtete.

Dann musterte er sein Gegenüber von Kopf bis Fuß, machte den Mund auf und schloß ihn wieder.

»Wollten Sie etwas sagen?«

»Ich wollte Ihnen eigentlich noch eine Frage stellen. Aber sie ist so indiskret, daß Sie sie wohl für unangebracht halten werden...«

»Ich bitte Sie!«

»Möchten Sie wirklich? Na schön, ich wollte Sie nur auf alle Fälle fragen, ob Sie vielleicht, da Ihr Hausmädchen ja sehr hübsch war, auch andere Beziehungen zu ihr unterhielten, als die des Dienstherrn zu einer Hausangestellten... Eine reine Routinefrage, wissen Sie, auf die Sie natürlich nicht zu antworten brauchen...«

Seltsam, aber Krofta überlegte und schien auf einmal viel nachdenklicher als vorher. Er ließ sich Zeit mit seiner Antwort, sein Blick wanderte langsam im Zimmer umher, dann sagte er schließlich seufzend:

»Muß meine Antwort protokolliert werden?«

»Aller Wahrscheinlichkeit nach wird davon nie die Rede sein.«

»In dem Fall gestehe ich Ihnen lieber, daß ich tatsächlich manchmal . . .«

»In der Wohnung im ersten Stock?«

»Nein . . . Das wäre schwierig, wegen der Kinder . . .«

»Hatten Sie sich außer Haus verabredet?«

»Nie! . . . Ich kam dann und wann hier herauf und . . .«

»Der Rest ist mir schon klar!« sagte Maigret lächelnd. »Und ich bin sehr froh über Ihre Antwort. Ich habe nämlich gemerkt, daß am Ärmel Ihrer Jacke ein Knopf fehlt. Diesen Knopf, den habe ich eben am Boden gefunden, am Fuß des Bettes. Zweifellos mußte es, um ihn abzureißen, recht stürmisch zugegangen sein und . . .«

Er reichte Krofta den Knopf, der mit erstaunlicher Hast danach griff.

»Wann war das zum letztenmal?« erkundigte sich Maigret wie beiläufig, während er sich zur Tür wandte.

»Vor drei oder vier Tagen . . . Warten Sie! . . . Ja, vor vier Tagen . . .«

»Und Rita fügte sich Ihren Wünschen?«

»Ich meine . . .«

»War sie verliebt?«

»Das ließ sie mich wenigstens glauben.«

»Sie wissen nicht, ob Sie einen Rivalen hatten?«

»Oh, Herr Kommissar . . . Davon war nie die Rede, und hätte Rita noch einen anderen Liebhaber gehabt, dann hätte ich ihn nicht als Rivalen angesehen . . . Ich vergöttere meine Frau, meine Kinder, und ich weiß selbst nicht, warum ich . . .«

Während Maigret die Treppe hinunterstieg, seufzte er und dachte im stillen:

»Bei dir, mein Bester, habe ich das Gefühl, daß du nicht einen Augenblick lang die Wahrheit gesagt hast!«

Er machte bei der Concierge Station und setzte sich der Frau gegenüber, die gerade Erbsen aushülste.

»Na, haben Sie sie angetroffen? Die sind ja ganz schön sauer wegen der Geschichte mit dem Schmuck . . .«

»Waren Sie gestern um fünf Uhr in Ihrer Loge?«

»Selbstverständlich war ich hier . . . Mein Sohn saß sogar auf dem Platz, auf dem Sie jetzt sitzen, und machte seine Hausaufgaben . . .«

»Haben Sie Rita und die Kinder heimkommen sehen?«

»So sicher wie ich Sie sehe!«

»Und haben Sie sie ein paar Minuten später wieder hinuntergehen sehen?«

»Danach hat mich Monsieur Krofta vorhin schon gefragt. Ich habe ihm gesagt, daß ich sie nicht gesehen habe. Er behauptet, das sei nicht möglich, ich müßte entweder meine Loge verlassen oder nicht aufgepaßt haben. Na ja, schließlich gehen ja so viele Leute vorbei! Trotzdem meine ich, daß ich sie bemerkt hätte, weil das nicht ihre übliche Zeit war . . .«

»Sind Sie Monsieur Krofta schon einmal auf der Treppe zum dritten Stock begegnet?«

»Was hätte er denn dort tun sollen? Ach so! Ich verstehe . . . Glauben Sie vielleicht, er hätte sein Hausmädchen besucht? Man merkt, daß Sie Mademoiselle Rita nicht kennen . . . Sie behaupten zwar jetzt, sie sei eine Diebin . . . Kann ja sein! . . . Aber zu sagen, daß sie sich mit Männern herumgetrieben oder mit einem Dienstherrn eingelassen hätte . . .«

Resigniert zündete Maigret seine Pfeife an und ging weg.

3

»Na, was ist, Frau Kommissarin?« spottete er liebevoll, während er sich ans Fenster stellte, wo sich die Ärmel seines Hemdes wie zwei blendendweiße Flecken ausnahmen.

»Also heute mittag mußt du dich mit etwas Kurzgebratenem und mit einer Artischocke begnügen. Und die hab ich schon gekocht eingekauft, damit es schneller ging. Wenn man sich diesen ganzen Klatsch anhört . . .«

»Was erzählt man sich denn? Na komm, pack schon aus, was du mit deinen Ermittlungen in Erfahrung gebracht hast . . .«

»Erst einmal war das Fräulein Rita kein richtiges Dienstmädchen . . .«

»Woher weißt du das?«

»Alle Händler haben gemerkt, daß sie nicht in Sous rechnen konnte, was darauf schließen läßt, daß sie vorher nie einkaufen gegangen ist. An dem Tag, an dem ihr der Metzger zum erstenmal den Rabatt auszahlen wollte, den er allen Dienstboten gibt, die regelmäßig zu ihm kommen, da hat sie ihn erstaunt angeschaut, und ich bin sicher, daß sie das Geld nur angenommen hat, weil sie nicht auffallen wollte . . .«

»Na schön! Sie ist also eine Tochter aus gutem Haus, die bei Monsieur Krofta Dienstmädchen spielt . . .«

»Ich glaube eher, daß sie Studentin ist. In den Läden hier im Viertel werden alle möglichen Sprachen gesprochen: Italienisch, Ungarisch, Polnisch . . . Anscheinend erweckte sie immer den Eindruck, als verstünde sie alles, und wenn jemand in ihrer Gegenwart einen Scherz machte, dann lächelte sie . . .«

»Und über deinen Liebhaber erzählt man sich nichts?«

»Die Leute haben ihn zwar gesehen, aber sie haben nicht so auf ihn geachtet wie ich . . . Ach, da fällt mir noch was ein . . . Das Dienstmädchen der Gastambides, das nachmittags auch oft auf dem Platz sitzt, behauptet, daß Rita gar nicht richtig häkeln konnte und daß ihre Häkelei zu nichts zu gebrauchen war, höchstens als Putzlappen . . .«

Maigrets kleine Augen lachten angesichts des Eifers, mit dem seine Frau sich zu erinnern und alles genau und systematisch wiederzugeben versuchte.

»Das ist noch nicht alles! Vor ihr hatten die Kroftas ein Mädchen aus ihrem Heimatland, das sie dorthin zurückgeschickt haben, weil es schwanger war.«

»Von Krofta?«

»Oh, nein! Dazu ist er zu sehr in seine Frau verliebt. Anscheinend ist er sogar so eifersüchtig, daß sie kaum Besuch empfangen . . .«

So veränderten diese Klatschgeschichten, ob sie nun zutrafen oder nicht, und die wahren oder falschen Behauptungen ständig das Bild, das er sich von den fraglichen Personen machte, und mitunter ergänzten sie es auch.

»Weil du gute Arbeit geleistet hast«, murmelte Maigret, während er eine neue Pfeife anzündete, »werde ich dir jetzt auch etwas verraten. Der Schuß, der unseren Unbekannten mit der Perücke und dem Zwicker das Leben gekostet hat, wurde aus Ritas Mansarde abgegeben, was bei einer Rekonstruktion des Verbrechens nicht schwer zu beweisen sein wird. Ich habe den Schußwinkel überprüft. Alles paßt genau zusammen, die Position der Leiche, die Flugbahn der Kugel . . .«

»Glaubst du, daß sie es war, die . . .«

»Ich weiß es nicht . . . Denk nach!«

Seufzend knöpfte er seinen Kragen wieder an und band sich die Krawatte um; sie half ihm in die Jacke. Eine halbe Stunde später ließ er sich in seinen Sessel bei der Kriminalpolizei fallen und wischte sich den Schweiß vom Gesicht, denn es war noch wärmer als tags zuvor, und es lag ein Gewitter in der Luft.

Eine weitere Stunde später waren drei von Maigrets Pfeifen warm, der Aschenbecher quoll über, und der Tintenlöscher war mit Wörtern übersät, mit Bruchstücken von Sätzen, die er kreuz und quer aufgesogen hatte. Und der Kommissar gähnte, scheinbar vor sich hin dösend, und stierte auf all das, was er während seiner Grübelei eben niedergeschrieben hatte.

Angenommen, Krofta hatte Rita verschwinden lassen, dann war der Schmuckdiebstahl gut erfunden, um den Verdacht von ihm abzulenken. Eine verlockende Idee, aber dafür gab es keinen Beweis, und das Dienstmädchen mochte sich durchaus mit dem Schmuck seiner Herrin auf und davon gemacht haben.

Krofta hatte nur zögernd eingestanden, daß er der Liebhaber seiner Hausangestellten gewesen war.

Das konnte bedeuten, daß es stimmte und daß ihm das peinlich war; aber das konnte ebenso bedeuten, daß es nicht stimmte und daß er Maigrets Trick, mit dem er den Knopf aufhob, durchschaut oder daß er hinter der Frage des Kommissars eine Falle dieser Art vermutet hatte.

Der Knopf sollte vier Tage lang auf dem Fußboden gelegen haben, obwohl der so aussah, als sei er frisch gefegt worden.

Und warum war Madame Krofta an diesem Morgen zu so früher Stunde spazierengegangen? Warum hatte sie Bedenken zugegeben, daß ihr das Verbrechen zu Ohren gekommen war, während Maigret doch gesehen hatte, daß sie lange bei den Klatschbasen stehengeblieben war?

Warum hatte Krofta die Concierge gefragt, ob sie Rita habe weggehen sehen?

Fahndung auf eigene Faust? Tat er es nicht vielmehr deshalb, weil er wußte, daß die Polizei dieselbe Frage stellen würde und daß er möglicherweise der guten Frau etwas suggerieren konnte, wenn er schon vorher mit ihr darüber redete?

Plötzlich stand Maigret auf. All diese unbedeutenden Fakten und Beobachtungen zusammen gingen ihm letzten Endes nicht nur auf die Nerven, sondern sie ließen in ihm auch eine dumpfe Angst aufkeimen, denn sie führten unweigerlich zu der Frage:

»Wo ist Rita?«

Auf der Flucht, falls sie gemordet und gestohlen hatte. Aber falls sie weder gemordet noch gestohlen hatte, dann ...

Im nächsten Augenblick war er im Büro seines Chefs, und während er den Griesgram mimte, sagte er:

»Könnten Sie mir einen blanko ausgestellten Durchsuchungsbefehl besorgen?«

»Geht's Ihnen nicht gut?« scherzte der Direktor der Kriminalpolizei, der Maigrets Launen besser kannte als irgendein anderer. »Wollen wir's versuchen! Aber Sie müssen vorsichtig sein, klar?«

Zufällig wurde Maigret, während sich sein Chef um den Durchsuchungsbefehl kümmerte, ans Telefon gerufen. Es war seine Frau, und ihre Stimme klang ängstlich:

»Ich habe gerade über etwas nachgedacht ... Ich weiß nicht, ob ich's am Telefon sagen soll ...«

»Sag's nur!«

»Angenommen, es war nicht diejenige, die du glaubst, die geschossen hat ...«

»Ich verstehe. Sprich weiter ...«

»Angenommen, es war zum Beispiel ihr Chef ... Kannst du mir folgen? ... Ich frage mich, ob sie dann nicht möglicherweise noch im Haus ist? ... Vielleicht schon tot? ... Oder vielleicht eingesperrt? ...«

Es war rührend zu merken, wie Madame Maigret zum erstenmal in ihrem Leben auf diese Weise eine Spur verfolgte.

Aber was dem Kommissar weniger gefiel, war die Tatsache, daß sie alles in allem am selben Punkt angelangt war wie er.

»Sonst noch was?« fragte er indessen spöttisch.

»Machst du dich über mich lustig? . . . Glaubst du denn nicht, daß . . .«

»Kurzum, du malst dir aus, wenn man 17 a vom Keller bis zum Speicher durchsucht . . .«

»Stell dir vor, wenn sie noch am Leben ist . . .«

»Das wird sich ja zeigen! Sieh inzwischen zu, daß das Abendessen ein bißchen nahrhafter wird als das Mittagessen . . .«

Er legte auf und holte bei seinem Chef den Durchsuchungsbefehl ab, um den er gebeten hatte.

»Was meinen Sie, Maigret, kommt Ihnen das nicht ganz so vor wie eine Spionageaffäre?«

Aber dem Kommissar war es in solchen Fällen stets ein Greuel, sich zu tief in die Karten schauen zu lassen, und so zuckte er bloß die Schultern.

Dann, als er schon auf dem Gang war, kehrte er noch einmal um und sagte schnell:

»Das sage ich Ihnen heute abend.«

Madame Lécuyer, die Concierge von 17a, war gewiß eine tapfere Frau, die ihr möglichstes tat, um ihre Kinder anständig zu erziehen, aber sie hatte den schrecklichen Fehler, daß sie sich leicht aufregte.

»Verstehen Sie, ich . . .« bekannte sie, »bei all den Leuten, die mich seit heute morgen ausfragen, da weiß ich überhaupt nicht mehr, wo mir der Kopf steht . . .«

»Beruhigen Sie sich, Madame Lécuyer«, beschwichtigte Maigret sie, der in der Nähe des Fensters saß, nicht weit von dem Jungen entfernt, der wie tags zuvor seine Hausaufgaben machte.

»Ich habe noch nie jemandem etwas Böses getan und . . .«

»Es unterstellt Ihnen ja keiner, daß Sie irgendwem etwas Böses getan hätten . . . Man verlangt doch nur von Ihnen, daß Sie versuchen, sich zu erinnern . . . Wie viele Mieter haben Sie?«

»Zweiundzwanzig, ich muß nämlich sagen, die Wohnungen im

zweiten und im dritten Stock sind recht klein, ein bis zwei Zimmer, das sind eine Menge Menschen . . .«

»Steht einer dieser Mieter in irgendeiner Beziehung zu den Kroftas?«

»Wie stellen Sie sich denn das vor? Die Kroftas sind reiche Leute, die ihr Auto haben und ihren Chauffeur . . .«

»Übrigens, wissen Sie, wo sie ihr Auto unterstellen?«

»Beim Boulevard Henri IV . . . Der Chauffeur kommt fast nie hierher, denn er nimmt seine Mahlzeiten nicht im Haus ein . . .«

»War er gestern nachmittag hier?«

»Weiß ich nicht mehr . . . Doch, ich glaube schon . . .«

»Mit dem Auto?«

»Nein! Das Auto ist nicht dagestanden, heute morgen auch nicht . . . Allerdings sind die Herrschaften sozusagen auch nicht ausgegangen . . .«

»Hören Sie, war der Chauffeur gestern so gegen fünf Uhr im Haus?«

»Nein! Er ist um halb fünf wieder weggegangen. Jetzt erinnere ich mich daran, weil mein Kleiner da gerade von der Schule heimgekommen ist . . .«

»Das stimmt!« bestätigte der Junge und hob den Kopf.

»Jetzt noch eine Frage: Sind seit gestern um fünf große Gepäckstücke aus dem Haus getragen worden? . . . Stand zum Beispiel ein Möbelwagen hier herum?«

»Bestimmt nicht!«

»Und es hat auch niemand Möbel, große Kisten oder sperrige Pakete fortgetragen?«

»Was soll ich Ihnen denn nur dazu sagen?« jammerte sie. »Ich weiß ja nicht einmal richtig, was ein sperriges Paket ist!«

»Ein Paket, das zum Beispiel die Leiche eines Menschen enthalten könnte . . .

»Jesus, Maria! An so was denken Sie? Stellen Sie sich jetzt noch vor, daß man in meinem Haus wen umgebracht hat?«

»Rufen Sie sich Stunde um Stunde genau ins Gedächtnis . . .«

»Nein! Ich habe nichts dergleichen gesehen . . .«

»Ist kein Lastwagen, kein Fuhrwerk und nicht einmal eine Handkarre in den Hof hineingefahren?«

»Wenn ich es Ihnen doch sage!«

»Gibt es auch kein leeres Zimmer im Haus? Sind wirklich alle Räume belegt?«

»Alle, ohne Ausnahme! Es war nur ein Zimmer im dritten Stock frei, und das ist seit zwei Monaten vermietet.«

In diesem Moment hob der Junge wieder den Kopf, und mit dem Federhalter im Mund sagte er:

»Und das Klavier, Mama?«

»Was soll denn das damit zu tun haben? Das hat man nicht hinausgetragen, sondern hereingebracht . . . Das hat ihnen im Treppenhaus sogar ziemlich zu schaffen gemacht! . . .«

»Es ist ein Klavier geliefert worden?«

»Gestern um halb sieben . . .«

»Welche Firma?«

»Das weiß ich nicht . . . Es stand kein Name auf dem Lastwagen . . . Es war eine große Kiste, und drei Männer haben sich eine gute Stunde lang damit geplagt . . .«

»Haben sie die Kiste wieder mitgenommen?«

»Nein . . . Monsieur Lucien ist mit den Leuten heruntergekommen und hat ihnen im Bistro an der Ecke etwas zu trinken spendiert.«

»Wer ist dieser Monsieur Lucien?«

»Der Mieter des Zimmers, von dem ich Ihnen erzählt habe . . . Seit zwei Monaten wohnt er da oben . . . Er ist sehr ruhig, sehr anständig . . . Anscheinend ist er ein Komponist . . .«

»Kennt er die Kroftas?«

»Ich wette, daß er sie noch nicht einmal gesehen hat.«

»War er gestern um fünf Uhr zu Hause?«

»Er ist so gegen halb fünf heimgekommen . . . Ungefähr um die Zeit, als der Chauffeur weggegangen ist . . .«

»Hat er Ihnen da angekündigt, daß er ein Klavier kriegen würde?«

»Nein . . . Er hat mich nur gefragt, ob Post für ihn da ist . . .«

»Bekommt er viel Post?«

»Sehr wenig.«

»Ich danke Ihnen, Madame Lécuyer . . . Bewahren Sie die Ruhe . . . Sie brauchen sich keine Sorgen zu machen . . .«

Maigret ging hinaus, erteilte zwei Inspektoren, die auf der Place des Vosges auf und ab gingen, ein paar Anweisungen, dann kehrte er erneut in das Wohnhaus zurück, aber er eilte an der Loge vorüber, damit ihm die Concierge keine Fragen stellen und ihm nicht wieder erzählen konnte, wie aufgeregt sie war.

Weder im ersten noch im zweiten Stock hielt Maigret inne. Im dritten Stock bückte er sich und entdeckte die Schrammen, die das Klavier verursacht hatte, als die Männer es über den Boden schoben. Er glaubte zu erkennen, daß die Schrammen vor der vierten Tür aufhörten, und klopfte, vernahm gedämpfte Schritte, die sich wie die Schritte einer alten Frau in Filzpantoffeln anhörten, dann fragte eine vorsichtige Stimme:

»Wer ist da?«

»Ich möchte zu Monsieur Lucien!«

»Das ist nebenan . . .«

Aber im selben Moment stammelte eine andere Stimme ein paar Worte, die Tür öffnete sich, und eine dicke, alte Frau versuchte, im Halbdunkel Maigrets Gesicht zu erkennen.

»Monsieur Lucien ist im Augenblick nicht da . . . Könnte ich ihm vielleicht etwas ausrichten? . . .«

Unwillkürlich beugte Maigret sich vor, um die zweite Person im Raum zu Gesicht zu bekommen.

Im Dämmerlicht konnte man kaum etwas sehen. Das Zimmer war mit alten Möbeln, Stoffen und gräßlichen Nippsachen überladen, und es herrschte der Geruch, der den Wohnungen alter Menschen eigen ist.

Dicht neben der Nähmaschine saß eine Frau, kerzengerade wie jemand, der zu Besuch ist, und der Kommissar wunderte sich mehr, als er sich je zuvor in seinem Leben gewundert hatte, denn er erkannte seine eigene Frau.

4

»Ich habe erfahren, daß Mademoiselle Augustine kleine Näharbeiten übernimmt«, erklärte Madame Maigret hastig. »Deshalb habe ich sie aufgesucht. Wir haben ein bißchen geplaudert. Ihr

Zimmer liegt genau neben dem Zimmer von diesem Dienstmädchen, das gestohlen hat . . .«

Maigret zuckte die Schultern und fragte sich, worauf seine Frau wohl hinaus wollte.

»Wie sonderbar, ausgerechnet gestern hat man dem anderen Nachbarn ein Klavier geliefert, in einer riesigen Kiste, die noch da sein muß . . .«

Diesmal zog Maigret ein saures Gesicht; er war wütend, daß seine Frau, Gott weiß wie, zu denselben Ergebnissen gekommen war wie er.

»Da Monsieur Lucien ja nicht hier ist, muß ich wieder hinuntergehen«, verkündete er.

Und er verlor keine Minute Zeit. Die beiden Inspektoren, die er auf der Place des Vosges vorm Haus gelassen hatte, bezogen auf der Treppe Posten, nicht weit von der Tür der Kroftas entfernt. Ein Schlosser wurde gerufen, ebenso der Polizeikommissar des Viertels.

Alles ging so schnell, daß bereits kurz danach die Tür zu Monsieur Luciens Zimmer aufgebrochen war. Im Raum fand man nur ein ganz gewöhnliches Klavier vor, ein Bett, einen Stuhl, einen Schrank und, gegen die Wand gelehnt, die Kiste, in der das Instrument transportiert worden war.

»Macht mal diese Kiste auf . . .«, befahl Maigret, der ein gewagtes Spiel trieb und eine Heidenangst hatte.

Er wollte sie nicht selbst anfassen, aus Furcht davor, daß sie leer sein könnte. Er tat so, als stopfe er in aller Ruhe seine Pfeife, wie er auch sein Zittern zu verbergen suchte, als jemand rief:

»Kommissar! . . . Eine Frau! . . .«

»Ich weiß!«

»Sie lebt!«

Und er wiederholte:

»Ich weiß!«

Kein Zweifel! Wenn sich tatsächlich eine Frau in der Kiste befand, dann war es die berühmte Rita, und er war ja auch beinahe sicher gewesen, daß sie noch lebte, eng gefesselt und geknebelt!

»Versuchen Sie, sie wieder zu Bewußtsein zu bringen . . . Rufen Sie einen Arzt . . .«

Er ging an seiner Frau vorbei, die mit Mademoiselle Augustine im Flur stand und ihm ein Lächeln zuwarf, das in den Annalen ihrer Ehe einzigartig war, ein Lächeln, das einen vermuten lassen könnte, Madame Maigret sei drauf und dran, ihre Rolle der gehorsamen Ehefrau gegen die einer Detektivin einzutauschen.

Als der Kommissar im ersten Stock ankam, öffnete jemand die Wohnungstür der Kroftas. Es war Krofta persönlich, erregt, aber dennoch Herr seiner selbst.

»Ist Monsieur Maigret da?« fragte er die beiden Inspektoren, die Wache hielten.

»Hier bin ich, Monsieur Krofta.«

»Sie werden am Telefon verlangt ... Vom Innenministerium ...« Das stimmte nicht ganz. Es war der Chef der Kriminalpolizei, der seinen Untergebenen sprechen wollte.

»Sind Sie es, Maigret? ... Hab ich mir's doch gedacht, daß ich Sie da erreichen würde ... Während Sie Gott weiß was in dem Haus gemacht haben, hat der Kerl, bei dem ich Sie anrufe, seine Botschaft alarmiert ... Die hat das Außenministerium alarmiert ... Das Außenministerium hat ...«

»Ich verstehe!« knurrte Maigret.

»Ich hab's Ihnen ja gleich gesagt! Eine Spionagegeschichte! Die Weisung lautet: nichts an die große Glocke hängen, kein Wort an die Presse ... Krofta gehört seit langem dem Nachrichtendienst seines Landes an und wird in Frankreich inoffiziell gedeckt; bei ihm laufen die Berichte der Geheimagenten zusammen ...«

Dieser Krofta stand nun in einer Ecke des Raums, bleich, aber lächelnd.

»Kann ich Ihnen etwas anbieten, Herr Kommissar?«

»Nein danke!«

»Wie es aussieht, haben Sie meine Hausangestellte wiedergefunden?«

Und der Kommissar antwortete mit abgehackter Stimme:

»Ja, Monsieur Krofta, ich habe sie gerade noch rechtzeitig gefunden! Guten Tag!«

»Also ich«, sagte Madame Maigret, »als ich gehört habe, daß dieses Mädchen nicht richtig häkeln könne, da ...«

»Bei Gott, ja!« pflichtete Maigret ihr bei.

»Hat sie ihm denn mit diesem System tatsächlich jeden Tag stundenlang interessante Nachrichten anvertrauen können? Alles in allem hat doch, wenn ich es recht verstehe, diese Rita, die sich bei den Kroftas als Dienstmädchen eingeschlichen hat, ihre Zeit in Wirklichkeit damit zugebracht, ihrer Herrschaft nachzuspionieren?«

Maigret erklärte nie gern eine berufliche Angelegenheit, aber in dem Fall wäre es zu grausam gewesen, wenn er Madame Maigret im dunkeln hätte tappen lassen.

»Sie hat Spionen nachspioniert!« brummte er.

Und mißmutig zuckte er die Schultern.

»Deshalb hat man mir genau in dem Moment, in dem ich die Bande endlich zu fassen bekommen hätte, befohlen:

Hände weg! Mund zu und Diskretion!«

»Das ist freilich nicht sehr angenehm«, sagte sie seufzend, als wollte sie damit Maigrets ganze schlechte Laune der letzten Zeit entschuldigen.

»Eine saubere Geschichte, immerhin mit einer Menge genialer Einfälle. Du mußt die Sache richtig sehen. Da stehen auf der einen Seite die Kroftas und die ganzen Informationen, die durch ihre Hände gehen und die sie an ihre Regierung weiterleiten . . .

Und auf der anderen Seite stehen eine Hausgehilfin und ein Mann, Rita und der alte Herr auf der Bank, dein merkwürdiger Liebhaber. Für wen die beiden wohl gearbeitet haben? Naja, mich geht das jetzt nichts mehr an. Das ist nun die Angelegenheit der Abwehr. Wahrscheinlich waren sie die Agenten einer anderen Macht, vielleicht auch einer gegnerischen Partei, denn die Innen- und Außenpolitik mancher Länder ist seltsam verworren.

Auf jeden Fall steht fest, daß sie die Informationen, die jeden Tag bei Krofta zusammenliefen und die sich Rita ohne allzuviel Mühe beschaffen konnte, gebraucht haben.

Aber wie sollte sie sie nach draußen weitergeben? Spione sind mißtrauisch. Der kleinste verdächtige Schritt, und sie wäre verloren gewesen.

Deshalb haben sie sich die Idee mit dem alten Beau und der Bank einfallen lassen! Und auch die Idee mit der Häkelnadel, die von Händen benutzt wurde, die geschickter waren, als man ihnen ansah, und mit ihrem ruckartigen Auf und Ab in Wirklichkeit lange Nachrichten im Morsealphabet wiedergab.

Ihr Komplize, der Rita gegenübersaß, speicherte alles in seinem Gedächtnis. Ein Beispiel mehr für die unglaubliche Ausdauer mancher Geheimagenten, denn das, was er erfahren hatte, mußte er Wort für Wort stundenlang im Kopf behalten, bis er es in seiner Unterkunft in der Nähe der Mühlen in Corbeil nachts auf der Maschine niederschreiben konnte.

Ich frage mich, wie die Kroftas diese ausgeklügelten Tricks durchschauen konnten. Wahrscheinlich mit Hilfe des Chauffeurs, der um vier Uhr gekommen ist und ihnen seine Entdeckung erzählt hat.«

Madame Maigret lauschte und wagte nicht, sich auch nur im geringsten zu äußern, so sehr fürchtete sie, ihr Mann würde dann nicht mehr weiterreden.

»Jetzt weißt du genausoviel wie ich. Für die Kroftas ging es darum, zunächst den Mann auszuschalten und danach Rita in die Mangel zu nehmen, um herauszukriegen, für wen sie arbeitet und welche Dienste sie schon geleistet haben konnte.

Vor einiger Zeit hat Krofta einen Helfershelfer in sein eigenes Haus eingeschleust, Monsieur Lucien, der ein ausgezeichneter Schütze ist. Er ruft ihn an. Monsieur Lucien kommt, verliert keine Minute Zeit, und vom Zimmer des jungen Mädchens aus erschießt er mit einem Luftgewehr den Widersacher, den man ihm gezeigt hat.

Niemand hat etwas gesehen oder gehört, außer Rita, die allerdings die Kinder zurückbringen und so tun muß, als habe sie nichts gemerkt, weil sie Gefahr läuft, selbst umgebracht zu werden.

Sie weiß, was sie erwartet. Man bemüht sich, ihr ihr Geheimnis zu entlocken. Sie hält dicht. Da droht man ihr mit dem Tod und läßt dieses Klavier zu Monsieur Lucien bringen; in der Kiste könnte man später ihren Leichnam aus dem Haus schaffen. Wer sollte schließlich auf die Idee verfallen, sie im Zimmer des Musikers zu suchen?

Und schon fädelt Krofta seine Verteidigung ein, meldet, daß sein Dienstmädchen verschwunden sei, erfindet den Schmuckdiebstahl und erhebt Anklage . . .«

Schweigen. Die Nacht brach herein. Der Himmel verfärbte sich, und die Brunnen stimmten ihren silberhellen Klang auf den Silberschimmer des Mondes ab.

»Aber du hast daran gedacht!« sagte Madame Maigret voller Bewunderung.

Er betrachtete sie mit süßsaurer Miene, und sie fuhr fort: »Es tut weh, wenn man im entscheidenden Moment daran gehindert wird, etwas zu Ende zu führen . . .« Da erwiderte er mit gespielter Empörung: »Weißt du, was noch mehr weh tut? Daß ich dich bei dieser Demoiselle Augustine angetroffen habe! Denn im Grunde warst du vor mir zur Stelle . . . Allerdings ging es ja auch um deinen Liebhaber!«

Mary Higgins Clark

Die Leiche im Schrank

Wenn Alvirah Meehan an jenem Augustabend gewußt hätte, was sie in ihrer neuen Luxuswohnung in Central Park South erwartete, wäre sie niemals aus dem Flugzeug ausgestiegen. Doch diesmal gab ihr die bewährte innere Stimme auch nicht das leiseste Alarmsignal.

Auch wenn sie und Willy nach dem Lotteriegewinn das Reisefieber gepackt hatte, kehrte Alvirah immer gern nach New York zurück. Die Wolkenkratzer, deren Umrisse sich gegen die Wolken abhoben, und die Lichter der Brücke, die den East River überspannte, boten einen herzerwärmenden Anblick.

Willy tätschelte ihre Hand, und Alvirah drehte sich liebevoll lächelnd zu ihm um. Er sieht einfach fabelhaft aus in der neuen blauen Leinenjacke, die genau zu seiner Augenfarbe paßt, dachte sie. Mit diesen Augen und dem dichten weißen Haarschopf konnte Willy ohne weiteres als Doppelgänger von Tip O'Neill passieren.

Alvirah strich das rotbraune Haar glatt, das Dale in London kürzlich getönt und gestylt hatte. Als Dale hörte, daß Alvirah sechzig war, rang er nach Luft. »Sie machen Witze«, stammelte er.

An ihrem Revers funkelte die rosettenförmige Anstecknadel mit dem eingebauten Mikrofon. Damit zeichnete Alvirah Gespräche auf, die sie für ihre Arbeit im *New York Globe* gebrauchen konnte. »Diese Reise war wundervoll«, bemerkte sie, »aber kein Erlebnis, über das ich schreiben könnte. Die Story, wie die Queen zum Tee im Stafford Court Hotel erschien und die Katze des Direktors auf ihre Corgis losging, mußte ja schon als Knüller herhalten.«

»Ich bin richtig froh, daß wir 'nen hübschen, ruhigen Urlaub hatten«, entgegnete Willy. »Von der Sorte, wo du unbedingt Verbrechen aufklären mußt und dabei beinahe abgemurkst wirst, kann ich nicht mehr viel verkraften.«

Die Stewardeß von British Airways kontrollierte auf ihrem Rundgang durch die Erster-Klasse-Kabine, ob sich die Passagiere angeschnallt hatten. »Ich hab mich wirklich gern mit Ihnen unterhalten«, erklärte sie. Willy hatte erzählt, daß er Klempner und Alvirah Putzfrau gewesen war, bevor sie in der Lotterie vierzig Millionen gewannen. »Meine Güte«, sagte sie jetzt zu Alvirah, »ich kann's einfach nicht glauben, daß Sie mal Reinemachefrau waren.«

Erfreulich bald nach der Landung saßen sie in einem Taxi, ihr Gepäck, ein exklusives Set von Vuitton, stapelte sich im Kofferraum. New York war heiß, schwül und stickig, wie immer im August. Das Taxi glich einer Sauna, und Alvirah sehnte den Augenblick herbei, in dem sie die neue Wohnung in Central Park South betreten konnte, wo es natürlich herrlich kühl war. Ihre alte Dreizimmerwohnung in Flushing wollten sie beibehalten, immerhin hatten sie dort dreißig Jahre gelebt, bevor der Lotteriegewinn alles veränderte. Man könne ja nie wissen, argumentierte Willy, ob New York nicht eines Tages pleite gehen und den Gewinnern mitteilen würde, sie sollten die restlichen Schecks in den Wind schreiben. Für den Fall der Fälle behielten sie die Wohnung bei und einen Notgroschen in der Citizens of Flushing Bank.

Als das Taxi vor dem Wohnhaus hielt, öffnete ihnen der Pförtner, in Rot und Gold und schwarzem Pelzhut, die Tür. »Sie müssen ja zerfließen«, meinte Alvirah. »Man fragt sich, wozu die Sie so ausstaffieren, bevor sie mit den Renovierungen fertig sind.«

Das Gebäude wurde einer kompletten Instandsetzung unterzogen. Als sie die Wohnung im Frühjahr kauften, hatte ihnen der Immobilienmakler versichert, die Renovierung wäre innerhalb von Wochen abgeschlossen. Die Gerüste in der Halle widerlegten diesen ungezügelten Optimismus eindeutig.

Vor den Fahrstühlen trafen sie auf ein Ehepaar, einen hochgewachsenen Fünfziger und eine schlanke Frau im weißseidenen Abendkostüm; sie machte ein Gesicht wie jemand, dem beim Öffnen des Kühlschranks der Geruch nach faulen Eiern in die Nase steigt, fand Alvirah. Die beiden kenne ich doch, dachte sie und begann ihr phänomenales Gedächtnis zu durchforschen. Er war Carleton Rumson, der legendäre Broadway-Produzent, und sie seine Frau Victoria, eine ehemalige Schauspielerin, vor dreißig Jahren Zweite bei der Wahl zur Miss America.

»Mr. Rumson!« Mit einem Lächeln, das ihre etwas vorspringende, scharfe Kinnpartie weicher machte, streckte sie ihm die Hand entgegen. »Ich bin Alvirah Meehan. Wir haben uns in Cypress Point Spa in Pebble Beach kennengelernt. Was für eine nette Überraschung! Das ist mein Mann, Willy. Wohnen Sie hier?«

Rumson lächelte dünn. »Wir unterhalten eine Zweitwohnung für den Bedarfsfall.« Er nickte Willy zu, stellte dann widerwillig seine Frau vor. Die Fahrstuhltür öffnete sich, als Victoria Rumson sie mit einem Lidzucken zur Kenntnis nahm.

Kalt wie 'ne Hundeschnauze, dachte Alvirah, während sie das makellose, wenngleich hochmütige Profil registrierte, das hellblonde, zu einem straffen Nackenknoten gesteckte Haar. Die langjährige Lektüre von *People, US, National Enquirer* und Klatschspalten hatte Alvirah zur unerschöpflichen Informationsquelle über die Reichen und Berühmten programmiert.

Sie hielten gerade im vierunddreißigsten Stock, als Alvirah intime Details zu Rumson einfielen. Er war als Casanova berühmt. Das Geschick, mit dem seine Frau seine Eskapaden übersah, hatte ihr den Spitznamen »einäugige Vicky« eingetragen.

»Mr. Rumson«, begann Alvirah, »Willys Neffe, Brian McCormack, ist ein fabelhafter Dramatiker. Er hat gerade sein zweites Stück fertig. Ich würde es Ihnen zu gern zu lesen geben.«

Rumson blickte verärgert drein. »Mein Büro steht im Telefonbuch«, sagte er.

»Brians erstes Stück läuft zur Zeit Off-Broadway.« Alvirah ließ nicht locker. »Ein Kritiker hat geschrieben, er wär 'n junger Neil Simon.«

»Komm schon, Schatz«, drängte Willy. »Du hältst die Leute auf.«

Plötzlich schmolz die eisige Starre in Victoria Rumsons Gesicht dahin. »Darling«, sagte sie, »ich hab schon von Brian McCormack gehört. Warum liest du das Stück denn nicht hier? Wenn du dir's ins Büro schicken läßt, geht's doch bloß unter.«

»Das ist wirklich nett von Ihnen, Victoria«, entgegnete Alvirah herzlich. »Morgen kriegen Sie's.«

Auf dem Weg vom Fahrstuhl zur Wohnung fragte Willy: »Meinst du nicht, Schätzchen, daß du 'n bißchen zu stark auf die Tube gedrückt hast?«

»Keine Spur«, erwiderte Alvirah. »Wer nicht wagt, der nicht gewinnt. Wenn ich Brian bei seiner Karriere helfen kann, ist mir jedes Mittel recht.«

Ihre Wohnung bot einen umfassenden Blick auf den Central Park. Beim Hereinkommen dachte Alvirah jedesmal daran, daß sie noch vor nicht allzu langer Zeit das Haus von Mrs. Chester Lollop in Little Neck, bei der sie jeden Donnerstag putzte, für ein Schlößchen gehalten hatte. Die letzten paar Jahre hatten ihr erst richtig die Augen geöffnet!

Sie hatten die Wohnung komplett möbliert von einem Börsenmakler erworben, der wegen irgendwelcher Manipulationen unter Anklage stand. Er hatte sie gerade von einem Designer einrichten lassen, dem absoluten Hit in Manhattan, wie er ihnen versicherte. Insgeheim bezweifelte Alvirah das mittlerweile ernsthaft. Wohnzimmer, Eßzimmer und Küche waren ganz in Weiß gehalten. Es gab niedrige weiße Sofas, aus denen sie sich hochwuchten mußte, dicke weiße Teppiche, auf denen der kleinste Fleck zu sehen war, weiße Tische und Schränke und Marmor und Geräte.

An der Terrassentür klebte ein großes gedrucktes Schild.

Eine Gebäudeinspektion hat ergeben, daß diese Wohnung zu den wenigen gehört, bei denen an Geländer sowie Einfassung der Terrasse bedenkliche Konstruktionsmängel festgestellt wurden. Ihre Terrasse kann ohne jedes Risiko normal genutzt werden, doch vermeiden Sie es, sich auf das Geländer zu stützen oder dies anderen zu gestatten. Die Reparaturarbeiten werden so schnell wie möglich ausgeführt.

Alvirah zuckte die Achseln. »So schlau bin ich ja nun von allein, mich auf kein Geländer zu stützen, Risiko hin oder her.«

Willy lächelte verzagt. Er litt unter einer heillosen Höhenangst und hatte die Terrasse noch nie betreten. Beim Kauf der Wohnung hatte er erklärt: »Du magst 'ne Terrasse. Ich hab gern festen Boden unter den Füßen.«

Willy ging in die Küche, um den Kessel aufzusetzen. Alvirah öffnete die Terrassentür und trat hinaus. Die schwüle Luft schlug ihr glühend heiß ins Gesicht, doch das machte ihr nichts aus. Es hatte seinen besonderen Reiz, da draußen zu stehen, über den Park hinweg auf die festlich leuchtenden geschmückten Bäume um die *Tavern on the Green* zu schauen, die endlose Kette der Autoscheinwerfer, die Pferdekutschen im Hintergrund.

Wie gut, daß wir wieder daheim sind, dachte sie abermals, als sie hineinging und das Wohnzimmer inspizierte, mit sachkundigem Blick den Wirkungsgrad des wöchentlichen Reinigungsdienstes einschätzte, der am Vortag fällig gewesen wäre. Zu ihrem Erstaunen entdeckte sie auf der Glasplatte des Couchtisches überall Fingerspuren. Automatisch griff sie nach einem Taschentuch und rubbelte sie weg. Dann stellte sie fest, daß neben der Terrassentür die Vorhangschlaufe verschwunden war. Hoffentlich ist sie nicht im Staubsauger gelandet, dachte sie. Wenigstens war ich eine gute Putzfrau. Sie erinnerte sich an die Worte der Stewardeß im Flugzeug.

»He, Alvirah«, rief Willy. »Hat Brian 'ne Nachricht hinterlassen? Sieht so aus, als hätte er jemanden erwartet.«

Brian, Willys Neffe, war das einzige Kind seiner ältesten Schwester, Madelaine. Von Willys sieben Schwestern waren sechs ins Kloster gegangen. Madelaine hatte als Vierzigerin geheiratet und in den Wechseljahren noch ein Baby zur Welt gebracht, Brian, inzwischen sechsundzwanzig. Er war in Nebraska aufgewachsen, hatte für eine dortige Repertoirebühne Stücke geschrieben und war nach New York gekommen, als Madelaine vor zwei Jahren starb. Brian mit seinem mageren, empfindsamen Gesicht, dem widerspenstigen rotblonden Haar und dem scheuen Lächeln weckte in Alvirah all ihre unverbrauchten mütterlichen Instinkte. »Mehr könnte ich ihn auch nicht lieben, wenn ich ihn neun Monate unter dem Herzen getragen hätte«, sagte sie oft zu Willy.

Als sie im Juni nach England abflogen, hatte Brian gerade den ersten Entwurf für sein neues Stück fertig und hatte ihr Angebot, ihm den Wohnungsschlüssel zu überlassen, mit Freuden akzeptiert. »Dort schreibt sich's viel leichter als hier in meiner Bude«, bemerkte er dankbar. Er wohnte in einem Mietshaus ohne Fahrstuhl, mit lauter geräuschvollen Familien als Nachbarn.

Alvirah ging in die Küche, blickte sich um. Zwei Champagnergläser und eine Flasche Champagner in einem Weinkühler standen auf einem silbernen Tablett. Der Champagner, ein Geschenk des Maklers, der den Wohnungskauf gehandhabt hatte, kostete fünfhundert Dollar je Flasche und gehörte zu den Lieblingssorten der Queen, wie er mehrfach betonte.

Willy wirkte beunruhigt. »Das ist doch dieses sündteure Gesöff, stimmt's? An so was geht Brian nicht ran, ausgeschlossen. Da ist irgendwas nicht koscher.« Alvirah wollte ihn beschwichtigen, unterließ es dann doch. Irgend etwas stimmte nicht, und ihr Riecher sagte ihr, daß sich Ärger zusammenbraute.

Die Türglocke läutete. Ein reumütiger Gepäckträger brachte ihre Koffer. »Entschuldigung, daß es so lange gedauert hat, Mr. Meehan. Seit die Umbauten im Gange sind, benutzen so viele Bewohner den Lastenaufzug, daß die Angestellten Schlange stehen müssen.« Auf Willys Bitte brachte er das Gepäck ins Schlafzimmer, verabschiedete sich dann lächelnd, die Fünfdollarnote in der geschlossenen Hand.

Willy und Alvirah saßen in der Küche bei einer Kanne Tee. Willy starrte unverwandt auf den Champagner. »Ich ruf mal bei Brian an«, entschied er.

»Der wird noch im Theater sein«, meinte Alvirah, schloß die Augen, konzentrierte sich und gab ihm die Nummer der Kasse.

Willy wählte, lauschte, legte dann auf. »Da läuft eine Tonbanddurchsage«, erklärte er. »Brians Stück ist abgesetzt. Sie geben bekannt, wie man die Rückerstattung für die Billetts kriegt.«

»Der arme Junge«, flüsterte Alvirah. »Versuch's mal in seiner Wohnung.«

»Nur der Anrufbeantworter«, verkündete er gleich darauf. »Ich hinterlasse ihm 'ne Nachricht.«

Alvirah merkte plötzlich, wie erschöpft sie war. Beim Abräumen machte sie sich klar, daß es fünf Uhr früh, englischer Zeit, war, sie also ein Recht darauf hatte, ihre sämtlichen Knochen schmerzhaft zu spüren. Sie stellte die Teetassen in den Geschirrspüler, zögerte, spülte dann die unbenutzten Champagnergläser aus und deponierte sie ebenfalls in der Maschine. Ihre Freundin, die Baronin Min von Schreiber – ihr gehörte Cypress Point Spa, wohin Alvirah sich nach dem Lotteriegewinn zwecks gründlicher Regeneration begeben hatte –, pflegte ihr einzuschärfen, daß man teure Weine nicht stehend aufbewahren dürfe. Mit einem feuchten Schwamm rieb sie die ungeöffnete Flasche kräftig ab, ebenso das silberne Tablett und den Weinkühler und verstaute alles. Sie löschte das Licht und ging ins Schlafzimmer.

Willy hatte angefangen auszupacken. Alvirah mochte das Schlafzimmer, das für den Börsenmakler, einen Junggesellen, eingerichtet worden war: ein überbreites Bett, ein dreiteiliger Toilettentisch, geräumige Nachttische, auf denen man Bücher, Lesebrillen und Salben für Alvirahs rheumatische Knie unterbringen konnte, und bequeme Sessel am Fenster. Das Dekor jedoch bestärkte sie in der Überzeugung, daß der Designer seine Berufung zum Trendsetter prägenden Kindheitseindrücken in der Arktis verdanken mußte. Weiße Bettdecke, Weiße Vorhänge. Weißer Teppich.

Der Gepäckträger hatte Alvirahs Kleidersack auf dem Bett deponiert. Sie öffnete ihn und begann die Kostüme und Kleider herauszunehmen. Baronin von Schreiber flehte sie ständig an, ja nicht allein einkaufen zu gehen. »Du bist das geborene Opfer für Verkäuferinnen, die Anweisung haben, die Fehlgriffe des Einkäufers loszuschlagen, Alvirah«, argumentierte Min. »Sie wittern dein Kommen, während du noch im Fahrstuhl bist. Ich bin oft genug in New York. Du besuchst Cypress Point Spa mehrmals im Jahr. Ich werde mit dir einkaufen gehen.«

Alvirah fragte sich, ob Min wohl das Schottenkostüm in Orange und Pink gutheißen würde, von dem die Verkäuferin bei Harrod's so geschwärmt hatte. Mit Sicherheit nicht . . .

Die Arme voller Kleider, öffnete sie die Tür zum Wandschrank, blickte nach unten und stieß einen Schrei aus. Auf dem Teppichboden, zwischen Alvirahs aufgereihten Maßschuhen, Größe 42, extra weit, lag die Leiche einer schlanken jungen Frau: starrende grüne Augen, von blonden Locken umrahmtes Gesicht, Zunge ein wenig herausgestreckt und um den Hals die fehlende Vorhangschlaufe.

»Großer Gott!« ächzte Alvirah, als ihr die Kleider aus den Armen fielen.

»Was ist denn los, Schatz?« erkundigte sich Willy, der zu ihr eilte. »Ach, du lieber Himmel«, flüsterte er. »Wer zum Teufel ist das?«

»Es ist . . . Es ist . . . du weißt schon. Die Schauspielerin. Die Hauptdarstellerin in Brians Stück. Von der er so begeistert ist.« Alvirah kniff die Augen zu, erleichtert, nicht in das starre, wächserne Gesicht der Leiche zu ihren Füßen sehen zu müssen. »Fiona ist das. Fiona Winters.«

Willy führte Alvirah zu der niedrigen Couch im Wohnzimmer, auf der sie immer glaubte, ihre Knie müßten sich gleich ins Kinn bohren. Als er die Nummer 911 wählte, zwang sie sich, klar zu denken. Man konnte ohne weiteres erkennen, daß diese Sache sehr übel für Brian aussehen könnte, ich muß also mein Gedächtnis anstrengen, mich möglichst an alles erinnern, was ich von dem Mädchen weiß. Sie war so gemein zu Brian. Hatten sie Streit?

Willy durchquerte das Zimmer, setzte sich neben sie, ergriff ihre Hand. »Es kommt alles in Ordnung, Schatz«, tröstete er sie. »Die Polizei ist in ein paar Minuten hier.«

»Ruf noch mal bei Brian an«, meinte Alvirah.

»Gute Idee.« Willy wählte rasch die Nummer. »Bloß wieder das verdammte Ding. Ich hinterlasse noch 'ne Nachricht. Ruh dich 'n bißchen aus.«

Alvirah nickte, schloß die Augen und konzentrierte sich sofort auf den Abend im vergangenen April, als Brians Stück Premiere hatte.

Das Theater war gerappelt voll. Brian verschaffte ihnen Plätze in der ersten Reihe, Mitte, und Alvirah trug ihr neues Kleid, schwarz und silbern, mit Ziermünzen benäht. Das Stück, *Gratwanderungen*, spielte in Nebraska und handelte von einem Familientreffen. Fiona Winters spielte die Vertreterin der Schickeria, die ihre unbedarfte angeheiratete Verwandtschaft unsäglich anödet, und das sehr glaubhaft, wie Alvirah zugeben mußte. Die Darstellerin der zweiten Hauptrolle gefiel ihr wesentlich besser. Emmy Laker hatte leuchtend rotes Haar, blaue Augen und lieferte mit einer Mischung aus Komik und Nachdenklichkeit eine perfekte Charakterstudie.

Die Darsteller erhielten stehende Ovationen, und Alvirah platzte fast vor Stolz, als der Ruf nach dem Autor ertönte und Brian auf die Bühne kam. Ihm wurde ein Blumenstrauß überreicht, er beugte sich über die Rampe und gab ihn weiter an Alvirah, die zu weinen begann.

Die Premierenfeier fand im Obergeschoß von Gallagher's Steak House statt. Brian plazierte Alvirah und Fiona Winters neben sich. Willy und Emmy Laker saßen gegenüber. Alvirah brauchte nicht lange, um die Lage zu peilen. Brian wachte über Fiona Winters wie ein liebeskranker Vollidiot. Sie strafte ihn mit Verachtung und ließ die anderen wissen, daß sie aus allerbesten Kreisen stammte: »Die Familie war entsetzt, als ich nach Foxcroft beschloß, zum Theater zu gehen.« Dann eröffnete sie Willy und Brian, die sich gerade an einer gemischten Bratenplatte, einer Spezialität des Hauses, delektierten, daß sie zur Risikogruppe der vom Herzinfarkt Bedrohten gehörten. Sie selber esse kein Fleisch.

Die hat jeden von uns in die Pfanne gehauen, erinnerte sich Alvirah. Mich fragte sie, ob ich die Putzarbeit vermisse. Dann erklärte sie mir, daß Brian unbedingt lernen müsse, sich anzuziehen, sie wundere sich, daß wir mit unserem Einkommen ihm da nicht unter die Arme griffen. Und als diese reizende Emmy Laker meinte, Brian habe über wichtigere Dinge nachzudenken als über seine Garderobe, fuhr sie ihr heftig über den Mund.

Auf dem Heimweg war sie sich mit Willy völlig einig, daß Brian noch viel lernen müsse, wenn er nicht merkte, was für eine miese Type Fiona war. »Ich hätt's gern, wenn er mit Emmy Laker zusammen wär«, hatte Willy verkündet. »Wenn er den Verstand, den er mitbekommen hat, benutzen würde, dann wüßte er, daß sie ganz versessen auf ihn ist. Und daß Fiona kein unbeschriebenes Blatt ist. Sie muß gut und gern acht Jahre älter sein als er.«

Es läutete Sturm. Du lieber Himmel, dachte Alvirah, wenn ich doch nur eine Chance hätte, mit Brian zu reden.

Die nächsten Stunden verstrichen, blieben irgendwie nebelhaft. Als ihr Kopf etwas klarer wurde, merkte Alvirah, daß sie die verschiedenen Sparten von Gesetzeshütern, die in der Wohnung herumwimmelten, sehr wohl auseinanderzuhalten vermochte. Da waren zunächst die Polizisten in Uniform. Dann Kriminalbeamte,

Fotografen, Leichenbeschauer. Sie und Willy saßen stumm nebeneinander und beobachteten alles.

Ihre Aussagen hatten die ersten beiden Polizisten aufgenommen. Um drei Uhr früh öffnete sich die Schlafzimmertür. »Schau nicht hin, Schatz«, sagte Willy. Doch Alvirah konnte den Blick nicht von der Tragbahre wenden, die zwei Männer mit düsterem Gesicht herausbrachten. Wenigstens war der Körper von Fiona Winters zugedeckt. Ruhe in Frieden, betete Alvirah, als sie das zerzauste blonde Haar und die hervorstehenden Lippen wiedersah. Sie war kein angenehmer Mensch, dachte sie, aber den Tod hat sie bestimmt nicht verdient.

Jemand ließ sich ihnen gegenüber nieder, ein langbeiniger Vierziger, der sich als Detective Rooney vorstellte. »Ich habe Ihre Artikel im *Globe* gelesen, Mrs. Meehan, und zwar mit dem größten Vergnügen«, sagte er zu Alvirah.

Willy lächelte verständnisvoll, doch Alvirah ließ sich nicht hinters Licht führen. Sie wußte, daß Rooney ihr Honig ums Maul schmierte, um ihr Vertrauen zu gewinnen. Sie suchte fieberhaft nach Möglichkeiten, Brian zu schützen. Automatisch schaltete sie das Mikrofon in der rosettenförmigen Anstecknadel ein. So konnte sie später alles Gesagte noch einmal durchgehen.

Rooney zog seine Notizen zu Rate. »Wie Sie zuvor ausgesagt haben, sind Sie gerade erst von einem Auslandsurlaub zurückgekehrt und gegen 22 Uhr hier eingetroffen. Kurz darauf fanden Sie das Opfer, Fiona Winters. Sie erkannten Miss Winters, weil sie in dem Stück Ihres Neffen, Brian McCormack, die Hauptrolle spielte.« Alvirah nickte. Sie merkte, daß Willy etwas sagen wollte, und legte ihm warnend die Hand auf den Arm. »Das ist richtig.«

»Soviel ich verstanden habe, sind Sie Miss Winters nur einmal persönlich begegnet«, fuhr Rooney fort. »Wie erklären Sie es sich, daß sie in Ihrem Wandschrank ihr Ende fand?«

»Keine Ahnung«, entgegnete Alvirah.

»Wer hatte einen Schlüssel zu dieser Wohnung?«

Wieder spitzte Willy den Mund. Diesmal kniff ihn Alvirah in den Arm. »Schlüssel zu dieser Wohnung«, wiederholte sie nachdenklich. »Lassen Sie mich überlegen. Der Reinigungsdienst Eins-Zwei-Drei hat einen. Nein, eigentlich nicht direkt. Die holen sich einen beim Portier und geben ihn dort wieder ab, wenn sie fertig sind. Meine Freundin Maude hat einen Schlüssel. Sie kam am Muttertag übers Wochenende in die Stadt, weil sie mit ihrem Sohn und seiner Frau ins Theater gehen wollte. Die beiden haben 'ne Katze, und Maude ist allergisch gegen Katzen, da hat sie auf unserer Couch geschlafen. Dann hat Willys Schwester, Schwester Patricia, 'nen Schlüssel. Und dann . . . »

»Hat Ihr Neffe Brian McCormack einen Schlüssel, Mrs. Meehan?« unterbrach Rooney.

Alvirah biß sich auf die Lippen.

»Brian McCormack hat einen Schlüssel.« Diesmal sprach Rooney mit leicht erhobener Stimme. »Dem Portier zufolge hat er diese Wohnung während Ihrer Abwesenheit häufig benutzt. Übrigens liegt der Zeitpunkt des Todes nach Schätzung des Leichenbeschauers gestern zwischen 11 und 15 Uhr, wobei eine exakte Festlegung vor der Autopsie natürlich unmöglich ist.« Sein Ton wurde nachdenklich. »Zu erfahren, wo Brian McCormack in dieser Zeit war, dürfte aufschlußreich sein.«

Sie wurden informiert, daß sie nicht in der Wohnung bleiben könnten, bevor die Spurensuche Fingerabdrücke und sonstige Hinweise sichergestellt hätte. »Es ist alles so, wie Sie es vorgefunden haben?« fragte Rooney.

»Außer . . .«, begann Willy.

»Außer, daß wir eine Kanne Tee aufgebrüht haben«, fiel ihm Alvirah ins Wort. Von den Gläsern und dem Champagner kann ich ihnen immer noch erzählen, aber zurücknehmen kann ich nichts, dachte sie. Dieser Kriminalbeamte wird herausfinden, daß Brian verrückt nach Fiona war, und es als im Affekt begangenes Verbrechen einstufen. In diese Theorie muß sich dann alles einfügen.

Rooney klappte seinen Notizblock zu. »Wie ich höre, stellt die Verwaltung eine möblierte Wohnung zur Verfügung, in der Sie übernachten können.«

Fünfzehn Minuten später lag Alvirah im Bett und kuschelte sich dankbar an den bereits eingedösten Willy. Bei aller Müdigkeit war es gar nicht so einfach, sich in einem fremden Bett zu entspannen. Das Ganze könnte sehr übel für Brian aussehen, dachte sie. Es muß eine Erklärung geben. Brian hätte sich niemals an einer Flasche Champagner zu fünfhundert Dollar vergriffen und Fiona Winters bestimmt nicht umgebracht. Aber wie hat sie in meinem Wandschrank ihr Ende gefunden?

Trotz der kurzen Nacht waren Alvirah und Willy um sieben wieder auf den Beinen. Der Schock, den sie beide erlitten hatten, ebbte ab, und nun setzten die Sorgen um Brian ein. »Kein Grund zur Aufregung«, meinte Alvirah ohne innere Überzeugung. »Wenn wir mit ihm sprechen, wird sich alles aufklären, da bin ich sicher. Mal sehen, ob wir wieder in unsere Wohnung reinkönnen.«

Sie zogen sich rasch an und eilten nach draußen. Carleton Rumson stand an den Fahrstühlen. Seine sonst rosige Gesichtsfarbe war fahl; dunkle Augensäcke machten ihn zehn Jahre älter. Wieder schaltete Alvirah automatisch das Mikrofon in ihrer Anstecknadel ein.

»Haben Sie schon von dem gräßlichen Mord in unserer Wohnung gehört, Mr. Rumson?« erkundigte sie sich.

Er drückte heftig auf den Fahrstuhlknopf. »Ja, allerdings. Freunde im Haus haben uns angerufen. Schrecklich für die junge Dame, schrecklich auch für Sie.«

Der Lift kam. Als sie drin waren, sagte Rumson: »Mrs. Meehan, meine Frau hat mich noch mal an das Stück Ihres Neffen erinnert. Wir fliegen morgen früh nach Mexiko. Ich würde es furchtbar gern heute lesen.«

Alvirah fiel das Kinn herunter. »Oh, das ist wirklich fabelhaft von Ihrer Frau, daß sie deswegen so hinter Ihnen her ist. Wir schicken's Ihnen bestimmt rauf.«

Als sie und Willy auf ihrer Etage ausstiegen, sagte sie: »Das könnte für Brian der große Durchbruch sein. Vorausgesetzt, daß . . .« Sie hielt abrupt inne.

Vor ihrer Wohnungstür hielt ein Polizist Wache. Drinnen hatte die Spurensuche ihrerseits überall Spuren hinterlassen. Und gegenüber von Rooney saß Brian, verwirrt, hilflos. Er sprang auf. »Tut mir leid, Tante Alvirah. Das ist ja schrecklich für euch.«

Für Alvirah sah er wie ein Zehnjähriger aus. Sein T-Shirt und die Khakihose waren zerknittert; bei einer Flucht aus einem brennenden Gebäude hätte er auch nicht schlimmer aussehen können.

Alvirah strich ihm das rotblonde Haar aus der Stirn, während Willy seine Hand ergriff. »Bist du okay?« fragte er.

Brian lächelte gequält. »Ich denke schon.«

Rooney unterbrach: »Mr. McCormack ist eben gekommen, und ich wollte ihn davon in Kenntnis setzen, daß er im Fall Fiona Winters als tatverdächtig gilt und das Recht auf einen Anwalt hat.«

»Soll das ein Witz sein?« fragte Brian ungläubig.

»Ich mache keine Witze, mein Wort darauf.« Rooney zog ein Blatt aus der Brusttasche, las Brian seine Rechte vor und gab es ihm dann. »Lassen Sie mich bitte wissen, ob Sie das in allen Punkten verstanden haben.« Mit einem Blick auf Alvirah und Willy sagte er: »Unsere Leute sind fertig. Sie können jetzt in der Wohnung bleiben. Mr. McCormacks Aussage nehme ich im Präsidium auf.«

»Du sagst kein Wort, Brian, bis wir dir einen Anwalt besorgt haben«, befahl Willy.

Brian schüttelte den Kopf. »Ich habe nichts zu verbergen, Onkel Willy. Ich brauche keinen Anwalt.«

Alvirah gab Brian einen Kuß. »Sobald du's hinter dir hast, kommst du gleich wieder her.«

Der Zustand der Wohnung gab ihr einiges zu tun. Sie schickte Willy mit einer langen Einkaufsliste los, schärfte ihm ein, den Lastenaufzug zu benutzen und so den Reportern zu entwischen.

Während sie sich mit Staubsauger, Schrubber, Mop und Staubtuch betätigte, realisierte sie mit wachsender Furcht, daß Polizisten die obligate Rechtsbelehrung, den Miranda Act, nur dann verlesen, wenn sie einen wohlbegründeten Tatverdacht haben.

Am schwersten fiel es ihr, den Teppichboden im Wandschrank zu saugen. Sie meinte, die weit aufgerissenen Augen von Fiona Winters wieder emporstarren zu sehen. Das brachte sie auf einen Gedanken. Wenn Fiona von jemandem erwürgt worden war, der sich von hinten angeschlichen hatte, dann wäre sie nicht auf dem Rücken liegend, mit nach oben gewandtem Gesicht gefunden worden.

Alvirah stellte den Staubsauger ab. Sie dachte über die Fingerabdrücke auf dem Couchtisch nach. Wenn Fiona Winters auf der Couch gesessen, sich vielleicht etwas vorgebeugt hatte, während ihr Mörder auf der Rückseite stand, ihr die Vorhangschlaufe um den Hals legte und dann zudrehte, wäre da ihre Hand nicht automatisch zurückgezogen worden und hätte die Fingerabdrücke auf der Glasplatte hinterlassen? »Du lieber Himmel«, flüsterte Alvirah, »ich wette, ich hab Beweismittel vernichtet.«

Als sie ihre Anstecknadel am Revers befestigte, läutete das Telefon. Baronin Min von Schreiber rief von Cypress Point Spa in Pebble Beach, Kalifornien, an, nachdem sie die Nachrichten gehört hatte. »Was hat sich diese gräßliche Person bloß dabei gedacht, sich ausgerechnet in deinem Wandschrank umbringen zu lassen?« fragte Min.

»Glaub mir, Min, ich bin ihr nur einmal begegnet, als wir uns Brians Stück angesehen haben. Brian wird jetzt eben von der Polizei vernommen. Ich bin ganz krank vor Angst. Sie halten ihn für den Täter.«

»Du irrst dich, Alvirah. Du hast Fiona Winters hier bei uns getroffen.«

»Ausgeschlossen«, widersprach Alvirah energisch. »Die war so 'ne Nervensäge, die kann man gar nicht vergessen!«

Pause. »Ich überlege gerade. Du hast recht. Sie war zu einer anderen Zeit hier und hat mit ihrem Begleiter das Wochenende im Bungalow verbracht. Die beiden haben sich sogar die Mahlzeiten dort servieren lassen. Sie hat alles versucht, diesen Produzenten zu ködern. Ein dicker Fisch – Carleton Rumson. Du erinnerst dich doch an ihn, Alvirah? Du hast ihn einmal kennengelernt, als er allein hier war.«

Als Carleton Rumson mittags zurückkam, umlagerten ihn die Reporter und bestürmten ihn mit Fragen.

»Ja, Miss Winters hat in mehreren meiner Produktionen mitgewirkt. Nein, ich hatte keine Ahnung, daß sie sich im Hause aufhielt. Wenn Sie mich jetzt entschuldigen wollen, ich muß . . .«. Es gelang ihm, sich einen Weg durch die Menge zu bahnen. Hatte er tags zuvor etwas in dieser Wohnung angefaßt? Fingerabdrücke hinterlassen? Bei diesem Gedanken durchrieselte es ihn eiskalt.

Alvirah durchquerte das Wohnzimmer und trat auf die Terrasse. Die Luftfeuchtigkeit näherte sich dem Sättigungsgrad. Im Park regte sich kein Blatt. Trotzdem seufzte Alvirah befriedigt auf. Wie kann jemand, der in New York geboren ist, es lange woanders aushalten, fragte sie sich.

Willy brachte vom Einkaufen auch die Zeitungen mit. Eine Schlagzeile lautete *Mord in Central Park South;* eine andere *Lotteriegewinnerin findet Leiche.*

Alvirah las die Schauerberichte genau. »Ich hab nicht geschrien und bin auch nicht in Ohnmacht gefallen«, spottete sie. »Wo haben die denn diese Schnapsidee her?«

»Laut *Post* hast du gerade die sagenhafte neue Garderobe aufgehängt, die du dir in London zugelegt hast«, sagte Willy.

»Von wegen sagenhafte neue Garderobe! Das einzige teure Stück war das Schottenkostüm in Orange und Pink, und da weiß ich schon jetzt, Min schafft's, daß ich's verschenke.«

Es gab Artikel über die Vorgeschichte von Fiona Winters: der Bruch mit ihrer noblen Familie, als sie zur Bühne ging. Ihre zwiespältige Karriere. Sie hatte einen Tony gewonnen, galt aber als extrem schwierig in der Zusammenarbeit, was sie eine Reihe von Traumrollen gekostet hatte. Ihr Zerwürfnis mit dem Dramatiker Brian McCormack, als sie abrupt aus seinem Stück *Gratwanderungen* ausstieg, das daraufhin abgesetzt werden mußte.

»Das Motiv«, bemerkte Alvirah tonlos. »Ab morgen wird der Fall in den Zeitungen verhandelt und Brian dann schuldig gesprochen.« Um halb eins kam Brian zurück. Nach einem Blick in sein aschfahles Gesicht befahl Alvirah, er solle sich hinsetzen. »Ich mache dir eine Kanne Tee und einen Hamburger«, erklärte sie. »Du siehst aus, als ob du jeden Augenblick umkippst.«

»Ich denke, ein Schluck Scotch wäre besser für ihn«, meinte Willy.

Brian brachte ein mattes Lächeln zustande. »Ich glaube, du hast recht, Onkel Willy.« Bei Hamburgern und Fritten berichtete er, wie alles verlaufen war. »Ich habe nicht erwartet, daß sie mich wieder gehen lassen, das schwör ich euch. Die sind felsenfest davon überzeugt, daß ich sie umgebracht habe.«

»Ist's dir recht, wenn ich mein Mikrofon einschalte?« fragte Alvirah. Sie machte sich an der Ansteck nadel zu schaffen. »So, jetzt sagst du uns genau, was du ihnen erzählt hast.«

Brian runzelte die Stirn. »Eine Menge über meine persönliche Beziehung zu Fiona. Ich hatte die Nase voll von ihr und ihrem ganzen Gehabe und war dabei, mich in Emmy zu verlieben. Ich habe ihnen erzählt, daß es mir den Rest gegeben hat, wie sie ihre Rolle hinschmiß und die Aufführung platzen ließ.«

»Aber wie ist sie denn in meinen Wandschrank gekommen?« fragte Alvirah. »Du mußt sie doch in die Wohnung reingelassen haben.«

»Stimmt. Ich hab viel hier gearbeitet. Ihr solltet zurückkommen, und da hab ich vorgestern mein Zeug weggebracht. Gestern rief dann Fiona an, sie wär wieder in New York und würde gleich mal bei mir vorbeischauen. Aus Versehen habe ich meine Notizen für die Endfassung samt dem Korrekturexemplar hier zurückgelassen. Ich sagte ihr, es wäre Zeitverschwendung, ich wolle mir gerade hier meine Notizen holen, mich dann den ganzen Tag an die Schreibmaschine setzen und die Tür nicht aufmachen. Wie ich herkam, fand ich sie unten in der Halle vor. Ich wollte keine Szene und nahm sie mit nach oben.«

»Was wollte sie denn?« erkundigten sich Alvirah und Willy.

»Nichts Besonderes. Bloß die Hauptrolle in *Nächte in Nebraska.*«

»Nachdem sie im ersten Stück alles hingeschmissen hat!«

»Sie hat die Schau ihres Lebens abgezogen. Mich angefleht, ihr zu verzeihen. Sie wäre ein Vollidiot gewesen. Mit ihrer Rolle im Film wurde im Schneideraum kurzer Prozeß gemacht, und die schlechte Presse über den Theaterskandal hatte ihr geschadet. Sie wollte wissen, ob *Nächte in Nebraska* schon fertig wäre. Ich bin auch nur ein Mensch. Hab damit angegeben, gesagt, es würde wohl 'ne Weile dauern, den geeigneten Produzenten zu finden, aber wenn ich den hätte, würde es ein Bombenerfolg.«

»Hatte sie's mal gelesen?« fragte Alvirah.

Brian betrachtete die Teeblätter in seiner Tasse. »Zum Wahrsagen taugen die nicht viel«, meinte er. »Sie wußte, worum sich's handelt und daß 'ne tolle weibliche Hauptrolle drin ist.«

»Und die hast du ihr bestimmt nicht versprochen?« bohrte Alvirah.

Brian schüttelte den Kopf. »Tante Alvirah, ich weiß, sie hat mich zum Narren gehalten, aber daß sie mir solchen Schwachsinn zutraut, das konnte ich einfach nicht glauben. Sie bat mich, ein Abkommen zu treffen. Sie hätte Verbindung zu einem der wichtigsten Produzenten am Broadway. Wenn sie's ihm geben könnte und er's nähme, dann wollte sie die Diane spielen – die Beth, meine ich.«

»Wer ist das?« erkundigte sich Willy.

»Die weibliche Hauptrolle. Vergangene Nacht habe ich den Namen in der Endfassung geändert. Ich sagte Fiona, sie mache wohl Witze, aber wenn sie das zuwege brächte, würde ich's mir vielleicht überlegen. Dann habe ich meine Notizen zusammengepackt und versucht, sie rauszukomplimentieren. Sie hätte 'nen Vorsprechtermin im Lincoln Center und würde gern 'ne Stunde hierbleiben, sagte sie. Sie würde sich auch nicht von der Stelle rühren. Schließlich fand ich, es, wäre wahrscheinlich gar nichts dabei, wenn ich sie da lasse und mich an die Arbeit machen kann. Gesehen habe ich sie zum letztenmal gegen zwölf, und da saß sie dort auf der Couch.«

»Wußte sie, daß du eine Kopie des neuen Stücks hier hattest?« fragte Alvirah.

»Klar. Ich hab's aus der Schreibtischschublade genommen, als ich die Notizen holte.« Er zeigte in Richtung Diele.

»Es liegt jetzt in der Schublade dort.«

Alvirah stand auf, eilte in die Diele und öffnete die Schublade. Sie war leer, wie sie erwartet hatte.

Emmy Laker hockte regungslos in dem riesigen Clubsessel in ihrer Atelierwohnung auf der West Side. Seitdem sie in den Siebenuhrnachrichten von Fionas Tod erfahren hatte, versuchte sie Brian zu erreichen. War er verhaftet worden? Verzweifelt starrte sie auf das Gepäck in der Zimmerecke. Fionas Gepäck.

Tags zuvor hatte es um halb neun Uhr morgens geläutet. Als sie die Tür aufmachte, rauschte Fiona herein. »Wie kannst du's nur aushalten in einem Haus ohne Fahrstuhl zu wohnen?« fragte sie. »Zum Glück war gerade ein Botenjunge auf Tour und hat mir das Zeug raufgetragen.« Sie stellte ihre Koffer ab und griff zur Zigarette. »Ich bin mit der Frühmaschine gekommen. War 'ne Kateridee, den Job zu akzeptieren. Ich hab' dem Regisseur die Meinung

gegeigt, und er hat mich gefeuert. Hab versucht, Brian zu erreichen. Hast du 'ne Ahnung, wo er steckt?«

Bei der Erinnerung wallte Wut auf in Emmy. »Ich habe sie gehaßt«, sagte sie laut. Sie sah Fiona so deutlich vor sich, als wäre sie
noch im Zimmer, ihr zerzaustes blondes Haar, der hautenge ein-
teilige Hosenanzug, der die makellose Figur voll zur Geltung
brachte, die Katzenaugen, frech und anmaßend.

Sie war fest davon überzeugt, daß sie wieder in Brians Leben
treten konnte, auch wenn sie ihn noch so schlecht behandelt hatte,
dachte Emmy, und erinnerte sich an all die Monate, in denen sie
beim Anblick von Brian mit Fiona Höllenqualen ausgestanden
hatte. Wäre es wieder dazu gekommen? Tags zuvor hatte sie es
für denkbar gehalten.

Fiona rief ununterbrochen bei Brian an, bis sie ihn endlich erreichte. Als sie den Hörer auflegte, sagte sie: »Hast du was dagegen, wenn ich meine Koffer hierlasse? Er ist auf dem Weg zum
Traumschloß der Putzfrau. Ich werd ihn abfangen.« Dann zuckte
sie die Achseln. »Er ist so 'n verdammter Spießer, dabei sind erstaunlich viele Leute an der Westküste über ihn im Bilde. Ich muß
schon sagen, nach allem, was ich über *Nächte in Nebraska* gehört
habe, sind da sämtliche Voraussetzungen für 'nen richtigen Knüller drin – und ich hab' vor, die Hauptrolle zu spielen.«

Emmy erhob sich. Ihr Körper fühlte sich steif an und schmerzte.

Die uralte Klimaanlage ratterte und keuchte, aber trotzdem war
es heiß und feucht im Zimmer. Eine kalte Dusche und eine Tasse
Kaffee, dachte sie. Vielleicht bekomme ich dann einen klaren
Kopf. Sie wollte Brian sehen. Sie wollte ihn in die Arme schließen.
Es tut mir kein bißchen leid, daß Fiona tot ist, gestand sie sich ein,
aber wie kannst du erwarten, Brian, daß du ungestraft davon-
kommst?

Sie hatte sich gerade ein T-Shirt zum Baumwollrock überge-
streift und ihr langes, leuchtend rotes Haar zu einem Nackenknoten gedreht, als es an der Haustür klingelte. Über die Sprechanlage teilte der Kriminalbeamte Rooney mit, er sei unterwegs nach
oben.

»Allmählich ergibt das Sinn«, sagte Alvirah. »Hast du irgend etwas ausgelassen, Brian? Zum Beispiel, ob du die Flasche Champagner, Hausmarke der Queen, gestern in den silbernen Weinkühler gestellt hast?«

Brian war konsterniert. »Warum sollte ich das tun?«

»Das hab ich ja auch nicht angenommen. Meine Güte, so 'ne unglaubliche Geschichte. Fiona hat nicht hier rumgelungert, weil sie zum Vorsprechen mußte. Ich gehe jede Wette ein, daß sie Carleton Rumson angerufen und hergebeten hat. Deshalb standen die Gläser und der Champagner hier. Sie gab ihm das Manuskript, und dann sind sie sich in die Haare geraten, wer weiß, warum. Ich hab nämlich meine kleinen grauen Zellen mobilisiert. Fahr jetzt nach Hause, Brian, und hol die Endfassung von deinem Stück. Ich hab mit Carleton Rumson, dem Produzenten, darüber gesprochen, er möchte sich's heute ansehen.«

»Carleton Rumson!« rief Brian. »Der ist doch am Broadway die Nummer eins und am schwersten zu erreichen. Du mußt zaubern können!«

»Ich erzähle dir das später. Er verreist mit seiner Frau, deshalb laß uns das Eisen schmieden, solange es heiß ist.«

Brian schaute zum Telefon hinüber. »Ich müßte Emmy anrufen. Sie hat das mit Fiona inzwischen bestimmt erfahren.« Er wählte die Nummer, wartete, sagte dann enttäuscht: »Sie ist anscheinend nicht zu Hause.«

Emmy war sicher, daß der Anruf von Brian kam, machte aber keine Anstalten, den Hörer abzunehmen. Der magere Mann mit dem finsteren Gesicht ihr gegenüber hatte sie gerade gebeten, genau zu schildern, was sie am Vortag getan hatte. Emmy wählte ihre Worte sorgfältig. »Ich bin vormittags gegen elf zum Jogging gegangen. Gegen halb zwei bin ich zurückgekommen und den Rest des Tages zu Hause geblieben.«

»Allein?«

»Ja.«

»Haben Sie Fiona Winters gestern gesehen?«

Emmys Blick glitt in die Ecke, wo die Koffer gestapelt waren. »Ich . . .« Sie hielt inne.

»Miss Laker, ich muß Sie wohl darauf aufmerksam machen, daß es zu Ihrem Vorteil ist, wenn Sie ganz wahrheitsgemäß antworten.« Rooney zog seine Aufzeichnungen zu Rate. »Fiona Winters kam mit einer Maschine aus Los Angeles, die etwa um 7 Uhr 30 landete. Sie nahm sich ein Taxi und fuhr hierher. Ein Botenjunge, der sie erkannte, half ihr mit dem Gepäck. Sie erzählte ihm, daß Sie sich nicht gerade freuen würden, sie zu sehen, weil Sie hinter ihrem Freund her seien. Als Miss Winters ging, folgten Sie ihr. Ein Pförtner von Central Park South hat Sie erkannt. Sie saßen auf einer Bank gegenüber, beobachteten das Haus annähernd zwei Stunden lang und betraten es dann durch den Lieferanteneingang, den die Maler abgesichert und offengelassen hatten.« Rooney beugte sich vor. Sein Ton wurde vertraulich. »Sie fuhren nach oben zu der Wohnung der Meehans, stimmt's? War Miss Winters schon tot?«

Emmy starrte ihre Hände an. Brian neckte sie immer damit, daß sie so klein wären. »Aber kräftig«, lachte er, wenn sie miteinander rangen. Brian. Was sie auch sagte, sie würde ihm schaden. Sie blickte Rooney an. »Ich möchte mit einem Anwalt sprechen.«

Rooney stand auf. »Das ist selbstverständlich Ihr gutes Recht. Ich möchte Sie jedoch daran erinnern, daß Sie sich mitschuldig machen können, wenn Brian McCormack seine ehemalige Geliebte tatsächlich ermordet hat und Sie Beweise zurückhalten. Und damit tun Sie ihm keinen Gefallen, das versichere ich Ihnen.«

Als Brian in seine Wohnung kam, fand er eine Nachricht von Emmy auf dem Anrufbeantworter vor. »Ruf mich an, Brian. Bitte.« Mit fliegenden Fingern wählte er ihre Nummer.

»Hallo«, flüsterte sie.

»Emmy, was ist los? Ich hab's schon mal versucht, aber da warst du nicht zu Hause.«

»Ich war hier. Ein Kriminalbeamter hat mich besucht. Ich muß dich unbedingt sehen, Brian.«

»Nimm dir ein Taxi und komm in die Wohnung meiner Tante. Ich bin auf dem Weg dorthin.«

»Ich möchte allein mit dir reden. Es geht um Fiona. Sie war gestern hier bei mir. Ich bin ihr gefolgt.«

Brian schnürte es die Kehle zu. »Kein Wort mehr am Telefon.«

Um vier Uhr nachmittags läutete es stürmisch. Alvirah sprang auf. »Brian hat seinen Schlüssel vergessen«, erklärte sie Willy. »Ich hab ihn auf dem Tisch in der Diele gesehen.«

Doch vor der Tür stand Carleton Rumson. »Mrs. Meehan, bitte entschuldigen Sie die Störung.« Damit trat er ein. »Ich erwähnte einem meiner Assistenten gegenüber, daß ich mir das Stück Ihres Neffen mal anschauen will. Er hat offenbar den Erstling gesehen und sehr gut gefunden.« Rumson ließ sich im Wohnzimmer nieder, trommelte nervös auf der Glasplatte des Couchtisches herum.

»Kann ich Ihnen etwas zu trinken anbieten?« erkundigte sich Willy. »Vielleicht ein Bier?«

»Aber Willy«, tadelte ihn Alvirah. »Ich bin sicher, Mr. Rumson trinkt nur erstklassigen Champagner. Hab ich wohl in *People* gelesen.«

»Stimmt genau, aber nicht jetzt, vielen Dank.« Rumsons Miene war durchaus freundlich, doch Alvirah registrierte das heftige Pulsieren an seiner Kehle. »Wo kann ich Ihren Neffen erreichen?«

»Er muß jeden Augenblick hier sein. Ich rufe Sie dann sofort an.«

»Ich lese sehr schnell. Wenn Sie mir das Manuskript heraufschicken würden, könnten er und ich uns ungefähr eine Stunde später zusammensetzen.«

Nachdem Rumson sich verabschiedet hatte, fragte Alvirah: »Was meinst du, Willy?«

»Daß er für 'nen Starproduzenten ein ziemliches Nervenbündel ist. Ich kann Leute nicht ausstehen, die auf Tischen rumtrommeln. Macht mich ganz kribbelig.«

»Ihn hat's kribbelig gemacht, daß er hier nicht zum Zug gekommen ist.« Alvirah lächelte geheimnisvoll.

Eine knappe Minute später klingelte es abermals. Alvirah eilte zur Tür. Emmy Laker, rote Haarsträhnen hatten sich aus dem Nackenknoten gelöst, eine riesige Sonnenbrille verdeckte das halbe Gesicht, das T-Shirt klebte an ihrem schlanken Oberkörper.

»Der Mann, der eben gegangen ist . . .« stammelte Emmy. »Wer war das?«

»Carleton Rumson, der Produzent«, erwiderte Alvirah rasch.

»Wieso?«

»Weil . . .« Emmy nahm die Brille ab, sie hatte ganz verschwollene Augen.

Alvirah legte ihr beide Hände auf die Schultern. »Was ist los, Emmy?«

»Ich weiß nicht, was ich tun soll«, sagte Emmy. »Ich weiß wirklich nicht, was ich tun soll.«

Carleton Rumson kehrte in seine Wohnung zurück, Schweißperlen auf der Stirn. Diese Alvirah Meehan war kein Dummkopf. Der Seitenhieb mit dem Champagner war keine Höflichkeitsfloskel. Wieviel ahnte sie?

Victoria stand auf der Terrasse, die Hände locker auf das Geländer gelegt. »Zum Donnerwetter, hast du die Anschläge nicht gelesen, die überall kleben?« fragte er. »Ein kräftiger Stoß, und das Geländer ist futsch.«

Victoria trug weiße Hosen und einen weißen Pullover. Ein wahrer Jammer, daß irgend jemand einmal in einer Modekolumne geschrieben hatte, eine hellblonde Schönheit wie Victoria Rumson sollte nie etwas anderes als Weiß tragen, dachte er mißmutig. Victoria hatte diesen Rat wörtlich genommen.

Sie entgegnete ruhig: »Das kenne ich, immer wenn dich etwas aus dem Gleichgewicht bringt, wirst du mir gegenüber ausfallend. Wußtest du, daß Fiona Winters sich hier im Haus aufgehalten hat? Vielleicht auf deine Bitte hin.«

»Wie, ich habe Fiona seit fast zwei Jahren nicht mehr gesehen. Wenn du mir nicht glaubst, ist das eben Pech.«

»Solange du sie nicht gestern gesehen hast, Darling. Wie ich höre, stellt die Polizei eine Menge Fragen. Dabei wird unweigerlich herauskommen, daß ihr beide, sie und du, 'ne Story abgegeben habt, wie's die Journalisten nennen. Bist du Brian McCormack auf der Spur geblieben? Ich hab da wieder mal den gewissen Riecher.«

Rumson räusperte sich. »Diese Alvirah Meehan will McCormack veranlassen, mir das Stück zu bringen. Sobald ich's gelesen habe, gehe ich runter und treffe ihn.«

»Laß es mich auch lesen. Dann könnte ich mitkommen. Ich würde brennend gern sehen, wie eine Putzfrau eingerichtet ist.« Sie hakte ihren Mann unter. »Mein armer Darling. Warum bist du so nervös?«

Als Brian, sein Stück unter dem Arm, in die Wohnung stürzte, lag Emmy unter einer leichten Decke auf der Couch. Alvirah machte die Tür hinter ihm zu und beobachtete, wie er sich neben Emmy hinkniete und sie in die Arme schloß. »Ich geh nach hinten und laß euch ungestört reden.«

Willy war im Schlafzimmer und breitete Kleidungsstücke aus. »Welche Jacke, Schatz?« Er hielt zwei Sportsakkos hoch.

Alvirah runzelte die Stirn. »Du möchtest nett aussehen, wenn Pete seine Pensionierung feiert, aber es soll nicht angeberisch wirken. Zieh die blaue Jacke an und dazu das weiße Sporthemd.«

»Ich laß dich trotzdem ungern allein heute abend«, protestierte Willy.

»Du darfst bei Petes Dinner nicht fehlen«, erklärte Alvirah bestimmt. »Und wenn's zu sehr rundgeht, Willy, dann mußt du mir versprechen, daß du nicht nach Hause fährst, sondern in der alten Wohnung übernachtest. Du weißt doch, wie du loslegen kannst, wenn du mit den Brüdern zusammen bist.«

Willy lächelte verdattert. »Du meinst, wenn ich ›Danny Boy‹ öfter als zweimal singe, ist das 'n Alarmzeichen für mich.«

»Genau.«

»Schatz, ich bin so kaputt von der Reise und dem Schreck letzte Nacht, daß ich ebensogern bei Pete ein paar Bierchen kippen und dann heimkommen würde.«

»Das wäre unfreundlich. Pete ist auf unserer Party zum Lotteriegewinn bis zum Morgen geblieben, als der Verkehr auf der Schnellstraße schon voll im Gange war. Jetzt müssen wir mit den jungen Leuten reden.«

Im Wohnzimmer saßen Emmy und Brian Hand in Hand nebeneinander. »Habt ihr zwei schon alles geklärt?« erkundigte sich Alvirah.

»Nicht direkt«, sagte Brian. »Als Emmy es ablehnte, Rooneys Fragen zu beantworten, hat er ihr offenbar heftig zugesetzt.«

Alvirah schaltete ihr Mikrofon ein. »Ich muß alles wissen, was er von Ihnen gewollt hat.«

Emmy berichtete zögernd. Ihre Stimme wurde ruhiger, und ihre Sicherheit kehrte zurück, als sie sagte: »Man wird dich anklagen, Brian. Er will mich dazu bringen, Dinge zu äußern, die dir schaden.«

»Du meinst, du beschützt mich.« Brian machte ein erstauntes Gesicht. »Das ist nicht notwendig. Ich habe nichts getan. Ich dachte . . .«

»Du dachtest, Emmy sitzt in der Klemme«, ergänzte Alvirah. Sie ließ sich mit Willy auf der gegenüberliegenden Seite der Couch nieder und musterte die beiden. Ihr wurde klar, daß Brian und Emmy direkt vor der Stelle saßen, wo die Tischplatte mit Fingerabdrücken übersät gewesen war. Der Vorhang befand sich etwas mehr rechts. Wer immer auf dieser Couch saß, hatte die Schlaufe genau im Blickfeld gehabt. »Ich werde euch beiden jetzt was erzählen«, verkündete sie. »Jeder von euch denkt, der andere könnte vielleicht was damit zu tun haben – und ihr irrt euch beide. Hast du irgend etwas verschwiegen über deine gestrige Begegnung mit Fiona Winters, Brian?«

»Nicht das geringste«, erwiderte er.

»Gut. Jetzt sind Sie dran, Emmy.«

Emmy ging zum Fenster hinüber, »Ich mag diese Aussicht.« Sie wandte sich zu Alvirah und Willy. »Als Fiona gestern meine Wohnung verließ, um sich mit Brian zu treffen, habe ich wohl etwas durchgedreht. Er ist ja so auf sie fixiert gewesen. Fiona gehört – gehörte zu den Frauen, die nur mit dem Finger zu schnippen brauchen. Ich hatte Angst, daß Brian wieder mit ihr anbändelt.«

»Niemals . . .«, protestierte Brian.

»Du hältst den Mund«, kommandierte Alvirah.

»Ich habe lange auf der Parkbank gesessen«, fuhr Emmy fort. »Ich sah Brian weggehen. Als Fiona nicht runterkam, dachte ich zuerst, vielleicht hat Brian ihr gesagt, sie solle warten. Endlich entschloß ich mich zur Auseinandersetzung mit ihr. Ich fuhr mit dem Lastenaufzug nach oben, weil ich von niemandem gesehen werden wollte. Ich läutete an der Wohnungstür, wartete, läutete noch mal und ging dann.«

»Das ist alles?« fragte Brian. »Warum hattest du Angst, das Rooney zu erzählen?«

»Weil sie dachte, als sie von Fionas Tod erfuhr, daß du sie da bereits umgebracht hattest und sie deshalb nicht mehr aufmachen konnte.« Alvirah beugte sich vor. »Warum haben Sie sich vorhin nach Carleton Rumson erkundigt, Emmy? Sie haben ihn gestern gesehen, stimmt's?«

»Als ich den Korridor entlanglief, ging er vor mir zum Personenaufzug. Er kam mir bekannt vor, erkannt habe ich ihn aber erst, als ich ihn eben wiedersah.«

Alvirah stand auf. »Ich denke, wir sollten Mr. Rumson anrufen und ihn bitten, herunterzukommen, und ich denke, wir sollten Rooney ebenfalls telefonisch herbitten. Aber zuerst gibst du Willy dein Stück, Brian, damit er's den Rumsons raufbringt. Mal überlegen. Jetzt ist's kurz vor fünf. Rumson soll anrufen, wenn er's gelesen hat und es zurückbringen kann, sag ihm das bitte, Willy.«

Der Summer der Sprechanlage ertönte. Willy meldete sich. »Rooney ist unten. Er sucht dich, Brian.«

Rooney gab sich kalt und unpersönlich. »Mr. McCormack, ich muß Sie bitten, mich zwecks weiterer Vernehmung aufs Revier zu begleiten. Über Ihre Rechte sind Sie informiert worden. Ich wiederhole, daß alles, was Sie sagen, gegen Sie verwendet werden kann.«

»Er wird nirgendwohin gehen«, erklärte Alvirah energisch. »Ich hab Ihnen allerhand mitzuteilen, Mr. Rooney.«

Zwei Stunden später, kurz vor sieben, rief Carleton Rumson an. Alvirah und Willy hatten Rooney von dem Champagner und den Gläsern, von den Fingerabdrücken auf dem Couchtisch und von Emmys Begegnung mit Carleton Rumson berichtet, aber nichts davon machte sonderlichen Eindruck, wie Alvirah feststellte. Er sperrt sich gegen alles, was nicht zu seiner Theorie über Brian paßt, dachte sie.

Ein paar Minuten darauf sah Alvirah zu ihrem Erstaunen beide Rumsons hereinkommen. Victoria Rumson lächelte herzlich. Als sie mit Brian bekannt gemacht wurde, ergriff sie seine Hände und sagte: »Sie sind ein junger Neil Simon. Ich habe Ihr Stück gelesen. Gratuliere.«

Als Rooney vorgestellt wurde, verfärbte sich Carleton Rumsons Gesicht aschgrau. Er wandte sich stammelnd an Brian: »Tut mir furchtbar leid, daß ich ausgerechnet jetzt störe. Ich mach's ganz kurz. Ihr Stück ist großartig. Ich möchte eine Option darauf. Bitte veranlassen Sie Ihren Agenten, daß er sich morgen mit meinem Büro in Verbindung setzt.«

Victoria Rumson stand an der Terrassentür. »Sie waren so gescheit, die Aussicht nicht zu verdecken«, lobte sie Alvirah. »Mein Dekorateur hat auf Gardinen und Vorhängen bestanden und dadurch das Panorama auf Postkartenformat reduziert.«

Kein Zweifel, sie hat auf Charme geschaltet, dachte Alvirah.

»Wir sollten wohl alle besser Platz nehmen«, schlug Rooney vor.

Und dann: »Mr. Rumson, Sie kannten Fiona Winters.«

Sie habe Rooney vielleicht doch unterschätzt, vermutete Alvirah. Er beugte sich vor, in seinem Gesicht spiegelte sich gespannte Aufmerksamkeit.

»Miss Winters hat vor ein paar Jahren in mehreren meiner Produktionen mitgewirkt«, erklärte Rumson.

Er saß auf einer Couch neben seiner Frau. Alvirah bemerkte, daß er nervös zu ihr herüberblickte.

»Was vor Jahren war, interessiert mich nicht«, erklärte Rooney. »Mich interessiert, was gestern passiert ist. Haben Sie sie gesehen?«

»Nein.« Für Alvirah hörte sich das gezwungen an; Rumson befand sich in der Defensive . . .

»Hat sie Sie aus dieser Wohnung angerufen?« fragte sie.

»Ich stelle hier die Fragen, Mrs. Meehan, wenn Sie nichts dagegen haben.

»Reden Sie nicht in dem Ton mit meiner Frau«, ereiferte sich Willy.

»Ich meinte ja bloß, wenn sie von hier aus telefoniert hat, gibt's davon 'ne Aufzeichnung, und da wollte ich vermeiden, daß Mr. Rumson durch 'ne Lüge ins Gedränge kommt.«

Victoria Rumson tätschelte den Arm ihres Mannes.

»Ich glaube, du willst meine Gefühle schonen, Darling. Falls diese unmögliche Person dich wieder belästigt hat, nimm bitte keine Rücksicht auf mich und sag genau, was sie von dir wollte.«

Vor ihren Augen schien Rumson sichtbar zu altern. Als er zu sprechen begann, klang seine Stimme matt, erschöpft. »Wie ich Ihnen bereits sagte, hat Fiona Winters in mehreren meiner Produktionen gespielt. Sie . . .«

»Sie hatte auch eine persönliche Beziehung mit Ihnen«, warf Alvirah ein. »Sie waren häufig mit ihr in Cypress Point Spa.«

»Ich habe seit mehreren Jahren nichts mit Fiona Winters zu tun gehabt. Ja, sie hat gestern gegen Mittag angerufen. Sie hatte ein Stück an der Hand, das sie mir zu lesen geben wollte. Es erfüllte sämtliche Voraussetzungen für einen Kassenschlager, versicherte sie mir, und sie wolle die Hauptrolle spielen. Ich erwartete ein Ferngespräch aus Europa und willigte ein, sie in etwa einer Stunde hier un en aufzusuchen.«

»Das bedeutet, sie hat angerufen, nachdem Brian gegangen war«, triumphierte Alvirah. »Deshalb standen die Gläser und der Champagner bereit. Sie waren für Sie bestimmt.«

»Sind Sie in diese Wohnung gekommen, Mr. Rumson?« fragte Rooney.

Wieder zögerte Rumson.

»Ist schon in Ordnung, Darling«, redete ihm Victoria Rumson sanft zu.

Ohne Rooney dabei anzublicken, verkündete Alvirah: »Emmy hat Sie hier auf dem Korridor kurz nach eins gesehen.«

Rumson sprang auf. »Mrs. Meehan, ich verbitte mir alle weiteren Anspielungen! Ich befürchtete, Fiona würde mich nicht in Ruhe lassen, wenn ich nicht reinen Tisch machte. Also kam ich her und klingelte. Es rührte sich nichts. Die Tür war nicht richtig zu, ich stieß sie auf und rief nach ihr. Wenn ich schon mal da war, wollte ich's auch hinter mich bringen.«

»Haben Sie die Wohnung betreten?« fragte Rooney.

»Ja. Ich durchquerte dieses Zimmer, steckte den Kopf in die Küche und warf einen Blick ins Schlafzimmer. Sie war nirgends zu sehen. Ich hoffte, sie hätte sich das mit dem Treffen anders überlegt, und war erleichtert, das kann ich Ihnen versichern. Als ich dann heute früh die Nachrichten hörte, hatte ich nur einen Gedanken – vielleicht lag ihre Leiche in dem Wandschrank, während ich unten war, und dann würde ich ins Kreuzfeuer geraten.« Und an seine Frau gewandt: »Im Kreuzfeuer stehe ich ja wohl schon, aber ich schwöre, das ist die Wahrheit.«

Victoria berührte seine Hand. »Ausgeschlossen, daß man dich da hineinzieht. Wie konnte diese unverschämte Person nur auf die Idee kommen, sie würde die Hauptrolle in *Nächte in Nebraska* spielen.« Victoria wandte sich an Emmy. »Jemand in Ihrem Alter sollte die Diane spielen.«

»Wird sie auch«, erklärte Brian. »Ich hab's ihr bloß noch nicht gesagt.«

Rooney klappte seinen Notizblock zu. »Mr. Rumson, ich muß Sie bitten, mich ins Präsidium zu begleiten. Von Ihnen, Miss Laker, hätte ich ebenfalls gern eine komplette Aussage. Mit Ihnen, Mr. McCormack, müssen wir uns nochmals unterhalten, und ich rate Ihnen dringend, sich einen Anwalt zu nehmen.«

»Einen Augenblick bitte«, sagte Alvirah ungehalten. »Ich kann feststellen, daß Sie Mr. Rumson mehr Glauben schenken als Brian.« Da geht die Option auf das Stück flöten, aber das ist wichtiger, dachte sie. »Sie meinen damit, daß Brian möglicherweise aufbrechen wollte, sich dann entschloß, zurückzukommen und Fiona zu sagen, sie solle verschwinden, und sie schließlich umgebracht hat. Ich erkläre Ihnen jetzt, wie's meiner Meinung nach gelaufen ist. Rumson tauchte hier auf und kriegte Krach mit Fiona. Er erwürgte sie, war aber schlau genug, das Manuskript mitzunehmen, das sie ihm zeigte.«

»Das ist von A bis Z falsch«, konterte Rumson gereizt.

»Ich wünsche hier keine weiteren Erörterungen«, ordnete Rooney an. »Miss Laker, Mr. Rumson, Mr. McCormack, unten wartet ein Wagen.«

Als sich die Tür hinter ihnen schloß, nahm Willy Alvirah in die Arme. »Schätzchen, ich laß die Party bei Pete sausen. Du bist fix und fertig und darfst einfach nicht allein bleiben.«

Alvirah drückte ihn an sich. »Nein, kommt gar nicht in Frage. Ich habe alles aufgezeichnet. Ich muß das Band abhören, und das mache ich besser allein. Du amüsierst dich inzwischen gut.«

»Ich weiß schon – wenn ich ›Danny Boy‹ öfter als zweimal singe, soll ich in der alten Bude übernachten.«

Die Wohnung erschien unheimlich still, nachdem Willy gegangen war. Alvirah entschied sich für ein warmes Bad, das würde ihren steifen Körper lockern und den Kopf klar machen.

Danach zog sie ihr Lieblingsnachthemd an und Willys gestreiften Bademantel. Sie stellte den teuren Kassettenrecorder, den ihr der Chefredakteur vom *New York Globe* gekauft hatte, auf den Eßzimmertisch, nahm die winzige Kassette aus der Rosette, legte sie ein und drückte die Rücklauftaste. Für den Fall, daß sie ihre Gedanken laut artikulieren wollte, schob sie eine neue Kassette hinten in die Brosche, die sie am Bademantel befestigte. Sie saß da, hörte sich ihre Gespräche mit Brian an, mit Rooney, mit Emmy, mit den Rumsons.

Was war es, das sie an Carleton Rumson so heftig imitierte? Systematisch ließ sie die erste Begegnung mit den Rumsons Revue passieren. An jenem Abend war er ganz schön frostig, aber als wir am nächsten Morgen mit ihm zusammenprallten, hatte sich sein Ton endlich verändert, er erinnerte mich sogar, daß er das neue Stück gleich lesen wollte. Brians Worte fielen ihr ein, daß niemand an Carleton Rumson herankommen könne.

Das ist's, dachte sie. Er wußte bereits, wie gut das Stück ist. Er konnte nicht zugeben, daß er es schon gelesen hatte. Abwarten, bis ich Rooney davon überzeugt habe . . .

Das Telefon läutete. Verdutzt eilte Alvirah an den Apparat. Emmy. »Mrs. Meehan«, flüsterte sie, »sie vernehmen Brian und Mr. Rumson immer noch, aber ich weiß, sie halten Brian für schuldig.«

»Ich hab gerade alles ausgetüftelt«, jubelte Alvirah. »Wie gut konnten Sie Carleton Rumson gestern im Flur sehen?«

»Recht gut.«

»Dann konnten Sie doch auch sehen, daß er das Manuskript bei sich trug, stimmt's? Ich meine, wenn er die Wahrheit gesagt hat, daß er nur runtergegangen ist, um Fiona die Leviten zu lesen, dann hätte er das Manuskript garantiert nicht mitgenommen. Aber wenn sie sich darüber unterhalten haben und er darin gelesen hat, bevor er sie umbrachte, dann hätte er's eingesackt. Emmy, ich glaub, ich hab den Fall gelöst.«

Emmys Stimme war kaum vernehmbar. »Mrs. Meehan, ich schwöre, Carleton Rumson hat nichts bei sich getragen, als ich ihn sah. Was ist, wenn mir Rooney nun diese Frage stellt? Mit einer wahrheitsgemäßen Antwort würde ich doch Brian schaden.«

»Sie müssen die Wahrheit sagen«, erwiderte Alvirah bekümmert. »Keine Sorge, mein Gehirn arbeitet immer noch auf Hochtouren.« Sie legte auf, schaltete den Kassettenrecorder wieder ein und begann die Bänder nochmals abzuspielen. Sie hörte ihre Gespräche mit Brian mehrfach ab. Er hatte ihr doch etwas erzählt, das ihr anscheinend entgangen war . . .

Schließlich stand sie auf, weil sie fand, daß ein wenig frische Luft nicht schaden könnte. Frisch ist die New Yorker Luft ja nun nicht gerade, dachte sie, als sie die Terrassentür öffnete und hinaustrat. Diesmal ging sie geradewegs zur Brüstung und legte die Finger auf das Geländer. Wenn Willy hier wäre, würde er einen Koller kriegen, dachte sie, aber ich werde mich nicht aufstützen. Der Blick über den Park hat nur so etwas Beruhigendes. Ich glaube, der Tag, an dem Mama als Sechzehnjährige eine Schlittenfahrt durch den Park gemacht hat, zählte zu ihren schönsten Erinnerungen. Immer wieder hat sie davon gesprochen. Ihre Freundin Beth hatte sich das zum Geburtstag gewünscht.

Beth!

Beth!

Das ist es, dachte Alvirah. Wieder hörte sie Brian sagen, Fiona Winters wolle die Rolle der Diane spielen. Dann verbesserte er sich ich meine, die Beth. Willy erkundigte sich, wer das sei, und Brian antwortete, so hieße die weibliche Hauptdarstellerin in seinem neuen Stück, er habe den Namen in der Endfassung geändert. Alvirah schaltete ihr Mikrofon ein und räusperte sich. Sie sollte das Ganze lieber festhalten. Dann könnte sie auf ihre unmittelbare Reaktion zurückgreifen, wenn sie den Artikel für den *Globe* schrieb. »Es war nicht Rumson, der Fiona Winters umbrachte«, sagte sie kategorisch. »Es war seine Frau, die ›einäugige Vicky‹. Sie war es, die Rumson drängte, das Stück zu lesen. Sie war es, die sagte, Emmy sollte die Diane spielen. Sie wußte nicht, daß Brian den Namen geändert hatte. Sie muß mitgehört haben, als Fiona ihren Mann anrief. Sie kam, während er auf seine Gespräche aus Europa wartete. Sie wollte nicht, daß Fiona sich abermals an Rumson heranmachte, brachte sie um, nahm dann das Manuskript an sich. Sie hat die Kopie gelesen, nicht die Endfassung.«

»Wie überaus scharfsinnig, Mrs. Meehan.«

Die Stimme erklang unmittelbar hinter ihr. Alvirah spürte kräftige Hände an ihrem Kreuz. Sie versuchte sich umzudrehen und fühlte, wie ihr Körper gegen Brüstung und Geländer gedrückt wurde. Wie ist Victoria Rumson hier hereingekommen, überlegte sie, dann fiel ihr blitzartig ein, daß Brians Schlüssel auf dem Tisch gelegen hatte. Mit voller Kraft versuchte sie, sich auf ihre Angreiferin zu werfen, doch da traf sie ein Schlag seitlich am Hals und betäubte sie. Sie wurde herumgewirbelt und sackte am Geländer zusammen. Aus weiter Ferne nahm sie ein knirschendes, splitterndes Geräusch wahr und Willys Schreckensrufe.

Willy war nicht so lange geblieben, um auch nur einen Refrain von »Danny Boy« zu singen. Nach dem Dinner, ein paar Gläsern Bier und der Gratulationscour bei Pete hatte ihn eine innere Stimme gedrängt, nach Hause zu gehen. Als er die Wohnung betrat und die kämpfenden Gestalten an der Terrassenbrüstung sah, erstarrte er vor Entsetzen. Unter lauten Rufen nach Alvirah stürzte er durch das Zimmer.

»Komm rein, Schatz«, flehte er, »komm zurück.« Dann wurde ihm klar, was die andere Frau tat. Er betrat die Terrasse, sah, wie sich ein Mauerteil löste und niederfiel, so daß neben Alvirah jetzt eine gähnende Lücke klaffte. Willy ging den zweiten Schritt darauf zu und kippte um.

Beth! Diane! Während der ganzen Taxifahrt vom Polizeirevier nach Central Park South balancierte Emmy auf der Sitzkante. Sie hatte dort gewartet, bis ihre Aussage getippt vorlag, in verzweifelter Angst um Brian; sie erinnerte sich, wie er sie angeschaut hatte, als er Victoria Rumson erzählte, daß sie die Hauptrolle in seinem neuen Stück spielen würde. An der Diane liegt mir nichts, wenn nur mit Brian alles in Ordnung ist, dachte sie. Nicht Diane, sondern Beth. Brian hatte den Namen geändert. Dann hörte sie Victoria Rumson sagen: »Sie sollten die Rolle der Diane spielen.« Damit paßte alles ins Bild. Victoria Rumson, von rasender Eifersucht erfüllt, Victoria, die ihren Mann vor ein paar Jahren beinahe an Fiona verloren hätte . . .

Emmy war aufgesprungen und aus dem Revier davongestürzt.

Sie mußte mit Alvirah sprechen, bevor sie ein Wort zu den Polizisten sagte. Sie hörte einen Polizisten hinter sich herrufen, reagierte jedoch nicht, als sie dem Taxi winkte.

In Central Park South angekommen, raste sie zum Fahrstuhl. Als sie den Flur entlangging, hörte sie Willy schreien. Die Tür war offen. Sie sah Willy die Terrasse betreten und umfallen. Sie sah die Silhouetten von zwei Frauen und erkannte, was sich da abspielte.

Wie ein geölter Blitz raste Emmy auf die Terrasse. Sie fand sich Alvirah gegenüber, die über dem Abgrund hing. Ihre rechte Hand umklammerte den noch vorhandenen Teil des Geländers. Victoria Rumson schlug mit beiden Fäusten auf diese Hand ein.

Emmy packte Victorias Arme und drehte sie ihr auf dem Rücken zusammen. Victorias wütendes Wehgeschrei übertönte das Krachen, mit dem die Terrassenmauer auf die Straße stürzte. Emmy stieß sie beiseite und konnte die Kordel von Alvirahs Bademantel packen. Alvirah schwankte. Ihre Pantoffeln rutschten nach hinten weg. Ihr Körper schwebte 34 Etagen über dem Gehsteig. Mit äußerster Kraftanstrengung zerrte Emmy sie zurück, und sie fielen zusammen auf den bewußtlos daliegenden Willy.

Alvirah und Willy schliefen bis Mittag. Als sie endlich aufwachten, bestand Willy darauf, daß Alvirah liegenblieb. Er ging in die Küche, kam nach fünfzehn Minuten zurück mit einem Krug Orangensaft, einer Kanne Tee und einem Teller Toast. Nach der zweiten Tasse Tee war Alvirahs gewohnter Optimismus zurückgekehrt. »Junge, Junge, war das ein Segen, daß Rooney gleich nach Emmy reingeplatzt kam und sich Victoria Rumson geschnappt hat, bevor sie fliehen konnte. Und weißt du, was ich denke, Willy?«

»Ich weiß nie, was ich denken soll, Schatz«, seufzte Willy.

»Einer der Gründe, weshalb Carleton Rumson nie 'ne Scheidung verlangt hat, ist das Geld – er wollte keine Vermögensteilung. Wenn die einäugige Vicky im Kittchen sitzt, braucht er sich darüber keine Gedanken mehr zu machen. Und ich gehe jede Wette ein, daß er Brians Stück trotzdem herausbringt.«

Nach kurzer Pause fuhr Alvirah fort: »Und noch was, Willy. Ich möchte, daß du mit Brian sprichst und ihm sagst, er soll diese rei-

zende Emmy lieber heiraten, bevor sie ihm ein anderer weg-
schnappt.« Sie strahlte. »Ich hab auch genau das richtige Hoch-
zeitsgeschenk für die beiden, jede Menge weißer Möbel.«

Es klingelte. Willy schlüpfte mit einiger Mühe in seinen Morgenrock und eilte zur Tür. Als er aufmachte, kamen Brian und
Emmy hereinspaziert. Nach einem Blick in ihre freudestrahlenden
Gesichter und auf die fest ineinander verschlungenen Hände
meinte Willy: »Ich hoffe nur, daß Weiß eure Lieblingsfarbe ist.«

Lawrence Block

Cleveland in meinen Träumen

»So«, sagte Loebner. »Sie haben also immer noch diesen Traum.«
»Jede Nacht.«

»Und noch immer unverändert? Vielleicht sollten Sie mir den Traum noch einmal erzählen.«

»Ach Gott«, sagte Hackett, »es ist doch immer dasselbe. Ich bekomme einen Telefonanruf, ich soll nach Cleveland kommen, ich fahre hin, ich fahre zurück. Ende des Traums. Wozu müssen wir ihn jedesmal durchkauen? Es sei denn, Sie können sich eine Woche später nicht mehr an den Traum erinnern.«

»Das ist interessant«, sagte Loebner. »Warum nehmen Sie an, ich würde Ihren Traum vergessen?«

Hackett stöhnte. Diese Typen waren nicht unterzukriegen. Kam man ihnen mit einer schlagfertigen Bemerkung, fragten sie einfach, was man damit sagen wolle. Wahrscheinlich war es das erste, was sie in der Ausbildung lernten, und vielleicht auch das einzige.

»Natürlich erinnere ich mich an Ihren Traum«, fuhr Loebner mit sanfter Stimme fort. »Wichtig ist allerdings nicht, ob ich mich erinnere, sondern die Frage, was er für Sie bedeutet. Wenn Sie ihn noch einmal erzählen, möglichst detailliert, dann fällt Ihnen vielleicht etwas Neues daran auf.«

Was konnte einem daran schon auffallen. Es war der allerlangweiligste Traum, und er war es schon vor Monaten gewesen, als er ihn zum ersten Mal geträumt hatte. Die Wiederholungen hatten ihn nicht aufregender gemacht. Trotzdem, vielleicht würde es ihm die Illusion vermitteln, daß ihm die Sitzung etwas gebracht hätte. Wenn er sich für den Rest seiner fünfzig Minuten einfach auf der Couch ausstreckte, bestand die Gefahr, daß er einschlief.

Um zu träumen, womöglich.

»Es ist immer derselbe Traum«, sagte er, »und er fängt jedesmal in derselben Weise an. Ich liege im Bett, und das Telefon klingelt. Ich greife zum Hörer. Eine Stimme sagt mir, daß ich sofort nach Cleveland fahren soll.«

»Erkennen Sie diese Stimme wieder?«

»Ich kenne sie aus anderen Träumen. Es ist immer dieselbe Stimme. Aber es ist nicht die Stimme eines mir bekannten Menschen, wenn Sie das meinen.«

»Interessant«, sagte Loebner,

Für dich vielleicht, dachte Hackett. »Ich stehe auf«, sagte er. »Ich ziehe mich an. Rasieren tue ich mich nicht, dafür ist die Zeit zu knapp. Ich muß sofort nach Cleveland, es ist ganz wichtig. Ich gehe in die Garage und schließe mein Auto auf, und auf dem Vordersitz liegt eine Aktentasche. Ich soll sie in Cleveland bei jemandem abgeben.

Ich steige ein und fahre los. Ich nehme die I-71, das ist die beste Strecke, aber von Haus zu Haus sind es trotzdem knapp zweihundertfünfzig Meilen. Obwohl ich mich beeile und um diese Zeit kein nennenswerter Verkehr auf der Straße ist, brauche ich doch fast vier Stunden.«

»Hat Ihnen die Stimme am Telefon eine Adresse genannt?«

»Nein. Irgendwoher weiß ich einfach, wo ich die Aktentasche abliefern soll. Verdammt, eigentlich müßte ich es wissen, ich bin jetzt schon monatelang jede Nacht dort gewesen. Vielleicht hat man mir beim ersten Mal eine Adresse genannt, ich erinnere mich nicht mehr genau, aber inzwischen kenne ich die Strecke und das Ziel. Ich parke vor dem Haus, drücke auf die Klingel, die Tür geht auf, eine Frau nimmt die Aktentasche in Empfang und bedankt sich bei mir . . .«

»Eine Frau nimmt Ihnen die Aktentasche ab?« fragte Loebner.

»Ja.«

»Wie sieht diese Frau aus?«

»Ich habe nur eine undeutliche Vorstellung. Sie streckt einfach die Hand aus und nimmt die Aktentasche und bedankt sich bei mir. Ich bin nicht sicher, ob es jedesmal dieselbe Frau ist.«

»Aber es ist immer eine Frau?«

»Ja.«

»Was meinen Sie, warum?«

»Ich weiß es nicht. Vielleicht ist ihr Mann nicht zu Hause, vielleicht arbeitet er nachts.«

»Ist sie verheiratet, diese Frau?«

»Ich weiß es nicht«, sagte Hackett. »Ich weiß nichts über sie. Sie öffnet die Tür, sie nimmt die Tasche, sie bedankt sich, und ich steige wieder in mein Auto.«

»Sie betreten nie das Haus? Sie bietet Ihnen nicht eine Tasse Kaffee an?«

»Ich hab's viel zu eilig«, sagte Hackett. »Ich muß zurück nach Hause. Ich steige ins Auto, setze zurück, und schon bin ich wieder unterwegs. Bis nach Hause sind es noch einmal zweihundertfünfzig Meilen, und ich bin hundemüde. Ich habe schon vier Stunden Fahrt hinter mir, aber ich drücke auf die Tube und wenn ich zu Hause ankomme, gehe ich sofort ins Bett.«

»Und dann?«

»Und dann? Kaum bin ich eingeschlafen, klingelt der Wecker, und ich muß aufstehen. Ich habe schon lange nicht mehr anständig geschlafen. Ich bin die ganze Zeit erschöpft, ich kann schlecht arbeiten und werde immer dünner, und manchmal, wenn ich an meinem Schreibtisch sitze, habe ich das Gefühl, im nächsten Augenblick zu halluzinieren. Ich halte es nicht mehr aus, ich halte es einfach nicht mehr aus.«

»Ja« sagte Loebner. »Ähm, ich sehe gerade, unsere Zeit ist um.«

»Jetzt wollen wir doch mal von dieser Aktentasche sprechen«, sagte Loebner bei ihrer nächsten Sitzung. »Haben Sie sie mal aufgemacht?«

»Sie ist verschlossen.«

»Ah. Und Sie haben keinen Schlüssel?«

»Sie hat eins von diesen dreistelligen Kombinationsschlössern.«

»Und Sie kennen die Kombination nicht?«

»Natürlich nicht. Und überhaupt: Ich soll die Tasche nicht aufmachen. Ich soll sie bloß abliefern.«

»Was ist Ihrer Meinung nach in der Aktentasche?«

»Ich weiß es nicht.«

»Aber was könnte vielleicht darin sein?«

»Keinen Schimmer.«

»Staatsgeheimnisse etwa? Rauschgift? Banknoten?«

»Soviel ich weiß, schmutzige Wäsche«, sagte Hackett. »Ich soll sie einfach in Cleveland abgeben.«

»Fahren Sie immer dieselbe Strecke?« fragte Loebner beim nächsten Mal.

»Natürlich«, sagte Hackett. »Nach Cleveland gibt es im Grunde nur einen Weg. Man fährt die ganze Zeit auf der I-71.«

»Kommen Sie nie in Versuchung, eine andere Strecke zu nehmen?«

»Doch, einmal«, erinnerte sich Hackett.

»Ah ja?«

»Ich bin die I-75 bis Dayton gefahren, dann auf der I-70 in östlicher Richtung nach Columbus und die restliche Strecke dann wieder auf der I-71. Ich wollte ein wenig Abwechslung in die Sache bringen, aber es war die gleiche langweilige Fahrerei auf einer ebenso langweiligen Straße, und was hat es mir gebracht? Diese Strecke ist fünfunddreißig Meilen länger, also war ich lediglich eine halbe Stunde länger unterwegs, und ich hatte mich kaum ins Bett gehauen, da war's schon wieder Zeit, aufzustehen und zur Arbeit zu fahren.«

»Verstehe.«

»Damit war dieses Experiment also begraben«, sagte Hackett. »Glauben Sie mir, es ist einfacher, wenn man auf der 1-71 bleibt. Ich könnte die Strecke im Schlaf fahren.«

Loebner war tot.

Der Anruf seiner Sekretärin versetzte Hackett einen Schock. Seit Monaten war er einmal die Woche bei Loebner gewesen, hatte seinen Traum erzählt, hatte darauf gewartet, irgendwann einmal einen Durchbruch zu erzielen, der ihn von diesem Traum erlösen würde. Er hatte zwar schon fast alle Hoffnung auf diesen Durchbruch aufgegeben, aber nicht damit gerechnet, daß Loebner sich urplötzlich aus dem Spiel zurückziehen würde.

Er mußte zurückrufen und nachfragen, auf welche Weise Loebner gestorben war. »Oh, es war ein Herzanfall«, sagte die Frau. »Er ist ganz friedlich entschlafen. Er hat sich schlafen gelegt und ist nicht wieder aufgewacht.«

Später merkte Hackett, daß er sich eine Phantasie ausmalte. Loebner, seinen tiefen Schlaf schlafend, würde die unangenehme Aufgabe übernehmen, Hacketts Träume zu träumen. Der kleine Psychiater könnte allnächtlich aufstehen, um die gefürchtete Aktentasche nach Cleveland zu transportieren, während Hackett traumlos schlafen würde.

So verführerisch war diese Vorstellung, daß Hackett beim Zubettgehen glaubte, daß es so kommen werde. Doch kaum war er eingeschlafen, da befand er sich wieder in seinem Traum, das Telefon klingelte, und die Stimme am anderen Ende sagte ihm, was er tun sollte.

»Ich hatte nicht vor, bei einem anderen Psychiater weiterzumachen«, erklärte Hackett, »weil ich fand, daß ich mit Dr. Loebner nicht weiterkam. Aber allein komme ich auch nicht weiter. Jede Nacht habe ich diesen gottverdammten Traum, und er macht mich ganz krank. Ich bin hier, weil ich nicht weiß, was ich sonst noch tun kann.«

»Klar«, sagte der neue Psychiater, der Krull hieß. »Das ist der einzige Grund, warum jemand zu einem Therapeuten geht.«

»Vermutlich wollen Sie meinen Traum hören.«

»Nicht unbedingt«, sagte Krull.

»Nein?«

»Meiner Erfahrung nach«, sagte Krull, »gibt es nichts Langweiligeres als anderer Leute Träume. Aber es ist wahrscheinlich ein guter Ausgangspunkt. Also: Schießen Sie los!«

Während Hackett, auf einem Stuhl sitzend anstatt auf einer Couch liegend, seinen Traum erzählte, hörte Krull nervös zu. Dieser neue Psychiater war etwa so alt wie Hackett, leger gekleidet, Khakihose und Polohemd mit einem Reptil auf der Brusttasche. Er war rasiert und trug einen Bürstenhaarschnitt. Loebner hatte so ausgesehen, wie man es von einem Psychiater eben erwartet.

»Na, was wollen Sie jetzt machen?« fragte Hackett, als er fertig war. »Soll ich selber herauskriegen, was der Traum bedeutet, oder wollen Sie mir sagen, was er bedeuten könnte, oder was?«

»Ist das wichtig?«

Hackett starrte ihn an.

»Echt«, sagte Krull, »Interessiert es Sie wirklich, was Ihr Traum bedeutet?«

»Äh, ich . . .«

»Ich meine«, sagte Krull, »worum geht es hier? Das Problem ist nicht, daß Sie in Ihren Regenmantel verliebt sind, das Problem ist nicht, daß Sie als Kind zu früh auf den Topf gesetzt wurden, das Problem ist nicht, daß Sie Ihren geheimsten Wunsch unterdrücken, sich die Wiederholungen von *My Little Margie* anzusehen. Das Problem ist, daß Sie nicht mehr zur Ruhe kommen, stimmt's?«

»Äh, ja . . .«, sagte Hackett. »Stimmt.«

»Sie haben diesen komischen Traum jede Nacht, hm?«

»Jede Nacht. Es sei denn, ich nehme eine Schlaftablette, was ein paar Mal passiert ist, aber auf lange Sicht wird es dann noch schlimmer. Ich fühle mich überhaupt nicht ausgeruht. Ich habe den ganzen Tag eine Art Brummschädel wegen der Tablette, und Medikamente finde ich sowieso ein bißchen problematisch.«

»Mmhh«, sagte Krull und verschränkte die Hände hinter dem Kopf und lehnte sich zurück. »Wollen wir mal sehen. Ist es ein Angsttraum? Voller entsetzlicher Dinge?«

»Nein.«

»Ist er quälerisch, schmerzhaft?«

»Nein.«

»Das einzige Problem ist also die Erschöpfung«, sagte Krull.

»Ah ja.«

»Eine Erschöpfung, die ganz plausibel ist, weil jemand, der jede Nacht fünfhundert Meilen fährt, während er sich eigentlich ausruhen sollte, am nächsten Tag natürlich fix und fertig ist. So ist es doch, oder?«

»Ja.«

»Und ob es so ist. Sie können nicht jede Nacht fünfhundert Meilen fahren und ausgeruht sein. Aber« – er beugte sich vor – »die halbe Strecke könnten Sie doch bestimmt fahren, oder?«

»Was meinen Sie damit?«

»Ich meine«, sagte Krull, »daß es eine einfache Möglichkeit gibt, Ihr Problem zu lösen.« Er kritzelte etwas auf einen Notizblock, riß den obersten Zettel ab und gab ihn Hackett. »Meine Privatnummer«, sagte er. »Wenn der Mann anruft und Ihnen sagt, Sie sollen nach Cleveland fahren, dann rufen Sie mich bitte an.«

»Moment mal«, sagte Hackett. »Ich schlafe doch, während diese ganze Geschichte passiert. Wie kann ich Sie da anrufen?«

»Sie rufen mich ja im Traum an! Ich komme zu Ihnen. Ich steige mit Ihnen ins Auto, und wir fahren gemeinsam nach Cleveland. Nachdem Sie die Aktentasche abgegeben haben, können Sie sich auf den Rücksitz legen, und ich fahre zurück. Auf dem Rückweg müßten Sie eigentlich vier Stunden Schlaf bekommen, so etwa jedenfalls.«

Hackett richtete sich auf. »Ich will mal sehen, ob ich Sie richtig verstanden habe«, sagte er. »Ich bekomme den Anruf, daraufhin rufe ich Sie an, und wir fahren zusammen nach Cleveland. Hin fahre ich und zurück fahren Sie, so daß ich ein wenig schlafen kann.«

»Richtig.«

»Und Sie glauben, das funktioniert?«

»Warum nicht?«

»Es klingt verrückt«, sagte Hackett, »aber ich will's versuchen.«

Am nächsten Morgen rief er Krull an. »Ich weiß nicht, wie ich Ihnen danken soll«, sagte er.

»Hat's geklappt?«

»Wie ein Wunder. Ich bekam den Anruf, rief dann Sie an, Sie kamen herüber zu mir, und wir sind gemeinsam nach Cleveland gefahren. Ich saß auf dem Hinweg am Steuer, Sie auf dem Rückweg. Ich habe dreieinhalb Stunden auf dem Rücksitz geschlafen. Ich fühle mich wie ein neuer Mensch. Das ist die verrückteste Sache, von der ich je gehört habe, aber es hat funktioniert.«

»Dacht ich mir's schon«, sagte Krull. »Wann immer Sie den Traum haben, machen Sie es einfach so. Rufen Sie mich Ende der Woche an und sagen Sie mir Bescheid, ob es noch immer funktioniert.«

Gegen Ende der Woche rief Hackett an. »Es wird immer besser«, sagte er. »Ich habe auch keine Angst mehr vor diesem Anruf, weil ich weiß, daß die Fahrt angenehm sein wird. Jetzt, wo ich weiß, daß Sie im Auto dabei sind und wir uns unterhalten können, macht mir die Fahrt nach Cleveland sogar Spaß, und mit dem Nickerchen auf der Rückfahrt bekommt die ganze Sache ein völlig anderes Gesicht. Ich kann Ihnen gar nicht genug danken.«

»Ist ja fabelhaft«, sagte Krull. »Ich wünschte, alle meine Patienten wären so leicht zufriedenzustellen.«

Das war's schon. Jede Nacht hatte Hackett den Traum, und jede Nacht fuhr er nach Cleveland und ließ auf der Rückfahrt den Psychiater ans Steuer. Auf der Hinfahrt unterhielten sie sich über alles mögliche – Mädchen, Baseball, Kants kategorischen Imperativ und woran man erkannte, daß es Zeit für eine neue Rasierklinge war. Manchmal sprachen sie über Hacketts Privatleben, und er fand, daß er aus ihren Gesprächen eine Menge über sich erfuhr. Er überlegte, ob er Krull für geleistete Dienste einen Scheck senden sollte, und fragte Krull in der nächsten Nacht im Traum. Der Traum-Krull meinte, er solle sich keine Gedanken darüber machen. »Schließlich bezahlen Sie ja das Benzin«, sagte er.

Mit Hacketts Gesundheit ging es bergauf. Er konnte sich immer besser konzentrieren, was sich auch an seiner Arbeit zeigte. Sein Liebesleben, das praktisch nicht mehr existiert hatte, verbesserte sich ebenfalls. Er fühlte sich wie neugeboren und begann, das Leben wieder zu lieben.

Dann lief ihm Feverell über den Weg.

»Mein Gott«, rief er, »Mike Feverell.«

»Hallo, George.«

»Wie geht's dir, Mike? Gott, wir haben uns jahrelang nicht mehr gesehen, stimmt's? Du siehst . . .«

»Ich sehe furchtbar aus«, sagte Feverell. »Nicht wahr?«

»Das habe ich nicht gemeint.«

»Nein? Warum denn nicht? Es ist die Wahrheit. Ich sehe furchtbar aus und weiß es.«

»Wie geht's dir gesundheitlich, Mike?«

»Gesundheitlich? Genau das ist ja das Lächerliche. Gesundheitlich geht's mir gut, ausgezeichnet. Ich weiß nicht, wie lange ich noch so weitermachen kann, bevor ich tot umfalle. Aber gesundheitlich bin ich völlig in Ordnung.«

»Was ist los?«

»Ach, es ist viel zu blöd, um darüber zu sprechen.«

»Hmm?«

»Es ist dieser ständig wiederkehrende Traum«, sagte Feverell. »Jede Nacht habe ich denselben gottverdammten Traum. Er treibt mich noch mal in den Wahnsinn.«

Das Zimmer schien sich mit Licht zu füllen. Hackett nahm den Freund am Arm. »Komm, wir gehen ein Bier trinken«, sagte er, »dann kannst du mir alles von diesem Traum erzählen.«

»Es ist blöd«, sagte Feverell. »Es ist die Sexphantasie eines Heranwachsenden. Ich schäme mich fast, darüber zu sprechen, aber ich weiß einfach nicht, wie ich es abstellen kann.«

»Erzähl!«

»Also, es ist jede Nacht dasselbe«, sagte Feverell. »Ich schlafe ein. Es klingelt an der Tür. Ich stehe auf, werfe mir einen Bademantel über, öffne die Tür, und draußen stehen drei schöne Frauen. Sie wollen hereinkommen und eine Party feiern.«

»Eine Party?«

»Genauer gesagt, sie wollen, daß ich mit ihnen schlafe«, sagte Feverell.

»Und?«

»Ich tu's.«

»Hört sich an wie ein phantastischer Traum«, sagte Hackett. »Wie ein Traum, für den andere Leute viel Geld bezahlen würden.«

»Das glaubst du, ja?«

»Wo ist das Problem?«

»Das Problem«, sagte Feverell, »ist, daß es zuviel ist. Ich schlafe mit allen dreien und bin erschöpft, ausgelaugt, eine leere Muschel, und kaum bin ich eingedöst, da klingelt auch schon der Wecker, und es ist Zeit, aufzustehen. Ich bin zu alt für drei Frauen in einer Nacht, es geht keineswegs hastig zu. Es dauert die ganze Nacht, bis sie zufrieden sind, und ich habe für mein sonstiges Leben kein bißchen Kraft mehr übrig.«

»Interessant«, sagte Hackett in einer Art, die ein wenig an den verstorbenen Dr. Loebner erinnerte. »Sag mal, sind es immer dieselben Frauen?«

Feverell schüttelte den Kopf. »Wenn es so wäre, dann wäre es ja ein Kinderspiel, weil es mich nicht immer neu antörnen würde. Aber jede Nacht stehen drei nagelneue Damen vor der Tür, und der einzige gemeinsame Nenner ist der, daß es immer phantastische Frauen sind. Große, kleine, dünne, dunkle. Blonde, Brünette, Rothaarige. Neulich sogar eine Glatzköpfige.«

»Das muß ja interessant gewesen sein.«

»Es war wahnsinnig interessant«, sagte Feverell. »Aber wer braucht das? Zuviel ist zuviel. Ich kann ihnen nicht widerstehen. Ich kann sie nicht abweisen, aber ich sage dir, mich schaudert's, wenn es an der Tür klingelt.« Er seufzte. »Vermutlich hat es damit zu tun, daß ich seit gut einem Jahr geschieden bin und eine Art Versagensangst habe, irgend so etwas. Oder glaubst du, es hat einen tieferen Grund?«

»Wen kümmert's?«

Feverell starrte ihn an.

»Wirklich«, sagte Hackett. »Es ist doch egal, warum du den Traum hast. Der Traum selbst ist das Problem, stimmt's?«

»Äh, ja, vermutlich. Aber . . .«

»Genauer gesagt«, fuhr Hackett fort, »ist auch der Traum nicht das Problem. Das Problem ist, daß zu viele Frauen in ihm vorkommen.«

»Ähmm . . .«

»Wenn da nur eine Frau wäre«, sagte Hackett, »dann wär doch alles in Ordnung, was?«

»Wahrscheinlich . . . aber es sind immer drei, und so sehr ich es auch will, ich bin nicht imstande, zwei von ihnen wieder wegzuschicken. Ich möchte ihre Gefühle nicht verletzen, weißt du, und sowieso könnte ich mich nie für eine entscheiden.«

»Angenommen, du müßtest es nur mit einer von ihnen machen«, sagte Hackett, »würdest du damit fertig werden?«

»Klar, aber . . .«

»Und du könntest, wenn sie gegangen ist, noch genügend Schlaf bekommen.«

»Ja, aber . . .«

»Und am nächsten Morgen würdest du dich ausgeruht fühlen. Nach einem solchen Traum würdest du dich wahrscheinlich sogar ungeheuer toll fühlen, stimmt's?«

»Worauf willst du hinaus, George?«

»Ganz einfach«, sagte Hackett, »es ist die einfachste Sache von der Welt.«

Er zog eine Geschäftskarte heraus und schrieb etwas auf die Rückseite. »Meine Privatnummer«, sagte er und gab Feverell die Karte. »Na los, nimm schon!«

»Was soll ich damit?«

»Lern sie auswendig«, sagte Hackett, »Und wenn es heute nacht an der Tür klingelt, dann ruf mich an.«

»Was meinst du damit, dich anrufen? Ich soll aus tiefem Schlaf aufwachen und dich anrufen? Und dann? Was passiert dann? Soll das eine Art Telefonseelsorge sein oder was? Du kommst zu mir, und wir trinken eine Tasse Kaffee, und du redest mir den Traum aus?«

Hackett schüttelte den Kopf. »Du stehst nicht auf«, sagte er. »Du rufst mich im Traum an. Du rufst mich an, und dann gehst du zur Tür, machst auf und läßt die Mädchen eintreten.«

»Wozu soll das gut sein?«

»Der Punkt ist: Ich habe einen Freund, er ist zufällig Psychiater, ein sehr netter, sauberer Typ. Du rufst mich an, und ich rufe ihn an, und wir beide machen uns auf den Weg zu dir.«

»Du willst mir mitten in der Nacht irgendeinen Psychofritzen ins Haus schleppen?«

»Das passiert ja alles im Traum«, sagte Hackett. »Wir kommen, und du nimmst dir eines der Mädchen, welches du willst, und ich nehme eines, und mein Freund nimmt eines. Und wenn du mit deinem Mädchen fertig bist, kannst du dich ins Bett legen und einschlafen, und am nächsten Morgen wirst du völlig ausgeruht sein. Wir können in jeder Nacht so verfahren, in der du diesen Traum hast. Du brauchst mich nur anzurufen, und wir kommen sofort herüber und helfen dir aus der Klemme.«

Feverell starrte ihn an. »Wenn das mal klappt.«

»Keine Sorge.«

»Neulich war eine Chinesin hier, einfach sagenhaft«, sagte Feverell. »Aber ich konnte mich nicht richtig entspannen und es genießen, weil nebenan die Jamaikanerin und die Norwegerin waren und äh . . .«

Hackett schlug dem Freund auf die Schulter. »Ruf mich an«, sagte er. »Dein Problem ist gelöst.«

Am nächsten Morgen, auf dem Weg zur Arbeit, gab Hackett sich einem Gefühl höchsten Wohlbefindens hin. Er hatte sich in der bestmöglichen Art und Weise für Krulls Gefälligkeit erkenntlich gezeigt, indem er sie an jemand anderen weitergab. An diesem Vormittag wartete er an seinem Schreibtisch darauf, daß das Telefon klingelte und Feverell ihm berichtete.

Doch Feverell rief nicht an. Nicht an diesem Vormittag, nicht am Tag darauf, die ganze Woche nicht. Und irgend etwas hielt Hackett davon ab, sich seinerseits bei Feverell zu melden.

Bis er ihm schließlich während der Mittagspause auf der Straße entgegenkam – und Feverell sah entsetzlich aus. Ringe unter den Augen, noch tiefer als sonst. Fahle Haut, zittrige Hände. »Mike!« rief er. »Mike, geht's dir gut?«

»Seh' ich so aus?«

»Nein«, gab Hackett zu, »du siehst schlecht aus.«

»Tja, ich. fühle mich auch schlecht«, sagte Feverell grimmig. »Deine Bemerkung, wie schlecht ich aussehe, hilft mir auch nicht besonders. Aber trotzdem – danke.«

»Mike, was ist los?«

»Was ist los? Du weißt ganz genau, was los ist. Es ist dieser Traum, den ich noch immer habe. Ich habe dir doch alles erzählt. Oder hast du's wieder vergessen?«

Hackett seufzte. »Du hast noch immer diesen Traum?«

»Natürlich habe ich noch immer diesen Traum.«

»Mike«, sagte Hackett, »wenn es an der Tür klingelt, dann solltest du doch, bevor du etwas anderes tust, mich anrufen, erinnerst du dich?«

»Natürlich erinnere ich mich.«

»Und?«

»Ich habe dich angerufen. Jede Nacht rufe ich dich an, auch wenn es mir nichts nützt.«

»Wirklich?«

»Natürlich, jede gottverdammte Nacht.«

»Und dann komme ich? Und bringe meinen Freund mit?«

»Ach ja«, sagte Feverell. »Dein berühmter Freund, der saubere Psychiater, den ich noch immer kennenlernen muß, weil er nicht kommt, genausowenig wie du. Jede Nacht rufe ich dich an, und jede Nacht läßt du mich im Stich.«

»Ich lasse dich im Stich?« Hackett starrte ihn an. »Warum sollte ich etwas Derartiges tun?«

»Ich weiß es nicht, sagte Feverell. »Ich habe nicht die leiseste Ahnung. Aber jede Nacht rufe ich dich an, und ich komme kaum zu Wort. ›Entschuldige‹ sagst du, ›aber ich habe jetzt keine Zeit für dich, ich muß nach Cleveland.‹ Immer wieder Cleveland! Und dann legst du auf!«

Ursula Curtiss

Das Haus in der Plymouth Street

Sie hatte das Haus ohne fremde Hilfe gefunden, an diesem kalten Oktobertag in der ruhigen, ländlichen Gegend südlich von Boston.

Das weiße Holzschindelhaus mit den zwei Kaminen und den grauen Läden, offensichtlich sehr alt, wirkte ruhig und gesetzt, wie es da auf der kleinen Anhöhe abseits der Straße unter den Ulmen stand. Mrs. Tyrell fehlte es an der Unverfrorenheit, einfach an fremde Türen zu klopfen und nach verkäuflichen Grundstükken zu fragen . . . Aber in einer Ecke nahe der Straße war ein großes junges Mädchen in einem blauen Parka, das lustlos unter einem rotgolden strahlenden Hickorybaum Blätter zusammenrechte.

Mrs. Tyrell hatte Bonnet dabei, den großen Airedale, vor dem die derzeitige Babysitterin eine lächerliche Angst hatte, aber nicht seine Leine. Sie schlug ihm die Wagentür vor den erwartungsvoll zitternden Schnurrbarthaaren zu und ging zu dem Mädchen, das sich auf den Rechen stützte und ihr entgegensah.

Für ihr Alter, schätzungsweise zwischen sechzehn und achtzehn, hatte sie ein farbloses und überraschend fades Gesicht. »Hallo«, sagte Mrs. Tyrell gegen ihren Willen so munter wie eine Krankenschwester. »Mein Mann und ich suchen hier in der Gegend ein Haus – Cresset scheint ein sehr hübscher Ort zu sein –, und ich wollte fragen, ob Sie zufällig ein Haus wissen, das zum Verkauf steht, vielleicht mit etwas Grund.«

An den Augen stimmte etwas nicht, als wären die hellblauen Iris gesprungen und nur unvollkommen wieder geheilt. Zurückgeblieben, dachte Mrs. Tyrell, und es gab ihr einen Stich wie jeder Frau mit zwei gesunden, kläraugigen Kindern. Und doch nicht ganz so jung, mindestens neunzehn, vielleicht auch zwanzig. »Ich frage meine Mutter«, sagte das Mädchen. Sie ließ den Rechen in den Haufen brauner Blätter fallen und lief zum Haus, ehe Mrs. Tyrell etwas dagegen einwenden konnte.

Was sie eigentlich vorgehabt hatte, wie sie, leicht verwirrt, fünfzehn Minuten später merkte. »O nein, machen Sie sich keine Umstände«, hätte sie prompt gesagt, wenn auch nur eine halbe Sekunde Zeit dazu gewesen wäre.

»Es kam gelegentlich vor, daß jemand beim Austernessen auf eine Perle biß, irgend jemand gewann jeden Sonntag in der Lotterie und dieses Haus mit sechs Morgen Grund, zu denen ein Waldstück gehörte, stand fast genau für den Preis zum Verkauf, den die Tyrells für sich angesetzt hatten.

»Die Frau, die sich als Helen Wadsworth vorstellte, teilte ihr das mit einigem Widerstreben mit, während sie auf dem Bürgersteig stand und in der beißenden Kälte einen Mantel um sich zog.

»Es kam alles sehr unerwartet. Die Firma meines Mannes hat ihn praktisch ohne Vorwarnung nach Kalifornien versetzt, und das Haus ist noch gar nicht richtig vorzeigbar. Wenn Sie später in der Woche noch einmal wiederkommen möchten . . .«

Mrs. Tyrell betrachtete das kalte, doch gutgeschnittene Gesicht, das, umrahmt von schwarzem Haar mit unübersehbaren grauen Strähnen, in seiner Ungeschminktheit beinahe herausfordernd wirkte, und war überzeugt, daß dies keine schamhafte Anspielung auf ungespültes Geschirr oder versäumtes Staubwischen war. Ebenso überzeugt war sie, während sie so nahe der Haustür stand, neben der dichtes Geißblatt wucherte, daß sie, sollte sie jetzt wegfahren, bei ihrer Rückkehr erfahren würde, daß man ihr das Haus während ihrer Abwesenheit vor der Nase weggeschnappt hatte.

Freundlich drängend sagte sie: »Mrs. Wadsworth, ich habe in den letzten zwei Monaten so viele Häuser besichtigt, daß ich nur noch auf das absolut Wesentliche schaue. Ich suche nicht wahllos herum, wirklich nicht. Wir wissen genau, was wir wollen. Ich würde Sie höchstens ein paar Minuten in Anspruch nehmen.«

Es war weit mehr als das.

Mrs. Wadsworth öffnete die Tür, trat zur Seite, folgte der Besucherin ins Haus, sagte nach einem kurzen Zögern: »Entschuldigen Sie mich.« Und ging rasch davon. Mrs. Tyrell, die mit Gefallen Bodendielen, den tiefen offenen Kamin, den Blick durch die fünf weißgerahmten Fenster wahrgenommen hatte, lauschte ungeniert.

Sie hörte, wie ein Kühlschrank geöffnet wurde, dann das Knistern und Rascheln einer Papiertüte, die Worte: »Bring die doch rüber zu Mr. und Mrs. Hopkins. Die vergessen das Mittagessen bestimmt, wenn niemand sie daran erinnert.«

Es war mehr Befehl als Vorschlag und wurde sofort ausgeführt. Mrs. Tyrell war unerklärlicherweise erleichtert, als sie das Zufallen einer Tür hörte.

Mrs. Wadsworth, die zurückkam, sagte kurz: »Meine Tochter weiß natürlich, daß ich das Haus verkaufe, sie weiß allerdings nicht, wie bald schon. Ja, also das ist das Wohnzimmer, wie Sie sehen . . .«

So aufrichtig Mrs. Wadsworth in bezug auf den Zustand des Hauses gewesen war – beinahe jedes Zimmer war irgendwie in Aufruhr –, so ehrlich war Mrs. Tyrell ihrerseits gewesen. Wochen der Besichtigung hatten sie gelehrt, Farbanstrich zu ignorieren, Tapeten herunterzureißen, Möbelstücke hinauszuräumen, so daß nur noch der eigentliche Raum mit seinen Proportionen blieb.

Unten waren neben dem Speisezimmer, das ebenfalls einen offenen Kamin hatte, und der Küche – noch von würzigem Geruch erfüllt – das Elternschlafzimmer, ein Badezimmer und eine Kammer, genau das richtige Kinderzimmer für den jetzt drei Monate alten Damon. Oben – Mrs. Tyrell verschob die Besichtigung der angebauten Scheune für den Augenblick, sie würde, meinte sie, hauptsächlich Neil und vielleicht die fünfjährige Annie interessieren – waren ein hübsches Eckzimmer mit offenem Kamin und anschließendem Bad und ein sehr großes Gästezimmer, an dessen einer Wand ein auf Schragen gestellter Zeichentisch stand. Eine Tür hinten im Raum führte in eine lange, schmale Mansarde.

Es war eine altbekannte Tatsache, daß es Immobilienmaklern lieber war, wenn die Eigentümer bei Hausbesichtigungen nicht dabei waren; in ihrem Eifer neigten Eigentümer nämlich zu Äußerungen wie: »Wir lieben das Haus, es würde uns nicht im Traum einfallen, es zu verkaufen, wenn der Arzt nicht meiner Frau mit ihrer Arthritis dringend ein trockeneres Klima empfohlen hätte.«

Mit dieser Eigentümerin, dachte Mrs. Tyrell, hätten sie unbesorgt sein können. Mrs. Wadsworth, die eine Tür nach der anderen öffnete, war so unpersönlich, als besichtige sie selbst fremdes Terrain. Es war eine Überraschung, als sie, angesichts des auf Schragen stehenden Tisches, plötzlich sagte: »Als wir hierherzogen, wohnte meine Mutter bei uns. Sie züchtete Usambaraveilchen, aber dann zog sie nach Dedham.«

Aus irgendeinem Grund hörte sich das an wie mutwilliges Einkratzen in einen Grabstein. Sie stand auf dem oberen Treppenabsatz. Mrs. Tyrell warf ihr einen neugierigen Blick zu und reckte beim Klang eines nasalen Brüllens den Hals, um zum Fenster hinaussehen zu können.

»Das ist das Kalb der Pattillos nebenan.« Mrs. Wadsworth deutete nickend auf eine schmucke rote Scheune, die hinter Bäumen sichtbar war. »Sie sind aus New York. Eine Zeitlang hielten sie sich Schweine und Truthähne – ich vermute, sie wollten zum einfachen Leben zurückkehren, obwohl man das niemals ahnen wurde, wenn man sie sieht.«

Der marmorkalte Mund zuckte jetzt leicht – vor Erheiterung? Geringschätzung?

»Inzwischen haben sie einen Laden aufgemacht, wo sie Bücher und allerhand Krimskrams verkaufen, und halten sich nur noch das Kalb und ein paar Hühner. Wir holen uns dort immer die Eier.« Zurück zur Sache. »Möchten Sie die Scheune sehen?«

Mrs. Tyrell hatte eigentlich kein Interesse an der Scheune, sie wußte schon, ehe sie die Treppe hinaufstiegen, daß sie dieses Haus haben mußten –, aber sie sagte ja, weil Neil sicherlich alle Einzelheiten würde wissen wollen, wenn sie ihn in London anrief.

»Aber erst möchte ich nach dem Hund sehen. Ich habe ihn im Wagen und müßte ihn eigentlich –«

»Es wäre mir lieber, Sie würden den Hund nicht herauslassen«, unterbrach Mrs. Wadsworth freundlich, aber mit leichter Schärfe. »Meine Tochter ist stark allergisch. Oh, ich weiß, gleich unten an der Straße sind auch Hunde. Ja, wenn Nancy meint, sie müßte einen von uns strafen, geht sie hin und läßt die Hunde absichtlich an sich heran. Dann kann sie tagelang, manchmal sogar eine ganze Woche oder länger, ohne Tabletten kaum atmen.«

Sie stellte es ohne Groll oder gar Tadel fest, einfach als eine Tatsache, mit der man leben mußte.

»Ich kann sie nicht daran hindern, und ich habe keine Kontrolle über streunende Hunde, aber was ich tun kann, das tue ich.«

»Das verstehe ich natürlich«, sagte Mrs. Tyrell mit einer plötzlichen Anwandlung von Schuldbewußtsein beim Anblick des blassen, freudlosen Gesichts. »Dann beeile ich mich eben jetzt.«

Die Scheune, hinter deren Schiebetür ein grauer Ford stand, hatte nur hoch oben zwei kleine Fenster, durch die das Tageslicht hereinfiel. Es war bitterkalt drinnen. Abgesehen von den Werkzeugen und Farbtöpfen, die zu erwarten waren, standen hier eine mit Gas betriebene Gartenfräse und eine Mähmaschine, der Mrs. Tyrell einen unkundigen, aber nachdenklichen Blick schenkte. Vor dem Haus war fast ein halber Morgen Rasen und hinten noch einmal ein breiter Streifen, ehe die Wiese, auf der kleine Obstbäume standen, in Wald überging.

Hinten in der Scheune war eine Tür, jetzt angelehnt, durch die man über eine Holzrampe in einen Stall hinuntergelangte, den Mrs. Tyrell, die inzwischen schon vor Kälte zitterte, nicht mehr besichtigen wollte. Und sie fand es auch überflüssig, sich den Keller anzusehen. Die Heizung (Gas, wie sie erfuhr) funktionierte offensichtlich, und sachkundige Fragen hätte sie sowieso nicht zu stellen gewußt.

Auf dem Weg durch den Gang zurück zur Küche sagte Mrs. Tyrell, da ihr Mann im Ausland sei, würde sie wenigstens der Form halber gern seinem Onkel das Haus zeigen. »Würde es Ihnen morgen vormittag passen?«

»Sicher«, antwortete Mrs. Wadsworth. Da konnte sie inzwischen die verschiedenen Unterlagen heraussuchen, die, zum Haus gehörten, den Garantieschein und den Servicevertrag für die neue elektrische Pumpe – im Frühjahr drang in die Keller der älteren Häuser hier regelmäßig Wasser ein – sowie sonstige Dokumente, die sie vom eigenen Kauf des Hauses vor etwa einem Jahr noch hatten.

Ihre Gleichmütigkeit beunruhigte Mrs. Tyrell. Was, wenn sie schon diese Suche nach Papieren lästig fand und vorhatte statt dessen an Bekannte zu verkaufen, die mit den Einzelheiten schon vertraut waren? Nervös angesichts der Bedeutungsschwere des Moments schrieb sie mit flatternden Fingern einen Scheck über tausend Dollar und setzte auf die dafür vorgesehene Zelle »Anzahlung für Plymouth Street Nummer 849«. Mrs. Wadsworth schrieb ihr eine Quittung.

Im Bewußtsein der zweifellos mißlichen Lage ihres Hundes im Wagen beschränkte Mrs. Tyrell ihre weiteren Fragen auf ein Minimum. Sie und Neil hatten sich bereits über die Schulen verschiedener Orte in dieser Gegend, darunter auch Cresset, informiert. Sie schrieb sich den Betrag der Hypothek auf und den Namen der Bank, bei der sie aufgenommen worden war, die Höhe der Grundsteuern und – Neil würde stolz auf sie sein – die Quadratmeterzahl von Haus und Grundstück.

An der Küchentür drehte sie sich noch einmal um, um einen letzten Blick auf den fernen Wald zu werfen, ein Gewebe aus tiefem Grau, hier und dort von Rot und Gelb durchsetzt.

»Ich hoffe, es ist nicht zu schlimm für Ihre Tochter«, sagte sie impulsiv.

»O nein. Nancy hat ihren Stiefvater eigentlich sehr gern. Der Gedanke, sich neue Freunde suchen zu müssen, belastet sie ein bißchen«, sagte Mrs. Wadsworth freimütig, »aber sie wird sich schon einleben.«

Mrs. Tyrell ging zum Wagen. Langsam, weil sie nach einem Platz Ausschau hielt, wo sie Bonnet hinauslassen konnte, fuhr sie davon. Sie kam am Haus der Pattillos vorüber, das mit rauchfarbenen Federschindeln verkleidet war, und ein Stück weiter, auf der gegenüberliegenden Straßenseite, an den Hunden, die Mrs. Wadsworth erwähnt hatte: zwei Dobermänner, die sich beim zögernden Tuckern des Automotors wachsam im hohen Gras aufrichteten. Sie bewachten vermutlich das Haus an der Ecke, das offensichtlich im Umbau war, obwohl in diesem Augenblick nirgends ein Arbeiter zu sehen war. Mrs. Tyrell betrachtete die schmalen, aufmerksam erhobenen Köpfe und die wie aus Stein gehauen wirkenden Muskeln und war froh um den Maschendrahtzaun; Annie, die mit einem Airedale aufgewachsen war, hatte ein wahrhaft kindliches Vertrauen in jegliche Hunde.

Sie bog nach rechts ab in eine Straße voll gelber Blätter und fand am Rand eines Wäldchens eine Lichtung für Bonnet. Es war ein Teil *ihres* Wäldchens, wie Mrs. Tyrell mit freudiger Überraschung feststellte. Ein paar Minuten später war sie auf dem Heimweg, nachdem sie eine Besichtigung des Ortskerns aufgeschoben hatte, weil sie der Babysitterin versprochen hatte, spätestens um vier zurückzusein.

Damon schlief, von einem köstlichen Mahl aus Kindermilch und durchpassiertem Kürbis gestärkt, unbekümmert in seinem Kinderbett. Annie, so rosig und blond wie er dunkel, wußte von dem Bemühen ihrer Mutter und überfiel sie mit aufgeregten Fragen. Mit einem »Ich glaube, ja, aber wir werden sehen« vertröstet, kauerte sie auf einer Sesselkante, während der Anruf nach London gemacht wurde.

Mrs. Tyrell hatte auf der Heimfahrt gründlich nachgedacht. Es stimmte wahrscheinlich, daß das Haus auch zum Zeitpunkt von Neils Rückkehr in knapp zwei Wochen noch zu haben sein würde. Viele Leute wollten gar nicht so viel Raum, sei es nun drinnen oder draußen, oder mißtrauten automatisch allem, was nicht nagelneu war, oder zogen es vor, sich in die beengte Geborgenheit einer Wohnsiedlung zu kuscheln.

Ebenso zutreffend war aber, daß jeder Immobilienmakler, der von dem geplanten Verkauf Wind bekam, Mrs. Wadsworth zu einigen vernünftigen Schönheitsreparaturen drängen würde. Unkosten von vielleicht fünftausend Dollar würden sich dann in einem Hochschnellen des Preises um sicherlich zehntausend Dollar niederschlagen.

Neil, dem sie das Haus in jeder Einzelheit beschrieb, stimmte ihr zu. Sie waren sich völlig einig darüber, was für ein Haus sie wollten und wie es gelegen sein sollte. Er hatte ihr deshalb auch gleich gegengezeichnete Schecks dagelassen.

»Es gefällt dir wirklich, nicht wahr?«

»Ach, Neil! Erinnerst du dich an das Haus in Cohasset, das wir im Auge hatten und dann nicht genommen haben, weil es so abgelegen war? Es kommt an dieses hier überhaupt nicht heran.«

Vom Besonderen zum Allgemeinen – den Kindern, der Konferenz, dem Londoner Wetter. Der Barkeeper im *Little Mayfair* erinnerte sich Mrs. Tyrells von einer früheren Reise, damals war Annie drei gewesen, und ließ ihr Grüße bestellen.

Dann: Zeig Charlie das Haus auf jeden Fall, ehe du den Vertrag machst, ja?«

»Das wollte ich sowieso. Willst du mal mit Annie sprechen? Sie sitzt hier ganz brav neben mir. Ich ruf dich dann später wieder an und erzähl dir alles.«

Charlie Tyrell war Neils Onkel, der sich mit sechzig vergnügt zur Ruhe gesetzt hatte, nachdem er sich vorher in diversen Berufen, darunter dem des Bauunternehmers, erfolgreich versucht hatte. Er würde wissen, wo bei einem alten Haus die kritischen Punkte saßen, und sich mit Versitzgruben und ähnlichen Exotika auskennen. Als sie ihn am Abend um sieben erreichte, versicherte er ihr, daß er mit Vergnügen am folgenden Morgen nach Cresset hinauskommen werde, jedoch um eins eine Verabredung in Boston hätte, die er unbedingt einhalten müsse, ob man also nicht mit zwei Autos fahren sollte?

Am Morgen wollte Annie unbedingt mit. Sie war ein ungewöhnlich braves und umgängliches Kind, aber selbst die vernünftigsten Fünfjährigen können unerträglich werden, wenn sie sich langweilen. Mrs. Tyrell versprach ihr, ein Foto mitzubringen.

»Weißt du, wir müssen da viel Geschäftliches reden, und du hättest dann die ganze Zeit nichts zu tun. Außerdem mußt du hierbleiben und dafür sorgen, daß Bonnet Miss Coates keine Angst macht.«

Beide Argumente waren stichhaltig. Unter ihnen lauerte etwas, dessen sich Mrs. Tyrell so sehr schämte, daß sie es hastig zudeckte, sogar vor sich selbst.

Sie war nicht verwundert, Charlies schnittigen dunkelgrünen Jaguar vor sich in der Plymouth Street zu sehen; er hatte die Gewohnheit zu fahren, als wäre er auf dem Weg zum nächsten Boxenstopp. Sie hatte sich auf eine gewisse Enttäuschung, ja, sogar ernsthafte Zweifel bei dieser zweiten Besichtigung des Hauses gefaßt gemacht. Statt dessen nahm sie mit Wertschätzung und fast schon Besitzerstolz Einzelheiten wahr, die ihr vorher nicht aufgefallen waren: die separate Haustür, die direkt auf die Treppe zuging, die schwarze Umrandung der weißen Kamine – zur Abwehr von Hexen, wie es in einer Legende Neuenglands hieß.

Nancy ließ sie herein. Das Haar, das am Tag zuvor unter der Kapuze des Parkas versteckt gewesen war, war zu dicken dunklen Zöpfen geflochten, die sie zwei, drei Jahre jünger aussehen ließen, und ihr ziemlich plumpes Gesicht glänzte so von Wasser und Seife, daß es einen schwachen Abglanz des kirschroten Pullovers annahm, den sie zu den Jeans trug.

Sie ließ sich in einen Sessel fallen, ohne Mrs. Tyrell einen Platz anzubieten.

»Ich soll Ihnen von meiner Mutter sagen, daß sie unten im Keller sind.«

»Ach, da käme ich ihnen nur in die Quere«, meinte Mrs. Tyrell und setzte sich auf eine Armlehne der Couch. »Ich glaube, ich warte lieber hier, wenn es Sie nicht stört.«

Der gesprungene Blick richtete sich mit unverhohlener Neugier auf sie.

»Haben Sie Ihren Hund dabei?«

»Nein, der fährt nicht so gern Auto.« Es war eine Lüge, die Bonnet tief bekümmert hätte.

Von unten konnte man Schritte hören, knirschend auf Beton, dann auf der Treppe, die zu der Tür im Eßzimmer führte. Nancy starrte stirnrunzelnd auf den Teppich, als wüßte sie jetzt, wo sie verschwenderisch ihre beiden Äußerungen verbraucht hatte, nicht, was sie tun sollte. Doch plötzlich hellte sich ihr Gesicht auf vor Erleichterung, und sie sagte bestimmt und in vertraulichem Ton: »In Kalifornien wird es mir gefallen.«

»Ja, davon bin ich überzeugt.« Wieder spürte Mrs. Tyrell tiefes Mitleid. Das hatte man dem Mädchen eingebleut wie die Buchstaben des Alphabets. »Ich kenne nur San Francisco, aber es ist eine wunderschöne –«

Die Kellertür hatte sich geöffnet, und jetzt traten Mrs. Wadsworth und Neils Onkel grüßend ins Zimmer.

»Kreuzsolide«, bemerkte Charlie mit Bezug auf den Unterbau des Hauses. Sehnig und braungebrannt, mit einem eleganten grauen Oberlippenbärtchen, sah er aus wie ein Mann, der sein Leben genoß. Der Blick, den er Mrs. Tyrell zuwarf, sagte deutlich, daß er dem Unternehmen ohne Vorbehalte seinen Segen gab, auch wenn er im Augenblick aus faktischen Gründen mit Lobreden zurückhielt.

»Nancy, Kind« – Mrs. Wadsworth war kaum wiederzuerkennen in dem dunklen Wollkleid mit der Perlenschnur; der gemeißelte Mund glänzte in zartestem Rosa –, »hast du dein Zimmer aufgeräumt? Mr. Tyrell hat sich hier unten schon alles angesehen, aber er wird sicher –«

»Aufräumungsarbeiten sind völlig unnötig«, fiel Charlie ihr ins Wort und sah dabei Nancy lächelnd an – aber zu spät. Schon war das Mädchen gehorsam aufgesprungen und auf dem Weg zur Tür der Kammer, die Damons Kinderzimmer werden sollte.

»Also –«, mit einer Geste zum Sofa hin, die ihre beiden Gäste einschloß, setzte sich Mrs. Wadsworth in einen Sessel neben einem niedrigen Tisch und nahm einige Papiere zur Hand. An der Linken funkelte ein Brillant wie ein kleiner Eiswürfel. »Ich habe gestern abend noch mit meinem Mann gesprochen. Er sagte mir, die Eigentumsrechte müßten zwar noch einmal überprüft werden, diese Unterlagen hier würden aber fürs erste als Beweis des Eigentumsrechts ausreichen . . .«

Die geschäftliche Besprechung, vor der Mrs. Tyrell Annie an diesem Morgen gewarnt hatte, war bereits in vollem Gang. Was jetzt an nüchternen Fachwörtern fiel, reichte aus, alle freudige Erregung gründlich zu dämpfen, aber diese Formalitäten mußten sein, und sie war dankbar für Charlies Sachkunde und Erfahrung. Sie tauchte aus halb träumerischen Überlegungen über Vorhänge für das Wohnzimmer auf, als Charlie demonstrativ auf seine Uhr sah. Es war die Zeit am späten Vormittag, zu der er sich gern einen Bloody Mary anbieten ließ, und auch Mrs. Tyrell hätte gern einen angenommen, doch ein solches Angebot war hier so unwahrscheinlich wie das plötzliche Erscheinen einer Blaskapelle.

Anstatt jedoch eine Vertagung vorzuschlagen, fragte Charlie, ob er einmal telefonieren könnte, und kam in einer Stimmung beinahe händereibender Genugtuung zurück, die nur durch die Verschiebung seiner unaufschiebbaren Ein-Uhr-Verabredung ausgelöst worden sein konnte. Wenn er sich mit der Besichtigung der oberen Räume beeilte, sagte er, und wenn er Mrs. Wadsworth damit behilflich sein könne, bliebe ihm noch Zeit, mit ihr wegen der Hypothek zur Bank zu fahren.

Mrs. Tyrell hatte das Gefühl, erfaßt und mitgerissen zu werden, aber es war ein angenehmes Gefühl. Charles Haywood, Tyrell, Witwer seit einem Dutzend Jahren, mochte seinen Neffen und dessen Frau, aber auch ihretwegen hätte er sich keine Umstände gemacht, wenn er nicht der Meinung gewesen wäre, es handle, sich hier um eine wirklich gute Sache.

Knappe fünfundzwanzig Minuten später half er Mrs. Wadsworth vor der Bank aus dem Jaguar. Er wollte von dort aus direkt nach Boston weiterfahren, während Mrs. Tyrell Mrs. Wadsworth in die Plymouth Street zurückbringen sollte.

»Ich hab alle Zahlen, die du mir gegeben hast«, sagte er liebenswürdig zu ihr. »Du brauchst bis zum Vertragsabschluß nichts zu unterzeichnen. Sieh dich doch hier ein bißchen um, hm? Wir treffen uns dann in einer halben Stunde wieder.«

Cresset war nicht eines dieser Städtchen, wo alle Geschäfte hinter Kolonialstilfassaden erledigt wurden, doch es hatte saubere, baumbestandene Straßen und eine lange, leicht gebogene Hauptstraße, deren Bürgersteige im Sommer ebenfalls beschattet sein würden. In Mrs. Tyrells unmittelbarem Umkreis waren eine Blumenhandlung, ein Lebensmittel- und Spirituosengeschäft, zwei diskret verhangene Schaufenster mit der Aufschrift Schneiderei auf dem einen und Änderungen auf dem anderen und gleich dahinter zwei Holzschilder, die im Wind knarrten und durch eine Tür voneinander getrennt waren. Bücher. Geschenke.

Die Pattillos, die Leute aus New York, ihre zukünftigen Nachbarn. Mrs. Tyrell öffnete die Tür und trat ein.

Es war ein tiefer, angenehmer Raum mit elfenbeinfarbenen Wänden, zu dreiviertel seiner Länge von einem blauen Gitter geteilt, an dem hier und dort eine Grünpflanze und verschiedene andere Dinge hingen: eine freche schwarze Stoffpuppe, ein Badetuch mit Herzen und Blumen rund um ein eingesticktes »Unseres«, eine glitzernde goldene Tasche.

Auf beiden Seiten des Gitters waren Kunden. Mrs. Tyrell widmete sich einem Drehstand mit Ohrringen in der Geschenkabteilung und ließ sich Zeit.

Ein Stück entfernt überlegte eine dicke Frau in einem Dufflecoat laut, ob sie ein Paar Pfeffer- und Salzstreuer aus Kristall kaufen sollte.

»Sie sind sehr klein.«

»Ja, sehr zierlich, nicht wahr?«

Die andere Frau war vermutlich Mrs. Pattillo, klein und wendig in den ausgebleichten Jeans, die sicherlich teuer gewesen waren, und dem burgunderfarbenen Rollkragenpullover. Ihr kurzer Bubikopf schimmerte wie helle Seide, auf ihren Lidern glitzerte ein Hauch von Silber, die Wimpern waren wie kleine schwarze Flederwische, die Lippen hatten die Farbe hellen Rotweins.

Die Frau im Dufflecoat kaufte schließlich Salz- und Pfefferstreuer. Mrs. Tyrell drehte sich mit einem Paar gläserner Ohrhänger in Dreieckform herum.

»Ich hätte gern diese hier«, sagte sie und stellte sich gleich vor. »Wir kaufen das Haus der Familie Wadsworth, und ich wollte Sie gern kennenlernen.«

Mrs. Pattillo riß die Augen auf.

»Ach, wirklich? Warten Sie, das muß ich Donald sagen, der wird Augen machen. Ich bin übrigens Tracy wie dreiundzwanzig Millionen andere Frauen, die im selben Jahr geboren wurden. – Donald! Komm doch einmal eine Sekunde her.«

Der Mann, der lässig um das Ende des Gitters herumkam, war groß, aber so agil wie seine Frau, mit feurigen dunklen Augen und einem kurzen, tadellos gestutzten schwarzen Bart. Nachdem er Mrs. Tyrell begrüßt hatte, sagte er: »Na, das ist aber wirklich schnell gegangen. Wir wußten nicht einmal, daß jemand das Haus besichtigte.«

Mrs. Tyrell erklärte das glückliche Zusammenspiel der Umstände. »Daß Mrs. Wadsworth möglichst bald zu ihrem Mann nach Kalifornien möchte, beschleunigt natürlich die Sache.«

Keiner der beiden Pattillos verzog eine Miene oder zuckte auch nur mit einer Wimper, aber irgend etwas knisterte da zwischen ihnen. Eine Kundin, teilweise sichtbar auf der Ladenseite mit den Büchern, ließ jenes Hüsteln hören, das vor dem baldigen Reißen des Geduldsfadens warnt, und Pattillo entschuldigte sich. Mrs. Tyrell zahlte für ihr Ohrgehänge und verließ nachdenklich den Laden.

»Ihr habt Glück«, sagte Charlie fünf Minuten später mit gesenkter Stimme. »Das Haus ist auf ihren Namen eingetragen, es wird also keinerlei Verzögerungen geben. Der Vertragsabschluß kann übermorgen stattfinden, und ich glaube, du hast da einen hervorragenden Griff getan.«

Das hatte Mrs. Tyrell von Anfang an gewußt, aber sein von Erfahrung getragener Beifall tat ihr gut. Ihr rascher zweiter Gang nach oben hatte zwei zusätzliche Vorteile gezeigt – einen eingebauten Wäscheschrank und die Tatsache, daß die Mansarde eine schmale Hintertreppe hatte. Man konnte sie streichen und, da sie auf beiden Seiten Dachfenster hatte, für andere Zwecke verwenden, falls sie sich entschließen sollten, statt ihrer den Boden über der Scheune als Speicher zu benützen.

Charlie brauste in seinem Jaguar davon, und Mrs. Tyrell fuhr Mrs. Wadsworth in die Plymouth Street zurück. Abgesehen von der Bemerkung: »Mr. Tyrell war sehr liebenswürdig und hilfsbereit«, hatte Mrs. Wadsworth nichts zu bieten. Sie war offensichtlich keine Frau, die gern leichte Konversation machte; aber das Schweigen im Wagen schien zu sirren wie elektrisch geladen.

Die Dobermänner waren an diesem Tag nicht ruhig. Sie rasten und sprangen hinter dem Maschenzaun hin und her, und ihr Knurren klang so drohend wie das erste Grollen des Donners vor dem krachenden Schlag. Als fürchtete sie, die Hunde könnten einen Käufer abschrecken, sagte Mrs. Wadsworth: »Abends tun sie das nie. Ich glaube, die Kinder stoßen mit Stöcken nach ihnen, nur weil der Zaun da ist.«

Und etwas später ganz überraschend: »Möchten Sie noch auf ein Glas hereinkommen? Das ging alles so . . . Ich kann jetzt wirklich einen Drink gebrauchen.«

Die Erklärung für diese erstaunliche Einladung ließ nicht lange auf sich warten. Leere wehte ihnen entgegen, als Mrs. Wadsworth die Haustür öffnete. Sie fragte, ob Mrs. Tyrell Scotch recht wäre, und kehrte mit zwei Gläsern zurück, in denen Eiswürfel leise klirrten.

Nachdem sie sich gesetzt hatte, sagte sie, den Blick dabei starr auf eines der Fenster gerichtet, die zum Vorgarten hinausgingen: »Ich habe gestern abend gar nicht mit meinem Mann gesprochen. Ich habe nicht die geringste Ahnung, wo er ist. Er hat mich verlassen.«

Mrs. Tyrell, die eher einen Toast auf den glücklichen Verkauf des Hauses erwartet hatte, erstarrte in dem Gedanken, daß ihr der

Scotch in die falsche Kehle rutschen könnte. »Oh?« konnte sie nur hervorbringen.

Mrs. Wadsworth quittierte diesen erstickten Ausruf ihrerseits mit einer gewissen Distanziertheit.

»Man hängt so etwas natürlich nicht gern an die große Glocke, aber die Pattillos werden es Ihnen zweifellos sowieso sagen, deshalb hielt ich es für besser, wenn Sie es gleich aus erster Hand hören.«

Mrs. Tyrell dachte an ihren Abstecher in den Buchladen. Es ärgerte sie, daß ihr jetzt die Röte ins Gesicht schoß, als hätte sich ein völlig natürliches Interesse an zukünftigen Nachbarn plötzlich in neugierige Schnüffelei verwandelt.

»Mein Mann ist einige Jahre jünger als ich, und Frauen finden ihn sehr anziehend. Ich beschuldigte ihn, mich zu betrügen, vielleicht zu Unrecht« – Mrs. Tyrell sah plötzlich zedernschimmernde Augenlider und rosafarbene Lippen vor sich –, »und es kam zu einem Streit. Wir waren draußen im Garten, und man konnte uns wahrscheinlich nebenan glänzend hören.«

Schwer, sich die beherrschte Stimme laut vorzustellen, und nur am Grad ihrer Starrheit war zu ermessen, was dies sie kostete.

»Es war selbstverständlich nicht der erste solche Streit, aber er wurde zum letzten. Selbst wenn ich ein so großes Haus allein unterhalten könnte, was nicht der Fall ist, würde ich nicht in Cresset bleiben wollen.«

Nein, dachte Mrs. Tyrell; die Maßstäbe hatten sich zwar geändert, aber für eine Frau wie Mrs. Wadsworth wäre es unerträglich gewesen zu bleiben. In jeder Stadt gab es spitze Zungen, vielleicht hätte man sogar gemutmaßt, daß Nancy die Ursache der Streitigkeiten war.

Sie sagte einfach: »Das tut mir leid«, was Mrs. Wadsworth mit einem Achselzucken und einem distanzierten Lächeln abtat.

»Das mit Kalifornien ist jedenfalls wahr. Ich habe wirklich Freunde dort.« Dann fügte sie mit einer Brüskheit hinzu, die verständlich war – sie hatte ja eine Fremde einen Blick in ihre Intimsphäre tun lassen: »Wenn Sie nicht irgendwelche Sachen hier im Haus behalten wollen, hänge ich heute nachmittag ein Schild hinaus und verkaufe alles.«

Und – es blieb unausgesprochen – mache einen neuen Anfang.
Mrs. Tyrell leerte ihr Glas und stand auf. Mit einem Anflug von
Verlegenheit sagte sie: »Ich frage meinen Mann wegen des Rasen-
mähers und der Gartenfräse. Wieviel verlangen Sie dafür?«

Erst als sie den Wagen schon angelassen hatte, fiel ihr das Foto
ein, das sie Annie versprochen hatte. Sie stieg wieder aus und
knipste, sah sich das Polaroidfoto an und fuhr dann los.

»Ich glaube, Kinder stoßen mit Stöcken nach ihnen«, hatte Mrs.
Wadsworth gesagt, als sie an den Dobermännern vorübergekom-
men waren – aber es war Nancy, die genau das tat. Beim Anblick
des Wagens, den sie wiedererkannte, wandte sie das Gesicht ab,
als hätte sie ihn nicht bemerkt, und ließ ihren Stock genauso fallen,
wie sie am Tag zuvor den Rechen hatte fallen lassen. Mrs. Tyrell
allerdings hätte schwören können, daß sie am Ende des Stocks etwas Silbernes hatte blitzen sehen.

Es war kein Zwischenfall, der besonderer Beachtung wert war –
es sei denn, die Hunde kamen einmal frei und hatten die Möglichkeit, sich an dem Quälgeist zu rächen. Kinder, und Nancy war
ohne Rücksicht auf ihr tatsächliches Alter zweifellos noch zu den
Kindern zu zählen, provozierten gern eine Reaktion um ihrer
selbst willen. Es brauchte da keine absichtliche Grausamkeit im
Spiel zu sein.

Dennoch wünschte Mrs. Tyrell, sie hätte es nicht gesehen.

Annie war hingerissen von der Fotografie und den beiden oberen Fenstern, die zu ihrem zukünftigen Zimmer gehörten. Sie
stand in dem kleinen Garten, wo im Sommer drei Tomatenpflan-
zen, ein Rosenbusch, ein kleiner Pfirsichbaum und eine Reihe
Malven gediehen, und sah sich vorwitzig um.

»Ist es fünfmal so groß wie der Garten hier?«

Wie konnte sie es dem Kind anschaulich machen?

»Der ganze Garten hier würde in den halben Vorgarten passen«, sagte Mrs. Tyrell.

Danach verging praktisch der ganze Nachmittag mit Telefona-
ten. Zuerst rief sie Neil in London an. Die Konferenz würde vor-
zeitig abgebrochen werden, weil ihr Leiter in der vergangenen
Nacht zusammengebrochen und an einem Herzinfarkt gestorben

war; Neil werde also in sechs Tagen schon wieder zu Hause sein. Er sagte ja zum Rasenmäher und zur Gartenfräse – »Ich möchte jedes Wochenende den fröhlichen Landmann spielen« – und: »Am besten rufst du gleich im Möbellager an. Es kann ja sein, daß unser Zeug irgendwo ganz hinten steht. Und dann versuch Bill McGinnis zu erreichen.«

Das »Zeug« waren antike Möbel, die ihm eine Großtante hinterlassen hatte und für die sie in diesem kleinen ersten Haus keinen Platz gehabt hatten. Bill McGinnis, ein Kollege, wollte ihr derzeitiges Haus kaufen.

Mrs. Tyrell war viel zu aufgeregt, um nach dem Abendessen lesen zu können. Statt dessen sah sie sich im Fernsehen einen Gruselfilm an, und das war ein Fehler. Vielleicht weil im Film Regen an das Kellerfenster klopfte, das die Kamera in unheimlichen Einstellungen immer wieder einfing, und jetzt wirklicher Regen an das Fenster neben ihrem Bett trommelte, fuhr sie plötzlich mit einer einzigen beängstigenden Frage im Kopf aus dem Schlaf.

Was, wenn Mrs. Wadsworth' zweite Erklärung für das abrupte und dauernde Verschwinden ihres Mannes so unwahr war wie die erste und nur deshalb den Eindruck mühsam sich abgerungener Wahrheit gemacht hatte, weil sie eben als zweite geboten worden war?

Das konnte bedeuten, daß er das Haus überhaupt nie verlassen hatte. Zumindest nicht – auf seinen eigenen zwei Beinen.

Nachdem diese Frage sich einmal eingeschlichen hatte, setzte sie sich fest und gebar einige häßliche Junge.

Ehestreitigkeiten enden häufig nicht nur mit einer schlichten Trennung, sondern mit Gewalt. Zwischen den Pattillos hatte es spürbar geknistert, als von der Versetzung des Ehemanns nach Kalifornien die Rede gewesen war. Mrs. Wadsworth war eine kräftige Frau, aber dennoch –

In der Scheune standen zwei Fahrzeuge.

An dieser Stelle meldete sich zum Glück eine imaginäre Stimme, die im gewichtigen Ton eines Filmsheriffs sagte: »Verteilt euch, Männer! Daß ihr mir jeden Quadratzentimeter Boden in diesem Wald nach Spuren absucht!«

Mrs. Tyrell knipste die Nachttischlampe an. Es war halb fünf, und obwohl Damon sich langsam zivilisierterer Zeiten bequemte, würde er bald seine Flasche verlangen. So sehr aus Freude an seiner Gesellschaft wie zur eigenen Ablenkung stand sie auf und machte die Flasche warm. Als sie zusah, wie seine winzigen Händchen sich vor Genuß krümmten und seine vollkommen gezeichneten, zarten schwarzen Brauen sich in kleinen Zuckungen bewegten, für die nur er den Grund kannte, war er für sie der Inbegriff geistiger und körperlicher Gesundheit.

Der Vertragsabschluß ging an einem kalten, regnerischen Tag ohne Zwischenfall über die Bühne. Und überraschend kurz und nüchtern für einen Anlaß von solcher Bedeutung; vielleicht nicht unähnlich der Trauung auf dem Standesamt, dachte Mrs. Tyrell.

Als sie alle aufstanden, sagte einer der bebrillten Männer zu Mrs. Wadsworth mit einem Blick auf die regennasse Straße hinaus: »Ich kann mir vorstellen, daß Sie sich bei diesem Regen und dieser Kälte auf das sonnige Kalifornien freuen.«

»Ja, ich muß gestehen, das tue ich wirklich.«

»Und Roy gefällt es?«

»O ja, sehr gut«, antwortete Mrs. Wadsworth.

Es war verabredet worden, daß sie und Nancy das Haus bis spätestens Sonntag nachmittag drei Uhr räumen würden. Die Schlüssel wollte sie auf dem Kaminsims im Wohnzimmer hinterlegen. Obwohl es kein Tag war, an dem man Lust hatte, länger als unbedingt nötig im Freien zu verweilen, bot Mrs. Tyrell Mrs. Wadsworth die Hand.

»Da wir uns nicht mehr sehen werden, sage ich Ihnen schon jetzt auf Wiedersehen und viel Glück.«

»Ihnen das gleiche, und vielen Dank für Ihre – Diskretion.« Trotz des strömenden Regens zögerte Mrs. Wadsworth einen Augenblick. »Falls Sie einem Ehepaar namens Hopkins begegnen sollten, denken Sie sich nichts, sie wissen es auch.«

Mrs. Tyrell hatte den Motor schon angelassen, als jemand ans Wagenfenster klopfte. Tracy Pattillo im gelben Ölmantel.

»Heißt das, daß alles erledigt ist?«

»Ja, am Sonntag bringe ich die ersten Sachen.«

Und das war der Tag, an dem sie, obwohl am Samstag in den Sechs-Uhr-Nachrichten noch ausdrücklich darauf aufmerksam gemacht wurde, vergaß, ihre Uhr umzustellen.

Sie nahm die ganze Familie mit: Annie, Damon in einer Tragtasche und Bonnet. Es war endlich einer jener Tage, wie sie der Oktober eigentlich bringen sollte, frisch, nach welkem Laub duftend, hier und dort eine weiße Wolke am leuchtenden Himmel.

Die Scheune stand offen und leer. Damon lag in seinem Nest auf dem Rücksitz und schlief fest, satt und eingelullt von der Fahrt. Sie konnte ihn fürs erste ruhig dort lassen. Leise drückte sie die Wagentür zu, ging über den Rasen zu Annie, die mit Bonnet auf sie wartete, und benutzte zum ersten Mal den Schlüssel zur Haustür.

Das Wohnzimmer, jetzt nur mit wiegenden Schatten von Bäumen auf Wänden und Dielen, schien größer geworden zu sein. Es begrüßte sie mit einem warmen, vertrauten Duft – Bratenwürze? Vielleicht, dachte Mrs. Tyrell im Rausch der Besitzerfreude, hatten sie sich gar nicht wegen einer anderen Frau gestritten; vielleicht hatte es damit angefangen, daß er gesagt hatte: »Mußt du denn alles mit diesem verdammten Zeug würzen?«

Und da stand plötzlich, erschreckend, weil sie so leise hereingekommen war, Mrs. Wadsworth an der Tür zum Eßzimmer. Wieder einmal sah sie ganz verändert aus in einer sportlichen grauen Hose und einer weißen Bluse mit offenem Kragen.

»Mrs. Tyrell! Als ich den Wagen hörte, dachte ich, es wäre Nancy. Sie mußte rasch noch etwas für mich erledigen. Sobald sie wieder da ist, fahren wir.« Ziemlich spitz fügte sie hinzu: »Es ist ja auch erst zwei Uhr.«

Mrs. Tyrell fühlte sich verletzt und befangen, nachdem sie so auf ihren Irrtum aufmerksam gemacht worden war.

»Entschuldigen Sie vielmals. Ich weiß gar nicht, wie das passieren konnte. Ich habe ein paar Sachen mitgebracht, die ich in der Scheune unterbringen wollte. Danach bleiben wir einfach draußen. Bitte, lassen Sie sich ruhig Zeit.«

Mrs. Wadsworth war einen Schritt ins Eßzimmer zurückgewichen, als sie mit Schärfe sagte: »Ihr Hund!«

Bonnet, der eben eine rasche Besichtigung des Schlafzimmers

links vom Vorsaal beendet hatte, sprang ihnen auf seinen langen, wolligen braunen Beinen entgegen.

Mrs. Tyrell faßte ihn am Halsband. Zwei Tage zuvor, ehe sie Nancy mit dem Stock am Zaun gesehen hatte, hätte sie sich bereitwillig erboten, ihn bis zur Abfahrt der Wadsworth einzusperren. Jetzt aber sagte sie nur: »Ich sehe zu, daß er bei uns bleibt« und schob Kind und Hund vor sich zur Tür hinaus.

Bonnet raste sofort davon, um einen Stock zu suchen; sonst schon recht gesetzt mit seinen sechs Jahren, verlor er angesichts größerer freier Flächen prompt den Kopf. Damon hatte sich nicht gerührt. Mrs. Tyrell klappte den Kofferraum auf. Zusammen mit Annie trug sie Pinsel, ein altes Leintuch und Farbtöpfe – ein leuchtendes Weiß, um das vergilbte Creme im Wohnzimmer zu überstreichen – in die Scheune.

Annie war fasziniert von der dumpf hallenden Leere und den Gerüchen nach Erde, altem Holz, längst verfüttertem Heu. Vom Stall her rief sie: »Hat hier das Pferd gewohnt?«

»Ja, früher einmal wahrscheinlich.«

Mrs. Tyrell ging die Rampe hinunter zu Annie, die mit ernster Miene in einer Box stand, als wollte sie die Dinge aus der Pferdeperspektive betrachten.

»Annie, wir müssen noch eine Weile draußen bleiben, bis die Leute hier weg sind.«

Annies marineblauer Mantel hing irgendwo fest, an einem Nagel, wie sich herausstellte. Mrs. Tyrell befreite sie, hörte aus den Schichten von Staub und Stroh ein ganz feines Geräusch und griff sich ans Ohr. Aus irgendeinem Grund hatte sie die Glasdreiecke für diesen besonderen Tag angemessen gefunden, und nun war eines davon hinuntergefallen.

Sie hatte die Ohrringe gern, die so klar wie Eis im Schwung ihres Haares schimmerten, das einst hell gewesen war wie Annies, jetzt aber langsam dunkler wurde. Mit der Schuhspitze teilte sie vorsichtig das Stroh auseinander. Glas würde selbst dieses diffuse Licht aufsaugen und reflektieren.

Aber das, *was* sie sah und sich allmählich als ein großer, beinah körpergroßer Fleck enthüllte, war Blut. Und nicht sehr alt, da man es ja noch leicht als Blut erkennen konnte.

Die untere Hälfte der Stalltür schnappte zu.

»Er wollte meiner Tochter etwas Schreckliches antun«, sagte Mrs. Wadsworth, die hinter der Tür stand. Nicht einmal ein warnender Trommelwirbel war erklungen; sie stand einfach da. »Nur weil sie einen Wutanfall bekam und . . . Er wollte sie in eine Anstalt stecken.«

Schon bei den ersten Worten, den Worten im Imperfekt, griff Mrs. Tyrell nach Annies Hand und hielt sie fest; blitzartig schoß ihr der Gedanke durch den Kopf, daß Mrs. Wadsworth, wenn sie nicht unmittelbar an den Wagen herangetreten war, nicht wissen konnte, daß Damon auch hier war. Ebenso blitzartig offenbarte sich ihr die Quelle der Scham, die sie zuvor nicht hatte erforschen wollen. Von Anfang an hatte sich in ihr Mitgefühl eine leichte Abwehr gegen Nancy gemischt. Hatte die Ähnlichkeit der Namen ihr zu schaffen gemacht? Auf jeden Fall hatte sie ihr Kind nicht diesem brüchigen Blick aussetzen wollen, der ins Klangliche übertragen, das durch Mark und Bein gehende Brummen eines Bohrers war.

Nicht zurückgeblieben, sondern geistesgestört und gefährlich.

Obwohl ihr das Herz bis zum Halse schlug, brachte Mrs. Tyrell Worte hervor, als hätte sie nicht begriffen, was man ihr gesagt hatte.

»Der Onkel meines Mannes will uns hier treffen. Ah ja, ich glaube – ist das sein Wagen?«

Mrs. Wadsworth machte sich nicht einmal die Mühe, den Kopf zu drehen.

»Nancy wird im Frühjahr einundzwanzig. Sie bekommt dann die Verfügungsgewalt über das Vermögen, das ihre Großmutter ihr hinterlassen hat – sie war so ein entzückendes kleines Ding, als sie drei war. Ich konnte nicht zulassen, daß nach all den Jahren irgendwelche vom Gericht eingesetzte Leute ihre Nase in unsere Angelegenheiten steckten.«

Nach all den Jahren, wo sie die Kontrolle über das Einkommen aus dem Vermögen gehabt hatte – und die Aussicht auf spätere Jahre des Wohlstands. Darum hatte sie zum äußersten Mittel geholfen, hier, in einer alten Scheune in Neuengland, und Mrs. Tyrell war in die Geschichte hineingestolpert wie ein Kaninchen in die Falle.

Ihr Unbewußtes hatte in jenen regnerischen frühen Morgenstunden schon geahnt, was sie nicht gewußt hatte. Es bot ihr jetzt das Bild der schmucken roten Scheune, in so bequemer Nähe, unbeaufsichtigt, da ihre Eigentümer den ganzen Tag abwesend waren, Werkzeugen wie Hackmessern ausgestattet, denn wer konnte schon mit ganzen Stieren oder Schweinen etwas anfangen?

Aber was war dann mit Roy Wadsworth geschehen? Größere Grabungsarbeiten hätten sich bei nassem Boden bald verraten, und die Pattilos hatten ja bereits ihre Zweifel an der Versetzung nach Kalifornien.

Eine Erinnerung an den Geruch von Bratenwürze, nicht einmal, schon zweimal wahrgenommen, mischte sich mit ein paar gehörten Worten und setzte sich wie ein Würgen der Übelkeit in Mrs. Tyrells Kehle.

Kühn trat sie zwei Schritte näher zur Stalltür und sagte: »Ich habe nicht die geringste Ahnung, wovon Sie sprechen, aber was es auch ist, mit mir hat das nichts zu tun. Ich würde Annie gern die Umgebung zeigen, wenn Sie also –«

Sie hatte es versuchen müssen, und natürlich schlug es fehl.

Mrs. Wadsworth sagte in grauenvollem Konversationston: »Nancy muß jeden Augenblick kommen.«

Und wenn Nancy kommt, wenn sie zu zweit sind, sind wir verloren.

Mrs. Tyrell maß sie, wie sie sich vorstellte, daß Männer in Kampfstimmung einander maßen. Die andere war ihr an Größe und an Gewicht überlegen. Außerdem mußte sie an Annie denken, die nicht ganz verstand, was vorging, jedoch ihre Hand fest umklammert hielt.

Und dann Damon im Auto. So winzig klein, so – leicht zu beseitigen. Das Korbgeflecht der Tragtasche brannte im Nu lichterloh.

Mrs. Tyrell ließ ihren Blick wandern und versuchte, zum Rasen hinauszusehen. Sie sah Bonnet, der neben dem Auto an einem Stock nagte, den er zwischen den Vorderpfoten hielt, obwohl niemand mit ihm gespielt hatte.

Mit rachsüchtigem Triumph sagte sie: »Sie sollten lieber das Ding wegnehmen, das mein Hund da draußen hat, ehe er damit auf die Straße rennt.«

Die offenkundige Angst vor einem Hund in diesem Haus, demgemäß die Geschichte von der schlimmen Allergie. Wie sicher konnte ein Mörder, der im Affekt getötet hatte, sein, daß wirklich alle Spuren beseitigt waren?

Mrs. Wadsworth drehte sich halb herum und stürzte krachend gegen die Gartenfräse, als Mrs. Tyrell wie der Blitz die Rampe hinaufstürmte und mit der Kraft der Verzweiflung die Stalltüre nach ihr schleuderte, da sie wußte, daß diese Chance nicht wiederkommen würde.

Die Brust tat ihr weh.

»Annie, schnell, spring ins Auto. Schnell! Und schließ die Tür ab. – Nein, das werden Sie nicht tun«, stieß sie atemlos hervor, als Mrs. Wadsworth, einen dünnen Blutfaden auf einer Seite ihrer kalten weißen Stirn, aufstehen wollte. »Nein, das werden Sie nicht tun.«

Nie zuvor in ihrem Leben hatte sie einem Menschen absichtlich Schaden zugefügt, und selbst in diesem Augenblick kostete es sie Überwindung, aufs Knie zu gehen, die Schultern der anderen Frau zu packen und den dunklen Kopf mit einer Gewalt, die ihr selbst angst machte, gegen Metall zu schlagen. Dann war sie schon wieder auf den Beinen und rannte über unebene Bretter – lieber Gott, laß mich nicht stolpern – dem Sonnenlicht entgegen. Sie erreichte den Wagen, zitterte so heftig, daß sie zweimal am Türgriff reißen mußte, und warf sich hinein. Mtt dem letzten bißchen Luft, das sie noch hatte wie es ihr schien, rief sie Bonnet, der in dem Glauben, das Spiel habe endlich begonnen, über den Rasen davongesprungen war.

Und aus der Scheune kam Mrs. Wadsworth, schwankend, grauenerregend, mit einer Rasenschere, die sie wie einen Speer hielt. Bonnet zurücklassen – den treuen Wächter ihrer beiden Kinder? Davonfahren mit der Erinnerung an die hoffnungsvoll blitzenden Augen über dem Stock, der zu beiden Seiten des Mauls hervorstand?

»Bonnet, komm schon!« schrie Mrs. Tyrell verzweifelt, und im wahrhaft letzten Moment ließ er den Stock fallen, sauste los und sprang in den Wagen.

Nur einer gütigen Vorsehung und der Tatsache, daß das Haus

so leer ausgesehen hatte, war es zu verdanken, daß der Zündschlüssel steckte. Mrs. Tyrell fuhr in rasendem Tempo nach rückwärts, ohne auch nur einen Blick über die Schulter zu werfen, als die Rasenschere mit ungeheurer Wucht auf die Windschutzscheibe donnerte. Damon wachte auf und gab einen kurzen, quengelnden Schrei von sich, aber da waren sie schon aus der Einfahrt heraus und sicher auf der Straße.

Annie sagte mit ungeheurem Respekt: »Mama –« Und Mrs. Tyrell antwortete kurz: »Warte, Annie«, weil sie ihre ganze Konzentration brauchte, um die nächste Ecke zu erreichen, nach rechts abzubiegen, an der Lichtung beim Wald anzuhalten.

Während ihr Herzschlag sich langsam beruhigte, sah sie ihr Kind an.

»Annie sagte: »War die Frau verrückt?«

Mrs. Tyrell bedachte das mit Sorgfalt. Krank war der freundlichere, leichter zu akzeptierende, klinische Ausdruck, aber Masern und Mumps und Windpocken lauerten noch auf eine Fünfjährige, die vielleicht des Nachts aufwachen und glauben würde –

»Ja«, sagte sie. Mord aus Habsucht mochte so alltäglich sein wie die gemeine Erkältung – aber eine Privattaufe, damit Namen offen und mit niederträchtiger Belustigung genannt werden konnten?

Sie wartete an der Lichtung und ließ den Motor laufen, weil sie auch nicht das geringste Risiko eingehen wollte. Vergingen acht Minuten oder zwölf oder fünfzehn, ehe der graue Ford mit Nancy am Steuer auftauchte und nach Süden abbog?

Mrs. Tyrell prägte sich das Kennzeichen ein, aber sie machte sich nicht sogleich auf die Suche nach einem Telefon. Obwohl sie jetzt mit Sicherheit wußte, was Nancy mit dem Stock getan hatte, fuhr sie noch einmal zu dem Maschendrahtzaun.

Dort stieg sie aus dem Wagen. Die Dobermänner standen etwa drei Meter entfernt, Seite an Seite, aufmerksam und träge zugleich.

»Mr. Hopkins?« sagte sie zaghaft. Und dann: »Mrs. Hopkins?«

In den Augen blitzte eine schreckliche Erwartungsfreude auf, und sie kamen. Jetzt wußte sie, wie Mrs. Wadsworth sich der sterblichen Überreste ihres Mannes entledigt hatte.

Amanda Cross

Mord ohne Textvorlage

Bis zu dem Tag, an dem sie vor den Untersuchungsrichter gestellt wurde, hatte Professor Beatrice Sterling noch nie einem Strafprozeß beigewohnt. Als Geschworene, ein Amt, das sie, wenn man sie dazu aufforderte, regelmäßig am Ende des akademischen Jahres versah, hatte sie immer darum gebeten, im Zivilrecht eingesetzt zu werden. Von der Welt des Verbrechens fühlte sie sich so weit entfernt, und das Milieu der Kriminellen war ihr wegen ihres Alters (und dies galt bereits, als sie noch jünger war, da es mehr mit der Zeit zu tun hatte, in die sie hineingeboren worden war, als mit den Jahren, die sie gelebt hatte) so völlig fremd, daß sie einen Straftäter (denn es war fast immer ein Mann) kaum gerecht hätte beurteilen können. Kurzum: Beatrice Sterling war eine äußerst gewissenhafte Frau von untadeligem Ruf – bis man sie wegen Mordverdachts festnahm.

So hatte sie, wie die meisten Mittelklassebewohner Manhattans, noch nie mit der Strafjustiz zu tun gehabt oder war wie eine Kriminelle behandelt worden, die zu sein die Staatsanwaltschaft sie jetzt beschuldigte. Nun ist es leider so, daß die Menschen, denen verbrecherische Aktivitäten wie unsaubere Geschäftspraktiken, Drogenhandel, Versicherungsbetrug oder Berufsmord bestens vertraut sind, meist einen schnelleren Zugang zu den besseren Strafverteidigern haben. Den Menschen, denen wohl kaum jemals etwas Ernsteres als ein Verkehrsdelikt angelastet werden wird, ist in der Regel lediglich der Notar bekannt, der ihr Testament verfaßt hat, bestenfalls noch ein sympathisches Mitglied eines Anwaltsbüros, dem die Verteidigung von Schwerverbrechern ebenso fremd ist wie das komplizierte Rechtssystem des mittelalterlichen England. Der Anwalt von Beatrice Sterling war Teilhaber einer

Kanzlei für Wirtschaftsrecht. Als langjähriger Ehemann einer alten Schulfreundin Beatrices hatte er sich, um seiner Angetrauten einen Gefallen zu tun, vor einiger Zeit dazu bereit erklärt, deren Testament zu verfassen. Gewöhnlich beschäftigte er sich mit den Fusionen und Übernahmen größerer Firmen. Er hatte seinen Rechtsbeistand bislang nicht einmal in einem Scheidungsfall angeboten, von Mordanklage ganz zu schweigen. Auch in seinem Büro gab es niemanden, der sich mit der Strafjustiz im unteren Manhattan auskannte, obwohl die elegante Kanzlei in unmittelbarer Nachbarschaft lag. Unglücklicherweise hatten bis zum Zeitpunkt der Anhörung weder Beatrice noch ihre Schwester auch nur einen Moment lang einen anderen Anwalt in Erwägung gezogen. Es ist gut möglich, daß Beatrice, hätte sie den besten Rechtsbeistand der Welt gehabt, gegen eine Kaution aus der Untersuchungshaft entlassen worden wäre, doch so, wie die Dinge nun einmal standen, wurden ihr weder die Fahrten zu und von Rikers Island in einem vergitterten Bus erspart, noch die Inhaftierung in einer Zelle zusammen mit anderen Frauen, fast alles Drogenhändlerinnen oder Prostituierte. Mittlerweile fühlte sich Beatrice abwechselnd wie erstarrt oder von solcher Wut auf die junge Frau, die sie ermordet haben sollte, ergriffen, daß ihre Schuld selbst ihrem unglückseligen Wirtschaftsanwalt wahrscheinlich schien.

Man beschuldigte Professor Beatrice Sterling, eine Collegestudentin höheren Semesters umgebracht zu haben. Die Studentin hatte ein Seminar besucht, das Beatrice in dem Semester unterrichtete, in dem man das Mädchen brutal erschlagen in ihrem Zimmer im Studentenwohnheim auffand. Die junge Frau hatte Beatrice gehaßt, und Beatrice hatte die junge Frau gehaßt – mehr noch, sie hatte jede einzelne junge Frau in diesem speziellen Seminar gehaßt. Mit Vergnügen hätte sie, wie sie unglücklicherweise ein paar Dutzend Leuten gegenüber erwähnt hatte, eine jede ihrer Studentinnen mit Peitschen aus der Stadt gejagt und geteert und gefedert gesehen. Dennoch beharrte sie darauf, keinen Mord begangen oder dem toten Mädchen auch nur ein Haar gekrümmt zu haben. Doch gegen die Aussagen der anderen Seminarteilnehmerinnen, die wiederholt und überzeugend behaupteten, Beatrice habe sie alle gehaßt und sei ganz sicher nicht nur boshaft, sondern durchaus zu einem Mord fähig, zählte dies wenig. Die Polizei führte eine sorgfältige Untersuchung durch und beauftragte zwei ihrer erfahrensten und verläßlichsten Kriminalbeamten – einen Mann und eine Frau – mit dem Fall. Die beiden waren sich schnell einig gewesen, daß das Beweismaterial gegen die werte Frau Professorin mehr als eindeutig war, und hatten, da der Fall einiges Aufsehen zu erregen versprach, einen Haftbefehl erwirkt, Beatrice in ihrer Wohnung aufgesucht und sie aufs Polizeirevier gebracht.

Es ist selbst in diesem Stadium noch möglich, einem Zuchthausaufenthalt zu entgehen, allerdings nicht, wenn die Anklage auf Mord zweiten Grades lautet (der erste Grad ist denen vorbehalten, die einen Polizisten umbringen). Hat man sich ein unbedeutenderes Vergehen zuschulden kommen lassen, erhält man eine Vorladung, nach der man etwa drei oder vier Wochen später vor Gericht zu erscheinen hat. (Manche tun's, andere nicht. Doch diese Wahl ließ man Beatrice, die ganz sicherlich zu jedem erwünschten Termin angetreten wäre, nicht.) Man gestand ihr ein Telefongespräch zu, das sie mit ihrer Schwester führte, um nach einem Anwalt zu fragen – ein vergeudeter Anruf, denn ihre Schwester, ihr Name war Cynthia Sterling, hatte bereits mit dem Wirtschaftsanwalt und Ehemann von Beatrices Schulfreundin gesprochen. Von der Polizeibeamtin erfuhr Beatrice, daß es zwischen vierundzwanzig und zweiundsiebzig Stunden dauern könne, bis es zur Anhörung ihres Falles kam, und daß wahrscheinlich kein Anwalt früher als eine halbe Stunde vor diesem Termin zu ihr vorgelassen werden würde. Männer, die diese Routine durchlaufen, werden bis zum Vernehmungstermin in Verschlägen hinter den Verhandlungszimmern eingesperrt. Da die Strafjustiz Manhattans jedoch keine derartigen Verschläge für Frauen vorsah, hielt man Beatrice in einer Zelle auf dem Polizeirevier fest. Und weil das Justizsystem zu dieser Zeit sogar noch mehr als üblich überlastet war – und überlastet war es eigentlich immer –, brachte man sie erst nach zwei Tagen vor den Staatsanwalt im Polizeihauptquartier an der Police Plaza Nummer 1, der für Manhattan und alle anderen Stadtbezirke zuständigen Vernehmungsstelle.

Weder Beatrice noch ihre Schwester Cynthia waren verheiratet, und man kann sich kaum zwei Menschen vorstellen, für die es abwegiger wäre, in die Mühlen der Justiz zu geraten. Während Beatrice im Gefängnis zwischen Ohnmacht und Raserei, Tränen und kalter Wut schwankte, kam Cynthia langsam – viel zu langsam, wie sie sich selbst später vorwarf – zu dem Entschluß, daß sie Hilfe von jemandem brauchte, der sich im Strafrecht auskannte. Der Ehemann von Beatrices Schulfreundin war nutzlos. Mehr als das, denn er wußte nicht einmal, wie wenig er wußte. Selbst ein erfahrener Strafverteidiger konnte Beatrice jetzt nicht mehr aus dem Zuchthaus herausholen und ihr all die damit verbundene Schmach und die Demütigungen ersparen, doch er oder sie könnte zumindest ein paar wertvolle, vielleicht sogar praktische Ratschläge geben.

Wir alle kennen mehr Menschen, als uns auf den ersten Blick bewußt sein mag. Cynthia hätte schwören können, daß sie selbst im weitläufigsten Bekanntenkreis von niemandem wußte, der etwas mit dem Gerichtswesen oder Strafverteidigung zu tun hatte. Sie zwang sich, ruhig und aufrecht auf einem Stuhl zu sitzen und sich auf die Art zu beruhigen, die man denen empfiehlt, die mittels Meditation ihren Blutdruck senken wollen. Sie hatte die Füße fest auf den Boden gestellt und hielt ihren Rücken gerade, um einen direkten Fluß von der Decke ihres Schädels bis zum Ende ihrer Wirbelsäule zu ermöglichen. In dieser Position wiederholte sie, so wie sie glaubte, es gelesen zu haben, ein einzelnes Wort. Jedes einsilbige Wort sollte ausreichend sein, wenn man nur auf einfache Entspannung und nicht auf eine religiöse Erfahrung aus war. Sie wählte – nicht ohne Sinn für Ironie – das Wort »Recht«. Schließlich hatte sie jetzt nichts so nötig wie den Glauben an das Recht. Während sie das Wort mit geschlossenen Augen und regelmäßigem Atem langsam wiederholte, kam ihr, wie aus dem All zugeschwebt, der Name Angela Epstein in den Sinn.

Nachdem Cynthia aus Dankbarkeit einige Sekunden mit dem langsamen Atmen und den Wortwiederholungen fortgefahren hatte, verweilte sie bei den Wundertaten Angela Epsteins. Erst vor ein oder zwei Wochen hatte sie Cynthia in ihrem Büro besucht. War es das Schicksal, wenn es so etwas denn gab, das ihr ins Ohr geflüstert hatte? Cynthia war Finanzvorsteherin an einem großen städtischen College, das sich in mancherlei Hinsicht von der elitären, weitab gelegenen Institution, an der Beatrice unterrichtete, unterschied. Kraft ihres Amtes war es Cynthia in der Vergangenheit möglich gewesen, Angela Epstein finanzielle Unterstützung in Form eines Stipendiums zukommen zu lassen, und Angela war ihr, anders als die meisten Stipendiaten, stets dankbar dafür geblieben. Als sie eines Tages in der Nachbarschaft ihres alten Colleges zu tun hatte, war sie vorbeigekommen, um Cynthia einen guten Tag zu wünschen, ihr für ihre damalige Hilfe zu danken und aus ihrem gegenwärtigen Leben zu berichten. Cynthia konnte sich nicht mehr genau an den Beruf erinnern, den Angela ausübte – es hatte irgend etwas mit Anlageberatung zu tun –, doch ein Satz Angelas hallte in ihren postmeditativen Ohren wider wie die Stimme des Schutzengels in einer Legende: »Ich lebe mit einem wunderbaren Mann zusammen. Er ist Pflichtverteidiger für Bedürftige. Und er liebt seine Arbeit. Es ist so schön, mit jemandem zusammenzuleben, dem seine Arbeit Spaß macht und der Menschen hilft, die in die Schlingen der New Yorker Strafjustiz geraten sind. Unter uns gesagt, wir können uns einen Loft in Manhattan leisten.«

Über die Auskunft ermittelte Cynthia die Telefonnummer von Angela Epstein. Doch da es Nacht war, erreichte sie nur den Anrufbeantworter. Sie hinterließ Angela die leidenschaftliche Bitte, sie so bald wie möglich zurückzurufen; ja wirklich, jede Silbe bebte vor Leidenschaft. Doch wenn Angela und ihr Freund um Mitternacht zu Bett gegangen waren, würden sie vor dem nächsten Morgen nicht anrufen, vielleicht sogar erst, wenn sie am nächsten Tag von der Arbeit zurückkamen. Cynthia beschloß – oder besser, die Entschlossenheit überkam sie –, auf der Stelle aufzubrechen und Angela persönlich aufzusuchen. Vielleicht würde sie nicht ins Haus hineinkommen, vielleicht würde sie dabei überfallen werden. Doch solange Beatrice hinter Gittern saß, schien jede Handlung besser als keine Handlung. Sie stellte sich vor, wie sie an die Tür des Lofts hämmern würde, bis man ihr Einlaß und die Möglichkeit zu flehen gewährte. Eilig kleidete sie sich an, ging auf die Straße hinaus, winkte einem Taxi und wies den Fahrer an, sie zur Lower East Side zu bringen. Trotz seines Protests bestand sie darauf, genau dorthin zu wollen.

»Zu dieser späten Stunde! Wohl verrückt, was?«

Selbst in ihrer erregten Entschlossenheit fiel Cynthia auf, daß sie schon lange nicht mehr von einem so altmodischen Taxifahrer chauffiert worden war. Er war Amerikaner, alt, ungepflegt und wunderbar beruhigend.

»Ich muß *jetzt* hin«, sagte sie. »Bitte. Fahren Sie.«

»Sie fahren auf Ihre eigene Beerdigung, das versichere ich Ihnen. Ich wär ja selbst zu dieser späten Nachtstunde nicht mehr draußen auf der Straße, wenn dies nicht der Wagen meines Neffen wäre. Mein Neffe kriegt gerade mit seiner Frau im Krankenhaus ein Baby. Heutzutage braucht man zwei, um ein Baby zu kriegen. Ich meine, es zu kriegen, nicht, es anzufangen, wenn Sie verstehen, was ich meine. Ich selber fahre nur bei Tag.«

»Ich verstehe«, sagte Cynthia und segnete ihn dafür, daß er losfuhr.

»Er kämpft sich gerade durch ein Jurastudium und fährt nachts Taxi. Ich sag ja immer, daß man heutzutage und in dieser Stadt nicht selbst Anwalt werden, sondern einen einstellen muß, und einen Doktor am besten gleich dazu. Verrückte Welt. Sie wollen doch hoffentlich keine Drogen kaufen?«

Cynthia versicherte ihm, daß dies nicht ihre Absicht sei. War die Meditation wie ein Gebet? Und wurde sie wie ein Gebet erhört? Erst war ihr der Name zugeflogen, und dann auch noch dieser wunderbare Taxifahrer. Ob da noch Platz für ein weiteres Wunder war und ihr Klopfen an der Tür erhört werden würde? Würde man sie hereinlassen und ihr erlauben, ihre Geschichte vorzutragen?

Und es geschah tatsächlich noch ein Wunder, wenn auch nicht ganz so, wie Cynthia es sich vorgestellt hatte. Als sie aus dem Taxi stieg, kam ein Paar auf sie zu. Die beiden blickten Cynthia erstaunt an. Sie war wohl kaum der Typ, den man in dieser Gegend und zu dieser Stunde normalerweise antraf. Das Paar war ebenfalls aus einem Taxi gestiegen und schickte sich gerade an, ins Haus zu gehen.

»Dekan Sterling!« rief jemand. Es war Angela Epstein. »Was, um alles in der Welt, machen Sie hier?«

»Ich suche Sie«, sagte Cynthia und fühlte sich plötzlich unglaublich müde, erschlagen von all dem unverhofften Glück, das ihr an diesem Tag widerfahren war.

»Was ist, zahlen Sie jetzt? Oder haben Sie etwa Ihre Handtasche zu Hause vergessen?«

Cynthia besann sich wieder und entschuldigte sich bei dem Taxifahrer und dem erstaunten jungen Paar. Sie griff in ihre Handtasche und gab dem Taxifahrer eine große Banknote. »Für Sie und Ihren Neffen und das Baby«, sagte sie. »Sie sind ein wunderbarer Mensch.«

»Sie auch«, rief er und fuhr mit quietschenden Reifen davon. Cynthia hatte ihn bitten wollen, zurückzukommen, doch sie zuckte nur die Schultern. Es war der junge Mann an Angela Epsteins Seite, dem sie nun all ihre Aufmerksamkeit zuwandte.

»Sie sind Rechtsberater und kennen sich in der Kriminaljustiz aus?« fragte sie, als könne er dies verneinen und sich am Ende als völlig nutzlos erweisen.

›Ja«, sagte er und nahm ihren Arm. »Sind Sie in Schwierigkeiten? Warum gehen wir nicht nach oben und reden darüber?« Über Cynthias Kopf hinweg, er war nämlich ein großer Mann, warf er Angela einen fragenden Blick zu. Die machte beschwichtigende Handbewegungen und eilte voraus, um die Haustür zu öffnen, wobei sie nach allen Seiten spähte, ob nicht irgendwo gefährliche Gestalten auf der Lauer lagen. »Ich fürchte, ich weiß nicht einmal Ihren Namen«, sagte Cynthia.

»Ich heiße Leo«, sagte er. »Leo Fansler. Und Sie?«

»Cynthia Sterling. Meine Schwester Beatrice Sterling ist wegen Mordverdachts festgenommen worden. Und ich fürchte, sie lassen sie nicht einmal gegen eine Kaution frei. Das war zumindest die einzige verläßliche Aussage, die ich aus dem Anwalt rausbekommen konnte, den ich engagiert habe. Werden Sie uns helfen?«

»Ich werd's versuchen«, sagte Leo Fansler.

Sie setzten sie mit einer Tasse Tee und einer Decke über den Beinen auf die Couch, denn im Loft war es kühl. Außerdem wollten sie Cynthia mit jeder erdenklichen Aufmerksamkeit behilflich sein. Angela hatte in ihr immer eine ungeheuer starke und tüchtige Frau gesehen, jetzt aber war sie die Verzweiflung und Aufgelöstheit in Person, ganz wie – so sagte Leo später zu Angela – die

Weiße Königin. (Leo mußte erklären, wer die Weiße Königin war. »Du hast einfach alles gelesen«, beschuldigte ihn Angela liebevoll. »Nicht ganz«, antwortete er. »Ich habe einfach nur eine Zeitlang mit einer literarischen Tante zusammengelebt.«)

Schließlich war Cynthia soweit, daß sie Leos Fragen beantworten konnte; was ihrer Schwester angelastet wurde, wann sie festgenommen worden war, ob die Beamten einen Haftbefehl gehabt hatten oder nicht und ob sie schon vernommen worden war. So behutsam wie möglich versuchte Leo sie davon abzuhalten, ihm die ganze Geschichte von Anfang an zu erzählen. »Noch nicht«, sagte er. »Das werde ich von Ihrer Schwester erfahren, ich werde mit ihr reden. Ich werde die ganze Geschichte hören, glauben Sie mir. Doch im Moment will ich nur wissen, wo sie sich aufhält und was bei Gericht bereits geschehen ist.

Cynthia machte einen beherzten Versuch, sich so klar wie möglich auszudrücken. Und zu ihrer unendlichen Erleichterung verstand Leo sie, deutete ihre vagen Antworten, wußte, was zu tun war.

»Wissen Sie, wann die Anhörung anberaumt ist?« fragte er. »Hat man es Ihnen gesagt, oder ihr?«

»Wahrscheinlich morgen, aber sie wissen es nicht sicher.«

»Gut. Ich werde da sein«, sagte Leo. »Bei der Vernehmung wird ihr Anwalt versuchen, sie gegen eine Kaution freizubekommen, doch die Aussichten sind schlecht. Wahrscheinlich wird man sie zurück in die Untersuchungshaft schicken, und wir werden es noch einmal versuchen. An höherer Stelle, bei der zweiten Anhörung, haben wir vielleicht mehr Glück. Aber wenn man ihr in einem Mordfall überhaupt eine Kaution bewilligt, dann wird sich das im Bereich von einer Million Dollar abspielen. Können Sie soviel auftreiben? Es gibt Bürgen, Leute, die gewerblich Kautionen stellen . . .«

»Ich werde es auftreiben«, sagte Cynthia. »Darüber hat der Anwalt bereits mit mir gesprochen. Der, der keine Ahnung hat. Ich glaube, er hat über Geld geredet, weil es das einzige ist, wovon er überhaupt etwas versteht. Wir werden unsere Wohnung belasten. Sie ist einiges wert, mittlerweile über eine Million. Als wir vor dreißig Jahren einzogen, war das jedoch noch nicht so.

»Es dauert einige Zeit, bis man eine Hypothek oder auch nur einen Kredit kriegt«, sagte Leo mehr zu sich selbst als zu ihr. »Ich werde Ihnen jetzt ein Taxi rufen. Wenn wir den doppelten Fahrpreis bieten, wird die Zentrale eins schicken, normalerweise meiden sie diese Gegend bei Nacht. Sie fahren heim und versuchen sich etwas auszuruhen. Kommen Sie morgen früh um neun zu mir ins Rechtsberatungsbüro in der Centre Street, gegenüber vom Gericht. Glauben Sie, Sie schaffen das?«

»Ich könnte Sie hinfahren«, sagte Angela. »Ich könnte etwas später zur Arbeit gehen.«

»Ich werde es finden«, sagte Cynthia. »Bitte, Sie haben schon genug getan. Ich werde Sie dort aufsuchen.«

»Steigen Sie in der Chambers Street aus der U-Bahn aus. Dann fragen Sie jemanden nach dem Weg. Versuchen Sie nicht, ein Taxi zu nehmen, sonst werden Sie stundenlang im Verkehr feststecken.«

»Ich werde da sein«, sagte Cynthia. »Arme Beatrice. Ich werde da sein. Ich werde Sie davon überzeugen, daß sie unschuldig ist.«

»Morgen oder auch später. Wichtig ist jetzt nur, daß Sie jemanden auf Ihrer Seite haben, der sich in der Sache auskennt. Nur daran dürfen Sie im Augenblick denken. Ich werde versuchen, einen anderen Anwalt für die Verhandlung zu finden. Ich weiß, daß es unmöglich ist, aber versuchen Sie, sich nicht allzuviel Sorgen zu machen.«

Cynthia traf um neun Uhr im Rechtsberatungsbüro ein. Sie sah keinen Grund, Leo, der sie an der Rezeption abholte, zu erzählen, daß sie schon um sieben Uhr aufgebrochen und mindestens eine Stunde lang durch das Straßengewirr des unteren Manhattan gewandert war, bis ein Lkw-Fahrer ihr endlich den richtigen Weg gewiesen hatte. Leo führte sie in sein Büro, hängte ihren Mantel auf, bat sie, Platz zu nehmen, und versuchte ihr zu erklären, was bislang geschehen war.

»Wo ist Beatrice jetzt?« fragte Cynthia, bevor er begann.

»Wahrscheinlich gerade auf dem Weg vom Polizeihauptquartier hierher. Wir haben nicht viel Zeit, Sie müssen jetzt zuhören.«

»Ich höre«, sagte Cynthia und raffte all ihre Konzentrationsfähigkeit zusammen. Jetzt war es Zeit zu handeln. »Also«, sagte Leo. »Man hat sie festgenommen und auf das zuständige Polizeirevier gebracht, wo man persönliche Daten, Name, Adresse und so weiter aufgenommen und überprüft hat, ob wegen anderer Vergehen nach ihr gefahndet wird. Ich weiß, ich weiß, aber wir reden hier über das System, nicht über Ihre Schwester. Wenn wir aufs Gericht gehen, werden Sie sehen, daß die meisten Verhafteten bereits vorbestraft sind und viele von ihnen nicht einmal einen festen Wohnsitz vorweisen können, in dieser Hinsicht hat sie also einiges voraus. Die Beamten werden Ihre Schwester eingehend befragt haben, und wir können nur beten, daß sie so klug war, nichts zu sagen. Jede Aussage, die sie bei ihrer Festnahme gemacht hat, kann und wird bei der Anhörung verlesen werden.«

»Das scheint mir alles sehr ungerecht zu sein«, sagte Cynthia, »sie überrumpeln die Leute, wenn sie aufgeregt sind.«

»Sie treffen den Nagel auf den Kopf. Und selbst abgebrühte Kriminelle sind selten so klug, den Mund zu halten. Ich weiß nicht, wie lange man sie auf dem Polizeirevier festgehalten hat – ich werde es noch herausfinden –, aber auf jeden Fall so lange, wie sie warten mußten, bis die Staatsanwaltschaft mehr Beweismaterial sammeln konnte.« Leo sah darüber hinweg, daß Cynthia die Augen geschlossen hatte und blaß geworden war. Er redete einfach weiter, damit sie sich wieder fangen konnte. »Dann hat man ihre Fingerabdrücke nach Albany gefaxt, wo sie per Computer mit sämtlichen Fingerabdrücken im Land verglichen werden. Das Ergebnis ist ein Auszug aus dem Strafregister, das im Fall Ihrer Schwester ermutigend leer sein wird. Ich nehme an, sie ist nicht vorbestraft.« Er sah Cynthia an, die entschieden nickte. »Das ist ein Pluspunkt für uns, wenn wir die Kaution beantragen wollen«, sagte Leo.

»Im Moment sitzt sie im Gefängnis, weil die Justiz überlastet war. Sie mußten sich an die Staatsanwaltschaft wenden, um eine Strafanzeige einzuholen. Außerdem mußte sie noch in der Abteilung für Strafsachen vernommen werden.« Leo bemerkte, daß Cynthia einer Ohnmacht nahe war. »Halten Sie durch«, sagte er. »Wir sind mit diesem Teil fast fertig. Dort hat man eine Strafakte angelegt – in der Abteilung für Strafsachen«, fügte er hinzu, da sich Verwirrung zu Cynthias Schwindel gesellte. »Vor Gericht wird jeder, der Richter, der Staatsanwalt, der Anwalt Ihrer Schwester, diese Akte benutzen. In ihr steht, wie lange sie schon unter ihrer Adresse lebt, was sie arbeitet, seit wann sie arbeitet und so weiter. Das wird Ihrer Schwester helfen, denn offensichtlich ist sie stets eine rechtschaffene Bürgerin gewesen, ohne Lücken im Lebenslauf und mit festem Wohnsitz. Wir warten jetzt darauf, daß all diese Papiere bei Gericht eintreffen. Wir werden bei der Anhörung eine Freilassung gegen Kaution beantragen, aber machen Sie sich keine großen Hoffnungen. In einem Mordfall wie diesem wird der Untersuchungsrichter sie sicherlich in die Untersuchungshaft zurückschicken.«

»Werden Sie es sein, der bei der Anhörung die Kaution beantragt?«

»Das kann ich nicht«, sagte Leo. »Sie hat keinen Anspruch auf staatlichen Rechtsbeistand. Aber ich habe ihr eine Anwältin gesucht, eine Frau, mit der ich zusammen studiert habe. Sie ist erstklassig und hat bereits als Staatsanwältin gearbeitet, sie weiß, was sie tut, sie ist klug, und vor allen Dingen wird sie den Hintergrund Ihrer Schwester verstehen. Sie ist schon im Gericht, um sich dort mit Ihrer Schwester zu treffen, sobald sie vom Hauptquartier zur Anhörung gebracht wird. Das wär's erst mal. Konnten Sie mir bis hierher folgen?«

»Wird man sie in eine Zelle sperren, wenn sie hier eintrifft?«

»Nein. Frauen werden nicht in Verschläge gesperrt. Sie wird zusammen mit anderen weiblichen Inhaftierten auf einer Bank vor dem Gerichtssaal sitzen. Und sie wird in eine Kabine gehen, um dort mit ihrer Anwältin zu sprechen. Wir gehen jetzt rüber, dann können Sie sich das Ganze ansehen.«

»Wird sie mich sehen können?«

»Ja. Aber Sie dürfen nicht mir ihr sprechen oder sie berühren. Sally, das ist ihre Anwältin, wird ihr erzählen, was Sie bis jetzt unternommen haben, auch daß Sie mich aufgesucht haben. Fertig? Hier ist Ihr Mantel. Gehen wir.«

»Brauchen Sie keinen Mantel?« Leo schüttelte den Kopf. Nichts auf der Welt, dachte er, konnte eine Frau davon abhalten zu bemerken, daß er ohne Mantel durchs Gerichtsgebäude rannte. Ein

Mann würde so etwas niemals registrieren. Es hat etwas mit dem weiblichen Pflegetrieb zu tun, würde Angela sagen.

»Können Sie die sechs Stockwerke zu Fuß bewältigen?« fragte er. »Mit dem Aufzug braucht man nämlich eine Ewigkeit. Prima. Also los.«

Im Gericht herrschte reges Treiben. Cynthia sah den Richter, die Staatsanwälte und mit Pistolen bewaffnete Männer in weißen Hemden, die, so Leo, Gerichtsbeamte waren. Sie trugen Akten zwischen den Anwälten und dem Richter hin und her. Als man Beatrice mit hinter dem Rücken gefesselten Händen vor den Richter führte, glaubte Cynthia ihre Tränen nicht länger zurückhalten zu können. Sie konnte niemanden verstehen, außer den Staatsanwalt, der laut und deutlich sprach: »Im Namen des Volkes wird folgende Aussage verlesen. Die Angeklagte hat erklärt: Ich habe sie nicht umgebracht. Ich habe sie gehaßt, aber ich habe sie nicht umgebracht. Ich könnte niemanden umbringen.‹ Keine weiteren Erklärungen.«

Mit schmerzverzerrtem Gesicht blickte Cynthia zu Leo.

»Macht nichts. Nicht unbedingt belastend. Es ist zwar immer besser, still zu bleiben, aber seine Unschuld zu beteuern, ist nicht das Schlechteste. Passen Sie auf! Sally beantragt jetzt die Haftentlassung gegen Kaution. Der Staatsanwalt hat gefordert, daß die Untersuchungshaft bestehen bleibt und sie den Verhandlungsbeginn im Zuchthaus abwarten soll. Jetzt redet Sally.«

»Euer Ehren, die Forderung des Staatsanwalts war, bei aller ihm gebührenden Hochachtung, zwar vorhersehbar, nimmt jedoch keinerlei Rücksicht auf die gesellschaftliche Stellung meiner Klientin. Das Belastungsmaterial gegen meine Klientin ist wenig überzeugend und beschränkt sich hauptsächlich auf Indizienbeweise. Wir werden diese mit aller Entschiedenheit widerlegen. Meine Klientin hat nicht nur keine Vorstrafen, sie ist ein hochgeschätztes Mitglied des Lehrkörpers einer etablierten und anerkannten Eliteschule. Seit vielen Jahren lebt sie als unbescholtene Bürgerin unter derselben Adresse. Daß meine Klientin zum vereinbarten Zeitpunkt wieder bei Gericht vorstellig wird, kann nicht angezweifelt werden. Wir beantragen eine Kaution, deren Höhe die Rückkehr meiner Klientin sicherstellt, ohne übertrieben zu sein. Meine Klientin ist eine Frau in den Fünfzigern, sie ist unschuldig und hat vor, dies zu beweisen.« Sie war noch nicht fertig, doch Cynthia war unfähig, auch nur eine Sekunde länger zuzuhören. Leo hatte gesagt, daß es in diesem Stadium kaum Hoffnung gab, daß Beatrice gegen eine Kaution entlassen werden würde. Sie versuchte, Beatrice ermutigende und aufbauende Gedankenwellen zuzuschicken, doch der Anblick ihrer auf dem Rücken gefesselten Hände war niederschmetternd.

Der Richter sprach – was Cynthia unter anderen Umständen registriert hätte – mit bewundernswerter Klarheit. »Die Untersuchungshaft bleibt anberaumt. Vertagt unter AP-17 auf den 6. Januar.«

Das war alles. Beatrice wurde fortgeführt, und Cynthia weinte.

»Es wird nicht allzulange dauern«, sagte Leo und versuchte, ein paar tröstende Worte zu finden. »Das Gesetz erlaubt nicht, daß jemand ohne Anklage länger als einhundertvierundvierzig Stunden eingesperrt bleibt. Und jetzt hat sie eine Anwältin, die ihre Sache versteht und die, mit etwas Glück, bei der strafrechtlichen Anhörung eine Kaution für sie rausschlagen wird. Fahren Sie jetzt heim, und seien Sie bereit, diese Kaution zu stellen. Mindestens eine Million. Das ist geschätzt, aber wahrscheinlich zutreffend. Können Sie ohne Probleme nach Hause kommen?« Cynthia schaute zu der Stelle, wo Beatrice gewesen war, doch sie war fort. Sie sah die Kabinen – wie Beichtstühle, dachte sie –, in denen Beatrice wahrscheinlich mit ihrer Anwältin gesprochen hatte, bevor Leo sie hergebracht hatte. Doch Leo drängte sie zu gehen – er war schon spät dran für eine weitere Anhörung in einem anderen Gerichtssaal.

Später trafen sich Leo und Sally in einem chinesischen Restaurant in der Mulberry Strect zum Lunch. Sally strahlte alles andere als Zuversicht aus. »Ob ich mir sicher bin, daß sie es nicht getan hat? Nein, ich bin mir nicht sicher, und was werden dann erst die Geschworenen denken? Sagen wir, ich habe begründete Zweifel: Ich hätte weniger Zweifel, wenn ich sehen würde, wie die Katze sich vor dem leeren Vogelkäfig ihr Maul schleckt. Leo, mein Liebster, mein Goldstück, laß dir eines raten: Fang an, in diesem Fall ein Geständnis in Erwägung zu ziehen. Dann wird sie für Totschlag irgendwas zwischen achteindrittel und fünfundzwanzig Jahren kriegen und nach achteindrittel Jahren auf Bewährung entlassen werden. Andernfalls müssen wir von fünfzehn bis lebenslänglich ausgehen. Denk an Jean Harris.«

»Jean Harris hat ihren Liebhaber erschossen.«

»Das ist entschuldbarer, als ein zweiundzwanzigjähriges Mädchen umzubringen.«

»Was genau ist passiert?«

»Laut Staatsanwaltschaft? Das Mädchen wurde Samstag abend tot in ihrem Zimmer im Studentenwohnheim aufgefunden. Das Wohnheim war fast leer, und niemand hat irgend etwas gesehen, mit Ausnahme eines Jungen, der beim Verlassen des Hauses eine alte Dame sah und bei der Gegenüberstellung aus einer Reihe von Frauen Professor B. wiedererkannte. Ihr verdammter Wirtschaftsanwalt hat mir dabei alles andere als geholfen. Professor B. behauptet, sie sei zu Hause gewesen; die Schwester war auf irgendeinem Institutsfest. Die Freundinnen des Mädchens haben durch die Bank bezeugt, daß Professor B. das Opfer gehaßt habe, wenn auch nur unbedeutend mehr, als sie alle anderen Mädchen in ihrem Seminar gehaßt hat. Übrigens irgendein Frauenthema – ausgerechnet!«

»Ist das alles, was die Staatsanwaltschaft in Händen hält?«

»Einen Augenzeugen, keine anderen Verdächtigen und Professor B.s Fingerabdrücke überall auf dem Notizbuch des Mädchens. Selbst Daphnes Freundinnen geben zu, daß sie mit dem Aufstacheln der alten Dame ziemlich weit gegangen ist, doch das entschuldigt wohl kaum einen Mord. Es ist ja nicht so, als hätten wir es hier mit dem Mißhandelte-Frau-Syndrom, zu tun. So sieht es aus, Leo. Wir müssen sie zu einem Geständnis bewegen.«

»Danke, daß du mit dem japanischen Restaurant einverstanden warst«, sagte Leo. »Ich weiß, es ist nicht dein Fall, aber ich brauchte einfach rohen Fisch: Geistesnahrung. Außerdem werden dir die Martinis hier schmecken. Am besten, du trinkst erst mal zwei, bevor ich mit meiner Geschichte anfange.«

Kate Fansler nippte an dem Martini, den sie schon bestellt hatte, und blickte Leo nachdenklich an. Er hatte gesagt, daß er einen Rat brauche. Die Frage war nur, in welcher Sache? Kate hielt die Rolle einer Tante der eines Elternteils für weit überlegen, was jedoch nichts an der Tatsache änderte, daß junge Menschen sie nervös machten. Dieser Rat sollte jedoch, wie sich herausstellte, nichts mit der Jugend zu tun haben.

»Klingt nicht so, als hätten sie viel gegen diese Frau in der Hand«, sagte Kate, nachdem Leo ihr die Geschichte erzählt und währenddessen eine Anzahl gelbschaliger Merkwürdigkeiten verspeist hatte. Jetzt machte er sich an einen Aal heran.

»Haben sie auch nicht. Aber es ist genau die Art eines Falles, den sie gewinnen werden. Sie werden alle Freundinnen des Mädchens antanzen lassen, und wer spricht für Beatrice? Eine ergebene Schwester. Und alle Klischees der Welt legen nahe, daß sie dem Mädchen in einem Anfall wahnsinniger Eifersucht den Kopf eingeschlagen hat.«

»Du klingst ganz schön betroffen.«

»Ich bin immer betroffen. Darum bin ich so erfolgreich in meinem Beruf, und darum interessiert er mich. Aber ich weiß auch, wie man um fünf Uhr abends die Betroffenheit ablegt und heimgeht, anders als so mancher erstklassige Anwalt.«

»Sallys Argumente sind also durchaus nachvollziehbar.«

»Natürlich. Das ist ja das Problem. Vielleicht bin ich etwas voreilig, aber ich sehe es so, daß sie sich entweder schuldig bekennt oder das Verfahren verliert und lebenslänglich kriegt. Und aus diesem Dilemma sehe ich nur einen Ausweg: den richtigen Mörder finden. Genau dein Fall, würde ich meinen.«

Kate, die eigentlich beschlossen hatte, es bei nur einem Martini zu belassen, winkte dem Ober und bestellte einen zweiten.

»Ich kenne dich jetzt so lange, daß ich nicht mehr die verschiedenen Standpunkte mit dir durchdiskutieren muß«, sagte sie. »Wir können es einfach so stehenlassen. Wenn ich mit deiner Mörderin reden wollte, müßte ich mich dann nach Rikers Island begeben?«

»Nein. Und außerdem bin ich mir ziemlich sicher, daß Sally, wenn wir ein bißchen Glück mit dem Richter haben, bei der Anklage eine Haftentlassung herausschlagen wird. Es gibt keinen ersichtlichen Grund, warum man das alte Mädchen im Gefängnis festhalten sollte, und Sally kann sehr überzeugend sein. In diesem Fall könntest du sie in ihrer Wohnung besuchen, die sie belastet haben, um die Kaution aufzubringen.«

»Leo, eines möchte ich klarstellen . . .«

»Wie du schon sagtest, liebe Tante Kate, wir kennen die verschiedenen Standpunkte. Rede einfach mit den alten Schwestern, zusammen, getrennt, und laß mich wissen, zu welchem Ergebnis du kommst. Ende der Diskussion – es sei denn, du entscheidest, daß sie unschuldig sind und ich helfen kann.«

»Ich dachte es sei nur eine von den beiden?«

»So ist es. Doch Cynthia ist diejenige, die ich zuerst kennengelernt habe, deshalb sehe ich sie immer als ein Paar. Beatrice habe ich nie kennengelernt. Ich habe sie nur einmal zusammen mit den anderen weiblichen Inhaftierten bei der Anhörung gesehen. Aber ich kenne Cynthia, ich habe Angela von Cynthia erzählen hören, und ich bin nicht bereit zu glauben, daß Cynthias Schwester irgend jemanden umgebracht haben soll.

Leo hatte Kate erzählt, daß die persönliche Erfahrung mit der Strafjustiz für eine Frau wie Professor Beatrice Sterling ein Alptraum sein würde. Und tatsächlich: Beatrice, wie sie Kate bat, sie zu nennen, sah aus wie jemand, der Schreckliches gesehen hatte. Nachdem der Freilassung gegen Kaution zugestimmt worden war, trafen sie sich in der Wohnung der Schwestern. Jetzt, wo Beatrice zu Hause war, handelte Cynthia nach der Devise, daß eine ordentliche Dosis Normalität genau das Richtige sei, und Kate war gerührt darüber, wie tapfer Beatrice sich bemühte mitzuspielen. Während sie eine Zeitlang oberflächlich miteinander plauderten, ging sie in Gedanken noch einmal alle Punkte durch.

Eine Möglichkeit wäre ein Einbruch gewesen, doch das war eher unwahrscheinlich. Die Brieftasche des Opfers war nicht gestohlen worden, auch wenn das Geld, falls welches darin gewesen war, fehlte. Ihr Studentenausweis, Kreditkarten und eine Scheckkarte waren noch da. Fotos, die sie in der Brieftasche aufbewahrt hatte, waren, in winzige Teile zerrissen, über den Körper des Opfers gestreut. Obwohl ihre College-Freundinnen, wie es heute üblich ist, intimste Details aus ihrem Leben kannten, konnte keine von ihnen sagen, wieviel Geld sie gewöhnlich bei sich trug oder ob sonst noch etwas aus der Brieftasche fehlte. Sie war mit einem Tennispokal niedergeschlagen worden, eine metallene Statue einer jungen Frau, die einen Tennisschläger schwang, unten mit einem schweren Gewicht versehen. Der Täter hatte Handschuhe getragen. Was Beatrice zum Verhängnis geworden war, waren nicht so sehr diese Tatsachen, auch nicht die Identifizierung durch den jungen Mann (obwohl diese ihr das Kreuz brach), sondern vielmehr der Umstand, daß Opfer und Angeklagte einander gehaßt hatten, was niemand, nicht einmal die Angeklagte selbst, abstritt. Ein Motiv allein reicht noch nicht für eine Verurteilung, doch die Basis für berechtigte Zweifel an der Schuld der Angeklagten war – wie Leo es formuliert hatte – nach den glaubhaften Aussagen der Freundinnen des Opfers sehr dünn. Kate setzte ihre Teetasse ab und begann darüber zu reden, was ihnen bevorstand.

»Sie sind unsere letzte Hoffnung«, sagte Cynthia, noch bevor Kate zu sprechen anheben konnte.

»Wenn das so ist«, antwortete Kate und sah erst der einen, dann der anderen in die Augen, »werden Sie meine endlosen Fragen über sich ergehen lassen müssen und Ihre Geschichte so oft wiederholen, bis Sie meinen, das Zuchthaus könne auch nicht schlimmer sein. Also, fangen wir ganz vorn an, mit der Beschreibung des Seminars. Wie kamen Sie dazu, es zu unterrichten, waren die Studentinnen Ihnen bereits bekannt, wie lautete das Thema? Ich will alle erdenklichen Details wissen und noch mehr. Fangen Sie an.«

Beatrice holte tief Luft und hielt die Augen auf ihre im Schoß gefalteten Hände gerichtet. »Ich habe diese speziellen Studentinnen überhaupt nicht gekannt«, sagte sie, »und ich hatte auch nicht besonders viel Lust, dieses Seminar zu unterrichten. Aus zwei Gründen«, fügte sie hinzu und nahm damit Kates »Warum?« vorweg, noch bevor diese es aussprechen konnte. »Es ging um Frauenstudien, ein Fach, das ich noch nie unterrichtet habe. Ich bin Feministin, aber mein Fachgebiet ist frühchristliche Geschichte, in zeitgenössischer Frauenforschung kenne ich mich nicht besonders gut aus. In diesem Seminar sollten die Abschlußarbeiten vorbereitet werden, was bedeutete, daß es keinerlei Textmaterial gab. Hinzu kommt, daß alle Studentinnen noch Fächer wie Soziologie, Politikwissenschaft oder Anthropologie belegt hatten und ich mich in diesen Fächern nur insoweit auskenne, wie sie meinen eher historischen Ansatz berühren. Ich habe lange und gegen eine unerfreuliche Opposition dafür gekämpft, daß der Bereich Frauenstudien an unserem College eingeführt wird, also gab es kaum eine Entschuldigung für mich, nicht auch einmal ein Seminar in diesem Bereich abzuhalten. Außerdem war gerade niemand anders verfügbar. Es waren zwölf Studentinnen, alle in höheren Semestern, und, ja, irgendwie konnte ich nicht umhin, es als mein letztes Abendmahl zu sehen, was ich nur erwähne, damit Sie sich vorstellen können, was dieses Seminar in mir auslöste.« Ein Seufzer entwich Beatrice, doch nach einem aufmunternden Tätscheln von Cynthia fuhr sie fort zu reden.

»Die jungen Leute von heute haben keine Manieren. Jeder, der Studenten vor ihrem ersten Examen unterrichtet, wird das bestätigen. Sie sind nicht unbedingt aggressiv, aber rücksichtslos, als gäbe es nichts außer ihrer eigenen Meinung. Das Verrückte daran ist, daß die radikalsten Studenten, diejenigen, die von nichts anderem reden als von Armen und ethnischen Minderheiten, gleichzeitig die Unverschämtesten sind und Manieren für unter ihrer Würde halten. Verzeihen Sie mir, wenn ich ein bißchen geifere, aber Sie wollten alles hören.

Worauf es hinauslief: Sie haßten mich vom ersten Augenblick an und ich sie. Nun ja, das ist vielleicht übertrieben. Doch als ich einen Minimalstandard an Wissenschaftlichkeit vorschlug, erntete ich nur ein höhnisches Grinsen. Wirklich, sie grinsten. Ich habe mit der Bereichsleiterin für Frauenstudien darüber geredet, und sie gab zu, daß diese Studentinnen als aufsässige Bande bekannt waren und mich als Seminarleiterin abgelehnt hatten, doch sie konnte auch nicht mehr tun, als mich aufzumuntern. Sie lästerten über frühe Feministinnen wie mich, als seien wir ein Haufen kaputter Kriecherinnen gewesen. Aber das Schlimmste war, daß sie nie mit mir geredet oder mich etwas gefragt haben. Sie haben miteinander gesprochen und mir den Rücken zugekehrt. Sie unterrichten selbst, deshalb werden Sie mich vielleicht besser verstehen als die Polizei. Es war die Art Frechheit, die an Vergewaltigung grenzt. Oder Mord. Oh, denken Sie nicht, daß ich normalerweise keine erfolgreichen Seminare abhalte. Doch, die Studentinnen mögen mich. Es stimmt zwar, sie haben das Fach freiwillig gewählt und sind an dem Stoff interessiert, doch selbst wenn ich Pflichtkurse in Geschichte unterrichte, habe ich keine Probleme. Mein Umgang mit den Studentinnen ist nicht so vertraut wie der mancher jüngerer Lehrkräfte, was ich bedauere, aber ich bin in einer anderen Zeit aufgewachsen und glaube, daß es das beste ist, man selbst zu bleiben und keine Gefühle vorzugeben, die man nicht hat. Finden Sie nicht auch?«

Kate nickte zustimmend.

»Das tote Mädchen – sie nannten sich untereinander nur beim Vornamen, und ihrer war Daphne, aber an ihren Familiennamen konnte ich mich erinnern (was die Polizei verdächtig fand), weil er Potter-Jones lautete, was klang wie aus einem BBC-Drama – war die Frechste von allen. Sie schrieb über Prostituierte oder – sie bestanden auf dieser Bezeichnung – Sex-Arbeiterinnen. Vielleicht sollte ich hinzufügen, daß alle ihre Themen ungeheuer komplex waren, völlg ungeeignet für ihren Wissensstand, und nur auf mündlicher Überlieferung basierten. Alle Geschichte, alle jemals veröffentlichte Forschung, war Lüge. Sie wollten mit echten Sex-Arbeiterinnen reden, mit echten obdachlosen Frauen, mit echten Opfern verpfuschter Abtreibungen und dergleichen. Als ich ihnen ein wenig wissenschaftliche Recherche nahelegte, prusteten sie laut los. Daphne sagte, der Job einer Sex-Arbeiterin sei nichts anderes als der einer Sekretärin, genauso erniedrigend, und wir müßten zumindest dafür eintreten, daß auch sie Sozialleistungen bekämen.

Meine einzige private Unterhaltung, wenn man das so bezeichnen kann, denn keine von ihnen kam jemals in meine Sprechstunde oder besprach sich auch nur eine Minute lang mit mir, führte ich mit Daphne. In einem anderen Seminar hatte man ihr vorgeschlagen, sich als Sex-Arbeiterin auszugeben und so in ein Haus zu kommen, um Prostituierte kennenzulernen. Sie hatte nämlich, was mich – im Gegensatz zu allen anderen Seminarteilnehmerinnen – nicht überraschte, Probleme, mit Prostituierten ins Gespräch zu kommen. Am Ende der Stunde nahm ich sie beiseite und sagte ihr, daß ich ihr Vorhaben für ziemlich gefährlich hielte.

Sie lachte und sagte, sie habe bereits ihrer Mutter davon erzählt, die es für eine hervorragende Idee halte. Ich weiß, dies alles mag übertrieben klingen oder wie die Hirngespinste einer Verrückten, aber es ist, das versichere ich Ihnen, die genaue Wiedergabe meiner Erlebnisse. Ich habe Ihnen einige Details erspart, um mich nicht wiederholen zu müssen. Sicherlich können Sie sich jetzt ein Bild machen. Als ich auf Rikers Island war, kam mir der Gedanke, daß ich jetzt für einige meiner Seminarteilnehmerinnen durchaus von Interesse sein könnte, wenn sie nicht glauben würden, daß ich ihre Freundin ermordet hätte, was mich wiederum selbst als angeklagte Mörderin für sie indiskutabel macht. Cynthia meint zwar, ich sollte es nicht erwähnen, aber mein Standpunkt ist: »Wenn Sie mir jetzt, nachdem Sie die ganze Geschichte kennen, nicht glauben können, dann sollte ich am besten auf Totschlag plädieren, wie es mir meine junge, aber sicherlich kluge Anwältin dringend nahelegt.«

Einige Minuten lang brach Kate das Schweigen, das zwischen ihnen hing, nicht. Sie versuchte ihre Empfindungen zu ordnen, ihren Standpunkt auszumachen. Hatte der Haß, den Beatrice fühlte, sie zur Gewaltanwendung getrieben? Kate legte diese Vermutung fürs erste auf Eis. »Erzählen Sie mir von dem Abend, an dem der Mord geschah«, sagte sie. »Sie waren den ganzen Abend allein hier. Ist das die vollständige Wahrheit?«

»Ganz und gar. Ironischerweise hat Cynthia mich zu überreden versucht, sie auf die Party zu begleiten, von der sie glaubte, daß sie besser als die meisten werden könnte. Beinahe wäre ich mitgegangen, doch ich hatte noch Arbeiten zu korrigieren. So blieb ich dann doch zu Hause und opferte damit ein perfektes Alibi. Glauben Sie, die Moral daraus lautet: Nehmen Sie jede Einladung an?«

»Wann haben Sie Daphne das letzte Mal gesehen?«

»Zuletzt am Tag vor dem Mord, im Seminar. Ich glaube, man hatte den Mädchen gesagt, ich würde sie benoten und Anwesenheit würde zählen. Die Direktorin wollte mir vermutlich helfen, aber es hat die Ablehnung von seiten der Studentinnen nur gesteigert, was wiederum meine gesteigert hat. Ich will nicht übertreiben, doch Sie müssen wissen, daß dies die schlimmste Lehrerfahrung meines Lebens war.«

»Waren Sie geschockt, als der junge Mann Sie bei der Gegenüberstellung aus der Menschenreihe aussonderte?«

»Damals ja. Geschockt und empört. Aber bald darauf begann ich mich wie in einem Kafka-Roman zu fühlen. Ich war unschuldig, aber das interessierte niemanden. Sie würden alles so hinbiegen, daß ich verurteilt werden konnte. Und sie hatten meine Fingerabdrücke auf Daphnes Notizbuch gefunden. Es sah aus wie mein eigenes, und ich hatte es in der letzten Seminarstunde versehentlich in die Hand genommen. Daphne saß immer neben mir. Ich habe nie verstanden, warum. Vermutlich, weil ich am Kopfende des Tisches saß und sie mir so am eindrucksvollsten den Rücken zukehren und ihre Kommilitoninnen ansprechen konnte. Ich hatte ihr Notizbuch bereits aufgeschlagen, als ich die Verwechslung erkannte. Ganz bestimmt habe ich meine Fingerabdrücke überall darauf hinterlassen. Aber auch das hat gegen mich gesprochen. Sie sollten nun aber auch das Schlimmste erfahren: Vor meiner Festnahme hätte ich Ihnen gesagt, daß ich unfähig bin, jemanden zu erschlagen. Mittlerweile glaube ich, daß ich sehr wohl dazu fähig wäre.«

Ein paar Tage später zitierte Kate Leo zum Abendessen und bat ihn, Beatrices Anwältin mitzubringen. Diesmal trafen sie sich in einem italienischen Restaurant: Kates Toleranz, Leo beim Verzehr rohen Fisches zuzusehen, hatte ihre Grenzen. Sally war offensichtlich in der Erwartung gekommen, daß Kate jede Verteidigung als einen Kampf gegen Windmühlen bezeichnen würde, wenn nicht sogar als eher schädlich.

»Ich bin mir da nicht so sicher«, sagte Kate zu ihr. »An diesem Fall ist nichts einfach. Beatrices Reaktion auf das Seminar war zweifellos äußerst unangemessen. Andererseits: Wäre kein Mord geschehen, hätte sie die ganze Geschichte längst vergessen. Jedem Menschen, der nicht selbst einmal längere Zeit mit der akademischen Hoffnung unseres Landes zusammengearbeitet hat, mögen ihre Worte übertrieben erscheinen. Aber lassen Sie mich nur erwähnen, daß für Beatrice, als sie zu unterrichten begann, Hochachtung dem Gelehrten gegenüber eine der Voraussetzungen bei dieser Arbeit war. Außerdem hat sie als frühe Feministin viel riskiert und schmerzhafte Erfahrungen gemacht. Ihr kommt es so vor, als würde all dies heute nichts mehr zählen. Und wenn so etwas dann noch in eine Periode persönlicher Depression fällt, dann kommt es einfach zu einer solchen Reaktion. Aber kommt es auch zu einem Mord? Ich meine, nein, und zwar aus drei Gründen:

Erstens: Ich glaube, das Letzte, was Beatrice tun würde, wäre – unter welchem Vorwand auch immer –, das Zimmer dieses Mädchens zu betreten. Beatrice behauptet, noch nie einen Fuß in ein Studentenheim gesetzt zu haben, und ich glaube ihr das. Ich weiß, bis hierher ist das für Sie fast ohne Belang«, Kate erhob Sally gegenüber Halt gebietend die Hand, »doch ich habe zwei weitere Gründe, die ich beide für überzeugend halte. Zum einen: Ich habe mir eine billige graue Perücke gekauft, ziemlich abgerissene Kleidung angezogen und bin in das Studentenwohnheim gegangen, in dem Beatrice angeblich gesehen wurde. Ich bin jederzeit bereit, mich in eine Menschenreihe zu stellen, um zu sehen, ob der junge Mann oder sonst irgend jemand mich herauspickt; für einen jungen Menschen sieht eine grauhaarige, altmodisch gekleidete Frau aus wie die andere. Ohne Perücke und in meiner normalen Kleidung bin ich eine halbe Stunde später zum Studentenwohnheim zurückgekehrt. Ich muß nicht erwähnen, daß mich niemand wiedererkannt hat. Diesmal wollte ich mit Daphnes Zimmerkollegin sprechen, die ebenfalls an diesem Seminar teilgenommen hatte. Sie erzählte mir, wie nah Daphne und sie sich gestanden hatten, sie sahen sich sogar ähnlich, und wie erschüttert sie war. Wie sich herausstellte, schrieb sie über Obdachlose und hatte bei ihren Interviews mit diesen Objekten mündlicher Überlieferung fast die gleichen Schwierigkeiten gehabt wie Daphne. Ihre Feindseligkeit Beatrice gegenüber war ausgeprägt, doch das ist kaum verwunderlich. Ich fragte sie, wie es mit ihrer Arbeit vorangehe. Wegen der besonderen Umstände hatte sie eine Verlängerung gekriegt, aber sie hatte überhaupt erst eine einzige Obdachlose für ihre Interviews gefunden. Sie hat mir von ihr erzählt. Nein, bitte unterbrechen Sie mich nicht! Gute Pasta, nicht wahr?

Ich versuchte, diese obdachlose Frau zu finden, ohne Erfolg. Aber man beschrieb sie mir. Ich wage zu behaupten, daß unser junger Mann, wenn man sie finden und mit anderen, ähnlich gekleideten Frauen und Beatrice in eine Reihe stellen würde, es sich noch einmal überlegen würde. Aber das ist noch nicht mein Trumpf. Hier ist er.« Kate nahm einen Schluck Wein und lehnte sich für einen Augenblick zurück.

»Mir fiel auf, daß Daphne eine Master Card und eine American Express Card hatte, aber keine VISA Card. Nun heißt das erst mal gar nichts, schließlich trägt nicht jeder von uns sämtliche Karten mit sich herum. Aber, wie Sie wissen, griff ich nach jedem Strohhalm oder zumindest nach jedem dünnen Schilfrohr. Auf meinen Wink hin kontrollierte die Polizei jede Kreditkartenrechnung, die nach Daphnes Tod eintraf. Erst schien dies nur eine weitere verrückte Idee der Frau Detektivin zu sein – bis gestern die VISA-Rechnung eintraf. Hier ist sie.« Kate reichte sie Sally, und auch Leo warf einen Blick darauf. »Irgend etwas Interessantes zu sehen?« fragte Kate.

»Ja«, sagte Sally. »Hier ist eine Belastung, die in der Zeit gebucht wurde, als Beatrice auf Rikers Island war, zwei sogar. Doch es wird nicht immer an dem Tag gebucht, an dem der Betrag auch tatsächlich belastet wird.«

»Von den Supermärkten schon«, sagte Kate. »Ich habe diesen speziellen Supermarkt überprüft, der sich in einem Einkaufszentrum in der Nähe des Colleges befindet. Beatrice geht nie dorthin, weil sie in der Stadt lebt. Doch genauso zweifelhaft ist, daß Daphne es tat: Sie war zum Zeitpunkt dieser Buchung bereits tot.«

»Laß mich sichergehen, ob ich es richtig verstehe«, sagte Leo, während Sally weiter auf die Rechnung starrte. »Du willst andeuten, daß die obdachlose Interviewpartnerin von Daphnes Zimmerkollegin das Mädchen umgebracht und die Bilder wütend zerrissen hat. Vielleicht verwechselte sie Daphne mit ihrer Zimmerkollegin oder sie war zu wütend, um sich darüber Gedanken zu machen; dann stahl sie das Geld und eine Kreditkarte, die sie später benutzte, um im Supermarkt Lebensmittel zu kaufen. Die Polizei wird sie suchen müssen, das ist sicher.«

»Ich glaube, daß die Polizei noch mehr Beweismaterial finden wird, wenn sie sich erst einmal mit der Sache beschäftigt. Was Sie tun müssen, Sally, wenn man die Anklage gegen Beatrice fallengelassen hat, ist, die Verteidigung der Obdachlosen zu übernehmen.

Für die Kosten komme ich auf. Wenn man bedenkt, daß eines dieser hochnäsigen Mädchen sie befragt und bevormundet und sie vermutlich sogar ein- oder zweimal in ihr komfortables Studentenheimzimmer eingeladen hat, dann sollen Sie zumindest eine Bewährung rausschlagen können. Extreme Provokation.«

»Hoffen wir nur, daß sie nicht vorbestraft ist«, sagte Sally.

»Das bezweifle ich«, sagte Kate. »So eine junge Studentin könnte selbst den gutmütigsten Obdachlosen aus der Haut fahren lassen. Das Problem der Polizei ist«, fügte sie scheinheilig hinzu, »daß sie noch nie versucht hat, ein Seminar ohne jegliche Textvorlage zu unterrichten. Ohne die richtige Ausrüstung geht gar nichts, und das sollte gerade die Polizei verstehen. Ich habe Beatrice gedrängt, der Bereichsleiterin für Frauenstudien einen freundlichen Brief zu schreiben, in dem sie ihr vorschlägt, dieses Abschlußseminar völlig umzukrempeln. Sie müssen in Zukunft einen Textkanon vorschreiben. Unter den gegebenen Umständen ist dies das mindeste. Noch ein Glas Wein?«

Charles Einstein

Glück im Spiel

Rafferty war nicht der einzige, der am Siebzehn-und-Vier-Tisch verlor, aber er saß schon am längsten da. Seit zehn Uhr morgens. Jetzt war es nach drei, und die Kellnerinnen vom Wanderlust, dem schicksten und neuesten Hotel in Las Vegas, hatten ihm schon mindestens fünfmal einen freien Schnaps angeboten. Das Hotel konnte es sich leicht leisten, ihm Drinks zu spendieren, damit er blieb, wo er war.

Aber er trank nicht; er verlor nur. Verlierende Spieler sind von vornherein mißtrauisch. Dies hier war Las Vegas, das Wanderlust war ein ganz neues Hotel, und die Gesichter der Kartengeber kannte er nicht.

Der Geber gab Rafferty zwei Fünfen, sich selbst eine Sechs. Rafferty hatte vierzig Dollar gesetzt. Er legte noch acht Fünf-Dollar-Chips auf den Tisch, um seinen Einsatz zu verdoppeln, und nahm eine verdeckte Karte auf. Verstohlen schielte er unter eine Ecke: eine Königin. Rafferty hatte jetzt zwanzig.

Der Geber deckte seine Karte auf: eine Sieben. Jetzt hatte er dreizehn. Dann ein As. Vierzehn. Er nahm noch einmal: eine Zwei. Sechzehn. Er gab sich zum letzten Mal: eine Fünf. Einundzwanzig. Mit einer geübten Seitwärtsbewegung seiner Hand räumte er Raffertys Chips ab.

»Ich möchte ein neues Kartenspiel«, sagte Rafferty.

»Wie bitte?«

»Ich sagte, ich möchte neue Spielkarten.«

»Aber wir haben doch diese hier erst vor zehn Minuten angebrochen.«

»Es macht mich kaputt. Ich will ein neues Spiel.« Rafferty befeuchtete seine Lippen. »Und einen neuen Geber.«

Die beiden anderen Mitspieler wurden unruhig. Sie verloren auch, und vielleicht waren sie im stillen Raffertys Meinung, aber sie wollten nicht in die Sache hineingezogen werden.

Sie wurden mit hineingezogen. Der Geber tat es: »Will sich einer der Herren beschweren?« fragte er.

Die beiden Männer starrten schweigend auf den grün bezogenen Tisch.

»Kümmern Sie sich nicht um die andern«, sagte Rafferty kühl. »Es genügt, wenn sich einer beschwert. Und das bin ich.«

Wie aus dem Nichts tauchte der Geschäftsführer auf. Das ist keine genaue Beschreibung: alle Geschäftsführer tauchen wie aus dem Nichts auf. Der Mann war klein, ging leise, hatte ein Ledergesicht und schwarze Haare. »Und?« fragte er den Geber.

Der Geber nickte zu Rafferty hinüber.

»Bitte, Mr. Rafferty?« sagte der Geschäftsführer. Sie wußten seinen Namen. Er hatte heute schon drei Schecks eingelöst.

»Mir gefallen die Karten nicht.«

»Vor zehn Minuten habe ich ein neues Spiel angebrochen«, erklärte der Geber.

»Breiten Sie sie aus«, sagte der Geschäftsführer.

Der Geber legte die Karten offen auf den Tisch.

»Nein«, sagte Rafferty. »Sie vergeuden nur Ihre Zeit.«

»Okay«, sagte der Geschäftsführer, »neue Karten.«

»Wozu?« fragte Rafferty. Er seufzte. »Sie kommen doch alle aus derselben Kiste, oder?«

»Aber«, sagte der Geschäftsführer, »was wollen Sie dann?«

Rafferty seufzte wieder. »Sie wissen«, begann er, »daß es für ein neues Hotel wie dieses schlimm wäre, wenn es in Verruf käme. Wenn Sie Ihre Spiellizenz verlieren, sind Sie erledigt. Das wissen Sie genau, nicht wahr?«

»Er hat ein neues Spiel verlangt«, sagte der Geber gereizt zum Geschäftsführer. »Sie wollen ihm eins geben, und jetzt sagt er ›Nein‹. Vielleicht nörgelt er bloß, weil er verliert.«

»Ich will ja ein neues Spiel«, sagte Rafferty. »Aber nicht aus der Kiste da hinter dem Vorhang. Nehmen wir einmal an, ich hätte oben in meinem Zimmer ein neues Spiel. Würden Sie mit meinen Karten spielen?«

Der Geschäftsführer lachte. Dann sah er Rafferty ins Gesicht und brach ab. »Sie wissen ganz genau«, sagte er, »daß das nicht geht, Mr. Rafferty. Das Haus stellt die Karten.«

»Ich habe sie dort drüben am Zigarettenstand gekauft«, sagte Rafferty. »Es ist die gleiche Marke, wie Sie sie benützen.«

»Wir haben nicht gesehen, wie Sie sie kauften«, meinte der Geber. »Wir wissen auch nicht, was Sie oben damit gemacht haben.«

»Halten Sie den Mund!« sagte der Geschäftsführer zu ihm.

»Und ich weiß nicht, was Sie hier unten mit ihnen machen«, sagte Rafferty zu dem Geber. »Ich weiß nur, daß in Ihrem Spiel eine Menge Fünfen sind.«

»Niemand zwingt Sie zu spielen«, sagte der Geber. »Wenn Sie das Spiel nicht mögen, zwingt Sie niemand, hier sitzen zu bleiben.«

»Ich sagte Ihnen doch, Sie sollen den Mund halten«, sagte der Geschäftsführer. Vier oder fünf Leute waren hinter Rafferty und den beiden anderen Spielern stehengeblieben und hörten zu. »Mr. Rafferty, kann ich Sie einen Augenblick sprechen?«

»Wir können uns hier unterhalten«, meinte Rafferty. Aber in dem Blick des Geschäftsführers lag etwas, das ihn veranlaßte, achselzuckend aufzustehen. »Na schön.« Er ging vom Spieltisch weg, und der Geschäftsführer bückte sich unter dem Seil hindurch und folgte ihm.

»Wieviel haben Sie verloren?« fragte er leise.

»Ich weiß es nicht genau. Ein paar Tausend ungefähr. Ist das wichtig?«

»Hören Sie, wir spielen sauber. Andererseits wollen wir keinen Ärger. Wir werden in vernünftigen Grenzen alles tun, um zu beweisen, daß wir ehrlich sind.«

»Aber Sie wollen nicht mit meinen Karten spielen.«

»Ich sagte, in vernünftigen Grenzen.«

»Es sind die gleichen Karten, die Sie auch verwenden. Ich habe Sie da drüben gekauft.«

Der Geschäftsführer schüttelte den Kopf. »Das würde kein Mensch vernünftig nennen, Mr. Rafferty. Der Geber hat recht. Keiner weiß, ob Sie sie dort gekauft haben. Und keiner weiß, wie lange das schon her ist. Wenn Sie jetzt auf der Stelle ein Spiel kauften und wir sofort damit spielten, wäre das etwas anderes.«

»Einverstanden«, sagte Rafferty.

»Wie bitte?«

»Ich bin einverstanden. Es war Ihr Vorschlag. Ich nehme ihn an.«

»Ich verstehe Sie nicht.«

»Ich gehe mit Ihnen zum Zigarettenstand und kaufe ein neues Kartenspiel. Dann kehren wir zum Spieltisch zurück und spielen damit.«

»Ach, Mr. Rafferty«, sagte der Geschäftsführer, »seien Sie nicht lächerlich.«

»Lächerlich?« Raffertys Stimme wurde lauter, und der Geschäftsführer sah sich unsicher um. »Ich akzeptiere doch nur einen Vorschlag, den Sie eben selbst gemacht haben.«

»Aber es ist einfach nicht üblich«, meinte der Geschäftsführer. »Stellen Sie sich vor, jeder käme hier herein und wollte mit seinen eigenen Karten oder Würfeln spielen. Wir wären nur damit beschäftigt, die Leute zu überprüfen.«

»Ich bin aber nicht jeder«, erwiderte Rafferty. »Sie machen einen Vorschlag, und in dem Moment, wo ich ihn annehme, fallen Sie um. Sie behaupten, daß die Karten hier die gleichen sind wie da drüben. Ich spiele also gar nicht mit meinen eigenen. Ich spiele mit Ihren Karten.«

»Und wo ist der Unterschied?«

»Der Unterschied ist, daß Sie behauptet haben, es wären die gleichen Karten; ich habe das nicht gesagt. Ich möchte gern feststellen, ob die Karten, die Sie hier am Stand verkaufen, die gleichen sind wie die, mit denen Sie spielen. Nennen Sie es ein Experiment.«

Rafferty grinste kalt. Dann drehte er sich plötzlich um und ging mit ein paar Schritten zum Zigarettenstand. Der Geschäftsführer folgte ihm. »Was machen Sie?« fragte er.

»Ich kaufe nur ein Spiel«, antwortete Rafferty. Er nickte dem Mädchen hinter der Theke zu. »Ein Päckchen Karten.«

»Einen Dollar, Sir«, sagte das Mädchen und schob ihm das Päckchen über die Glasplatte der Theke zu.

Rafferty legte einen Silberdollar auf die Platte, drehte sich um und hielt dem Geschäftsführer die Karten hin. »Hier, nehmen Sie sie! Damit Sie sicher sind, daß ich nicht schwindle.«

Der Geschäftsführer nahm die Karten und starrte ihn an. »Sie wissen, daß wir sehr empfindlich sind, und deshalb versuchen Sie, Schwierigkeiten zu machen, nicht wahr?«

»Nein. Sie sind derjenige, der Schwierigkeiten macht. Ich will bloß eine reelle Chance. Ich wiederhole, ich nehme nur Ihr Angebot an.«

Der Geschäftsführer schluckte. »Und wenn Sie jetzt eine Glückssträhne haben?«

»Dann habe ich eben eine.«

»Und Sie können herumgehen und behaupten, es beweise, daß wir nicht ehrlich sind.«

»Wenn Sie ehrlich sind, brauchen Sie sich keine Sorgen zu machen.«

»Und wenn Sie weiter verlieren? Was dann? Wollen Sie es dann dem Geber in die Schuhe schieben?«

»Die Leute werden uns beobachten. Vor Kartentricks habe ich keine Angst. Diesmal nicht.«

»Sie könnten aber sitzenbleiben und sich beschweren und noch mehr Ärger machen.«

»Nein. Ein Spiel wird nur etwa eine Stunde benützt. Wenn ich dann wieder zum Zigarettenstand ginge und noch ein Spiel kaufte, das wäre *unvernünftig*, nicht wahr? Nein, ich habe mein Spiel gemacht. Es würde mich wirklich interessieren, ob Sie meinen, daß das zuviel verlangt ist.«

Der Geschäftsführer sah auf seine Schuhe hinunter. »Es beweist gar nichts, wissen Sie. Wenn wir unehrlich wären, wäre es für uns die einfachste Sache von der Welt, zu schwindeln, damit Sie gewinnen.«

»Ich wäre entzückt«, sagte Rafferty. »Doch das würde für Sie ganz dumm aussehen.«

»Aber was wollen Sie denn dann?«

»Einen neuen Start mit neuen Karten.«

»Mr. Rafferty«, begann der Geschäftsführer, »ich . . .« Er machte eine Pause. »Schön. Ich gebe Ihnen eine Stunde.«

»Danke«, sagte Rafferty. Sie gingen zum Spieltisch zurück. Ein neuer Geber wurde geholt. Der Geschäftsführer selbst brach das Siegel auf und breitete die Karten aus.

Rafferty spielte eine Stunde lang, wobei ihn der Geschäftsführer und eine ständig wachsende Zuschauermenge beobachteten.

Nach der Stunde stand Rafferty auf. Er hatte achtzehntausend Dollar gewonnen.

»Sind Sie zufrieden?« fragte der Geschäftsführer.

»Nicht ganz«, antwortete Rafferty glatt. »Ich bekomme noch einen Dollar.«

»Sie bekommen . . . ?«

»Für die Karten.«

»Ach so«, sagte der Geschäftsführer. Er konnte sich nur noch mühsam beherrschen. »Keinen Dollar, Mr. Rafferty, die Karten sind jetzt keinen Dollar mehr wert. Sie sind gebraucht. Hier haben Sie die Karten, Mr. Rafferty. Verkaufen Sie sie, so gut Sie können. Und ich möchte noch etwas hinzufügen, auch wenn ich das eigentlich nicht darf – kommen Sie nicht wieder her, Mr. Rafferty! Es ist uns zu teuer, Ihnen zu beweisen, daß wir ehrlich sind, und ich meine damit nicht nur das Geld. Wir schätzen Leute, die unsere Worte nicht anzweifeln, denn wir sind ehrlich, und wir haben ihr Vertrauen. Die einzige Möglichkeit, im Geschäft zu bleiben, ist, ehrlich zu sein und sich mit dem üblichen Anteil zu begnügen. Verstehen Sie, was ich meine, Mr. Rafferty?«

»Sehr gut«, antwortete Rafferty. »Sie brauchen sich keine Sorgen zu machen: Ich komme nicht wieder. Noch so eine Glückssträhne wäre sehr unwahrscheinlich.«

Er nickte, bahnte sich einen Weg durch die Zuschauermenge, ging zum Fahrstuhl und fuhr zu seinem Zimmer hinauf. Eine junge Frau saß an einem Schreibtisch. Sie hatte eine hauchdünne Zeichenfeder in der Hand und markierte die Rückseiten eines neuen Kartenspiels. Die Verpackung der Karten hatte sie so geöffnet, daß das Siegel unbeschädigt geblieben war.

»Hallo«, begrüßte sie Rafferty. »Wie steht's?« Sie war das Mädchen, das hinter der Theke des Zigarettenkiosks gestanden hatte.

»Fünfzehn netto«, sagte Rafferty. »Ich habe dir doch gesagt, daß du dich hier oben nicht sehen lassen sollst. Laß die Karten sein. Warte damit, bis wir in Reno sind.«

Daphne Du Maurier

Wenn die Gondeln Trauer tragen

»Sieh jetzt nicht hin« sagte John zu seiner Frau. »Ein paar Tische weiter sitzen zwei alte Jungfern, die mich hypnotisieren wollen.«

Laura verstand sofort und sah mit einem vollendet gespielten Gähnen zum Himmel auf, als spähte sie nach einem nicht vorhandenen Flugzeug.

»Genau hinter dir«, fügte er hinzu. »Du darfst dich nicht gleich umdrehen – das wäre zu auffällig.«

Laura griff auf den ältesten Trick der Welt zurück und ließ ihre Serviette fallen. Dann beugte sie sich unter den Tisch, um sie aufzuheben, und warf beim Aufrichten einen blitzschnellen Blick über ihre linke Schulter. Sie zog die Wangen zwischen die Zähne, erstes Anzeichen eines unterdrückten Lachkrampfs, und senkte den Kopf.

»Das sind doch keine alten Jungfern«, flüsterte sie. »Das sind Transvestiten-Zwillingsbrüder.«

Ihre Stimme brach bedenklich, der Ausbruch des Lachkrampfs stand unmittelbar bevor, und John füllte ihr Glas schnell mit Chianti nach.

»Tu so, als ob du dich verschluckt hast«, sagte er, »dann merken sie nichts. Übrigens, jetzt weiß ich, was sie sind – sie sind Verbrecher auf einer Weltreise und wechseln bei jeder Station das Geschlecht. Hier in Torcello sind sie Zwillingsschwestern. Und morgen in Venedig, oder vielleicht auch schon heute abend, schlendern sie als Zwillingsbrüder Arm in Arm über den Markusplatz. Sie brauchen bloß Kleidung und Perücken zu wechseln.«

»Juwelendiebe oder Mörder?« fragte Laura.

»Oh, bestimmt Mörder. Ich frag mich nur, was sie ausgerechnet von mir wollen.«

Sie wurden vom Kellner unterbrochen, der den Kaffee brachte und das Obst forträumte, so daß Laura Zeit hatte, sich wieder zu fassen.

»Ich kann gar nicht verstehen«, sagte sie, »daß sie uns nicht gleich aufgefallen sind, als wir ankamen. Sie sind doch gar nicht zu übersehen.«

»Diese Horde von Amerikanern hat uns von ihnen abgelenkt«, meinte John, »und der Bärtige mit dem Monokel, der wie ein Spion aussah. Ich habe die Zwillinge erst vorhin entdeckt, als alle gingen. Ach, du lieber Gott, die mit dem weißen Haar starrt mich schon wieder an.«

Laura nahm ihre Puderdose aus der Handtasche und hielt sie geöffnet vor ihr Gesicht, so daß sie im Spiegel die Zwillinge beobachten konnte.

»Ich glaube, die sehen gar nicht dich an, sondern mich«, sagte sie. »Was für ein Glück, daß ich meine Perlen beim Geschäftsführer im Hotel gelassen habe.« Sie schwieg und betupfte ihre Nasenflügel mit der Quaste. »Der Haken ist nur«, fuhr sie einen Augenblick später fort, »daß wir uns geirrt haben. Es sind weder Mörder noch Diebe. Es sind einfach zwei rührende alte, pensionierte Lehrerinnen auf Urlaub, die ihr Leben lang für eine Reise nach Venedig gespart haben. Und die Stadt, aus der sie kommen, heißt Walabanga oder so ähnlich und ist in Australien. Und sie heißen Tilly und Tiny.«

Zum erstenmal, seit sie von zu Hause weggefahren waren, hatte ihre Stimme wieder den alten, sprudelnden Unterton, den er so liebte, und die kummervolle Falte zwischen ihren Augenbrauen war verschwunden. Endlich, dachte er, endlich fängt sie an, darüber hinwegzukommen. Wenn es mir gelingt, diese Witzelei in Gang zu halten, wenn wir wieder die vertrauten Scherze treiben, uns Albernheiten über die Leute an den andern Tischen ausdenken und wieder wie früher durch Gemäldegalerien und Kirchen schlendern können, dann wird alles so sein wie zuvor, die Wunde wird heilen, sie wird vergessen.

»Weißt du«, sagte Laura, »das Essen war wirklich sehr gut.«

Gott sei Dank, dachte er, Gott sei Dank . . . Dann beugte er sich vor und flüsterte ihr wie ein Verschwörer zu. »Eine von den beiden geht aufs Klo. Meinst du, er oder sie will die Perücke wechseln?«

»Sag gar nichts mehr«, murmelte Laura. »Ich werde ihr nachgehen. Vielleicht hat sie dort einen Koffer versteckt und will sich umziehen.«

Sie summte leise vor sich hin, für ihren Mann ein Zeichen, daß sie innerlich entspannt war. Der böse Geist war für den Augenblick gebannt – nur, weil sie das vertraute, viel zu lang vergessene Urlaubsspiel durch puren Zufall wiederentdeckt hatten.

»Geht sie schon?« fragte Laura.

»Sie kommt gleich an unserm Tisch vorbei«, antwortete er.

Wenn man sie allein sah, war die Frau gar nicht so bemerkenswert. Groß, eckig, mit einem Pferdegesicht und kurzem Haarschnitt, den man, wie er sich zu erinnern glaubte, in der Jugend seiner Mutter Eton-Schnitt nannte, wie überhaupt die ganze Person den Stempel dieser Generation zu tragen schien. Sie war wahrscheinlich Mitte Sechzig, dachte er: die männlich wirkende Hemdbluse mit Kragen und Krawatte, die sportliche Jacke, der wadenlange graue Tweedrock; graue Strümpfe und schwarze Schnürschuhe. Er kannte den Typ von Golfplätzen und Hundeausstellungen, und wenn man diesen Frauen auf Gesellschaften begegnete, waren sie schneller mit einem Feuerzeug bei der Hand als er mit Streichhölzern – er, der ja *nur* ein Mann war. Die allgemeine Annahme, daß sie stets mit einer weiblicheren, weicheren Gefährtin zusammenlebten, stimmte nicht immer. Häufig hatten sie einen Golf spielenden Ehemann, den sie anhimmelten. Nein, das Verblüffende an dieser besonderen Frau war, daß es sie zweimal gab. Eineiige Zwillinge, wie aus derselben Form gegossen. Der einzige Unterschied zwischen den beiden war, daß die andere weißeres Haar hatte.

»Und falls sie nun anfängt, sich auszuziehen, wenn ich neben ihr im Waschraum stehe?« murmelte Laura.

»Hängt ganz davon ab, was zum Vorschein kommt«, antwortete John. »Wenn sie ein Hermaphrodit ist, dann gib Fersengeld. Sie könnte ja irgendwo eine Spritze versteckt haben und dich damit zu Boden strecken, noch ehe du an der Tür bist.«

Laura zog wieder die Wangen zwischen die Zähne und begann am ganzen Körper zu beben. Dann gab sie sich einen Ruck und stand auf. »Ich darf nicht lachen«, sagte sie, »und sieh mich bloß nicht an, wenn ich zurückkomme, schon gar nicht, wenn wir zusammen rauskommen.« Sie nahm ihre Handtasche und schlenderte ein wenig befangen ihrem Opfer nach.

John goß sich den Rest Chianti ein und zündete eine Zigarette an. Die Sonne brannte auf den kleinen Garten des Restaurants nieder. Die Amerikaner und der Mann mit dem Monokel waren fort, und auch die große Familie, die am anderen Ende gesessen hatte. Es herrschte tiefe Stille. Die eine der Zwillingsschwestern hatte sich mit geschlossenen Augen in ihrem Stuhl zurückgelehnt. Gott sei Dank, dachte er – Laura war auf das alberne kleine Spiel eingegangen, und das bedeutete zumindest momentane Entspannung. Diese Reise konnte ihr doch noch die Erholung bringen, die sie brauchte, konnte doch noch, und wenn auch nur vorübergehend, die dumpfe Verzweiflung auslöschen, in die sie seit dem Tod des Kindes gestürzt war.

»Sie wird drüber wegkommen«, hatte der Arzt gesagt. »Sie müssen ihr nur Zeit lassen. Und Sie haben doch den Jungen.«

»Ich weiß«, hatte John erwidert. »Aber das Mädchen war ihr ein und alles. Immer schon, von Anfang an, ich weiß nicht, warum. Wahrscheinlich war es der Altersunterschied. Ein Junge, der schon zur Schule geht, und ein robuster dazu, ist eine eigenständige Person. Aber ein kleines Mädchen von fünf Jahren nicht. Laura hat sie geradezu angebetet. Johnnie und ich waren nichts gegen die Kleine.«

»Geben Sie ihr Zeit«, hatte der Arzt wiederholt, »geben Sie ihr Zeit. Und außerdem – Sie sind beide noch jung. Sie werden noch mehr Kinder haben. Wieder eine Tochter.«

Leicht gesagt ... Wie sollte ein Traum das Leben eines toten Kindes ersetzen? Er kannte Laura zu gut. Eine zweite Tochter würde ihre eigenen Charaktereigenschaften haben, ihre eigene Persönlichkeit, und vielleicht gerade deshalb Lauras Ablehnung herausfordern. Ein Eindringling in dem Körbchen, in dem Bettchen, das Christine gehört hatte. Rotbäckig, flachshaarig, Johnnies Ebenbild, nicht die zierliche, weißhäutige dunkelhaarige Elfe, die sie für immer verlassen hatte.

Er blickte auf, über sein Weinglas hinweg, und sah, daß die Frau ihn wieder anstarrte. Das war kein beiläufiger, gedankenloser Blick von jemandem, der ein paar Tische weiter auf die Rückkehr der Begleiterin wartet. Es lag etwas Tieferes, Angespannteres darin. Die vorstehenden hellblauen Augen wirkten seltsam durchdringend, und er fühlte sich plötzlich unbehaglich. Zum Teufel mit der Frau! Na schön, dann starren Sie mich an, wenn Sie's nicht lassen können. Aber dieses Spielchen kann man auch zu zweit spielen. Er blies eine Rauchwolke in die Luft und lächelte sie an – beleidigend, wie er hoffte. Doch sie reagierte überhaupt nicht. Die blauen Augen hielten seinem Blick weiter stand, so daß er schließlich selbst den Kopf abwandte und seine Zigarette ausdrückte. Er sah sich nach dem Kellner um und verlangte die Rechnung. Während er zahlte, ungeschickt mit dem Wechselgeld hantierte und dabei ein paar Bemerkungen über das ausgezeichnete Essen fallenließ, gewann er seine Fassung wieder. Trotzdem spürte er ein sonderbares Prickeln auf der Kopfhaut, eine seltsame innere Unruhe. Dann wich das Gefühl des Unbehagens so plötzlich, wie es gekommen war, und als er einen vorsichtigen Blick zum andern Tisch hinüberwarf, sah er, daß sie ihre Augen wieder geschlossen hatte und schlief oder döste wie zuvor. Der Kellner war verschwunden. Alles war still.

Er sah auf die Uhr und dachte, daß sich Laura ja reichlich Zeit lasse. Zehn Minuten war sie schon weg. Wenigstens wieder ein Grund, sie zu necken. Er begann sich auszudenken, was er sagen wollte. Daß sich die alte Jungfer bis auf die Unterwäsche ausgezogen und Laura aufgefordert habe, dasselbe zu tun. Und dann sei der Geschäftsführer hereingestürzt, habe voller Entsetzen geschrien, der Ruf seines Restaurants sei zerstört, und dunkle Drohungen über unerfreuliche Folgen ausgestoßen, wenn nicht... Die ganze Sache sei eine Falle gewesen, sei Erpressung. Er und Laura und die Zwillinge im Polizeiboot zurück nach Venedig zum Verhör. Eine Viertelstunde jetzt... Nun komm schon, komm...

Schritte knirschten im Kies. Die von Laura verfolgte Zwillingsschwester ging langsam an John vorbei – allein. Bei ihrem Tisch angekommen, blieb sie einen Augenblick so stehen, daß sich ihre große, eckige Figur zwischen John und ihre Schwester schob. Sie sagte etwas, was er nicht verstehen konnte. Aber was war das für ein Akzent – schottisch? Dann beugte sie sich vor, reichte ihrer sitzenden Schwester den Arm und ging mit ihr quer durch den Garten zum Ausgang. Die Frau, die John angestarrt hatte, stützte sich auf den Arm der Begleiterin, und jetzt sah man noch einen weiteren Unterschied zwischen ihr und der Schwester: Sie war nicht ganz so groß, und sie ging gebeugter – vielleicht hatte sie Arthritis. Sie verschwanden, und John erhob sich ungeduldig und wollte gerade ins Hotel gehen, als Laura erschien.

»Na, ich muß schon sagen, du hast dir ja Zeit gelassen«, begann er, hielt aber inne, als er ihr Gesicht sah.

»Was ist los, was ist passiert?« fragte er.

Er wußte sofort, daß etwas nicht stimmte. Sie machte fast den Eindruck, als ob sie einen Schock erlitten hätte. Taumelnd ging sie zu dem Tisch, den er gerade verlassen hatte, und setzte sich. Er zog einen Stuhl neben sie und nahm ihre Hand.

»Liebling, was ist los? Sag's mir – ist dir nicht gut?«

Sie schüttelte den Kopf, und dann sah sie ihn an. Die Betäubtheit, die er zuerst an ihr bemerkt hatte, war einem immer stärker werdenden Ausdruck der Zuversicht, ja beinahe der Verzückung gewichen.

»Es ist so wunderbar«, sagte sie langsam, »das Wunderbarste, was man sich vorstellen kann. Sie ist nämlich nicht tot, weißt du, sie ist noch bei uns. Darum haben sie uns so angestarrt, die beiden Schwestern. Sie konnten Christine sehen.«

O Gott, dachte er. Jetzt passiert genau das, wovor ich solche Angst hatte. Sie wird verrückt. Wie verhalte ich mich jetzt?

»Laura, mein Liebes«, begann er und zwang sich zu einem Lächeln, »komm, laß uns gehen! Die Rechnung hab ich bezahlt, und wir können uns jetzt die Kathedrale ansehen und dann ein bißchen herumbummeln, bis es Zeit ist, das Boot zurück nach Venedig zu nehmen.«

Sie hörte gar nicht zu, oder zumindest nahm sie seine Worte nicht auf.

»John, Liebling«, sagte sie, »ich muß dir noch erzählen, was geschehen ist. Ich bin ihr also nachgegangen, wie wir es geplant hatten. Als ich in den Waschraum kam, kämmte sie sich gerade. Ich

266

ging aufs Klo, und danach hab ich mir die Hände an dem einen Waschbecken gewaschen. Sie stand an dem Becken daneben. Plötzlich drehte sie sich zu mir um und sagte mit einem starken schottischen Akzent: ›Sie brauchen nicht mehr unglücklich zu sein. Meine Schwester hat Ihre kleine Tochter gesehen. Sie saß zwischen Ihnen und Ihrem Mann und hat gelacht.‹ Liebling, ich dachte, ich fall in Ohnmacht. Ich hab's auch fast getan. Zum Glück stand ein Stuhl in dem Waschraum. Ich setzte mich, und die Frau beugte sich über mich und streichelte mein Haar. Dann sagte sie, daß der Augenblick der Wahrheit und der Freude scharf sein kann wie ein Schwert – so ähnlich hat sie sich ausgedrückt, die genauen Worte weiß ich nicht mehr. Aber ich soll mich nicht fürchten, sagte sie weiter, alles sei gut, und die Vision sei so stark gewesen, daß sie gleich gewußt hätten, sie müßten mir davon erzählen, und daß Christine das auch gewollt hat. O John, sieh mich doch nicht so an. Ich schwöre, ich hab es mir nicht ausgedacht, sie hat es wirklich gesagt, es ist die Wahrheit.«

Die verzweifelte Eindringlichkeit, mit der sie sprach, zerriß ihm fast das Herz. Er mußte mitmachen, ihr zustimmen, alles tun, um sie wenigstens einigermaßen zu beruhigen.

»Laura, mein Liebling, natürlich glaube ich dir«, sagte er. »Nur ist es auch für mich eine Art Schock, und ich bin verstört, weil du verstört bist . . . «

»Aber ich bin doch gar nicht verstört«, unterbrach sie ihn. »Ich bin glücklich, so glücklich, daß ich es gar nicht ausdrücken kann. Du weißt, wie es in all den letzten Wochen war, zu Hause und überall auf dieser Reise, obwohl ich versucht habe, es vor dir zu verbergen. Jetzt ist mir die Last genommen, weil ich weiß, einfach weiß, daß die Frau recht hat. O Gott, wie schrecklich von mir, ich habe ihren Namen vergessen – sie hat sich nämlich vorgestellt. Sie ist eine pensionierte Ärztin; die beiden stammen aus Edinburgh; und die Schwester, die Christine gesehen hat, ist seit ein paar Jahren blind. Sie hat sich zwar ihr ganzes Leben lang mit okkulten Dingen beschäftigt und war immer sehr telepathisch veranlagt, aber erst seit sie blind ist, hat sie richtige Visionen, wie ein Medium. Sie hatte schon die wunderbarsten Gesichte. Aber daß sie Christine gesehen hat, und so deutlich . . . Sogar das blau-weiße

Kleid mit den Puffärmeln, das Christine an ihrem letzten Geburtstag anhatte, hat sie beschrieben. Und daß sie gesehen hat, wie glücklich Christine lachte ... O Liebling, das macht mich so froh, ich glaub, ich muß jetzt weinen.«

Keine Hysterie. Keine wilden Ausbrüche. Sie nahm ein Papiertaschentuch aus ihrer Handtasche, putzte sich die Nase und lächelte ihn an. »Sieh doch, ich bin ganz ruhig, du brauchst dir keine Gedanken zu machen. Wir brauchen uns beide über nichts mehr Gedanken zu machen. Komm, gib mir eine Zigarette.«

Er nahm eine aus seinem Päckchen und gab ihr Feuer. Sie klang wieder ganz normal. Sie zitterte nicht mehr. Und wenn dieser plötzliche Glaube sie glücklich machte, dann konnte er unmöglich daran rütteln. Aber ... aber ... trotzdem wünschte er, es wäre nicht passiert. Gedankenlesen und Telepathie waren nicht ganz geheuer. Die Wissenschaft konnte dieses Phänomen nicht erklären, niemand konnte es, aber genau das mußte jetzt eben im Spiel gewesen sein. Die eine der Schwestern, die ihn so unverwandt angesehen hatte, war also blind. Darum der starre Blick. Was schon an sich irgendwie unangenehm, ein wenig unheimlich war. O verdammt, dachte er, wenn wir doch bloß nicht zum Essen hierhergefahren wären. Es war der reine Zufall; sie hatten zwischen Torcello und einer Fahrt nach Padua wählen können und mußten sich ausgerechnet Torcello aussuchen.

»Du hast dich doch nicht noch einmal mit ihnen verabredet?« fragte er so beiläufig wie möglich.

»Nein, Liebling, warum?« antwortete Laura. »Es gibt ja nichts, was sie mir noch sagen könnten. Die Schwester hat ihre wunderbare Vision gehabt, und damit ist die Sache erledigt. Im übrigen reisen sie sowieso weiter. Komisch, wir haben ziemlich erraten, was sie machen. Sie sind tatsächlich auf einer Weltreise und fahren dann zurück nach Schottland. Nur hatte ich gedacht, sie seien aus Australien, nicht? Die beiden rührenden alten Damen ... Sie sind wirklich alles andere als Juwelendiebe oder Mörder!«

Sie hatte sich wieder völlig erholt. Sie erhob sich und sah sich um. »Komm«, sagte sie. »Wenn wir schon mal in Torcello sind, dann müssen wir uns auch die Kathedrale ansehen.«

Sie gingen vom Restaurant über den offenen Platz, auf dem in

Buden Kopftücher, Reiseandenken und Ansichtskarten verkauft wurden, zur Kathedrale Santa Maria Assunta. Aus einem der Fährschiffe hatte sich vor kurzem ein Strom von Touristen ergossen, von denen ebenfalls viele schon in der Kathedrale angelangt waren. Laura ließ sich jedoch von ihnen nicht ablenken. Unverzagt verlangte sie von ihrem Mann den Kunstführer, und wie in früheren, glücklicheren Tagen schlenderte sie durch die Kirche, versunken in die Betrachtung von Mosaiken, Säulen, Tafelbildern. John dagegen, noch immer beunruhigt durch das eben Vorgefallene, konnte kein rechtes Interesse aufbringen. Er blieb dicht hinter ihr, immer gewärtig, die Zwillingsschwestern zu entdecken. Aber es war keine Spur von ihnen zu sehen. Vielleicht waren sie in die nahe gelegene Kirche Santa Fosca gegangen. Eine plötzliche Begegnung wäre ihm peinlich, ganz abgesehen von der Wirkung, die sie auf Laura haben würde. Zumindest konnte ihr der anonyme, scharrende, kulturbeflissene Touristenschwarm nichts anhaben, obgleich er seiner Meinung nach wirkliche Kunstbetrachtung unmöglich machte. Er konnte sich nicht konzentrieren; die kühle, klare Schönheit der Kathedrale ließ ihn unberührt. Und als Laura ihn am Ärmel zupfte und auf ein Mosaik wies, das die Jungfrau mit dem Kind zeigte, über einem Fries mit Aposteln stehend, nickte er nur zustimmend, nahm aber nichts wahr: Das schmale, traurige Gesicht der Madonna schien ihm unendlich entfernt. Einem plötzlichen Impuls folgend, drehte er sich um und starrte über die Köpfe der Touristen hinweg zum Portal, das mit Mosaiken geschmückt war – Darstellungen der Seligen und der Verdammten beim Jüngsten Gericht.

Und dort am Portal standen die Zwillingsschwestern. Die Blinde hielt noch immer den Arm ihrer Schwester, und ihre Augen waren starr auf ihn gerichtet. Es war, als hielte ihn etwas fest, er konnte sich nicht bewegen, und ein Gefühl von nahe bevorstehendem Unheil, von Verderben überkam ihn. Sein ganzes Wesen verfiel in tiefe Apathie, und er dachte: Das ist das Ende, es gibt kein Entrinnen, keine Zukunft. Dann wandten sich beide Schwestern ab und verließen die Kathedrale. Im gleichen Augenblick verschwand dieses Gefühl der Ausweglosigkeit, und Entrüstung, wachsender Zorn traten an seine Stelle. Was fiel diesen beiden alten Jungfern eigentlich ein, ihn mit ihren medialen Tricks zu belästigen? Das Ganze war Schwindel und außerdem ungesund; wahrscheinlich bestand das Leben der beiden darin, in der ganzen Welt herumzureisen und jedem, dem sie begegneten, einen Schrecken einzujagen. Wäre Gelegenheit dazu gewesen, hätten sie bestimmt Laura auch noch Geld aus der Tasche gezogen. Alles war ihnen zuzutrauen.

Er fühlte, wie Laura ihn wieder am Ärmel zog. »Ist sie nicht wunderschön? So glücklich, so heiter und gelassen.«

»Wer? Was?« fragte er.

»Die Madonna«, antwortete sie. »Etwas Magisches geht von ihr aus. Man spürt es sofort. Merkst du's nicht auch?«

»Mag sein. Ich weiß nicht. Es sind zu viele Leute hier.«

Sie sah erstaunt zu ihm auf. »Was hat denn das damit zu tun? Du bist komisch. Na schön, gehen wir. Ich wollte sowieso ein paar Ansichtskarten kaufen.« Sie spürte seine Interesselosigkeit, und so bahnte sie sich enttäuscht einen Weg durch die Menge, zum Eingang hin.

»Komm«, sagte er abrupt, als sie draußen waren, »du hast noch genug Zeit für Ansichtskarten, machen wir einen Bummel.« Er verließ den Weg, der sie zurück zu den Buden und dem Touristengewühl gebracht hätte, und betrat einen schmalen Pfad, der über unbebautes Land zu einer Art Kanal führte. Das Wasser, klar und silbern, bildete einen angenehmen Gegensatz zu der glühenden Sonne über ihren Köpfen.

»Ich glaub nicht, daß wir hier viel weiter kommen«, sagte Laura. »Es ist auch ein bißchen feucht, man kann sich nicht hinsetzen. Außerdem steht im Führer noch vieles andere, was wir uns ansehen müßten.«

»Ach, laß doch den Führer«, entgegnete er ungeduldig. Er ließ sich an der Uferböschung nieder, zog sie zu sich herunter und legte den Arm um sie.

»Für Besichtigungen ist jetzt nicht die richtige Tageszeit. Sieh mal, da drüben schwimmt eine Ratte.« Er warf einen Stein ins Wasser, und das Tier verschwand, nichts als Luftblasen zurücklassend.

»Hör auf damit«, sagte Laura. »Das ist grausam, armes Ding . . .«

Sie legte die Hand auf sein Knie und fuhr dann plötzlich fort: »Glaubst du, daß Christine jetzt neben uns sitzt?«

Er antwortete nicht gleich. Was sollte er sagen? Würde das jetzt immer so weitergehen?

»Vermutlich ja«, sagte er langsam, »wenn du meinst, daß es so ist.«

Wenn er sich an Christine zurückerinnerte, so wie sie vor ihrer schweren Gehirnhautentzündung gewesen war, so hätte das allerdings kaum zugetroffen. Sie wäre nämlich aufgeregt am Ufer entlanggelaufen, hätte ihre Schuhe von sich geworfen, im Wasser waten wollen und Laura in Angstzustände versetzt. »Sei vorsichtig, komm zurück . . . «

»Die Frau sagt, sie hat so glücklich ausgesehen, wie sie so lächelnd neben uns saß«, sagte Laura. Wie von plötzlicher Unruhe ergriffen, stand sie auf und strich ihr Kleid glatt. »Komm, wir wollen zurückgehen«, sagte sie.

Er folgte ihr schweren Herzens. Er wußte, daß sie im Grunde weder Ansichtskarten kaufen noch die restlichen Sehenswürdigkeiten besichtigen wollte; sie wollte die beiden Frauen suchen, nicht einmal unbedingt, um mit ihnen zu sprechen, sondern nur, um ihnen nahe zu sein. Als sie zu dem Platz mit den Buden zurückkamen, hatten sich die Touristen bis auf ein paar Nachzügler verlaufen, und die Schwestern waren nicht unter ihnen. Sie mußten sich der Hauptgruppe angeschlossen haben, die mit dem Ausflugsschiff nach Torcello gekommen war und auch damit zurückfahren würde. Ein Stein fiel ihm vom Herzen.

»Sieh mal«, sagte er schnell, »da drüben an der zweiten Bude gibt es eine Masse Ansichtskarten und auffallend hübsche Kopftücher. Ich kauf dir eins.«

»Liebling, ich hab doch schon so viele!« protestierte sie. »Geh mit deinen Lire nicht so verschwenderisch um.«

»Das ist keine Verschwendung. Ich bin in Einkaufsstimmung. Wie wäre es mit einem Korb? Wir haben doch nie genug Körbe. Oder mit Spitzen? Ja, was würdest du zu Spitzen sagen?«

Lachend ließ sie sich zu der Bude ziehen. Und während er in den ausgebreiteten Waren wühlte und sich mit der lächelnden Verkäuferin in so grotesk schlechtem Italienisch unterhielt, daß sie noch mehr lächeln mußte, wußte er die ganze Zeit, daß er damit nur der Hauptgruppe der Touristen Gelegenheit geben wollte, das Schiff an der Anlegestelle zu erreichen. Dann würden die Zwillingsschwestern für immer aus ihrem Leben verschwinden.

»Ich habe noch nie so viel wertloses Zeug in einem so kleinen Korb gesehen«, sagte Laura zwanzig Minuten später, und ihr sprudelndes Lachen gab ihm die beruhigende Gewißheit, daß alles in Ordnung war, daß er sich keine Sorgen mehr zu machen brauchte, daß die Gefahr vorbei war. Das Motorboot, das sie von Venedig nach Torcello gebracht hatte, wartete an der Anlegestelle. Die Passagiere, die mit ihnen gekommen waren, die Amerikaner, der Mann mit dem Monokel, hatten sich schon eingefunden. Ursprünglich war ihm der Preis für Essen und Fahrt reichlich hoch erschienen. Jetzt war ihm nichts mehr zu teuer. Nur der Ausflug nach Torcello an sich war ein großer Fehler gewesen. Sie stiegen in die Barkasse, suchten sich einen Platz auf Deck, und das Boot tuckerte den Kanal entlang und in die Lagune. Das Kursschiff nach Murano hatte schon vorher abgelegt, während ihr Boot an San Francisco del Deserto vorbei direkt nach Venedig fuhr.

Er legte wieder den Arm um sie und drückte sie an sich, und diesmal schmiegte sie sich an ihn und lächelte zu ihm auf, den Kopf an seine Schulter gelehnt.

»Es war ein wunderschöner Tag«, sagte sie. »Ich werd ihn nie vergessen, niemals. Weißt du, jetzt kann ich mich endlich an unserer Reise freuen.«

Am liebsten hätte er vor Erleichterung geschrien. Alles wird wieder gut, dachte er, soll sie glauben, was sie will, wenn es sie nur glücklich macht. Venedig stieg in seiner ganzen Schönheit vor ihnen auf, eine scharfe Silhouette vor dem glühenden Abendhimmel. Es gab noch so viel zu sehen, so vieles, was sie beide unternehmen und jetzt auch genießen konnten, nachdem die dunklen Schatten gewichen waren. Er begann, Pläne für den Abend zu machen, überlegte laut, wo sie essen wollten – nicht in dem Restaurant, wo sie sonst immer hingingen, sondern irgendwo anders.

»Ja, aber es muß billig sein«, wendete sie ein und ließ sich von seiner Stimmung mitreißen. »Wir haben heute schon so viel ausgegeben.«

Ihr Hotel am Canal Grande umfing sie mit wohliger Behaglichkeit. Der Portier lächelte, als er ihnen den Schlüssel gab. Das Zimmer schien vertraut, mit Lauras Fläschchen und Cremetöpfchen, die säuberlich auf der Frisierkommode geordnet waren, wirkte es fast wie ihr Schlafzimmer zu Hause. Aber gleichzeitig herrschte darin eine beinah festliche Atmosphäre erregender Fremdheit, wie sie nur Hotelzimmer ausstrahlen, die man auf Ferienreisen bewohnt. Jetzt, für kurze Zeit, ist es unser Zimmer. Solange wir darin wohnen, lebt es. Aber wenn wir abgereist sind, existiert es nicht mehr, sinkt in Anonymität zurück. Im Bad drehte er beide Hähne auf, und das dampfende Wasser rauschte in die Badewanne. Jetzt, dachte er nach dem Bad, endlich ist der Augenblick gekommen. Er ging zurück ins Zimmer, und sie verstand und öffnete lächelnd ihre Arme. O wunderbare Entspannung nach all den Wochen der Enthaltsamkeit.

»Der Haken ist nur«, sagte sie später, während sie ihre Ohrringe vor dem Spiegel festmachte, »daß ich gar keinen großen Hunger habe. Wollen wir mal ganz langweilig sein und unten im Restaurant essen?«

»Großer Gott, auf keinen Fall!« rief er aus. »Mit all diesen tristen Ehepaaren an den Tischen? Ich bin am Verhungern. Außerdem ist mir nach Feiern zumute. Ich will mir einen Schwips antrinken.«

»Aber hoffentlich nicht bei Lichterglanz und Musik?«

»Nein, nein . . . mir schwebt eher eine kleine, dunkle, intime Lasterhöhle vor, wo man nur mit der Frau von jemand anders hingeht.«

»So«, meinte Laura naserümpfend. »Wir wissen ja, was *das* heißt. Du wirst irgendeine sechzehnjährige Bellezza entdecken und ihr den ganzen Abend schöne Augen machen, während ich mit deinem breiten Rücken vorliebnehmen muß.«

Lachend gingen sie hinaus in die warme, weiche Nacht, und alles um sie schien wie verzaubert. »Laß uns ein bißchen spazierengehen«, sagte er, »damit wir Appetit für unser gigantisches Abendessen bekommen.« Und kurze Zeit später fanden sie sich an der Mole wieder mit den Gondeln, die auf dem Wasser tanzten, und dem sich spiegelnden Lichterglanz. Andere Paare schlenderten genau wie sie ziellos umher; die allgegenwärtigen Seeleute unterhielten sich laut und wild gestikulierend, und junge, dunkeläugige Mädchen klapperten auf hohen Absätzen vorbei.

»Spaziergänge in Venedig haben den einen Nachteil, daß man zwanghaft immer weiter geht«, sagte Laura. »Nur noch über die nächste Brücke, sagt man sich – und dann lockt wieder eine andere. Ich bin ganz sicher, daß es hier unten keine Restaurants gibt; wir sind ja schon fast an dem großen Park, in dem immer die Biennale stattfindet. Gehen wir lieber zurück. Ich erinnere mich an ein Restaurant in der Nähe von San Zaccaria; wenn man von der Kirche aus durch eine enge Gasse geht, dann kommt man hin.«

»Paß mal auf«, sagte John, »wenn wir jetzt in Richtung des Arsenals gehen und da hinten über die Brücke und dann links, dann kommen wir auf der anderen Seite der Kirche heraus. Wir haben den Weg neulich mal an einem Vormittag gemacht.«

»Ja, aber da war es hell. Wir können uns verirren, die Beleuchtung ist nicht besonders gut.«

»Komm, sei nicht so ängstlich. Ich habe einen guten Orientierungssinn.«

Sie gingen die Fondamenta dell Arsenale entlang, überquerten die kleine Brücke kurz vor dem Arsenal und kamen dann an der Kirche San Marino vorbei. Vor ihnen lagen jetzt zwei Kanäle, der eine führte nach rechts, der andere nach links, und beide waren sie von einer schmalen Straße gesäumt. John zögerte. Welchen Kanal waren sie das erste Mal entlanggegangen?

»Siehst du«, protestierte Laura, »wir werden uns verirren, genau wie ich gesagt habe.«

»Unsinn«, antwortete John energisch. »Es ist der linke, ich erinnere mich an die kleine Brücke.«

Der Kanal war schmal, die Häuser auf beiden Seiten schienen sich über ihn zu neigen. An jenem Vormittag, als sich die Sonne im Wasser spiegelte, Bettzeug auf den Simsen der offenen Fenster lag und auf einem Balkon ein Kanarienvogel in einem Bauer sang, hatte die Szene Wärme und Geborgenheit ausgestrahlt. Jetzt in der Dunkelheit aber, schlecht beleuchtet, die Fenster mit Läden verschlossen, das Wasser dumpfig, wirkte die Gegend völlig verändert, ärmlich, verfallen, und die langen schmalen Boote, an glitschigen Stufen zu Kellereingängen vertäut, sahen wie Särge aus.

»An diese Brücke kann ich mich bestimmt nicht erinnern«, sagte Laura, als sie die Brücke betraten, und blieb, an das Geländer gelehnt, stehen. »Und dieser Durchgang drüben auf der anderen Seite gefällt mir gar nicht.«

»Auf halbem Wege ist eine Laterne«, beruhigte sie John. »Ich weiß genau, wo wir sind, in der Nähe vom griechischen Viertel.«

Sie überquerten die Brücke und wollten gerade den Durchgang betreten, als sie den Schrei hörten. Er kam eindeutig aus einem der Häuser auf der gegenüberliegenden Seite, aber es war unmöglich festzustellen, aus welchem. Mit ihren geschlossenen Fensterläden sahen sie alle tot aus. Laura und John wandten sich um und starrten in die Richtung, aus der der Schrei gekommen war.

»Was war das?« flüsterte Laura beklommen.

»Irgendein Betrunkener«, erwiderte John kurz. »Komm weiter.«

Es hatte eigentlich weniger wie der Schrei eines Betrunkenen geklungen, eher wie der eines Menschen, der erwürgt wird, dessen Stimme unter dem nicht nachlassenden Druck einer Hand erstirbt.

»Wir sollten die Polizei holen«, sagte Laura.

»Um Himmels willen«, sagte John. Was bildete sie sich ein? Dachte sie, sie sei am Piccadilly Circus?

»Na schön, ich geh, mir ist das zu unheimlich«, antwortete sie und verschwand eilig in dem schmalen, gewundenen Durchgang. John zögerte noch und sah plötzlich, wie eine kleine Gestalt vorsichtig aus einem Kellereingang jenseits des Kanals kroch und in ein Boot hinabsprang. Es war ein Kind, ein kleines Mädchen, nicht älter als fünf oder sechs; sie trug einen kurzen Mantel über dem winzigen Rock, und ihr Kopf war mit einer spitzen Kapuze bedeckt. Vier Boote waren Tau an Tau an den Kellerstufen festgemacht, und sie sprang überraschend geschickt und so hastig vom einen zum andern, als ob sie auf der Flucht wäre. Einmal rutschte sie aus, und er hielt den Atem an, denn wenn sie das Gleichgewicht verlor, würde sie ins Wasser fallen; doch sie fing sich wieder und sprang in das letzte Boot. Sie bückte sich und zerrte heftig an dem Seil, so daß sich das Boot quer über den Kanal legte und mit seiner Spitze fast die gegenüberliegende Seite und dort einen anderen Kellereingang berührte, nicht mehr als zehn Meter von der

Stelle entfernt, an der John stand und sie beobachtete. Dann setzte das Kind über den Bootsrand, landete auf den Kellerstufen und verschwand in dem Haus, während das Boot hinter ihr wieder in die Mitte des Kanals zurückschwenkte. Der ganze Vorgang konnte nicht mehr als vier Minuten gedauert haben. John sah noch immer gebannt auf den Kanal, als er schnelle Schritte hörte. Laura kam zurück. Aber sie hatte von der Episode nichts mehr sehen können, und er war unsäglich dankbar dafür. Der Anblick eines Kindes, eines kleinen Mädchens in wahrscheinlich großer Gefahr, die Angst, daß diese Szene in irgendeiner Weise mit dem Schrei zusammenhing, hätte eine schreckliche Wirkung auf ihre angegriffenen Nerven haben können.

»Was machst du denn?« fragte sie. »Ich trau mich nicht weiter ohne dich. Der Durchgang gabelt sich weiter oben.«

»Entschuldige«, sagte er, »ich komme schon.« Er nahm ihren Arm, und sie gingen rasch weiter – John mit einer Sicherheit, die nur gespielt war.

»Hast du noch mehr Schreie gehört?« fragte sie.

»Nein«, antwortete er, »nein, nichts. Ich hab dir ja gesagt, es war ein Betrunkener.«

Der Durchgang führte zu einem verlassenen Campo hinter einer Kirche, die er nicht kannte, und er führte Laura quer über den Platz, eine andere Straße entlang und wieder über eine Brücke.

»Wart mal«, sagte er, »ich glaube, wir biegen hier nach rechts ab. Dann kommen wir ins griechische Viertel; die San-Giorgio-Kirche ist irgendwo da drüben.«

Sie antwortete nicht. Sie verlor allmählich das Vertrauen. Es war wie in einem Labyrinth. Vielleicht würden sie immer und immer wieder im Kreis herumgehen und sich schließlich bei der Brücke wiederfinden, wo sie den Schrei gehört hatten. Verbissen führte er sie weiter, und dann stieß er höchst überrascht und erleichtert auf eine erleuchtete Straße und Menschen, einen Kirchturm, und die Umgebung sah plötzlich wieder vertraut aus.

»Siehst du, ich hab's dir doch gesagt«, rief er aus, »das ist San Zaccaria, wir sind ganz richtig hingekommen. Dein Restaurant kann jetzt auch nicht mehr weit sein.« Und außerdem gab es auch anderswo Restaurants, in denen man essen konnte. Wenigstens war hier fröhlicher Lichterglanz, Bewegung, Kanäle, an denen Leute entlangschlenderten, Touristenatmosphäre. Wie ein Signal leuchtete das Wort »Restaurant« in blauen Lettern in einer Seitenstraße auf.

»Ist es das?« fragte er.

»Keine Ahnung«, antwortete sie. »Es kommt ja auch nicht darauf an. Laß uns auf alle Fälle da essen.«

Ein plötzlicher warmer Luftstrom, Stimmengewirr, ein Geruch von Pasta und Wein, Kellner, sich drängende Gäste, Gelächter. »Für zwei? Bitte hier entlang.« Ein kleiner Tisch in drangvoller Enge; eine riesige Speisekarte, unleserlich mit lila Tinte geschrieben; ein lauernder Kellner, der offensichtlich die Bestellung sofort erwartete.

»Zwei große Campari mit Soda«, sagte John. »Erst dann werden wir uns etwas aussuchen.«

Er wollte sich nicht drängen lassen. Er gab Laura die Speisekarte und blickte um sich. Überwiegend Italiener, das bedeutete gutes Essen. Dann sah er sie. Auf der anderen Seite des Restaurants. Die Zwillingsschwestern. Sie mußten unmittelbar nach ihm und Laura gekommen sein, denn sie waren gerade erst dabei, ihre Mäntel auszuziehen und sich hinzusetzen, während ein anderer Kellner wartend bei ihrem Tisch stand. John durchfuhr plötzlich der unsinnige Gedanke, daß das kein Zufall sein konnte. Die Schwestern hatten sie auf der Straße gesehen und waren ihnen ins Restaurant gefolgt. Warum, zum Teufel, sollten sie sich gerade diesen Fleck in ganz Venedig ausgesucht haben, wenn nicht... wenn nicht Laura selbst in Torcello ein weiteres Treffen vorgeschlagen oder die eine Schwester ihrerseits eine solche Begegnung angeregt hatte? Ein kleines Restaurant in der Nähe von San Zaccaria, wir gehen manchmal zum Abendessen dorthin. Laura war es gewesen, die vor dem Spaziergang San Zaccaria erwähnt hatte...

Noch war sie mit der Speisekarte beschäftigt, noch hatte sie die Schwestern nicht gesehen, aber jeden Augenblick würde sie ihre Wahl getroffen haben, würde den Kopf heben und hinübersehen. Wenn doch nur die Getränke kämen. Wenn der Kellner doch nur endlich die Getränke brächte, das würde Laura ablenken.

»Weißt du, woran ich eben gedacht habe?« sagte er schnell.

»Wir werden morgen wirklich zur Garage gehen, das Auto holen und endlich die Fahrt nach Padua machen. Wir könnten dort Mittag essen, dann die Kathedrale, das Grab des heiligen Antonius und die Fresken von Giotto besichtigen und bei der Rückfahrt die Villen im Brentatal ansehen, die im Führer erwähnt sind.«

Aber es nützte nichts. Sie blickte auf, durch das Restaurant – und stieß einen leisen Ruf der Überraschung aus. Die Überraschung war echt. Er konnte schwören, daß sie echt war.

»Sieh doch«, sagte sie, »wie merkwürdig! Wirklich verblüffend!«

»Was?« fragte er scharf.

»Na, die beiden. Da sind sie. Meine wundervollen Zwillingsschwestern. Und sie haben uns gesehen. Sie schauen zu uns herüber.« Sie winkte erfreut, strahlend. Die Schwester, mit der sie in Torcello gesprochen hatte, verbeugte sich und lächelte. Falsche Alte, dachte er. Ich weiß, daß sie uns nachgegangen sind.

»O Liebling, ich muß sie begrüßen«, sagte sie impulsiv. »Ich muß ihnen sagen, wie glücklich ich den ganzen Tag war, nur, weil ich ihnen begegnet bin.«

»Um Himmels willen«, sagte er. »Sieh, hier kommen die Getränke. Und wir haben noch nicht bestellt. Du wirst doch warten können, bis wir gegessen haben?«

»Es dauert nicht lange«, erwiderte sie, »und außerdem will ich nur Scampi und sonst nichts. Ich hab dir doch gesagt, ich hab keinen Hunger.«

Sie stand auf und ging an dem Kellner, der die Getränke brachte, vorbei durch das Restaurant. Es war, als begrüßte sie liebe, uralte Freunde. Er sah, wie sie sich über den Tisch beugte, beiden die Hand schüttelte, einen freien Stuhl heranzog und sich redend und lächelnd setzte. Die Schwestern schienen davon nicht überrascht zu sein, zumindest die eine nicht, die sie schon kannte; sie nickte und antwortete ihr, während die Blinde passiv dabeisaß.

Na schön, dachte John wütend, jetzt werd ich mich wirklich betrinken, und er schüttete seinen Campari hinunter. Dann bestellte er sofort einen zweiten, während er gleichzeitig auf etwas völlig Unleserliches auf der Speisekarte zeigte und dem Kellner zu verstehen gab, daß er das zu essen wünsche. Lauras Scampi fielen ihm ein, und er bestellte sie ebenfalls. »Und eine Flasche Soave, eisgekühlt«, fügte er hinzu.

Der Abend war ohnehin verdorben. Was er als glückliche, intime kleine Feier geplant hatte, würde nun durch spiritistische Visionen beschwert; die arme kleine Christine würde an ihrem Tisch sitzen, was völlig idiotisch war, denn in ihrem irdischen Leben wäre sie schon seit Stunden im Bett. Der bittere Campari paßte gut zu dem Gefühl von Selbstmitleid, das ihn plötzlich befallen hatte, und die ganze Zeit beobachtete er die drei an ihrem Tisch. Laura hörte offenbar zu, während die aktivere Schwester redete und die Blinde schweigend dasaß, ihre schrecklichen blicklosen Augen starr auf ihn gerichtet.

Das ist nicht echt, dachte er, sie ist gar nicht blind. Es sind zwei Betrügerinnen, vielleicht wirklich Transvestiten, wie wir es uns in Torcello ausdachten, und sie haben es auf Laura abgesehen.

Hastig trank er seinen zweiten Campari. Die beiden Gläser auf nüchternen Magen wirkten sofort. Er sah alles leicht verschwommen. Und Laura saß immer noch an dem Tisch. Sie schien nur ab und zu eine Frage zu stellen, während die eine Schwester den Hauptteil der Konversation bestritt. Der Kellner erschien mit den Scampi, und ein Kollege brachte Johns Essen, eine undefinierbare Masse, die mit einer weißgrauen Sauce übergossen war.

»Die Signora kommt nicht?« fragte der erste Kellner. John schüttelte finster den Kopf und deutete mit nicht ganz sicherer Hand zu dem anderen Tisch.

»Richten Sie der Signora aus«, sagte er sehr langsam, »daß ihre Scampi kalt werden.«

Er starrte das Gericht an, das man ihm vorgesetzt hatte, und stach vorsichtig mit der Gabel hinein. Die fahle Sauce floß auseinander und enthüllte zwei riesige runde Scheiben offenbar gekochtes Schweinefleisch, bedeckt mit Knoblauch. Er nahm eine Gabelvoll in den Mund und kaute. Ja, es war Schweinefleisch, dampfend und fett, dem die würzige Sauce einen merkwürdig süßlichen Geschmack gegeben hatte. Er legte die Gabel hin, schob den Teller von sich und bemerkte im selben Moment, daß Laura zurückgekommen war und sich neben ihn setzte. Sie sagte nichts, was nur gut war, dachte er, denn ihm war viel zu übel zum Antworten.

Diese Übelkeit war nicht nur dem Campari zuzuschreiben, sondern war seine Reaktion auf den ganzen alptraumhaften Tag. Sie aß ihre Scampi und schwieg noch immer. Sie schien nicht zu merken, daß er nicht aß. Der Kellner, der um ihn scharwenzelte, sah, daß Johns Wahl ein Mißgriff war, und entfernte diskret den Teller. »Bringen Sie mir einen grünen Salat«, murmelte John, und selbst das schien Laura nicht zu überraschen. Sie hielt ihm auch nicht vor, daß er zuviel getrunken habe, was sie normalerweise getan hätte. Nachdem sie ihre Scampi gegessen hatte, begann sie an ihrem Wein zu nippen, während John, der den Wein abgelehnt hatte, wie ein krankes Kaninchen an seinem Salat knabberte. Das Weinglas in der Hand, brach sie schließlich ihr Schweigen.

»Liebling«, sagte sie, »ich weiß, du wirst es mir nicht glauben, und es ist ja auch ein bißchen zum Fürchten, aber in Torcello sind die beiden Schwestern nach dem Essen zur Kathedrale gegangen, genau wie wir, nur daß wir sie in der Menschenmenge nicht gesehen haben, und die Blinde hatte wieder eine Vision. Sie sagt, Christine hat ihr bedeutet, daß wir in Gefahr sind, wenn wir in Venedig bleiben. Christine will, daß wir so bald wie möglich abreisen.«

Aha, dachte er, die meinen doch weiß Gott, sie können bestimmen, was wir zu tun und zu lassen haben. Von jetzt ab wird das also unser Problem sein. Essen wir? Stehen wir auf? Gehen wir ins Bett? Wir müssen die Zwillinge fragen. Sie werden uns Anweisungen geben.

»Na?« sagte sie. »Warum sagst du nichts?«

»Weil ich es tatsächlich nicht glaube«, antwortete er. »Ehrlich gesagt scheinen mir deine beiden alten Schwestern zwei Irre zu sein, wenn nicht Schlimmeres. Sie sind doch offensichtlich schwer gestört. Tut mir leid, wenn es dich verletzt, aber in dir haben sie wirklich eine Dumme gefunden.«

»Du bist ungerecht«, sagte Laura. »Sie sind ehrlich, das weiß ich. Ich weiß es einfach. Sie meinen das, was sie sagen, vollkommen aufrichtig.«

»Gut. Zugegeben, sie sind aufrichtig. Aber deswegen können sie trotzdem einen Knacks haben. Wirklich, Liebling, du redest zehn Minuten lang mit der alten Dame im Klo; sie erzählt dir, daß ihre Schwester Christine an unserm Tisch sitzen sieht. Jeder, der telepathisch veranlagt ist, kann dein Unbewußtes im Handumdrehen lesen, und vor lauter Freude über ihren Erfolg stürzt sie sich gleich in die nächste Ekstase und will uns jetzt aus Venedig verscheuchen. Tut mir leid, aber zum Henker mit ihnen.«

Die Wände drehten sich nicht mehr. Die Wut hatte ihn nüchtern gemacht. Wenn es für Laura nicht so peinlich gewesen wäre, wäre er aufgestanden, zum Tisch der beiden Alten gegangen und hätte ihnen die Meinung gesagt.

»Ich wußte, daß du so reagieren würdest«, erwiderte Laura unglücklich. »Ich habe es ihnen auch gleich gesagt. Sie meinten aber, ich solle mir keine Sorgen machen. Vorausgesetzt, daß wir morgen abreisen, kann nichts passieren.«

»Um Gottes willen«, sagte John und schenkte sich nun doch ein Glas Wein ein.

»Im Grunde haben wir ja das Schönste von Venedig schon gesehen«, fuhr Laura fort. »Mir macht es nichts aus, weiterzufahren. Und wenn wir doch bleiben, dann würde ich mich, so dumm das jetzt klingt, innerlich unruhig fühlen und müßte immerzu an meine kleine Christine denken, wie unglücklich sie ist und wie sie uns zu sagen versucht, daß wir abreisen sollen.«

»Gut«, sagte John unheilvoll ruhig. »Damit ist der Fall klar. Wir reisen ab. Ich schlage vor, wir gehen sofort ins Hotel und sagen Bescheid, daß wir morgen früh abreisen. Bist du satt?«

»Du brauchst dich doch nicht so zu ärgern«, sagte Laura seufzend. »Warum gehst du nicht mit mir zu ihrem Tisch und läßt dich mit ihnen bekannt machen? Dann könnten sie mit dir selbst über die Vision sprechen. Vielleicht nimmst du es dann ernst. Zumal du derjenige bist, um den es geht. Christine macht sich nämlich viel mehr Sorgen um dich als um mich. Und das merkwürdigste ist, daß die blinde Schwester sagt, du seist übersinnlich, ohne es zu wissen. Du stehst irgendwie in Kontakt mit dem Unbekannten, und ich nicht.«

»Jetzt reicht es«, erwiderte John. »Ich bin übersinnlich, ja? Wunderbar. Meine übersinnliche Intuition sagt mir jetzt, daß es höchste Zeit ist, aufzubrechen. Ob wir in Venedig bleiben oder nicht, können wir entscheiden, wenn wir wieder im Hotel sind.«

Er gab dem Kellner ein Zeichen, die Rechnung zu bringen, und während sie darauf warteten, sprachen sie kein Wort miteinander. Laura fummelte unglücklich und nervös an ihrer Handtasche, während John unauffällig zum Tisch der Zwillingsschwestern hinüberblickte und sah, wie die beiden gerade ihre mit Spaghetti gehäuften Teller auf eine wenig übersinnliche Art in Angriff nahmen. Nachdem er bezahlt hatte, schob John seinen Stuhl zurück.

»So. Gehen wir?« fragte er.

»Erst verabschiede ich mich von ihnen«, sagte Laura mit einem eigensinnigen Zug um den Mund, der ihn erschreckend an ihr armes totes Kind erinnerte.

»Wie du willst«, erwiderte er und verließ vor ihr das Restaurant, ohne sich umzusehen.

Die weiche Feuchtigkeit der Luft, die vorher beim Spaziergehen so angenehm gewesen war, hatte sich in Regen verwandelt. Die herumschlendernden Touristen waren verschwunden. Ein paar Leute mit aufgespannten Regenschirmen eilten vorbei. Das ist es, dachte er, was die Einwohner hier gewöhnlich sehen. So sieht das Leben hier wirklich aus. Leere Straßen am Abend und die dumpfe Reglosigkeit eines stehenden Kanals unter den geschlossenen Fensterläden der Häuser. Alles andere ist nur Fassade, auf Wirkung angelegt, ein Glitzern in der Sonne.

Laura erschien schließlich, und schweigend machten sie sich auf den Weg. Als sie am Markusplatz ankamen, regnete es in Strömen, und sie gingen unter den schützenden Arkaden weiter, zusammen mit ein paar wenigen Nachzüglern. Die Orchester hatten Feierabend gemacht. Die Tische waren leer. Die Stühle standen umgedreht da.

Die Fachleute haben recht, dachte er. Venedig versinkt allmählich. Die ganze Stadt stirbt langsam ab. Eines Tages werden die Touristen mit dem Schiff hierherkommen, um ins Wasser hinunterzublicken. Tief, tief unter sich werden sie Pfeiler und Säulen und Marmor sehen, eine Unterwelt aus Stein, die Schlick und Morast den Blicken nur sekundenlang preisgeben.

Ihre Absätze klapperten laut über das Pflaster, und aus den Dachrinnen gurgelte das Wasser. Ein schöner Abschluß eines

Abends, der mit so viel Hoffnung und Unbefangenheit begonnen hatte.

Als sie im Hotel angekommen waren, ging Laura sofort zum Fahrstuhl, während John beim Nachtportier am Empfang den Zimmerschlüssel holte. Zusammen mit dem Schlüssel übergab ihm der Mann ein Telegramm. John starrte es einen Augenblick an. Laura stand schon im Fahrstuhl. Dann öffnete er den Umschlag und las. Das Telegramm war vom Leiter der Schule, die Johnnie besuchte.

Johnnie im Krankenhaus unter Beobachtung. Verdacht einer Blinddarmentzündung. Kein Grund zur Beunruhigung, aber Arzt hielt Benachrichtigung für angebracht.

Charles Hill

Er las das Telegramm zweimal und ging dann langsam zum Fahrstuhl, wo Laura noch auf ihn wartete. Er gab ihr das Telegramm. »Es ist angekommen, als wir weg waren«, sagte er. »Keine besonders gute Nachricht.« Während sie das Telegramm las, drückte er den Fahrstuhlknopf. Der Aufzug hielt im zweiten Stock, und sie stiegen aus.

»Damit ist die Sache entschieden«, sagte sie. »Hier haben wir den Beweis. Jetzt wissen wir, weshalb wir aus Venedig abreisen müssen. Johnnie ist in Gefahr, nicht wir. Das wollte Christine den Zwillingen sagen.«

Am nächsten Morgen meldete John als erstes ein Ferngespräch mit dem Schulleiter an. Dann teilte er dem Empfangschef telefonisch mit, daß sie abreisen würden, und während sie auf das Ferngespräch warteten, packten sie. Den gestrigen Tag erwähnten sie mit keinem Wort. John wußte, daß die Ankunft des Telegramms und die Vorahnungen der Schwestern reiner Zufall waren, doch hatte es keinen Sinn, darüber zu diskutieren. Laura ihrerseits war zwar vom Gegenteil überzeugt, aber sie spürte instinktiv, daß sie ihre Meinung besser für sich behielt. Beim Frühstück sprachen sie über die Mittel und Wege, nach England zurückzufahren. Da die Saison erst begonnen hatte, mußte es möglich sein, einen Platz für sie selbst und den Wagen auf dem Autoreisezug Mailand–Calais zu bekommen. Und auf jeden Fall hatte der Schulleiter ja in seinem Telegramm gesagt, daß es nicht eilig sei.

Das Ferngespräch nach England kam, als John im Bad war. Laura ging ans Telefon. Ein paar Minuten später betrat er das Zimmer. Sie sprach noch, aber an ihrem Blick konnte er sehen, daß sie besorgt war.

»Es ist Mrs. Hill«, sagte sie. »Mr. Hill ist beim Unterricht. Sie haben vom Krankenhaus Bericht erhalten, daß Johnnie eine unruhige Nacht hatte und der Arzt vielleicht operieren muß. Er will es aber nur tun, wenn es unbedingt nötig ist. Sie haben Johnnie geröntgt und festgestellt, daß der Blinddarm irgendwie schlecht liegt; deshalb wäre es nicht ganz unkompliziert.«

»Komm, laß mich sprechen«, sagte er.

Aus dem Hörer klang ihm die beruhigende, aber leicht zurückhaltende Stimme von Mrs. Hill entgegen. »Es tut mir so leid, daß dies wahrscheinlich Ihre Pläne durchkreuzt«, sagte sie, »aber Charles und ich dachten, daß Sie benachrichtigt werden sollten und sich an Ort und Stelle vielleicht ruhiger fühlen würden. Johnnie ist sehr tapfer, aber er hat natürlich ziemlich hohes Fieber. Der Arzt sagt, das sei unter den Umständen nicht ungewöhnlich. Offenbar kann es manchmal vorkommen, daß sich der Blinddarm verschiebt, und das kompliziert einen Eingriff. Der Arzt wird heute abend entscheiden, ob er operiert.«

»Ja, natürlich, wir verstehen vollkommen«, sagte John.

»Bitte, richten Sie Ihrer Frau aus, sie solle sich keine zu großen Sorgen machen«, fuhr sie fort. »Das Krankenhaus ist ausgezeichnet, das Personal sehr nett, und wir vertrauen dem Arzt voll und ganz.«

»Ja«, sagte John, »ja«, und unterbrach sich dann, weil Laura ihm Zeichen machte.

»Wenn auf dem Autoreisezug kein Platz mehr frei ist, dann kann ich fliegen«, warf sie ein. »Eine Flugkarte werde ich bestimmt bekommen. Dann ist wenigstens einer von uns heute abend dort.«

Er nickte. »Vielen Dank, Mrs. Hill«, sagte er, »mit der Rückreise wird es schon klappen. Ja, ich bin davon überzeugt, daß Johnnie in guten Händen ist. Wir danken auch Ihrem Mann. Auf Wiedersehen.«

Er legte auf und blickte um sich, auf die ungemachten Betten, die Koffer auf dem Fußboden, das überall verstreute Seidenpapier. Körbe, Autokarten, Bücher, Mäntel – alles, was sie im Auto mitgebracht hatten. »O Gott«, sagte er, »was für ein entsetzliches Durcheinander. Dieser ganze Kram.« Wieder läutete das Telefon. Es war der Portier, der ihnen mitteilte, daß er Schlafwagenplätze und einen Platz für das Auto bekommen habe, aber erst für den nächsten Abend.

»Hören Sie«, sagte Laura, die abgenommen hatte, »könnten Sie mir eine Karte für das Flugzeug besorgen, das heute mittag von Venedig nach London fliegt? Es ist dringend notwendig, daß einer von uns heute abend zu Hause ist. Mein Mann kann dann morgen mit dem Auto nachkommen.«

»Halt, bleib am Apparat«, unterbrach John. »Kein Grund zur Panik. Vierundzwanzig Stunden können doch nicht soviel ausmachen?«

Sie wandte sich nervös zu ihm um, blaß vor Angst und Sorge.

»Dir vielleicht nicht, aber mir«, erwiderte sie. »Ich hab ein Kind verloren, ein zweites will ich nicht verlieren.«

»Schon gut, Liebling, schon gut . . .« Er legte ihr die Hand auf den Arm, aber sie schüttelte sie ungeduldig ab und gab dem Portier weitere Anweisungen. Er wandte sich wieder seinem Koffer zu. Es hatte keinen Sinn, Einwände zu machen. Es war am besten, wenn man ihr ihren Willen ließ. Sie könnten natürlich beide fliegen, und dann, wenn alles überstanden und Johnnie über den Berg war, könnte er zurückfliegen, das Auto abholen und durch Frankreich zurückfahren, so wie sie hergekommen waren. Andererseits wäre das eine ziemliche Anstrengung und sehr kostspielig dazu. Es war schon teuer genug, wenn Laura flog und er mit dem Autozug von Mailand fuhr.

»Wenn du willst, könnten wir ja beide fliegen«, begann er vorsichtig und legte ihr die Idee dar, aber sie ließ sich darauf nicht ein. »Das wäre ja nun wirklich absurd«, entgegnete sie ungehalten. »Es kommt doch nur darauf an, daß ich heute abend dort bin. Außerdem werden wir den Wagen brauchen, wenn wir immerzu ins Krankenhaus müssen. Und unser Gepäck. Wir können doch nicht einfach gehen und das alles hier lassen.«

Nein, das sah er ein. Ein dummer Gedanke. Nur – nun ja, er war genauso unruhig wegen Johnnie wie sie, obgleich er ihr das nicht sagen würde.

»Ich geh jetzt hinunter und laß mich mal beim Portier blicken«, sagte Laura. »Wenn man direkt daneben steht, geben sich die Leute immer mehr Mühe. Ich habe alles gepackt, was ich heute abend brauche. Ich nehme nur meinen Handkoffer. Alles andere kannst du dann im Wagen mitbringen.« Sie war noch keine fünf Minuten aus dem Zimmer, als das Telefon klingelte. Es war Laura. »Liebling«, sagte sie, »es könnte nicht besser klappen. Der Portier hat mir einen Platz in einer Chartermaschine besorgt, die in einer knappen Stunde abfliegt. In etwa zehn Minuten geht ein Motorboot mit der Reisegesellschaft direkt vom Markusplatz ab. Einer von der Gruppe hat abgesagt. In knapp vier Stunden bin ich in Gatwick.«

»Ich komm sofort runter«, sagte er.

Er traf sich mit ihr in der Halle. Sie wirkte nicht mehr angespannt und besorgt, sondern ganz zuversichtlich. Ihrer Abreise stand nichts mehr im Weg. Er wünschte immer mehr, sie könnten gemeinsam zurückfahren. Ohne sie würde er es in Venedig nicht länger aushalten. Der Gedanke an die Autofahrt nach Mailand, an die triste Nacht allein im Hotel, an den endlosen Tag danach und die vielen Stunden im Zug in der zweiten Nacht erfüllte ihn mit tiefer Bedrücktheit, ganz abgesehen von seiner Sorge um Johnnie. Sie gingen zur Anlegestelle am Markusplatz; die Mole, vom Regen reingespült, glänzte in der Sonne. Ein leichter Wind wehte, an den Buden flatterten die Ansichtskarten, Kopftücher und Souvenirs, und die Touristen flanierten umher, zufrieden und glücklich über den schönen Tag, den sie vor sich hatten.

»Ich ruf dich heute abend aus Mailand an«, sagte er. »Du wirst sicher bei den Hills übernachten können. Und wenn du gerade im Krankenhaus sein solltest, können sie mir ja das Neueste berichten. Dort drüben scheint deine Reisegesellschaft zu sein. Na, viel Spaß!«

Die Passagiere, die vom Steg in das wartende Boot stiegen, trugen Koffer mit Union-Jack-Aufklebern. Die meisten von ihnen waren in mittlerem Alter. Reiseleiter schienen zwei Methodistenprediger zu sein. Einer der beiden kam auf Laura zu und streckte ihr die Hand entgegen. Sein Lächeln enthüllte seine schneeweiße Zahnprothese. »Sie müssen die Dame sein, die mit uns zurückfliegt«, sagte er. »Willkommen an Bord. Wir freuen uns alle sehr, Ihre Bekanntschaft zu machen. Schade, daß wir keinen Platz mehr für den lieben Gatten haben.«

Laura wandte sich schnell ab, um John einen Abschiedskuß zu geben. Ihre Mundwinkel bebten vor unterdrücktem Lachen. »Ob die wohl plötzlich anfangen, Choräle zu singen?« flüsterte sie. »Paß auf dich auf, lieber Gatte. Ruf mich heute abend an.«

Der Steuermann gab ein komisches kleines Tutsignal, und einen Augenblick später war Laura in das Boot gestiegen und stand nun winkend zwischen ihren Mitpassagieren, von deren schlichterer Kleidung ihr leuchtend roter Mantel als lustiger Farbfleck abstach. Das Boot tutete noch einmal und setzte sich in Bewegung. Er stand da und sah ihm nach, und das Gefühl eines unnennbaren Verlustes überkam ihn. Dann wandte er sich um und ging zum Hotel zurück, Trostlosigkeit im Herzen, blind für den strahlenden Tag.

Nichts ist so bedrückend, dachte er später, wie ein geräumtes Hotelzimmer, besonders wenn ihm so deutlich anzusehen ist, daß es vor kurzem noch bewohnt war. Lauras Koffer auf dem Bett, ihr zweiter Mantel, den sie zurückgelassen hatte. Puderspuren auf der Frisierkommode. Im Papierkorb ein Kleenextuch mit Lippenstiftspuren. Auf dem Glasbrett über dem Waschbecken eine ausgedrückte Zahnpastatube. Der Verkehrslärm schallte unbekümmert vom Canal Grande herauf wie immer, aber Laura war nicht mehr da, um ihn zu hören oder um von dem kleinen Balkon aus die Gondeln und Boote zu beobachten. Die Freude an dem Aufenthalt war erloschen. Alles in ihm war erloschen.

John packte zu Ende, stellte die Koffer für den Hausdiener bereit und ging nach unten, um die Rechnung zu bezahlen. Der Empfangschef war mit neu angekommenen Gästen beschäftigt. Auf der Terrasse, mit dem Blick zum Canal Grande, saßen Leute und lasen Zeitung, bevor sie der schöne Tag aus dem Hotel lockte.

John entschloß sich, früh zu Mittag zu essen – hier auf der vertrauten Hotelterrasse. Dann wollte er das Gepäck zu einem der Boote bringen lassen, die direkt zwischen dem Markusplatz und der Piazzale Roma verkehrten, wo sein Auto untergestellt war. Nach dem mißglückten Essen am Abend zuvor hatte er ein leeres Gefühl im Magen, und so war ihm der Wagen mit den Horsd'œuvres, den ein Kellner gegen zwölf an seinen Tisch rollte, hochwillkommen.

Doch auch hier im Hotel war alles verändert. Der Oberkellner, ihr spezieller Freund, hatte frei, und an ihrem ehemaligen Tisch saßen neue Gäste, Hochzeitsreisende, wie er sich sagte, während er mit Bitterkeit beobachtete, wie ausgelassen sie waren, wie sie sich anlächelten. Ihm hatte man einen Einzeltisch hinter einer großen Blumenurne angewiesen.

Sie ist jetzt in der Luft, und er versuchte sich vorzustellen, wie Laura zwischen den beiden Methodistenpredigern saß und ihnen höchstwahrscheinlich von Johnnies Krankheit und weiß der Himmel was noch erzählte. Nun, die Zwillingsschwestern konnten auf jeden Fall beruhigt sein. Ihre übersinnlichen Wünsche waren in Erfüllung gegangen.

Nach dem Essen hatte er keine Lust mehr, noch länger auf der Terrasse sitzen zu bleiben, und so verzichtete er auf den Kaffee. Er war nur von dem Wunsch beseelt, so bald wie möglich aufzubrechen, den Wagen zu holen und sich auf den Weg nach Mailand zu machen. Er verabschiedete sich beim Empfangschef und ging zum zweiten Mal an diesem Tage zu der Anlegestelle am Markusplatz, begleitet vom Hausdiener, der das Gepäck auf einen Wagen geladen hatte. Als er auf dem Motorboot stand, den Berg von Gepäck neben sich, um ihn herum sich drängende Menschen, schmerzte es ihn einen Augenblick lang, Venedig verlassen zu müssen. Wann, wenn überhaupt, würden sie wieder herkommen, fragte er sich. Nächstes Jahr . . . in drei Jahren . . . Zum erstenmal waren sie vor fast zehn Jahren in den Flitterwochen hier gewesen, das zweitemal *en passant* vor einer Kreuzfahrt – und nun dieser letzte, mißglückte Aufenthalt, der nach zehn Tagen so brüsk geendet hatte.

Das Wasser glitzerte in der Sonne, die Häuser strahlten, als das Motorboot den Canal Grande hinauffuhr. Sonnenbebrillte Touristen gingen auf der schnell entschwindenden Mole auf und ab, und schon war die Hotelterrasse nicht mehr zu sehen. Es gab so viele Eindrücke aufzunehmen und zu bewahren: die vertrauten, geliebten Fassaden, Balkone, Fenster; das leise Plätschern des Wassers an den Kellerstufen verfallender Paläste; das kleine rote Haus mit seinem Garten, das D'Annunzio bewohnt hatte – »unser Haus« hatte es Laura genannt, als ob es ihnen gehörte –, und nur zu bald würde das Boot links in den direkten Verbindungskanal zur Piazzale Roma einbiegen und so die schönsten Sehenswürdigkeiten am Canal Grande nicht berühren – den Rialto und die Paläste am oberen Teil des Kanals.

Ein anderes Boot kam ihnen flußabwärts entgegen. Es war voller Menschen, und für einen kurzen Moment verspürte John den törichten Wunsch, die Plätze tauschen zu können, einer von den glücklichen Touristen zu sein, deren Ziel Venedig war und alles, was er dort hinter sich gelassen hatte. Und dann sah er sie. Laura in ihrem roten Mantel, die Zwillinge an ihrer Seite. Die aktivere Schwester hatte die Hand auf Lauras Arm gelegt und sprach mit ernster Miene auf sie ein; Laura gestikulierte, ihr Haar wehte im Wind, und auf ihrem Gesicht lag ein Ausdruck tiefen Kummers. Er starrte hinüber, aufs äußerste verblüfft, zu überrascht, um zu rufen oder zu winken. Aber sie hätten ihn ohnehin nicht hören oder sehen können, denn sein Boot hatte das andere bereits passiert und fuhr in der entgegengesetzten Richtung weiter.

Was zum Teufel war denn nun passiert? Das Charterflugzeug mußte aufgehalten worden sein und war gar nicht abgeflogen – aber warum hatte Laura ihn dann nicht im Hotel angerufen? Und was hatten diese verdammten Schwestern damit zu tun? Hatte sie sie am Flugplatz getroffen? Zufällig? Und warum sah Laura so gequält aus? Er konnte es sich nicht erklären. Vielleicht war der Flug abgesagt worden. Laura würde natürlich geradewegs ins Hotel zurückfahren, weil sie erwartete, ihn noch dort vorzufinden, wahrscheinlich in der Absicht, nun doch mit ihm nach Mailand zu fahren und morgen abend den Zug zu nehmen. Was für ein verwünschtes Durcheinander. Er konnte nichts anderes tun als das Hotel anrufen, sowie er an der Piazzale Roma angekommen war, und ihr sagen, sie solle auf ihn warten, er werde kommen und sie holen. Und diese aufdringlichen Schwestern konnten ihm gestohlen bleiben.

Als das Motorboot anlegte, begann das übliche Gedränge. Erst mußte er einen Gepäckträger auftreiben, und dann dauerte es noch eine Weile, bis er eine Telefonzelle gefunden hatte. Die Fummelei mit dem Kleingeld, die Suche nach der Nummer hielten ihn weiter auf. Schließlich gelang es ihm, eine Verbindung mit dem Empfangschef zu bekommen.

»Hören Sie, es ist etwas schiefgegangen«, begann er und erklärte, daß Laura jetzt auf dem Weg ins Hotel sei – er habe sie mit zwei Freunden in einem der Vaporetti gesehen. Würde der Empfangschef ihr das bitte auseinandersetzen und ihr sagen, sie solle auf ihn warten? Er werde mit dem nächsten Boot zurückkommen und sie abholen. »Lassen Sie sie auf keinen Fall weggehen«, schloß er. »Ich werde so schnell wie möglich dort sein.« Der Empfangschef verstand vollkommen, und John legte auf.

Gott sei Dank war Laura nicht vor seinem Anruf im Hotel angekommen, sonst hätten sie ihr gesagt, er sei schon unterwegs nach Mailand. Der Gepäckträger wartete noch mit seinen Koffern, und das einfachste schien zu sein, mit ihm zusammen zur Garage zu gehen und den Mann im Büro zu bitten, das Gepäck in Obhut zu nehmen, bis er in etwa einer Stunde mit seiner Frau zurückkomme und das Auto abhole. Dann ging er zurück zum Anlegeplatz, um auf das nächste Motorboot zum Markusplatz zu warten. Die Minuten schlichen dahin, und er fragte sich immer wieder, was am Flugplatz passiert sein mochte und warum Laura ihn um Himmels willen nicht angerufen hatte. Aber es hatte keinen Sinn, Spekulationen anzustellen. Im Hotel würde sie ihm alles erklären. Eines aber war gewiß: Er würde sich auf keinen Fall die beiden Schwestern aufhalsen und sich in ihre Angelegenheiten verwickeln lassen. Es war denkbar, daß Laura sagen würde, sie hätten ebenfalls ihren Flug verpaßt und wären froh, wenn er sie nach Mailand mitnähme.

Schließlich legte das Boot tuckernd am Landungssteg an, und er stieg ein. Was für eine Ernüchterung, jetzt an den bekannten Sehenswürdigkeiten vorbeizuschaukeln, denen er eben erst wehmütig Lebewohl gesagt hatte! Diesmal gönnte er seiner Umgebung überhaupt keinen Blick, so fieberte er seinem Ziel entgegen. Auf dem Markusplatz waren mehr Menschen denn je; die Scharen nachmittäglicher Besucher drängten sich Schulter an Schulter, jeder von ihnen auf Vergnügen bedacht.

Er erreichte das Hotel, und als er sich durch die Schwingtür schob, erwartete er, Laura und vielleicht auch die Zwillinge in der Halle links vom Eingang vorzufinden. Aber sie war nicht da. Er ging zum Empfang. Der Empfangschef, mit dem er am Telefon gesprochen hatte, unterhielt sich eben mit dem Geschäftsführer.

»Ist meine Frau gekommen?« fragte John.

»Nein, Sir, noch nicht.«

»Sehr sonderbar. Sind Sie ganz sicher?«

»Absolut sicher, Sir. Ich war ununterbrochen hier, seit Sie mich Viertel vor zwei angerufen haben.«

»Das versteh ich nicht. Sie war auf einem der Vaporetti, die an der Accademia vorbeifahren. Sie muß fünf Minuten später am Markusplatz gelandet und hergekommen sein.«

Der Empfangschef schien verblüfft. »Ich weiß nicht, was ich sagen soll. Erwähnten Sie nicht, daß die Signora mit Freunden zusammen war?«

»Ja. Das heißt, mit Bekannten. Zwei Damen, die wir gestern in Torcello kennengelernt haben. Ich war sehr überrascht, sie mit ihnen auf dem Vaporetto zu sehen. Ich hab natürlich angenommen, daß ihr Flug ausgefallen ist und daß sie die beiden Damen zufällig am Flugplatz getroffen und sich entschlossen hat, mit ihnen zusammen zurückzufahren, um mich vor meiner Abreise abzufangen.«

Wo zum Teufel steckte Laura? Es war nach drei. Von der Anlegestelle am Markusplatz waren es ein paar Minuten bis zum Hotel.

»Vielleicht ist die Signora mit ins Hotel ihrer Freunde gegangen? Wissen Sie, in welchem Hotel sie wohnen?«

»Nein«, erwiderte John, »ich habe keine Ahnung. Ich weiß nicht einmal, wie die beiden Damen heißen. Es waren Schwestern, Zwillinge – gleichen sich wie ein Ei dem andern. Einerlei – warum sollte sie zu ihrem Hotel gegangen sein und nicht zu unserem?«

Die Schwingtür öffnete sich, aber es war nicht Laura. Zwei andere Hotelgäste.

Dann mischte sich der Geschäftsführer in das Gespräch. »Das beste wird sein, wenn ich jetzt den Flugplatz anrufe und mich nach dem Flug erkundige. Das wird uns ein Stück weiterbringen«, sagte er mit einem entschuldigenden Lächeln. Es war nicht üblich, daß vom Hotel vermittelte Reiseverbindungen nicht klappten.

»Einverstanden«, sagte John. »Es wäre ganz gut, zu wissen, was dort passiert ist.«

Er zündete sich eine Zigarette an und ging in der Halle auf und ab. Was für eine entsetzliche Verwirrung. Und was für ein sonderbares Verhalten von Laura. Sie wußte doch, daß er direkt nach dem Mittagessen nach Mailand aufbrechen würde – ja, sie konnte nicht einmal sicher sein, daß er nicht schon vorher abgereist war. Deshalb hätte sie doch bestimmt sofort vom Flugplatz aus angerufen, wenn der Flug abgesagt worden wäre? Der Geschäftsführer telefonierte eine Ewigkeit. Er wurde mehrmals weiterverbunden, und er sprach zu schnell, als daß John der Unterhaltung hätte folgen können. Schließlich legte er den Hörer auf.

»Es wird immer rätselhafter, Sir«, sagte er. »Die Chartermaschine ist nicht aufgehalten worden, sie ist planmäßig abgeflogen und war voll besetzt. Soviel ich erfahren konnte, gab es keinerlei Schwierigkeiten. Die Signora scheint es sich einfach anders überlegt zu haben.« Sein Lächeln war noch entschuldigender als vorher.

»Sie hat es sich anders überlegt«, wiederholte John. »Aber warum denn um Gottes willen? Es war ihr doch so wichtig, heute abend zu Hause zu sein.«

Der Geschäftsführer zuckte die Achseln. »Sie wissen doch, wie die Damen manchmal sind«, erwiderte er. »Ihre Frau hat vielleicht gedacht, daß es doch besser wäre, mit Ihnen zusammen nach Mailand zu fahren. Ich kann Ihnen aber versichern, daß die Reisegesellschaft durchaus seriös war. Und was die Chartermaschine betrifft, so war es eine Caravelle und völlig sicher.«

»Ja, ja«, sagte John ungeduldig. »Sie trifft überhaupt kein Vorwurf. Ich kann nur nicht verstehen, warum sie sich anders besonnen haben sollte, es sei denn, die Begegnung mit den beiden Damen hätte sie dazu veranlaßt.«

Der Geschäftsführer schwieg. Er wußte nicht mehr, was er sagen sollte. Der Empfangschef war genauso ratlos. »Wäre es möglich«, wagte er schließlich zu sagen, »daß Sie sich geirrt haben und es gar nicht die Signora war, die Sie auf dem Vaporetto gesehen haben?«

»O nein«, antwortete John. »Es war meine Frau, ganz bestimmt. Sie hatte ihren roten Mantel an und trug keinen Hut, genauso wie sie hier abgefahren ist. Ich habe sie so deutlich gesehen, wie ich Sie jetzt sehe. Ich könnte es vor Gericht beschwören.«

»Es ist sehr schade«, meinte der Geschäftsführer, »daß wir den Namen und das Hotel der beiden Damen nicht kennen. Sie haben sie gestern in Torcello getroffen?«

»Ja . . . aber nur kurz. Gewohnt haben sie dort bestimmt nicht. Jedenfalls bin ich ziemlich sicher, daß das nicht der Fall ist. Wir haben sie nämlich später beim Abendessen in Venedig gesehen.«

»Entschuldigen Sie mich bitte . . .« Neue Gäste waren mit ihrem Gepäck eingetroffen, und der Empfangschef mußte sich um sie kümmern. John wandte sich verzweifelt an den Geschäftsführer. »Glauben Sie, daß es Sinn hat, beim Hotel in Torcello anzufragen, ob die Leute dort wissen, wie die Damen heißen und wo sie in Venedig wohnen?«

»Wir können's versuchen«, erwiderte der Geschäftsführer. »Sehr wahrscheinlich ist es nicht, aber wir können's versuchen.«

John lief wieder nervös auf und ab und ließ dabei die Schwingtür keinen Augenblick aus den Augen. Er hoffte, betete darum, der rote Mantel möge aufleuchten und Laura eintreten. Wieder folgte eines der endlosen Telefongespräche, diesmal mit dem Hotel in Torcello.

»Sagen Sie ihnen, daß es zwei Schwestern waren«, warf John ein. »Zwei ältere Damen in Grau, beide genau gleich aussehend. Eine von ihnen war blind«, fügte er hinzu. Der Geschäftsführer nickte. Offensichtlich gab er eine genaue Beschreibung durch. Und doch schüttelte er den Kopf, als er auflegte. »Der Geschäftsführer in Torcello sagt, daß er sich genau an die beiden Damen erinnert. Aber sie haben in dem Hotel nur zu Mittag gegessen. Ihren Namen hat er nicht erfahren.«

»Nun, jetzt können wir nur noch warten.«

John zündete eine dritte Zigarette an und ging hinaus auf die Terrasse, um dort sein unruhiges Hin und Her wieder aufzunehmen. Er starrte auf den Kanal hinaus und suchte die Passagiere auf den Vaporetti, Motorbooten, ja selbst in den vorbeitreibenden Gondeln nach dem vertrauten Gesicht ab. Auf seiner Uhr tickten die Minuten davon, und von Laura keine Spur. Eine böse Ahnung beschlich ihn, daß Laura niemals beabsichtigt hatte, das Flugzeug zu nehmen, daß sie sich am Abend zuvor in dem Restaurant mit den Schwestern verabredet hatte. O Gott, dachte er, das ist unmöglich, ich schnappe über . . . Und doch – warum, warum? Nein, viel eher war die Begegnung am Flugzeug Zufall gewesen, und sie hatten Laura aus irgendwelchen unglaublichen Gründen dazu überredet, das Flugzeug nicht zu besteigen, sie vielleicht sogar daran gehindert, indem sie eine ihrer übersinnlichen Visionen vorbrachten – daß das Flugzeug abstürzen werde, daß sie unbedingt mit ihnen nach Venedig zurückfahren müsse. Und Laura, in ihrem überreizten Zustand, hatte ihnen kritiklos geglaubt.

Aber selbst wenn man all diese Möglichkeiten in Betracht zog, warum war sie nicht zum Hotel zurückgekommen? Wo war sie? Vier Uhr, halb fünf, keine Sonnentupfer mehr auf dem Wasser. Er ging zurück in die Empfangshalle.

»Ich kann nicht mehr hier herumstehen«, sagte er zum Empfangschef. »Selbst wenn sie jetzt auftaucht, können wir heute niemals mehr bis Mailand kommen. Vielleicht treffe ich sie mit den Damen auf dem Markusplatz oder sonst irgendwo. Wenn sie kommt, während ich weg bin, würden Sie ihr dann bitte alles erklären?«

Der Empfangschef war voller Mitgefühl. »Selbstverständlich, ja«, sagte er. »Sehr beunruhigend für Sie, Sir. Wäre es vielleicht ratsam, wenn wir Ihnen für heute abend ein Zimmer hier reservieren?«

John machte eine hilflose Handbewegung. »Vielleicht ja, ich weiß nicht, Kann sein . . .«

Er ging durch die Schwingtür hinaus und weiter in Richtung Markusplatz. Er sah in jedes Geschäft unter den Arkaden, überquerte den Platz wohl ein dutzendmal, schlängelte sich zwischen den Tischen vor Florian und vor Quadri hindurch. Er wußte, daß ihm Lauras roter Mantel und die auffallende Erscheinung der Zwillingsschwestern sofort ins Auge springen würden, selbst in der durcheinanderwimmelnden Menschenmenge – aber er konnte keine Spur von ihnen entdecken. Er schloß sich der Masse der Kauflustigen in den Mercerie an und schob sich, Schulter an Schulter mit bummelnden, Schaufenster ansehenden Menschen, langsam vorwärts, aber sein Gefühl sagte ihm, daß es sinnlos war, daß er sie hier nicht finden werde. Denn warum sollte Laura absichtlich nicht geflogen und nach Venedig zurückgekehrt sein, um dort umherzubummeln? Und selbst wenn dies aus Gründen, die er sich nicht vorstellen konnte, der Fall war, dann wäre sie doch bestimmt zuerst ins Hotel gegangen, um ihn dort zu sehen.

Er konnte jetzt nur noch versuchen, die Schwestern aufzuspüren. In Venedig gab es Hunderte von Hotels und Pensionen, die über die ganze Stadt verstreut lagen, und ihr Hotel konnte überall sein – vielleicht sogar unten an den Zattere oder noch südlicher auf der Giudecca. Diese beiden Möglichkeiten allerdings schienen wenig wahrscheinlich. Eher war damit zu rechnen, daß sie in irgendeiner kleinen Pension in der Nähe von San Zaccaria wohnten, von wo es nicht weit zu dem Restaurant war, in dem sie am Vorabend gegessen hatten. Die Blinde würde nachts bestimmt nicht weit gehen wollen. Wie dumm von ihm, daß ihm dieser Gedanke nicht eher gekommen war. Er machte kehrt und eilte fort von dem hell erleuchteten Einkaufszentrum, dem engen, winkligen Viertel zu, in dem sie am Abend vorher gegessen hatten. Er fand das Restaurant mühelos, aber es war noch nicht für das Abendessen geöffnet, und der Kellner, der die Tische deckte, war nicht der vom Vorabend. John fragte nach dem Padrone. Der Kellner verschwand in den hinteren Regionen und kehrte nach kurzer Zeit mit dem Wirt zurück, der etwas zerzaust aussah und in Hemdsärmeln war; offensichtlich war er in seiner Ruhepause gestört worden.

»Ich habe gestern abend hier gegessen«, erklärte John. »An dem Tisch dort in der Ecke saßen zwei Damen.« Er deutete auf den Tisch.

»Sie möchten diesen Tisch für heute abend reserviert haben?« fragte der Padrone.

»Nein«, entgegnete John, »nein, zwei Damen saßen gestern abend dort, zwei Schwestern, *due sorelle,* Zwillinge, *gemelle«* – war das die richtige Vokabel für Zwillinge? »Erinnern Sie sich? Zwei Damen, *sorelle, vecchie . . .«*

»Ah«, sagte der Mann, *»si, si, signore, la povera signorina.«* Er legte die Hände vor seine Augen, um Blindheit anzudeuten. »Ja, ich erinnere mich.«

»Wissen Sie, wie sie heißen?« fragte John. »Wo sie wohnen? Ich suche sie sehr dringend.«

Der Padrone hob die Hände in einer Geste des Bedauerns. »Es tut mir sehr leid, Signore, ich kenne ihren Namen nicht, sie sind vielleicht ein- oder zweimal hier gewesen, zum Abendessen, sie haben nicht gesagt, wo sie wohnen. Wenn Sie heute abend wieder herkommen, dann sind sie vielleicht hier? Soll ich Ihnen einen Tisch reservieren?«

Er deutete mit einer Armbewegung an, daß noch eine ganze Reihe einladender Tische zur Auswahl standen, aber John schüttelte den Kopf.

»Nein, danke. Es kann sein, daß ich anderswo esse. Es tut mir leid, daß ich Sie bemüht habe. Wenn die Damen kommen sollten . . .« Er zögerte. »Vielleicht sehe ich später noch einmal herein«, fuhr er fort. »Ich bin noch nicht ganz sicher.«

Der Padrone verbeugte sich und begleitete ihn zum Eingang. »In Venedig trifft sich die ganze Welt«, sagte er lächelnd. »Es ist gut möglich, daß der Herr seine lieben Bekannten noch heute finden wird. *Arrivederci, signore.«*

Liebe Bekannte? John ging hinaus auf die Straße. Eher Entführerinnen . . . Seine Sorge hatte sich in Angst, ja in Panik verwandelt. Irgend etwas Entsetzliches mußte passiert sein. Diese Frauen hatten Laura abgefangen, hatten ihre Beeinflußbarkeit ausgenutzt und sie dazu gebracht, mit ihnen zu gehen – entweder in ihr Hotel oder anderswohin. Sollte er zum Konsulat gehen? Wo war es? Was würde er sagen, wenn er es gefunden hatte? Er schlug ziellos eine Richtung ein und fand sich, wie es ihnen am Abend vorher gegangen war, in Straßen wieder, die er nicht kannte. Plötzlich stand er vor einem großen Gebäude, über dessen Eingang das Wort »Questura« stand. Das kommt mir wie gerufen, dachte er.

Ich weiß zwar nicht recht, was ich sagen soll, aber das ist gleichgültig, irgend etwas ist passiert, und ich gehe jetzt da hinein. Mehrere uniformierte Polizisten liefen hin und her, hier herrschte also auf jeden Fall Aktivität. John wandte sich an einen Polizisten, der hinter einem Schalterfenster saß, und fragte, ob es hier jemand gebe, der Englisch spreche. Der Mann deutete auf eine Treppe; John ging hinauf und betrat einen Raum zu seiner Rechten, in dem bereits ein Mann und eine Frau warteten. Mit Erleichterung sah er, daß es Landsleute waren, Touristen, offensichtlich ein Ehepaar, das sich irgendwie in Schwierigkeiten befand.

»Kommen Sie, setzen Sie sich«, sagte der Mann. »Wir warten seit einer halben Stunde, aber viel länger kann's nicht mehr dauern. Was für ein Land! Zu Hause würden wir nicht so lange herumsitzen müssen.«

John nahm die angebotene Zigarette und setzte sich auf einen Stuhl neben sie.

»Was führt Sie her?« fragte er.

»Meiner Frau ist die Handtasche gestohlen worden, in einem Laden an der Merceria«, antwortete der Mann. »Sie hatte sie einen Augenblick abgestellt, um sich etwas anzusehen, und man sollte es nicht glauben, im nächsten Moment war sie weg. Ich bin ja der Ansicht, es sei ein Taschendieb gewesen, aber sie besteht darauf, daß es die Verkäuferin war. Aber wie soll man das wissen? Diese Italiener sind doch alle gleich. Zurück kriegen wir sie ohnehin nicht. Und was ist Ihnen abhanden gekommen?«

»Mein Koffer«, log John schnell. »Es waren wichtige Papiere drin.«

Wie konnte er sagen, daß ihm seine Frau abhanden gekommen war? Er konnte nicht einmal andeutungsweise . . .

Der Mann nickte voller Mitgefühl. »Wie gesagt, diese Italiener sind alle gleich. Mussolini wußte, wie er mit ihnen umgehen mußte. Es gibt zu viele Kommunisten heutzutage. Das Dumme ist nur, daß sie sich mit unsern Sorgen kaum befassen werden, solange dieser Mörder noch frei herumläuft. Alles ist auf der Suche nach ihm.«

»Mörder? Was für ein Mörder?« fragte John.

»Sie haben nichts davon gehört?« Der Mann starrte ihn überrascht an. »In Venedig redet man von nichts anderem. Es steht in allen Zeitungen, sogar in den englischen, und im Rundfunk wurde auch davon gesprochen. Eine grausige Geschichte. Letzte Woche haben sie eine Frau mit durchschnittener Kehle gefunden – obendrein eine Touristin – und heute morgen einen alten Mann mit einer ähnlichen Wunde. Es wird angenommen, daß der Täter ein Verrückter ist, weil es überhaupt kein Motiv zu geben scheint.«

»Meine Frau und ich lesen im Urlaub keine Zeitung«, erwiderte John. »Und wir hören uns auch kaum den Klatsch im Hotel an.«

»Das ist sehr klug«, meinte der Mann lachend. »Es hätte Ihnen den Urlaub verderben können, besonders, wenn Ihre Frau ängstlich ist. Na ja, wir reisen sowieso morgen ab. Ich kann nicht behaupten, daß es uns sehr schwerfällt, wie, Schatz?« Er wandte sich zu seiner Frau. »Mit Venedig ist es bergab gegangen, seit wir zum letztenmal hier waren. Und daß die Handtasche jetzt weg ist, hat uns gerade noch gefehlt.«

Die Tür zum inneren Zimmer öffnete sich, und ein höherer Polizeibeamter bat das Ehepaar zu sich herein.

»Wir werden bestimmt nichts erreichen«, murmelte der Tourist. Er zwinkerte John zu und ging mit seiner Frau in das Zimmer. Die Tür schloß sich hinter ihnen. John drückte seine Zigarette aus und zündete sich die nächste an. Er hatte das seltsame Gefühl, daß er alles, was in den letzten paar Stunden geschehen war, gar nicht wirklich erlebt hatte. Er fragte sich, was er hier eigentlich zu suchen hatte. Laura war nicht mehr in Venedig, sondern war mit diesen beiden diabolischen Schwestern verschwunden, vielleicht für immer. Man würde sie nie wieder finden. Und die phantastische Geschichte, die Laura und er sich in Torcello ausgedacht hatten, als sie die Zwillinge zum erstenmal sahen, entsprach plötzlich mit alptraumhafter Folgerichtigkeit den Tatsachen: Die Frauen waren wirklich getarnte Verbrecher, Männer mit kriminellen Absichten, die ihre ahnungslosen Opfer in eine Falle lockten, um ihnen ein schreckliches Verderben zu bereiten. Sie waren vielleicht sogar die Mörder, nach denen die Polizei suchte. Wer würde je zwei ältere, seriös wirkende Damen verdächtigen, die in einer kleinen Pension ihr zurückgezogenes Leben führten? Er drückte seine halbgerauchte Zigarette aus.

Das, dachte er, ist nun wirklich der Anfang des Wahnsinns. So werden Leute verrückt. Er sah auf die Uhr. Halb sieben. Es war im Grunde völlig sinnlos, die Polizei einzuschalten. Gib die Idee lieber auf, und halt dich an dem letzten Zipfelchen Vernunft fest, das dir noch geblieben ist. Geh zurück ins Hotel, melde ein Gespräch mit der Schule in England an und frage nach den neuesten Nachrichten über Johnnie. Seit er Laura in dem Vaporetto gesehen hatte, hatte er nicht mehr an den armen Johnnie gedacht.

Aber zu spät. Die Tür öffnete sich wieder, das Ehepaar kam heraus.

»Das übliche Geschwätz«, sagte der Mann leise zu John. »Sie werden ihr möglichstes tun. Es besteht keine große Hoffnung. So viele Ausländer in Venedig, alles Diebe! Die Einheimischen natürlich alle ohne Fehl und Tadel. Es lohnt sich nicht für sie, Kunden zu bestehlen. Na, hoffentlich haben Sie mehr Glück.«

Er nickte, seine Frau lächelte, und beide verschwanden. John folgte dem Polizeibeamten in das zweite Zimmer.

Formalitäten zunächst. Name, Adresse, Paß. Länge des Aufenthalts in Venedig und so weiter. Dann die Fragen. John begann seine lange, komplizierte Geschichte, und auf seiner Stirn bildeten sich allmählich Schweißtropfen. Ihre erste Begegnung mit den Schwestern, das Wiedersehen in dem Restaurant, Lauras labiler Zustand, eine Folge von Christines Tod, die telegrafische Nachricht über Johnnies plötzliche Erkrankung, der Entschluß, die Chartermaschine zu nehmen, ihre Abfahrt und ihre plötzliche rätselhafte Rückkehr. Als er seinen Bericht beendet hatte, fühlte er sich so erschöpft, als hätte er nach einem schweren Grippeanfall einen Tag lang ununterbrochen am Steuer gesessen. Der Polizeibeamte sprach ausgezeichnet Englisch mit einem starken italienischen Akzent.

»Sie haben gesagt«, begann er, »daß Ihre Frau unter den Nachwirkungen eines schweren Schocks leidet. Hat sich das während Ihres Aufenthalts hier in Venedig bemerkbar gemacht?«

»Ja«, antwortete John, »sie war richtig krank. Der Urlaub schien ihr nicht sehr gutzutun. Erst als wir gestern diesen beiden Frauen begegneten, änderte sich ihre Stimmung. Plötzlich schien eine Last von ihr genommen. Ich nehme an, »daß sie in ihrem

Zustand bereit war, jeden Strohhalm zu ergreifen, und der Glaube, daß unsere Kleine über sie wacht, hat ihr dann ihr seelisches Gleichgewicht wiedergegeben. Sie wirkte jedenfalls ganz normal.«

»Das ist unter diesen Umständen begreiflich«, sagte der Polizeibeamte. »Aber das Telegramm gestern abend war natürlich für Sie beide ein neuer Schock?«

»O ja. Aus diesem Grund entschlossen wir uns ja, nach England zurückzufahren.«

»Ohne Diskussion? Ohne Meinungsverschiedenheiten?«

»Ja. Wir waren völlig einer Meinung. Ich habe nur bedauert, daß ich nicht mit meiner Frau zusammen die Chartermaschine nehmen konnte.«

Der Polizeibeamte nickte. »Es wäre doch vorstellbar, daß Ihre Frau eine plötzliche Gedächtnisstörung hatte und sich hilfesuchend an die beiden Damen klammerte, weil sie eine Art Verbindung mit dem Vergessenen für sie waren. Sie haben die beiden sehr genau beschrieben, und ich glaube, es wird nicht zu schwierig sein, sie zu finden. Ich würde vorschlagen, daß Sie jetzt in Ihr Hotel zurückgehen, und sowie wir etwas erfahren haben, hören Sie von uns.«

Wenigstens glaubten sie ihm, dachte John. Sie hielten ihn nicht für einen Verrückten, der sich die ganze Geschichte ausgedacht hatte und ihnen nur die Zeit stahl.

»Sie verstehen doch«, sagte er, »daß ich in großer Sorge bin. Diese Frauen könnten irgendwelche kriminellen Absichten haben . . . «

Der Polizeibeamte lächelte zum erstenmal. »Bitte, beunruhigen Sie sich nicht«, entgegnete er. »Es gibt bestimmt eine befriedigende Erklärung.«

Schön und gut, dachte John, aber in drei Teufels Namen, welche?

»Es tut mir leid«, sagte er, »daß ich Sie so lange aufgehalten habe. Zumal mir bekannt ist, daß die Polizei alle Hände voll zu tun hat, einen Mörder zu suchen, der immer noch auf freiem Fuß ist.«

Er hatte die Bemerkung absichtlich gemacht. Es konnte nichts schaden, die Leute darauf hinzuweisen, daß zwischen Lauras Verschwinden und dieser andern scheußlichen Sache irgendeine Verbindung bestehen könnte.

»Ah, daran haben Sie gedacht«, sagte der Polizeibeamte und erhob sich. »Wir hoffen, den Mörder in Kürze hinter Schloß und Riegel zu haben.«

Dieser zuversichtliche Ton war beruhigend. Mörder, verschwundene Ehefrauen, gestohlene Handtaschen – alles war unter Kontrolle. Sie schüttelten sich die Hand, John wurde zur Tür begleitet und ging wieder die Treppe hinunter. Vielleicht hatte der Mann ja recht, dachte er auf dem Rückweg zum Hotel. Laura hatte plötzlich das Gedächtnis verloren, und die Schwestern waren zufällig am Flughafen gewesen und hatten sie mit zurück nach Venedig genommen. Sie hatten Laura in ihr eigenes Hotel gebracht, weil sie nicht mehr wußte, wo John und sie wohnten. Vielleicht versuchten sie sogar jetzt, in diesem Augenblick, sein Hotel zu finden. Auf jeden Fall konnte er nichts mehr tun. Die Sache lag jetzt in Händen der Polizei, die, so Gott wollte, die Lösung finden würde. Er wünschte sich jetzt nur noch, mit einem Whisky aufs Bett zu sinken und dann Johnnies Schule anzurufen.

Der Page fuhr mit ihm im Fahrstuhl hinauf in den vierten Stock und führte ihn in ein bescheidenes Zimmer an der Rückfront des Hotels. Kahl, unpersönlich, geschlossene Fensterläden und vom Hof heraufströmende Küchengerüche.

»Lassen Sie mir bitte einen doppelten Whisky bringen«, sagte er zu dem Pagen, »und ein Ingwerbier.« Dann hielt er sein Gesicht unter den Kaltwasserhahn am Waschbecken und stellte erleichtert fest, daß das Stück Gästeseife trotz seiner Winzigkeit für ein gewisses Maß an Erfrischung ausreichte. Er zog die Schuhe aus, hängte seine Jacke über eine Stuhllehne und warf sich auf das Bett. Irgendwo plärrte ein Radio einen alten Schlager, der vor zwei Jahren Lauras Lieblingsschlager gewesen war. »Baby, ich lieb dich . . .« Sie hatten ihn auf Tonband aufgenommen und ihn oft im Auto gespielt. Er griff nach dem Telefonhörer und meldete in der Zentrale das Ferngespräch nach England an. Dann schloß er die Augen, und die durchdringende Stimme sang beharrlich weiter: »Baby, ich lieb dich . . . Vergessen kann ich dich nicht.«

Ein Weilchen später klopfte es an der Tür. Es war der Kellner mit den Getränken. Zuwenig Eis, ein magerer Trost, und doch, wie verzweifelt brauchte er ihn. Er stürzte den Whisky ohne das Ingwerbier hinunter. Einen Augenblick später hatte schon der Alkohol den bohrenden inneren Schmerz gelindert, betäubt, und ein Gefühl von zumindest vorübergehender Ruhe überkam ihn. Das Telefon klingelte. »Jetzt!« dachte er und war auf das äußerste Unheil gefaßt, auf den letzten, endgültigen Schock: die Nachricht, daß Johnnie im Sterben liege oder schon tot sei. Dann bliebe ihm nichts mehr. Sollte Venedig untergehen . . .

Die Zentrale teilte ihm mit, daß seine Verbindung hergestellt sei, und einen Augenblick später hörte er Mrs. Hills Stimme in der Leitung. Man hatte ihr offensichtlich gesagt, daß der Anruf aus Venedig kam, denn sie wußte sofort, wer am Apparat war.

»Hallo?« sagte sie. »Ich freue mich, daß Sie anrufen. Es geht gut. Johnnie ist mittags operiert worden, der Arzt wollte nicht länger warten, und die Operation ist ein voller Erfolg. Johnnie ist außer Gefahr. Sie brauchen sich also keine Sorgen mehr zu machen und können ruhig schlafen.«

»Gott sei Dank«, antwortete er.

»Ich weiß, wie Ihnen zumute ist«, sagte sie. »Wir sind ja auch alle so erleichtert. So, und jetzt werde ich den Hörer Ihrer Frau geben.«

John fuhr hoch, wie vom Donner gerührt. Was zum Teufel sollte das heißen? Dann hörte er Lauras Stimme gelassen und klar.

»Liebling? Liebling, bist du da?«

Er konnte nicht antworten. Er fühlte, wie seine Hand am Hörer feucht wurde von kaltem Schweiß. »Ich bin da«, flüsterte er.

»Die Verbindung ist nicht besonders gut«, sagte sie, »aber macht nichts. Wie dir Mrs. Hill ja schon gesagt hat, ist alles in Ordnung. Der Arzt ist sehr nett und die Stationsschwester reizend, und ich bin so glücklich, daß alles so gutgegangen ist. Nach der Landung in Gatwick bin ich sofort hierhergefahren. Der Flug war übrigens gut, aber die Leute waren so komisch – du wirst dich kranklachen, wenn ich dir davon erzähle. Dann bin ich gleich ins Krankenhaus gegangen, und Johnnie wachte gerade aus der Narkose auf. Natürlich war er noch sehr benommen, aber er hat sich riesig gefreut, als er mich sah. Und Hills sind wirklich ganz wunderbar, sie haben mir ihr Gastzimmer gegeben, und bis zum Krankenhaus in der Stadt ist es mit dem Taxi gar nicht weit. Ich werde gleich nach dem Abendessen ins Bett gehen, ich bin ein bißchen mitgenommen von dem Flug und den Sorgen. Wie war denn die Fahrt nach Mailand? Und in welchem Hotel bist du?«

John antwortete mit einer Stimme, die er selbst kaum erkannte. Es war die automatische Antwort eines Computers.

»Ich bin nicht in Mailand«, sagte er, »ich bin noch in Venedig.«

»Noch in Venedig? Aber warum denn? Ist der Motor nicht angesprungen?«

»Ich kann es jetzt nicht erklären«, erwiderte er. »Eine ganz dumme Geschichte . . .«

Er fühlte sich plötzlich so erschöpft, daß er fast den Hörer fallen ließ, und zu seiner Schande spürte er, daß ihm auch noch die Tränen kamen.

»Was für eine Geschichte?« Ihre Stimme war mißtrauisch, fast feindselig. »Du hast doch keinen Unfall gehabt?«

»Nein . . . nein . . . nichts dergleichen.«

Einen Augenblick Stille. Und dann sagte sie: »Du klingst so verschwommen. Erzähl mir bloß nicht, daß du in Venedig versumpft bist.«

Gott im Himmel . . . Wenn sie wüßte! Wahrscheinlich würde er jeden Augenblick ohnmächtig werden.

»Ich hab mir eingebildet«, sagte er langsam, »ich hab mir eingebildet, ich hätte dich gesehen, auf einer von diesen Barkassen, zusammen mit den beiden Schwestern.«

Was für einen Sinn hatte es, weiterzusprechen? Es war hoffnungslos, die Sache erklären zu wollen.

»Wie kannst du mich zusammen mit den Schwestern gesehen haben?« fragte sie. »Du wußtest doch, daß ich zum Flughafen gefahren war. Wirklich, mein Lieber, du bist ein Narr. Du scheinst von den beiden armen alten Damen ja förmlich besessen zu sein. Hoffentlich hast du eben nichts zu Mrs. Hill gesagt.«

»Nein.«

»Ja, und was machst du jetzt? Du nimmst doch morgen den Zug von Mailand, nicht wahr?«

»Ja, natürlich«, antwortete er.

»Ich versteh zwar immer noch nicht, warum du in Venedig geblieben bist«, fuhr sie fort. »Es klingt mir alles ein bißchen merkwürdig. Aber wie dem auch sei ... Johnnie geht es Gott sei Dank gut, und ich bin hier.«

»Ja«, sagte er, »ja.«

Er konnte durchs Telefon in der Ferne den Gong zum Abendessen hören.

»Du mußt jetzt gehen«, sagte er. »Bitte, grüß die Hills und Johnnie von mir.«

»Also, paß auf dich auf, Liebling, und versäume um Gottes willen morgen den Zug nicht, und fahr vorsichtig.«

Das Telefon knackte, und sie war nicht mehr da. Er goß den letzten Rest Whisky in sein leeres Glas, mischte ihn mit dem Ingwerbier und schüttete alles in einem Schluck hinunter. Er stand auf, ging zum Fenster, öffnete die Läden und lehnte sich hinaus. Er fühlte sich benommen. Seine Erleichterung, so groß, so überwältigend sie auch war, wurde gedämpft von dem seltsamen Gefühl des Unwirklichen, das ihn von neuem beschlich. Es war fast, als wäre die Stimme, die aus England zu ihm gesprochen hatte, doch nicht Lauras gewesen, sondern eine Imitation, und als wäre sie in Wirklichkeit immer noch in Venedig, versteckt in einer zwielichtigen Pension, zusammen mit den beiden Schwestern.

Die Sache war doch, daß er die drei auf der Barkasse wirklich gesehen hatte. Es war nicht irgendeine Frau in einem roten Mantel gewesen. Und die beiden anderen Frauen waren wirklich da gewesen, zusammen mit Laura. Was also war die Erklärung dafür? Daß er dabei war, verrückt zu werden? Oder hatte er es hier mit etwas noch Unheimlicherem zu tun? Die Schwestern, die telepathische Kräfte von ungeheurer Stärke besaßen, hatten ihn gesehen, als sich die beiden Boote begegneten, und hatten ihm auf rätselhafte Weise vorgegaukelt, daß Laura bei ihnen war. Aber warum und zu welchem Zweck? Nein, das ergab keinen Sinn. Die einzige Erklärung war, daß er sich getäuscht hatte, daß das Ganze eine Halluzination gewesen war. In welchem Fall er einen Psychoanalytiker genauso nötig hatte wie Johnnie seinen Chirurgen.

Und was sollte er jetzt tun? Hinuntergehen und der Geschäftsführung sagen, daß er sich geirrt und gerade mit seiner Frau telefoniert habe, die sicher und heil mit der Chartermaschine in England gelandet sei? Er zog seine Schuhe an und strich sich mit den Händen das Haar glatt. Er sah auf die Uhr. Es war zehn Minuten vor acht. Wenn er erst in die Bar ging und sich schnell einen zweiten Drink genehmigte, würde es leichter sein, mit dem Geschäftsführer zu sprechen und ihm den Irrtum einzugestehen. Dieser würde dann vielleicht auch die Polizei anrufen. Und nach allen Seiten hin überschwengliche Entschuldigungen, daß man allen solche Mühe gemacht hatte . . .

Er fuhr mit dem Fahrstuhl nach unten und ging geradewegs in die Bar. Er fühlte sich befangen, wie ein Gezeichneter; er hatte die Vorstellung, daß alle ihn ansahen und dachten: Das ist der Mann, dessen Frau verschwunden ist. Glücklicherweise war es sehr voll in der Bar, lauter unbekannte Gesichter. Selbst den Kellner, offenbar eine Aushilfe, hatte John noch nie gesehen. Er trank seinen Whisky und warf über die Schulter einen Blick in die Empfangshalle. Am Schalter war im Augenblick niemand. In der Tür zu dem dahinter liegenden Raum stand der Geschäftsführer mit dem Rücken zur Halle und sprach mit jemand. John gab einem feigen Impuls nach, durchquerte schnell die Halle und verließ das Hotel durch die Schwingtür.

Jetzt werde ich erst etwas essen, beschloß er, und dann geh ich zurück und spreche mit dem Geschäftsführer. Wenn ich etwas im Magen habe, bin ich einer Auseinandersetzung besser gewachsen.

Er ging zu dem nahe gelegenen Restaurant, in dem er und Laura ein- oder zweimal zu Abend gegessen hatten. Jetzt konnte er sich ja Zeit lassen, nichts war mehr wichtig, denn sie war in Sicherheit. Der Alptraum war überstanden. Er konnte sein Abendessen genießen, obgleich sie nicht dabei war, und konnte an sie denken, wie sie mit den Hills einen langweiligen, stillen Abend verbrachte, früh ins Bett ging und am nächsten Morgen ins Krankenhaus fuhr, um bei Johnnie zu sein. Auch Johnnie war in Sicherheit. Keine Sorgen mehr, nur noch die peinlichen Erklärungen und Entschuldigungen.

Er setzte sich mit einem angenehmen Gefühl von Anonymität in dem kleinen Restaurant an einen Ecktisch und bestellte Vitello al Marsala und eine halbe Flasche Merlot. Er ließ sich sein Essen schmecken, aber ihm war dabei, als säße er hinter einem Schleier; das Gefühl des Unwirklichen war noch nicht gewichen, und die Unterhaltung am Nachbartisch wirkte einlullend wie gedämpfte Musik.

Als die Leute sich erhoben und gingen, sah er auf der Wanduhr, daß es fast halb zehn war. Es war sinnlos, die Sache noch länger aufzuschieben. Er trank seinen Kaffee, zündete sich eine Zigarette an und bezahlte. Schließlich, dachte er, als er zum Hotel zurückging, würde der Geschäftsführer sehr erleichtert sein, wenn er erfuhr, daß alles in Ordnung war.

Als er die Halle durch die Schwingtür betrat, sah er als erstes einen Mann in Polizeiuniform, der am Empfangsschalter stand und sich mit dem Geschäftsführer unterhielt. Auch der Empfangschef war da. Als John auf sie zuging, wandten sie sich um, und das Gesicht des Geschäftsführers erhellte sich vor Erleichterung.

»*Eccolo!*« rief er aus. »Ich wußte doch, daß der Signore nicht weit ist. Es geht vorwärts, Signore. Man hat die beiden Damen gefunden, und sie haben sich freundlicherweise bereit erklärt, mit zur Questura zu kommen. Wenn Sie sich gleich dorthin begeben wollen, dann wird Sie dieser *agente di polizia* begleiten.«

John bekam einen roten Kopf. »Ich habe allen furchtbare Mühe gemacht«, sagte er. »Ich wollte Ihnen Bescheid geben, bevor ich zum Abendessen ging, aber Sie waren nicht am Schalter. Ich konnte mich nämlich inzwischen mit meiner Frau in Verbindung setzen. Sie ist doch ganz richtig nach London geflogen, und ich habe mit ihr telefoniert. Es war alles ein großer Irrtum.«

Der Geschäftsführer sah verwirrt aus. »Die Signora ist in London?« wiederholte er. Dann wechselte er ein paar schnelle italienische Worte mit dem Polizisten. »Anscheinend behaupten die Damen, daß sie nur am Vormittag ein paar Einkäufe gemacht haben und sonst den Tag über gar nicht draußen gewesen sind«, sagte er, wieder John zugewandt. »Wen hat der Signore dann in dem Vaporetto gesehen?«

John schüttelte den Kopf. »Ein sehr ungewöhnlicher Irrtum von meiner Seite, den ich immer noch nicht ganz verstehe«, entgegnete er. »Offensichtlich habe ich weder meine Frau noch die beiden Damen gesehen. Es tut mir unendlich leid.«

Wieder ein Wortwechsel in schnellstem Italienisch. John merkte, daß der Empfangschef ihn mit einem seltsamen Augenausdruck musterte. Der Geschäftsführer entschuldigte sich offensichtlich in Johns Namen bei dem Polizisten, der ärgerlich aussah und seinem Verdruß mit zunehmender Lautstärke Ausdruck gab, sehr zum Leidwesen des Geschäftsführers. Die ganze Sache hatte zweifellos sehr vielen Leuten große Ungelegenheiten gebracht, nicht zum wenigsten den beiden unseligen Schwestern.

»Hören Sie«, sagte John, den Redefluß unterbrechend, »erklären Sie doch bitte dem Polizisten, daß ich mit ihm zur Polizeiwache gehen und mich persönlich bei dem Beamten und den Damen entschuldigen will.«

Der Geschäftsführer sah erleichtert aus. »Wenn der Signore sich die Mühe machen würde«, sagte er. »Natürlich hat es die Damen sehr erschreckt, in ihrem Hotel von einem Polizisten vernommen zu werden, und sie haben sich nur deshalb erboten, ihn zur Questura zu begleiten, weil sie um die Signora besorgt sind.«

John fühlte sich immer unbehaglicher. Laura durfte niemals davon erfahren. Sie würde entsetzt sein. Er fragte sich, ob man sich wohl strafbar machte, wenn man der Polizei irreführende Informationen über Dritte gab. Im Rückblick begann sein Irrtum geradezu kriminelle Ausmaße anzunehmen.

Er überquerte den Markusplatz, auf dem es jetzt von Abendspaziergängern wimmelte. An den Tischen vor den Cafés drängten sich die Menschen, und die drei Orchester, gleichzeitig in voller Stärke spielend, lagen in einem harmonischen Wettstreit. Johns Begleiter, der zu seiner Linken ging, hielt diskret zwei Schritte Abstand und sagte kein Wort.

Sie erreichten das Polizeigebäude und stiegen die Treppe zum selben Raum hinauf, in dem John am Nachmittag gewesen war. Beim Eintreten sah er sofort, daß hinter dem Schreibtisch ein anderer Beamter saß als zuvor, ein fahlhäutiger Mann mit einem säuerlichen Gesichtsausdruck. Auf zwei Stühlen neben dem Schreibtisch saßen die beiden Schwestern. Sie waren offensichtlich erregt, besonders die aktivere von den beiden. Hinter ihnen stand ein Polizist in Uniform. Johns Begleiter wandte sich sofort in schnellem Italienisch an den Beamten, während John selbst nach kurzem Zögern auf die Schwestern zuging.

»Es ist alles ein schrecklicher Irrtum«, sagte er. »Ich weiß nicht, wie ich mich bei Ihnen entschuldigen kann. Es ist alles meine Schuld, ganz allein meine Schuld, und die Polizei trifft kein Vorwurf.«

Die aktive Schwester wollte sich mit nervös zuckendem Mund erheben, aber er hielt sie zurück.

»Wir verstehen das alles nicht«, sagte sie mit starkem schottischem Akzent. »Wir haben uns gestern beim Abendessen von Ihrer Frau verabschiedet, und seitdem haben wir sie nicht mehr gesehen. Die Polizei ist vor mehr als einer Stunde in unserer Pension gewesen und hat uns gesagt, daß Ihre Frau verschwunden sei und Sie Anzeige gegen uns erstattet hätten. Meine Schwester ist nicht sehr robust. Es hat sie sehr mitgenommen.«

»Ein Irrtum. Ein entsetzlicher Irrtum«, wiederholte er.

Er wandte sich dem Schreibtisch zu. Der Polizeibeamte hatte das Wort an ihn gerichtet; er sprach ein sehr viel schlechteres Englisch als der Mann, mit dem John zuvor gesprochen hatte. Vor ihm lag Johns Aussage, auf die er mit einem Bleistift klopfte.

»So?« fragte er. »Dieses Dokument alles Lügen? Sie nicht die Wahrheit gesagt?«

»Zu dem Zeitpunkt habe ich es für die Wahrheit gehalten«, entgegnete John. »Ich hätte vor einem Gericht einen Eid darauf ablegen können, daß ich meine Frau zusammen mit den beiden Damen heute auf einem Vaporetto auf dem Canal Grande gesehen habe. Jetzt weiß ich, daß ich mich getäuscht habe.«

»Wir sind heute nicht einmal in der Nähe des Canal Grande gewesen«, protestierte die Schwester, »auch nicht zu Fuß. Heute vormittag haben wir ein paar Einkäufe in den Mercerie gemacht, und den Nachmittag über sind wir zu Hause geblieben. Meine Schwester fühlte sich nicht ganz wohl. Ich habe das dem Polizeibeamten wohl ein dutzendmal gesagt, und die Leute in der Pension würden es auch bestätigen. Aber er hört nicht zu.«

»Und die Signora?« schnauzte der Polizeibeamte. »Was ist mit der Signora?«

»Die Signora, meine Frau, ist in England und in Sicherheit«, erklärte John geduldig. »Ich habe mit ihr kurz nach sieben telefoniert. Sie ist doch mit der Chartermaschine abgeflogen und jetzt bei Bekannten.«

»Wen Sie dann gesehen auf Vaporetto in roter Mantel?« fragte der Polizeibeamte wütend. »Und wenn nicht diese Signorine, dann welche Signorine?«

»Meine Augen haben mich getrogen«, antwortete John und merkte, daß auch seine Ausdrucksweise langsam etwas angestrengt wurde. »Ich denke, ich sehe meine Frau und diese Damen, aber nein, stimmt nicht. Die ganze Zeit meine Frau in Flugzeug, die Damen in Pension.«

Es klang wie Bühnenchinesisch. Gleich würde er sich verbeugen und seine Hände in die Ärmel stecken.

Der Polizeibeamte rollte die Augen und schlug mit der Faust auf den Tisch. »Also alle Arbeit umsonst«, sagte er. »Hotels und Pensionen durchsucht nach den Signorine und einer vermißten *signora inglese,* wenn wir vieles, vieles andere zu tun haben. Sie machen einen Irrtum. Vielleicht Sie haben zum Mittagessen zuviel *vino* getrunken, und Sie sehen hundert Signore in rotem Mantel auf hundert Vaporetti.« Er stand, die Papiere auf dem Tisch durcheinanderwerfend, auf. »Und Sie, Signorine«, sagte er, »Sie wünschen zu geben Anzeige gegen diese Person?« Er sprach zu der aktiven Schwester.

»O nein«, entgegnete sie, »auf keinen Fall. Mir ist klar, daß es ein Irrtum war. Wir haben nur den Wunsch, sofort in unsere Pension zurückzukehren.«

Der Polizeibeamte zeigte auf John. »Sie haben Glück«, knurrte er. »Diese Signorine könnten Sie anzeigen – sehr ernste Sache.«

»Selbstverständlich«, begann John, »will ich alles tun, was in meinen Kräften steht, um . . . «

»Bitte, auf gar keinen Fall«, rief die Schwester entsetzt. »Das kommt gar nicht in Frage.« Jetzt war sie es, die sich bei dem Polizeibeamten entschuldigte. »Ich hoffe, daß wir Ihre wertvolle Zeit nicht länger zu beanspruchen brauchen«, sagte sie.

Der Beamte deutete mit einer Handbewegung an, daß sie entlassen waren, und gab dem Polizisten eine Anweisung auf italienisch. »Dieser Mann geht mit Ihnen zu Pension«, sagte er. »*Buona sera, signorine*«, und ohne John weiter zu beachten, setzte er sich wieder an seinen Schreibtisch.

»Ich komme mit Ihnen«, sagte John. »Ich möchte Ihnen genau erklären, was passiert ist.«

Sie gingen gemeinsam die Treppe hinab und verließen das Gebäude. Die Blinde stützte sich auf den Arm ihrer Zwillingsschwester. Kaum waren sie draußen, wandte sie ihre blicklosen Augen auf John.

»Sie haben uns gesehen«, sagte sie, »und auch Ihre Frau. Aber nicht heute. Sie haben uns in der Zukunft gesehen.« Sie sprach in weicherem Ton als ihre Schwester, langsamer; sie schien leicht sprachbehindert zu sein. »Ich versteh nicht«, erwiderte John verwirrt.

Er sah die aktive Schwester an, und sie schüttelte mit gerunzelter Stirn den Kopf und legte den Finger auf die Lippen.

»Komm«, sagte sie zu ihrer Schwester. »Du bist doch so müde, und ich möchte dich schnell nach Hause bringen.« Dann leise zu John: »Sie ist telepathisch. Ich glaube, Ihre Frau hat es Ihnen erzählt. Aber ich möchte nicht, daß sie hier auf der Straße in Trance fällt.«

Gott bewahre, dachte John, und die kleine Prozession bewegte sich langsam die Straße entlang, das Polizeigebäude hinter sich lassend. Wegen der blinden Schwester kamen sie nur langsam voran, und sie mußten zwei Brücken über zwei verschiedene Kanäle überqueren. Nach der ersten Abzweigung hatte John keine Ahnung mehr, wo sie waren, aber das war ja völlig gleichgültig. Sie hatten Polizeibegleitung, und die Schwestern kannten auf jeden Fall den Weg.

»Ich muß Ihnen jetzt erklären, was geschehen ist«, sagte John leise. »Meine Frau würde mir sonst nie verzeihen.« Und während sie weitergingen, erzählte er noch einmal die ganze unerklärliche Geschichte, beginnend mit dem Telegramm am Vorabend und dem Gespräch mit Mrs. Hill, dem Entschluß, am nächsten Tag nach England zurückzukehren, Laura per Flugzeug und John selbst mit Auto und Zug. Die Schilderung war nicht mehr so dramatisch wie seine Aussage vor dem Polizeibeamten. In dieser hatte, vielleicht aus seiner Überzeugung heraus, daß etwas nicht ganz geheuer sei, die Begegnung der beiden Boote mitten auf dem Canal Grande so unheimlich geklungen, daß man unwillkürlich denken mußte, die beiden Schwestern seien Entführerinnen, die eine völlig verwirrte Laura gefangenhielten. Jetzt fühlte er sich von keiner der beiden Frauen mehr bedroht, und so sprach er natürlicher und doch mit großer Aufrichtigkeit, denn zum erstenmal hatte er das Gefühl, daß sie ihm beide wohlgesinnt waren und ihn verstehen würden.

»Sehen Sie, ich hatte wirklich geglaubt, ich hätte Sie mit Laura zusammen gesehen«, erklärte er in einem letzten Bemühen, wiedergutzumachen, daß er überhaupt zur Polizei gegangen war. »Und ich dachte . . .« Er zögerte, weil es nicht sein eigener Gedanke, sondern der des Polizeibeamten gewesen war. »Ich dachte, Laura habe vielleicht plötzlich das Gedächtnis verloren, sei Ihnen am Flughafen begegnet und Sie hätten sie nach Venedig zurückgebracht und mit in Ihr Hotel genommen.«

Sie hatten einen großen Campo überquert und gingen auf ein Haus zu, über dessen Eingang ein Schild mit der Aufschrift »Pensione« hing.

»Hier wohnen Sie?« fragte John.

»Ja«, antwortete die Schwester. »Ich weiß, es sieht nach nichts aus, aber es ist sauber und gemütlich und ist uns von Freunden empfohlen worden.« Sie wandte sich zu dem Polizisten. »*Grazie*«, sagte sie zu ihm, »*grazie tanto.*«

Der Mann nickte kurz, wünschte ihnen eine *buona notte* und ging über den Platz fort.

»Wollen Sie hereinkommen?« fragte die Schwester. »Wir können bestimmt einen Kaffee für Sie auftreiben, oder vielleicht wollen Sie lieber Tee haben?«

»Nein, danke, wirklich nicht. Ich muß wieder zurück ins Hotel. Ich will morgen sehr früh abfahren. Ich möchte nur ganz sicher sein, daß Sie wirklich verstanden haben, was passiert ist, und daß Sie mir verzeihen.«

»Es gibt nichts zu verzeihen«, entgegnete sie. »Es ist nur eine von den vielen Manifestationen des Zweiten Gesichts, die meiner Schwester und mir immer wieder begegnen, und ich würde sie gern für unsere Dokumentation aufzeichnen, wenn ich darf.«

»Natürlich dürfen Sie das«, sagte er, »aber ich selbst kann damit nicht viel anfangen. Ich habe es noch nie zuvor erlebt.«

»Vielleicht nicht bewußt«, erwiderte sie. »Uns begegnet so vieles, dessen wir uns nicht bewußt sind. Meine Schwester hat gespürt, daß Sie eine telepathische Ausstrahlung haben. Sie hat es Ihrer Frau erzählt. Außerdem hat sie ihr gestern abend im Restaurant gesagt, daß Ihnen Unheil bevorsteht, Gefahr, daß Sie Venedig verlassen sollten. Glauben Sie nun, daß das Telegramm ein Beweis dafür ist? Ihr Sohn war krank, vielleicht schwebte er sogar in Lebensgefahr, und deshalb mußten Sie unbedingt nach England zurück. Dem Himmel sei Dank, daß Ihre Frau nach Hause geflogen und jetzt bei ihm ist.«

»Ja, natürlich«, sagte John, »aber warum habe ich sie dann mit Ihnen und Ihrer Schwester auf dem Vaporetto gesehen, wenn sie doch in Wirklichkeit auf dem Weg nach England war?«

»Gedankenübertragung vielleicht«, antwortete sie. »Ihre Frau hat vielleicht gerade an uns gedacht. Wir haben ihr unsere Adresse gegeben, falls Sie mit uns in Verbindung bleiben wollen. Wir werden noch zehn Tage hier sein. Und sie weiß, daß wir alle Botschaften, die meine Schwester vielleicht von Ihrer Kleinen aus dem Jenseits erhält, an sie weitergeben werden.«

»Ja«, meinte John verlegen, »ja, ich verstehe. Das ist sehr liebenswürdig von Ihnen.« Er sah plötzlich, in einer nicht sehr freundlichen und durchaus nicht übersinnlichen Vision, die beiden Schwestern vor sich, wie sie sich in ihrem Schlafzimmer Kopfhörer überstülpten, um eine verschlüsselte Botschaft von der armen kleinen Christine aufzufangen. »Hier, das ist unsere Londoner Adresse«, sagte er. »Ich weiß, daß Laura sich freuen würde, von Ihnen zu hören.« Er kritzelte auf einen Zettel, den er aus seinem Notizblock gerissen hatte, ihre Adresse und Telefonnummer und überreichte ihn der Schwester. Er konnte sich das Ergebnis schon vorstellen. Eines Abends würde Laura mit der großen Überraschung aufwarten, daß die beiden »lieben alten Damen« auf ihrem Weg nach Schottland durch London kämen, und das mindeste, was man tun könne, sei doch, sie einzuladen, vielleicht sogar zum Übernachten. Dann eine Séance im Wohnzimmer, bei der plötzlich aus dem Nichts Tamburine zu rasseln begännen.

»Ich muß gehen«, sagte er. »Gute Nacht, und ich bitte Sie noch-mals um Entschuldigung für alles, was heute abend vorgefallen ist.« Er schüttelte der ersten Schwester die Hand und wandte sich dann der Blinden zu. »Ich hoffe sehr«, sagte er, »daß Sie das alles nicht zu sehr ermüdet hat.«

Die blicklosen Augen waren beunruhigend. Sie hielt seine Hand fest und wollte sie nicht loslassen. »Das Kind«, sagte sie in einem merkwürdigen Stakkato, »das Kind ... ich sehe das Kind ...« und dann erschien zu seinem Entsetzen eine Schaum-blase in ihrem Mundwinkel, ihr Kopf flog ruckartig nach hinten, und sie sank halb in den Armen ihrer Schwester zusammen.

»Wir müssen sie ins Haus bringen«, sagte die Schwester hastig. »Es ist nicht schlimm, sie ist nicht krank, es ist der Beginn einer Trance.«

Zusammen schleppten sie die Blinde, die ganz starr geworden war, ins Haus und setzten sie auf den nächsten Stuhl. Ihre Schwe-ster stützte sie. Aus einem der hinteren Räume kam, gehüllt in eine Wolke von Spaghettigeruch, eine Frau gerannt. »Keine Angst«, sagte die Schwester, »die Signorina und ich werden damit fertig. Ich glaube, Sie gehen jetzt besser. Manchmal muß sie sich nach diesen Anfällen übergeben.«

»Es tut mir ganz entsetzlich leid ...«, begann John, aber die Schwester hatte ihm bereits den Rücken gekehrt und beugte sich zusammen mit der Signorina über die Blinde, die merkwürdig würgende Laute von sich gab. Er störte offensichtlich nur. »Kann ich etwas tun?« fragte er noch, und als er auf diese letzte Höflich-keitsgeste keine Antwort bekam, machte er auf dem Absatz kehrt und ging auf den Platz hinaus. Als er ihn überquerte, sah er sich noch einmal nach dem Haus um. Die Tür war geschlossen wor-den.

Was für ein Abschluß für diesen Abend! Und alles war seine Schuld.

Die armen alten Damen – erst waren sie auf die Polizeiwache geschleppt und verhört worden, und dann kam zu allem noch ein Trance-Anfall hinzu. Eher wohl Epilepsie. Für die gesunde Schwester kein schönes Leben, aber sie schien sich damit abzufin-den. Immerhin riskant, wenn die Blinde einmal auf der Straße oder in einem Restaurant zusammenbrach. Und ihm und Laura nicht besonders willkommen, falls die Schwestern einmal bei ihnen auftauchen sollten, was, so hoffte er inständig, niemals geschehen würde.

Doch wo zum Teufel war er jetzt? Der Campo mit der unvermeidlichen Kirche am einen Ende war völlig menschenleer. Er konnte sich nicht erinnern, wie sie vom Polizeirevier hierhergekommen waren, es waren zu viele Abzweigungen gewesen. Aber die Kirche selbst sah irgendwie vertraut aus. Er ging näher an sie heran, um den Namen zu entdecken, den man manchmal auf Bekanntmachungen am Kirchentor finden konnte. San Giovanni in Bragora – das klang bekannt. An einem Vormittag waren er und Laura einmal hineingegangen, um sich ein Gemälde von Cima da Conegliano anzusehen. War es von hier nicht nur ein Katzensprung bis zur Riva degli Schiavoni und dem offenen Wasser der Lagune mit den hellen Lichtern und den herumschlendernden Touristen? Er erinnerte sich, daß sie von der Riva degli Schiavoni in eine kleine Seitenstraße abgebogen und bei der Kirche herausgekommen waren. War es nicht die kleine Straße dort vor ihm? Er eilte sie entlang, aber auf halbem Wege zögerte er. Es schien nicht die richtige zu sein, und doch kam sie ihm aus irgendeinem Grunde bekannt vor.

Dann merkte er, daß es nicht die Straße war, die sie an jenem Vormittag entlanggegangen waren, sondern die vom letzten Abend, nur daß er diesmal aus der andern Richtung kam. Ja, so war es, und in diesem Fall wäre es am einfachsten, weiterzugehen, bis die Straße aufhörte, und danach die kleine Brücke an dem schmalen Kanal zu überqueren. Dann würde das Arsenal zu seiner Linken liegen und die Straße zur Riva degli Schiavoni zu seiner Rechten. So kam er schneller zum Ziel, als wenn er zurückging und sich in dem Labyrinth von Seitenstraßen verirrte.

Er hatte fast das Ende der kleinen Straße erreicht, und die Brücke war bereits in Sicht, als er das Kind sah. Es war dasselbe kleine Mädchen mit der spitzen Kapuze, das am Abend vorher über die vertäuten Boote gesprungen und in einem der Kellereingänge verschwunden war. Diesmal kam sie aus der Richtung der Kirche jenseits des Kanals und rannte auf die Brücke zu. Sie rannte wie um ihr Leben, und einen Augenblick später sah er, warum. Sie wurde von einem Mann verfolgt, der sich, als sie rennend einen Blick zurückwarf, flach gegen eine Hauswand preßte. Das Kind kam immer näher an die Brücke heran, rannte jetzt darüber. Aus Angst, es noch mehr zu erschrecken, wich John in einen offenen Torweg zurück, der in einen kleinen Hof führte.

Er erinnerte sich an den betrunkenen Schrei vom Abend zuvor; er war aus einem der Häuser gedrungen, bei denen sich der Mann jetzt versteckte. Aha, dachte er, der Kerl ist also wieder hinter ihr her, und mit blitzschneller Intuition verband er die beiden Ereignisse: die Todesangst des Kindes, deren Zeuge er nun zum zweitenmal war, und die Morde, von denen die Zeitungen berichteten und die man für die Tat eines Verrückten hielt. Es konnte Zufall sein, konnte sich um ein Kind handeln, das vor einem betrunkenen Familienangehörigen davonlief, und trotzdem ... Sein Herz begann zu klopfen, sein Instinkt warnte ihn: Renn auch, jetzt, sofort, die Straße zurück, die du gekommen bist. Aber das Kind? Was würde mit dem Kind geschehen?

Die rennenden Schritte kamen näher. Das kleine Mädchen stürzte durch den Torweg in den Hof, in dem John stand, rannte an ihm vorbei, ohne ihn zu sehen. Sie lief auf die Rückseite des Hauses zu, das den Hof auf einer Seite einschloß, und die Stufen hinunter, die wahrscheinlich zu einem Hintereingang führten. Sie schluchzte beim Rennen, aber es war nicht das gewöhnliche Weinen eines verängstigten Kindes, sondern das panische Keuchen eines hilflosen, verzweifelten Wesens. Waren ihre Eltern in diesem Haus, die sie schützen würden, die er warnen konnte? Er zögerte einen Augenblick und folgte ihr dann die Stufen hinunter durch eine Tür, die sich geöffnet hatte, als sie sich dagegenwarf.

»Ist ja gut«, rief er, »ich lasse nicht zu, daß er dir etwas antut.« Er verfluchte sein schlechtes Italienisch; andererseits würde eine englische Stimme das Kind vielleicht beruhigen. Doch es nützte nichts – das Mädchen rannte schluchzend eine steile Wendeltreppe hinauf, die zum oberen Stockwerk führte. Aber für einen Rückzug war es schon zu spät. Er konnte den Verfolger bereits im

Hof hören, jemand schrie etwas auf italienisch, ein Hund bellte. Jetzt ist es passiert, dachte er, jetzt sitzen wir zusammen in der Falle, das Kind und ich. Wenn wir oben nicht irgendeine Tür verriegeln können, dann erwischt er uns beide.

Er rannte die Treppe hinauf dem Kind nach, das oben in ein Zimmer gestürzt war, folgte ihm hinein und schlug die Tür zu. Und, o himmlischer Vater, die Tür hatte einen Riegel, den er mit aller Kraft zustieß. Das Kind kauerte am offenen Fenster. Wenn er jetzt um Hilfe rief, hörte ihn bestimmt jemand, würde bestimmt jemand kommen, bevor sich der Verfolger gegen die Tür warf und sie nachgab. Denn in diesem Raum war niemand als sie beide, waren keine Eltern, gab es nichts als eine Matratze auf einem alten Bett und in einer Ecke einen Haufen Lumpen.

»Ist ja gut«, keuchte er, »ist ja gut.« Er streckte die Hand aus und versuchte zu lächeln.

Das Kind richtete sich mühsam auf und stand still vor ihm, seine Kapuze war ihm vom Kopf gerutscht und zu Boden gefallen. Er starrte es an. Seine Ungläubigkeit verwandelte sich in Entsetzen, dann in Furcht. Es war überhaupt kein Kind, sondern ein kleiner, untersetzter weiblicher Zwerg, etwa einen Meter groß, mit einem massigen, eckigen Kopf, zu schwer für den kleinen Körper, und sie schluchzte nicht mehr, sie grinste ihn an und ließ den Kopf auf und nieder nicken.

Dann hörte er Schritte auf der Treppe, Hämmern an der Tür, einen bellenden Hund und nicht nur eine, sondern viele Stimmen, die brüllten: »Aufmachen! Polizei!« Das Zwergenwesen faßte in seinen Ärmel, zog ein Messer heraus. Der Wurf war mit furchtbarer Kraft geführt, und das Messer drang in seine Kehle. Er strauchelte und fiel, die schützend erhobenen Hände von warmem, klebrigem Blut bedeckt. Und er sah, wie das Boot mit Laura und den beiden Schwestern den Canal Grande herabfuhr, nicht heute, nicht morgen, aber übermorgen, und er wußte, warum sie zusammen waren und aus welchem traurigen Anlaß sie kamen. Das scheußliche Wesen saß lallend in seiner Ecke. Das Hämmern und die Stimmen und das Bellen wurden immer leiser, und o Gott, dachte er, was für eine verdammt idiotische Art zu sterben ...

Dorothy Salisbury Davis

Kilometerweit

Laura stellte ihre Reisetasche, ihre Handtasche und die Pralinen, die sie ihrer Tante Mattie und ihrem Schwiegervater mitbringen wollte, bei der Haustür ab. Dann steckte sie ihr Halstuch in die Tasche ihres Wendemantels, der an der Garderobe im Flur hing, und ging ihren Mann suchen. Die frische Farbe war überall zu riechen, und bei Gott, die Wohnung mußte wirklich mal gestrichen werden. Weil sie glaubten, eine finanzielle Zuwendung von ihrer Tante Mattie erwarten zu können, hatten sie beschlossen, sich jetzt an diese Arbeit zu machen. Tim wollte sehen, wieviel er in ihrer Abwesenheit allein schaffte.

Der Farbeimer wackelte gefährlich, als er die Leiter herunterkam. Es war viel besser für ihre Nerven, dachte Laura, wenn sie wegfuhr. Tim beugte sich zu ihr herab, und Laura stellte sich auf die Zehenspitzen, um ihm einen Kuß zu geben. Er war ziemlich groß; sie selbst mußte sich strecken, um überhaupt die einssechzig zu erreichen. Sie waren beide mittleren Alters und seit fast zwanzig Jahren verheiratet. Sie hatten keine Kinder. Leider, wie sie beide immer hinzufügten. Tim schlug sich mit Jobs in der Unterhaltungsbranche durch, als Zauberer, der sich seine eigenen Tricks ausdachte, als Folksänger, der moderne Metaphern mit alten Mythen verband. Sein Geld verdiente er sich hauptsächlich in Sommercamps. Er war das, was Menschen, die die Herkunft verachteten oder sehr stolz auf ihre eigene waren –, einen hauptberuflichen Iren nannten. Laura unterrichtete aushilfsweise Englisch und Musik in einer Klosterschule außerhalb von New York, am oberen Ende des Hudson River. Die Wohnung an der Upper West Side gehörte den Mallorys – zum Teil natürlich auch der Chemical Bank. Sie war groß und hatte hohe Decken, war voll von Büchern und Utensilien, die Tim für seine Jobs brauchte. Dazu kamen noch eine ganze Menge Gegenstände, die nichts mit modernen Tätigkeiten zu tun hatten, wie zum Beispiel ein Spinnrad, ein Webstuhl und ein Butterfaß, aus dem jetzt der Efeu herauswuchs. Und aus Vermont würde Laura die Großvateruhr mitbringen, die sich seit mehr als hundert Jahren im Besitz ihrer Familie befand. Sie freute sich auf die Reise, weil sie gern Auto fuhr. Tim konnte sich nur schwer mit ihrem Honda, einem 1993er Accord LX Coupé, abfinden, weil er das Gefühl hatte, er sei für japanische Zwerge gebaut worden. Er sagte gern, wenn die Hersteller den Vordersitz nach hinten montiert und gleich den Rücksitz umgeklappt hätten, so daß er die Beine in den Kofferraum ausstrecken könnte, wäre der Wagen auch halbwegs für seine Größe geeignet. Und ansonsten eignete sich dieses Transportmittel hervorragend für einen Weihnachtsbaum oder – wie nun – für eine Großvateruhr.

»Hast du die Straßenkarte und eine Taschenlampe dabei?« begann Tim mit seinen üblichen Fragen bei solchen Gelegenheiten. »Nimm das Handy mit. Ich kleckere es nur von oben bis unten mit Farbe voll, wenn du's hier läßt.«

»Ich brauche es nicht, Tim. Tante Mattie würde das für Luxus halten.«

»Manchen geht's bei Großvateruhren so.«

»Tim . . .«

»Na schön, na schön. Aber bitte fahr vorsichtig. Du bist mit einem Auto unterwegs, nicht mit einem Pony. Wenn es zu regnen anfängt, dann laß die Sache mit dem Krankenhaus. Du kannst die immer noch von deiner Tante aus anrufen. Und melde dich, wenn du da bist. Versprochen?«

»Ja, ich versprech dir's auf mein Pony.«

An der Tür bat er sie: »Sag Dad alles Liebe von mir. Ich schreibe ihm bald mal. Und paß auf, daß du den Leuten vom Krankenhaus nicht zu viel versprichst, noch nicht.«

»War's nicht anständig von ihnen, daß sie mich heute kommen lassen?« fragte Laura.

» Die können's gar nicht erwarten, dich zu sehen«, machte Tim sich über sie lustig. »Tja, dann bist du also am Samstagabend wieder zurück.«

Laura hatte den Nachmittag und den ganzen Freitag frei genommen. Am Freitag war St. Patrick's Day, und fast alle in der Schule machten bei der jährlichen Parade auf der Fifth Avenue mit. Sie versuchte, ihre Freude darüber zu verbergen, daß sie dem allem entkommen konnte. »Ich wünschte, du würdest mitfahren.«

»Wohl, um ein Auge auf den Tacho zu haben«, sagte Tim.

Er wartete an der Wohnungstür, bis der Aufzug kam, ein altes Ding mit Messing- und Holzverkleidung. Ein bißchen Angst kam in Laura auf, als sie auf den untersten Knopf drückte, doch die verging wieder, nachdem sich die Tür geschlossen hatte, und schon bald vergaß sie sie.

Als sie in ihrem Wagen saß, war sie in ihrem ureigensten Element. Sie machte eine Kehrtwende aus dem Parkplatz heraus und fuhr in Richtung West Side Highway. Um noch bei Grün über die erste Ampel zu kommen, beschleunigte sie. Der Wagen schien ihre Gedanken zu kennen und machte einen Sprung vorwärts. »Los, Baby«, redete sie ihm zu und tätschelte die leicht erhöhte Mitte des Lenkrads, das dicke Ding. Es stand hervor wie der Bauch einer Schwangeren.

Der Fluß war bleigrau und kabbelig, nur ein paar Schlepp- und Lastkähne waren darauf unterwegs. Die meisten Ausflugsboote lagen noch im Trockendock. Sie konnte sich an Zeiten erinnern, in denen am St. Patrick's Day Schnee lag. Dieser Teil der Strecke war ihr vertraut, weil sie so auch zur Schule fuhr. Fast immer jedoch suchte sie dabei nach etwas Neuem, das Abwechslung in ihre Alltagsroutine bringen würde. Es war gar nicht so leicht, mit den Phantasien der Jungen mitzuhalten.

Als sie an ihrer üblichen Ausfahrt vorbeikam, wanderten ihre Gedanken zum ersten Zielpunkt ihrer Reise. Tim hätte ihr nicht zu sagen brauchen, daß sie dem Krankenhaus hinsichtlich der Pflege und Vormundschaft für seinen Vater keine zu voreiligen Zusicherungen machen sollte. Vormundschaft? Er hatte das Wort nicht verwendet, aber es war in ihrem Briefwechsel mit dem Krankenhaus aufgetaucht. Sie und Tim sprachen schon seit Jahren über die Möglichkeit, daß sie seinen Vater zu sich nehmen würden, falls die Behörden das erlaubten! Wenn Tante Mattie nun beschloß, ihnen ihr Erbe bereits vor ihrem Ableben zu überlassen, spielten die Finanzen bei ihrer Entscheidung keine Rolle mehr. Der Augenblick der Wahrheit stand unmittelbar bevor. Sie und Tim hatten keine Angst vor dem alten Mann. Wenn Tim überhaupt vor etwas Angst hatte, dann hing diese Furcht damit zusammen, daß er der Sohn seines Vaters war. Joseph Mallory hatte einen Mann getötet und die letzten fünfzehn Jahre in einer psychiatrischen Klinik verbracht.

Es würde sich nicht verschweigen lassen, daß Joseph Mallory bei ihnen lebte. Der Fall hatte seinerzeit Schlagzeilen gemacht. Laura hatte inmitten einer Schar von Mallory-Anhängern im Gerichtssaal gesessen, die ihm Orangen und Zigaretten mitbrachten, ohne daß die Gerichtsdiener etwas dagegen unternommen hätten. Der Saal mußte nach der Verkündigung des Urteils – unzurechnungsfähig zum Zeitpunkt der Tat – geräumt werden. Seine Anhänger hatten seine Entlastung gefordert.

Als sie vom Taconic Parkway herunterfuhr, war der Himmel voller Wolken, die zu schnell dahinglitten, als daß es regnen hätte können, und zu dicht waren, als daß die Sonne eine Chance hatte. Die Hügel waren braun und stoppelig; ein paar Stellen waren schon umgepflügt, und die ersten grünen Spitzen des Winterweizens lugten hervor. Die Knospen der Weiden hingen über den Wasserspeichern. Es war fast Frühling.

Die Krankenhaustore waren verschlossen. An normalen Besuchstagen standen sie offen; vielleicht war dann mehr Personal anwesend. Der Wächter kam aus seinem Häuschen und sah sich ihren Ausweis an. Sie unterschrieb im Besucherbuch und versuchte, sich die Beschreibung des Wegs zum Verwaltungsgebäude, die er ihr gegeben hatte, zu merken. Platzwarte rechten das Laub zusammen. Außer ein paar Lieferwagen waren nicht viele Fahrzeuge unterwegs. Schilder zeigten den Weg zur Wäscherei, zur Reha-Abteilung, zur Werkstatt, zum Pharmazentrum und zur Kinderabteilung an. Es überraschte sie jedesmal wieder, daß es in einer solchen Anlage eine Kinderabteilung gab. Sie war in einem gelben Ziegelgebäude untergebracht wie alle anderen auch. Nirgends war eine Schaukel oder ein Klettergerüst zu sehen. Sie fuhr auf den Parkplatz des Verwaltungsgebäudes und stellte ihren Honda zwischen den anderen, teureren Wagen, von denen die meisten ein Ärztezeichen hatten, ab.

Erst als sie ganz allein im Vorzimmer wartete, fielen ihr die Pralinen wieder ein, die sie ihrem Schwiegervater mitbringen wollte. Die Frage, ob sie noch einmal hinausgehen sollte, um sie zu holen, erledigte sich, als ein Pfleger ihr mitteilte, daß Dr. Burns' Sekretär gleich kommen würde. Dr. Burns war der Leiter der Klinik. Als der Pfleger ihr den Rücken zuwandte, sah sie, daß sich unter seiner Uniformjacke eine Pistole im Holster abzeichnete. Hastig hob sie den Blick zu dem einzigen Bild an der Wand, auf dem ein riesiger goldener Adler mit der amerikanischen Flagge zwischen den Klauen zu sehen war. Wie, dachte sie, konnte man einen so schrecklichen Ort nur »Klinik« nennen.

Dr. Burns' Sekretär entpuppte sich, nach seiner Größe und der Breite seiner Schultern zu urteilen, als sehr männlicher Mann. Doch zumindest machte er sich die Mühe, nicht sehr viel schneller als sie zu gehen, als sie den Flur entlangtrabten. »Kennen Sie Mr. Mallory?« fragte sie.

»Onkel Joe? Aber sicher. Alle kennen Onkel Joe. Ein komischer Kauz.«

Was sollte man darauf sagen? »Ich wollte ihm ein paar Pralinen mitbringen, aber ich hab sie im Wagen vergessen.«

» Soweit ich weiß, ist er nicht so scharf auf Süßigkeiten.«

»Was könnte ich ihm dann mitbringen?«

»Vielleicht ein Liederbuch. Er hat seine Liebe zur Musik entdeckt.«

Auch Dr. Burns erzählte ihr von Joe Mallorys Liebe zur Musik. »Wir haben ihm eine Geige besorgt, und er hat sich selbst das Spielen beigebracht. Er ist ziemlich gut – ich bin selbst so etwas wie ein Freizeitmusiker.« Der Klinikleiter führte sie von seinem Büro zu einem kleinen, daran anschließenden Raum, in dem sich Plastikstühle, ein Deckenlicht, ein Fenster und ein kleiner runder Tisch mit einer weißen Chrysantheme in der Mitte befanden. Burns sah ein wenig verknittert aus und hatte müde Augen sowie einen Schnurrbart, der wieder einmal hätte gestutzt werden müssen. Eine Geige, dachte Laura, würde zu ihm passen. »Ich habe jemanden losgeschickt, um Mr. Mallory zu holen. Sie können sich hier mit ihm treffen, und wir beide können uns hinterher unterhalten. Ich würde an Ihrer Stelle ihm gegenüber nicht erwähnen, was Sie mir geschrieben haben. Es sei denn, Ihre Hoffnungen haben sich bereits erfüllt?«

»Nein.«

»Es ist noch genug Zeit.«

Laura schaute zum Fenster hinaus und sah zwei Männer, der eine mit einer weißen Krankenhausuniform, der andere mit einem schweren Pullover, der ihn fast zu Boden zu ziehen schien. Er mußte immer wieder ein bißchen laufen, um mit dem Aufseher Schritt zu halten. Als sie näher kamen, winkte sie ihnen zu, und der alte Mann entdeckte sie. Er richtete sich auf und salutierte ihr wie ein Soldat.

Er wirkte fröhlicher, als er den Raum betrat und die Arme ausstreckte, um sie zu begrüßen. Jedesmal wieder mußte sie sich eingestehen: Wenn sie damals nicht selbst im Gerichtssaal gewesen wäre, könnte sie nicht glauben, daß dieser Mann einen Mord begehen konnte. Sie rückten zwei Stühle an den Tisch. Mallory versuchte, die weiße Chrysantheme ans Fenster zu stellen, doch der Sims war zu schmal. Also stellte er sie auf den Boden. »Blumen müssen bunt sein«, sagte er und rückte mit seinem Stuhl näher an den ihren. »Ich habe nie die Lilie vergessen, die ich am Gründonnerstag bei der Prozession rumtragen mußte. Von dem Geruch ist mir ganz übel geworden, und ich hab noch während des Umzugs kotzen müssen. Du bist wieder allein gekommen, stimmt's?«

»Ich soll dir alles Liebe von Tim ausrichten.«

»So viel kann das nicht sein«, sagte der alte Mann und blinzelte sie mit seinen ziemlich blauen, aber auch ziemlich kalten Augen an. »Schämt er sich für mich? Dafür ist es viel zu spät. Ich bekomme immer noch Briefe von Leuten, in denen steht, sie sind stolz, mich gekannt zu haben. Von Leuten, an die ich mich nicht mal mehr erinnere.« Mit einem Blick in Richtung Bürotür beugte er sich zu ihr vor. »Ich glaube, sie fangen die Briefe ab, die ich kriege. Ich sage dir gleich, warum ich das vermute. Und sie belauschen mich. Meinst du, wir würden eine Wanze finden, wenn wir den Tisch hier umdrehen? Vielleicht ist sie ja auch in der Pflanze, die ich auf den Boden gestellt habe. Nein, nein, ich meine das ganz ernst. Wenn du auf die andere Seite dieser Tür schauen könntest, würdest du Leroy sehen, wie er mit dem Stuhl an die

Wand gelehnt dasitzt und lauscht. Das ist der Kerl, der mich her-
begleitet hat. Eigentlich heißt er nicht Leroy, aber ich nenne ihn so.
An einem Ort wie diesem muß man sich jemandem überlegen
fühlen können, dem es noch schlechter geht als einem selbst.
Meinst du, Tim hat Angst vor mir? – Mein strammer Junge, der
immer nur tut wie ein Ire, wenn's ihm in den Kram paßt? Ich kann
Männer nicht leiden, die ihr Blut verleugnen.«

»Aber er verleugnet es doch gar nicht, Joe. Schließlich ist er hier
in diesem Land geboren.«

»Wie könnte ich den Tod seiner lieben Mutter je vergessen.«

»Das ist nicht fair«, sagte Laura leise. Tim machte sich genug
Vorwürfe für all die traurigen Ereignisse seines Lebens.

»Dann bin ich also schuld!«

»Muß überhaupt jemand die Schuld haben?«

Mallory lehnte sich auf seinem Stuhl zurück und schürzte nachdenklich die Lippen. »Du hast ein weiches Herz, Laura. Er ist ein
Glückspilz. Schade, daß ich dich nicht vor ihm kennengelernt
habe.«

Laura gab sich größte Mühe, ganz natürlich zu wirken. »Stimmt
es, daß alle dich hier Onkel Joe nennen?«

Der alte Mann kicherte, weniger über den gutmütigen Humor
der Anstaltsinsassen und -beschäftigten, dachte sie, als über ihre
Unbeholfenheit. »Irgend jemand hat wohl mal damit angefangen,
und dann hat's jemand aufgeschnappt, und alle anderen haben's
auch gesagt. Haben sie dir erzählt, daß ich mich mit Jura beschäftigt habe?«

»Und du hast Geige gelernt«, sagte sie.

»Ja, klar, daß sie dir das erzählen, aber daß ich mich in einem so
exotischen Fall wie dem meinen über die Gesetze informiere, sagen sie dir natürlich nicht – über die Gesetze, wie sie vor fünfzehn
Jahren galten und heute immer noch gelten. Ich habe ziemlich viel
nachgelesen, und dann habe ich dem Gouverneur ein Gesuch um
Wiederaufnahme des Verfahrens geschickt. Ich habe ihm erklärt,
daß ich heutzutage nicht mehr wegen Unzurechnungsfähigkeit
freigesprochen werden würde. Wenn man mich damals jedoch
wegen Totschlags verurteilt hätte, hätte ich schon vor zwei Jahren
Bewährung bekommen können. Ich war nur eine Schachfigur der

Politiker. Ich hab einen Pflichtverteidiger bekommen, der hat nicht mal richtig Englisch gekonnt und gedacht, er ist ein Genie, weil er dafür gesorgt hat, daß ich hier reinkomme statt in den Knast. Und dabei bin ich ein Held. Jawohl! Ich hab ihm den Schädel für Irland eingeschlagen. Er war am Pier und sollte hin und wieder mal eine Kiste Gewehre mit der Aufschrift Arabien, an die Leute weitergeben, die dafür gesorgt hatten, daß sie nach Irland kamen . . .«

Laura hörte diese Geschichte nicht zum erstenmal. Er erzählte sie oft und reicherte sie von Mal zu Mal mit mehr Details an. Am Anfang hatte er sich an gar nichts erinnert, das hatten ihm drei Psychiater schriftlich bestätigt. Der Transportarbeiter, den er getötet hatte, hatte die Männer betrogen, denen er die Waffen geben sollte: Er war der klassische irische Schurke, ein Spitzel.

»Und was sagt der Gouverneur?« erkundigte sich Laura.

»Ich habe kein Wort von ihm gehört, und mein Informant in der hiesigen Verwaltung meint, sie hätten ihm mein Bittschreiben überhaupt nicht geschickt. Aber jetzt reicht's. Ich will dir deinen Besuch hier nicht verderben. Für mich ist die Zeit sicher nicht mehr so wichtig wie für dich. Es war schön, daß du gekommen bist. Hast du immer noch denselben kleinen Wagen?«

»Ja, den liebe ich«, sagte sie.

»Das kann ich verstehen. Wo wolltest du gleich noch mal hinfahren?«

Laura sagte es ihm.

Der alte Mann erhob sich vom Tisch. » Ich werde Leroy bitten, mir meine Fiedel zu holen. Ich würde dir gern was vorspielen, bevor du gehst.« Er öffnete die Bürotür, ohne anzuklopfen. Der Pfleger saß, genau wie er gesagt hatte, lauschend mit dem Stuhl an den Türrahmen gelehnt. »Du siehst also, daß ich nicht paranoid bin«, sagte der Mann und kehrte an den Tisch zurück. »Wir sind unzertrennlich wie siamesische Zwillinge, er und ich, aber es hat auch seine Vorteile, wenn man weiß, wann man sich fügen und wann man sich wehren muß. Verfolgst du die Nachrichten, Laura?«

»Nicht so aufmerksam, wie ich es gern täte.«

»Ach, erzähl mir doch nichts, Mädel. Wenn du sie verfolgen wolltest, würdest du's auch tun.«

Laura nickte.

»Glaubst du, daß es Frieden geben wird in Irland?«

»Das hoffe ich.«

»Was ist dir lieber – Frieden oder Gerechtigkeit?«

»Warum kann es nicht beides geben?«

»Nun, die haben jetzt einen Kerl hergeschickt, der dir recht geben würde, und die Leute empfangen ihn wie einen Helden – eine ganz neue Art von Held.« Er sah sich um, als suche er nach einem Spucknapf.

Ein paar Minuten später kam der Pfleger mit dem Geigenkasten wieder, den er Mallory mit den Worten reichte: »Du hast nicht viel Zeit, Onkel Joe.«

»Als ob ich überhaupt irgend was hätte«, sagte der alte Mann und nahm die Geige so vorsichtig aus ihrem Kasten wie ein Baby aus der Wiege. Er stimmte das Instrument.

Der Pfleger kehrte auf seinen Stuhl zurück und ließ die Tür zum Büro einen Spalt offen.

Mallory spannte den Bogen und begann zu spielen. Die Melodien stammten aus einem Lehrheft für Anfänger – »Humoreske«, »Der alte Refrain«. Laura war gerührt, daß er ihr vorspielte, und dachte wieder einmal darüber nach, wie es sein würde, wenn er bei Tim und ihr lebte.

Mallory stimmte eine der Saiten, während Laura ihm erklärte, wie gut er sei. Er zwinkerte ihr zu, gab mit dem Fuß einen ziemlich martialisch anmutenden Takt an und fing wild zu fiedeln an. Plötzlich hörte es sich mehr nach einem Jammern als nach einer Melodie an. Ein Dudelsack hätte nicht schlimmer kreischen können.

Der Pfleger und Dr. Burns stürzten ins Zimmer. Der alte Mann spielte mit funkelnden Augen weiter, bis der Pfleger mit halb zur Faust geballten Händen auf ihn zuging. Mallory wartete bis zum letztmöglichen Augenblick, bevor er ihm Geige und Bogen aushändigte.

»Die warten schon auf dich, Onkel Joe«, sagte der Pfleger und legte das Instrument in seinen Kasten.

Lauras Schwiegervater kam mit ausgestreckten Armen auf sie zu. Er zog sie hoch und küßte sie auf den Mund. »Ich würde dich ja gern bis zum Tor begleiten, Schätzchen, aber sie warten schon auf mich in Babel.« An der Tür bedeutete er Leroy mit gebieterischer Geste, er solle vorausgehen. Dann wandte er sich um und warf Laura einen Handkuß zu.

Die Pralinen fielen ihr ein. Wieder zu spät.

Dr. Burns gesellte sich zu Laura, sobald Mallory und der Pfleger verschwunden waren. Er schloß die Tür zum Flur. »Würden Sie sich lieber hier mit mir unterhalten oder in meinem Büro, Mrs. Mallory? Im Büro geht's zu wie in einem Taubenschlag. Also ist es hier vielleicht doch besser. Wie hat Ihnen der alte Herr gefallen? Er sieht gut aus, finden Sie nicht auch?«

» Geht's ihm denn nicht gut, Doktor?«

»Das wollte ich nicht damit sagen. Er achtet sehr auf sich. Aber natürlich helfen wir ihm dabei.« Dabei holte er die Chrysantheme vom Boden und stellte sie wieder auf den Tisch. Laura fragte sich, ob sich darin möglicherweise tatsächlich eine Wanze verbarg. Bestimmt nicht. Wieder nahm sie an dem kleinen Tisch Platz. Der Arzt setzte sich rittlings auf einen Stuhl. »Sie haben Ihrem Schwiegervater gegenüber nichts von Ihren Erkundigungen über seine mögliche Entlassung erwähnt?«

»Nein.«

»Ich frage mich, wie er darauf reagiert hätte. Wissen Sie, es gefällt ihm hier.«

»Das kann ich kaum glauben«, sagte Laura.

»Nun, hier spielt er die erste Geige.« Dr. Burns lachte ein wenig gequält. »Nicht nur im wörtlichen Sinn. Er redet die ganze Zeit davon, daß sein Sohn in der Unterhaltungsbranche tätig ist. Er sagt, er hat ihm alles beigebracht, was er weiß. Und er ist clever. Ich weiß nicht so recht, was ich Ihnen sagen soll, Mrs. Mallory. Es gibt Augenblicke . . .« Er schwieg, als sein Sekretär mit zwei großen Tassen Kaffee hereinkam.

»Hier. Zucker und so etwas ähnliches wie Milch können wir besorgen . . .«

»Ich trinke ihn schwarz«, sagte Laura.

»Hätte ich nicht gedacht. Kennen Sie Tony schon? Ja, natürlich, er hat Sie ja hier begrüßt. Danke, Tony. Ich stehe in ein paar Minuten wieder zur Verfügung, das können Sie den Leuten sagen, wenn jemand wartet.«

Nachdem der Sekretär im Büro verschwunden war, sagte Laura, sie müsse bald aufbrechen, der größte Teil ihrer Reise liege noch vor ihr.

»›Kilometer noch, bevor du schläfst‹«, zitierte der Arzt Robert Frost.

Sie nickte und nahm einen Schluck von ihrem Kaffee, der bitter war wie Alaun.

»Ich möchte Ihnen versichern, daß wir den Fall Ihres Schwiegervaters von Zeit zu Zeit überprüfen. Ich habe Ihnen schon gesagt, daß es ihm hier gefällt. Allerdings bin ich mir nicht sicher, ob das auch wirklich stimmt. Er ist ein geschickter Manipulator.«

»Er ist Ire«, sagte Laura.

Der Arzt lächelte, ganz spontan, und plötzlich konnte sie ihn besser leiden. »Was ist mit diesen irischen Vereinigungen, von denen er immer spricht? Er bekommt hin und wieder Briefe von ihnen, harmloses Zeug mit Texten wie: ›Kopf hoch, draußen ist es auch nicht besser . . .‹ Wir haben früher alle Informationen über irische Politik zensiert, doch jetzt, wo sich die Situation ein bißchen entspannt hat, bekommt er sogar Zeitungen . . . Aber was ich Sie eigentlich fragen wollte: Würde eine dieser Vereinigungen Ihnen dabei helfen, ihn zu unterstützen?«

»Keine Ahnung. Ich weiß nicht mal, wie sie heißen – außer natürlich am St. Patrick's Day, da steht's auf den Schildern der Parade.«

»Die ist doch morgen, oder? Lassen Sie mich Mallorys Akte holen. Wollen Sie noch einen Kaffee?«

Laura lehnte dankend ab. Ihre Tasse war noch mehr als halbvoll.

»Bitte schütten Sie ihn nicht in die Pflanze«, sagte der Arzt. »Die hat für diese Woche schon genug gehabt.«

Laura lehnte sich ein wenig zurück und entspannte sich zum erstenmal seit ihrer Ankunft. Also waren die Leute hier doch Menschen. Was sie merkwürdigerweise wieder zu Überlegungen darüber führte, wie man es schaffen konnte, ein Zuhause für einen Mann aufzubauen, der fünfzehn Jahre lang in einer Anstalt gewesen war. Der Hund fiel ihr ein, den Tim und sie aus einem Zwinger geholt hatten. Sie hatten ihn billig bekommen, weil er schon zwei Jahre in dem Zwinger gelebt hatte. Bereits am ersten Tag in ihrem Haus biß er Tim und ließ ihn nicht an Laura heran.

Dr. Burns verschwand für ein paar Minuten. Sie hörte ihn telefonieren und nahm nun auch wieder die anderen Geräusche in dem Gebäude wahr, gedämpftes Klingeln und Mitteilungen über die Gegensprechanlage. Wahrscheinlich, so dachte sie, gab es hier, wie in allen Krankenhäusern, das Abendessen sehr früh. Draußen wurde es dunkel, und es sah aus, als würde es gleich zu regnen anfangen. Sie hatte keine Ahnung, warum, aber sie wollte nicht aufstehen und aus dem Fenster schauen. Sie erinnerte sich an einen Augenblick der Angst im Aufzug daheim, und an eine Geschichte aus ihrer Pubertät, die ebenfalls mit einem Aufzug zu tun hatte: »Für einen ist noch Platz.« Wenn man erwachsen war, machten einem Gruselstorys keinen Spaß mehr.

Als der Arzt zurückkehrte, entschuldigte er sich, daß er vergessen hatte, die Akte mitzubringen. Er rief nach seinem Sekretär. Aber gerade, als Tony ins Zimmer kam, erscholl ein Alarm. Laura erschreckte das laute Geräusch, das klang wie der Schrei eines Esels. Die beiden Männer rührten sich nicht von der Stelle. Sie zählten. Das Signal wiederholte sich. Dr. Burns entschuldigte sich und wies seinen Sekretär an, bei Laura zu bleiben und die Kommunikation zu organisieren. Dann kehrte er wieder in sein Büro zurück. Diesmal machte er die Tür halb zu, so daß Laura nur mitbekam, wie er zu seinem Schreibtisch ging und bald wieder hereinkam. Sie fragte sich, ob er eine Waffe dort geholt hatte. »Schauen Sie auf Siebzehn nach, ja?« sagte er zu Tony und verließ den Raum durch die Tür zum Flur.

Aus ihren Briefen wußte Laura, daß Joe Mallory in Block Siebzehn untergebracht war. Sie folgte Tony zur Bürotür. Er beobachtete sie, während er darauf wartete, daß sein Anruf durchgestellt wurde. Endlich hörte der Alarm auf. Laura spürte, wie es in ihren Ohren pochte. Tony sagte etwas in den Hörer und hörte dann ziemlich lange zu. Laura lehnte sich gegen den Türpfosten. Der Sekretär bedeutete ihr mit einer Geste, sie solle auf einem der Bürostühle Platz nehmen, doch sie blieb an der Tür stehen. Nachdem er aufgelegt hatte, sagte er zu Laura: »Mr. Mallory ist in seinem Zimmer.«

»Gott sei Dank«, sagte Laura. »Und danke, daß Sie mir Bescheid gesagt haben.«

»Es könnte ein falscher Alarm sein. Das passiert hier öfter. Tut mir leid, daß Sie das miterleben mußten.«

»Ich glaube nicht, daß ich auf Dr. Burns warten sollte . . .«

Der Sekretär schüttelte den Kopf. »Das Gebäude ist jetzt verriegelt. Niemand kann es verlassen. Warum setzen Sie sich nicht wieder? Ich bringe Ihnen ein paar Zeitschriften. Hier drin kann man sie nicht auflegen, weil sie immer wieder geklaut werden.«

Laura sollte sich später an kein einziges Wort von dem erinnern, was sie gelesen hatte, denn die ganze Zeit fragte sie sich, warum sie ausgerechnet sofort *Joe Mallory* überprüft hatten. Das hatte doch sicher etwas zu bedeuten; es war eine Bewertung seines Verhaltens. Aber was? Und es war auch merkwürdig, daß sie sein Klagelied unterbrochen hatten. Wenn sie nicht bald hier wegkam, würde sie noch den Plan abblasen, ihn bei sich zu Hause aufzunehmen. Ein paar Minuten später erklang noch einmal kurz das Eselsgeschrei. Tony kam an die Tür und erklärte ihr, daß es sich tatsächlich um einen falschen Alarm gehandelt habe.

Sie wartete weitere zwanzig Minuten. Dr. Burns war immer noch nicht da. Ein solcher Alarm brachte sicher die Insassen durcheinander. Nein, nicht die Insassen, sondern die Patienten. Es war lächerlich, aber sie wurde allmählich ziemlich nervös. Sie warf einen Blick in das Büro, wo der Sekretär mit dem Rücken zu ihr am Computer arbeitete, zog ihren Mantel an und ging einfach auf den Flur hinaus, durch den sie gekommen war. Der Wächter überprüfte ihren Ausweis und öffnete die schwere Tür, um sie hinaus in den Nieselregen zu lassen.

Der Honda stand jetzt ganz allein da; die Autos mit den Ärztezeichen, zwischen denen sie ihn abgestellt hatte, waren verschwunden. Nachdem sie eingestiegen war, tätschelte sie das Lenkrad. »Ach, Baby, wie schön, dich wiederzusehen.«

Jetzt war noch weniger Verkehr auf den Wegen der Anstalt als sie gekommen war, doch überall waren mittlerweile die Lichter angegangen, und sie redete sich gut zu, sich nicht zu sehr von ihrer lebhaften Phantasie leiten zu lassen. Das, was sie getan hatte, war ziemlich schäbig – sie war ohne ein Wort verschwunden. Wenn sie ein bißchen mehr Mut gehabt hätte, wäre sie noch einmal umgekehrt. Aber nicht an jenem Abend. Am Tor mußte sie wieder im Besucherbuch unterschreiben. Ein Polizist stieg in seinen Streifenwagen und folgte ihr, nachdem er dem Mann am Tor zugewinkt hatte, aus dem Anwesen hinaus. Sobald sie sich auf dem Highway befanden, schaltete er sein Blaulicht ein und fuhr mit hoher Geschwindigkeit an ihr vorbei. »Folgen Sie diesem Wagen!« sagte sie laut, und am liebsten hätte sie es getan. Aber auf einer kurvigen Strecke mit Gegenverkehr wollte sie das nicht riskieren. Eigentlich hatte sie vor, zum Taconic Parkway zu fahren, aber um dem Verkehr auszuweichen, beschloß sie, die Route 22 ein Stück entlang zu fahren. Es wurde früh dunkel. Im Rückspiegel sah sie, wie ein Wagen in die gleiche Straße einbog wie sie. Er wurde schneller, bis er sie fast erreicht hatte. Sie verlangsamte, um ihn vorbeizulassen. Auch er wurde langsamer. Sie beschleunigte. Er machte es ihr nach.

»Das hat uns gerade noch gefehlt«, sagte sie, wieder laut. Sie ließ sich ungern nervös machen beim Fahren und entschied sich für eine gleichmäßige Geschwindigkeit von knapp achtzig Stundenkilometern. Der Fahrer hinter tat es ihr gleich, und ihre Unsicherheit legte sich etwas. Irgendwo hatte sie gelesen, daß Angst und Schuldgefühle miteinander verbunden waren. *Mea culpa, mea culpa.* Schließlich hatte sie nicht selbst Joe Mallory hängen lassen. Noch nicht. Sie mußte bremsen, als plötzlich ein Kaninchen auf die Straße hoppelte. Es lief im Zickzack vor ihr her. Schließlich schaltete sie das Fernlicht aus. Nun herrschte fahles, feuchtes Dämmerlicht. Als sie die Scheinwerfer wieder einschaltete, war das Kaninchen verschwunden. Doch der Fahrer hinter ihr war noch da. Hinter ihm befand sich nun noch ein weiterer Wagen. Sie hoffte, daß dieser ihm folgen würde, bis sie den nächsten Ort erreichte. Dort, so dachte sie, würde er vielleicht abbiegen. Doch das tat nur der zweite Wagen, und schon bald war sie aus der Ortschaft heraus und kam in Farmland mit Schlaglöchern in der Straße und Nebel, der in Schwaden um sie herumdriftete. Im hinteren Teil des Wagens hörte sie ein Krachen. Sie hatte nicht das Gefühl, ein Tier überfahren zu haben. Wieder dieses Geräusch. Sie verlangsamte und warf einen Blick aufs Armaturenbrett. Alles normal. Dann schaute sie in den Rückspiegel.

Im Scheinwerferlicht eines entgegenkommenden Wagens sah sie das blasse, körperlose Gesicht von Joe Mallory. Sie riß das Steuer herum, und die Räder auf der rechten Seite holperten vom Asphalt herunter.

»Ich bin's, Joe Mallory«, rief der alte Mann aus. Er hatte vom Kofferraum aus den Rücksitz nach vorne geschoben und drückte sich jetzt durch die Öffnung. »Paß auf, daß wir nicht in den Graben fahren, Mädel!« Und als sie bremste, rief er aus: »Nicht stehenbleiben!«

Mit einem Schlag schlitterte der Honda wieder auf den Asphalt zurück. Laura hatte einen so trockenen Mund, daß sie kaum sprechen konnte. Ihre Hände zitterten auf dem Lenkrad. Hinter ihr schälte sich der alte Mann aus einer weißen Uniformjacke, wie Leroy sie getragen hatte. Der Wagen hinter ihnen überholte sie und wurde, als er sich auf gleicher Höhe befand, langsamer.

»Gib ihm ein Zeichen, daß er weiterfahren soll, oder ich bringe ihn um«, rief der alte Mann.

Laura winkte, ohne den Blick von der Straße zu wenden. Der Fahrer des anderen Wagens drückte ein paarmal auf die Hupe und fuhr davon.

Mallory zog die Jacke aus. »Endlich frei! Endlich frei!« rief er aus. »Ich komm gleich zu dir nach vorn. Hast du denn kein Radio im Wagen?«

»Nein.«

»Mutter Gottes.«

Laura sammelte verzweifelt Speichel im Mund. »Ich lasse den Wagen nachts auf der Straße stehen. Das Radio aus meinem letzten Auto haben sie mir gestohlen.«

»Barbaren.« Und dann: »Was stand da auf dem Schild?« Sie waren soeben an einem Straßenschild vorbeigekommen.

»Keine Ahnung.«

»Verdammt, und ich hab meine Brille nicht dabei. Wo sind wir?«

»Auf der Route 22, in nördlicher Richtung.«

»Ich will nicht nach Norden. Dreh um, sobald's geht.«

»Laß uns zurückfahren«, sagte Laura. »Du hast hier nichts zu suchen, Joe. Die lassen dich sonst nie raus. Und dabei haben Tim und ich sie gerade gefragt, ob du bald rauskommen würdest.«

»Ja, ja, aber geschrieben hat er mir nie. Lüg mich nicht an, Mädel. Die haben doch nicht mal mein Bittschreiben an den Gouverneur geschickt.« Seine Hand krallte sich um ihre Schulter. »Ich fahre nicht zurück, das kannst du dir aus dem Kopf schlagen. Hab noch nie was von 'ner Route 22 gehört. Fahr weiter geradeaus, bis ich mich wieder auskenne. Ist es denn nicht ein Wunder, daß ich überhaupt hier bin?«

Laura sagte nichts.

Kurzes Schweigen. Dann hatte sie den Eindruck, daß er kicherte. »Der Schlüssel ist immer noch da unter der Stoßstange, wie ich's ihm als Kind beigebracht habe, auch wenn's solche Stoßstangen nicht mehr gibt.«

Laura wußte, wovon er sprach, obwohl sie den Zwischenfall fast vergessen hatte: Als sie sich einmal aus dem Wagen aussperrte, hatte er an die Unterseite der Stoßstange eine kleine Schlüsseltasche gelötet.

»Konzentrier dich auf die Straße, ich komme jetzt nach vorn zu dir.« Er legte eine kleine, kurzläufige Pistole auf den Beifahrersitz, ein schrecklicher Anblick im fahlen Licht der Armaturen. Am liebsten hätte sie sie gepackt und aus dem Fenster geworfen, aber sie hatte vor der Waffe genausoviel Angst wie vor ihm. Sie machte das andere Fenster auf und schloß es wieder. Er fluchte über die Kopfstütze, während er sich daran vorbeidrückte und mit den Füßen nach vorn auf den Beifahrersitz schlüpfte. Er trug Turnschuhe, eine dünne Hose und einen Pullover. Als er auf dem Sitz kniete, steckte er die Waffe in die Tasche, schob den Rücksitz wieder in die Ausgangsposition und schloß den Kofferraum.

»Die Schweine haben mir nicht mal 'nen Gürtel gegeben für die Hose.« Er zappelte auf dem Sitz herum, eine schlanke, drahtige Gestalt. Eine mörderische Gestalt. Oder doch nicht?

»Ist die Waffe geladen?«

» Ha! Meinst du, ich schlepp 'ne Attrappe mit mir rum?« Er kicherte und fing dann richtig zu lachen an. Dabei wippte er auf dem Sitz herum, bis aus dem Lachen ein Husten wurde. Schließlich sagte er: »Du willst sicher wissen, woher ich sie habe, oder?«

»Ich will, daß du sie wegwirfst und mich wieder zurückfahren läßt.«

Sie merkte nicht nur, daß es ihr doch nicht die Sprache verschlagen hatte, sondern auch, daß sie selbst eine starke Waffe hatte, den Honda, der, so sagte Tim immer, mit ihr Pferde stehlen würde.

»Hör zu, Joe. Dr. Burns hat mich gefragt, ob diese gälischen Organisationen, die dir immer geschrieben haben, uns unterstützen würden, wenn du bei mir und Tim leben würdest. Glaubst du mir jetzt?«

»Sag das noch mal. Meine Ohren sind verstopft.«

Sie wiederholte ziemlich genau das, was sie gerade gesagt hatte.

»Der verdammte Spion. Der wollte nur Informationen. Hat er das Wort ›gälisch‹ verwendet?«

»Ja«, log sie.

»Und was hast du ihm gesagt?«

»Dazu bin ich gar nicht gekommen. Plötzlich ist der Alarm losgegangen.«

Fast hätte er wieder gelacht, doch er riß sich zusammen. »Und dabei bin ich unschuldig wie ein Baby in meinem Bett gelegen.«

»Ja«, sagte sie.

»Was weißt du denn davon? Nichts. Ich war unterm Bett, und Leroy lag, zusammengerollt wie ein Schwein, unter den Laken.«

Tot? fragte sie sich. Außerdem machte sie sich ihre Gedanken über die Körperkräfte und die Agilität des Mannes neben ihr. Der Pfleger wog schließlich fast hundert Kilo.

»Warum fahren wir den Weg hier? Lies mir die Straßenschilder vor, an denen wir vorbeikommen.«

Laura überging die nächsten Schilder absichtlich. Die Hauptrichtung war zum Taconic Parkway. Sie sagte, es tue ihr leid, und dachte sich eine verzweifelte Strategie aus. Auch das nächste Schild ging in Richtung Taconic Parkway. Sie las vor, was darauf stand, fuhr aber die Straße in die entgegengesetzte Richtung.

»Wie lang dauert's noch, bis wir in der Stadt sind?«

»Zwei Stunden.«

»Bis dahin werden sie mit Hunden nach mir suchen. Gibt's keine Möglichkeit, die Nebenstraßen zu nehmen?«

»Ich kann's versuchen. Wo soll ich dich hinbringen?«

»Nimmst du mich nicht mit nach Hause? Bist du nicht deswegen gekommen? Wird Tim nicht auf uns warten?«

»Gut, Joe, wie du möchtest.« Sie atmete tief durch und packte das Lenkrad fester.

»Ich mach mich über dich lustig, Mädel. Ist das nicht der erste Ort, an dem sie nach mir suchen würden? Du wirst mich im Stadtzentrum rauslassen, dann verschwinde ich. Ich werd mir einen schönen Abend in der Stadt machen.« Wieder brach er in hysterisches Lachen aus.

Laura, die sich größte Mühe gab, gleichzeitig auf ihn und die Straße zu achten, fuhr zu schnell auf einen liegengebliebenen Wagen zu, den der Fahrer gerade von der Straße zu schieben versuchte. Sie riß das Lenkrad herum und verfehlte den Mann nur um Haaresbreite. Sie hörte, wie er ihr etwas nachschrie. Sie konnte nur hoffen, daß er sich mit der Polizei in Verbindung setzte. Mit Mühe brachte sie den Honda wieder auf geraden Kurs.

»Das hast du absichtlich gemacht, stimmt's?« sagte der alte Mann. »Fast wär ich mit dem Schädel gegen die Windschutzscheibe geknallt. Dann hättest du mich auf der Straße liegen lassen und selber nach Vermont oder wo du auch immer hin willst, fahren können.«

»Ich bring dich nach Hause«, sagte Laura grimmig.

»Immer wieder die gleiche Leier. Hätte ich bloß meine Fiedel mitgebracht. Die wird noch leben, wenn ich schon in der Hölle schmore. Ach, Laura, manchmal wünsche ich mir, ich könnte beten . . .«

»Wir könnten zusammen beten«, sagte sie.

»Nicht, wenn du wüßtest, wofür ich beten würde.«

» Wofür?«

»Dafür, daß ich dieses Schwein finden könnte, das Irland für ein paar Pennys verraten hat.«

»Mein Gott . . . Nicht, Joe. Irland ist das nicht wert!«

Der alte Mann hörte sie nicht, weil er viel zu sehr mit seinem eigenen Beschluß beschäftigt war. »Wenn ich die Nacht überlebe und morgen bei der Parade mitmachen kann, schick ich ihn in einem Sarg nach Hause.«

Das würde er sicher nicht schaffen. Aber andererseits hatte er vor siebzehn Jahren auch seinen Mann aufgespürt, nach vierjähriger Suche.

Es hatte fast zu regnen aufgehört, und der Himmel in, wie sie meinte, südlicher Richtung war modrig gelb und pinkfarben. Sie lenkte den Wagen darauf zu.

»Was ist denn das Bunte da vorn?« wollte er wissen.

»New York.«

»Stimmt, der Himmel war auch von der Stadt erhellt, als ich auf der Flucht war. Kannst du nicht schneller fahren?«

Sie beschleunigte, fuhr mit über hundert Stundenkilometern an zwei Autos vorbei und raste mit quietschenden Reifen zwischen einem dritten Wagen und einem entgegenkommenden Laster durch.

»Du bist ein richtiger Barney Oldfield!« rief der alte Mann.

Er reckte den dürren Hals, um sich nach einem Straßenschild umzuschauen. »Wo sind wir jetzt?«

»In der Nähe von Yonkers «, sagte sie. Der Ortsname klang vertraut, auch wenn sie sich kilometerweit davon entfernt befanden.

»Kühe?« fragte Mallory. »Hab ich da eine Kuh gesehen?«

»Das war bloß eine Werbung«, schwindelte sie ihn an. »Für Bordens Milch.«

»Und besonders viel Verkehr ist auch nicht. Wie spät ist es jetzt?«

»Schau auf die Uhr.« Es war noch nicht sieben.

»Ich seh's nicht. Hast du eine Brille, die ich aufsetzen könnte?«

»Versuch's mit meiner Lesebrille. Meine Handtasche steht auf dem Boden, gleich bei deinen Füßen.«

Er durchwühlte ihre Handtasche, während sie weiterraste in der Hoffnung, die Aufmerksamkeit der Polizei auf sich zu lenken, doch es war praktisch kein Verkehr. Schon bald, so dachte sie, würde sie bei den Wasserspeichern sein, und sie würde langsamer fahren müssen.

»Ich hab das ganze Geld in den Taschen, das ich in all den Jahren gespart habe«, sagte er. »Wirst du zur Polizei gehen, wenn ich weg bin?«

» Ich weiß es nicht.«

»Wenn du das nicht weißt, wer soll's dann wissen?« Er setzte ihre Brille auf. »Mit der sehe ich überhaupt nichts.« Er steckte die Brille zurück in die Handtasche. »Ich habe mein Leben gelebt,

Laura. Die Hälfte davon war ein Traum, die andere Hälfte Horror. Du würdest mir doch nicht einen letzten Triumph mißgönnen, oder?«

»Und was ist mit Leroy?«

» Leroy. Was soll schon mit ihm sein?«

» Hat er dir geholfen zu entkommen?« Eigentlich wollte sie fragen, ob er ihn umgebracht hatte.

»Nicht freiwillig. Der wird schlafen, bis sie ihn aufwecken. Ich habe ihn gezwungen, alle Pillen zu schlucken, die ich hatte.« Mallory warf lachend den Kopf in den Nacken. »Mein Gott, der wird 'ne ganze Woche nicht aufwachen, und dann schicken sie ihn nach Sing Sing zurück, wo er hergekommen ist . . . Das Schwein wird mir fehlen.« Und nach einer Weile fügte er hinzu: »Nein, ich werde *ihm* fehlen.«

»Geh zurück, solange es noch geht«, flehte Laura ihn an. An der nächsten Kreuzung fuhr sie mit quietschenden Reifen nach rechts. Der Wagen hinter ihr mußte bremsen. Sie hatte ein Stoppschild mißachtet und ihn geschnitten. Er würde den Wagen nicht zum Stehen bringen können. Wie durch ein Wunder gelang es ihr, den Honda auf die linke Spur zu bringen, wo ihr ein Auto entgegenkam. Der Wagen schoß hupend auf der Beifahrerseite an ihr vorbei. Er schickte sich an stehenzubleiben, fuhr aber dann doch weiter. Laura bog wieder auf die rechte Spur.

»Tim täuscht sich«, sagte der alte Mann. »Der Wagen ist toll.«

Sie schwiegen beide eine Weile, während sie auf der kurvigen, schartigen Straße dahinfuhren. Ihnen kamen nur wenige Autos entgegen, aber im Rückspiegel sah Laura einen Polizeiwagen herannahen. Sie wußte nicht so recht, was sie machen sollte, doch bevor sie sich entscheiden konnte, war es bereits zu spät. Der Wagen fuhr mit schriller Sirene an ihnen vorbei. »Und wo fahren wir jetzt hin?« fragte der alte Mann.

Laura gab ihm keine Antwort. Sie hatte ein wenig verlangsamt, um den Streifenwagen vorbeizulassen, und dabei die Aufschrift BUNDESPOLIZEI, HUNDESTAFFEL darauf gelesen.

Schon bald sahen sie, wie der Himmel vor ihnen heller wurde, von Alarm und Suchmannschaften kündete. Der eiserne Zaun ragte im Scheinwerferlicht vor ihnen auf, als wachse er direkt aus dem Boden. »Jetzt weiß ich, wo wir sind«, sagte der Mann und schaukelte eine Weile auf dem Sitz hin und her. »Setz mich hier ab«, befahl er ihr, »und dann mach, daß du wegkommst.«

Laura hielt an. Das Innenlicht ging an, als er die Tür öffnete. Er sah die beiden Schachteln Pralinen auf dem Rücksitz. »Gehört eine von denen da mir?«

Eine Stunde später blieb Laura in der Nähe der Grenze zu Massachusetts stehen, um Tim und ihre Tante Mattie anzurufen. Als sie Geld aus ihrer Handtasche holen wollte, fand sie eine kurzläufige Pistole. Sie hatte einen geschnitzten Holzgriff und war hochglanzpoliert. Außerdem fand sie ein Bündel Dollarscheine, die von einem Gummi zusammengehalten wurden.

Manuel Vázquez Montalbán

Von den Dächern gesehen

Von allen selbstgewählten Krankheiten machte ihm die Nostalgie am meisten zu schaffen. Schon als Kind hatte er sich nur schwer von den Dingen trennen können, die ihn in Hosentaschen, unaufgeräumten Schreibtischschubladen und geheimen Winkeln seines mit Gerümpel vollgestopften Zimmers begleitet hatten. Jedes Ding, selbst eine alte Brotkrume, hatte eine Geschichte und konservierte einen Augenblick der Vergangenheit. Irgendwann in seinem Leben mußte er diese Einstellung aufgeben, und er erinnerte sich noch genau, wie er erstaunt vor einem Familienalbum saß, das er von seinen Eltern, vor allem von seiner Mutter, geerbt hatte – ein Brunnen voll gefühlsträchtigen Wissens und Erinnerungen an drei Generationen und ein schmächtiger Stammbaum mit mächtiger Krone. Nach dem Tod seiner Eltern verbrachte Carvalho einen ganzen Abend damit, die Gesichter im Familienalbum zu befragen: »Wer bist du? Was machst du hier? Weshalb gehörst du zu meinen Erinnerungen?« Seine Mutter hatte ihm gewissermaßen die Bürde der Familienerinnerungen hinterlassen, aber Carvalho war sie zu schwer, und er verbrannte das Album zu Hause in seinem Kamin. Mit ihm verbrannten ein für allemal die Traurigkeit und die Gewissensbisse, andernfalls hätte seine Seele sein Leben lang bei jedem unbekannten Foto geblutet, bei jedem sinnlosen Versuch, seine tote Mutter zu fragen. »Wer ist das da? Was macht er hier? Was hat er mit uns zu tun?« Wenn er durch seine eigentliche Heimat ging, den V. Distrikt, weigerte er sich, den weichen Knien der Nostalgie zuliebe, seinen Blick auf Personen oder Dinge verweilen zu lassen, die ihn anzogen. Aber trotz allem lag sie auf der Lauer und sprang ihn an, wenn er am wenigsten damit rechnete – zum Beispiel am Telefon, wie gerade eben.

Der Geist des Telefons hatte zwei Rauchsäulen in seinem Zimmer aufsteigen lassen, und als sich der Rauch verflüchtigt hatte, standen sie da, Don Joaquín und Señora Asunción, verlegen und nicht imstande, in Carvalho jenen Jungen wiederzuerkennen, der damals mit mehr Neugier als Interesse ihrem Sohn beim Training auf der Dachterrasse zugeschaut hatte. Sie waren zwei ernsthafte alte Leute mit der verdächtigen Behendigkeit flinker Tiere. Jeder distanzierte Beobachter hätte daraus geschlossen, daß sie es eilig hatten, ihre Ware loszuwerden.

»La Prensa!«

»El Ciero!«

Diese beiden Barceloneser Abendblätter hatten sie früher in Menge verkauft, stapelweise in Tücher eingeknotet. Sie waren praktisch gleichzeitig gestorben, mit dem Namen einer der beiden Zeitungen auf den Lippen und jener Hartnäckigkeit von Tieren, die einem weit entfernten Ziel zustreben. Vielleicht hatten sie einfach schnell sterben wollen, um Young als vierzigjährigen, alleinerziehenden Vater seinem Schicksal zu überlassen. Er hatte niemanden außer diesem blassen Jungen mit den dunklen Ringen unter den Augen, der ihm wie ein Schatten folgte, wenn er betrunken war, ihm, dem Boxer Young Serra, Fliegengewicht. Die Großeltern hatten weder ihre Furcht oder Angst vor der Zukunft gezeigt, die den Enkel erwartete, noch den autodestruktiven Eifer ihres Sohnes verurteilt. Er hat Pech gehabt, sagte der Alte manchmal, wenn jemand es wagte, ihn auf Youngs Sauftouren anzusprechen, oder gar die Frechheit besaß, sich zu erkundigen, warum seine Frau ihn verlassen habe. »Es ist wie beim Roulette: Wer sich eine Nutte aussucht, hat eben eine Nutte.« Dabei wußte jeder im Viertel, daß Young zum Tier wurde, wenn er betrunken war, und nach seinen schlimmsten Sauftouren seine Frau so oft geschlagen hatte, bis die schöne, bleiche Blondine, die jeden Nachmittag auf der Dachterrasse in der Sonne lag, einen so tiefen Abscheu vor ihm hatte, daß sie ohne ein Wort der Erklärung verschwand und den Sohn ihm und seinen Eltern hinterließ. Zärtlich zu dem Sohn, schuldbewußt gegen seine Eltern, gewalttätig gegen sich selbst, drosch Young mit den Fäusten auf die Wand ein; seine Hände waren mächtige Gehäuse voll gebrochener Knochen. Als die Alten tot waren, war Young spürbar melancholischer geworden, wenn er abends von Haus zu Haus über die Flachdächer und Terrassen sprang, von einer Ecke des Blocks zur anderen, und die zur Straße hin balkonbestückte Steilküste und die engen Schluchten ausspähte, die entweder Parkflächen waren oder ein nie abreißender Verkehrsstrom, der ins Barrio Viejo eindrang. Noch besaß er die Geschicklichkeit seiner Jugend; in den vierziger Jahren hatte er den Goldenen Boxhandschuh im Fliegengewicht gewonnen und war dann im Kampf um den Championtitel von Katalonien gescheitert, einmal, zweimal, dreimal, umsonst. Er setzte die Fäuste gut ein, wie die Kritiker schrieben, aber sein Unterkiefer war wie aus Glas – mit diesen Worten hatte es Néstor Lujín in *El Noticiero* ausgedrückt. Eines Abends trat Young bei seiner Tour über die Flachdächer und Dachterrassen ins Leere und schlug so auf den Fliesen eines Innenhofes auf, daß aus seinem zerschmetterten Schädel ein breiter Strom von Hirn und Blut floß, mißtrauisch beschnuppert von einer alten, erfahrenen Katze, die die Nachbarn »Papet« nannten.

Ein Gespenst aus Kindheit und Jugend, sagte sich Carvalho, als er den Hörer auflegte. Ein früherer Nachbar und Schulkamerad hatte ihm von Young Serras Tod erzählt und die Uhrzeit der Beerdigung mitgeteilt. Ich gehe nicht hin. Oder vielleicht doch? Young Serra . . .

»Hast du schon mal von Young Serra gehört, Biscuter?«

»Nein, Chef.«

»Ein Fliegengewicht in den vierziger Jahren.«

»Damals war ich noch ganz klein, Chef. Vielleicht war ich noch gar nicht auf der Welt.«

»Er war nicht schlecht. Trainierte immer auf den Flachdächern in meinem Viertel. Ich ging oft hinauf und schaute ihm zu, wie er gegen seinen Schatten oder einen alten Sack mit Erde boxte.«

»War er ein Freund von Ihnen, Chef?«

»Ich weiß nicht. Eher mein Lieblingsprogramm. Seine Eltern verkauften Zeitungen, und er war der Liebling des Viertels, der Junge, von dem die Zeitungen sprachen, Fliegengewicht Young Serra, Anwärter auf den Championtitel von Katalonien.«

»Das ist reichlich wenig Gewicht, Chef!«

»Fast gar nichts, Biscuter.«

Carvalho boxte in die Luft, als wolle er die Erinnerung auslöschen oder die bloße Versuchung zur Nostalgie vertreiben.

»Gespenster.«

Gespenster hin oder her, jedenfalls hatte er den Eindruck, noch einmal Szenen aus der Nachkriegszeit zu erleben, als die Lebensmittelknappheit sie in die Sonne getrieben hatte, wie hungrige Pflanzen auf der Suche nach dem einzigen Lebensmittel, das kostenlos und nicht rationiert war. Die Sonne! In der Abendsonne hatte sich auf den Flachdächern ein Leben parallel zu dem auf der Straße unten abgespielt, frei von den alten Bürgerkriegsängsten oder den neuen Ängsten, die einem das historische Elend des Franquismus aufzwang. Alte auf der Jagd nach Sonnenplasma, Jugendliche ohne oder mit schlechter Arbeit, die Kriegserinnerungen oder ihre persönlichen und geschichtlichen Hoffnungen wiederkäuten. Untermieter ärmlicher Wohnungen in abgewirtschafteten Vierteln voller Besiegter – halb Spanien war damals entwurzelt, in der Schwebe und auf der Suche nach seinem Platz unter der Sonne.

»Was hast du in den vierziger Jahren getrieben, Biscuter?«

»Ich war noch klein und wohnte im *Asilo Durán*. Oder? Vielleicht war das auch später.«

Ich war zu groß, mir konnten sie nicht mehr mit dem *Asilo Durán* drohen. Aber den schlimmsten Jungen im Viertel oder im Mietshaus wurde immer gesagt: »Du kommst ins *Asilo Durán*!« Young wäre ohne seine Eltern fürs Jugendheim oder das Vormundschaftsgericht prädestiniert gewesen. Señor Joaquín und Señora Asunción. Sie ragte keinen halben Meter über den Erdboden und wog kaum vierzig Kilo, hatte aber Kraft für zwei und konnte ihren Sohn mit einer Ohrfeige aus dem Gleichgewicht bringen, was sie auch ohne viele Umschweife tat. Er wollte Champion werden, war aber ein Kind ohne eigenen Willen, und als seine Eltern tot waren, ging es abwärts mit ihm. Ein ums andere Mal versuchte er ein Comeback und kam jedesmal schwerer angeschlagen, noch kaputter zurück. In den letzten Jahren hatte er ihn einmal von weitem gesehen, betrunken. »He, Pepe!« hatte er, in der Tür einer Bar stehend, gerufen. Es war noch gar nicht lange her. Aber Carvalho war weitergegangen, ohne sich umzusehen. Der Boxer hatte seinen Namen gerufen wie besessen, vielleicht außerstande, ihm nachzulaufen, aber Carvalho war unerbittlich gewesen. Es war ihm zuwider, am Straßenrand Opfer aufzusammeln, vor allem, wenn sie ein Teil seines eigenen Lebens waren.

»Ich hab was gegen Beerdigungen, Biscuter!«

»Ich auch, Chef.«

»Die Leute sollten bei Radiomusik im Badezimmer sterben. Und dann alles ruck, zuck! – wer ihnen am nächsten stand, müßte sie in einen Körperbeseitigungsapparat stecken. Aus den Augen, aus dem Sinn. Aber nein, da wird das ganze makabre kirchliche Ritual abgespult, mit Priester, Friedhof, Verwandtschaft und Beileid. Scheiße!«

»Also ich hätte gerne einen Haufen Leute bei meiner Beerdigung, Chef. Und einen Nachruf in der Zeitung! Kostet so was viel?«

»Wenn du vor mir stirbst, setze ich einen Nachruf für dich in die Zeitung, Biscuter.«

»Und was würden Sie schreiben, Chef?«

»Schreiben ist nicht gerade meine Stärke, Biscuter!«

»Los, geben Sie sich ein bißchen Mühe, Chef!«

»Verstorben ist Biscuter . . .«

»Ich heiße José Plegamans Betriu.«

Mit andern Worten, Biscuter hieß gar nicht Biscuter.

»Also gut: ›Verstorben ist José Plegamans Betriu, besser bekannt als *Biscuter*, hervorragender Spezialist kriminalistischer Ermittlungen . . . oder nein, besser nur Kriminalist . . .‹«

»Dann denken alle, ich sei ein Krimineller gewesen.«

»Kriminalist ist einer, der das Verbrechen und die Kriminellen studiert. Ein angesehener Beruf! Also: hervorragender Kriminalist. Nach langer, mit vorbildlicher Schicksalsergebenheit getragener Krankheit . . .«

»Wünschen Sie mir bloß keine lange Krankheit an den Hals, Chef, und wenn es trotzdem soweit kommt, von wegen schicksalsergeben! Dem Arzt und den Schwestern kotze ich jeden Bissen vor die Füße . . . Aber jetzt weiter, Chef! Das war richtig schön!«

»Nach einer widerlichen, höchst widerwillig getragenen Krankheit tat er den letzten Atemzug, umgeben von Respekt und Zuneigung von fünfzig Prozent der Geschäftsleute aus dem Barrio Chino von Barcelona. Sein Chef, Pepe Carvalho, und seine Freunde Charo und Bromuro laden Sie ein zum Abschied von dieser einzigartigen Persönlichkeit. Während des Begräbnisses wird die Stadtkapelle von Barcelona das Stück *El sitio de Zaragoza* spielen.«

»Lieber einen *Bolero* von Machín! Den einen da, den schönen, aus *Man lebt nur einmal!*«

Biscuter singt ihn vor und hofft, ihn auch höchstpersönlich bei seinem Begräbnis singen zu können.

Die Karmeliterkirche mußte seinerzeit als Verlegenheitslösung gebaut worden sein, um den Platz des früheren Klosters der *Jerónimas* notdürftig auszufüllen, das vom Proletariat Barcelonas in der *Semana Trágica* niedergebrannt worden war. Eine ärmliche Kirche für ein ärmliches Viertel, mit Ziegeln und Kacheln und einigen Versatzstücken in strengem Jugendstil – dessen barocke Variante begann erst vor der Gran Vía aufwärts, im bürgerlichen Teil der Stadt. Aber jetzt strahlte die Kirche jene architektonische Würde aus, wie sie die Zeit Gebäuden zugesteht, die nicht mehr älter werden und sich ihren Platz in der städtischen Landschaft erobert haben. Drinnen schlug Carvalho eine abgestandene Kälte entgegen, wahrscheinlich die, die er am Tag der Beerdigung seiner Mutter dort zurückgelassen hatte. So wenige Leute waren gekommen, um Young das letzte Geleit zu geben, daß die Schritte widerhallten, die herrschende Stille aufschreckten und sie zwangen, unverhältnismäßig lauten Geräuschen Platz zu machen. Hier das Wiedererkennen eines Gesichts von früher, da ein Blickwechsel, der ein Gruß sein konnte, aber vor allem das Ritual, Routine für den Priester und billig für die Vertreter der Begräbnisversicherung.

»Es ist kalt.«

»Werktags sind die Kirchen kälter.«

»Stimmt.«

»Und noch kälter, wenn sie so leer sind wie heute.«

Pedro Porta gab ihm recht, vielleicht nur, damit er still war und seine Stimme den Schluß der Litanei des Priesters nicht übertönte.

»Kaum Leute da.«

Pedro Porta war immer noch derselbe ruhelose und neugierige Junge, der jedes Auge, jedes Ohr, jeden Fuß und jede Hand in eine andere Richtung bewegen konnte.

»Ich habe so vielen wie möglich Bescheid gesagt, aber gekommen sind nur so wenige.«

Die Trauergäste sprachen der Reihe nach dem verweinten Jungen und einem einsamen, verwitterten Alten ihr Beileid aus, der seine Baskenmütze ständig von einer Hand in die andere schob.

»Wer ist der Alte?«

»Ein Bruder von Youngs Vater. Er ist aus seinem Dorf zur Beerdigung gekommen.«

Carvalho konnte den Blick nicht von der tränenreichen Trauer des Jungen losreißen.

»Der Junge ist anscheinend ganz verzweifelt.«

»Er hat seinen Vater sehr geliebt, trotz allem. Eigentlich hat er mehr für ihn gesorgt als umgekehrt, und wenn sich die Nachbarn mit Young anlegten, weil er betrunken war, hat ihn der Junge verteidigt wie eine Wildkatze.«

»Und die Mutter?«

»Niemand weiß was von ihr. Sie hat sich gut versteckt, damit Young sie nicht findet, und jetzt weiß keiner was von ihr.«

»Was wird aus dem Jungen?«

»Die Nachbarn suchen für ihn einen Platz in der Verwandtschaft oder im Heim.«

Carvalho schaute zu Boden und murmelte: »Scheiße. Da sind über dreißig Jahre vergangen, und es gibt immer noch Heime und Kinder, denen man mit dem Heim droht. Reichtum und Armut ändern nur das Aussehen, aber der Abstand dazwischen bleibt gleich.«

»Kommst du mit zum Friedhof?«

»Nein, das wäre übertrieben.«

Porta stieg zu dem Jungen und Youngs Onkel ins Auto des Beerdigungsinstituts. Carvalho blieb zurück, und da er nichts weiter vorhatte, schlenderte er durchs Viertel und suchte nach Anhaltspunkten, um seine Heimat zu rekonstruieren. Viele Geschäfte verkauften immer noch dasselbe, was sie früher verkauft hatten, und die Leute ähnelten denen aus Carvalhos innerem Fotoalbum sehr. Charcuterien, Metzgereien, Gemüsehändler. Die Lebensmittel entsprachen an Größe und Qualität der Kaufkraft eines Viertels von Rentnern und Leuten, die von einer Arbeitslosigkeit in die nächste torkelten. Aber die Ladeninhaber waren nicht dieselben. Sie waren eine Generation jünger oder ganz neu im Viertel, geduldige selbständige Arbeiter, denen das Überleben etwas leichter fiel als ihrer Kundschaft. Andererseits fehlten ganz wichtige Geschäfte aus Carvalhos innerem Stadtplan, z. B. die Stockfischhandlung von Señor Juan oder der Trödelladen in der Calle Carretas. Auch das Geschäft für gekochtes Gemüse in der Calle de la Cera ancha war verschwunden, und das Schild der »Bar Moderno« war ersetzt durch das einer galizischen Spelunke. Kein Zigeunerkarren stand mehr wie früher davor. Sie hatten ihn fünfzig Meter weiter geschleppt, zu einer anderen Bar an der Ecke der Calle San Salvador. Carvalho suchte die Buchbinderei, wohin er seine ersten »guten« Bücher vom alten Flohmarkt in der Calle de San Antonio gebracht hatte: »Spanische Trilogie« von Pío Baroja y Nessi und »Der Wille« von Azorín, aber auch sie gab es nicht mehr. Immerhin brachte er in Erfahrung, daß der Buchbinder noch in den ausgebauten hinteren Ladenräumen wohnte. Er konnte dem Impuls nicht widerstehen, mit den Knöcheln ans Türglas des geschlossenen Geschäfts zu klopfen. Nach einiger Zeit kam ein Alter heraus, in dem er jenen Mann erkannte, der ihm damals die zerfledderten Bücher so behutsam abgenommen hatte wie Vögelchen mit gebrochenen Beinen. Nach dreißig Jahren schien er immer noch dasselbe menschliche Wesen zu sein, aber ausgedörrt als habe er lebenswichtiges Fleisch, die Muskulatur seines wahren Wesens verloren.

»Entschuldigen Sie! Es war nur so eine Idee. Ich war mal Kunde bei Ihnen. Ich brachte Bücher zum Binden.«

»Ihr Gesicht kommt mir irgendwie bekannt vor. Aber ich hab so viele Bücher gebunden. Früher war ein Buch noch etwas! Man hatte es gern, und es hielt ein paar Generationen. Heute sind die Bücher wie alles andere auch . . . Benutzen und weg damit!«

»Ich komme gerade von einem Begräbnis. Young Serra, der Sohn von Señora Asunción und Señor Joaquín.«

»Ja, ja, ich weiß. Wer schlecht lebt, nimmt ein schlechtes Ende.«

»Ich wollte Ihnen nur schnell guten Tag sagen.«

»Die Bücher halten immer noch, stimmt's? Ich habe es immer genau genommen.«

»Sie sind noch genau so, wie ich sie bei Ihnen abgeholt habe.«

»Das höre ich von allen Seiten. Ich hab es immer genau genommen; außerdem habe ich Bücher auch gelesen. Das kann nicht jeder Buchbinder von sich behaupten. Aber die besten schon. Auf mich war Verlaß. Also, hoffentlich halten sie Ihr ganzes Leben lang, und ich wünsche Ihnen ein langes Leben!«

Wenn sich Carvalho richtig erinnerte, hatte er noch nie ein von Don Floreal eingebundenes Buch verbrannt. Wohl ein Befehl des Unterbewußtseins, ein unbewußtes Zugeständnis an die Nostalgie, mit der so bald wie möglich Schluß sein mußte.

»Als erstes verbrenne ich die ›Spanische Trilogie‹.«

Warum? fragte er sich in dem selbstauferlegten Zwang, sich stets klarzumachen, warum er einen bestimmten Titel auswählte, um sein Kaminfeuer zu entfachen.

»Erst mal wird es verbrannt. Der Grund wird mir dann schon einfallen.«

Er aß im Restaurant *Can Lluís* an der Ecke Calle Santa Amalia und Calle de la Cera ancha. Er erinnerte sich noch an das Getöse der Schießerei zwischen Gangstern, die das Lokal überfallen hatten, und der Polizei in den vierziger Jahren. Der damalige Wirt war dabei ums Leben gekommen. Er bestellte eine *olleta d'Alcoi* und gebratene Ziegenlammschulter; das Essen war ausgezeichnet, und Carvalho steckte sich zur Feier des Ereignisses eine »Cerdán« an, eine dominikanisch-katalanische Zigarre von einem passionierten katalanischen Hersteller in Santo Domingo. Das Kistchen hatte ihm ein Klient verehrt, zum Dank dafür, daß er seinen Buchhalter als Gauner entlarvt hatte, seinen eigenen Bruder. Manche Leute zeigen sich für jede Barbarei erkenntlich. Als er ging, brachte ihn das Gefälle der Straße ganz von selbst zur Calle de la Botella, seiner Straße, der Straße von Young. Er verweilte ein wenig und spähte nach dem Balkon, wo er früher gewohnt hatte.

Bettücher hingen dort, die nicht seine waren, Kleidungsstücke, die nicht seinen Eltern gehörten, Tischdecken, die nicht von seinem Tisch stammten – und alles hatten Hände aufgehängt, die nicht die seiner Mutter waren. Etwas, das dem Schmerz sehr nahekam, ließ ihn die Augen schließen und Youngs Treppenhaus hinaufsteigen bis auf das Flachdach, das zwei oder drei Häuser vereinte – die Szenerie seiner sonnenbeschienenen Kindheits- und Jugendträume, damals, als der Bürgerkrieg gerade vorbei war. Ein Antennenwald war auf den alten Dächern des Viertels gewachsen. Carvalho begrüßte den Ausblick seiner Erinnerung mit einem Lächeln. Hinter ihm tauchte Pedro Porta auf.

»Wenn wir diese Fernsehantennen wegmachen könnten, wäre es genau wie früher. Erschrick nicht! Ich sah dich vorbeigehen und dachte mir sofort, was du vorhattest.«

Er besah sich alles genau, als sei er mit einer Inspektion beauftragt, und öffnete die Türen zu den Wasserbehältern und den verschiedenen Treppenhäusern.

»Fehlen nur noch die Scheißhaufen der Hunde von Señora Asunción!«

»Sie nahm jeden streunenden Hund auf, der ihr über den Weg lief.«

»Und Young fehlt mit seinen Beinübungen oder seinem Sprungseil und diesem dreckigen Sack. Ich weiß nicht, wo er den her hatte.«

»Er stammte aus den Versteigerungen auf der Plaza de las Glorias.«

Carvalho schaute in einen Innenhof hinunter.

»War es hier?«

»Ja.«

Interesse und eine gewisse Unsicherheit lagen in Carvalhos Bewegungen und in der Art, wie er ein ums andere Mal hinunter und nach allen Seiten schaute, als sei er in eine ganz persönliche und nicht übertragbare Kalkulation vertieft. Porta schien es eilig zu haben und bemerkte, wie um den Bann zu brechen: »Er war nicht mehr derselbe, Pepe.«

»Wer?«

»Young.«

»Ich weiß, ich weiß. Ich sah ihn öfter auf Parkbänken auf der Plaza vor dem Frauengefängnis . . .«

»Die Plaza heißt heute anders.«

»Was soll's . . . Er war sternhagelvoll, fast bewußtlos, blind. Er kam nie über seine Niederlagen hinweg und daß sich seine Hoffnungen nicht erfüllten, seine eigenen nicht und die der andern auch nicht: die seiner Eltern und des ganzen Viertels.«

»Du warst ja weg, aber in letzter Zeit war es eine Katastrophe mit Young. Kurz und gut . . . Es war vor drei Tagen.«

Von Portas Lippen floß die Geschichte von Youngs jüngster Vergangenheit, wie er auf dem Gehweg taumelte, angstvoll versuchte, seine Haustür zu erreichen, plötzlich zusammenbrach und stets dieselbe Neugier, dasselbe Mitleid und dieselben Ratschläge erntete. Ein paar Männer hoben ihn dann hoch und trugen ihn hinauf in seine Wohnung, legten ihn ins Bett, und ein paar Nachbarinnen kochten Kräutertee in der Küche. Der Doktor wiegte den Kopf: Leberzirrhose – und zwar galoppierend, fügte Pedro Porta eigenmächtig hinzu. Und der Junge hörte dabei zu mit Augen aus weichem Stein.

»Er gehört in eine Heilanstalt«, sagte jemand. »Eines Tages stellt er noch was Schlimmes an.«

»Nein!« schrie der Junge und packte seinen Vater an der Hand, als wolle er ihn ins Leben zurückrufen. Dem Ruf gehorchend, öffnete Young die Augen und blickte überrascht alle Umstehenden der Reihe nach an.

»Junge, was ist denn passiert?«

Lamentierend, schimpfend oder mitleidig verzogen sich die Nachbarn. »Tu's deinem Sohn zuliebe, Young, für deinen Sohn! Geh in eine Klinik! Eine schöne Erziehung ist das für den Jungen, die Mutter sonstwo, und der Vater säuft sich einen Rausch nach dem andern an!« Als Vater und Sohn dann allein waren, kochte der Junge mit der gewichtigen Miene eines Hexenmeisters eine Bouillon, fegte die Küche, säuberte die Toilette und sah ab und zu nach seinem Vater, der zur Decke starrte, als habe etwas zwischen den Balken den Weg der Logik und der Hoffnung für immer gesperrt.

»Wir ließen ihn im Bett zurück«, sagte Pedro. »Dann erzählte der Junge, als es ihm bessergegangen sei, habe er wie immer vor-gehabt, über die Flachdächer zu spazieren, als sei er noch 15. Ein Verrückter! Von einem Flachdach zum andern springen, eines Ta-ges wird er sich den Hals brechen . . .«

Pedro Porta wurde sich bewußt, daß seine Prophezeiung schon eingetreten war, er lächelte traurig und schaute hinunter in den Innenhof, wo sich Young Serra zu Tode gestürzt hatte. Auch Car-valhos Blicke wanderten dorthin. Er trat zwei, drei, vier Schritte zurück, nahm Anlauf und tat, als wolle er ins Leere springen. Porta machte eine instinktive Bewegung, um ihn aufzuhalten. Carvalho winkte beruhigend, hörte aber nicht auf, alles mißtrau-isch zu mustern.

»Was hast du jetzt vor?«

Er ist doch nicht mehr so kindlich, denkt Carvalho, die langen Glieder und der schlaue Gesichtsausdruck verraten es.

»Sie suchen jetzt meine Mutter. Wenn sie sie nicht finden, habe ich noch eine Tante, die Schwester meiner Mutter. Aber die hat schon genug eigene Kinder. Sonst . . .«

»Was sonst?«

»Ins Heim.«

Trotz und Fucht liegen in der Stimme des Jungen. Dreizehn Jahre und zwei Monate.

»Was wäre dir am liebsten?«

»Egal.«

»Mutter? Tante? Das Heim?«

» Egal.«

»Hierbleiben?«

»Hier? Wo denn?«

»Bei einem Nachbarn, oder hier, zu Hause. Es ist dein Zuhause. Ich glaube, du kommst zurecht. Den Haushalt hast doch sowieso meistens du gemacht.«

»Er hat mehr gearbeitet, als die Leute denken.«

Seine Stimme wird rauh, als er über seinen Vater spricht, und er fährt fort: »Aber ich will nicht hierbleiben. Ich will weg.«

Seine Stimme ist die eines Menschen, der Angst hat. Carvalho sieht ihm in die Augen. Der Junge weicht seinem Blick aus.

»Dein Vater hat dich sehr geliebt. Er wußte, daß du auf ihn angewiesen warst. Was hat er gearbeitet?«

»Zuerst verkaufte er weiter Zeitungen wie die Großeltern. Aber das brachte nichts ein, oder er flog raus, ich weiß es nicht. Manchmal war er Parkwächter oder so was. Eigentlich hatte er immer irgendeine Arbeit, und es war ungerecht, daß er als Tagedieb verschrien war, hier im Viertel. Kannten Sie ihn . . . früher? Und meine Mutter?«

»Ich war so alt wie du, als dein Vater im Ring berühmt wurde. Ich ging immer hinauf auf die Dachterrasse und sah ihm beim Training zu, und obwohl er nur vier oder fünf Jahre älter war als ich, kam er mir wie ein alter Kämpfer vor, ein großer Boxer.«

»War er gut?«

Das Gesicht des Jungen leuchtet voller Hoffnung; unmöglich, eine andere Antwort zu geben.

»Sehr gut. Er setzte die Fäuste sehr gut ein.«

»Das sagte er auch immer; er hätte die Fäuste sehr gut eingesetzt.«

»Ja, ja, das stimmt.«

»Waren Sie ein guter Freund von ihm?«

»Nein. Er ließ mich zusehen, und manchmal unterhielten wir uns auch. Ich wohne seit Jahren nicht mehr hier. Ich wußte nicht einmal, daß er verheiratet war und einen Sohn hatte.«

Und fast liebevoll, freundschaftlich fügt Carvalho hinzu – »So einen Jungen wie dich!«

»Hier hat sich alles sehr verändert. In diesem Viertel wohnen entweder Leute, die nicht lange bleiben, oder solche, die man bald mit den Füßen voran hinausträgt.«

Porta und Carvalho gingen durch den Park des alten »Hospital de la Santa Cruz« mit seiner gotischen Romantik; Kinder saßen auf den Bänken, Horden von Jugendlichen auf den Treppenstufen, und immer noch herrschte hier eine gewisse meditative Stimmung und sonnige Helle für Genesende.

»Südamerikaner, Araber, Neger aus dem Senegal oder Guinea . . . Das sind die neuen Mieter. Es gibt auch junge Paare vom Land, die hier billige alte Wohnungen finden, jedenfalls billiger als dort oben. Der Rest sind alte Leute, Generation unserer Eltern in einem Viertel, aus dem sie schon in ihrer Jugend gerne ausgezogen wären. Jetzt haben sie Angst davor, es zu verlassen, als hinge ihr Leben davon ab. So ist es eben. Die Wasserleitungen funktionieren nicht. Sie fallen vor Altersschwäche um und müssen die Treppen auf allen vieren hinaufklettern, und trotzdem wollen sie nirgendwo anders hin, weil sie all das hier kennen. In einem anderen Haus würden sie sich nicht mehr zurechtfinden. Aber wieso in aller Welt grübelst du so viel über diese Sache nach? Was bereitet dir so viel Kopfzerbrechen dabei?«

»Ich verstehe eins nicht. Young war gebrochen, kaputt, verbittert, alles, was du willst ... aber er wußte, daß sein Junge auf ihn angewiesen war, daß sein Leben etwas wert war, weil das seines Sohnes davon abhing, und dann ging er hin und brachte sich um. Das paßt nicht zusammen.«

»Warum sagst du, er hätte sich umgebracht? Er kann auch gestürzt sein. Er war kaum aus dem Bett aufgestanden, es ging ihm schlecht, ein Schwindelanfall, und schon lag er unten. Es war so ein verfluchter Tick von ihm, über die Flachdächer zu turnen, als würde er sich da oben so richtig wohl fühlen. Manchmal sah man seinen Schatten über den Dachterrassen ... Weißt du noch? Weißt du noch, wie wir damals über die Dächer liefen, mit unseren Drachen?«

»Nein. Nein, er ist nicht gestürzt.«

»Wieso bist du davon so überzeugt?«

»Wegen der Art, *wie* er fiel. Zwischen dem Rand und dem leeren Raum liegt ein ziemlich breites Vordach an der Innenwand, und parallel zum Rand des Vordachs laufen immer wieder Wäscheleinen, die alle unbeschädigt sind, das heißt also, daß er sie beim Fallen nicht gestreift hat. Daraus folgt: Young ist nicht wegen eines Fehltritts oder eines Schwindelanfalls gestürzt. Er wäre auf das Vordach aufgeprallt, und das würde man sehen, denn es ist ziemlich brüchig; auch die Wäscheleinen hätten etwas abgekriegt. Aber nein, er fiel genau in die Mitte des Hofs, als hätte er sich beim Sprung noch abgestoßen, und zwar genau um diese ganzen Hindernisse zu vermeiden. Als hätte er Schwung geholt oder – jemand gab ihm einen Stoß.«

»Was willst du damit sagen?«

Porta war stehengeblieben und hatte Carvalho die Hand auf den Arm gelegt, als wolle er ihn festhalten.

»Ist das so schwer zu erraten? Entweder – oder, entweder es war Selbstmord, oder jemand hat nachgeholfen. An Selbstmord glaube ich nicht, also war es Mord.«

»Wer hätte schon Interesse daran gehabt, Young zu beseitigen? Er war ein armes Schwein und besaß nicht das Schwarze unter dem Fingernagel.«

»Was wissen wir schon über ihn? Kanntest du ihn gut?«

»Nein, eigentlich nicht. Vor ein paar Jahren wollte er zurück in den Ring; ein verzweifelter Versuch. Stell dir vor, mit über Vierzig! Sie wollten eine Show mit alten Boxgrößen aufziehen und damit durch Katalonien ziehen. Wir sprachen auf der Plaza del Padró darüber. Er holte das Trinkwasser immer noch am Brunnen auf dem Platz und sagte, das Leitungswassser sei eine Dreckbrühe. Ich wollte es ihm ausreden, weil ein gemeiner Schlag für ihn katastrophal sein konnte. Aber bevor er selbst einen Rückzieher machte, wurde er dazu gezwungen, von der ›Federación Catalana del Boxéo‹.«

»Ging er noch zum Training?«

»In letzter Zeit weiß ich nicht. Früher schon.«

»Ist der alte Kid Mestres noch Trainer?«

»Ich weiß, worauf du hinauswillst. Nein, er ist nicht mehr Trainer, aber er geht immer noch in die Halle in der Calle de la Luna und schaut zu. Jeden Abend trifft man ihn dort.«

»Heute auch?«

»Was ist denn in dich gefahren? Willst wohl deinen nostalgischen Rundgang komplett machen?«

»Warum nicht? Wenn man einen guten Tag hat, soll man ihn voll auskosten.«

Das Boxtrainingszentrum schien gerade sieben magere Jahre durchzumachen, obwohl die wenigen jungen Männer, die auf den Punchingball eindroschen, mit dem Springseil hüpften oder im spärlich beleuchteten Ring die Fäuste übten, ihr Training für die Weltmeisterschaft oder jeden anderen Titel, den es gab oder noch

geben würde, um so intensiver betrieben. Es war dieselbe Begei-
sterung, dachte Carvalho, mit der Trinker zehn Jahre lang tranken, bis die Prohibition aufgehoben wurde. Die von früher vertraute Gestalt von Kid Mestres war nur schwer mit jenem Alten
mit Baskenmütze und einer halb erloschenen Kippe im Mundwinkel in Verbindung zu bringen, der mit Kennermiene die Kombination der Kämpfenden im Ring verfolgte. Er erkannte Carvalho
nicht wieder, brach aber das Gespräch nicht ab. »Nein, sie sind
nicht schlecht, aber alles Boxer aus der Retorte. Die Jungs von
heute haben keine Gelegenheit zu kämpfen, und das ist die einzige Art, wie man lernt und zeigen kann, was in einem steckt. Auf
diesem Sport liegt ein Fluch, und er wird von diesen zimperlichen
Politikern genauso ruiniert wie von den blutsaugerischen Veran-
staltern. Der Boxkampf wird kaputtgemacht, anstatt daß man ihn
fördert. Es sei kannibalisch, sagen sie. Dabei kenne ich keinen einzigen Boxer, der zu Hause nicht ein guter Mensch ist. Kein einziger mißbraucht seine Kraft außerhalb des Rings. Kann man von
diesen schwulen Scheißpolitikern vielleicht dasselbe behaupten?
Und seit der Demokratie ist es noch schlimmer.«

»War's unter Franco besser?«

»Man hatte freie Hand, und der Präsident der ›Federación Espa-
ñola‹ war Pacos[*] Leibarzt. Paco selbst riß mich nicht vom Hocker,
ich bin mit Gironés und den andern katalanischen Boxern groß geworden, alles Republikaner, aber man ließ uns freie Hand, und die
Jungs und die Trainer hatten ihr Auskommen. Wissen Sie, wieviel
Rente ich kriege? Eine Menge, sag ich Ihnen, eine Unmenge: 1900
Peseten und 60 Céntimos.«

Er lachte und zeigte seine zahnlose Mundhöhle.

»Die 60 Céntimos sind der größte Witz.«

»Erinnern Sie sich noch an Young Serra?«

»Das Fliegengewicht aus der Calle de la Botella? Na klar! Er war
für mich wie ein Sohn, aber ein ganz seltsamer Vogel. Ist Ihnen
schon mal aufgefallen, wie seltsam Vögel sein können?«

»Nein.«

»Also, wirklich, es gibt nichts Seltsameres als Vögel.«

---

[*] Koseform von Francisco, gemeint ist Franco

Er verlor das Interesse an der Vogelwelt und der kritischen Ornithologie, ließ aber kein Auge von den Jungen im Ring.

»Sehen Sie den Rothaarigen dort?«

»Ja.«

»Der könnte ein gutes Leichtgewicht werden. Achten Sie mal auf seine Rechte und seine Beinarbeit!«

»Stimmt es, daß Young Serra ein Comeback versucht hat?«

»Oft, aber der Rotwein hatte ihn ruiniert, und anderes.«

»Die Weiber.«

»Nein. Nachdem seine Frau abgehauen war, war er wie kastriert.«

»Warum ist sie abgehauen?«

»Um ihre Haut zu retten. Er hat ihr das Leben zur Hölle gemacht, der armen Kleinen. Wenn er besoffen war, ließ er alles an ihr aus.«

»Und jetzt ist sie in Amerika.«

»Nein, hier in Barcelona. Sie arbeitet in einem Massagesalon.«

»In einem von denen mit Extras?«

»Was weiß ich. Aus dem Alter bin ich raus, wo man zur Massage mit oder ohne Extras geht. He, Tomás! Was meinst du, gehen wir mal in einen von diesen Massagesalons?«

Tomás stand Kid Mestres altersmäßig kaum nach, trug aber noch ein Handtuch über der Schulter und bewegte sich unter den Jungen mit dem Gang des gewissenhaften und durchtrainierten Ausbilders.

»Du bist nicht mehr in Form für solche Reitübungen. Ich würde immer noch meinen Mann stehen!«

»Womit denn?«

Tomás legte sich eine Hand auf den Hosenschlitz.

»Mit dem da? Hast du ihn dir geschient?«

Kid Mestres lachte und suchte Carvalhos Zustimmung.

»Wenn man ihn nicht schient, taugt er in unserem Alter nicht mal mehr zum Pissen.«

»Wissen Sie, in welchem Massagesalon Youngs Frau arbeitet?«

Mißtrauen sprach jetzt aus den Augen des Alten, während sein Mund schwieg und sein Gehirn arbeitete.

»Wieso?«

»Young ist tot. Er fiel zu Hause von der Dachterrasse in den Innenhof.«

»Verdammt!«

»Jemand muß sich um den Jungen kümmern.«

»Verdammt!«

»Ich muß seine Mutter finden.«

»Ja.«

Man hörte beinahe, wie es im Geist des Alten rumorte, während
er versuchte, die gebrochenen Knochen einer alten Erinnerung zu-
sammenzusetzen. Alle Fältchen in seinem Gesicht gerieten in Aufruhr und versuchten eine gefühlvolle Grimasse.

»Ich hab's immer gut mit ihm gemeint. Vor ein paar Jährchen
machte ich ihm den Vorschlag, mit anderen alten Größen auf
Tournee zu gehen und auf Jahrmärkten aufzutreten, um ein paar
Peseten zu verdienen und was zwischen die Zähne zu kriegen.
Zuerst sagte er ja, aber dann zog er den Schwanz wieder ein und
meinte, er würde sich lächerlich machen, den Clown spielen. Es
gibt schon Verrückte! Da verhungern sie lieber, als sich lächerlich
zu machen. Sie arbeitet in einem sehr guten Salon namens ›El Re-
poso‹. Sie finden ihn bei den Anzeigen in *El Periódico.*«

»Kräftig oder sachte?«

Carvalho liegt auf dem Bauch auf einer Liege; über ihn beugt
sich eine blonde Frau um die Vierzig mit etwas aufgedunsenem,
aber immer noch reizvollem Gesicht.

»Nicht mehr als nötig.«

Die Hände der Frau bewegen sich wie zwei tote und wieder
auferstandene Tauben auf Carvalhos Rücken, walken das Fleisch
durch, lassen es los, kneten es wie einen Kuchenteig, und es wird
zu einem plastischen Material, das die Masseurin nach ihrem Gut-
dünken formt.

»Wenn ich Ihnen weh tue, sagen Sie es!«

Ihre Hände arbeiten weiter, jetzt entlang der Wirbelsäule. Sie
scheinen etwas gefunden zu haben, das ihre Aufmerksamkeit erregt, und sie verweilen auf einem Punkt, bis Carvalho kurz auf-
stöhnt.

»Tut es hier weh?«

»Ja.«

»Ein Wirbel ist verschoben.«

»Man erfährt doch immer wieder was Neues über sich selbst.«

»Ist es Ihnen noch nie aufgefallen?«

»Nein.«

»Aber ab und zu muß er Ihnen doch weh tun. Beim Gähnen beispielsweise.«

»Stimmt.«

Sie fährt fort, Carvalhos Rücken zu bearbeiten. Dann kommt der Befehl, sich umzudrehen. Schamhaft versucht Carvalho, das Handtuch übergangslos vom Hintern auf sein Geschlecht zu praktizieren, ohne Zwischenzeit und Zwischenraum; hebt den Kopf und sieht nach, ob es ordentlich liegt; jawohl, so ist es; die Frau scheint den Anfall von Schamhaftigkeit nicht bemerkt zu haben und bearbeitet nun seine Füße. Plötzlich schreit Carvalho auf und strampelt wie wild mit den Beinen. Schreck oder Überraschung malen sich auf ihrem Gesicht.

»Bitte nicht die Fußsohlen! Ich bin fürchterlich kitzelig!«

»Aber ja, ist ja gut. So was von übertrieben! Sie tun ja gerade, als hätte ich Ihnen die Füße ins Feuer gehalten!«

»Meine ganze Sensibilität konzentriert sich in den Fußsohlen.«

Jetzt kann er sie sehen; sie ist konzentriert, mit dieser hexenhaften Konzentration professioneller Masseurinnen. Sie trägt einen weißen Bademantel, darunter wahrscheinlich nur die nötigste Unterwäsche. Ihre Brüste sind groß genug, um im Rhythmus des ganzen Körpers mitzuschwingen, der sich wie eine Massagemaschine bewegt.

»Sie verstehen Ihr Handwerk.«

»Ja.«

»Schon lange dabei?«

»Ich weiß gar nicht mehr, wie lange.«

»Verheiratet?«

Während sie ihm den Magen durchknetet, daß es weh tut, schaut sie ihn herausfordernd an.

»Ich glaube, Sie sind im falschen Massagesalon.«

»Oder vielleicht sind Sie Witwe und wissen noch gar nichts davon. Was sagt Ihnen der Name Young Serra?«

Alles, denn sie hört auf zu arbeiten, tritt von der Liege zurück und preßt die Lippen fest und abweisend aufeinander, wie um alles zurückzuhalten, was sie dem Eindringling entgegenschleudern möchte.

»Wer sind Sie?«

»Bitte, massieren Sie weiter! Wir können uns in Ruhe unterhalten. Worüber sprechen Sie sonst mit Ihren Klienten?«

Ihre Hände sind wieder auf Carvalhos Körper.

»Je nach Jahreszeit. Im Winter über Fußball und im Sommer über das Wetter.«

»Young Serra ist tot. Wußten Sie das?«

Sie schließt die Augen. Nickt.

»Und der Junge ist jetzt allein. Wissen Sie das auch?«

»Ja.«

»Werden Sie sich um ihn kümmern?«

»Nein.«

»Warum?«

»Darum.«

Sie massiert mit verdreifachter Konzentration weiter, als könne sie damit die Gesprächigkeit des Klienten bannen.

»Der Junge wird wohl in einem Heim landen.«

»Wenn man es schafft, der Hölle zu entfliehen, dreht man sich nicht um, um Opfer aufzulesen. Der Junge war das Opfer. Ich hatte die Wahl: entweder ich oder er.«

»Sie haben ihn geopfert.«

»Ihn hatten sie lieb. Mich nicht.«

»Young auch nicht?«

»Young war ein verrücktes Kind, und gefährlich, wenn er trank.«

»Wie denken Sie über seinen Tod?«

»Er ist abgestürzt.«

»Oder er hat sich umgebracht.«

»Nein, das hätte er nie getan. Er hätte den Jungen nie im Stich gelassen.«

»Haben Sie Young wiedergesehen?"

»Nein. Zum letztenmal sah ich ihn auf der Polizeiwache, nachdem er mich wieder mal verprügelt hatte und die Nachbarn zusammengelaufen waren . . . Das war's dann.«

»Und den Jungen?«
»Auch nicht. Ich war zehn Jahre in Venezuela. Zu lange. Ich habe hart geschuftet, bis ich das Geschäft hier aufmachen konnte. Der Junge ist für mich ein Fremder.«

Die Massage ist beendet, wie das Händeklatschen der Frau anzeigt, die ihre Fassung wiedergefunden hat.

»Wie haben Sie mich aufgespürt?«
» Kid Mestres hat es mir gesagt.«
»Wenn der einen Zuhörer findet, kann er den Mund nicht halten.«

Carvalho grüßt vage, eine Hand auf dem Handtuch, das er um die Hüften geschlungen hat, die andere in der Luft; es kann Abschied sein, aber auch ein Versuch, die Frau aufzuhalten.

»Der Junge. Wie ist er?«

Vielleicht ist da eine Spur von Interesse, verraten durch die übertriebene Gleichgültigkeit der Stimme. Hat es geregnet? Wird es regnen? Wie ist der Junge? Carvalho sieht den Jungen vor sich, seine großen Augen mit den dunklen Ringen, mitleiderregend mit seiner Stärke eines alten Kindes.

»Ein großartiger Junge. Vor allem deshalb, weil alle versucht haben, aus ihm ein verletztes, bösartiges Tier zu machen.« An der Tür zur Dusche nimmt er seinem Abgang etwas die Schärfe. »Er ist ein verletztes, aber gutartiges Tier.«

Straßen im Stadtviertel; ein Durchgangsviertel zwischen Rondas und Ramblas; Relikte einheimischer Bevölkerung, schwarze oder afrikanische Arbeiter mit Intellektuellenbart und einheimische oder südamerikanische Intellektuelle in Arbeiterkleidung; Kinder, die vorübergehend leere Plätze zum Spielen nutzen; alte Ehepaare, die langsam auf den Tod zugehen; parkende Autos, die die Gehwege einmauern oder als lange Schlange den kürzesten Weg zu den Ramblas suchen. Carvalho gelangt durch das düstere Treppenhaus einer Mietskaserne auf das Flachdach, das Flachdach seiner Kindheit, geht dort umher, klettert über holperige Ziegel und springt aufs Nachbardach: ein Ausblick auf Dachterrassen, Wäscheleinen, Fernsehantennen, den Montjuic und den Hafen. Als Herr der Dächer betrachtet er von seinem Standpunkt aus alltägliche Szenen hinter den Fenstern, die zum Innenhof gehen.

Ein träger, öliger junger Mann liegt auf einer Pritsche und übt auf der Flöte eine schwermütige Melodie.

Ein Mädchen kämmt wieder und wieder ihr langes Haar am offenen Fenster, damit es im Abendwind trocknet.

Ein Familienvater ruft zornig nach dem Abendessen.

Eine ungekämmte Alte hält fanatisch die Stellung am Fenster, damit ihr nichts entgeht, was unten im Abgrund geschieht.

Ein Eßtisch, halb gedeckt von einem lustlosen Mädchen.

Geschlossene Fenster, kaputte Scheiben, manche geflickt mit vergilbtem, staubgestärktem Papier.

Weit weg schemenhaft eine blonde Frau, die am Ende eines Flurs einen Büstenhalter anzieht.

Eine dicke Frau mit haßverhärteter Zellulitis schleudert einer andern einen Tausendpesetenschein ins Gesicht.

Weißes Fleisch fetter alter Frauen in schwarzen Unterröcken aus fürchterlichen Stoffen wie Leichentücher.

Wie ein Voyeur sprang Carvalho von Dach zu Dach und wiederholte die Aktion zwei oder drei Tage lang, um Verhaltensänderungen in der unveränderlichen Landschaft ausfindig zu machen.

Der träge, ölige junge Mann auf der Pritsche hat die Flöte beiseite gelegt, liegt auf dem Bauch und weint.

Das Mädchen, das wieder und wieder ihr langes Haar kämmt, beugt sich aus dem Fenster und kämpft mit den Haaren und einer frechen, unordentlichen Brust, die ins Leere hängen.

Der zornige Familienvater schreit, er lasse sich nicht mal von Gott selbst etwas gefallen.

Die ungekämmte, schwärzliche Alte harrt unermüdlich aus und führt Buch über die Lebenden und die Toten.

Das lustlose Mädchen räumt den Tisch mit derselben Lustlosigkeit ab, mit der sie ihn vor Tagen gedeckt hat.

Geschlossene Fenster, kaputte Scheiben, manche geflickt mit vergilbtem, staubgestärktem Papier.

Weit weg schemenhaft eine blonde Frau, die in der Tiefe eines Schrankes wühlt.

»Bastard! Du bist schlimmer als ein Bastard!« schreit die Alte mit der Zellulitis haßerfüllt ihrem Opfer oder Henker ins Gesicht.

Lärm von Waschmaschinen, Nähmaschinen, Schlagern, einer

Paso-doble-Platte von Manolo Escobar, »Valencia es la tierra de las flores...«; die letzte Klage der »Pantoja« über ihren toten Ehemann, wobei sie wie selbstverständlich davon ausgeht, daß ein Fluch auf den Witwen liegt. Dreißig Jahre waren vergangen, aber die Gesten und Stimmen waren dieselben geblieben. Neu war nur der unwirkliche Widerschein des Fernsehbildes, aber das magische Auge« der alten Radioempfänger hatte einen ähnlichen Effekt gehabt und dieselbe hypnotische Faszination auf all diejenigen ausgeübt, die vor der einseitigen, kannibalischen Realität des nächsten Morgens auf der Flucht waren. Sein Blick konzentriert sich auf die Wohnung, in der Carmen gelebt hatte, die Tochter von Señora Concha, damals frisch verheiratet mit einem Fahrer der städtischen Omnibusse. Eine herrliche Frau mit großflächigen Gesichtszügen und sinnenfrohen Formen im Stil und in der Ästhetik der fünfziger oder sechziger Jahre. Diese trägen Honigaugen, mit denen sie Carvalhos Hundeblick überrascht hatte! Diese Kruppe, die in eine Prinzessinnentaille auslief... Wie oft hatte er ihr nachgeschaut, wenn sie in den Geschäften des Viertels Besorgungen machte! Die Wohnung steht leer. Kaputte Fenster mit fehlenden Scheiben, statt dessen Packpapier, mit gelben Streifen befestigt. Möglicherweise liegen drinnen immer noch die Leichen von Señora Concha, Carmen und diesem dummen, langweiligen Busfahrer, der im Sommer im Unterhemd auf den Balkon heraustrat, um die seltene Kühle der Nachtluft im Innenhof zu genießen, während man hinten im Zimmer Carmen in einem himmelblauen Unterrock hin und her huschen sah. Mehrere leerstehende Wohnungen suggerieren ihm ein Pantheon des Todes, er selbst mittendrin, verstrickt in die Maschen der sexuellen Anziehungskraft einer der rundesten Frauen, die er je gesehen hat.

»Biscuter, ich sehe Bromuro gar nicht mehr.«

»Er ist krank, Chef.«

»Krank? Was hat er denn?«

»Der Arzt sagt, er hätte eine Leber wie ein Hamburger, aber er selbst behauptet steif und fest, es wäre eine Infektion.«

»Eine Infektion?«

»Er sagt, schuld daran wäre einzig und allein der Wirt von *Tonis Bar*, weil er seinen Anisschnaps mit Terpentin versetzt. Jetzt dreht er total durch, der Alte.«

»Wo wohnt er?«

»In einer Pension in der Calle Conde del Asalto. Mehr weiß ich nicht. Ich glaube, in der Nähe der Calle Perecamps. Haben Sie keinen Appetit, Chef?«

»Ich hab nicht mal Lust zu kochen.«

»Geht es Ihnen nicht gut, Chef?«

»Ich bin müde . . . und ich weiß nicht weiter. Was hast du denn gekocht, Biscuter?«

»Spaghetti *alla maricona arrabiata**, das macht sogar einem Argentinier Laune, wie der Name schon sagt. Ganz einfach, nur viel Öl und Knoblauch. In dieses Öl gibt man gehackte Tomate, aber nur, um sie etwas anzudünsten. Die Spaghetti mischt man mit ein paar Kräutern und erhitzt sie in der vorbereiteten Soße. Parmesan dazu, und fertig.«

»Kann man sie aufwärmen?«

»Aufgewärmt sind sie umwerfend, Chef.«

»Gut, dann stell sie weg, und ich esse sie, wenn ich von Bromuro zurückkomme.«

Die Treppe war vielleicht die morscheste im ganzen Universum, ihre Glühbirnen die blindesten und die Wirtin ganz bestimmt die Tochter eines Zyklopen und eines Ungeheuers, das entfernte Ähnlichkeit mit einer Frau besaß. Sie war rundherum fett, ihr einziges Auge blickte bösartig aus dem Gesicht, und ihre Haut glänzte weiß wie vergammeltes Wachs.

»Er schuldet mir vier Monatsmieten! Er soll machen, daß er in ein Krankenhaus kommt, aber von mir aus kann er auch platzen. Sind Sie ein Verwandter?«

»Ich bin sein Vater.«

»Der Vater? Von wem?«

»Von Bromuro.«

---

* Wortspiel mit den italienischen *spaghetti all' arrabiata* (»Spaghetti auf wütende Art«): mit dem spanischen *maricona* werden daraus »Spaghetti auf die Art der wütenden Schwuchtel«.

»Hören Sie mal, wenn Sie glauben, Sie können mich hier verarschen . . .«

»Nein. Seine Mutter war Witwe, und ich bin ihr zweiter Mann.«

»Na, dann wird es aber Zeit, daß Sie sich ein wenig um den Jungen kümmern!«

Der fünfundsechzigjährige »Junge« steckte unter schmutzigen, stinkenden Laken und Decken. Nase und Augen richteten sich auf Carvalho, und als sie ihn erkannt hatten, kam auch der Mund unter dem übelriechenden Stoff hervor.

» Pepiño! Was hat die alte Hexe gesagt?«

»Daß du vier Monate im Rückstand bist.«

»Eigentlich müßte sie mir noch etwas bezahlen, daß ich es in dieser Höhle überhaupt aushalte! Für das bißchen Zeit, das mir noch bleibt, mache ich keinen Céntimo mehr locker. Jetzt haben sie mich endlich geschafft. Und ausgerechnet mit Anis, von dem ich es am wenigsten gedacht hätte.«

»Warum hast du es vom Anis am wenigsten gedacht?«

»Na ja, ich dachte, bei dem vielen Alkohol können keine Tierchen und kein Gift drin sein. Seit 1958 habe ich keinen Tropfen Wasser mehr angerührt; damals habe ich herausgefunden, daß sie Bromid hineinkippen, damit wir keinen mehr hochkriegen. Ich esse auch keine Hähnchen mehr, seit ich weiß, mit welchen unmöglichen Schweinereien die fett gemacht werden. Aber der Anis . . . Die schrecken vor nichts zurück, Pepiño! Ich sterbe, aber nicht an der Infektion, Pepiño, ich sterbe, weil mich alles ankotzt.«

»Red keinen Quatsch! Was wären denn die Ramblas ohne dich, Bromuro? Der dienstälteste Schuhputzer!«

»Wer trägt denn heute noch Stiefel, Pepe, machen wir uns doch nichts vor! Und wer noch welche trägt, läßt sie nicht mehr putzen. Heute kümmert sich jeder um seine Achselhöhlen, aber keiner mehr um die Schuhe, obwohl gerade die Schuhe jeder sieht, die Achselhöhlen nicht.«

»Ich brauche eine Information von dir.«

»Schau erst mal nach, ob die Luft rein ist! «

Carvalho ging zur Tür und riß sie auf. Der Wirtin war der schnelle Rückzug abgeschnitten; sie stand da und holte Luft, um ihr Recht auf das Belauschen von Gesprächen zu verteidigen, vor allem bei Mietern, die ihr noch Geld schuldeten.

»Wir sind bereit, Ihnen die Hälfte der Schulden zu bezahlen. Außerdem habe ich hier noch fünfhundert Pesetas. Seien Sie bitte so gut und holen Sie uns zur Feier des Tages eine Flasche eisgekühlten Weißwein!«

Das mißtrauische Wesen wurde schlagartig zur unterwürfig lächelnden Geisha. Sie ging sogar zu Ehren von Bromuros Mäzen rückwärts aus der Tür.

»Gib ihr kein Geld, Pepe! Ich steh sowieso nicht mehr auf; du kannst es genausogut zum Fenster hinauswerfen.«

»Es geht um die Gegend an der Plaza del Padró, genauer gesagt um den Block zwischen Calle del Hospital mit Plaza del Padró, Calle de la Cera estrecha, und, auf der andern Seite, Calle de la Botella. Eine Art Dreieck.«

»Dort wohnen nur Malocher. Die Ganovengegend ist weiter drinnen.«

»Es gibt aber neu Zugezogene. Ausländer.«

»Nur ein paar Neger, Marokkaner und *sudacas*.«

»Was sind *sudacas*?«

»Argentinier, Chilenen, Uruguayer . . . exportierte Rote. Mehr oder weniger alles Gauner, aber in dieser Gegend kann ich mich an kein Verbrechen erinnern. Klar, ich bin auch nicht mehr, was ich einmal war, und andere haben hier jetzt das Sagen. Früher war es schon schwer genug rauszukriegen, was die einheimischen Gangster treiben, aber heute braucht man Fremdsprachen, wenn man über die ausländischen Ganoven Bescheid wissen will. Trotzdem, die Gegend ist ruhig, Pepiño. Sag mal, ist das nicht dein eigenes Viertel?«

»Stimmt.«

»Und dann fragst du mich, was dort los ist?«

»Ich hab keinen Kontakt mehr zu den Leuten, und du bist ein wandelndes Archiv für die gesammelte Bosheit in dieser Stadt.«

»Ich bin nicht mehr, was ich einmal war. Ich hab 'ne Leber wie ein Hamburger, sagt der Doktor. Hast du da noch Worte? Wie ein Hamburger! Wenn er wenigstens wie ein Sieb, oder ›wie eine Feige‹ gesagt hätte! Er ist zwar gebildet, aber auch schon kolonisiert. Haben wir dafür im Bürgerkrieg gekämpft, Pepiño?«

»Laß mich aus dem Spiel! Ich war nicht dabei.«

»Wenn doch mein General Muñoz aus dem Grab steigen würde!«

»Ich bezahle dir zwei Monatsmieten. Werde gesund, und sobald du was rausbekommen hast, gibst du mir Bescheid!«

»Wenn die alte Dreckschleuder mit dem Wein kommt, krieg ich keinen Tropfen davon; die säuft ihn selber, mit der Entschuldigung, daß er mich kaputtmacht.«

»Das tut er auch.«

»Noch kaputter geht gar nicht.«

Carvalho zuckte die Achseln und ging aus dem Zimmer.

Carvalho besuchte Pedro Porta in seinem Lebensmittelgeschäft. Mit seinem blauen Kittel und dem Bleistift hinterm Ohr sah er genauso aus wie sein Vater oder Großvater. Von den Regalen schaute ein ganzes Jahrhundert von Pfirsichdosen mit Sirup auf sie herab.

»Hier sieht es genauso aus wie früher.«

»Nur daß inzwischen fünfunddreißig Jahre vergangen sind. Das ist alles. Ich bin voll ins Geschäft eingestiegen, als ich die Grundschule fertig hatte. Und du gehst genauso auf die Fünfzig zu wie ich.«

»Bevor das soweit ist, können noch drei Weltkriege ausbrechen!«

»Schöne Alternative.«

Die Kunden begriffen, daß Pedro nicht vorhatte, sie zu bedienen, und gingen zu seiner Frau, die hinter der Theke über Wurst und Käse thronte. Pedro legte Kittel und Bleistift ab und folgte Carvalho hinaus auf die Plaza del Padró. Sie schlenderten um den Brunnen herum.

»Es war Mord, Pedro.«

»Wer hätte diesen armen Hund umbringen sollen? Er war fast schwachsinnig und tat niemand etwas zuleide, außer sich selbst und seinem Jungen. Aber nicht absichtlich.«

»So, wie der Hinterhof gebaut ist, kann er gar nicht einfach abgestürzt sein; und Selbstmord scheidet aus, weil er so an seinem Sohn hing.«

»Was könnte er denn getan haben, daß ihn jemand umbringen wollte?«

»Hast du keine Idee?«

»Ich? Ich habe mit Young freundschaftlich und geschäftlich verkehrt. Er kaufte bei mir im Laden ein oder sein Sohn. Wenn er kam, machte ich immer dieselben Witze. ›Hör mal, die Leute sagen, Cassius Clay glaubt nicht eher, daß er Weltmeister ist, bevor er dich nicht besiegt hat!‹ Das war alles. Er lachte oder ballte die Fäuste, gegen mich oder gegen die Büchsen . . . Das war mir nicht recht, weil es die Kundinnen erschreckte. Young hat überhaupt immer die Leute beunruhigt, mit seiner eingeschlagenen Nase, seinen traurigen Hundeaugen und seinem ewigen Getorkel.«

»Und er hat dir nie etwas anvertraut, irgendeinen Hinweis, warum er vielleicht umgebracht wurde?«

»Ich finde, du übertreibst. Ich verstehe nicht, wer ein Interesse daran gehabt haben könnte, ihn umzubringen. Es sei denn, seine Frau, damit sie ein für allemal ihre Ruhe hatte. Aber wer weiß, wo die steckt!«

»Hier in Barcelona.«

»Hier?«

Überraschung, Unruhe, vielleicht sogar Rührung lagen in Portas Blick.

»Sieht sie immer noch so aus?«

»Sie ist nicht mehr das, was sie mal war.«

»Sie war eine Schönheit.«

Portas Stimme klang melancholisch, und Carvalhos Blick wurde hellwach, als wittere er eine Enthüllung.

»Du meinst, sie und du . . . ?«

»Nein, nicht was du denkst. Ich habe vermittelt. Sie lagen sich jeden Tag in den Haaren, und die Eltern riefen mich, weil sie wußten, daß ich ihn psychologisch in den Griff bekam. Sie zerfleischten sich mit Worten und Schlägen, und ich ging mehr als einmal dazwischen.«

»Und dann warst du der Tröster.«

»Sag das nicht in diesem Ton! Du ziehst eine schöne Erinnerung in den Dreck.«

»Du hast sie getröstet.«

»Ja, stimmt.«

»Und seit sie das Viertel verlassen hat, habt ihr euch nicht mehr gesehen?«

»Doch, ein paar Monate lang noch, als sie die Abreise nach Venezuela vorbereitete.«

»Habt ihr euch geschrieben?«

»Anfangs ja. Aber dann wurde es schwierig, und meine Frau fing einen Brief ab. Also hörte ich auf zu schreiben.«

»Wußte Young von euch beiden? «

Porta grinste und machte sich auf den Rückweg zum Laden. »Young bekam überhaupt nichts davon mit, was in der Realität passierte. Er hatte den Kopf voller eingebildeter Kämpfe, die er nie gewonnen hatte. Es ärgert mich, daß du mich gefragt hast, ob ich ihr Tröster war, in diesem Ton! «

»Ich nehm's zurück.«

»Gesagt ist gesagt. Es war wie eine dreckige Bemerkung, wie früher, als wir Kinder waren und nur Schweinereien in den einfachsten Dingen sahen, ich weiß auch nicht.«

»Stell dich nicht so an!«

»Du hast viel von der Welt gesehen, hast den Sprung aus dem Viertel heraus geschafft; ich weiß nicht, wie es dir geht, aber dein Leben muß interessant sein. Ich bin das geworden, was ich werden sollte, als Erbe eines Lebensmittelgeschäfts. Mein Leben spielt sich tagaus, tagein auf zwölf Quadratmetern ab, Jahr für Jahr, und daran ändert sich nichts, immer dasselbe. Die einzige Überraschung in meinem Leben war die Beziehung mit ihr.«

»Sie hat dir vorgeschlagen, nachzukommen.«

»Woher weißt du . . .?«

»Du bist der Typ von Mann, dem eine ängstliche Frau den Vorschlag machen kann, über dem großen Teich ein neues Leben zu beginnen.«

Porta schien entweder einen inneren Bereich zu suchen, wo er ungestört war, oder er wollte mit seiner geistigen Abwesenheit deutlich machen, daß er das Gespräch als beendet ansah. Dabei dachte er lediglich darüber nach, was er sagen konnte oder mußte.

»Ich hatte die Fahrkarte schon in dieser Hand hier . . . Alles war vorbereitet . . .«

»Und dann?«

»Wurde mir klar, daß ich verheiratet bin und drei Kinder habe. Du wirst das gewöhnlich finden, wo du so weit herumgekommen bist.«

Carvalho schaute hinauf zum Rand der Dächer, vorbei an Kaskaden aufgehängter Wäsche und Geranien, denen der nicht abreißende Verkehrsstrom von den Rondas zu den Ramblas übel mitgespielt hat.

»Ich will dich nicht trösten. Ich habe nicht die Absicht, irgend jemanden zu trösten. Aber auf meinen ganzen Reisen habe ich nicht so viel gesehen wie damals, wenn ich aufs Dach ging und das ganze Privatleben von uns allen vor mir hatte. Das weiteste, was zu sehen war, war der Montjuïc, das Meer oder der Tibidabo. Was willst du mehr?«

»Die Flausen sind mir schon vergangen. Aber ich habe eine fixe Idee. Ich war noch nie in Singapur. Ich erinnere mich noch an einen Film mit Ava Gardner und Fred McMurray, der während des Zweiten Weltkriegs in Singapur spielt. Kennst du ihn?«

»Vielleicht schon. Aber ich war in Singapur; ich glaube sogar, es war dasselbe Hotel wie im Film: das *Raffles*.«

»Und?«

»Du wärst enttäuscht. Das einzige, was noch Flair hat, ist das *Raffles*. Man bekommt dort einen berühmten Cocktail, ›Singapur Sling‹. Aber der Rest der Stadt ist nicht anders als Bellvitge oder Villaverde Alto, dazu noch ein paar Villenviertel, genau wie hier. Überall auf der Welt dieselbe Coca-Cola-Reklame, dieselben Hamburger-Lokale, dieselben Kontrollettis. Sogar die Sonnenuntergänge sind gleich.«

»Aber manche Sonnenuntergänge sind gleicher als andere.«

»Du äffst mich nach!«

»Ich sehe nicht ein, warum du dem armen Mann seine Illusionen rauben und dich aufspielen mußt, bloß weil du als Spitzel oder Killer um die halbe Welt gefahren bist!«

»Ich war nur ein Befehlsempfänger.«

»Ich weiß ganz gut, was du für einer warst!«

Charo ärgerte sich darüber, daß Carvalho die Kristallkugel zerbrochen hatte, in der Porta jedesmal, wenn er hineinschaute, seinen Traum erstehen ließ.

»Ich habe es gut gemeint. Ich wollte, daß er sein reales Leben, akzeptiert.«

»Du hast einfach Spaß daran, andere Leute zu ärgern. Genau, wie wenn ich Englisch lerne, damit eines Tages etwas aus mir wird, und du dich dann über mich lustig machst und mich fragst, ob ich einen Australier heiraten will. Manchmal bist du wirklich übel, Pepiño! Und genausowenig gefällt es mir, wie du von dem Jungen da redest, der nicht weiß, wo er wohnen kann. Ich finde es traurig, und du machst dich über traurige Sachen lustig, als ob du Angst davor hättest.«

»Das wird es sein. Hör mal, ich bin hergekommen, weil ich dich zum Abendessen einladen wollte, nicht um mir eine Gardinenpredigt anzuhören.«

»Wenn ich nicht wäre, was ich bin, Pepiño, würde ich den Jungen zu mir nehmen.«

»Wenn du nicht wärst, was du bist, würdest du alle Kinder, Katzen, Hunde, Papageien und Vögelchen aufnehmen, die irgendwo auf der Welt ausgesetzt worden sind oder sich verlaufen haben.«

»Die Papageien nicht, die machen mir so ein komisches Gefühl.«

Die Papageien nicht, die machen ihr so ein komisches Gefühl . . . wiederholte Carvalho fast hundertmal, als wolle er Charo ihre Kritik an ihm heimzahlen, indem er sie lächerlich machte. Charo konnte nicht mit ihm essen gehen, weil sie für den Abend schon eine Verpflichtung eingegangen war. Carvalho hatte sich so an Charos Verpflichtungen gewöhnt, daß er sich nicht einmal vorzustellen brauchte, was dabei ablief. Als er sie kennengelernt hatte, war sie schon dem angeblich ältesten weiblichen Gewerbe nachgegangen, und ihm hatte die Feststellung genügt, daß sie sich einen doppelten Blick aufs Leben bewahrt hatte, um sie so zu akzeptieren, wie sie war. Einen Blick für die Männer, mit denen sie ins Bett ging, einen professionellen Blick, und einen offenen und naiven für alles andere. Charos Gewerbe machte Carvalho immun gegen den Wunsch nach Abhängigkeit; und wenn sie deprimiert war, brauchte er ihr nur den Vorschlag zu machen, ihre Arbeit aufzugeben und ein bürgerliches Leben zu führen. Nach kurzem Schwanken lehnte sie das Angebot jedesmal ab, und Carvalho fragte sie nie, ob aus Angst vor sich selbst oder aus Angst davor, daß der Mann die Haltbarkeit der neuen Erfahrung nicht garantieren konnte. Angst vor sich selbst oder Angst vor ihm. Diese Frage wollte er nicht aufwerfen. Er war sich seiner selbst nicht sicher und wußte nicht, ob er zu einer ehrlichen Antwort fähig war.

»Nein, ich kann nicht mit dir essen gehen. Mein Kleiner hat Geburtstag. Die Schwiegereltern kommen, meine Mutter, mein Bruder und mein Schwager.«

»Hör auf, Pedro! Soviel Familie macht mich ganz krank.«

»Versteh doch!«

»Ich verstehe.«

»Hör mal. Ich hab's mir hin und her überlegt, und ich glaube, man sollte die Polizei rufen. Wenn die Möglichkeit besteht, daß Young ermordet wurde, haben du und ich nichts bei diesem Schlamassel verloren.«

»Die Polizei paßt mir nicht. Manchmal muß ich ihnen notgedrungen erlauben, ihre Nase in einen meiner Fälle zu stecken, aber es ist mir immer lieber, wenn jeder seinen eigenen Angelegenheiten nachgeht. Die Polizei meint, je mehr Bürger im Knast sitzen, desto besser. Mir reicht es, wenn ich den Fall löse, die Bestrafung ist nicht meine Sache.«

»Das ist eine tolle Moral! Du würdest die Kriminellen entlarven, aber frei herumlaufen lassen!«

»Jeder Mast muß sein eigenes Segel tragen. Meine Sache ist es, aufzudecken, was zugedeckt ist. Meine Klienten entscheiden, was dann kommt.«

»Hast du nicht Lust, bei uns zu essen, im Familienkreis?«

Als er nach hundert Ablehnungen Porta glücklich losgeworden war, beschleunigte Carvalho seine Schritte, falls der Ladenbesitzer zurückkommen und seine Einladung noch einmal wiederholen sollte. Ihn schauderte bei dem Gedanken, einen ganzen Abend im Kreis von Opas und Omas, Onkeln und Tanten, Cousins und Cousinen zu vergeuden, die noch dazu herhalten und den Glorienschein der guten Tat tragen mußten, einem Heimatlosen familiäre Gefühle und Sentimentalität zukommen zu lassen. Laden Sie einen Armen an Ihren Tisch! Laden Sie Ihren Heimatlosen zu Ihren Geburtstagen ein! Vor ein paar Jahren hatte Charo ihn zur Geburtstagsfeier eines Neffen mitgeschleppt, dem Sohn einer ihrer Schwestern, die in Montcadi i Reixach wohnte.

Der Detektiv hatte die ganzen alten Fregatten ertragen müssen, die ihn als Charos Neueroberung mit fürsorglichen Förmlichkeiten überschüttet hatten. Er war Hahn im Korb und mußte riesige Portionen einer fürchterlichen Torte vertilgen, erinnerte sich jedoch mit schnalzender Zunge an einen hervorragenden andalusischen Stockfischsalat mit Orangen und schwarzen Oliven sowie an einen köstlichen Bohnenschmortopf mit Pfefferminze. Er malte sich aus, was es an diesem Abend bei Familie Porta geben würde: *pan con tomate* mit Landschinken und panierte Tintenfischringe oder Brathähnchen. Lieber wollte er weiterhin ein innerlich Heimatvertriebener bleiben, der über die Dachterrassen floh, manchmal die Realität der Straße vergaß und dort nur auftauchte, wenn er unbedingt gebraucht wurde. Dorthin kehrte er auch jetzt zurück, um die altbekannten Bewohner zu begutachten. Eine gewisse Lustlosigkeit, ein Gefühl, als sei es das letzte Mal, bemächtigte sich Carvalhos, während er an den letzten Teil seines Gesprächs mit Porta dachte.

»Bleibt nur noch ein plausibler Grund zu finden. Er muß irgend etwas gewußt oder gesehen haben.«

Plötzlich der Eindruck, daß sich mitten in der ganzen Normalität etwas verändert hatte. Eins der Fenster der anscheinend leerstehenden Wohnung. Ein winziges Licht, sofort wieder verschwunden, leuchtete durch die Orthopädie der zerbrochenen und mit gelben Papierstreifen geflickten Fensterscheiben. So flüchtig, daß Carvalho in Deckung ging und wartete, daß es wieder auftauchte. Es ließ nicht lange auf sich warten. Hinter den kaputten Scheiben glomm ein schwaches Licht auf und verlosch wieder. Carvalho ahnte, daß er gleich etwas sehen würde, das sonst noch niemand gesehen hatte. Er drehte sich um, so daß er auf dem Rücken auf den Ziegelsteinen lag und starrte in einen purpurnen Himmel, der nach Westen in Rot überging. Nachdem er einige Sekunden lang seine widersprüchlichen Gedanken geordnet hatte, schaute er wieder hinunter zu dem kaputten Fenster. Das Licht war aus, und er wartete umsonst darauf, daß es sich wieder zeigte.

»Ich bin zu nichts verpflichtet. Verstehen Sie das bitte! Ich habe schon genug getan. Die Tante hat kein Interesse, und der Bruder seines Großvaters haust mehr schlecht als recht in einem Dorf in Aragon, wo nur noch vier Häuser bewohnt sind. Wir schicken den Jungen nicht zu ihm; er wäre nur sein Krankenpfleger und lebendig begraben in diesem Dorf. Es tut mir leid, daß ich Ihnen das sagen muß, aber ich hab's schon zu Porta gesagt, es geht einfach nicht, ich kann nicht, mein Mann schimpft schon, und es ist nicht so, daß es ihm nicht leid tut, aber wenn man es richtig bedenkt, dann fängt die Nächstenliebe bei einem selbst an, und ich will mich nicht mit meiner eigenen Familie zerstreiten wegen jemand, der mich nichts angeht, verstehen Sie bitte, er ist mir ja nicht gleichgültig, der Arme, er hat ja genug Unglück gehabt, aber er ist nicht mein Fleisch und Blut. Ich bin nicht verpflichtet . . . Sie verstehen mich doch richtig? Es wäre ja noch was anderes, wenn man sagen könnte, er ist Waise. Aber das Engelchen hat ja noch eine Mutter, eine Tante . . . Hören Sie, mein Mann war mit vierzehn Jahren schon Waise, ganz allein auf sich gestellt; er wurde Laufbursche und machte seinen Weg. Natürlich gab es damals noch nicht so viele schlechte Menschen.«

Die Nachbarin, die Youngs Sohn bei sich aufgenommen hatte, war nervös. Sie wußte nicht, sollte sie sich jetzt die Hände an der Schürze abtrocknen, die Schürze ausziehen oder etwas sagen, was sie noch nicht gesagt hatte und selbst nicht genau wußte. Carvalho hatte unter dem Vorwand bei ihr geklingelt, er interessiere sich für den Jungen.

»Er ist noch in der Schule, aber er muß gleich kommen.«

»Ein braver Junge.«

»Sehr brav, der Ärmste. Ich würde ihn ja behalten, aber wir haben selbst fünf Mäuler zu stopfen, mein Mann ist arbeitslos seit zwei Monaten, und wenn ich nicht bei der Sparkasse putzen würde, könnten wir sehen, wo wir bleiben.«

»Könnte der Junge nicht allein in der Wohnung bleiben, mit etwas finanzieller Unterstützung von . . . «

»Das geht nicht. Ein dreizehnjähriger Junge! Nein, das geht nicht. Warten wir ab, was die Tante sagt, oder ob die Mutter auftaucht. Eine Rabenmutter! Wie die mit ihrem Gewissen fertig wird. So ein kleines Wesen einfach sitzenzulassen und sich nie mehr drum zu kümmern! Außerdem wird der Wohnungsbesitzer wollen, daß die Wohnung geräumt wird. Diese Wohnungen sehen aus, als seien sie nichts wert, dabei sind sie ganz schön gesucht. Ein neues Klo, fließend Wasser und eine Dusche, in der Küche ein paar Fliesen, streichen und verkaufen, oder weiterverkaufen – es gibt immer einen, der noch schlimmer dran ist und sie behält. Außerdem, wenn er allein dort bleibt, wovon soll er denn leben? Ich kann ihm ab und zu was zu essen geben, eine andere Nachbarin auch, aber ist das ein Leben?«

»Wieso erklären Sie das mir? Wenn Youngs Junge Sie nichts angeht, geht er mich auch nichts an. Aber Sie könnten mit dem Besitzer sprechen.«

»Der schnüffelt schon hier rum wie ein Geier. Also nicht der Besitzer, der Verwalter. Mit den Eigentümern ist nichts klar, es sind wohl mehrere und untereinander zerstritten, außerdem wohnen einige davon in Argentinien, ich weiß auch nicht, es ist ein dauerndes Hin und Her. Fast die ganzen Häuser hier im Block gehören ihnen. Na ja, Sie müßten das eigentlich wissen. Ich habe gehört, Sie stammen von hier!«

»Ja, aber das ist jahrelang her. Gibt es leerstehende Wohnungen?«

»Einige, aber das müssen schon Ruinen sein. Es gibt welche ohne fließend Wasser, immer noch Wasser aus dem Tank und ohne Licht im Treppenhaus.«

»Eine hab ich gesehen, die leersteht. Man sieht sie vom Dach aus. Dort, wo früher Señora Concha und Carmen gewohnt haben.«

»Ja, die geht auf den Innenhof der Catorrita.«

»Die Catorrita?«

»Wir nennen sie so. Es ist eine Nachbarin, die den ganzen Tag singt oder schwatzt.«

»Es gibt also eine leere Wohnung in diesem Haus.«

»Ja, mit Papier in den Fenstern.«

»Die Scheiben sind kaputt und mit Klebestreifen geflickt.«

»Genau «

»Wem gehört die?«

»Niemand. Na gut, den Eigentümern, aber da wohnt keiner.« Die Tür zum Treppenhaus war offengeblieben, und Carvalho hatte das Gefühl, daß jemand lauschte. Im Treppenhaus stand der Junge, an die Wand gedrückt, Panik in den Augen. Als Carvalho die Tür vollends aufmachte, blieb ihm kaum noch Zeit, sich zu fassen und schnell an ihm vorbei in die Wohnung zu schlüpfen. Er ging geradewegs zum Eßtisch, steckte die Hand in die Hosentasche und holte einen Haufen Kleingeld heraus.

»Woher hast du das Geld?«

»Ich arbeite.«

»Du arbeitest?«

Die Frau schaute ihn alarmiert an.

»Ich hab angefangen, Autoscheiben zu putzen, an der Ecke in der Calle Urgel.«

»Da, hören Sie?«

Sie brauchte Carvalho als Zeugen für etwas, das sie selbst noch nicht verstanden hatte.

»Haben Sie gehört, was ich gehört habe?«

»Ich glaube schon.«

»Und Sie haben nichts dazu zu sagen? Was kann man auf der Straße schon Gutes lernen? Was kann man Gutes lernen bei diesen Gaunern, die sich fürs Saufen oder noch Schlimmeres ein paar Groschen verdienen?«

»Ich habe es nicht getan, um mir irgendwelchen Scheiß zu kaufen. Ich will mithelfen.«

Carvalho schloß die Tür hinter sich. Die Szene füllte irgendeinen Teil seines Körpers mit Flüssigkeit, vielleicht ein inneres Augenpaar, mit dem er Melodramen betrachtete, die für immer fester Bestandteil der schlechten Erziehung seiner Gefühle waren.

Die undurchdringliche Nacht zeigt nichts als kubische Formen unter trüben Sternen. Carvalho untersucht den Zustand des geflickten Fensters, springt dann aufs benachbarte Flachdach und sucht den Zugang zum Treppenhaus. Er ist verschlossen. Aus seiner Tasche kommt ein magischer Schlüsselbund zum Vorschein, der jede Tür öffnen kann, und Sekunden später beginnt er mit höchster Vorsicht, die Treppe hinabzusteigen. Auf jedem Treppenabsatz gibt es zwei Türen. Eine Wohnung geht zur Straße hinaus, die andere auf den Innenhof. Behutsam geht Carvalho auf eine Tür zu, legt das Ohr an die häufig überstrichenen Risse, verweilt so ein paar Sekunden und öffnet sie dann ebenfalls mit dem Zauberschlüssel. Der schwarze Schlund der leeren, unbewohnten Wohnung gähnt ihn an; ein kleiner Flur den er mit einer Taschenlampe ausleuchtet; Kritzeleien auf einem lückenhaften Mosaik; im Hintergrund huscht ein Mäuschen vor dem Lichtstrahl davon. Die verlassene Küche; überall fehlen Kacheln an den Wänden; ein rostiger alter Sparherd; ein Vorhangfetzen aus mumifiziertem Cretonne verdeckt, was vor Jahren die Nische für den Abfalleimer gewesen sein muß. Dann ein Schlafzimmer mit einem kaputten Ehebett ohne Matratze, über dem Kopfende ein Herz Jesu aus Alabaster. Wieder auf dem winzigen Flur, entdeckt er ganz hinten eine Wandnische, wo auf einem Regalbrett ein nagelneuer Campinggaskocher prangt. Auf den übrigen Regalbrettern Dutzende von Dosen mit neuen Etiketten, eine Explosion eingedosten Lebens im Haus der Verlassenheit und des Todes. Gegenüber der geheimnisvollen Nische eine neue oder renovierte Tür. Carvalho öffnet sie und sieht dahinter . . . eine weitere Tür.

»Eine Doppeltür«, sagt er zu sich selbst, als genüge es ihm noch nicht, was er sieht. Er öffnet die zweite Tür und gelangt geduckt in ein verkleinertes Zimmer mit Pritsche, Tischchen, einer starken Glühbirne an der Decke, einem Klo mit Rädern und Reservoir und einem Handwaschbecken. Alles neu, übertrieben neu.

»Von wem? Wozu?«

Carvalho, nachdenklich und zögernd, bemerkt die drei Beinpaare nicht, die sich ihm auf dem kleinen Flur hinter seinem Rükken nähern, zwei weibliche und vier männliche Beine, mucksmäuschenstill, und als er sich umdreht, kann er kaum noch zwinkern, bevor ihn die Stablampe der andern blendet und zu einem ertappten Trottel macht, der mit einem Arm sein Gesicht schützt und mit dem andern die eigene Taschenlampe hochhält.

»Wer sind Sie?«

Die Stimme ist weder unsicher noch liebenswürdig, sie ist einfach Herr der Lage.

»Und wer sind Sie?«

»Sie sind in unsere Wohnung eingedrungen.«

»Ich dachte, hier wohnt niemand, und wollte nachsehen, ob sie noch soweit in Ordnung ist, daß ich sie mieten kann.«

»Sie ist nicht zu vermieten, sie gehört uns. Wir haben sie gepachtet.«

»Könnten Sie Ihr Licht etwas tiefer halten? Wenn wir unsere Gesichter sehen, können wir uns in Ruhe unterhalten und dieses Mißverständnis klären.«

»Hier gibt es nichts zu klären!« widerspricht die Stimme. »Sie befinden sich in unserer Wohnung.«

»Ich dachte, sie sei leer, das ist alles.«

»Wissen Sie, wieviel Uhr es ist?«

»Keine Ahnung.«

»Mitternacht. Die beste Zeit, um sich Mietwohnungen anzusehen.«

Carvalho zuckt die Achseln und stürzt sich unvermittelt auf die Stablampe. Er erreicht, daß sie ihn nicht mehr blendet, und fällt auf einen menschlichen Körper. Aber die andern beiden haben sich bereits auf ihn gestürzt und versuchen blind, ihn zu überwältigen. Er begreift, daß sie jeden Lärm vermeiden wollen, und fängt an zu schreien:

»Ihr Arschlöcher! Mich schafft ihr nicht!«

Die andern verdoppeln ihre Gewalt, und zweimal saust ein Tonnengewicht von Schmerzen auf Carvalhos Schädel herab.

Sie hatten ihn in dem kleinen, umgebauten Zimmer ohne Fenster eingesperrt. Es roch noch nach Gips, die Gegenstände waren auf eine obszöne Art jungfräulich, man sah sozusagen noch die Spuren der Preisschilder, die nicht sauber abgelöst waren. Sein Kopf tat weh. Mit einer Hand betastete er die Beulen und sah nach, ob kein Blut daran klebte. Die Glühbirne strahlte weißes Licht aus, das jeden Gegenstand im Zimmer nach Kadaver aussehen ließ, auch seinen Bewacher, der unaufhörlich hin und her ging. In diesem Licht konnte man ihn glatt für einen Zombie oder eine Glie-

derpuppe im Scheinwerferlicht einer Jahrmarktsbude halten.
»Wir sollten uns unterhalten. Das hat doch keinen Sinn.«

»Seien Sie still, oder schreien Sie! Durch die Doppeltür hört Sie sowieso keiner.«

»Ich kann Ihnen versichern, daß das alles ein schwerer Fehler ist.«

»Ja, Ihr Fehler, einfach Ihre Nase in Dinge zu stecken, die Sie nichts angehen.«

Er war ein stattlicher Mittvierziger, sportlich gebräunt und mit gepflegter Ausdrucksweise.

»Ich verschwinde, und keine Menschenseele erfährt etwas.«

»Die aus Ihrem Metier stecken immer ihre Nase in fremde Angelegenheiten.«

Carvalho tastete nach seiner Brieftasche. Sie war weg.

»Gut, es bringt nichts, Ihnen etwas vorzumachen. Ich bin Privatdetektiv und mit der Beschattung einer der Nachbarinnen hier beauftragt. Ihr Ehemann meint, sie betrüge ihn.«

»In diesem Viertel gibt es andere Probleme. Ich glaube nicht, daß sich hier irgendein Ehemann darum kümmert, ob seine Frau ihn mit einem Mann oder einer Altarkerze betrügt.«

»Glauben Sie das nicht! Eifersucht kennt keine sozialen Schranken.«

»Um welche Nachbarin handelt es sich?«

»Um eine sehr hübsche Blonde. Neulich sah ich sie vom Dach aus. Ich glaube, sie wohnt hier nebenan.«

Der Bewacher lachte.

»Sie wohnt tatsächlich hier nebenan und wird Ihnen gleich etwas zu essen bringen.«

Carvalho betrachtete mit Argwohn die aufgeräumte Boshaftigkeit seines Wärters.

»Haben Sie die Wohnung nebenan auch gemietet?«

»Jawohl. Wir sind eine große Familie.«

»Gefällt es Ihnen in diesem Viertel?«

»Ja, sehr.«

»Und das hier ist also das Gästezimmer?«

»Genau.«

Die Türen gingen auf, und die beiden andern kamen herein. Ein

Mann und die Frau, die blonde Erscheinung, die sich am Ende des Flurs den Büstenhalter angezogen hatte. Unter der ruhigen Oberfläche brodelte eine unübersehbare Nervosität.

»Ich freue mich, daß Sie gekommen sind. Wie ich schon zu Ihrem Kollegen sagte, es ist alles ein Mißverständnis. Ich bin Privatdetektiv und bearbeite einen typischen Schnüfflerauftrag – Sie wissen schon, Ehebruchsgeschichten.«

»Waren Sie deshalb bei der Beerdigung des schwachsinnigen Boxers?«

»Waren Sie auch da?«

»Es nützt Ihnen nichts, Komödie zu spielen. Sie haben einen Fuß in unsere Tür geklemmt und uns vor ein Problem gestellt.«

»Halsen Sie sich nicht noch mehr Probleme auf, als Sie schon haben!«

»Das ist unsere Sache.«

»Wenn Sie alle auf die Straße werfen, die Sie entdecken, werden bald die Müllmänner streiken.«

»Wir werfen nicht die Leute hinunter, die uns entdecken, sondern diejenigen, die sich in unsere Angelegenheiten einmischen, Leute wie Ihren Freund Young oder Sie selbst.«

»Kam Young hierher?«

»Er war plemplem«, unterbrach sie der andere mit angewiderter Miene.

»Er hatte die fixe Idee, sie hier sei seine Frau. Er sah sie eines Tages vom Dach aus und kam hier herein, wie Sie. Er entdeckte das alles hier und war überzeugt, daß seine Frau sich hier seit zehn Jahren versteckt hielt.«

»Und Sie warfen ihn hinunter, damit er Ihre Kreise nicht stört.«

»Man bringt keinen um aus einem so idiotischen Grund.«

»Sie befürchteten, er würde alles erzählen, und dann würde die ganze Geschichte auffliegen.«

»Welche ganze Geschichte?«

»Ich finde es sinnlos, Ihnen dabei zu helfen, sich klar auszudrücken. Das alles hier ist doch für eine Entführung vorbereitet.«

Die drei sahen einander an, ernst, besorgt.

»Ich hab's doch gleich gesagt«, bemerkte einer, zu der Frau gewandt. »Young hat es dem Jungen erzählt, und der hat es dem hier weitererzählt. Ich hab euch doch gesagt, wir müssen den Jungen ausschalten.«

»Wird wohl nichts anderes übrigbleiben«, sagte der andere, besorgt, aber auch entschlossen.

»Der Junge hat keine Ahnung.«

Sie ignorierten Carvalho und öffneten die Tür, um zu gehen. Carvalho sprang vor und schlug die Frau mit beiden Fäusten in den Nacken, so daß sie mit einem Aufschrei zusammenbrach. Die Männer schwankten, ob sie ihr helfen oder Carvalho angreifen sollten. Der Detektiv landete seinen Ellbogen voll im Gesicht des einen und stürzte sich auf den andern. Das Gewicht der beiden Männer stieß beide Türen weit auf. Carvalho trat auf den unter ihm Liegenden und schnellte sich mit ganzer Kraft vorwärts in Richtung Flur, kam aber nicht vom Fleck und mußte feststellen, daß der Mann am Boden sich an einem seiner Füße festklammerte. Die Frau hatte sich aufgerappelt und lief an Carvalho vorbei aus der Wohnung. Er riß seinen Fuß los und rannte über den Flur zur Wohnungstür, schaffte es auch, sie zu öffnen, aber die andern waren ihm schon auf den Fersen, und auf dem Treppenabsatz sah er die Frau mit gezückter Pistole aus der andern Wohnung treten. Keine Zeit mehr, die Treppe hinabzurennen, und er entschied sich für den Weg nach oben, aufs Dach. Gesichter blutrünstiger, tollwütiger Hunde folgten ihm und ließen auch nicht von ihm ab, als er von Dach zu Dach sprang, ohne Atem zu schöpfen. Plötzlich entdeckte Carvalho auf dem Dach des Hauses, wo Young gewohnt hatte, dessen Sohn. Der Junge stand da, als hätte er sie erwartet, unschlüssig, ob er auf sie zukommen oder wegrennen sollte.

»Schnell, hau ab, du Idiot!«

Aber der Junge zögerte. Sein Auftauchen schien die Verfolger zu beflügeln. Einer versuchte, mit einem Hechtsprung und vorgereckten Händen Carvalhos Füße zu erwischen. Dem war die Bewegung nicht entgangen; er schnellte herum, trat blind zu und traf den Mann voll am Unterkiefer, so daß er zu Boden ging. Aber die Bewegung war zu abrupt, er kam nicht mehr rechtzeitig zum Stehen, und sein Körper fiel über die Brüstung; er sah die Leere unter sich, konnte aber den Schwung des eigenen Körpers nicht mehr aufhalten und landete auf Knien auf dem brüchigen Vordach. Es schien unter seinem Gewicht nachzugeben; von unten der Sog des Innenhofes, wo Young aufgeschlagen war; von oben der überlegene Verfolger, der mit der Pistole auf ihn zielte. Während der Mann genüßlich den Abzug durchzog, schrie er plötzlich auf, verzerrte das Gesicht und stürzte kopfüber ins Leere, nur von seinem Schrei begleitet. An seiner Stelle tauchte der Junge auf, die Hände immer noch zum Stoß vorgereckt, im Gesicht die Entschlossenheit des Rächers.

Auf dem Sofa in der Wohnküche der Nachbarin, bei der Youngs Sohn untergekommen ist, sitzt Pedro Porta und lauscht mit gesenktem Kopf; die Nachbarin selbst wischt sich immer noch die Hände an der Schürze ab, unschlüssig und erschrocken über das, was sie sieht und hört; die Mutter des Jungen versucht, durchs Fenster das zu sehen, was ihr die paralysierten Augen nicht zeigen wollen; ein Polizist in Zivil hört sich den Bericht des Jungen an, und zwei Uniformierte fühlen sich verpflichtet, eine ernste Miene zu zeigen. Carvalho läßt kein Auge von dem Gericht, das in einem Topf vor sich hin kocht.

Mein Vater erzählte mir, er hätte meine Mutter in einer der Wohnungen dort hinten gesehen, und er wollte mit ihr reden. Dann sagte er, sie sei mit ein paar finsteren Typen zusammen. Einmal nahm er mich dann mit und zeigte sie mir. Dann wurde er umgebracht, und ich hatte Angst, weil ich dachte, sie hätten ihn entdeckt und umgebracht und würden dann kommen und mich auch holen.

»Hat dir dein Vater nichts davon gesagt, daß es sich um Entführer handelt, die diese Wohnung präpariert haben, um dort ihr Opfer zu verstecken?«

Der Junge versteht die Frage des Polizisten, aber nicht, wieso der Polizist nicht weiß, daß sein Vater nie an etwas anderes gedacht hat, als daß seine Frau dort war, und sich einbildete, sie sei die ganze Zeit dort gewesen.

»Er glaubte, es sei meine Mutter. Sie sei die ganze Zeit dort gewesen und hätte uns beobachtet. Sie wollte in deiner Nähe sein, sagte er zu mir.«

Mißtrauisch schaut er zu der Frau, die nur einen Rücken zu haben scheint.

»Gut. Ich glaube, das ist alles. Mach dir nichts draus, Junge! In einiger Zeit wirst du noch einmal verhört werden und später dann als Zeuge beim Prozeß auftreten. Gib uns noch deine Adresse!«

»Ich hab keine.«

Die Frau starrt immer noch in den Innenhof und dreht sich auch nicht um, als die Nachbarin ihre kulinarischen Aktivitäten unterbricht, um zu sagen: »Nehmen Sie vorläufig unsere!«

Als die Inspektoren sich zum Gehen wenden, zwinkert sie Carvalho zu und zeigte mit ebensoviel Groll wie Vorsicht auf die schweigende Mutter.

»So'n dickes Fell!«

Auch Porta verabschiedet sich und schafft es, die Mutter aus ihrer Außen- oder Innenlandschaft zurückzuholen und ein paar Floskeln mit ihr auszutauschen. Wie geht's dir? Siehst du doch. Du siehst sehr gut aus. Die Jahre vergehen. Und die Familie? Die Familie hat die Schnauze voll von Meringuen und Phrasen, denkt Carvalho, wie alle. Porta hat sich selbst etwas vorgemacht und das Schiff nach Venezuela abfahren lassen; er hat auf das einzige verzichtet, was seinem Leben eine zweite Dimension verliehen hätte. Statt dessen ißt er lieber dreimal im Jahr Meringuentorte, zu jedem Geburtstag seiner Kinder, und hört sich die Witze der Tante an, die jedesmal mit dem Sparbuch des Geburtstagskindes wedelt und ruft: »Wetten, du weißt nicht, wieviel ich dir diesmal eingezahlt habe!«

Porta geht. Aus ihrem Leben, aus dem von Carvalho, aus dem des Jungen. Man merkt es an seinen Beinen und seinem Blick, eines Mannes, der es eilig hat, nach Hause zurückzukehren, um den Weg nicht zu vergessen, den er sich eingeprägt hat. Die Frau hat einen Entschluß gefaßt, nimmt den Jungen am Arm und geht mit ihm in ein anderes Zimmer. Als Carvalho und die Nachbarin allein sind, kann sie nicht mehr an sich halten und explodiert.

»So ein stures Biest! Jedes Tier ist eine bessere Mutter als die! Ich hätte ihn nach so vielen Jahren mit Küssen aufgefressen, und sie steht da rum wie eine Salzsäule und sagt kein Wort, als ob sie überhaupt nichts miteinander zu tun hätten.«

»Jeder ist, wie er ist, Señora!«

»Rosa. Ich werde Rosita genannt.«

»Señora Rosa.«

»Sie haben natürlich recht; wir können zum Beispiel alle denselben Vater und dieselbe Mutter haben und trotzdem ganz verschieden sein. Ich leide immer und erdulde alles, dafür ist meine Schwester genau so ein Nilpferd wie diese Tussi hier. Sie schaut zu, wie ihr Kind aus dem Fenster fällt, und wartet drauf, daß es vom Boden zurückprallt und wieder hochkommt.«

Die Frau hat sich über sich selbst amüsiert und lacht hinter vorgehaltener Hand.

»Was kochen Sie da? Es duftet ja herrlich.«

»Linsen mit Fleischbällchen.«

Sein Gesicht drückt Extase aus. Die Frau hört auf, sich die Hände abzutrocknen, und fragt mit einem kleinen Lachen: »Das schmeckt Ihnen wohl?«

»Es ist eins meiner Leibgerichte! Als ich Kind war, roch es an bestimmten Tagen in den Hinterhöfen danach.«

»Früher war es üblich, daß man an bestimmten Wochentagen bestimmte Sachen kochte. Möchten Sie versuchen? Es geht doch nichts über gute Hausmannskost.«

»Ich möchte nicht . . .«

»Ich koche immer reichlich, weil mein Mann gerne zweimal nimmt.«

»Wenn es Ihnen keine Umstände macht.«

Ihrer selbst und ihrer Rolle im Leben und in diesem Raum sicher, schüttet die Frau des Hauses duftende Linsen aus dem vollen Topf in einen tiefen Teller. Carvalho kostet genüßlich.

»Ausgezeichnet, Señora Rosita!«

»Es geht nichts über den heimischen Herd. Sind Sie verheiratet?«

»Nein.«

»Dann essen Sie im Restaurant.«

»Ja. Na ja, oft.«

»Dann lassen Sie bloß Ihre Leber und Ihren Magen untersuchen! Das Restaurantessen ist eine Schweinerei.«

»Nicht immer.«

Man hört, wie die Wohnungstür geschlossen wird, und beide warten darauf, daß die Tür zur Wohnküche die Entscheidung bekanntgibt. Der Junge kommt herein, geht langsam, gleichgültig zum Küchentisch und wirft einen Haufen Fünftausender aufs Wachstuch.

»Sie hat mir fünfzigtausend gegeben und ist gegangen.«

»Was soll das heißen, sie ist gegangen? Haben Sie das gehört? Sie kommt natürlich wieder und holt dich!«

»Sie sagt, sie fährt zurück nach Venezuela. Sie hat noch mal geheiratet und noch mehr Kinder gekriegt. Wir seien wie zwei Fremde.«

Señora Rosita fehlen die Worte oder der Mund oder die Luft in den Lungen, um auszuspucken, was sie denkt. Carvalho schlingt den letzten Rest der Kostprobe hinunter. Er will weg, so weit weg wie möglich, aber er weiß, er muß irgend etwas sagen, seine offensichtliche Flucht mit Worten abmildern.

»Bist du traurig, daß sie geht?«

»Ich hab sie überhaupt nicht nötig.«

Diesmal braucht die Nachbarin eine ganz energische Behandlung, wie man sieht, denn ihr Mund ist übermenschlich weit aufgerissen und hat weder Worte noch Luft. Carvalho reicht ihr den Teller.

»Señora, Ihre Linsen schmecken so gut, daß ich gerne noch eine halbe Kelle hätte.«

Mit einer automatischen Bewegung tut sie ihm auf und konzentriert sich wieder auf die neue Situation.

»Ich gehe.«

Das war der Junge.

»Wohin gehst du?«

»An meine Ecke. Ich hab mich mit zwei andern aus der Calle San Clemente zusammengetan, und wir arbeiten an der Ecke Urgel und Floridablanca. Die Ampel schaltet dort nicht so schnell um.«

Weder Carvalho noch die Nachbarin machen Anstalten, ihn zurückzuhalten. Carvalho denkt: ›Scheiße‹, aber er sagt: »Señora, Ihnen gelingen die Linsen noch besser als meiner Großmutter.«

Quellenverzeichnis

Lawrence Block: »Cleveland in meinen Träumen« (Cleveland in My Dreams), aus: DOLLY DOLITTLE'S CRIME CLUB 7, Copyright © 1990 by Diogenes Verlag AG, Zürich. Aus dem Amerikanischen übersetzt von Matthias Fienbork.

Amanda Cross: »Mord ohne Textvorlage« (Murder Without a Text), aus: Sara Paretsky (Hrsg.) VIC WARSHAWSKIS STARKE SCHWE-STERN, Copyright © 1990 by Carolyn Heilbrun, Copyright © 1992 der deutschen Übersetzung Piper Verlag GmbH, München. Aus dem Amerikanischen übersetzt von Anne Rademacher. (Veröffentlicht mit der Genehmigung Nr. 61444 der Paul & Peter Fritz AG, Zürich.)

Ursula Curtiss: »Das Haus in der Plymouth Street« (The House on Plymouth Street), aus: Ursula Curtiss MORD AUS LIEBE, Copyright © 1971 by Katherine Reilly. Scherz Verlag Bern, München, Wien. Aus dem Amerikanischen übersetzt von Mechthild Sandberg.

Colin Dexter: »Jede Frau hat ein Geheimnis« (A Case of Miss Identity), aus: Colin Dexter IHR FALL, INSPEKTOR MORSE, Copyright © 1995 by Rowohlt Taschenbuch Verlag GmbH, Reinbek. Aus dem Englischen übersetzt von Ute Tanner.

Charles Einstein: »Glück im Spiel« (The New Deal), aus: Alfred Hitchcock (Hrsg.) MEINE SCHRECKENSSTUNDEN, Copyright © by Charles Einstein. Scherz Verlag, Bern, München, Wien. Aus dem Amerikanischen übersetzt von Renate von Walter.

Stanley Ellin: »Die zwölfte Statue« (The Twelfth Statue), aus: Stanley Ellin NAGELPROBE MIT EINEM TOTEN, Copyright © by Stanley Ellin. Scherz Verlag, Bern, München, Wien. Aus dem Amerikanischen übersetzt von Ray Abell.

Dashiell Hammett: »Das Haus in der Turk Street« (The House in Turk Street), aus: Dashiell Hammett DAS HAUS IN DER TURK STREET, Copyright © 1978 by Diogenes Verlag AG, Zürich. Aus dem Amerikanischen übersetzt von Wulf Teichmann.

Mary Higgins Clark: »Die Leiche im Schrank« (The Body in the Closet), aus: Mary Higgins Clark SECHS RICHTIGE, Copyright © 1990 by Mary Higgins Clark, Copyright © 1993 der deutschen Übersetzung Wilhelm Heyne Verlag GmbH & Co. KG, München. Aus dem Amerikanischen übersetzt von Liselotte Julius.